岩 波 文 庫

30-225-7

近世物之本江戸作者部類

曲 亭 馬 琴 著
徳 田　武 校注

岩 波 書 店

凡例

一、底本には木村三四吾編校『西荘文庫本　近世物之本江戸作者部類』（私家版、昭和四十六年。のち昭和六十三年、八木書店）を用いた。天理大学図書館に蔵せられる小津桂窓の西荘文庫本の影印本である。
二、底本には句読点がないが、本書では適宜句読点を施した。また、底本にない濁点を適宜補って読みやすくした。
三、底本では段落を分けないが、本書では段落を分った。
四、底本に片仮名で振り仮名が施されている場合には、これを残した。振り仮名が施されていない字には、適宜、現代仮名遣いに拠って施した。
五、底本の仮名遣い・送り仮名を原則として活かした。改めた場合も一々断らない。
六、漢字は原則として通行字体に改めた。
七、漢文には、〈　〉内に現代仮名遣いを用いて読み下し文を添えた。また、一部、訓点を補った箇所がある。

八、底本にある二行割書の部分は〔　〕、頭注は（　）によって示した。

九、脚注で続けて用いた参考文献の名は、一度出した後は、一々断らないものがある。『歌舞伎年表』等がそれである。また、『馬琴日記』はおおむね「日記」と略称した。

十、底本の明らかな誤記は訂した。

十一、『伊波伝毛乃記』の底本には、『新燕石十種』第六巻本（昭和五十六年、中央公論社）を用い、早稲田大学所蔵写本を参照した。また、内容を要約した見出しを置いた。

十二、『著作堂雑記』京伝関連記事の底本は、『曲亭遺稿』（明治四十四年、国書刊行会）を用いた。

十三、『蛙鳴秘鈔』の底本には、『鈴木牧之全集』（昭和五十八年、中央公論社）を用いた。

十四、『蜘蛛の糸巻』の底本には、『燕石十種』第二巻本（昭和五十四年、中央公論社）を用い、『日本随筆大成』第二期第七巻本（昭和四十九年、吉川弘文館）を参照した。

十五、十一から十四までの校訂方針は、『近世物之本江戸作者部類』に準ずる。

十六、付録として、人名・書名索引を巻末に付した。

十七、本文の作成には神田正行・黒川桃子君の協力を得、索引は神田正行君を煩わせた。

目　次

凡　例
近世物之本江戸作者部類
○巻之一
赤本作者部
丈　阿……三〇
近藤助五郎清春……三一
富川吟雪……三一
喜　三　二……三一
恋川春町……三一
通　笑……三四
全　交……三四
楚　満　人……三五
四方山人……三五
唐来三和……三七
恋川好町……三八
森羅万象……三八
山東京伝……三九
七珍万宝……四二
桜川慈悲成……四二
曲亭馬琴……四三
傀儡子玉亭……四五
樹下石上……四八
関亭伝笑……四八
十遍舎一九……四九
式亭三馬……五三
東西庵南北……五七
曼亭鬼武……六〇

山東京山……六二
摺見……六八
九年坊……六八
面徳斎夫成……六九
鶴成……六九
糊人……六九
吉町……六九
柳亭種彦……七〇
可候……七二
東里山人……七二
為永春水……七三
墨川亭雪麿……七四
橋本徳瓶……七五
一返舎白平……七五
五返舎半九……七五
徳亭三孝……七六
古今亭三鳥……七六
益亭三友……七六
五柳亭徳升……七六
川関楼琴川……七六
椒芽田楽……七七
竹塚東子……七八
一二三……七八
学亭三子……七八
小金厚丸……七八
篠田金治……七八
楽々庵……七八
馬笑……七八
梅笑……七八
尉姥輔……七八
雪亭三冬……七八
春亭三暁……七八

時 太 郎……七九
吾 蘭……七九
本の桑人……七九
山月古柳……七九
匠亭三七……七九
後烏亭焉馬……七九
志満山人……八〇
笠亭仙果……八〇
鶴屋南北……八〇
林屋正蔵……八一
後恋川春町……八一
律 秋 堂……八一
後唐来三和……八一
船 主……八一
緑間山人……八一
沢村訥子……八二
市川三升……八二
坂東秀佳……八二
尾上梅幸……八二
瀬川路考……八二
西来居未仏……八四
江南亭唐立……八四
持 丸……八四
坂東簑助……八四
中村芝翫……八四
十字亭三九……八五
後式亭三馬……八五
補 遺
蓬萊山人帰橋……八九
後 喜 三 二……八九
内 新 好……九〇
待名斎今也……九〇

緑亭可山……九一
柴舟庵一双……九一
蘭奢亭薫……九一
文宝亭……九三
素速斎……九四
麟馬亭三千歳……九四
振鷺亭……九五
松甫斎眉山……九六
欣堂閑人……九六
西川光信……九六
福亭三笑……九六
蔦唐丸……九七
吉見種繁……九八
忍岡常丸……九八
多満人……九八
種麿……九八
仙鶴堂……九九
逸竹斎達竹……一〇三
風亭馬流……一〇四
烏有山人……一〇四
宝田千町……一〇四
仙客亭柏琳……一〇四
墨春亭梅麿……一〇四
歌扇亭三津丸……一〇四
柳屋菊彦……一〇五

洒落本并中本作者部

遊子……一〇七
風来山人……一〇八
四方山人……一一〇
山手馬鹿人……一一一
田螺金魚……一一三

蓬萊山人帰橋……一一三
唐来三和……一一三
志水燕十……一一四
万象亭……一一五
山東京伝……一一五
振鷺亭……一一八
梅暮里谷峨……一二〇
三馬……一二〇
一九……一二〇

中本作者部

重田一九……一二六
振鷺亭……一二九
本町庵三馬……一三〇
曼亭鬼武……一三三
東里山人……一三三
為永春水……一三三
滝亭鯉丈……一三三
岳亭丘山……一三七
後焉馬……一三八
五柳亭徳升……一三八
後三馬……一三八
岡山鳥……一三九
円屋賀久子……一四〇

○巻之二上

読本作者部第一

吸露庵綾足……一五一
風来山人……一五八
平沢月成……一七一
蜉蝣子……一七四
芝全交……一七五

山東庵京伝……一七七
桑楊庵光……二〇三
雲府館天府……二〇四
曲亭主人……二〇九
伊波伝毛乃記《いわでものき》……二八一
（付）『著作堂雑記』京伝関連記事……三五〇
蛙鳴秘鈔《あめいひしょう》（山東京山）……三五七
（付）『蜘蛛の糸巻』馬琴関連記事……三七一
解　説……三七九
人名索引／書名索引
和暦・西暦対照表

近世物之本江戸作者部類

近世物之本江戸作者部類〔画工　筆工　彫工　附〕

○巻第一

赤本作者部

洒落本作者部

中本作者部

○巻第二

読本作者部上

○巻第三[一]

読本作者部下

浄瑠璃江戸作者部

○巻第四〔以下係附録〕

一　巻三以下は未執筆に終った。

近世浮世画江戸画工部

赤本読本浄瑠理本江戸筆工部

[一]明和以来劂人《けつじん》小録

一　作者は享保[二]以来、天保[三]までを録するといへども、明和以前はその書に[四]名号《みょうごう》を見はす《あら》もの稀《まれ》也。よりて只《ただ》その二、三[五]を記載す。是《これ》[六]遠きを略して近きを詳《つまびらか》にするのよしなり。

一　江戸の新浄瑠理《しんじょうるり》[七]にも佳作尠《すくな》からず。しかれども世の人、只その院本《いんぽん》[八]の名題《なだい》をのみ記臆《きおく》して、作者をいはず。記者[九]といへども名号を忘れたるあり。今その書を求《もとむ》るに懶《ものう》ければ、姑且《シバラク》その院本[一〇]の名題をもて某《ぼう》の作者と録するあり。その名号の佚《いっ》せしは、異日《いじつ》[一一]刊行の印本を求め照《ミ》て下《しも》に録すべし。

一　筆工《ひっこう》[一二]はむかしより寛政・享和の比《ころ》まで、その姓名[一三]を署《しる》せしものなし。文化[一四]に至りて読本《よみほん》[一五]甚《はなはだ》しく行《おこな》はれしより、そ

一　一七六四―七二。
二　一七一六―三六。巻一「赤本」は、主に享保以後の記述から始まる。
三　一八三〇―四四。本書は天保四・五年の交に執筆されているので、読本の曲亭馬琴の項などは天保五年初頭の記事で終る。
四　赤本・黒本などは、作者の名や号を明記していないものが多い。
五　巻一赤本(三〇・三一頁)の明和以前の作者は三名について記されている。
六　昔は簡略に、近い世は詳細に記す。
七　大坂の近松門左衛門(享保九年没、七十二歳)以後、江戸で作られた浄瑠璃。
八　脚本。
九　馬琴自身をいう。
一〇　巻三浄瑠璃江戸作者部

の書の編左《へんさ》[16]に筆工《ひっこう》と彫工《ちょうこう》[17]の名さへ録することになりたり。よりて寛政[18]以降を記載す。それより以前は考索《こうさく》によしなし。

一　劂人[19]はその人尤《もっとも》多かり、何ぞ千百のみならん。今さら毛挙《もうきょ》[20]に遑《いとま》あらず。この故《ゆえ》に明和以来、只その尤《ケヤ》けき[21]もの一、二を附録して、もて遺忘《いぼう》に備《そなう》るのみ。

についていったものだが、未執筆に終った故、実際には殆ど見られない。

一一　後日。

一二　「赤本読本浄瑠璃本江戸筆工部」(未執筆)についていう。作者の原稿を板下用に浄書する者。

一三　作品に、その姓名が記されていない。

一四　一八〇四—一八。

一五　文章の比重が大きく、筋を読む本。

一六　巻末の奥付(刊記)に記される。

一七　板木に字や絵を彫る者。

一八　一七八九—一八〇一。

一九　彫工。「明和以来劂人小録」(未執筆)についていう。

二〇　些細な者まで挙げる事。

二一　際だった者。酒井米助について二一八頁以後、詳細に記される。

近世物之本江戸作者部類　巻第一目録

○赤本《あかほん》作者部

丈阿《じょうあ》
近藤清春《こんどうきよはる》〔又出二画工部一《またがこうのぶにいづ》〕
富川吟雪《とみかわぎんせつ》〔同上〕
喜三二《きさんじ》
恋川春町《こいかわはるまち》〔又出画工部《またがこうのぶにいづ》〕
通笑《つうしょう》
全交《ぜんこう》
楚満人《そまひと》
四方山人《よもさんじん》

唐来三和《とうらいさんな》
恋川好町《こいかわスキまち》
森羅万象《しんらまんぞう》
〔一称二築地善好一《いっにつきじのぜんこうとしょうす》〕
山東京伝《さんとうきょうでん》
七珍万宝《しっちんまんぽう》
桜川慈悲成《さくらがわじひなり》
曲亭馬琴《きょくていばきん》
傀儡子《かいらいし》〔玉亭附《ぎょくていつけたり》〕

樹下石上《じゅげせきじょう》
関亭伝笑《かんていでんしょう》
十遍舎一九《じっぺんしゃいっく》
式亭三馬《しきていさんば》
東西庵南北《とうざいあんなんぼく》
曼亭鬼武《まんていおにたけ》
山東京山《さんとうきょうざん》
摺見《すりみ》
九年坊《くねんぼう》
面徳斎夫成《めんとくさいそれなり》
鶴成《かくせい》
糊人《のりひと》
吉町《よしまち》

柳亭種彦《りゅうていたねひこ》
可候《かこう》
東里山人《とうりさんじん》
為永春水《ためながしゅんすい》
墨川亭雪麿《ぼくせんていゆきまろ》
橋本徳瓶《はしもととくへい》〔又出二筆工部一《ひっこうのぶにいづ》〕
一返舎白平《いっぺんしゃはくへい》
五返舎半九《ごへんしゃはんく》
徳亭三孝《とくていさんこう》
古今亭三鳥《ここんていさんちょう》
益亭三友《えきていさんゆう》
五柳亭徳升《ごりゅうていとくしょう》
川関楼琴川《せんかんろうきんせん》

椒芽田楽《キノメのでんがく》〔尾州名護屋人《びしゅうなごやのひと》〕
竹塚東子《たけのつかのとうし》
一二三《ひふみ》
学亭三子《がくていさんし》
小金厚丸《こがねのあつまる》〔狂歌師也〕
篠田金治《しのだきんじ》〔歌舞伎作者也〕
楽々庵《らくらくあん》
馬笑《ばしょう》
梅笑《ばいしょう》
尉姥輔《じょううばすけ》
雪亭三冬《せっていさんとう》
春亭三暁《しゅんていさんぎょう》
時太郎《ときたろう》
吾蘭《ごらん》
本ノ桑人
山月古柳
匠亭三七《しょうていさんしち》
後烏亭焉馬《のちのうていえんば》
志満山人《しまさんじん》
笠亭仙果《りゅうていせんか》
鶴屋南北《つるやなんぼく》〔歌舞伎作者也〕
林屋正蔵《はやしやしょうぞう》
後《のちの》恋川春町
律秋堂
後唐来三和《のちのとうらいさんな》
船主《ふなぬし》

縁間山人

沢村訥子《さわむらとっし》〔別人代作〕

市川《いちかわ》三《さん》升《しょう》〔後改《のちにはくえんとあらたむ》二白猿一。

同上。自作稀有云《まれにありという》〕

坂東秀佳《しゅうか》〔別人代作〕

尾上梅幸《おのえばいこう》〔同上〕

瀬《せ》川路《がわろ》考《こう》〔同上〕

補遺

前蓬莱山人帰橋《まえのほうらいさんじんききょう》

後《のちの》 喜三二

内新好《ないしんこう》

待名《まちな》斎今也《さいいまなり》〔狂歌師〕

緑亭可山《りょくていかざん》

西来居未仏《さいらいきょみぶつ》

江南亭唐立《こうなんていからたち》〔狂歌師〕

持丸《もちまる》〔同上〕

坂東蓑助《ばんどうみのすけ》〔別人代作〕

中村芝翫《しかん》〔同上〕

十字亭三九《じゅうじていさんく》

後《のちの》 式亭三馬

柴舟庵一双《さいしゅうあんいっそう》

蘭奢亭薫《らんじゃていかおる》

文宝亭《ぶんぽうてい》

素速斎《そそくさい》

麟馬亭三千歳《りんばていみちとせ》

振鷺《しんろ》亭《てい》
松甫斎眉《しょうほさいび》山《ざん》
欣堂閑人《きんどうかんじん》
西川光信《にしかわみつのぶ》
福亭三笑《ふくていさんしょう》
蔦唐丸《つたのからまる》

吉見種繁《よしみのたねしげ》
忍岡常丸《しのぶがおかつねまる》
多満《たま》人《ひと》
種麿《たねまろ》
仙鶴堂《せんかくどう》
逸竹斎達竹《いっちくさいたっちく》

統計[一]一百零五名、除クノ二明和以往ノ丈阿《じょうあ》・清春《きよはる》・吟雪《ぎんせつ》等一ヲ外《ほか》、
自リ二喜三二《きさんじ》一至リテ二達竹一為ニス二一百零二名一ト。恐クハ遺漏《いろう》尚ホ有ラン焉。
異日又タ考索シテ与二新出者一共ニ当ニレ録ス二於後集ニ一也。

○洒落本《しゃれほん》作者部
遊子《ゆうし》
風来山人《ふうらいさんじん》
四方山人〔再出〕

山手馬鹿《やまのてのばか》人《ひと》
田螺金魚《たにしきんぎょ》
蓬莱山人帰橋〔再出〕

一　総計一〇四名。読み下しは、「統計一百零五名、明和以往の丈阿・清春・吟雪等を除くの外、喜三二より達竹に至りて一百零二名と為す。恐らくは遺漏尚お有らん。異日又た考索して新出の者と共に当に後集に録すべし」。

唐来三和〔再出〕　振鷺亭〔再出〕

志水燕十《しみずえんじゅう》　梅暮里谷峨《うめぼりこくが》

万象亭〔再出〕　三馬〔再出〕

山東京伝〔再出〕　一九〔再出〕

洒落本の作者遺漏多かるべし。然《しか》れどもその書絶板《ぜっぱん》[一]せられて年既《すで》に久し、今さら考索に由《よし》なし。この故に、当時世に知られたるものをのみ録す。

○中本《ちゅうほん》作者部

重田《しげた》一九〔三出〕　為永春水〔再出〕

振鷺亭〔三出〕　滝亭鯉丈《りゅうていりじょう》

本町庵《ほんちょうあん》三馬〔三出〕　蔦唐丸〔附録〕

曼亭鬼武〔再出〕　岳亭《がくてい》〔又出画工部《またがこうのぶにいづ》〕

東里山人〔再出〕　後《のち》焉馬〔再出〕

一 洒落本は、享和二年(一八〇二)の一九の作品以後は、滑稽本に変質し、多くは刊行されなくなった。

二 凡庸な連中。

三 漏らす意。

後《のちの》三馬〔再出〕

岡山鳥〔再出〕

統計二十六名、内重復一十五名。

近ごろ中本《ちゅうほん》の作者、新《あらた》に出《いづ》る者亦《また》多かり。いまだ捜索に及ばず。多くは[二]是泛々《これはんぱん》の輩、[三]遺《のこ》すといへども憾《うらみ》なからん歟《か》。[四]異日又[五]後集《こうしゅう》に録すべし。

この書に録する作者・画工《がこう》に、なほ現在の者多くあり。しかれども[六]親しきを資《たす》けて疎《うと》きをなみせず。されば、その略伝毎《ごと》に敢《あえて》筆を曲《まげ》ざれば、[七]褒貶《ほうへん》の詞《ことば》なきことを得ざる也。これは是、遺忘に備《そなえ》ん為にして、人に見すべきものならねば、只《ただ》是初稿のまゝなるを、[八]やがて秘簏《ひろく》にうち蔵《おさ》めて、[九]紙魚《しみ》のすみかにならんことを惜《おし》まず。[一〇]蓋稗官《けだしはいかん》小説は鄙事《ひじ》也。名を好むもの、なす所、是を児戯《じげ》の冊子《そうし》とす。[一一]後《のち》に伝《つた》ふべきものにあらず。[一二]さはれ和漢の[一三]大才子、佳作能文《のうぶん》あるときは、[一四]後にあらせ

四　後日。
五　未執筆に終った。
六　筆者と親しい者には多く筆を費やし、疎遠な者は軽視する、ということはしない。
七　毀誉褒貶の言葉がなくはない。
八　そのまま筐底《きょうてい》に秘蔵して。
九　和紙を食う虫。蠹食《としょく》される意。
一〇　漢学においては、稗史小説の学は、経学・史学に比して二義的な位置づけであった。
一一　一時的な娯楽であって。
一二　「さはあれ」の約。とはいうものの。
一三　『水滸伝』の作者といわれる羅貫中や馬琴自身を暗にいう。
一四　後世に残すまいとしても。

じと欲《ほり》するとも、必《かならず》好事者流《こうずしゃりゅう》[一]の為に、[二]をさ〳〵その名を称せらる。彼汎々《かのはんぱん》[三]の作者の如きは、後世誰《こうせいたれ》かこれを知るべき。[四]そを憐《あわ》れまずは、いかにして、この筆ずさみ[五]に及《およば》んや。寔《まこと》に要《よう》[六]なき秘録なれども、百《もも》とせ[七]の後《のち》、己《おのれ》にひとしき、好事のもの、見ることあらば、亦得《またえ》がたき珍書として、後の游戯三昧《ゆうぎざんまい》[八]を、相警《あいいましむ》るよすが[九]とならば、写し伝《つたう》るも可《か》ならん歟《か》。或《あるい》は[一〇]俗子の手に落《おち》て、醬《しょう》[一一]を覆《おお》ふも亦可なり。

[一二]天保五年甲午《きのえうま》の春む月[一三]七くさはやすあした

[一四]蟹行散人《かいこうさんじん》蚊身田《かみた》[一五]の竜唇崛《りゅうしんくつ》[一六]に稿す

一 物好きな人々。
二 馬琴は、もっぱらの意で用いる。
三 軽微な。
四 彼らに理解を寄せなければ。やや高飛車な言い方。
五 筆の戯れ。本書をいう。
六 不必要な。
七 自分の死後。必ずしも実数ではない。
八 好事者流に同じ。『五雑組』十五に見える句。
九 拠り所。
一〇 俗人。文芸風流を解さない徒。
一一 反故となる。醬油のかめを掩う蓋の意に基づく。
一二 一八三四。馬琴六十八歳。
一三 一月七日。
一四 馬琴の別号。蟹のように世に横行する人。
一五 神田の宛て字。
一六 馬琴の書斎の戯号。

近世物の本江戸作者部類　巻之一

○赤本作者部

江戸の名物赤本《あかほん》といへる小刻《しょうこく》[17]の絵草子《えぞうし》は、享保以来しいだしたり。貞享・元禄の間[18]、享保までは、さるさうし[19]ありといへども、紗綾形《さやがた》[20]、或《あるい》は毘沙門亀甲形《びしゃもんきっこうがた》[21]なる行成標紙《こうぜいびょうし》[22]をもてして、『酒顚童子《しゅてんどうじ》物語』『朝皃《あさがお》物語』[23]などの絵巻物を小刻にもしたり。或は堺町《さかいちょう》[24]なる操《あやつ》り芝居、和泉大夫《いずみだゆう》[25]が金平浄瑠理《きんぴらじょうるり》[26]の正本《しょうほん》[27]を板《はん》せしのみなりき。かくて享保よりして後は丹標紙《たんびょうし》[28]をかけたるもの、としぐ〜に出《いで》しかば、世俗これを赤本と喚倣《よびな》したり。かくて寛延・宝暦より漸々《ぜんぜん》に丹《に》[29]の価貴《あたいたか》くなりしかば、代《かわ》るに黄《き》標紙《びょうし》をもてして一巻を紙五張《ごちょう》と定め、全二巻を十二文《もん》[30]に鬻《ひさ》ぎ、

一七　中本《ちゅうほん》の意。美濃紙を半截し、二つ折りにした書型。
一八　一六八四—一七〇四。
一九　注一七の草子。
二〇　卍の型を繋ぎ合わせた模様。
二一　正六角形を山形状に三つ組み合わせた形の文様。
二二　紗綾形の模様を雲母摺《きらず》りにした表紙。
二三　御伽草子の『朝顔の露』か。皃は、貌の本字。
二四　現、中央区日本橋芳町二丁目・人形町三丁目。
二五　万治・寛文(一六五八—七三)頃の浄瑠璃太夫。
二六　万治・寛文頃に流行し、坂田金時の子金平を主人公とした勇壮な浄瑠璃。
二七　脚本。
二八　赤橙《あかだいだい》色の表紙。
二九　赤橙色の原料。
三〇　一文は約二十円。

三冊物《もの》を十八文に鬻《ひさ》ぎたり。そが中に古板《こはん》の冊子《そうし》には、黒標紙《くろびょうし》をもてして、一巻の価《あたい》五文づゝ也。世にこれを臭草紙《くさぞうし》といふ。この冊子は書皮《ヒヤウシ》[一]に至るまで、薄様《うすよう》の返魂紙《スキガヘシガミ》[二]にて、悪墨《あくぼく》のにほひ有故《あるゆえ》に臭草紙の名を負《おわ》したり。この比《ころ》より画外題《えげだい》[三]にして、赤き分高《ぶたか》[四]半紙を裁《たち》て、墨摺一遍《すみずりいっぺん》[五]なりき。その作も新しきを旨《むね》として、『舌切雀《したきりすずめ》』『猿蟹《さるかに》合戦』などの童話を初《はじめ》として、或は『太平記』の抄録[六]、説経《せっきょう》[七]本の抄録など、春毎《ごと》に種々出《いで》たり。価も黄標紙は新板《しんぱん》一巻八文〔二冊物十六文、三冊物廿四文〕、古板は七文〔二冊物十四文、三冊物廿一文〕、黒標紙は一巻六文〔二冊物十二文、三冊物十八文〕なりき。

しかるに書賈《しょこ》[八]は臭草紙の臭の字を忌《いみ》[九]て蒼〔あを〕といひけり。黄標紙なるを蒼と唱《となう》ること、理《り》[一〇]にかなはざるやうなれども、宝暦以後は墨の臭気《しゅうき》もあらず、世俗草冊子《クサザウシ》[一一]とこゝろ得たるも

一　表紙。
二　一度使用した反故紙を集めて、もう一度紙に製し直したもの。墨の脱色が不十分で、浅黒くむらがある。
三　題簽に書名などの他に絵が加えられたもの。絵題簽。
四　半紙のやや大きいもの。
五　板木で摺るのに墨だけを用いて摺ったもの。
六　抜き書き。
七　仏教説話などを節をつけて語る説経節のテキスト。
八　本屋。板元をも兼ねる。
九　いやがって。
一〇　合わない。
一一　簡略で通俗的な読物。

あれば、草の蒼々《そうそう》[一二]たる義を取《とり》て蒼《アヲ》と唱へ、黒標紙を黒といひけり。

かくて明和[一三]の季《すえ》よりくさざうしの作に、滑稽[一四]を旨とせしかば、大人君子《たいじんくんし》[一五]も是《これ》をもてあそぶものあるにより、いよ〱世に行《おこなわ》れて、画外題《えげだい》を四、五遍[一六]の色摺《いろずり》にしたり。そが中に、殊《こと》にあたり作の新板は、大半紙《おおはんし》[一七]二ツ切《ぎり》に摺りて、薄柿色の一重《ひとえ》標紙《びょうし》をかけ、色ずりの袋入《ふくろいり》にして、三冊を一冊に合巻《ごうかん》[一八]にして、価《あたい》或は五十文、六十四文にも売りけり〔こは天明[一九]中の事なり〕。

かくて寛政[二〇]の初より、くさざうしの価[二一]又登りて、黄標紙は一巻十文〔二冊物廿文、三冊物三十文〕、黒標紙は一巻八文〔二冊物十六文、三冊物廿四文〕になりぬ。かくて文化[二二]の年より、これらの作のよろしきものを半紙に摺り、無地[二三]の厚標紙《あつびょうし》

一二　色が青いこと。
一三　一七六四―七二。
一四　黄表紙のジャンルができつつあることをいう。
一五　おとなの教養人。
一六　四、五度、色を変えて摺ること。
一七　美濃判紙を横半截したもの。
一八　合綴したもの。
一九　一七八一―八九。
二〇　一七八九―一八〇一。
二一　二六頁八行の「八文」に対していう。
二二　一八〇四―一八。
二三　文様がないもの。

をかけて袋入にしたるを上紙摺《じょうしず》[一]りと唱へて、京摂《けいせつ》[二]の書賈《しょこ》へ遣《つかわ》して、彼処《かしこ》の貸本屋《かしほんや》[三]へ売らせ、こゝにても二、三百部は春毎《ごと》[四]に売れたれども、価貴《たか》ければや、くさざうしの一部数千売れたるには似ざりき〔上紙ずりは三冊・六冊を、合本《がっぽん》二冊・三冊にして、価或は壱匁《いちもんめ》[五]より壱匁五分《ごぶ》の物なり〕。

扠又《さてまた》文化の中年より、二代目西村屋与八《よはち》[六]〔鱗形屋孫兵衛《うろこがたやまごべえ》[七]の二男にて、西村屋の婿《むこ》養子になりしもの也〕が初《はじめ》て思ひ起しつゝ、くさざうしを小半紙《こばんし》[八]に摺りて、三冊物・四冊物・六冊物を、二冊・三冊の合巻《ごうかん》にして、いとうるはしき[九]摺りつけびやうしをかけて売出《うりいだ》せしが、婦幼《ふよう》の為に愛《めで》よろこばれて、いたく行《おこな》れしかば、是《これ》よりの後、地本問屋《じほんどんや》[一〇]等《とう》、みな合巻、摺付《すりつけ》標紙《びょうし》にせざるもなし。そが中に上紙ずりと唱《となう》るは、糊入《のりいり》[一一]のみよし紙に摺出《すりいだす》もあり。価は壱匁より壱匁五、六分に至る。こ

一 黄表紙より丈夫に製本したもの。
二 京坂。
三 書物を収蔵しておき、これを期間を定めて貸し出した業者。
四 書物は新春に売り出す。
五 匁は、小判一両の六十分の一で、百文。
六 江戸馬喰町二丁目の板元。天保十一年(一八四〇)八月頃に店を閉じ、姿を隠した(同年八月十一日付殿村篠斎宛馬琴書簡)。
七 山野氏。俳号は山之。享保頃、萌黄色表紙で鳥居流の絵を入れた青本を出した(『半日閑話』十三)。
八 中本型の書型。
九 表紙全面に彩色摺りしたもの。
一〇 絵草紙問屋。江戸出来の草紙類の製作・卸を行う。

れを合巻[一二]と唱へて今に至れり。

是よりの後《のち》、黄標紙のくさぞうし〔所云《いわゆる》[一三]あをなり〕は廃《すた》れて、折々田舎の書賈へ遣《つかわ》すのみ也。初《はじめ》のこうぜいびやうし[一四]より、遂《つい》に四《よ》たび[一五]その趣《おもむき》を易《かえ》て美を尽《つく》したり。こは泰平の余沢《よたく》にして、文華《ぶんか》の開《ひら》けたるに従ふものにもあるべけれども、華美を歓ぶものは、奢侈《しゃし》[一六]の蔽《へい》なきことを得ず。みな是時好《じこう》に従ふ所、こゝろあるも心なきも、勢ひ已《やむ》ことを得ざるなるべし。

又いふ、くさざうしは予が稍《やや》東西を知れる明和・安永[一七]の比《ころ》は、二冊物多く出《いで》て三冊物はすけなし[一八]。そが中に一冊ものもあり。一冊物はなぞづくし、地口《じぐち》[一九]づくし、目《め》つけ絵[二〇]などなり。目つけ絵は宝暦・明和の間《あいだ》流行して、年々古板《こはん》・新板《しんぱん》ともに摺出《すりいだ》さゞるはなかりき。いづれも一巻の紙五張《ごちょう》[二一]也。文化に至りて四冊物・六冊物出たるが、是よりして二冊十張の物は

一一　備後国三次《みよし》(現、広島県三次市)を中心にして作られた半紙。
一二　合綴し、摺付表紙にした草紙。中本型。
一三　青本・黄表紙・黒本をいう。→二七頁注一二。
一四　行成表紙。
一五　行成表紙—黒本—黄表紙—合巻。
一六　後には表紙が多色摺りの役者絵になり、口絵数葉も付けられる。
一七　一七六四—八一。
一八　「少なし」の訛り。
一九　駄洒落・語呂合わせを集めたもの。
二〇　当て物遊戯の一。相手に多くの絵の中の一つに注目させ、他の者にその絵を言い当てさせる。
二一　五丁に同じ。

行《おこな》れずなりぬ。かくて『[一]傾城水滸伝《けいせいすいこでん》』出《いで》しより、十数編の続きもの流行す。この已前《いぜん》、[二]正本仕立《しょうほんじたて》の作、数編出たりといへども、[三]一編々々に[四]狂言の趣向替《かわ》りたれば、[五]続きものにあらず。続き物のいと長きは、右にいへる『傾城水滸伝』と『[六]金《こん》毘羅船利生纜《びらぶねりしょうのともづな》』よりはじまりし也。

享保已前は小刻《しょうこく》の絵草紙《えぞうし》に、作者の[七]名号《みょうごう》をあらはしたるものを見ざりき。勿論、作といふべきほどの物にもあらねばなるべし。享保以後、赤本の作者漸々《ぜんぜん》に多くなりたり。今記臆《きおく》したるを録すること左の如し。

[八]丈阿《じょうあ》

今より百年ばかり已前の赤本に、この作者の名号あるものあり。大抵、享保の季《すえ》より宝暦までの人とおぼし。何人《なんぴと》なるや詳《つまびら》かならず。

一 曲亭馬琴作。歌川豊国・国安・貞秀画。十三編百巻五十三冊、文政八—天保六年、鶴屋喜右衛門刊。『水滸伝』の人物を女に変えた翻案作。

二 歌舞伎の脚本風に仕立てた合巻。柳亭種彦作、歌川国貞画の『正本製《じたて》』を指す。十二編四十三巻六十五冊、文化十二—天保二年、西村屋与八刊。

三 一戯曲の内容を一編ないし数編でまとめている。

四 歌舞伎芝居。

五 同一の世界の話を続けた作品。

六 曲亭馬琴作。渓斎英泉画。八編五十四巻二十六冊、文政七—天保二年、和泉屋市兵衛刊。『西遊記』第四十二回までの翻案。

七 筆名。

[九]近藤助五郎《こんどうすけごろう》清春《きよはる》

享保より宝暦の比《ころ》まで行れし画工《がこう》にて、戯作《げさく》をも兼《かね》たる也。享保中、[一〇]象の来つる折の赤本[一一]も、この清春の自作自画《じが》也。赤本の作多くありしが、今は世に得がたくなりぬ。

[一二]富川吟雪《とみかわぎんせつ》

この吟雪も画工にて、作者を兼たり。当時自画作《さく》の赤本あり。但《ただ》し清春より少し後《おく》れて出《いで》たる歟《か》。宝暦の比、この人の画《え》のくさざうし多かりき。

この比は画工にて作者を兼たれども、清春・吟雪の外《ほか》は画作とるせしものを見ず。[一三]羽川珍重《はねかわちんちょう》などにもこの例ありけん歟。丹絵《べにえ》に月の大小の作などはあり。その余いまだ所見なし。

[一四]喜三二《きさんじ》

[一五]久保田侯〔佐竹右京兆《うけいちょう》[一六]〕の留守居《るすい》平沢平角《へいかく》の戯号《ぎごう》也。狂歌に

八 明和七年刊の黒本『鎌倉山嬾篠《ふたばのねざさ》』に「八十七翁丈阿」と署名(『日本小説年表』)。

九 享保十二年刊の赤小本『目付絵』などの作者(『日本小説年表』『浮世絵類考』)。

一〇 享保十三年(一七二八)六月、コーチ国(現、ベトナム北部)より象二頭を輸入した。

一一 享保十四年刊の赤本『象のはなし』(『日本小説年表』)か。

一二 房信とも。日本橋大伝馬町三丁目の絵草紙問屋山本九左衛門(『浮世絵類考』)。

一三 本姓真中氏。俗称太田弁五郎。宝暦四年(一七五四)七十余歳にて没。馬琴の祖父の叔父(『燕石雑志』五・七)。

一四 朋誠堂。

は浅黄裏成《あさぎノうらなり》といひしを、後に手柄岡持《てがらノおかもち》と改めたり。又、俳名は月成《げっせい》といひけり。安永の初《はじめ》の比《ころ》より、初《はじめ》てくさざうしに滑稽を尽して大《おおい》に行《おこな》はる。『〔名月全盛〕《めいげつぜんせい》吉原饅頭《よしわらまんじゅう》』[一]『〔人間万事〕万八伝《まんぱちでん》』[二]〔并《ならびに》 鱗形屋孫兵衛《うろこがたやまごべえ》板〕、又『〔新建立《あらたニタツル》〕[三]忠臣蔵〕天道《てんどう》大福帳《だいふくちょう》』〔蔦屋重三郎《つたやじゅうざぶろう》[四]板〕など枚挙《まいきょ》に遑《いとま》あらず。就レ中《なかんずく》『文武二《ぶんぶに》[五]道万石通《どうまんごくどおし》』〔三冊物、蔦屋板〕、古今未曽有《みぞう》の大流行にて、早春より袋入《ふくろいり》にせられ、市中を売《うり》あるきたり〔天明八年正月の新板《しんぱん》也〕。画は喜多川歌麿[六]の筆なりき。赤本の作ありてより以来《このかた》、かばかり行《おこなわ》れしものは前未聞《ぜんみもん》の事也といふ。この後故《のちゆえ》[七]ありて、喜三二の戯号并に狂名浅黄裏成を、本阿弥《ほんあみ》[八]氏に取らして戯作をやめたり。文化十年五月廿日没す。享年七十九歳。

恋川春町《こいかわはるまち》〔号寿亭《じゅていとごうす》〕

駿河の小島《おじま》[九]侯〔松平房州《ぼうしゅう》〕の家臣、倉橋 春平《しゅんぺい》〔春平、

一五 出羽秋田郡久保田〔現、秋田市〕の藩主。
一六 義敦《よしあつ》。

一 安永四年刊の黄表紙。
二 天明四年刊の黄表紙『太平記万八講釈』のこと。
三 天明六年刊の黄表紙。
四 日本橋通油町の地本問屋。耕書堂。有名な戯作者と親交を持ち、馬琴も寛政四年〔一七九二〕に番頭代りに雇われた。→九七頁。
五 黄表紙。松平定信の文武奨励策などを茶化した作。
六 その門人の喜多川行麿画。
七 政治向きに触れたため、執筆遠慮になったという。
八 「草双紙を作り候佐竹留守居、万石通などと時事を造り候に付、万一御咎も有ては済まぬと申候て、国勝手に申付られ候由」〔『よしの

一作寿平《いつにじゅへいにつくる》」の戯号也。小石川春日町《かすがちょう》の[一〇]邸《やしき》に在るをもて、戯号を云云《しかじか》といへり〔恋川はこひしかはの中略、春町は春日町の中略也〕。この人の作は皆自画《じが》也。好画《こうが》ではなけれども、一風あり。安永中、喜三二と倶《とも》にくさざうしの作に滑稽をはじめて、赤本の面目を改めたり。そは[一一]『金々先生栄花夢《きんきんせんせいえいがのゆめ》』[一二]『高慢斎行脚日記《こうまんさいあんぎゃにっき》』〔春町自画にて并に安永四年正月出づ。鱗形屋孫兵衛板〕、是《これ》臭草紙に滑稽を旨とせし初筆《しょひつ》にて、当年大《イタ》く行れたり。就中《なかんずく》『万石通《シ》』の後編[一三]『鸚鵡返文武二道《おうむがえシぶんぶのふたみち》』〔北尾《きたお》政美《まさよし》画、天明九年正月出づ。三冊物、蔦屋重三郎板〕いよゝます〳〵行れて、こも亦大半紙《おおはんし》摺《ず》りの袋入にせられて、二、三月比《ごろ》まで市中を売《うり》あるきたり〔流行此《この》前後二編に勝《まさ》るものなし〕。当時世《よ》の風聞に、右の草紙の事につきて[一四]白川侯《しらかわこう》へめされしに、[一五]春町病臥《びょうが》にて辞してまゐらず。此年《このとし》、寛政元年

冊子』八〕。

八 狂歌名は芍薬亭長根《しゃくやくていながね》。通称は三郎兵衛。二世喜三二と称した。→八九頁。

九 第四代藩主松平昌信《しげのぶ》は安房守。

一〇 上屋敷。

一一 謡曲「邯鄲」の筋立を借りた作。

一二 安永五年刊。

一三 松平定信の教諭書『鸚《おう》鵡言《むのことば》』をほのめかし、寛政改革を茶化した作。

一四 松平定信。陸奥白河藩主。天明七年（一七八七）、老中首座となる。

一五 寛政元年四月二十四日、長病につき御役御免を願い、退役（『倉橋家代々記』、浜田義一郎著『江戸文芸攷』「恋川春町」）。

己酉《つちのととり》の秋七月七日没《ぼっす》。年若干[一]〔葬二於四谷浄覚寺一云《よつやじょうかくじにほうむるという》〕。

通笑《つうしょう》[二]

岡附塩町《おかつきしおちょう》[三]の表具師《ひょうぐし》[四]なり。実名を忘る。安永中より寛政の比《ころ》まで、くさざうし[五]の作年々出《いで》たり。滑稽の才なしといへども、ふるき作者なれば、世の人に知られたり。

全交《ぜんこう》[六]

芝に住《じゅう》す。能楽《のうがく》の狂言師也。和漢共に学問はなけれども、滑稽の上手にて、あたり作尠《すくな》からず。安永中より寛政に至るまで、春毎《はるごと》に新作あり。通油町《とおりあぶらちょう》[七]なる鶴屋喜右衛門《きえもん》[八]が得意の作者にて、多く刊行したり。そが中に、寛政壬子《みずのえね》[九]・癸丑《みずのとうし》両年の新板《しんぱん》『十二傾城腹内《じゅうにけいせいはらのうち》』[一〇]『鼻下長物語《はなのしたながものがたり》』、同後編『白髯明神御渡申《しらひげみょうじんおわたシもうス》』[一一]〔并《ならびに》　北尾重政画、三冊物、鶴屋喜右衛門板〕、時《じ》好《こう》に称《かな》ひて多く売れたりと云《いう》。寛政七、八年の比没しぬ。

一　四十六歳。自殺したとの説がある。
二　市場通笑。名は寧一、字は子彦。通称は小倉屋小平次(四代目)。生涯独身で、妹婿が家業を継いだ。文化九年(一八一二)八月二十七日没、七十六歳。
三　日本橋霊岸島にあった地名。
四　巻物・掛軸・屏風・襖などを仕立てる者。
五　黄表紙『大通人穴扒《だいつうじんあなさがし》』、噺本など。
六　芝全交。本名は山本藤十郎。寛延三—寛政五年(一七五〇—九三)。水戸藩狂言師山本藤七の養子。
七　現、日本橋大伝馬町三丁目。
八　江戸の代表的な地本問屋。仙鶴堂。→九九頁。
九　四・五年(一七九二・九三)。

[一二]楚満人《そまひと》

号二南杣笑《なんせんしょうトごうス》一。芝[一三]に住して鞘師《さやし》なりと聞《きき》にき。実名を知らず。滑稽の才なしといへども、こもふるき作者にて、安永中より文化に至れり。初よりをさ[一四]〱かたき討《うち》の作のみにて、世の評判も果敢々々《はかばか》しからざりしに、文化[一五]に至りて、敵討《かたきうち》の臭草《くさぞう》紙《し》の流行により、時好に称《かな》ひて折々にあたり作あり。そが中に『[一六]敵討三組盃《かたきうちみつぐみさかずき》』〔五冊、豊広画、いづみや市兵衛板〕尤《もっとも》婦幼に賞玩《しょうがん》せらる。生涯著《あらわ》す所のくさざうし三[一七]百余種《よしゅ》ありと聞《きこ》ゆ。文化四年丁卯《ひのとう》の春三[一八]月九日に没しぬ〔西久保心光院に葬ると云。子なし、遺金五両ありけり。とし来《ごろ》親しかりし友人等、うちつどひ来て、葬事を資《たす》けたりといふ〕。

[一九]四方山人《よもさんじん》

くさざうしの作は旨となさゞれども、安永・天明の間、二

一〇 「十四」が正しい。
一一 寛政五年刊。
一二 本名楠彦太郎。
一三 芝宇田川町に住む書肆とも、芝神明前に住む医者仙白ともいう（『戯作者撰集』）。また板木師とも（『戯作者小伝』）。
一四 もっぱら。
一五 天明三・七年の黄表紙には英雄伝説や軍記に基づく作品もあった。
一六 寛政七年刊『敵討義女《かたきうちぎじょの》英《はなぶさ》』が寛政改革後の時流に適応して大当りとなり、以後の黄表紙の敵討物全盛のきっかけとなる。
一七 実際よりかなり多い数。あるいは冊数でいうか。
一八 五十九歳（『戯作者小伝』）。西久保は芝の地名。
一九 四方赤良《よものあから》。大田南畝。

冊物・三冊物の新板《しんぱん》折々出《いで》たり、そが中に『[一]唐錦並関取《からにしきならブせきとり》』〔春潮画、二冊物、鱗形屋孫兵衛板〕などあり〔[二]記者云、『唐錦並関取』は[三]嵐雪《らんせつ》が発句《ほっく》に、「[四]相撲とり並ぶや秋のから錦」といへるを取れり。しかれども此冊子《このそうし》に力士の事なし。初は「[五]拳《ケン》相撲《ノ》酒関取」とありしを、いかなる故にや、書名を右のごとく更《あらため》て出《いだ》されたり。そを己蔵弆《おのれぞうきょ》[六]せり。右のあかしは、此冊子の[七]折目《おりめ》の見出《みだ》し毎《ごと》に「けんずまふ」としるしてある也〕。又、蔦屋重三郎が板《はん》せしも多かり。しかれども、[八]戯作《げさく》の才は喜三二・春町の[九]二の町にて、[一〇]尤《ケヤ》けきあたり作はなかりき。天明中、この作者の二冊物のくさざうしに〔書名を忘れたり〕、猿が竜宮にて、「[一一]京鹿子娘道成寺《きょうがのこむすめどうじょうじ》」を踊る処《ところ》の詞《ことば》がきに「かねにうらみはさる〳〵毛猿《けざる》」などいふかき入れあるを予も見たり〔この余《よ》は一つも記憶《きおく》せず〕。天明七、八年以来、[一二]憚るよ

一 『拳角力《けんずもう》』(天明四年刊)の改題本であろう。
二 馬琴のこと。
三 服部嵐雪。承応三―宝永四年(一六五四―一七〇七)。
四 嵐雪の句集『玄峰集』(寛延三年刊)秋に見える。相撲取りが並んだ様は、秋の紅葉のように見事だ、の意。
五 正しくは『種風小野之助《たねかぜおののすけ》拳角力』。
六 所蔵。弆は、おさめる。
七 版心をいう。初板の板木を用いて刷るので、初板当時の書名が残る。
八 黄表紙特有のとぼけた笑いを盛りあげる才能。
九 第二流。
一〇 きわだった。
一一 歌舞伎舞踊。宝暦三年(一七五三)三月初演。「鐘に怨みは数々ござる」の文句がある。

しありて、戯作をせずなりぬ。この比《ころ》まで吉原細見《よしわらさいけん》[一三]の序も、毎春改正のたび〳〵に、この人綴りたり〔大田氏。名は覃《エン》[一四]、俗称直二郎《ぞくになおじろうとしょうす》、後改七左衛門《のちしちざえもんとあらたむ》。文政六年癸未《みずのとひつじ》四月六日没す。享年七十五〕。

[一五]唐来三和《とうらいさんな》

はじめは高家衆何某殿《こうけしゅうなにがしどの》[一六]の家臣なりしに、天明中故ありて町人になりて、本所松井町なる私窠女《ゆうじょ》茶屋和泉屋が婿《むこ》養子になりて、その家を相続して、和泉屋源蔵と呼《よば》れたり。言行ともに老実の好人なるに、さる渡世をすなるは、過世《すぐせ》あやしむべしといふ人多かり。能文ではなけれども、趣向は上手にて、折々あたり作もありき。そが中に『天下一面鏡梅鉢《てんかいちめんかがみノうめばち》』[一七]〔天明九年の春『鸚鵡返文武二道《おうむがえしぶんぶのふたみち》』と同時に出《いで》たり〕といふ三冊物流行しつ、こも袋入《ふくろいり》になりて市中を呼《よばわ》りつゝ、売《うり》[一八]あるきたり。

一二　寛政の改革のもと、狂歌が御徒頭《おかちがしら》から叱られた、という(『よしの冊子』八、寛政元年四月上旬)。

一三　江戸の吉原遊廓の案内記。妓楼と遊女の名を載せる。天明三年刊の『許都洒美選《ことしゃみせん》』序がその一例。

一四　「タン」の誤り。

一五　姓は加藤。拳の呼び声「トウライ」(十)と「サンナ」(三)による命名。

一六　幕府の儀式・典礼などをつかさどる役職。

一七　寛政の改革を扱った廉で絶板となり、後年に松平定信の家紋を暗示する梅鉢の紋を削って刊行した。

一八　「屋敷町を此間売ありき申候書物御座候…あけていはれぬこんたんの書物じや、と申てうりありき候」(『よしの冊子』八)。

この外《ほか》には甚しきあたり作なし。[一]文化中没しぬ〔京伝が作の臭草紙《くさぞうし》『[二]地獄一面鏡浄玻璃《じごくいちめんかがみのじょうはり》』も、当年同時に出たり〕。

[三]恋川好《スキ》町

実名は北川嘉兵衛、狂歌堂真顔《まがお》の戯号《ぎごう》也。戯作は恋川春町を師として、恋川好《スキ》町といひけり。[四]数奇屋河岸《すきやがし》なる[五]家主《いえぬし》なれば也。[六]天明中、二冊物・三冊物の作ありといへども、もとより得たる所にあらざれば、はやく戯作をやめて、狂歌を専門にせしかば、竟《つい》に一家をなして第一の[七]判者《はんじゃ》たり。[八]批点《ひてん》百首の料《りょう》、銀一両と定めて、狂歌をもて渡世にしたるは、この老一人也。文政十二己丑《つちのとうし》年六月五日に[九]没す。享年七十五歳。

森羅万象《しんらまんぞう》〔一称築地善好《いっにつきじのぜんこうとしょうす》。初《はじめ》は臭草紙に万象亭《まんぞうてい》と署《しる》せしも多かり〕

[一〇]桂川甫周法眼《かつらがわほしゅうほうげん》の舎弟、[一一]森島中良《もりしまちゅうりょう》の戯号也。初は万象亭と号

一　文化七年正月二十五日没、六十七歳という(三村竹清『判取帳』筆者小伝)。
二　小説年表類に未登載。
三　鹿都部真顔《しかつべのまがお》。
四　現、中央区銀座五丁目。汁粉屋を営んでおり、別号に好屋翁《すきやのおきな》がある。
五　町屋敷の管理人。
六　天明五年刊として『昔々噺問屋』『宝山金銀敵討』等六点の黄表紙がある。
七　作品の優劣を判定する者。
八　百首の狂歌を批評推敲すること。
九　『戯作者小伝』は、六日没、七十七歳とする。
一〇　累代、幕府に仕えた蘭法医(第四代)。父は甫三国《くに》訓《のり》。
一一　宝暦六年(一七五六)頃、江戸築地に生まれ、文化七年頃没。通称は甫粲。

す。狂歌には竹杖《たけづえ》のすがるといひけり。後《のち》に万象亭を戯作の門人七珍万宝《しっちんまんぽう》[一二]に附与して、その身は築地《つきじノ》善好と改めたり〔芝全交没せし比《ころ》[一三]也。寛政八、九年の比、万象亭、芝全交が『長《なが》[一四]物語《ものがたり》』を模擬《もぎ》して、『小田原相談』[一五]〔三冊。北尾《きたお》重政《しげまさ》画、鶴屋喜右衛門板〕を綴りし折、初《はじめ》て善好と称したり。又文化中[一六]よみ本の作には亡師[一七]の戯号をつぎて、福内鬼外《ふくうちきがい》と称したり。便　是《すなわちこれ》異称同人なるを知るべし〕。

山東京伝《さんとうきょうでん》

江戸京橋銀座壱町目の家主岩瀬伝左衛門〔本姓は灰田《はいだ》也〕の長男にて、実名を伝蔵《でんぞう》といふ。名は田臧《ノブヨシ》、字《あざな》は伯慶《はくけい》、後《のち》に名を醒《サムル》、字を酉星《ゆうせい》と改め、山東庵と号し、醒々《せいせい》[一八]老人と称す。嘗《かつて》画《え》を北尾重政[一九]に学びて、画名を北尾政演《まさのぶ》といひけり。しかれども画は得意にあらざりければ、棄《すて》て多く画《えが》かず。天明中、

一二　→四二頁。
一三　寛政五年頃。→三四頁注六。
一四　『鼻下長《はなのしたなが》物語』。寛政四年刊。万象は寛政六年刊『竹斎老宝山吹色《ちくさいろうたからのやまぶきいろ》』で築地善交と名のる。
一五　『相州小田原相談』。寛政七年刊。
一六　文化六年刊『泉 親衡《いずみちかひら》物語』では「二世福内鬼外」と称す。
一七　平賀源内。安永八年（一七七九）二月初演の浄瑠璃『荒御霊新田神徳《あらみたまにったのしんとく》』を源内と合作。
一八　寛政十一年頃から文化元年頃まで用いる（水野稔『山東京伝年譜稿』）。
一九　江戸小伝馬町一丁目の書肆、須原屋三郎兵衛の長子。文政三年（一八二〇）正月二十四日没、八十二歳。

一初《はじめ》てかたき討《うち》のくさざうしを著《あらわ》す〔二冊物、この書名を忘れたり〕。是《これ》その初作《しょさく》也。自然と滑稽の才、世に勝《すぐ》れたりければ、寛政中より文化に至るまで、この人の作いたく行《おこな》われて、当時第一人と称せらる。就中《なかんずく》二『心学早染草《しんがくはやぞめぐさ》』、又その後編三『人間一生胸算用《にんげんいっしょうむねざんよう》』、共に四善玉悪玉《ぜんだまあくだま》の趣向、尤《もっとも》時好《じこう》に称《かな》ひて、今なほ五人口に膾炙《かいしゃ》す〔大伝馬町《おおでんまちょう》、大和田安兵衛板、三冊物、後編・続編は蔦重《つたじゅう》板也〕。この他《ほか》、年々あたり作多し、枚挙に遑《いとま》あらず。是世の人の知る処《ところ》なり。文化十三年丙子《かのえね》の秋九月七日の暁《あかつき》、六脚気《かっけ》を患《わずら》ひて暴《ニハカ》に没す。享年五十六歳、九月八日、七本所廻向院《えこういん》に葬る。法号八智誉京伝信士と云。

附《つけ》ていふ、昔は臭草紙の作者に九潤筆《じゅんぴつ》をおくることはなかりき。喜三二・春町・全交抔《など》は、毎歳板元《まいさいはんもと》の書賈《しょこ》より、一〇新板《しんぱん》の絵草紙・錦絵《にしきえ》を多く贈りて、新年の一一佳義《かぎ》を表し、且《かつ》その前年

一 安永九年(二十歳)刊『娘敵討古郷錦《むすめかたきうちこきょうのにしき》』三冊をいうか。

二 寛政二年刊。改革により心学が流行した時局に呼応した作品。

三 寛政三年刊。

四 裸形の上に善と悪の玉を顔として付けた人間が登場し、善と悪の魂が争闘することを表す趣向。

五 「善玉」「悪玉」の語が大いに行われるようになった。

六 この頓死の状況については、本書所収『伊波伝毛乃記』が詳述する。

七 両国橋の東詰にある。

八 弁誉智海京伝信士(『伊波伝毛乃記』など)。→三三一頁七行。

九 潤筆料。原稿料。

一〇 多く十二月から正月にかけて売り出される。

の冬出板《しゅっぱん》のくさざうしにあたり作あれば、二、三月の比《ころ》にいたりて、その作者を遊里へ伴ひ、一夕《いっせき》饗応せしのみなりしに、寛政に至《いたり》て、京伝・馬琴の両作のみ殊《こと》に年々に行れて、部数一万余を売るにより、書賈蔦屋重三郎、鶴屋喜右衛門と相謀《あいはか》りて、初てくさざうしの作に潤筆を定めたり。こは寛政七、八年の事にて、当時は京伝・馬琴の外《ほか》に潤筆を受《うく》る作者はなかりしに、後々に至りては、一二さしもあらぬ作者すら、一三なべて潤筆を得《う》る事は、件《くだん》の両作者を例にしたるなり。是等《これら》の事をよく知るもの稀なれば、後世《こうせい》に至りては、誰か亦《また》一四か丶る事あ一五りとしもいふものあらんや。当時の流行おもふべし。一六さはれ当時といへども、名の世に聞《きこ》えざる素人《しろうと》作者は、一七入銀《にゅうぎん》とて、多少の金《かね》を板元の書賈に遺《つかわ》して、その作の草紙を印行《いんこう》さするも多かりき。今もなほさる作者も稀にはあるべし。

一一 祝意。
一二 それほど作品が売れない。
一三 概して。
一四 京伝・馬琴だけが潤筆料を受けていた事。
一五 という事だけでも。
一六 とはいうものの。「さはあれ」の略。
一七 出板費の幾分かを出すこと。

七珍万宝《しっちんまんぼう》[一]

芝増上寺《ぞうじょうじ》門前なる上菓子《じょうがし》[二]店、翁屋《おきなや》の主人也。戯作は万象亭《まんぞうてい》を師として、天明[三]の季《すえ》より寛政中まで、毎春くさざうし[四]の新作出《いで》たれども、させるあたり作なし。後《のち》に師の名号《みょうごう》を附与せられて万象亭と号す。文化[五]の初《はじめ》の比《ころ》より、真顔《まがお》に従ひて狂歌[六]を専門にして、くさざうしを作らず。竟《つい》に真顔側上足《がわじょうそく》[七]の判者《はんじゃ》になりたり。

桜川慈悲成《さくらがわじひなり》[八]

芝[九]に住《じゅう》す。今利焼《いまりやき》[一〇]などの陶器を鬻《ひさ》ぐ小店《こだな》のあるじ也。実名を知らず。万宝《まんぽう》と時を同《おなじ》くして、ふるきくさざうし[一一]の作者なれども、あたり作なし。文化に至りて落語《オトシバナシ》を専門にして、又臭草紙《くさぞうし》を作らず。落語はくさざうしの手際《てぎわ》に似ず、いと上手也とて、可楽《からく》[一二]・夢羅久《むらく》[一三]・焉馬《えんば》[一四]等と拮抗《きっこう》したり（はじめは狂歌

一　姓は樋口。通称は福島屋仁左衛門。南湖子と号す。天保二年（一八三一）七月二十六日没、七十歳。法名、釈玄運信士（『戯作者小伝』）。
二　屋号は錦泉堂。
三　天明七年刊の青本『陰徳両方吉事計』があるという（『増補青本年表』）。
四　寛政二年刊の黄表紙『茶事加減役割番付《ちゃじかげんやくわりばんづけ》』等多数。
五　文化元年に『狂歌武射志風流《むさしぶり》』（共編）を刊行。
六　天保元年までに二十編余の狂歌集を編む。
七　上席の門弟。
八　通称は錺屋《かざりや》大五郎。
九　芝宇田川町住（『江戸方角分』）。
一〇　錺屋（金工。『金《きん》鍔《がく》奇《き》掇《てつ》』）とも、鞘師（『戯作者小伝』）ともいう。
一一　寛政三年刊の黄表紙

をよみて、狂名を親慈《おやノじ》悲《ひ》成《なり》といひけり。狂歌も下手也。但《ただ》落語のみすぐれたり。一五七十余才にて堅固《けんご》の老人なり〕。

曲亭馬琴《きょくていばきん》

寛政二年、一六壬生狂言《みぶきょうげん》流行せしかば、『用《ツカヒ》尽《ハタシテ》弐《に》分狂言《ぶきょうげん》』といふ二冊物を綴りて、明春辛亥《みょうしゅんかのとい》、印行したり〔芝神明前和泉屋市兵衛板。画《え》は一七豊国也〕。この折は、名号を一八大栄山人《だいえいさんじん》と署《しる》したり。深川八幡の社頭に一九僑居《きょうきょ》したれば也けり。この年〔寛政三年〕、山東京伝、二〇故《ゆえ》ありて籠居《ろうきょ》二、三ヶ月に及び、九月下旬にその厄釈《やくと》けたり。この故に新作の臭草紙、明春正月の出板に二一一筆《いっぴつ》にて整ひがたしと云《いう》。こゝをもて馬琴代作して、稍《ようやく》その数に充《みて》たり。当年、京伝が作四種の内、『竜宮《たつのみや》羶《ナマグサ》鉢木《はちノき》』〔二冊物、蔦重板、重政画。趣向は京伝、文は馬琴代作〕、『実語教《じつごきょう》幼稚《ヲサナ》講釈《こうしゃく》』〔三冊物、同画。趣向・かき入れ、と

『馬鹿《ばか》長命《ちょうめい》子気物語《しきものがたり》』等。

一二 三笑亭可楽。安永六―天保四年（一七七七―一八三三）。

一三 朝寝房夢羅久。安永六―天保二年。

一四 烏《う》亭《てい》焉馬。立川とも。寛保三―文政五年（一七四三―一八二二）。

一五 天保十年、七十三歳没という（『増補青本年表』）。

一六 京都の壬生寺で演じられる無言劇。寛政二年（一七九〇）深川永代寺で上演された。

一七 歌川豊国。→五六頁注四。

一八 深川富岡八幡宮の山号からとった。→三五八頁六行。

一九 仮りずまい。

二〇 『錦之裏《にしきのうら》』など洒落本三部が禁令を犯した廉で、手鎖五十日の刑に処せられた。

二一 京伝一人だけの筆では。

もに馬琴代作也〕など代作なれば、馬琴の名をあらはさず。書賈《しょこ》へも秘しければ、是《これ》を知るもの稀也〔画《が》稿《こう》は京伝みづから画《えが》きたり〕。[一]寛政四年壬子《みずのえね》の春の新板《しんぱん》、『鼠婚礼塵劫記《ねずみこんれいじんこうき》』〔三冊物、豊国画、芝[二]泉市板〕、『[三]自花《ハナヨリ》団子《だんご》食気話《クヒケモノガタリ》』〔三冊物、[四]大和田板〕、『[五]荒《アラ》山水《やまみず》天狗《てんぐ》鼻祖《ノハジマリ》』〔三冊物、右同板〕、『御茶漬《おんちゃづけ》十二因縁《じゅうにいんねん》』〔三冊物、[六]春英画、伊勢屋治介板〕、当年この四種より馬琴作と署《しる》したり〔記者云、『鼠婚礼塵劫記』の序を京伝がかきて、「曲亭何《なに》がし、嚮《さき》に予が[七]隠れ里に寓居し、[八]ひとつ皿の油を嘗《なめ》て友とし善《よ》し」といひしは、彼《かの》京伝が屏居《へいきょ》の折、馬琴が止宿《ししゅく》して久しく慰め、且《かつ》この折、臭草紙の代作さへしたれば也〕。かくて[九]寛政七乙卯《きのとう》年正月の新板に、蔦屋重三郎が[一〇]誂《あつら》へにより、京伝が[一一]善玉悪玉《ぜんだまあくだま》の第四編〔三冊物〕『[一二]四《し》遍摺《へんずり》心《しん》学草紙《がくぞうし》』[一三]いたく行《おこな》れしより、その名を世に知られたり。され

一　正しくは寛政五年刊。
二　和泉屋市兵衛。
三　北尾重政画。
四　大和田安兵衛。江戸大伝馬町二丁目安右衛門店（『近世書林板元総覧』）。
五　北尾政美画。
六　勝川春英。
七　原作には「隠里一つ穴」とある。京伝は手鎖の刑を受け、閉居謹慎していた。
八　鼠に縁のある作品なので、一つ釜の飯を食うことを、かくいった。
九　正しくは寛政九年刊。
一〇　注文。
一一　『心学早染草』をいう。
一二　馬琴作。重政画。
一三　たいそう。
一四　抜群の。
一五　重政画。寛政九年、鶴屋喜右衛門刊。
一六　京都の鶴屋の出店（支

ば一四抜萃《ばつすい》のあたり作多かる中に、滑稽物流行の比《ころ》の『一五無筆節用《むひつせつよう》似字尽《ニタジづくシ》』などは、流行、江戸のみならず、京浪花《なにわ》にても、人の賞玩大かたならず。こゝをもてその翌年、京師《けいし》一六より新織《しんおり》の一七金襴純子《きんらんどんす》に件《くだん》一八の似字《にたじ》を織《おり》たるを江戸へおこしたり。又、文政中に『一九傾城水滸伝《けいせいすいこでん》』、大《イタ》く時好に称《かな》ひて十数編に至れり。是より後《のち》、『二〇通俗水滸伝』さへ更に流行して、煙管《キセル》の毛二一彫《けぼ》り并《ならび》に紙老鴟《イカノボリ》二二の画《え》、髪結床《かみゆいどこ》の暖簾《のれん》まで、『水滸』の人物ならぬはなかりき。当時の流行、想像《オモヒヤ》るべし。されば寛政二年より二三今に至《いたり》て四十余年、書賈の需已《もとめや》むときなく、その著編三百部に及ぶと云。

傀儡子《かいらいし》〔又作㆓魁蕾子《かいらいしにつくる》㆒〕**玉亭《ぎょくてい》**

　こは別にその人あるにあらず、馬琴が異称也。書賈の誂《あつら》へにて、その意にあらざる臭草紙を綴る折は、傀儡子作と署し

店)から謝礼の意を表して贈ってきたのであろう。

一七 金糸を絵緯《えぬき》として織り込み、それを主調として文様を表出した織物。緞子。

一八 該作は器物に似せた文字を集めているが、それらの文字を織り込んだのであろう。

一九 →三〇頁注一。

二〇 『新編水滸画伝』。初編は馬琴訳で、文化二年刊。葛飾北斎画。二編(文政十一年刊)からは高井蘭山が訳者となり、第六編(天保九年刊)に至った。岡島冠山の『通俗忠義水滸伝』(宝暦七―寛政二年刊)を下敷とした。

二一 毛髪のように細い線で模様を彫ったもの。

二二 凧。

二三 天保四年(一八三三)十二月。

たるあり。そは寛政五年の春出《いで》し『[一]増補伊賀越物語《ぞうほいがごえものがたり》』（全三冊、鶴屋板）、同八年の春の新板『[二]彦山権現誓助剣《ひこさんごんげんちかいノスケダチ》』（五冊物、蔦屋板）、同九年[三]の春の新板『[四]賽山伏狐修怨《にたやまぶしきつねノシカヘシ》』（二冊物、蔦屋板）、是也。

又、寛政十三年の春の新版『[五]画本復讐録《えほんカタキウチ》』（三冊物、山口屋忠介板）を綴りし折は、故ありて[六]作名を玉亭と異称したり。扠《さて》この後《のち》も読本《よみほん》の題跋《だいばつ》[七]などに、[八]傀儡子又[九]魁蕾子《かいらいし》（[一〇]杜甫の句に「[一一]梅蕾魁《はるにさきがけス》レ春」とあるを取れり）とも署《しる》したれば、世の看官《かんがん》は、実にその人ありと思へり。

[一二]馬琴は初《はじめ》より戯作《げさく》の弟子といふものなし。文化より文政に至るまで、幾人歟《か》縁を求めて入門を請ひしものありしかど、[一三]意見を述《のべ》、固辞して、師となることを肯《がえん》ぜず。その人々強《しい》て名号に琴字を用《もち》ひんことを請ふに及びて、そをしも推辞《いなむ》によ

一 北尾政美画。『読切講釈伊賀越乗掛合羽』のこと。『銘正夢楊柳一腰《めいはまさゆめやなぎのひとこし》』と『増補毬越登坂宝山道《いがごえのぼりざかたからのやまみち》』を合わせたもの。
二 重政画。不本意作としたのは、天明六年（一七八六）初演の同名の浄瑠璃（近松保蔵作）の人気に便乗するのを嫌ったからであろう。
三 寛政十年刊。
四 叙に「畊書堂唐丸撰」と、蔦屋重三郎の作とする。重政画。
五 『絵本報讐録』。豊国画。男色を扱った作品なので、異称を用いたか。
六 作者名の誤り。
七 書物の末に付ける短い文。
八 操り人形。人の意のままに動く者の意から、作者名を伏せる場合に用いる。
九 傀儡の音通。

しなく、「表徳《ひょうとく》[一四]に琴字をもてせんことは、各《おのおの》[一五]まに〳〵なるべし。昔は儒に琴所《きんしょ》[一六]あり、当今《とうこん》も琴台《きんだい》[一七]あり、吾《われ》のみに限《かぎら》んや。近曽《ちかごろ》軍書の講師に馬琴[一八]と名のるものさへありしに、その徒《と》に譏《そし》られて海魚《かいぎょ》と改名したりと聞《きき》にき。琴字は吾《わが》知る所にあらず」とて許せしかば、やがて琴字をもて戯号《ぎごう》にしぬるもの六人あり。そは琴川《きんせん》[一九]〔小倉侯家臣川関庄助〕、琴鱗《きんりん》[二〇]〔松前侯家臣柴田半平元亮〕、琴驢《きんろ》〔近藤家臣島岡権六《ごんろく》、後に岡山鳥《おかさんちょう》[二一]と改めたり〕、琴雅《きんが》[二二]〔御台所人小泉熊蔵〕、琴梧《きんご》〔姫路侯家臣加藤恵蔵規矩〕、琴魚《きんぎょ》[二三]〔伊勢松坂の人、櫟亭《れきてい》と号す、殿村精吉《せいきち》〕。この中、著述をもて世に知られしは琴魚のみ。その余は久《ひさ》しからずして、みな胡越[二四]の如くにならざるは稀也。しかれども琴某と号するをもて、世の人は馬琴の弟子ならんと思ふべく、その身

一〇　杜詩に無い句。
一一　梅のつぼみが春に先立ってほころびる。
一二　天明三年(馬琴十七歳)刊の句集『東海藻』(越谷吾《こしがやご》山《ざん》選)に初めて見える号。
一三　戯作で生計を立てるのは難事であることを諭す。
一四　表徳号。雅号。
一五　随意。
一六　沢村琴所。元文四年没。
一七　東条琴台。寛政七―明治十一年(一七九五―一八七八)。
一八　初代宝井馬琴。享和元―安政四年(一八〇一―五七)。
一九　川関楼琴川。→七六頁。
二〇　馬琴の長子宗伯は、松前侯の出入り医者。
二一　→一三九頁。
二二　徳川将軍の妻に関わる役職。
二三　田螺琴魚。→一一二頁。
二四　極めて疎遠である意。

も人に対しては馬琴の弟子也といふもあるべし。文化の比《ころ》、遠州菊川[一]の鬼卵《きらん》[二]すら、狂歌堂真顔《まがお》を介《なかだち》[三]として、馬琴の門人たらんことを請《こい》しかど、馬琴は丁寧に意見を示して肯《がえん》ぜざりしと聞《きこ》えたり。かゝる事は世の人のよく知るべきにあらざれば、後《のち》の世に人の論議[四]もあらん歟《か》とて、その崖略《がいりゃく》[五]をしるすのみ。

樹下石上《じゅげせきじょう》[六]

こもふるき作者にて、寛政中[七]よりその名聞えたり。鍛冶橋《かじばし》[八]御門のほとりなる武家の臣なりしとぞ。実名を知らず。その作風、楚満人《そまひと》に似て、多くかたき討物《うちもの》[九]をあらはしたれども、あたり作はなし。今[一〇]は古人になりしと歟《か》。詳《つまびらか》なることを聞《きか》ざりき。なほたづぬべし。

関亭伝笑《かんていでんしょう》[一一]

奥の泉侯[一二]〔本田霜台[一三]〕の家臣なり。実名を忘れたり。こもふ

一 遠江《とおとうみ》。現、静岡県の西部。
二 栗杖亭《りつじょうてい》鬼卵。文政六年(一八二三)没、八十歳。『蟹猿奇談』(文化四年刊)ほか、読本が七点ある。
三 仲介者。
四 馬琴の真の門人であるか否か、という議論。
五 概略。
六 本名は梶原五郎兵衛。画号は百斎・久信。江戸在勤の山形藩士(『戯作者選集』)。
七 寛政二年刊の黄表紙『人《にん》間万事西行猫《げんばんじさいぎょうねこ》』など二十点余の黄表紙がある。
八 現、千代田区丸の内二・三丁目の東南部にあった。
九 享和元年刊『敵討根笹《かたきうちねざさの》雪《ゆき》』など十余点がある。
一〇 文化六年刊『奇談立山記』が最後の作品。
一一 本名関平四郎(『戯作者考補遺』)。文化四年刊『敵

るき作者也。初《はじめ》は通笑に従ひ、後《のち》に京伝に従へり。よりて通笑・京伝の一字を取り合《あわ》して伝笑と号す。才《さい》、滑稽に長《ちょう》ぜざればにや、聞えしあたり作はなかりき。性《せい》、老実の好人物にて、うち見は臭草紙《くさぞうし》などを作るべしとは思はれず。予相見《あいみ》ざること十八、九年、今なほこの人の作、年々に出《い》づ。嗚呼《ああ》、壮なるかな。

[一四]十遍舎一九《じっぺんしゃいっく》

生国《しょうごく》は[一五]遠江《とおとうみ》也。[一六]小田切土州《おだぎりどしゅう》、[一七]大坂町奉行の時、彼家《かのいえ》に仕へて浪華《なにわ》にあり。後《のち》に辞し去《さり》て、大坂なる材木商人某甲《なにがし》の女《むすめ》婿《むこ》になりしが、其処《そこ》を離縁し、流浪して江戸に来つ。[一八]寛政六年の秋の比より、通油町《とおりあぶらちょう》なる本問屋《ほんどんや》蔦屋重三郎の食客《しょっかく》になりて、錦絵《にしきえ》に用《もちい》る[一九]奉書紙《ほうしょがみ》に[二〇]ドウサなどをひくを務《つとめ》にしてをり。

その性《せい》、滑稽を好みて、聊《いささか》浮世画《うきよえ》をも学び得たれば、当

討寝物語』『怪談梅草紙《かいだんこのはなぞうし》』から、天保七年刊『烏勘左衛門忠義伝《からすかんざえもんちゅうぎでん》』まで二十五種余りの合巻を作る。

一二 陸奥国菊多郡(現、福島県いわき市泉)の藩主。

一三 第二代藩主本多忠籌《ただかず》。紀行文に『霧の海』など多数ある。霜台は、弾正大弼《だいひつ》をいう。

一四 十返舎一九。十返舎は、香道の「十返り」から、一九は、幼名の「市九」から付けたという。

一五 駿河府中(現、静岡市)。

一六 土佐守。諱は直年《なおとし》。

一七 天明三—寛政四年(一七八三—九二)まで在任。

一八 この年刊行の『初役金烏帽子魚《はつやくこがねのえぼしうお》』(京伝作。蔦屋刊)に「一九画」と署名。

一九 皺がなく、純白で、きめの美しい和紙。

年蔦重が誂《あつら》へて『心学時計草《しんがくとけいぐさ》』といふ三冊物の臭草紙を綴らしめ、画《え》も一九が自画《じが》にて、寛政七年の新板とす〔この冊子《そうし》の趣向は、石川五老《ごろう》[一]が思ひ起して蔦重に説示《ときしめ》せしを、蔦重[二]やがて一九に誂《あつら》へて綴らしたりと云《いう》。『時計草』は、吉原の昼《ちゅう》夜十二時《やじゅうにとき》[三]の事を綴りたり。文化中、又六樹園《ろくじゅえん》[四]五老が『吉原十二時』[五]といふ仮名文《かなぶん》を綴りて蔵板《ぞうはん》にしたり。顧《かえりみ》るに一九が『時計草』のごとき、吉原の事を綴りて心学[六]と題せしは、当時心学のはやりたる故《ゆえ》のみにあらず、禁忌[七]を憚《はばか》りて紛《まぎ》らかせし也。当年心学と題せし臭草紙多かりしは、さる[八]意味なきも、みな流行によりて也〕。是《これ》その初筆《しょひつ》也。この冊子、頗《すこぶる》世評よろしかりしかば、是より年々に臭草紙の作あり。初《はじめ》は多く自画にて板[九]したれども、その画《え》拙《つたな》ければにや、時好に称《かな》はず。故に後《のち》には皆《みな》別人に画《えがか》せたり。

二〇 礬砂《どうさ》。膠液《にかわ》の中に明礬《みょうばん》を少量加えたもの。紙に引いて、墨や絵具のにじみ散るのを防ぐ。

一 石川雅望《まさもち》。国学者。狂歌・読本作者。宝暦三―文政十三年(一七五三―一八三〇)。

二 そのまま。

三 二十四時間。一時《いっとき》は二時間。

四 雅望の号。

五 『北里《ほくり》十二時』とも。魚《とと》屋《や》北渓画。刊年不明。吉原の一日の遊女・遊客の生態を雅文で記述し、卑俗な内容と格調の高い表現との落差から生じる滑稽を狙う。

六 石田梅岩が創始した人生哲学。該作では、吉原の遊女柏手が心学道話を講ずる。

七 寛政の改革では、遊里の精細な描写が弾圧された。

かくて寛政の季《すえ》に至りて、一〇長谷川町《ちょう》なる町人某乙《なにがし》が家に入《にゅう》夫《ふ》となりて数年在《あ》りしに、又其処《そこ》をも離縁して妻を娶《めと》り、通油町鶴屋の裏なる地本《じほん》問屋の一一会所《かいしょ》を預《あずか》りて、其処に住《すま》ひぬ。後の妻に女の子出生したるのみ。この女児、一二二《に》八《はち》の比《ころ》より儛踏《ヲドリ》の師となりて、親の生活《ナリハヒ》を資《たす》けしとぞ。みづからいふ、重田《しげた》氏、名は貞一《さだかつ》。しかれども人只《ただ》一九と喚《よ》べるのみ。

性《せい》酒を嗜《たし》なむこと甚しく、生涯一三言行を屑《いさぎよし》とせず。浮薄の一四浮世人にて、文人墨客《ぼっかく》のごとくならざれば、書賈《しょこ》等《ら》に愛せられて、暇ある折、他の臭草紙の一五筆工《ひっこう》さへして旦暮《たんぼ》に給し、その半生を一六戯作にて送りしは、この人の外《ほか》に多からず。しかれども、臭草紙には一七尤《ケヤ》けきあたり作なし。只『一八膝栗毛《ひざくりげ》』といふ中本《ちゅうほん》のみ、大《イタ》く時好に称ひて十数篇に及べり。その一九名聞《めいぶん》、二〇三馬に勝《まさ》れるは、この戯作あるによりて也。

八　心学を真向から説く意図。
九　出板したが。
一〇　現、中央区日本橋堀留町二丁目。
一一　集会所。
一二　十六歳。
一三　言行を慎まない。
一四　俗物。
一五　原稿を浄書する者。
一六　総作品数は五百八十種を超える。
一七　きわだった。
一八　『東海道中膝栗毛』。滑稽本。享和二年から文政五年まで、続作を含めると二十編刊行された。
一九　評判。
二〇　式亭三馬。→五三頁。

文化の初め、『[一]絵本太閤記《たいこうき》』に擬して『化物《ばけもの》[二]太閤記』といふ臭草紙を作りたるおん咎《とが》めにより、罪あり。手鎖《てぐさり》[三]五十日にして赦《ゆる》されけり〔この事は一九のみならず、画工《がこう》にも多かり。そは画工の部に録すべし〕。文政己丑《つちのとうし》[四]の春三月の大火に会所も類焼したれば、長谷川町辺《へん》なる新道《しんみち》[五]の裏屋に借宅《しゃくたく》す。この比《ころ》より手[六]足偏枯《へんこ》の症にて遂に起《タヽ》ず。天保二年辛卯《かのとう》の秋七月小[七]二十九日に没す。享年六十七歳なり。

附《つけ》ていふ、一九が戯作の弟子に半九《はんく》[八]・三九《さんく》[九]といふ二人あり〔その実名は聞知《ききし》らず〕。師の没後に師の名号《みょうごう》を承嗣《ウケツガ》んとて争ひしが、半九は別に生業あれば、戯作はせで[一〇]もあるべしとて、一九の後家《ごけ》、些《いささか》の黄白《こうはく》[一一]に易《かえ》て、一九の名号を三九に名のらすと聞《きき》にき。この事、伝聞なれば詳《つまびらか》なることをしらず。なほたづぬべし。

一　半紙本。岡田玉山画作。七編八十四冊、寛政九—享和二年刊。
二　『化物太平記』。黄表紙。三巻三冊、享和四年刊。『絵本太閤記』初編巻の三までのパロディ。秀吉や信長などを家紋で示したので絶板となる。
三　五十日間、手錠される刑。
四　十二年(一八二九)。
五　町家の間の細い道。
六　中風。
七　旧暦で二十九日で終る月。
八　五返舎半九。
九　十字亭三九。紀山人とも。人情本『仇競《あだくらべ》今様櫛《いまようくし》』(天保元—四年刊)等。↓八五頁。
一〇　しないでも良かろう。
一一　金銭。
一二　板木に字や絵を彫る者。
一三　菊地が正しい。八丈島

式亭三馬《しきていさんば》

三馬は[一二]板木《はんぎ》師《し》[一三]菊池茂兵衛《もへえ》の子也。名は[一四]太助、[一五]総角《あげまき》の時より茅場町《かやばちょう》なる地本問屋《じほんどんや》西宮新六《にしのみやしんろく》に仕へて、後《のち》に手代《てだい》になりぬ。年季満《み》て後、去《さり》て山下御門外なる[一六]書林万屋太次右衛門《しょりんよろずやたじえもん》の婿《むこ》養子になりしに、その妻早世したれば、遂に離縁して[一七]石町《こくちょう》なる裏屋に借宅す。その後、大坂の町人某甲《なにがし》が江戸[一八]掛店《かけだな》の売薬中絶したるを再興すとて、これを三馬に委《ゆだ》ねしかば、遂に[一九]本町二町目に開店しけり。しかるに旧来の薬は多く売れず、三馬が新製の[二〇]江戸の水といふ売薬、世の婦女子に賞せられて、漸々《ぜんぜん》に多く売れしかば、なほ種々《くさぐさ》の薬を鬻《ひさ》て、終《つい》にその身の[二一]家扶《かぶ》にしたり。

　戯作は[二二]寛政八、九年の比《ころ》より名をあらはして、初《はじめ》は西宮新六板にて、二冊三冊の臭草紙《くさぞうし》を作り、又洒落本《しゃれほん》とかいふ誨淫《かいいん》

の属島「小島」にある正一位八郎大明神（源為朝）の第八代神主菊地武幾《たけひさ》の長男（『八丈実紀』）。

一四　泰輔とも。字は久徳。通称は西宮太助。

一五　少年。三馬自身は、九歳の冬から十七歳の秋まで翫月堂堀野屋仁兵衛に奉公したという（三馬旧蔵洒落本『誰が袖日記』識語）。

一六　蘭香堂と号す。

一七　文化三年（一八〇六）三月の大火に罹災して、本石町四丁目に転居（『式亭雑記』）。

一八　支店。

一九　文化七年、「仙方延寿丹」売薬店を経営した。

二〇　文化八年に、白粉のはげぬ薬を売り出す。

二一　株。専売特権。

二二　寛政六年、『天道浮世出《てんどううきよので》星操《づかい》』（西宮新六刊）が初作。

の小冊[一]をも綴りて印行したり。みづからいふ、

「吾は唐来子《とうらいし》[二]の才を慕ひ、且烏亭子《かつうていし》[三]に忘形《ぼうけい》[四]の友とせられしより、三和《さんな》・焉馬《えんば》の一字を取りて、三馬と号する」とぞ。[五]寛政の季《すえ》に芝全交が没せし後、後《のち》[六]の全交たらんと欲《ほり》せしに、[七]障《さわ》ることありて果《はた》さず。とかくする程に、彼火消人足《かのひけしにんそく》[八]闘諍《とうじょう》の一件より、三馬の名号、暴《ニハカ》に噪《さわが》しくなりしかば、初念を絶《たち》にきといふ。[九]されば寛政十一年己未《つちのとひつじ》の春の新板に、前年一番組・二番組の火消人足等《ら》が闘諍の趣を『俠太平記向《キャンたいへいきむかフ》[一〇]鉢巻《はちまき》』といふ臭草紙に作り設けしを、三馬が旧主人、西宮新六が刊行したれば、[一一]よ組の人足等怒《いか》りて、[一二]己未の春正月五日、板元及《はんもとおよび》三馬が宅を破却《はきゃく》しけり。この一件にて、よ組の人足幾名《いくめい》か入牢《にゅうろう》す。裁許の日、西宮新六は過料《かりょう》[一三]、人足は出牢赦免《しゅつろうしゃめん》せらる。作者三馬も罪を蒙《こうむ》り、咎め手鎖《てぐさり》五十日にして赦免[一四]せ

一 寛政十年刊『辰巳婦言《たつみふげん》』が洒落本の処女作。
二 唐来三和。
三 烏亭焉馬。
四 互いの地位などを問題としない親友。
五 寛政五年。→三四頁注六。
六 二世全交となろう。
七 高名を汚すことを恐れたという(『引返譬幕明《ひきかえしたとえのまくあき》』)。
八 火消人足は気が荒く、持場などをめぐって、よく喧嘩した。
九 というのは。
一〇 「キャン」は、「俠」の唐音(中国音)の訛り。この作品の随処に鳶口・提灯・纏《まとい》などが描かれる。
一一 隅田川から西の火消しを担当する人足を、いろは四十七組に分ち、よ組は、その一番組。
一二 寛政十一年(一七九九)。

られけり。

これよりの後《のち》、文化中『天明水滸伝《てんめいすいこでん》』[一五]とかいふ写本の俗書に本《もと》づきて、いたく殺伐なる臭草紙〔『牛子魔陀六《うしこまだろく》物語』[一六]の類《たぐい》〕を作り設けて時好に媚びしかば、その名一時に噪しくなりたり。しかれども京伝が善玉悪玉《ぜんだまあくだま》[一七]、馬琴が『無筆節用似字《むひつせつようニタジ》尽《づくし》』[一八]〔寛政八年の春出《い》づ。『麁想案文当字揃《そそうあんもんあてじぞろえ》』[一九]の前編なり〕の如き、抜萃《ばっすい》なる物はなかりき。手迹《しゅせき》[二〇]は惇信様《じゅんしんよう》[二一]にて拙《つたな》からず。画は学《まなば》ざれども頗出《すこぶるで》来《か》したり。学問はなけれども、才子なれば、自序などを綴るによく故事をとりまはして、漢学者のごとく思はれたり。只その文に憎みあり。性《せい》、酒を嗜《たしなみ》て、人と鬪諍《どうじょう》[二二]せしこともしば〳〵聞《きこ》えたり。絶《たえ》て文人の気質に似ず、又商売のごとくにもあらず。世の俠客《きょうかく》に似たること多かりしに、既に初老に及びてより、酔狂《すいきょう》[二三]を慎《つつし》みて渡世を旨《むね》とせしと

一三　罰金。
一四　翌十二年は三馬は謹慎して一作も発表していない。
一五　寛政五年。三島正英作。寛政元年三月、火付盗賊改役長谷川平蔵に捕えられ処罰された盗賊真刀《しんとう》徳次郎を主人公にした実録。
一六　存否未詳。合巻『雷太郎強悪物語《いかずちたろうごうあくものがたり》』『敵討安達太郎山《かたきうちあだたろうやま》』(文化三年刊)等が殺伐な作品。
一七　『心学早染草』の趣向。→四〇頁注四。
一八　→四五頁注一五。
一九　寛政十年、鶴屋喜右衛門刊。北尾重政画。当て字による書簡の面白みを狙う。
二〇　書。
二一　平林惇信《あつのぶ》。宝暦三年没、五十八歳。書家。号は静斎。
二二　闘争。
二三　酔って喧嘩すること。

いふ。そが中に一事《いちじ》賞すべきは、その親茂兵衛《もへえ》も酒を嗜《たしな》むにより、月毎《つきごと》に酒銭として南鐐《なんりょう》[一]三片づゝ、餽《おく》ること、数年来、間断なかりしとぞ〔茂兵衛は始終三馬と同居せず、別宅に在《あり》て剞劂《きけつ》[二]を職にしたり〕。焉馬[三]・豊国[四]等と友として善《よ》し。京伝・馬琴等と交《まじわ》らず。就中《なかんずく》、馬琴を忌むこと讐敵《しゅうてき》のごとしと聞《きこ》えたり。いかなる故にや、己《おのれ》に勝《まさ》れるを忌む胸陜《せま》[五]ければならん。文政五年[六]壬午《みずのえうま》の春閏《うるう》正月十六日[七]に没す。享年四十七歳。その子尚総角《なおあげまき》[八]なりければ、戯作の弟子益亭三友《えきていさんゆう》[九]等、相資《あいたす》けて売薬店《ばいやくだな》を相続せしめたりとなん。

記者の云《いう》、戯墨をもて産を興《おこ》せしものは、京伝と三馬のみ。京伝は子なし、弟京山[一〇]が代《かわ》りて店を続《つ》ぐに及びて、煙管《きせる》煙包《たばこいれ》の売買を廃したり。三馬はその子に至《いたり》て、父の生業《なりわい》を改めず。よりて思ふに、身後《しんご》[一一]の福は、三馬、京伝に勝《まさ》れり。

一　二朱判銀。銀の含有量は二匁七分(約一〇・一三グラム)。
二　板木を彫ること。→五三頁注一二。
三　→五四頁注三。
四　歌川豊国。浮世絵師。明和六―文政八年(一七六九―一八二五)。五十七歳。
五　狭量である。
六　一八二二。
七　正しくは六日(『戯作者考補遺』)。
八　式亭小三馬。名は徳基。通称は虎之助・大輔。文政十二年刊『娘暦振袖《むすめごよみふりそでの》初《はじまり》』等、多くの合巻を発表。嘉永六年(一八五三)一月十一日没、四十二歳。
九　合巻作者。江戸日本橋通一丁目藤の丸膏薬店の舎弟で、芳町(現、堀江六軒町)住(『戯作者考補遺』)。呉竹

ある人の云、三馬は山下町にありし比《ころ》より、しば〳〵狂歌堂に交加《ユキカヒ》て、[一二]狂歌を真顔に学びたり。真顔もその己《おのれ》を愛敬するを歓びて、経《つね》に人に対して「三馬は才子也」とて褒美しけり。しかれどもその才、狂歌には足らざりけるにや。聞えたる秀《しゅう》逸《いつ》は一うたもなし。まいて[一三]狂詩などは作り得ず。[一四]俳諧の発句《ほっく》すらせざりし歟《か》、一句だも見たることあらず。かゝれば純粋の戯作者也、明の[一五]謝肇淛《しゃちょうせい》が所云《いわゆる》、[一六]才子書《しょ》を読《よま》ざるの類《たぐい》なるべし。

東西庵南北《とうざいあんなんぼく》

[一七]芝神明町の辺なる板木師《はんぎし》也。[一八]実名を忘れたり。浮世画《うきよえ》も些《いささか》ばかり画《えが》くことを得たり。絶《たえ》て学問はなき男なれども、文化中より年毎《としごと》に[一九]臭草紙《くさぞうし》を作るをもて粗《ほぼ》名を知られたり。只抜萃《ばっすい》なる妙作なし、多くは先輩の旧作を翻案して綴りたる物

園と号す。生没年未詳。→七六頁。
一〇 →六二頁。
一一 死後の幸福。
一二 短歌形式により、滑稽諧謔を詠んだもの。
一三 漢詩形式により、滑稽諧謔を詠じたもの。
一四 五七五の独立句。
一五 一五六七—一六二四。官は広西右布政使に至る。随筆『五雑組』が江戸時代に盛行し、馬琴もよく利用した(『明史』二八六)。
一六 「才を以て勝つ者は、其の跅弛《たくし》(ほしいまま)を患《うれ》ふ」(『五雑組』十三)。
一七 現、港区芝宮本町。
一八 姓は朝倉、通称は力蔵・藤八(『戯作者考補遺』)。文政十年七月没、六十余歳。
一九 合巻に『復讐《かたきうち》源吾《げんご》良鮒《ろうぶ》魚《な》』(文化五年刊)など。

多かり。文政の間、落語《おとしばなし》[一]を渡世になすもの、東西庵南北と号するあり。知らざるものは、戯作者の南北也と思ふも多かり。又三[二]、四年前の事なりき、鍛冶橋《かじばし》の内なる堀侯《ほりこう》[三]の領分（信濃飯田《しなのいいだ》[四]）に遊歴して、東西庵南北と号せしがありけるよし、堀殿の家臣鈴木生《せい》[五]の話也。是等《これら》は風流の賊なれば論ずるに足らざれども、南北すら名を盗《ぬす》るゝことかくのごとし。況《いわんや》京伝・馬琴の名号《みょうごう》をぬすみをかし、遊歴して渡世になすもの、折々ありと聞えたり。

（寛政の年、岡崎名古屋[六]の間を遊歴せしもの、山東京伝たるよしを佯《いつわ》りて、その地の風流士《ミヤビヲ》[七]を欺《あざむ》きたるも有けり。又文化の年、奥州白河[八]の城よりいく里かこなたなる路の傍《かたわら》なる石に、「曲亭馬琴、某の月某の日、この処を通《とお》る」と書《かき》つけてありけるよし、奥《おく》の会津の商人安積屋喜久二《あさかやきくじ》[九]、白河へゆく折

一「浅草住東西庵南北始め円好といふ」（『落語家奇奴《きぬ》部類《ぶるい》』）。
二 天保元年（一八三〇）頃。
三 堀大和守親寚《ちかしげ》。
四 現、長野県飯田市。
五「堀内蔵頭殿御使、鈴木儀兵衛」（天保二年十一月八日日記）。遊歴の東西庵南北につき、広瀬淡窓の『懐旧楼筆記』二十一、文政四年正月に「此月、東西庵南北、当県（豊後日田）ヲ辞シ去レリ。此人此地ニ在ツテ、唐山ノ話ヲナスコト、凡ソ三席ナリ。其ノ云フトコロ、妄誕ニシテ信ジガタシ。然レドモ、暫ク是ヲ以テ詩料トセンガ為ニ、其言フトコロヲ述べテ、七絶十四首ヲ作レリ。…又数年後聞キシニ、東都ニ東西庵南北ト称スル者アリ。書ヲ著シテ、

目撃したりといへり。

又天保の初年、曲亭馬琴と名のりて姫路の城下に遊歴せしものあり。姫路の家臣等、欺《あざむか》れて詩をおくりしもありしに、その仮《ニセ》馬琴、一〇和《わ》韵《いん》得《え》成《な》らず、倶《ぐ》したる一個の徒弟の資助《たすけ》を得て、いと拙《つたな》きことを述《のべ》て答《こたえ》しかば、姫路の士疑ひて、江戸の邸《やしき》なる同僚一一浅見生《せい》は馬琴と相識《そうしき》なるよし、かねて聞《きき》ぬる事あれば、附郵《ふゆう》して真偽を問はる。浅見生聞て、そは疑ふべくもあらぬ贋物《にせもの》なるよしを答つかはせしに、その回報《かいほう》いまだ届かざりし程に、仮馬琴ははやく姫路を辞し去りしとぞ。この一条は、当年浅見生の話也。

又三、四年前、一二柳亭種彦《りゅうていたねひこ》の名号をぬすみをかして、一三伊勢の松坂に遊歴せしものあり。松坂人亦《びとまた》あざむかれて馳走《ちそう》せしを、同郷の人一四小津《おづ》桂窓《けいそう》は曲亭と面識にて、かねて聞たる事あれば、

姦人己ガ名ヲカリテ、四方ヲ遊歴セシコトヲ弁ゼシトゾ…」と。

六　現、愛知県岡崎市。

七　文芸愛好の士。

八　現、福島県白河市。

九　文政七年(一八二四)四月九日に初対面した(『滝沢家訪問往来人名簿』)。

一〇　他人の詩と同じ韻を用いて詩を応酬すること。

一一　浅見魯一郎。文政十三年三月頃に馬琴と面会(文政十三年三月二十六日付篠斎宛馬琴書簡)。

一二　→七〇頁。

一三　現、三重県松阪市。

一四　字は久足。通称は安吉、後に新蔵。馬琴の愛読者。松坂の豪商。文化元—安政五年(一八〇四—五八)。馬琴と書籍を貸借し、作品を批評した。

そはにせ物なるべしとて看破してければ、仮《にせ》種彦、更に言《ことば》を改《あらため》て、「吾《われ》は種彦にあらず、種彦の弟子也」といひしとて[一]笑へり。この他《ほか》もかゝる[二]まぎれもの、いくらもあるべし。只正《ただまさ》しく視聴したるを録するのみ。これらはすべて[三]風流のぬす人といふべし。」

[四]聞人《ぶんじん》の名号を窃《ぬす》み、田舎児を欺きて世渡りになすものは、いと憎むべしといへども、畢竟《ひっきょう》は虚名《きょめい》の弊《へい》也。むかし元禄の年間《コロ》、俳諧師[五]鬼貫《おにつら》也と佯《いつわ》りて東国を遊歴せしものあり。世の人これを「[六]あづま人《びと》の鬼貫」といへり。かゝればむかしより、さるまぎれもののなきにあらず。遠境《えんきょう》の人、[七]由断すべからずとぞ。

曼亭鬼武《まんていおにたけ》〔一号感和亭《いっかんわていとごうす》〕

[八]実名を忘れたり。寛政中まで御代官の手代にて、飯田町

一　桂窓は苦笑した。
二　似せ者。
三　文雅に托して人を欺く者。
四　著名な人物。
五　上島《うえじま》鬼貫。寛文元―元文三年(一六六一―一七三八)。
六　鬼貫の知友である路通が、貧しい鬼貫のために偽筆を売ったという話(建部綾足『芭蕉翁頭陀物語』「鬼貫貧ににせまる并路通が事」)を、このような形で伝えたか。
七　油断。
八　前野曼七ともいう(『戯作者考補遺』など)。
九　飯田町中坂通りの北に平行してあった道。現、飯田一丁目と九段北一丁目の間を東へ下る坂。

[九]万年樹《モチノキ》坂の辺《あた》りに処《お》れり〔この頃の姓名、倉橋羅一郎とかおぼえしが、さだかならず。なほよく考《かんがえ》て異日追録すべし〕。後に[一〇]橋のみたちの御[一一]家人某甲《なにがし》の名跡《みょうせき》を続《つぎ》て[一二]御勘定を勤め、[一三]浅草寺の裏手に卜居《ぼっきょ》し、後又家督を婿養嗣《むこようし》某に渡して、[一四]をさ〳〵戯作を旨としたり。初《はじめ》は[一五]山東庵に交加《ゆきかい》し、文化の初より曲亭に就く。自作の臭草紙《くさぞうし》を印行せられん事を請《こい》しかば、馬琴 則《すなわち》山城屋藤右衛門《とうえもん》〔馬喰町《ばくろちょう》の書賈《しょこ》也〕に紹介して、その作初て世にあらはれしは、[一六]文化五年の事なりき。これより後《のち》、[一七]新編の臭草紙を印行せられしかども、させるあたり作はなし。性《せい》酒を嗜《たしな》み、退隠の後、放蕩無頼を事として[一八]瘡毒《そうどく》を患《わずら》ひ、遂に[一九]鼻を失ひたれども羞《はじ》とせず。歌舞伎の作者たらん事を欲《ほり》して、一年《あるとし》、[二〇]木挽町《こびきちょう》の芝居にかよひて、やうやく[二一]前狂言を綴ることを得たれども、その徒《と》に[二二]撩役《りょうえき》せらるゝに堪《たえ》ずとて、果《はた》さ

一〇 一橋家（徳川氏の分家）。
一一 将軍直属の家臣で、御目見《おめみえ》以下の者。
一二 幕府の勘定役。年貢・財政に関わる。
一三 浅草姥ヶ池（浅草寺の裏）に住むという（文化二年刊『白痴文集』自序）。
一四 もっぱら。
一五 山東京伝。
一六 寛政五年刊の咄本『戯《おどけ》話《ばなし》華《はな》厭面《えくぼ》』には「曲亭馬琴校感和亭鬼武著」とある。
一七 黄表紙『医療《いりょう》寝齗種《いびきぐさ》』（享和二年刊）、読本『奇児《きじ》酬怨桜池由来《しゅうえんさくらがいけゆらい》』（文化三年刊）など。
一八 梅毒。
一九 重い梅毒の症状。
二〇 普通には森田座をいう。現、中央区銀座一―八丁目。
二一 一番目の芝居の脚本。
二二 なぶって使われる。

ずして退《しりぞ》きたり。かくていよ〳〵零落して、身のさま初《はじめ》にも似ずなりしかど、猶浮《なおうか》れあるきつゝ、瘡毒再発して身まかりけり〔没年[一]、文政のはじめにやありけん、たづぬべし〕。この人の戯作多かりしそが中に、『自来也《じらいや》物語』[二]といふよみ本のみ、頗《すこぶ》る時好に称《かな》ひたり。そはよみ本の条下にいふべし。

山東京山《さんとうきょうざん》

京橋銀座一丁目の家主岩瀬伝左衛門《でんざえもん》の二男にて、京伝の弟也。乳名《にゅうめい》[三]を相四郎《そうしろう》といひけり。幼弱[四]より漢《カラ》学びをして時彦《じげん》[五]と交《まじわ》り、又書法を東洲《とうしゅう》〔佐野文助[六]〕に学びけり。弱冠[七]の時、外叔《そとお》母《ば》鵜《う》飼《かい》氏の養嗣《ようし》にせられ、某[八]の老侯《ろうこう》に仕へて近習《きんじゅう》たりしこと数年〔鵜飼氏は某の老侯の妾《めかけ》にて、当主[九]の実母なり〕、養母の意に愜《かなわ》ざる事ありて離縁[一〇]せられ、又父兄と同居したり。佐野東洲が銀座町に卜居《ぼっきょ》せし比《ころ》、東洲の婿養嗣[一一]になりて、佐野巒《らん》[一二]

一　文化十五年（一八一八）二月二十一日没、五十九歳（『増補続青本年表』）。
二　正しくは『自来や説話《ものがたり》』。文化三・四年、中村藤六刊。
三　幼名。
四　弱は、若い意。
五　時の名士、文人。
六　名は潤、字は君沢。文助は通称。文化十一年没。
七　寛政三年（一七九一）、二十三歳。
八　青山忠高《ただたか》。丹波篠山藩第二代藩主。
九　青山忠裕《ただひろ》。忠高の三男。第四代藩主。
一〇　寛政十一年のことという。
一一　文化元年頃という。
一二　通称は栄助とした。
一三　文化三年頃という。

山《ざん》と号しけり〔鵜飼氏の養子たりしときは鵜飼助進《すけのしん》と喚《よば》れたり〕。しかれども遂《と》げず、亦《また》[一三]離縁せられてしばらく浮浪し、竟《つい》に町人になりて浅草馬道《うまみち》[一四]に卜居し、大吉屋《だいきちや》利市《りいち》と改名し、新吉原《しんよしわら》江戸町《えどちょう》なる長島屋《ながしまや》の熟妓《じゅくぎ》[一五]の年季《ねんき》[一六]満《みち》たるを妻として、子[一七]ども多くうましけり。

この比より、戯作をもて生活の資《し》にせまく欲《ほ》りし、兄京伝の幇助《たすけ》により、初て臭草紙《くさぞうし》[一八]を綴りて京山と号しけり。是より後《のち》、春毎《ごと》[一九]に新編あり。戯作の才は京伝に及ぶべくもあらねども、聞人《ぶんじん》[二〇]の弟なれば、書賈《しょこ》もかいなでの作者とせず。その名速《すみやか》に世に聞《きこ》えて、愛《めず》るものもありけり。

かくて京橋一町目の河岸町《かしちょう》[二一]へ移徙《いし》[二二]して、戯作と篆刻《てんこく》[二三]を活業《なりわい》にしたり〔文化中より〕。篆刻者は前輩[二四]多かれども、京伝の弟たるをもて、そを求《もとむ》る者尠《すくな》からず〔篆刻は田良庵《でんりょうあん》[二五]の弟子也〕。

一四　現、台東区浅草二丁目。遊客が馬を利用して吉原へ通った所からいう。
一五　田村養庵の娘くみ。引手茶屋長島屋の養娘という説もある。
一六　遊女として勤める約束の年限。
一七　二男三女を儲けた。
一八　合巻『復讐妹背山物語《かたきうちいもせやまものがたり》』。文化四年、江見屋吉右衛門刊。
一九　旧暦の正月。
二〇　著名な人物。
二一　京橋川の北河岸。
二二　転居。
二三　石などに篆書で印を彫る。
二四　先輩。
二五　青山家に出入りする書家荒木呉橋に印刻を習ったという(津田真弓『山東京山年譜稿』)。

こゝをもて、ともかくもして世を渡る程に、文化十三年の秋[一]九月七日、兄の憂《うれ》[二]ひに丁《あた》りし比《ころ》より、嫂《あによめ》〔京伝は前妻[三]・後妻共に吉原の熟妓《じゅくぎ》也。後妻は弥八玉屋《やはちたまや》の娼妓《しょうぎ》にて、しら玉[四]と呼《よば》れしものなり〕と悃《かな》[五]はず。よりてその家事[六]を資《たすけ》まく欲《ほり》せず。その明年《みょうねん》[七]、京摂《けいせつ》[八]に遊歴しけり。その帰る比及《ころおい》より、嫂病《やま》[九]ひに嬰《かか》りて、久《ひさし》うして身[一〇]まかりければ、京山、遂に兄の家を続《つぎ》て山東庵と号し、売薬読書丸《どくしょがん》[一一]の外《ほか》に、房薬《ぼうやく》に似たる薬さへ鬻《ひさ》ぎて〔孕《はら》む薬、孕《はらま》ざる薬などのたぐひを云《いう》〕、煙包《タバコイレ》[一二]・煙管《キセル》を売ることを廃しけり。いまだいくばくもあらずして、その子筆《ふで》[一三]吉《きち》に家名《かめい》[一四]を譲り、その身は笹山侍従《ささやまじじゅう》[一五]の旧臣《きゅうしん》と倡《とな》へて帯刀《たいとう》したり。かたちは武士にて、渡世は商人ならざることを得ず。人みなこれを一奇とす。数年の後《のち》、二女を儛踊《オドリ》の師にして生活の資《かて》にしたるに、その女児は萩[一六]の殿に徴《メサ》れて妾《めかけ》になりぬ。公

一　一八一六。京山四十八歳。
二　死。
三　扇屋花扇の番頭新造であった菊園（おきく）。
四　玉の井、また百合《ゆり》という。寛政十二年（一八〇〇）、京伝四十歳の時に身請けした。
五　仲が良くない。
六　紙煙草や薬の販売など。
七　文化十四年四月より十一月まで。→三四六頁注一。
八　伊勢と京坂。
九　精神を病んだ（『伊波伝毛乃記』）。
一〇　文化十五年没。→六七頁注一四。
一一　京伝が売り出した薬。
一二　京伝の家業であった。
一三　正しくは筆之助。
一四　二世京屋伝蔵の名。
一五　丹波篠山藩第四代藩主青山忠裕《ただひろ》。老中などを歴任。
一六　長州藩主。毛利斉元。

子をうみまゐらせたれば、京山夫婦には[一七]扶持《ふち》を賜《たまわ》りたりといふ。[一八]さらでも京伝の遺財あり、[一九]妻子の為にとて、髪結《かみゆい》の家扶《かぶ》とかいふものをさへもてりしを、京山[二〇]沽却《こきゃく》して家を造り更《あらた》めたりしに、そは文政[二一]己丑《つちのとうし》の火に焼《やけ》しかば、彼《かの》二女の資《たすけ》により元のごとくに家を造りぬ。かゝれば、頗《すこぶる》ゆたかなるに似たれども、その子筆吉が[二二]放蕩にて、[二三]教訓もいふかひなく、[二四]殆《ほとんど》労するといひけり。

抑《そもそも》京山は文事に才あるのみならず、[二五]貨殖《かしょく》にも疎《うとか》らざるにや、よく[二六]勢利に就《つき》て[二七]俗《ヨ》と共に升降す。こゝをもて、風流の友には[二八]尊大なれども、[二九]勢利の為にはしからず。但《ただし》、戯作は兄に及ばず。[三〇]『隅田《すだノ》春芸者気質《げいしゃカタギ》』などいふ臭草紙は、[三一]をさ〳〵婦幼に賞玩せられたれども、[三二]尤《ケヤ》けきあたり作は聞《きこ》えず。[三三]娼妓を妻にして、子ども五、六人うましたるも亦《また》一奇也（鵜飼氏の養《よう》

一七　俸禄。
一八　そうでなくても。
一九　京伝の妻子。家扶は株。
二〇　売却。
二一　文政十二年（一八二九）。三月二十一日、神田佐久間町から出火し、日本橋・京橋・芝一帯を焼いた。
二二　このために勘当される。
二三　子への庭訓もむなしく。
二四　無駄骨に近い。
二五　金儲け。
二六　大名や金持ち。
二七　世俗と調子を合わせる。
二八　横柄である。
二九　勢利ある者には卑屈だ。
三〇　文政二年、西村与八刊。並木五瓶《ごへい》の歌舞伎『隅田春《すだのはる》妓女容性《げいしゃかたぎ》』（寛政八年初演）に基づく合巻。
三一　なかなか。
三二　顕著な。
三三　→六三頁注一五。

嗣《し》たりし時、妻を娶《めと》ることふたゝびなりしに、養母の意にかなはざるよしにて、幾程《いくほど》もなく離別したれば子なし。又東《とう》洲《しゅう》の女婿《むすめむこ》たりし時も、その妻に子なし。最後に熟妓[一]を娶《めと》りしより、子の多かること右の如し」。心術《しんじゅつ》[二]すべて京伝に似ず。その家を続《つ》ぐの後《のち》、帯刀しぬる比《ころ》より、通称《タヽヘナ》[三]を岩瀬百樹《モヽキ》と告《ノ》れり。淳《あつ》[四]く学びたるにあらねど、漢学に疎《うと》からず。詩を賦し、手迹《しゅせき》[五]をよくして、且《かつ》篆刻をもすなれば、戯作者にはをしかるべき多能の人なり。しかれども世評《せひょう》、種彦[六]に及ばず。かゝれば戯作は別才《べっさい》[七]といはん[八]も亦宜《またむべ》ならずや。

附《つけ》ていふ、京山は弟兄姉妹四人也。姉[九]は小伝馬町[一〇]なる高麗《こま》[一一]物あき人伊勢屋忠助《ちゅうすけ》といふものに妻《めあわ》せられたり。こもしたゝ[一二]か物にて、凡庸《ヨノツネ》の婦女子に似ず。実母[一三]の身まかりし時、手づから沐浴《もくよく》[一四]し、且入棺《かつにゅうかん》して、見えがくれに墓所まで送りぬ。こ

一 ↓六三頁注一五。
二 心の動き方。
三 世間一般に通用する名。
四 本格的に。
五 書。
六 柳亭種彦。
七 学問の有無とは別の特殊な才能。「詩に別才有り」(『滄浪詩話』詩弁)。
八 言っても良いではないか。
九 京伝にとっては妹きぬ。
一〇 現、中央区日本橋小伝馬町。
一一 尾州家へ高麗物を納めたという(『伊波伝毛乃記』)。
一二 しっかり者。気丈者。
一三 大森氏。文化の初めに没す(『伊波伝毛乃記』)。
一四 遺体をきよめ。
一五 よね。
一六 普通には、黒鳶式部。黄表紙に『他不知思染井《ひとしらずおもいそめい》』

の一事をもて知るべし。妹[一五]も文才ありて、狂歌を詠《えい》じ、紫鳶《くろとび》[一六]式部《しきぶ》と号したり。寛政[一七]の初《はじめ》にかありけん、そが綴りたる臭草[一八]紙を京伝が筆削《ひっさく》して、印行せられしことありけり。惜《おし》むべし、短命にて二八《にはち》[一九]あまりを一期《いちご》にしたり。

　或《あるい》はいふ、京伝は伝左衛門の実子にあらず、某侯《ぼうこう》の落胤[二〇]也とぞ。しかれどもその家にて秘することとなるを、あなぐりしるすべくもあらず。姉[二一]にも子なし。兄京伝は後妻[二二]〔名は百合《ゆり》〕の女弟《イモト》を養ひて女児《ムスメ》とし、稚《おさな》き時より三弦をならはせ、且画《かつえ》を学《まなば》せて水仙女《すいせんじょ》と号して鍾愛《しょうあい》したるに、年十五にて夭折《ようせつ》しけり〔この養女、名は鶴〕。その後、京山の長女を養《やしなわ》んとて、家に呼《よび》とりて在らせしに、いく程もなく京伝[二三]は世を去り、その妻[二四]も身まかりければ、京山が兄[二五]の迹《あと》を続《つ》ぎしより、件《くだん》の長女は成長の後、他《ほか》へ〔八丁堀《はっちょうぼり》なる町同心《まちどうしん》〕嫁《か》したるに、不縁《ふえん》にて

（天明四年刊）がある。
一七　天明の誤りであろう。
一八　→注一六。
一九　天明八年（一七八八）没、十七歳（『山東京伝年譜稿』）。
二〇　母の大森氏が尾州の御《ご》守殿《しゅでん》（将軍家の娘の嫁ぎ先）に宮仕えしていた（『伊波伝毛乃記』）ので、尾州侯の御落胤説がある。
二一　きぬ。
二二　以下の養女の記述は、『伊波伝毛乃記』のそれと一致する。享和三年（一八〇三）に六歳で養女となり、文化九年（一八一二）七月下旬、十五歳で病没。
二三　→四〇頁八行。
二四　文化十五年二月二十六日、四十一歳（小池藤五郎『山東京伝の研究』）。
二五　文政元年七月二十六日、筆吉を二世京屋伝蔵とす。

帰りにき。更《さら》に再醮《さいしょう》[一]したるなるべし。
顧《オモ》ふに京山は二親《ふたおや》の愛子《あいし》なりけるが、同胞《ハラカラ》[二]にはみな子なく、独《ひとり》京山のみ男女の子[三]どもを多く挙《モウケ》て、後を絶《た》つに至らざるの孝あり。父母は[四]さりとも知るべきにあらねども、[五]その愛の深かりしもこれらの故《ゆえ》にやと、後《のち》におもひ合《あわ》されたり。[六]同胞《はらから》の男女四人ながら、うちも揃ひて、その[七]才の闌《タケ》たるは、こも亦多く得がたかるべし。

[八]摺見《すりみ》

何人《なんぴと》なるをしらず。寛政九年、臭草紙《くさぞうし》の相撲番附《ばんづけ》に二段目に出《いで》て、『[九]浴爵一口浄瑠理《ユヤスヾメヒトくちじょうるり》』といふ臭草紙、通油町《とおりあぶらちょう》鶴屋の板也。この余なほあるべし。

[一〇]九年坊《くねんぼう》

これも寛政九年、右の番附に『[一一]即席御療治《そくせきおんりょうじ》』といふ臭草紙、

一　再婚。
二　京伝・きぬ・よねを指す。
三　→六五頁一三行。
四　京山だけは子供が多いと予知できるはずもないが。
五　京山を可愛がったのも、孫が多くできる運命があったからであろうか。
六　→注二。
七　才能が優れているのは。
八　在原《ありわら》艶美・成平摺見《なりひらしじみ》とも。黄表紙に『家内手本町人蔵《やなでほんちょうにんぐら》』（天明元年刊。北尾政演（京伝）画）・『再評判《にどのひょうばん》』（天明二年刊。北尾政演画）、がある。本所業平橋の住人。
九　寛政十年刊の黄表紙。成平摺見作。北尾重政画。馬琴序。一丁表に「本所業平橋在原艶美作」と。
一〇　壁前亭九年坊。
一一　寛政十年刊。鳥高斎栄昌（細田栄昌）画。

馬喰町《ばくろちょう》宝屋《たからや》板にて、西の小結《こむすび》に出たれども、佳作にはあらざりき。当時この人の作[一二]多かり。

面徳斎夫成《めんとくさいそれなり》

[一三]楚満人《そまひと》が戯作の弟子[一四]也。何人なるを知らず。享和四年甲子《きのえね》の春〔この年改元文化《ぶんかとかいげんす》〕『敵討思乱菊《かたきうちおもいのらんぎく》』〔豊広画、五冊物、榎本吉兵衛板〕といふ臭[一五]冊子出たり。

[一六]**鶴成《かくせい》・糊人《のりひと》**

右におなじ。この二人も寛政中に出たる搔[一七]撫《かいなで》の戯作者也。必是《かならずこれ》[一八]狂歌社中《しゃちゅう》のものなるべし。

[一九]**吉町《よしまち》**

右におなじ。摺見より以下、吉町まで寛政中の作あれば、京山等《ら》より前輩なれども、佳作なければ世に聞《きこ》えずなりぬ。おもふにこれらは都《すべ》て狂歌師なるべし。

一二　寛政十年に『袋湊《ふくろのみなと》宝乗合《たからののりあい》』『奇遇雌雄《はてめずらしきふたつの》器《うつわ》』『摹書筆回気《すきうつしふでのまわりぎ》』等、六点の黄表紙を出している。
一三　→三五頁。
一四　『後編乱菊思敵討』（文化元年刊、豊広画）に「楚満人門人面徳斎夫成」と。楚満人と同一人とする説もある（『小説年表』）。
一五　他に『敵討金糸之詰縫《かたきうちきんしのつめぬい》』（文化二年刊）、『富士日記《ふじにっき》曽我社《そがのやしろ》』（同年刊）等がある。
一六　聞天舎。陽鳴亭。『身《み》為着宝貝洪福《にきたるたからのさいわい》』（寛政五年刊）、『怪談奇発情《かいだんきはちじょう》』（寛政十年刊）がある。
一七　平凡な。
一八　狂歌を作る結社。
一九　恋川吉町。『画本賛獣録《えほんさんじゅうろっ》禽《きん》』（寛政十一年刊）がある。

柳亭種彦《りゅうていたねひこ》

一高屋《たかや》氏。下谷《したや》御《お》徒町《かちまち》御《お》二先手《さきて》組《ぐみ》屋敷内に借地して住《すめ》り。初《はじめ》は三よみ本をのみ綴りしが、文化の季《すえ》四の比《ころ》より読本を綴らず、五臭草紙の作を旨とせり。文化丙子《ひのえね》の新板『六正本製《しょうほんジタテ》』といふ合《ごう》巻《かん》物〔歌川国貞画、西村屋与《よ》八《はち》板〕、時好に称《かな》ひて数編相続したり。この合巻草紙は、文をすけなくして画《え》を旨とす。その画精妙《せいみょう》、本文に勝《まさ》れり。又文政十七三年の春の新板『八田舎源《いなかげん》氏《じ》』といふ合巻冊子、世評噪《さわが》しきまでに行《おこな》はる〔鶴屋喜右衛門板なり〕。こも画は九国貞にて、その画ます〱妙なれば也。一〇既に数篇におよべり〔但《ただし》二十張《ちょう》合巻二冊を一編とす〕。こ、をもて、当今《とうこん》臭草紙の巨擘《きょはく》と称せらる。その身に于《おい》ても自負甚《はなはだ》しといふ。

この人させる学力は一一なけれども、一二狂才は自余《じょ》の作者の白眉

一　諱は知久、字は啓之、通称は彦四郎。天明三―天保十三年。二百俵取りの旗本高屋甚三郎知義の男。
二　江戸城の治安維持、将軍の警護などに当る。
三　『奴《やっこ》の小まん』（文化四年刊）、『霜夜星』（文化五年刊）等が早い作。
四　『綟手摺昔木偶《もじてすりむかしにんぎょう》』（文化十年刊）が読本の最終作。
五　『鱸庖丁青砥切味《すずきほうちょうあおとのきれあじ》』（文化八年刊）が合巻の処女作。
六　十二編、文化十二―天保二年刊。文体を歌舞伎の脚本（正本）風にし、挿絵に歌舞伎舞台機構、役者似顔絵等を活用した。
七　文政十二―天保十三年刊、全三十八編。
八　『偐紫田舎源氏《にせむらさきいなかげんじ》』。『源氏物語』の翻案。
九　歌川国貞。

たること、世の婦幼の評す所也。聞くに、旧《ふる》き義太夫本[一三]数十種を蔵弃《ぞうきょ》して戯作のたねとし、且西鶴《かつさいかく》の浮世本[一四]、八文字屋本《はちもんじやぼん》[一五]などをも多く蔵《おさ》めたりといふ。さもあらん歟《か》。

おもふに、元禄年間より『源氏物語』を無下《むげ》に俗文に綴り更《あらため》て、婦幼の玩《もてあそ》び物とせしも多かり。そは『女五経《おんなごきょう》[一六]あかし物語』五冊〔延宝九年の印本〕、『風流源氏』[一七]〔元禄中の古板也〕、『若草源氏』[一八]〔宝永三年の印本也〕、『雛鶴《ひなづる》源氏』[一九]〔右の後篇也〕、『猿源氏』[二〇]〔享保三年の印本、江島《えじま》・生島《いくしま》の事をほのめかして作り設《もうけ》たる冗藉なり〕、この余なほあるべし。『田舎源氏』は窃《ひそか》にこれらを父母《ふぼ》として作設《つくりもうけ》たるなるべし。本《もと》を得しらで末《すえ》を取るは、ながれての世の経《つね》なれば、きのふけふは某《なにがし》[二一]源氏などいふ中本《ちゅうほん》物さへ出《いで》て、種彦の顰《ひそみ》に倣《なら》ふもありと聞《きき》にき。かばかりの作者にだも及ぶもの、なきを思へば、実に才難《かた》し

一〇　本書成稿の天保五年には第十三編まで出ていた。
一一　漢学の力。
一二　演劇趣味に基づき、日本古典を換骨奪胎する才能。
一三　浄瑠璃本。
一四　浮世草子。町人や武家の生活に取材した小説。
一五　元禄頃から明和頃まで京都の八文字屋が出板した浮世草子。
一六　小亀益英《こがめますひで》作。延宝三年刊。
一七　都の錦作。元禄十六年刊。
一八　『若草源氏物語』。宝永四年刊。梅翁作。奥村政信挿絵。
一九　宝永五年刊。
二〇　『猿源氏色芝居』。九二《きゅうじ》軒《けん》鱗長作。
二一　『似勢紫浪花源氏《にせむらさきなにわげんじ》』等の艶本。

といふべし。

一 **可候《かこう》**

二 文化中の臭草紙《くさぞうし》に、この作名見えたるが、久しからずして身まかりしといふ。三 何人《なんびと》なるをしらず。没年月は『四 墓所一覧』に見えたり。この作者、編者と親しければ也。さらずば彼《かの》一覧に、芝全交《しばぜんこう》、唐来三和《とうらいさんな》をすら漏《もら》せしに、独《ひとり》可候の載《のせ》らるべくもあらずかし。

五 **東里山人《とうりさんじん》**

六 麻布に居宅せる御家人也〔七 御勘定附御《おかんじょうづきご》普《ふ》請役《しんやく》〕。実名を忘れたり。文化四、五年の比《ころ》、和泉屋市兵衛に請《コフ》て、初《はじめ》て臭草紙〔当時、合巻《ごうかん》既に行《おこな》はる〕を印行せられしより、年毎《としごと》にこの人の作出《いで》たり。しかれども抜萃《ばっすい》なるあたり作なし。その作りざま、八 南北と相似《あいに》たることあり。前輩の旧作を剽窃《ひょうせつ》して作れる

一 時太郎可候。葛飾北斎の戯号。
二 文化八年刊の合巻『新編月熊坂』(自画)、同十三年刊の合巻『桜曇春朧夜《はなぐもりはるのおぼろよ》』(自画)等があり、黄表紙は、寛政十二年刊の『竈《かまど》将軍勘略之巻』以後、数点を刊行。
三 可候は『竈将軍勘略之巻』の舌代で「曲亭馬琴先生」の添削を乞うている。
四 『江都名家墓所一覧』(老樗軒主人、文化十五年刊)には見えない。北斎は嘉永二年(一八四九)没。
五 鼻山人。細川(河)浪次郎。並輔とも。文化初年、山東京伝に入門、合巻・読本・滑稽本・洒落本・人情本を執筆。安政五年(一八五八)没、六十八歳。
六 麻布三軒家町(現、西麻

もの多かり。

為永春水《ためながしゅんすい》

九実名を越前屋《えちぜんや》長二郎《ちょうじろう》といふ。隻眼《せきがん》なるをもて、人或《あるい》は渾名《アダナ》して眼長《がんちょう》と喚做《よびな》したり。一〇初《はじめ》は柳原《やなぎはら》土手《どて》下小柳町《したこやなぎちょう》の辺に処《ヲ》れり。旧《フル》本の一一瀬捉《セド》りといふことを生活《ナリハヒ》にす。一二且軍書読《かつぐんしょよ》みの手に属《ツキ》て、夜講《やこう》の前座を勤《つとむ》ることも折々ありといふ。一三文政の初の比より、一四合巻の臭草紙を綴りて、彼此《アチコチ》の板元《はんもと》へ售《うり》て印行せられたりといへども、一箇《こ》もあたり作はなし。文政十年の比より、古人《こじん》楚満人《そまひと》の名号《みょうごう》を接《つ》ぎて、南杣笑楚満人《なんせんしょうそまひと》と号したるに、そが新作のよみ本、世評わろかりければ、板元并《ならび》に貸本屋《かしほんや》等《ら》が、

「楚満人といふ名はふさはしからず」

といふにより又一五春水と改めたり〔軍書の講釈に出《いづ》る折は為永正介《しょうすけ》といふとぞ〕。馬琴が旧作のよみ本の板の火に係りて全一六

布、元麻布)。
七 与力だともいう。
八 東西庵南北。→五七頁。
九 本名は鷦《さ》鷯《さき》貞高。越前屋は通称。
一〇 現、千代田区神田須田町一・二丁目。
一一 糶取り。掘り出し物を転売して利ざやを稼ぐこと。自作『玉川日記』二編序に、この事をいう。
一二 文政初年から数年間、講釈師為永正輔と号し、寄席に出た。
一三 文政四年、人情本『明烏後正夢《あけがらすのちのまさゆめ》』初・二編六冊を二世南仙笑楚満人の名で出板する。
一四 初・二編合綴の人情本。
一五 文政十二年(一八二九)の事である(『繋馬《つなぎうま》七勇婦伝』四編序)。
一六 不揃いな板木を。

部せざるを、その板元より買[一]とりて放《ホシヒマヽ》に補綴《ほてつ》し、画《え》を易《かえ》て新板《しんぱん》の如くにして鬻《ひさ》ぎしは、この男の所為《ワザ》也。そは、『常世《つねよ》[二]物語』『[三]三国一夜物語』『[四]化競丑三鐘《ばけくらべうしみつノかね》』、この余なほあらん。具《つぶさ》には又よみ本の条下にいふべし。

墨川亭雪麿《ぼくせんていゆきまろ》

越後[五]高田《たかだ》侯《こう》の家臣也。俗称を田中源治《げんじ》[六]といふ。文政[七]の初《はじめ》の比《ころ》より臭草紙を綴りて印行せらるゝもの多かり[八]。初は世評よしと聞《きこ》えしのみ、抜萃《ばっすい》なるあたり作はなし。しかれども亹々《びび》[九]として已《や》まず。戯作を著《あらわ》すをもて楽《たのし》みとす。みづからいふ、「幾十歳《いくじっさい》になりても童《わらべ》ごゝろのうせざればや、冬毎《ごと》に自作の冊子の発兌《はつだ》せらるゝを待わびざる年はあらず」といひけり。好むことの甚《はなはだ》しければならん。うち見は老実なる好人物にて俗気《ぞくき》あり。書《しょ》[一〇]は読まぬ人なるべし。

一 文化末年頃から小資本の書肆青林堂を経営していたので、無断再板を行った。
二 『勧善常世物語』。初板は文化二年刊行、文政六年に越前屋長次郎が再板した。
三 初板は文化三年刊だが、文政九年頃、越前屋長次郎が文永堂から再板した（文政九年四月三日日記）。
四 初板は寛政十二年刊。文政十年頃、無断再板されたことを、『傾城水滸伝』第五編末（文政十年執筆）、『八犬伝』第七輯（文政十三年刊）巻七末に述べる。
五 高田藩主榊原家の江戸詰の家臣。
六 別名は親敬。通称は善三郎。字は虞徳。安政三年（一八五六）十二月五日没、六十歳（『名人忌辰録』）。
七 文政五年の『弘智法印嵓《こうちほういんいわ》

橋本徳瓶《はしもととくへい》

俗名は[一一]徳兵衛《とくべえ》。文化中より筆工《ひっこう》を生活《なりわい》にしたれば、漸々《ぜんぜん》に他作の綴りざまを見なれたりけん。その身も[一二]臭草紙を作りて、諸板元《しょはんもと》に請《こ》ふて印行せられしも多かるべし。これらは名の為にあらず、只《ただ》利の為にせしものなれば、佳作あるべくもあらずかし。

一返舎白平《いっぺんしゃはくへい》

一九が戯作の弟子也。文化四年の春、書賈《しょこ》東邑閣《とうゆうかく》が板せし[一三]『戯作者画番附《えばんづけ》』に載せたり。

[一四]五返舎半九《ごへんしゃはんく》

これも一九が弟子也。文化十年、無名氏の蔵板《ぞうはん》なる[一五]『戯作者浮世《うきよ》画《え》相撲《すもう》東西番附《ばんづけ》』に載せられて下段に在《あ》り。この二子の戯作は、世に聞えたるものなし。

坂廼松《さかのまつ》』以来、合巻が多い。
八　読本など含めて約六十点ある。
九　断えないさま。
一〇　漢学・国学の知識は浅い。
一一　別号に千代春道・浮世喜楽など。文政八年(一八二五)十一月三日没、六十八歳。
一二　文化五年刊の合巻『復《かたき》讐縁小車《うちよすがのおぐるま》』などがある。
一三　『江戸戯作画工新作者付』であろう。「文化四年卯十二月、京橋辺の貸本屋藤六とやらんいふ者、作者・画工の番付を彫刻して専ら鬻《ひさ》ぎし」(『馬琴書翰集成』第六巻)。
一四　芝辺に住み、菓子商を業とす。後、深川六間堀に移住(『戯作者考補遺』)。
一五　『馬琴書翰集成』第六巻に断片が載る。

〔一〕**徳亭三孝**《とくていさんこう》
〔二〕**古今亭三鳥**《ここんていさんちょう》
〔三〕**益亭三友**《えきていさんゆう》

この三子《さんし》は三馬が戯作《げさく》の弟子也といふ。しかれども世に聞《きこ》えたる佳妙《かみょう》の作なし。

〔四〕**五柳亭徳升**《ごりゅうていとくしょう》

鎌倉河岸《かまくらがし》なる豊島屋《としまや》の紙店《かみだな》のあるじの子也。放蕩にて久しく浮浪せしが、近日〔五〕御魚屋《おんなや》の書役《かきやく》になりたりと聞《きき》にき。実名未詳。

川関楼琴川《せんかんろうきんせん》

姓名は〔六〕川関庄助《かわぜきしょうすけ》といふ。初《はじめ》は築地の〔七〕万象亭《まんぞうてい》に従ひて〔八〕義太夫《ぎだゆう》本《ぼん》を綴りたれども、〔九〕操芝居《あやつりしばい》にて興行せし事はあらず。文化四年丁卯《ひのとう》の春より、〔一〇〕北尾蕙斎《けいさい》の紹介にて、しば〳〵曲亭許《ガリ》来訪

一 通称、和泉屋勘右衛門。別号に一徳斎・桃種成。江戸小石川の米商。狂歌堂社中の狂歌師。合巻に『都鳥吾妻育』(文化十二年刊)。
二 通称、三河屋吉兵衛。浅草東仲町の薬種仲買。合巻に『春霞《はるがすみ》接穂梅枝《つぎほのうめがえ》』(文化十三年刊)等。
三 文化六年、式亭三馬の口上、歌川文治の挿絵入りで、合巻『花鳥風月仇討話』を出す。
四 関根氏。通称、豊島屋甚蔵。後、貸本屋を営む。文政五年(一八二二)頃、軍書読錦城斎典山の門人となり、舌耕を業とす。合巻『松手寄《まつをたより》由縁藤浪《ゆかりのふじなみ》』(天保九年刊)等。
五 御納屋。江戸幕府の職名。隠匿魚類の摘発、幕府納魚の調達を管掌する。
六 庄助は通称。名は惟充《これみつ》と

して、自作の臭草紙《くさぞうし》を印行せられんことを請《こ》ひしかば、馬琴則《すなわち》[一一]山城屋藤右衛門〔馬喰町《ばくろちょう》の書賈《しょこ》〕に託して、その戯作『敵討甚三《かたきうちじんざ》之《ガ》紅絹《モミ》』〔五冊物臭草紙〕、『敵討女夫柳《かたきうちみょうとやなぎ》』〔六冊。并《ならび》[一二]に春亭画、共に文化五年の新板《しんぱん》〕を印行せられたり。この後《のち》、一百許張《きょちょう》[一三]の年代記を著《あらわ》して蔵板にしたれども、障《さわ》ることありて行《おこな》われざりき。この人、下谷《したや》なる御徒方《おかちかた》より出《いで》て小倉侯《こくらこう》[一四]に仕へたりしに、その養父の故《ゆえ》をもて身の暇《いとま》を給はり、下谷[一五]煉塀巷路《ねりべいこうじ》の辺なる所親《しょしん》の地所に僑居《きょうきょ》したり。今は鬼籍《きせき》に入《い》りしなるべし。

椒芽田楽《キノメノでんがく》

尾州名護屋《びしゅうなごや》[一六]の藪医師《ヤブクスシ》にて、神谷剛甫《ごうすけ》といふものなり。滑稽を好みて小才《こさい》ありければ、享和元年に『挑灯庫闇《ちょうちんグラやみ》七扮《ノナ、ヤク》』[一七]といふ臭草紙〔三冊物〕を綴れり。そを馬琴に請ふて、次の年の

いう(『戯作者考補遺』)。
七　森羅万象。→三八頁。
八　浄瑠璃本。
九　人形浄瑠璃。
一〇　北尾政美《まさよし》。鍬形蕙斎《くわがたけいさい》と号す。浮世絵師。馬琴の咄本『笑府衿裂米《しょうふえりたちこめ》』(寛政五年刊)等の挿絵を描く。
一一　洛藤舎と称す。文化六年に馬琴の合巻『山中鹿介稚物語《やまなかしかのすけおさなものがたり》』を刊行。
一二　勝川春亭。馬琴合巻では『歌舞伎伝介忠義話説《ばなし》』の挿絵を描く。
一三　『本朝歴史要略』(文化十年刊)か。許は、ばかり。
一四　小笠原家。
一五　現在のJR秋葉原駅東側の道という。
一六　名古屋西郊牧野村。
一七　黄表紙。歌川豊国画。「曲亭門人椒芽田楽」と署名。

春〔享和二年壬戌《みずのえいぬ》正月〕、鶴屋にて印行せしことありけり。江戸にてその戯作を板せしは、只これのみなれども、遠方他《た》郷《きょう》の人にこの作あるはめづらしければ、こゝへ載《のせ》たり。

竹塚東子《たけのつかのとうし》[一]

千住の近郷、竹塚《たけのつか》の農戸《のうこ》也。天明中、法橋越谷吾山《ほっきょうこしがやござん》[二]の弟子にて、俳諧を旨とせしものなるが、文化に至りて合巻《ごうかん》の臭草《くさぞう》紙《し》の流行を羨《うらや》み、初《はじめ》は入銀《にゅうぎん》などしつゝ、この人の作[三]を印行せられたり。しかれども世に聞《きこ》えたる佳作はなかりき。

○この他《ほか》、文化中の臭草紙に作名の見えたるもの左の如し。

一二三《しうぞう》[四]　**学亭三子**《がくていさんし》[五]　**小金厚丸**《こがねのあつまる》[六]〔狂歌師なり〕
篠田金治《しのだきんじ》[七]〔歌舞妓の狂言作者也〕
楽々庵《らくらくあん》[八]　**馬笑**《ばしょう》[九]　**梅笑**《ばいしょう》[一〇]
尉姥輔[一一]　**雪亭三冬**《せっていさんとう》　**春亭三暁**《しゅんていさんぎょう》[一二]

一　谷古宇《やこう》氏。通称は四郎左衛門。文化十二年(一八一五)没。
二　享保二―天明七年(一七一七―八七)。初め会田氏。俳諧の宗匠で馬琴と兄羅文の師。
三　寛政三年の黄表紙『至無我人鼻心神《むがにいたれひとはなごころ》』は、京伝作とあるが、巻末に「竹塚翁東子述」とある。
四　市二三とも(『戯作者考補遺』)。高麗井《こまい》氏(『日本小説書目年表』)。酔放逸人。合巻に『珍説飛敵討《とんだかたきうち》』。
五　益亭三友の兄か(『戯作者考補遺』一亭三友)。
六　武藤忠司。通称、伊勢屋吉兵衛。文政十二年(一八二九)没。神田鍋町の紙問屋主人。洒落本『闇夜月《みそかのつき》』(寛政十一年刊)等。
七　初世。二世並木五瓶。文政二年没。旗本野々山大膳の次男。通称、正二。『愛《あい》

時太郎《ときたろう》　吾蘭《ごらん》　一三本の桑人
一四山月古柳　匠亭三七《しょうていさんしち》

みな何人《なんびと》なるを知らず。一時の流行に従ひて、各《おのおの》その作ありといへども、毎春《まいしゅん》久しく印行せられしにあらず。素《もと》より泛々《はんぱん》のともがらなりければ、佳作ありとしも聞くことなかりき。そが中に三某《さんぼう》と号せしは、三馬が弟子歟《か》、さらずば三馬が仮染《かりそめ》に作り設《もうけ》たる作名なる歟。未詳。これに漏《もれ》たるもなほあるべし。

後《のちノ》　烏《う》亭焉馬《ていえんば》

八町堀《はっちょうぼり》に住す。武弁《ぶべん》の人也（一五寄騎《よりき》の弟と云《いう》）。一六名弘《なびろめ》の会触《かいぶれ》の折、初て対面して一七実名をも聞《きき》しが忘れたり、たづぬべし。初は松寿堂永年《しょうじゅどうながとし》と名のりて狂歌を旨とし、後《のち》に六樹園《ろくじゅえん》の社に入《い》りて古人蓬莱山人帰橋《ほうらいさんじんききょう》の名号《みょうごう》を続《つ》ぎて、蓬莱山人と号せしを、

敬紺屋《ぎょうこんやの》娘』（文化十年刊）等。
八　名は桃英。読本に『恋夢《ゆめの》艤《うきはし》』（文化六年刊、葛飾北斎画）。
九　楽亭馬笑。浅草田町土手下に住む浄瑠璃語り。四世竹本倉太夫。黄表紙『怪化《ばけ》競《くらべ》箱根《はこね》戯場《かぶき》』（寛政八年刊）等。
一〇　酔月梅笑。合巻『浪花《なにわ》潟《がた》夜《よ》風《かぜ》濡衣《ぬれぎぬ》』（文化十年刊）等。
一一　姥尉輔《うばじょうすけ》の誤り。四世鶴屋南北。
一二　合巻『仇競《あだくらべ》浮名《うきなの》一節《ひとふし》』（文化十二年刊）の作者。
一三　本野素人のことか。
一四　江戸泉橋の油屋という。
一五　南町奉行所与力であったが、家督を弟に譲った。
一六　戯作者襲名の際に、その作者名を広告する会。
一七　山崎嘗（賞）二郎。

文政の季《すえ》[一]の年間《コロ》、又古人焉馬の名号を、焉馬の門人鱗馬《りんば》[二]・宝《ほう》[三]馬《ば》に乞受《こいうけ》て、又烏亭焉馬と改めたり。故《モト》[四]の焉馬は臭草紙《くさぞうし》の作なし。後の焉馬は近来《ちかごろ》毎春合巻《ごうかん》[五]草紙の新作二、三種づゝ出《いで》ざることなし。只抜萃《ただばっすい》のあたり作なきのみ。

志満山人《しまさんじん》[六]

何人《なんびと》なるをしらず。たづぬべし。

笠亭仙果《りゅうていせんか》

種彦の戯作の弟子也といふ。実名未詳[七]。厚田仙果ともあれば、厚田氏歟《か》、たづぬべし。

鶴屋南北《つるやなんぼく》

歌舞伎の狂言作者也。二代目南北[八]〔初名は勝俵蔵《かつひょうぞう》[九]といへり〕の子坂東鶴十郎《つるじゅうろう》、文化の年、役者をやめてあき人[一〇]になると聞《きこ》えしが、親の南北身まかりし已前《いぜん》より狂言作者になりて、三[一一]

一　文政十一年(一八二八)四月。
二　鱗馬亭三千歳《みちとせ》。合巻に『春月薄雪桜』(文化九年刊。立川談洲楼序)がある。
三　『戯作者考補遺』二世烏亭焉馬にも見える名。
四　文政五年の合巻『赤本昔物語』には「八十翁立川焉馬」の署名あり。
五　文政十一年、二世立川焉馬の名で合巻『活金剛伝《かっこんごうでん》』を刊行。
六　浮世絵師歌川国信の号。湯島三組町に住し、幕府御小人目付と伝える。文政五年に合巻『風流女丹前』(歌川国信自画)等を刊行。
七　高橋広道。名古屋熱田の人。慶応四年(一八六八)没、六十五歳。天保二年(一八三一)、合巻『合物《あわせもの》端歌弾初』(厚田仙果画)が戯作の初作。
八　四世鶴屋南北の子の意。

代目の鶴屋南北になりしとぞ。昨今このもの、合巻草紙一二、毎春印行す。さはれ世に聞えたるあたり作はなし。

一三 **林屋正蔵**《はやしやしょうぞう》

落語《おとしばなし》を旨として、夜々《よよ》よせ場へ出《いづ》るもの也。自作の合巻《ごうかん》一四を、席上の景物《けいぶつ》に出《いだ》すといふ。この故《ゆえ》に板元《はんもと》より作者のかひとるも多かりとぞ。

この余、文政中より今天保に至《いたり》て、合巻の臭草紙に作名の見ゆるもの左の如し。

一五 **後**《のちノ》 **恋川春町**　一六 **律秋堂**

後《のちノ》 **唐来三和**《とうらいさんな》〔小《こ》半紙《ばんし》二《ふた》ツ切《ぎり》の豆本《まめほん》に、此作名《このさくめい》見えたり〕

一七 **船主**《ふなぬし》〔半紙二ツ裁《だち》の小本《こほん》に、此作名見えたり〕

一八 **緑間山人**〔坂東三津五郎《ばんどうみつごろう》、瀬川菊之丞《せがわきくのじょう》が世を去りし比《ころ》、追薦《ついぜん》の合巻に此作名見えたり〕

九 文政十二年、父の前名を襲名した。

一〇 深川の遊女屋直江屋の主人になった。

一一 天保元年に五十歳で没。南北は名のらなかった。

一二 『四十七手本裏張』《かながきてほんのうらばり》（文政九年刊）等。

一三 天保十三年没、六十三歳。

一四 『尾々屋《おびや》於蝶三世談』（文政八年刊）、『鶉権兵衛《うずらごんべえ》物語』（同十二年刊）等。

一五 恋川ゆき町。合巻『女船頭矢口之渡場』（文政十年刊）等。

一六 合巻『指角力手管業物』《ゆびずもうてくだのわざもの》（文政九年刊）。

一七 合巻『化物一年草』《ばけものひととせぐさ》（文政十二年刊）。

一八 「縁」か。合巻『追善三《み》ツ瀬川法花勝美』《せがわのりのはなかつみ》（天保三年刊）。

一 **沢村訥子**《さわむらとっし》〔これは文化中なり〕
二 **市川三升**《いちかわさんしょう》〔白猿《はくえん》になりても〕
三 **坂東秀佳**《しゅうか》　四 **尾上梅幸**《おのえばいこう》　五 **瀬川路考**《せがわろこう》

後《のち》の春町より下、縁間山人に至るまで、何人《なんびと》なるをしらず、又佳作あることをも聞かず。大凡《おおよそ》古人の名号《みょうごう》を冒《おか》すものは、歌舞伎役者が昔の高手《こうしゅ》なる役者の名字《みょうじ》を続《つ》ぐごとく、由縁《ゆかり》なきも縁を求めて、古人の名によりてはやく世に知られんことを欲《ほり》するのみ。名号は古人と同じけれども、その才と技は古人の半分《ナカバ》にも及ばざるもの多かり。只《ただ》戯作者のみならず、俳諧師にもその余の技芸にも、この例尠《すくな》からず。いたづらに古人の名号を汚《よご》さゞるは稀也。

又、歌舞伎役者の名を仮《か》りて、臭草紙《くさぞうし》にその作名をあらはすことは、六 文化年間、書賈《しょこ》西村源六《げんろく》が、七 沢村宗十郎《そうじゅうろう》のなほ源《げん》

一 四世沢村宗十郎。三世沢村宗十郎の長男。文化九年(一八一二)没、二十九歳。紀十子《きのとっし》の名で合巻『近江源氏湖月照《おうみげんじこげっしょう》』(文化八年刊)を出すが、岡山鳥の代作。
二 七世市川団十郎。安政六年(一八五九)没、六十九歳。合巻『一番太鼓春乃曙』(文政六年刊)等があるが、皆、五柳亭徳升と花笠文京の代筆という。
三 三世坂東三津五郎。天保二年(一八三一)没、五十七歳。合巻『情競傾城嵩《いきじくらべけいせいがたけ》』(文政九年刊)があるが、松島調布の代作。
四 三世梅幸。三世尾上菊五郎。嘉永二年(一八四九)没、六十六歳。合巻『玉藻前化粧姿見《たまものまえけしょうのすがたみ》』(文政五年刊)など多いが、みな花笠文京の代作。

之助《のすけ》といひし比《ころ》、その名を借りて、ある人[八]に代作させし臭草[九]紙、当時婦女子《ふじょし》に賞玩《しょうがん》せられて、甚《はなは》だしく行《おこな》われしかば、是より[一〇]地本問屋《じほんどんや》等《とう》、当場《タテモノ》[一一]の役者の作と佯《いつわ》る臭草紙を年毎《としごと》に印行することになりたり。その代作をすなるものは、狂言作者の二《に》[一二]の町《まち》なるが、画工《がこう》[一三]国貞を介《ナカダチ》にして、その稿本を書賈に售《ウル》に予《アラカジメ》その役者[一四]の毎《トモ》に名を借りて、些《いささか》の潤筆を利とせる也とぞ。さるを給事[一五]《ミヤヅカヘ》の女房、市井《しせい》の婦女子等さへ、代作なりとは得《え》もしらで、愛玩すること甚しかりしに、近ごろは代作なることやうやく聞《きこ》えて、婦女子のすさめ[一六]ぬも多かれども、猶《なお》田舎には真作《しんさく》也と思ふもあれば、今に至りて印行す。只初《はじめ》のごとく多からざるのみ。これらは贔屓《ひいき》の役者の紋を釵児《カンザシ》につけ、或《あるい》は役者の自筆の発句《ほっく》をほりして、縁を求めて便面服紗《べんめんふくさ》[一七]などへ書《しょ》せしを、肉筆・偽筆《ぎひつ》のえらみもなく、十襲《じっしゅう》[一八]秘蔵せると同

五　五世瀬川菊之丞。天保三年没、三十一歳。人情本『時雨《しぐれ》の袖』(文政八年刊)、合巻『ふたり山姥』(文政八年刊)等あるが、花笠文京らの代作。
六　文化八年。
七　四世宗十郎。
八　紀十子。→注一。
九　『近江源氏湖月照』。
一〇　→二八頁注一〇。
一一　一座の中での人気役者。
一二　歌舞伎の脚本作者で二流の者。
一三　初世歌川国貞。即ち三世歌川豊国。元治元年(一八六四)没、七十九歳。
一四　役者たち。毎は、們。
一五　江戸城大奥や諸藩の屋敷に仕える女性。
一六　もてあそばない。
一七　扇の面や絹布。
一八　十重に包んで。

日の談《だん》なれば、[一]作の巧拙にかゝづらふにあらず、一時流行しぬるとも、[二]文墨を事《こと》とせるものゝ肩を比《ならべ》んことは、尤《もっとも》恥《はず》べきにあらずや。

かゝればはかなき小児《しょうに》の戯《たわむ》れなれども、合巻《ごうかん》草紙を歓びて看《み》るものに三等あり。よくその作の[三]好歹《こうたい》をえらむあり、又[四]浮《ア》華《ダ》なるを歓ぶあり。役者の偽《ぎ》作《さく》を愛するものは、しかも下《げ》の又下なるもの也。

[五]**西来居**《さいらいきょ》**未**《み》**仏**《ぶつ》　[六]**江南亭唐立**《こうなんていからたち》〔狂歌師なるべし〕

[七]**持丸**《もちまる》〔これも狂歌師なるべし〕

[八]**坂東簑助**《ばんどうみのすけ》　[九]**中村芝**《し》**翫**《かん》

これらもすべて右におなじ。未仏・唐立・持丸等《ら》は、何人《なんびと》なるをしらず。文政より今天保に至《いたり》て、その作名の合巻草紙見えたり。簑助・芝翫は例の代作なること、いへばさら也。

一 作品の巧拙を問題とする事はなく。
二 自分のような専業作家が相手にする事も恥しいの意。
三 良し悪しの意の中国俗語。
四 絵や装丁の美のみを喜ぶ。
五 毛受《めんじゅ》照寛。別号、瓢箪《ひょうたん》園《えん》・一寸法師。尾張藩典医。天保二年(一八三一)没、四十余歳。狂歌作者。合巻に『忠臣蔵合鏡《あわせかがみ》』(文政十二年刊)。
六 中田慶治。別号、愚者一徳。十返舎一九の門人。合巻に『誂《あつらえ》染《ぞめ》由縁《ゆかり》廼《の》色揚《いろあげ》』(文政七年刊)。
七 今野半兵衛か。十返舎一九の門人。合巻に『二《ふた》ツ鷹羽有馬《たかのはありま》藤《ふじ》』(天保三年刊)。
八 二世簑助。四世坂東三津五郎。文久三年(一八六三)没、六十四歳。合巻『向人《むこうのひと》廓山彦《くるわのやまひこ》』(天保三年刊)は、浜村輔の代作。

[一〇]十字亭三九《じゅうじていさんく》

十遍舎一九《じっぺんしゃいっく》が戯作の弟子也。この三九が合巻草紙、文政中[一一]より見えたり、但《ただし》多からざるのみ。一九が没して後《のち》、師の未亡人に請《こ》ふて、遂に十遍舎一九の[一二]名号《みょうごう》を許されたりとぞ。後の一九はこれなるべし。

[一三]後《のちノ》式亭三馬〔初名虎之助《とらのすけ》〕

三馬が[一四]没せし比《ころ》は、なほ総角《あげまき》也と聞《きこ》えたり。文政十一年戊子《つちのえね》の春、尚《なお》少年にして[一五]『三国妖狐殺生石《さんごくようこせっしょうせき》』といふ合巻草紙を綴りて、「式亭三馬悴《せがれ》虎之助作」と落款《らっかん》にあり〔鶴屋板、国安《くにやす》画〕。これ、その初筆《しょひつ》也。この明年[一六]己丑《つちのとうし》の春より、彼此《アチコチ》の書賈《しょこ》に請ふてその戯作を印行せらるゝに、なほ式亭虎之助作とあり。かくのごとくにして四、五年を歴《ふ》る程に、竟《つい》に亡父の名号を承嗣《うけつ》ぎて、みづから式亭三馬と号す。

九　三世中村歌右衛門。天保九年没、六十一歳。合巻『其裏梅真砂白浪《そのうらうめまさごのしらなみ》』（天保五年刊）等は、墨川亭雪麿や花笠魯介の代作。

一〇　糸井武。通称、鳳助。別号、登仙笑苦人《とうせんしょうとまひと》。

一一　天保元年に合巻『魁《さきがけ》梅枝《うめがえ》曽我』、同二年に『江戸乃名所《などころ》』等刊行。

一二　天保四年、二世を継ぐ。後、仙石騒動を綴って筆禍を受け、同七年頃失踪した。

一三　式亭小三馬。菊地徳基。嘉永六年（一八五三）没、四十二歳。

一四　三馬死去の文政五年（一八二二）閏一月六日には十歳。

一五　天保元年刊。五柳亭徳升作。『喜怒哀楽堪忍袋』（文政十二年刊。十七歳春、式亭虎之助序）の誤り。

一六　文政十二年。合計五点

おもふに京伝・京山は兄弟にて、共に戯作に名だゝるすら世に珍らしき事なるに、三馬は二世の戯作者也。抑《そもそも》いかなる因果ぞや。[一]是前未聞《これぜんみもん》の奇事ならずや。且《かつ》親の三馬が[二]売薬をもて家を成したるは、戯作の虚名《きょめい》によりて也。かゝればその子、後《のち》の三馬も、亦《また》戯作をもて世に知られなば、その薬店も衰へず、いよ〳〵繁昌すべき事、猶《なお》京伝が[三]読書丸の京山に至りても、世の人忘れざるが如《ごと》けん。おのれ後の三馬を知らず、いまだその戯作を見ざれども、必《かならず》是才子なるべし。[四]さはれ年尚わかければや、一種も戯作に[五]尤《ケヤ》けきものなく、[六]出藍《しゅつらん》の誉《ほま》れあるよしを聞くことを得ざるのみ。

記者の云《いう》、享保・元文以降、[七]赤本《あかほん》と唱《となう》る児戯《じぎ》の画冊子《えぞうし》、年々に新編出《いで》て世に行《おこなわ》れしより、文化・文政に至りて、既に[八]三変《さんぺん》したり。明和の季《すえ》の比《ころ》より、[九]喜三二《きさんじ》・[一〇]春町両才子《りょうさいし》出て、

の合巻を出す。

一　前代未聞。
二　→五三頁注一九。
三　薬の名。寛政・享和の交（一八〇〇年頃、京伝四十歳過ぎ）に発売する。
四　「さはあれ」の転。とはいうものの。
五　目覚ましい作品。
六　親よりもすぐれた作品を著す意。
七　→二五頁注一七。
八　明和の末、天明・寛政、文化・文政と三期に分ける。
九　→三二頁。
一〇　恋川春町。→三二頁。

[一一]臭草紙《くさぞうし》に滑稽を旨とせしより、天明・寛政の間、[一二]全交・京伝・馬琴等の諸才子出て、[一三]錦の上に花を添しかば、その滑稽にあらざるものは、童子といへども歓《よろこ》ばざりき。この時に当りて、通油町なる地本問屋《じほんどんや》、[一四]鶴屋・[一五]蔦屋二店にて毎春印行せる臭草紙は、必《かならず》作者を択《えら》むをもて、前年の冬より[一六]発兌《はつだ》して、春正月下旬までに二冊物・三冊物一組にて一万部売れざるはなし。そが中にあたり作あるときは、[一七]一万二、三千部に至ることあり。猶甚《はなはだ》しく時好に称《かな》ひしものあれば、そを抜出《ぬきいだし》て別に[一八]袋入《ふくろいり》にして、又三、四千も売ることありといへり。

是をこそ真盛《まさか》りなるべしと思ひしに、文化に至り、滑稽廃《すた》れて[一九]敵討物《かたきうちもの》流行し、続きて種々《くさぐさ》の時代物・世話物語《せわものがたり》流行しぬるに及びて、初《はじめ》て臭草紙に美を尽し、[二〇]合巻《ごうかん》と唱《となう》るに及びて、高手《こうしゅ》と称せらるゝ[二一]二三子《にさんし》の新作、前年の冬十月より、はやく

一一　黄表紙。
一二　→三四頁。
一三　黄表紙を更に多く作るたとえ。
一四　鶴屋喜右衛門。
一五　蔦屋重三郎。→三二頁注四。
一六　大体、十月から発売する。
一七　『鸚鵡返文武二道』を指す。
一八　→三二頁七行、三三頁一〇行。
一九　→三五頁注一五。
二〇　文化元年(一八〇四)刊、春水亭元好作・二代目歌川豊国画『東海道松之白浪』が「全部十冊合巻」と唱う。
二一　三馬・京伝・種彦・馬琴などをいう。

出《いで》たるは七、八千部売る、といふ。寛政の一万二、三千部に比《くらぶ》れば、その数足らざるに似たれども、臭草紙とは[一]価《あたい》の貴《たか》きこと十倍なれば、その利も随《したがい》て多かるべし。且《かつ》今の合巻の[二]十数編続くものは、年々《としどし》にその古板《こはん》すら二、三百部づゝ売るゝといへば、竟《つい》には一万にも一万五、六千部にも至るべし。かゝればその盛りなる、こゝに于《おい》て極《きわま》れり。[三]物壮《さかり》なれば必《かならず》衰《おとろ》ふ。是《これ》より後《のち》はいかなるべき。且児戯の小冊子に美を尽して人工を費《ついや》しぬるは、要なきわざに似たれども、こも泰平の[四]余《よ》沢《たく》にて、文華《ぶんか》いやましに開《ひら》けたる時勢に従ふものなるべし〔文化中、[五]永田備州《びしゅう》、町奉行たりし時、合巻・臭草紙の彩色《さいしき》標紙《ひょうし》、華美なることとしかるべからずとて禁止せられしかば、[六]薄墨《うすずみ》・[七]つや墨入《ずみいり》の外《ほか》、色を用《もちう》ることを得ざりしに、程なく永田殿[八]卒去《そっきょ》して、[九]公儀《こうぎ》その禁を退けられ、又元のごとく数遍の

一 黄表紙や合巻の値段については、二五頁から二八頁までを参照。黄表紙が五十文とすれば、合巻は一匁五分ほど。

二 馬琴の『傾城水滸伝』は全十三編、種彦の『修紫田舎源氏』は三十八編。

三 『易経』繋辞伝・下「易ハ極マレバ則チ変ズ」に由来する変易思想。馬琴はこの思想に基づく句を『南総里見八犬伝』に十七例も用いる。

四 十分な恩恵。

五 永田備後守正道。江戸北町奉行(文化八年四月二十六日—文政二年四月二十二日、一八一一—一九)。

六 板木に薄く墨を施すことにより、幽霊や宵闇などのボカシた感じを表す。

七 板木に、糊を混ぜた濃い

彩色摺《さいしきずり》になす事を得たるなり」。

○自是而下《これよりしてしも》、係于補遺《ほいにかかる》

一〇 蓬莱山人帰橋《ほうらいさんじんききょう》

天明中、この作者の洒落本《しゃれほん》一一よく行《おこな》はれしにより、又臭草紙の稿本を乞ふ書賈《しょこ》のありけん、天明の季《すえ》の比《ころ》より寛政の初《はじめ》まで、幾種か臭草紙一二の作ありけれども、洒落本の手際《てぎわ》にはいたく劣りて、一種も聞《きこ》えたる物はなかりき。詳《つまびらか》なる事は洒落本作者の部に見えたり。

一三 後《のちノ》 喜三二

本阿弥《ほんあみ》三郎兵衛《さぶろべえ》の狂名《きょうめい》也。下谷《したや》一四に居宅す。はじめ喜三二に従ひて戯作・狂歌を学びたり。よりて喜三二の狂名浅黄裏成《あさぎのうらなり》といひしをゆづられ一五、その後寛政の初に至りて、喜三二は憚《はばか》一六るよしありて、赤本の作をせずなりしかば、更《さら》に喜三二の戯《ぎ》

墨を施すことにより暗闇などを表す。

八 注五にある任期終了の日が即ち逝去の日である。

九 江戸幕府。

一〇 河野氏。高崎藩松平右京太夫の藩士。寛政元年(一七八九)頃没。狂歌号、大の鈍《だいのどん》金無《かねなし》。

一一 『富賀川拝見《ふかがわはいけん》』(天明二年刊)や『愚人贅漢居続借金《ぐにんおとこいつづかりがね》』(天明三年刊)など。

一二 黄表紙『間似合嘘言曽我《まにあいうそつきそが》』(天明五年刊)、『壁与見多細身之御太刀《かべとみたほそみのおたち》』(同六年刊)など。

一三 狂歌号、芍薬亭長根《しゃくやくていながね》。弘化二年(一八四五)二月十日没、七十九歳。

一四 江戸下谷三枚橋。

一五 二世裏成となる。

一六 →三二頁注七。

号《ごう》を乞受《こいう》け、後《のち》の喜三二と称して、二冊・三冊の一臭草紙《くさぞうし》を作りて印行せられたれども、聞えたる佳作は一種もなかりき。この故《ゆえ》にはやく戯作の筆を住《とど》めて、狂歌を専門にしたりしかば、竟《つい》に独立の二判者《はんじゃ》になりぬ。芍薬亭是《しゃくやくていこれ》なり。

三内新好《ないしんこう》

魚堂《ぎょどう》と号す。何人《なんびと》なるを知らず。文化二年乙丑《きのとうし》の春新板《しんぱん》に、四『花紅葉二人鮟鱇《はなもみじふたりあんこう》』といふ臭草紙は、この内新好の作也。この余もなほありけんを、ひとつも記憶《きおく》せず。当時あたり作なければ也。

五待名斎今也《まちなさいいまなり》

狂歌師なるべし、実名を知らず。この作者の臭草紙は、文化元年甲子《きのえね》の春の新板に六『敵討春手枕《かたきうちはるのたまくら》』といふあり。画は七豊国にて和泉屋市兵衛の板也。これらを書賈《しょこ》は素人《しろうと》作といふ。

一 黄表紙『女嫌変豆男《おんなぎらいへんなまめおとこ》』(安永六年刊)、『二口〆勘《ふたくちしめかん》略縁起《りゃくえんぎ》』(寛政元年刊)をいう。

二 狂歌合わせで、その優劣を判定する人。

三 内田屋新太郎。江戸茅場町の帆網商。後、幕府御用達小林筑後の養子となり、離縁後は本所石原町で俳諧の宗匠となる(『戯作者小伝』)。黄表紙に『姝退治《びじんたいじ》』(天明八年刊)等がある。

四 喜多川月麿画。

五 南仙笑楚満人の門人。

六 「楚満人門人ノ待名斎今也」と署名す。

七 豊広の誤り。

このたぐひ、いと多かり。

八**緑亭可山《りょくていかざん》**

柴舟庵一双《さいしゅうあんいっそう》

并《ならび》に何人なるを知らず。可山は『九百合若弓術誉《ゆりわかユミヤノほまれ》』といふ合《ごう》巻《かん》一冊の作あり〔一〇小川美丸《よしまる》画〕。一双は『一一千疋鼻闕猿《せんびきはなかけざる》』といふ合巻一冊〔画工同上〕、共に文化十年癸酉《みずのととり》の春の新板なるをおぼえたり。皆是《みなこれ》一二斗筲《としょう》の作のみ。この余ありといふとも数《かぞう》るに足らず。

蘭奢亭薫《らんじゃていかおる》

元飯田町中阪下《もといいだちょうなかさかした》なる煙舗《タバコダナ》三河屋弥《や》平治《へいじ》の狂名也。初牛込《はじめうしごめ》一三揚場《あげば》の豪家《ごうか》三河屋に仕へて一四主管《しゅかん》たりし時より、一五をさ〳〵狂歌を好みて、一六三陀羅《さんだら》法師の社中なりき。後《のち》に蜀山人《しょくさんじん》に従事《じゅうじ》して無二《むに》の一七陪堂《ばいどう》也。文政中、時の流行に誘《いざな》れて臭草紙を作りたり。

八　越前福井藩士小林健二郎(『戯作者考補遺』)。合巻に『隅田系図梅若詣』(文化九年刊)等十数部がある。

九　正しくは『百合若丸弓勢名誉《ゆんぜいめいよ》』。文化十一年刊。

一〇　歌川美丸の誤り。

一一　十返舎一九の合巻『磯ぜせりの癖』(文化十年刊)の奥付目録に見えるという。

一二　取るに足らぬ意。

一三　船の荷を陸に揚げる場所。

一四　番頭の意の中国俗語。

一五　もっぱら。

一六　清野正恒の狂名。唐衣《からごろも》橘洲《きっしゅう》の門人。文化十一年(一八一四)八月八日没、八十四歳。

一七　太鼓持ちの意の中国俗語。

一『看々踊《かんかんおどり》〻《キンラ》の唐金《カラかね》』〔五冊物、合巻、歌川国安画。文政五年春出《い》づ。山口屋板〕、二『躾方浮世諺《シツケカタうきよノことわざ》』〔二冊物、鶴屋板。文政七年春出《い》づ〕などなり。しかれども戯作は素《もと》より得たる所にあらず、狂歌も亦秀逸あることを聞《きか》ざりき。文政七年甲申《きのえさる》の夏四月二十六日〔暁天《ぎょうてん》〕に没す。享年五十七三。

文宝亭《ぶんぽうてい》

元飯田町中阪《なかさか》の茶舗《ちゃほ》亀屋の婿養嗣《むこようし》、久右衛門《きゅうえもん》と通称す。多四年蜀山人《しょくさんじん》に従ひて五手迹《しゅせき》を学び、又画《え》も聊《いささか》成すことを得たり〔画は誰に学びしや詳《つまびらか》ならず。好画《こうが》ではなかりき〕。狂歌もよめども秀逸なし。但《ただし》その手迹は蜀山人の骨髄を得て、六彼《かの》紫の朱を奪ふ、七菖蒲燕子花《アヤメカキツバタ》ともいはましとて、よく玉石《ぎょくせき》を弁ずるものなし。よりて師の偽筆《ぎひつ》をなすに、乞ふもの、偽筆と知りつゝも、その速《すみやか》なるを歓ぶもありけり。こゝをもて、月の

一 きんらは、金鑼。中国の明清楽で用いる盆形の楽器。
二 正しくは『躾方浮世諺』。歌川国安画。
三 五十六歳（『狂歌人名辞書』）。
四 寛政末頃、大田南畝に入門した。
五 その筆蹟を模すること。
六 贋物が本物を乱すたとえ。「子曰く、紫の朱を奪うを悪む」（『論語』陽貨）。
七 よく似ていて見分けがつかないたとえ。俚諺に「いずれ菖蒲《あやめ》か杜若《かきつばた》」と。

十九日毎《ごと》なる杏花園《きょうかえん》[八]の小集《しょうしゅう》に、主翁《しゅおう》[九]の書を乞ふもの多かる折は、文宝《ぶんぽう》、主翁の傍《かたわら》に侍りて、公然として偽筆をしけり。たま〱乞ふもの稀なる日に、主翁のみづから書くことあれば、主翁ほうゑみて、

「今日偶《たまたま》客多からねば、拠《よんどころ》なく自筆をもつて御需《おもとめ》に応じ候」

などいはれたり。

扨《さて》文宝は戯作の才なけれども、文化の年、流行に誘《いざなわ》れて三冊の臭草紙《くさぞうし》[一〇]を作りたりと聞《きき》しのみ。その書名は詳ならず。文政の初《はじめ》の比《ころ》より、活業《なりわい》不如意になりしかば、親族に店庫《ミセクラ》（茶店・生薬店・野蔬店[一一]）を皆譲り渡して、下谷三筋町《みすじちょう》[一二]に退隠し、名を久助《きゅうすけ》と改めけり。かくて蜀山人物故《ぶっこ》[一三]の後《のち》、文政[一四]戊子《つちのえね》の比、故ありて剃髪し、師家《しけ》の子孫に蜀山人の名号《みょうごう》を請ひ受《うけ》て、

八　南畝の家をいう。
九　南畝。
一〇　存否未詳。
一一　野菜店。
一二　現、台東区三筋。
一三　南畝は文政六年（一八二三）四月六日没。
一四　文政十一年。

後《のち》蜀山人と称しつゝ、名びろめの[一]書画会《しょがかい》を興行《こうぎょう》せしより、蜀山人と呼《よば》れしも夢の[二]浮橋《うきはし》渡る程にて、[三]己丑《つちのとうし》の春三月廿二日、[四]傷寒を患《わずらい》て身まかりにき。享年六十二歳なり。この人、臭冊子《くさぞうし》の作ありしは纔《わずか》に一種なりけれども、[五]風流好事《こうず》は余の戯作者に立《たち》まさりたる趣《おもむき》あり。素《もと》より是《これ》好人物にて、師の名号《みょうごう》を続《つ》ぎしより幾程《いくほど》もなく世を去りたれば、因《ちな》みにこゝに具《つぶさ》にす。その劇病《げきびょう》にて[六]簀《さく》を易《かえ》しは、偽筆の祟《たた》りなるべしとて、これを[七]論《ロウ》ずるものもありけり。彼《かの》[八]応報の果否を知らねど、よしや一時の游戯にて、名利《みょうり》の為にせずとても、世に筆墨を事とせるもの、もて[九]誡《いましめ》となすべきのみ。

[一〇]**素《そ》速斎《そくさい》**

麟馬《りんば》亭三千歳《ていみちとせ》

并《ならび》に姓名詳《つまびらか》ならず。素速斎は文化五年の春新板の[一一]臭草紙《くさぞうし》

一 文人や戯作者が集まり、即席で書や画を作り、販売する会。
二 僅かな期間の意。
三 文政十二年(一八二九)。
四 熱病。チフスの類。
五 文芸の趣きを解すること。
六 病床を取りかえること。死をいう。
七 あげつらう。悪口をいう意。
八 偽筆のせいで劇病を得たのかは分らないが。
九 彼の死に方をもって。
一〇 素速斎恒成。
一一 黄表紙。
一二 黄表紙作者樹下石上《じゅげせきじょう》。→四八頁。
一三 他に黄表紙『怪談四更《うしみつの》

〔『福来《きたル》笑《わらフ》門松《かどまつ》』久信《ひさのぶ》[一二]画、山城屋板〕にその名号[一三]見えたり。又鱗馬亭三千歳は、文化九年の春新板の臭草紙に『春《はるノ》月《つき》薄《うす》[一四]雪桜《ゆきざくら》』といふ三冊物〔鶴屋板〕あり。前《まえ》の焉馬は落語の弟子に宝馬《ほうば》[一五]・鱗馬《りんば》[一六]といふ二人あり。同号異人歟《か》、たづぬべし。

振鷺亭《しんろてい》[一七]

この作者は寛政の初《はじめ》より文化のなかば過《すぐ》るまで、読本《よみほん》・洒落本《しゃれほん》・中本《ちゅうほん》の作多くあり。只《ただ》臭草紙は作らざりしに、文化九年の春新板の臭草紙『〔十二月晦日《ヒグラシ》五郎六月朔日《ウリワリ》九郎〕四月《ウヅキ》八日譚《モノガタリ》[一八]』〔国直画、鶴屋板〕といふ三冊物の作あるを見出《みいだ》したり。この余もある歟、詳ならねども、臭草紙の作は得《え》たる所にあらず。小伝は洒落本作者の部、及《マタ》読本作者の部に在り。合《あわ》し見るべし。

鐘《かね》』（文化二年刊）、合巻『奇談立山記《たてやまき》』（文化六年刊）がある。

一四　勝川春亭画。

一五　→八〇頁注三。

一六　→八〇頁注二。

一七　猪狩《いかり》貞居。通称、与兵衛。江戸久松町の家主。晩年は川崎大師河原で手習師匠をし、文政二年頃に没。

一八　『鰻谷劇場条書《うなぎだにかぶきのすじがき》』（文化十一年刊）、『哆々嘍々草《ちょうちちょうちあわわぐさ》』（文化十二年刊）等がある。

松浦斎眉《しょうほさいび》山《ざん》

[一]欣堂閑人《きんどうかんじん》

西川光信《みつのぶ》

[二]福亭三笑《ふくていさんしょう》

并《ならび》に姓名いまだ詳ならず。この四作者は文政の年より初て出《いで》たるもの也。三笑は三馬が弟子歟《か》。眉山は文政五年の春新板の臭草紙《くさぞうし》に、『孝貞六助《こうていろくすけ》誓《ちかいノ》力働《りきどう》』〔六冊、国丸画、森屋板[三]〕といふ一作あり。この余もある歟、いまだ見ず。欣堂は文政五年、又七年の春、新板の臭草紙に『昔々《むかしむかし》鳥羽乃恋塚《とばのこいづか》』〔六冊、国丸画、山本平吉板〕、『着替浴衣団七島《きがえゆかただんしちじま》[四]』〔六冊。画工同上〕など見えたり。この余[五]なほあらん歟、たづぬべし。又西川光信は、文政七年[六]の春の新板の臭草紙に『通《かよフ》神百夜車《かみももよぐるま》』〔国安画、鶴屋板〕といふ一作あり。三笑は文政辛巳《かのとみ》[七]の春の新

一　岩井紫若（七世岩井半四郎）の別号。弘化二年（一八四五）四月一日没、四十二歳。

二　森貞雄。牛込の手習師匠。三馬門人。

三　馬喰町二丁目、森屋治兵衛。国丸の号は彩霞楼。

四　鶴屋喜右衛門板。「島」は「縞」が正しい。

五　『俠容諵安売《おとこだていきじのやすうり》』（岩井紫若校合、欣堂閑人述。歌川国丸画。文政十二年、西宮新六刊）等がある。

六　文化十二年成立という。

七　文政四年（一八二一）。

板の臭草紙に『仇文字《アダナ》かしくの留筆《とめがき》』（[八]春亭《しゅんてい》画、山本平吉板）といふ三冊物の作見えたり。いづれも佳作にあらねども、捜索の折、これらの書名を録し置《おき》たれば具《つぶさ》にす。[九]上を貶《オト》して追加の作者を賞する故《ゆえ》にはあらずかし。

蔦唐丸《つたのからまる》

寛政中、[一〇]通油町《とおりあぶらちょう》なる書肆《しょし》[一一]蔦屋重三郎（名は柯理《カラマル》）の狂名也。天明の年、[一二]四方山人《よもさんじん》社中の狂歌集に、唐丸の歌あれども自詠《じえい》にあらず、別人代歌したる也。又寛政九年の春新板の臭草紙[一三]『増補猿蟹合戦《さるかにがっせん》』といふ二冊物に[一四]唐丸作とあるは、馬琴が代作したる也。是《これ》より先にも別人代作の臭草紙一、二種あり。その書名は忘れたり。唐丸は寛政九年五月六日に没[一五]しぬ。略伝は洒落本の部の附録[一六]に在《あ》り、併見《へいけん》すべし。

八　勝川春亭。三笑には他に『累辞《かさねことば》絹川堤』（文政二年、鶴屋刊）等がある。
九　格上の作者。
一〇　現、中央区日本橋大伝馬町三丁目。
一一　寛延三年（一七五〇）正月七日、江戸新吉原の生まれ。幼時、廓内の旧家喜多川氏に養われ、喜多川氏を冒す。
一二　大田南畝。
一三　黄表紙。
一四　「傀儡子作」とある。
一五　一七九七、四十八歳。
一六　→一三四頁一二行。

[一]**吉見種繁**《よしみのたねしげ》
[二]**忍岡常丸**《しのぶがおかつねまる》

并《ならび》に姓名いまだ詳《つまびらか》ならず。常丸は文政七年の春、人形町鶴屋金助が新板の臭草紙《くさぞうし》の内中に、『[三]妙薬妙術　宝因蒔《たからノタネマキ》』といふ一作あり。種繁は種彦の弟子[四]歟《か》。天保四年の春の新板に[五]『改色《イロアゲ》団七島』〔西村屋与八板〕といふ臭草紙の作見えたり。大《おお》凡《よそ》文政よりこなた、昨今新出の戯作者は、そを板[六]せし書賈《しょこ》に問《と》はゞ姓名・宿所《しゅくしょ》を知るべけれども、皆是[七]汎々《はんぱん》の輩なるを詳に記すも要なし。その戯号を載《のせ》らるゝを幸《さいわ》ひとすべきにや。

多満人《たまひと》・種麿《たねまろ》

多満人は文政十二年の春新板の臭草紙『[八]〔いさをしぐさ〕泰《ミ》平《ヨ》乃《の》錦絵』〔五冊物合巻、[九]英得《えいとく》画、西村板〕にこの作名見えて、為永門人とあれば、春水《しゅんすい》の弟子なるべし。[一〇]眼長《がんちょう》〔春水の渾名《あだな》〕

一　別号、瓢亭（『戯作者考補遺』）。
二　藤本氏。通称、常陸屋甚兵衛。下谷上野町の呉服商常陸屋の主人。十返舎一九と親交があり、狂歌も善くす（『戯作者考補遺』）。
三　文政六年、鶴屋金助刊。藤本常丸編。
四　『戯作者考補遺』でも柳亭種彦の門人とする。
五　六巻。歌川国芳画。
六　出板した。
七　元来は浮かびただよう様の意だが、馬琴は軽少の意に用いている。
八　『功草泰平の錦絵』。他に絵本『武者絵早学《むしゃえはやまなび》』（文政十年刊）もある。
九　一陽軒英得。
一〇　→七三頁四行。

を師とせる戯作者もある歟とて、[一一]ある人駭嘆《がいたん》しけり。

又種彦の弟子に種麿《たねまろ》といふものあり。[一二]今茲《ことし》正月廿四日、書[一三]賈仙鶴堂の送葬《そうそう》にも、種彦これを倶《ぐ》して、鶴屋の菩提所《ぼだいしょ》[一四]本法寺〔浅草寺町《てらまち》〕に赴《おもむ》きし折、

「他《カレ》は己《おのれ》が弟子に候」

とて、会集《かいしゅう》の書賈等《ら》に[一五]汲引《きゅういん》したりと聞《きき》にき。おもふに愛顧かくのごとくならば、既《すで》に[一六]請《こわ》れし書賈ありて、そが戯作を印行したるや、いまだ詳ならねども、予《あらか》じめこの集中に録しても て数に充《み》つ。

仙鶴堂《せんかくどう》

通油町《とおりあぶらちょう》なる書賈鶴屋喜右衛門《きえもん》〔小林氏、前《まえ》の喜右衛門近《ちか》房《ふさ》の長子なり〕の堂号《どうごう》なり。[一七]文化十五年〔四月改元、文政〕の春、[一八]『千本桜《せんぼんざくら》』の合巻冊子に仙鶴堂作とあるは、馬琴が代作

一一 馬琴自身を暗にいう。馬琴が春水を軽蔑していたことは、七四頁一行の記述に窺える。
一二 天保五年(一八三四)。→一〇一頁一二行。本書執筆の年時を表す。
一三 →次項。
一四 現、台東区寿二―九―七。
一五 推挙した。
一六 種彦から種麿の作品の刊行を請われた。→一〇五頁三行。
一七 一八一八。
一八 『義経千本桜』。一陽斎豊国画。三編九巻、文政二年刊。

したる也。文化十二、三年の比《ころ》、画工豊国が浄瑠理本なる『[一]千本桜』の趣《おもむき》を、当年江戸俳優の肖面《にがお》に画《えが》きしを、鶴屋が印行したれども、只《ただ》一九が序あるのみにて、読《よむ》べき所の些《いささか》もなければ、絶《たえ》て売れざりければ、仙鶴堂則《すなわち》馬琴に乞《こ》ふてその画《え》に文を添《そえ》まく欲《ほ》りせり。馬琴已《やむ》ことを得ず、『千本桜』の趣をその画に合《あわ》し略述《りゃくじゅつ》して、僅《わずか》に責《せめ》を塞《ふさ》ぎたれども、こは本意《ほんい》にあらざれば、仙鶴堂の代作にして、只その序文にのみ自分の名号《みょうごう》を見《アラハ》しけり。かくて[二]板をはぎ合《あわ》し、書画具足《ぐそく》の合巻冊子にして、[三]戊寅《つちのえとら》の春、再刷《さいずり》発行しけるに、こたびは大《いた》く時好に称《かな》ひて、売れたること数千に及びしといふ。当時、豊国が画きたる合巻の臭草紙多く時好に称ふをもて、[四]作者と肩を比《ならぶ》るをなほ飽《あか》ぬ心地して、

「いでや、吾《わが》画をのみもて売らせて、その効をあらはさん」

一　二世竹田出雲・三好松洛・並木千柳作。延享四年(一七四七)十一月十六日より大坂竹本座で初演。
二　一九の序の部分を取り、元の絵の部分に馬琴の文の部分を付け足すこと。
三　文政元年(一八一八)。実際には同二年刊。
四　文章を書く者。
五　印刷発売。
六　もてあそばないので。
七　文章がなく、役者似顔絵だけがある冊子。
八　蔦屋重三郎の堂号。

とて、文なき絵《ゑ》草紙《ぞうし》を書賈《しょこ》等に薦《すす》めて、遂に印発《いんぱつ》[五]したれども、只画のみにて文なき冊子は、婦幼《ふよう》[六]もすさめざりければ、豊国これを恥たりけん、又さる[七]絵冊子《ゑぞうし》を画かざりけり。

かの[八]耕書堂《こうしょどう》〔唐丸《からまる》が堂号《どうごう》〕といひ仙鶴堂といひ、よしや[九]別人の代作也とも、書賈にして冊子の作あるもの、享保中、京師《けいし》なる[一〇]八文字《はちもんじ》屋《や》自笑《じしょう》・[一一]瑞笑《ずいしょう》を除くの外《ほか》、その儔《タグヒ》あらざるもの也〔自笑も瑞笑より下、子孫の又[一二]自笑と称するものは別人の代作也〕。この仙鶴堂は、その三[一三]、四歳の比《ころ》より、己《おの》れ相識《あいし》るもの也。性として酷《イタ》く酒を嗜《たしな》みたる故にや、天保四年癸巳《みずのとみ》の冬十二月十日未牌《みはい》[一四]、暴疾《ぼうしつ》にて身故《ミマカ》りけり〔卒中なるべし〕。享年四十六歳也。折から歳暮の事なれば、当夕《とうゆう》[一五]みそかに寺へ送りて、葬式は明春《みょうしゅん》正月下旬にこそなど聞《きこ》えし折、著作堂《ちょさくどう》[一六]主人がよみて手向《たむけ》たりといふ歌、

九　たとい。
一〇　安藤氏。通称、八文字屋八左衛門。延享二年没、八十余歳。江島其磧の作品を自作として刊行した（「八文字舎自笑が伝」『著作堂一夕話』中）。
一一　初代八文字屋自笑（注一〇）の孫。八文字屋其笑の子。明和三年（一七六六）没、享年未詳。多田南嶺の代作を自作として刊行した。
一二　馬琴の時には四代自笑になっていた（「八文字舎自笑が伝」）。
一三　寛政元年（一七八九）頃で、馬琴は二十二、三歳。馬琴は二十六歳で蔦屋に勤務するから、その関係で鶴屋とも相知ったか。
一四　午後二時頃。
一五　ひそかに。
一六　馬琴の別号。

[一]しるやいかに苔《こけ》の下なる冬ごもり
しるしの松に春をまたして

是《これ》より[二]三十七年已前《いぜん》、[三]寛政九年五月六日、耕書堂蔦唐丸《つたのからまる》が没したる折も、著作堂が悼《いた》みの歌あり。そは、

[四]思ひきやけふはむなしき薬玉《くすだま》[五]も
枕のあとに残るものとは

これらは要なき事なれども、筆のついでにしるすのみ。

逸竹斎達竹《いっちくさいたっちく》

こも亦《また》、馬琴の異称也。文化の初《はじめ》の比《ころ》、書賈《しょこ》の好《この》み辞《じし》がたくて綴りたり、といふ臭草紙《くさぞうし》[六]にこの名号を署《しる》したり。かゝれば傀儡子《かいらいし》[七]・玉亭《ぎょくてい》[八]・逸竹斎達竹は同人異称也。別人にもこの例あるもの、万象亭《まんぞうてい》[九]の善好《ぜんこう》と称し、福内鬼外《ふくうちきがい》[一〇]と称したる是也。又、三馬が戯作の弟子に三某《さんぼう》[一一]といふものゝ、いと多かる、そが

一 墓の苔の下に冬籠りしていて、墓印の松に春を待たせていると知っていますか。
二 天保五年(一八三四)から三十七年前。
三 一七九七。→九七頁注一五。
四 あなたが亡くなった今日となっては役に立たない薬玉も、寝る人もいない枕元にまだ残っているとは、思ってもみなかった。
五 薬の玉を錦の袋に入れ、菖蒲などを結び付け、五色の糸を飾って長く垂れた物。延命を祈って身に付けた。
六 読本『盆石皿山記《ぼんせきさらやまのき》』後編(文化四年刊)跋は「一竹斎達竹」と署名。『巷談坡隄《こうだんつつみの》庵《いお》』(文化五年刊)付言にも署名する。
七 →四五頁。
八 →四六頁注六。

中には同人異称ならんと思ふもなきにあらず。さはれ、かれ[一二]らは馬琴・万象亭の用意[一三]と同じからず、一箇も弟子の多きに誇らんとての所存にこそあらめ。その識見《しきけん》に邛氏《こうてい》[一四]あるを、識[一五]者ならずは知らざるべし。

記者云《いう》、臭草紙は文化中より合巻の華美なる摺着標子《すりつけびょうし》[一六]になりても、只《ただ》新しきを旨とす。然《され》ば古板を再刷しぬるは、数編打《うち》つゞく物のみ、余《よ》[一七]は一ヶ年を限りとす。この故にその摺本は後年《こうねん》まで残るもあれど、板ははやく削棄《けずりすて》[一八]られて、他書《たしょ》の彫《ちょう》刻料《こくりょう》にせられぬは稀《まれ》也。かゝれば春の花の年々に咲馨《さきにお》ふがごとく、その花は相似《あいに》[一九]たれども、ふるとしの花にあらず。いともはかなき筆ずさみなれ共《ども》、彼小文才《かのこぶんさい》ありて且《かつ》名を好むもの、自作の稿本を地本問屋《じほんどんや》へもてゆきて、是《これ》印行して給ひねとて頼むこと、幾人《いくたり》といふを知らず。そをつれなくは推辞《イナミ》がたさ

九　森島中良。→三八頁注一一。
一〇　→三九頁六行。
一一　→七六頁四行。
一二　三某と称する者たち。
一三　それなりの理由あっての改称。
一四　高低。馬琴自身の見識の高さを誇る言。
一五　識者でなければ分らないだろう。
一六　→二八頁注九。
一七　その他の作品は。
一八　板木の表面の字が彫られた部分を削り、新しい表面を出して、他書の字を彫る。
一九　次々と似たような合巻が作られるたとえ。

に、[一]かにかくといらへして、預《あずか》りおくもあり、受《う》けとらざるも多かれども、[二]生憎《アナニク》にもて来《き》ぬれば、幾種か箱に収《おさ》めてありと、甘泉堂《かんせんどう》[三]〔いづみや市兵衛〕の話也。さらば今よりして後《のち》、初《はじめ》て出《いづ》る作者も多かるべく、又本集《ほんしゅう》に漏らせしもあらん。それらは[四]異日《いじつ》捜索して、又後集《こうしゅう》に録すべし。

臭草紙《くさぞうし》作者増補

[五]風亭馬流《ふうていばりゅう》　**[六]烏有山人《うゆうさんじん》**　**[七]宝田千町《たからだちまち》**
[八]仙客亭柏琳《せんかくていはくりん》　**[九]墨春亭《ぼくしゅんてい》梅麿**　**歌扇亭三津丸《かせんていみつまる》**

是等《これら》の作者、天保五年新刊の草紙に作名見えたり。

記者云、右の六名は、[一〇]一知音《いちちいん》の追加也。今按《あん》ずるに、右の内中、墨春亭梅麿は、御用達《ごようたし》町人[一一]神宝方《しんぽうかた》深秘職棟梁《しんぴしょくとうりょう》某氏《ぼうし》也。[一二]墨川亭雪麿《ぼくせんていゆきまろ》の懇友《こんゆう》にて、弟子にはあらねど、所望《しょもう》により墨字《すみじ》を授けたりと雪麿の話也。この余はいまだ詳《つまびらか》ならず、又考《こう》

一　ともかく受け取っておきますと。
二　あいにく。
三　和泉屋。文化五年から天保五年まで、ほぼ毎年、馬琴の合巻を刊行している。
四　後日。
五　『江戸紫藤花鳥《えどむらさきふじのはなとり》』（歌川景松画。天保五年、蔦屋吉蔵刊）。浅見氏。
六　『石橋山義兵白旗《いしばしやまぎへいのしらはた》』（歌川国芳画。天保五年、鶴屋喜右衛門刊）の作者。国芳か。
七　『敵討児手柏《かたきうちこのてかしわ》』（二世北尾重政画。天保五年、川口正蔵刊）の作者。中川恭里、通称金兵衛、谷金川とも。小倉藩士、下谷長者町で筆耕をする。
八　『星下梅花咲《ほしくだりうめのはなさき》』（歌川貞秀画。天保五年、鶴屋喜右衛門刊）。相州高座郡磯辺村荒井金次郎。種彦門人。

索《さく》して追《おっ》て録すべし〔又云、上に録せし[一三]種麿《たねまろ》の事をある人に聞《きき》しに、こは小禄《しょうろく》の御家人にて、実名は八木弥吉《やぎやきち》とかいへり。板行の彫刻を内職にすなるが、種彦の作る合巻の冊子は、都《すべ》てこの人に課《おお》せてゑらするにより、種彦 則《すなわち》種字《たねじ》を授けてしか名のらすると也。然《しか》らば戯作者にはあらず、彫工《ちょうこう》といへども、その手につけば、彼名《かれのな》の一字を授《さず》くること、俳優者流《はいゆうしゃりゅう》の[一四]おもふけに似たり。げに[一五]名聞《みょうもん》のうき世にぞありける〕。

柳屋菊彦《やなぎやきくひこ》

[一六]天保六年乙未《きのとひつじ》の春の新板、書肆仙鶴堂が[一七]合巻冊子の目録中にこの[一八]作者見えたり。よりて件《くだん》の書肆に問ひしに、彼人《かのひと》はこたび初て出《いで》たる作者にあらず。素《もと》より種彦の弟子にて、種《たね》政《まさ》といひし御家人也。戯号《ぎごう》ながら憚《はばか》るよしありとて、しか改めたる也といひにき。

九　小山平七。日本橋数寄屋町に住む神職。別号、梅園。『平開花絵扇《はんびらきはなのえおうぎ》』（貞斎泉晁画。天保五年、蔦屋吉蔵刊）の作者（『戯作者考補遺』）。

一〇　ある知友。殿村篠斎や小津桂窓のような人。

一一　日光東照宮の修復などに関わる職業。

一二　→七四頁。

一三　→九八頁。

一四　趣き。やりかた。

一五　名誉を欲しがる俗世。

一六　一八三五。

一七　『傾城水滸伝』第十三編の奥付に「『上州機筆綾織《じょうしゅうはたふでのあやおり》』柳屋菊彦作」と見える。

一八　『上州機筆綾織』（歌川貞秀画）の作者。上中巻は種彦校、下巻は種彦と菊彦の合作。

○洒落本并中本作者部

[一]明和の季《すえ》の比《ころ》より、[二]寛政の初《はじめ》まで、[三]柳巷花街《りゅうこうかがい》に耽《ふけ》りぬる[四]嫖《ひょう》客《かく》の[五]おもむけを、半紙二ツ裁《だち》にしたる[六]一小冊《しょうさつ》に綴りて、よくその情状《じょうじょう》を演《のべ》たる[七]誨淫《かいいん》の[八]艶史《えんし》を、世俗洒落本《しゃれほん》と喚做《よびな》したり。そが中には、大半紙《おおはんし》[九]半枚をもてしたるもありけり。寛政の初に至りて[一〇]官禁《かんきん》あり、なべて洒落本を絶板《ぜっぱん》せられしより以来、[一一]叫化子《きょうかし》のすなる[一二]浮世物真似《うきよものまね》とかいふことめきたる[一三]根なし話説《わせつ》を、いとおかしう綴り成《なし》たるもの、各一《イチ》、二巻を一編とせしを、中本《ちゅうほん》と唱《とな》へたり。こは半紙半枚の小冊と半紙本の間なる物なれば、[一四]中本といふ也けり。これらは青楼《せいろう》嫖客の事にあらずといへども、畢竟《ひっきょう》洒落本の一変したるものにして、只看官《ただかんがん》の[一五]噴飯《ふんぱん》に歘《ソナフ》るの外《ほか》なし。彼《かの》洒落本より今も行《おこなわ》る丶[一六]浮世物真似

一　一七七二年頃。実際は享保十三年(一七二八)刊の『両巴《りょうは》巵言《しげん》』を洒落本の魁とする。
二　一七八九年頃。
三　遊里。
四　遊里で遊ぶ者。
五　趣き。様子。
六　小本《こほん》型。
七　遊里の遊びを教える。
八　中国の『板橋雑記』等の影響を受け、遊里・娼妓の消息を述べたもの。
九　中本型のもの。
一〇　寛政三年、山東京伝の三部作(一一六頁六行・注七)が筆禍を招いた。
一一　乞食。「叫化　コジキバウズ」(『名物六帖』人品箋五・倡妓匪類)。
一二　一人で会話の態を演じて、種々の人物の口調・姿態を穿つ芸。
一三　根拠のないストーリー。

の中本に至るまで、細《こまか》にその作者を[一七]僂《カヾナヘ》なば数十名なるべけれども、そはみな絶板せられ、さらぬも、泛々《はんぱん》の作者をば、うち忘れざるは稀《まれ》なり。この故《ゆえ》に只その[一八]尤《ケヤ》けきものを録して、具《つぶさ》ならんことを欲《ほり》せず。記者の[一九]好まぬものなれば也。

遊子《ゆうし》

明和年間初《はじめ》て青楼のおもむけを旨《むね》として、嫖客の情態を綴りたる小冊[二〇]『遊子放言《ゆうしほうげん》』の作者也。所云《いわゆる》遊子云云《うんぬん》は、[二一]「楊子《ようし》方言《ほうげん》」の[二二]秀句《しゅうく》也。何人《なんぴと》なるをしらず。予、少年たりし時、心ともなくその書を看《み》たれども、年久《ひさ》しき事なれば、作者の名《みょう》号《ごう》を忘れたり。故《ゆえ》に姑《しばら》く遊子をもて号となすのみ、知れるものあらば、たづぬべし。

是《これ》よりして安永・天明に至りて、これに倣《なら》ひし猥褻《わいせつ》誨淫の小冊子〔当時は総《すべ》て全編一巻也〕多く出《いで》しかば、世の人これを

一四　広く世相・世態に取材して滑稽に叙述した、中本型の読物。
一五　笑いを提供する。欸は、もてなす意の中国俗語。
一六　『東海道中膝栗毛』のような、会話を主とした滑稽本。
一七　指折り数えれば。「かがなべて」を転用した、馬琴独特の用法。
一八　その目ざましい作者。
一九　微少な作者を論ずることは好まない。
二〇　明和七年頃、江戸刊。田舎老人多田爺叙。大坂書肆で江戸に下った丹波屋利兵衛が作者といわれる。
二一　漢の揚雄の『方言』をいう。各地の使者の方言を集録し、異同を述べたもの。
二二　掛詞による洒落。

洒落本と唱へて、賢《けん》も不肖《ふしょう》も雅客《がかく》も俗人も、愛玩せざるは稀なりき。かゝればこの『遊子放言』は、初め俑《よう》[一]を作りしものなり。

風来山人《ふうらいさんじん》

平賀源内の戯号《ぎごう》也〔この人の事はよみ本の部に具《つぶさ》にすべし〕。安永中、この作者の綴りたる小冊子、大《イタ》く世に行《おこなわ》れたり。しかれども遊里の事を綴りしは、『[二]里《さと》のをだまき』〔全一巻〕といふ小本《こほん》あるのみ。又『[三]男色細見菊《なんしょくさいけんきく》の園《その》』、おなじく[四]後編〔共に[五]横本《よこほん》全一巻〕、『[六]痿陰隠逸伝《なえまらいんいつでん》』〔小本一巻〕などは、最《もっとも》猥褻《わいせつ》の冊子なりき。又『[七]とんだ噂《うわさ》の評《ひょう》』といふ小冊子は、安永中、[八]市川団十郎〔五代目、後に蝦蔵《えびぞう》。又白猿《はくえん》と改名〕が、[九]市川八百《やお》蔵《ぞう》の[一〇]後家に通《つう》ぜしといふ風聞噪《ふうぶんさわが》しかりしを、例の[一一]サゲとかいふゑせあき人《びと》の板《はん》せしを、「[一二]とんだ事、〳〵、とんだことを

一 悪例を作ったものである。
二 正しくは『里のをだ巻評』。安永三年刊。三人の人物の吉原・深川優劣論。
三 『江戸男色細見』。明和元年刊。水虎山人序。陰間茶屋の案内書。
四 『男色細見三《みつ》の朝』。明和五年序。
五 縦長の本に用いる料紙を横二つ切りなどにして横綴じにした本。
六 明和五年自序。春寿堂刊。男根に関連ある語句を多用して、史論と士の不遇とを説く。
七 安永七年九月頃刊。
八 安永七年には三十八歳。
九 二世(一七三五—七七)。
一〇 名前は、るや(『俗耳鼓吹』)。
一一 瓦板を作製して売り歩く者。

御覧《ごろう》じろ」と喚《よばわ》りつゝ売《うり》あるきしかば、山人[一三]解嘲《かいとう》の小編《しょうへん》あり。そを印行《いんこう》したるにて、当時世俗愛玩せざるはなかりき。この他《ほか》も[一四]『放屁論《ほうひろん》』[一五]『天狗髑髏弁《てんぐどくろべん》』など、みな半紙半枚の小本にて、他作の洒落とおなじからず。

又[一六]『長枕《ながまくら》褥合戦《しとねがっせん》』といふ褻戯《せつぎ》の冊子は、清の[一七]李笠翁《りりゅうおう》が[一八]『肉蒲団《にくぶとん》』に倣《なら》へる歟《か》、男女房中《ぼうちゅう》の秘戯を義太夫《ぎだゆう》本のごとく綴りたり。こは半紙本にて小冊子にあらずといへども、その猥褻誨淫の趣《おもむき》に于《おい》ては、後《のち》の洒落本と拮抗《きっこう》すべきもの也。この余も当時印行の小冊多くありけんを、今はいふかひもなく忘れたり。抑《そもそも》風来子《ふうらいし》の奇才なること、いへばさら也、その専門にせし所は、蘭学物産《らんがくぶっさん》の事に過《すぎ》ざれども、[一九]狂簡斐然《きょうかんひぜん》として章をなす僻《くせ》あるをもて、かゝる游戯《ゆうぎ》猥雑《わいざつ》の小冊子をさへ多く著《あらわ》したりければ、その名一時に噪しかりき。しかれども後

一二　この様子は『飛だ噂の評』にも述べられている。

一三　役者が後家と通じても構わないと弁解した文。

一四　安永三年、春寿堂刊。屁ひり男の芸に託して、才能を働かせるべき事を説く。

一五　『天狗髑髏鑑定縁起《しゃれこうべめききえんぎ》』。安永六年正月、清風堂刊。天狗の髑髏を鑑定する論に託し、本草学者としての自己を、正当化する。『男色細見菊の園』を除く五点は『風来六部集』(安永九年、大観堂伏見屋善六刊)所収。

一六　浄瑠璃本様式の春本。平亭銀鶏蔵板。風来山人戯述とされるが、偽書。

一七　李漁。小説・戯曲作者。

一八　別名『覚後禅《かくごぜん》』。和刻本(刊年不明)あり。

一九　進取の気性盛んで(『論語』公冶長)。

の戯作者《げさくしゃ》に比《くら》ぶれば、持論学問、庭逕《ていけい》[一]あり。只《ただ》文に臨みて忌《いみ》[二]憚《はばか》らざること多かり。縦《たとい》狂乱の病によりて殃危《ワザハヒ》[三]を惹出《ひきいだ》すに至らずとも、傍《かたわら》より是《これ》を見れば、謹慎《きんしん》に疎《うと》き人に似たり。そは慢心邛上《まんしんこうじょう》[四]して、みづから禁じ得ざりしなるべし、とある人いひけり。

四方山人《よもさんじん》〔一称寝惚先生《いつにねぼけせんせいとしょうす》〕

当時戯墨《ぎぼく》の小冊《しょうさつ》、幾種か出《いで》たり。所云洒落本《いわゆるしゃれほん》にあらねども、狂詩のごときも時《じ》[五]勢粧《せいそう》を諷《ふう》せしも多かれば、他作の洒落本と共に行《おこなわ》れたり。そが中に『[六]通詩選承知《つうしせんしょうち》』は『[七]唐詩選』に擬《ぎ》したる狂詩なり。前編五七言絶句《ごしちごんぜっく》は翁の一作[八]にあらず、社中《しゃちゅう》の才子等《ら》、口に信《まか》して吐出《はきいだ》せしを編集したれば、平仄押韻《ひょうそくおういん》も整《ととのわ》ざりき。後編五七言律《りつ》は翁の一作にて、平仄韻字《ひょうそくいんじ》も正しく、佳句いと多かり。そが中に鷺《さぎ》の画賛《がさん》に「[九]頼風独立ス勘当ノ段、

一 大きな相違。
二 猥褻野卑な語を用いる。
三 ↓一六二頁二行。
四 高ぶって。馬琴の観察。
五 世相風俗。
六 天明三年正月、南畝自序。蔦屋重三郎刊。『唐詩選掌故』(明和元年刊)のもじり。
七 明、李攀竜編。享保九年の和刻本刊行より大流行した。
八 南畝一人だけの作品。後続作『通詩選』序に「去年著す所の通詩五絶は…門人の代作、率《おおむ》ね万八に属し」。
九 この句は南畝の狂詩集に見えない。前句は、竹田出雲等合作『小野道風青柳硯』(宝暦四年初演)二段目、道風館の段、密通した女郎花姫と小野頼風が勘当される場面、後句は、清玄・桜姫物の演劇で、瀬川路考演

路考欲《ス》レ晴《はれント》　妄執雲《ノ》」といふ妙対《みょうつい》あり。又『壇那山人芸者《だんなさんじんげいしゃ》[一〇]集《しゅう》』も翁の狂詩集也。『通詩選』[一一]は美濃紙《みのがみ》半枚の中本《ちゅうほん》也。『芸者集』は享和年間[一二]、花屋久二郎《はなやきゅうじろう》[一三]がその旧板を購得《あがないえ》たりとて、翁の新自序[一四]を乞ふて、再刷《さいずり》したることあり。こは半紙二つ裁《だち》の小冊にて、製本すべて洒落本に同じかりければ、併《あわ》してこゝに録するのみ。

山手馬鹿人《やまノてノばかひと》[一五]

何人《なんびと》なるをしらず。安永・天明の間、この作者の洒落本[一六]二、三種見えたり。そが中に『売花新駅《ばいかしんえき》』[一七]といふ中本（大半紙半《おおはんしはん》裁《さい》、全本、一巻）は、内藤新宿《ないとうしんじゅく》[一八]なる売色のおもむけを綴りたり。売女《ばいた》の坐席にて盲目法師《メクラ》が仙台浄瑠理[一九]をかたる打諢場《チャリバ》[二〇]ありしを、看官《ミルモノ》抱腹せざるはなかりき。

ずる清玄が桜姫への妄執を晴らす場面を詠じた。

一〇 天明四年、四方山人序。当世屋万八等刊。

一一 天明四年、四方山人編。蔦屋重三郎刊。

一二 正しくは文化十二年。

一三 星運堂。江戸上野山下五条天神門前。

一四 『大田南畝全集』第一巻の該書解説参照。

一五 南畝の戯号とされる。

一六 『世説新語茶』（安永五、六年頃刊）、『粋町甲閨《すいちょうこうけい》』（安永八年刊）等は、山手馬鹿人と明記。

一七 朱楽《あけら》菅江（山崎景貫）作。安永六年、新甲堂刊。

一八 現、新宿区新宿。

一九 仙台藩に伝えられた古浄瑠璃。

二〇 滑稽な場面。打諢は中国俗語。

一 田螺金魚《たにしノきんぎょ》

神田三河町辺《みかわちょうへん》なる町医の子也と聞《きき》たるのみ、そが姓名を知らず。この作者の綴りたる二『傾城買虎の巻《けいせいかいとらのまき》』〔中本一巻〕といふ洒落本《しゃれほん》は、三天明中、四鳥山検校《とりやまけんぎょう》が新吉原の松葉屋なる五瀬川に懸想《けそう》して、得靡《えなび》かざりしを辛《から》くして六根引《ねびか》せしといふ世の風声《ふうせい》をたねとして綴りたり。こは七狂言の首尾整《ととの》ひて、作りざま、余《よ》のしやれ本とおなじからず。瀬川が八冤魂《えんこん》の段などを、看官《ミルモノ》あはれ也とて甚《はなはだ》しく賞玩《しょうがん》したりしかば、当時板元《はんもと》はさら也、なべて貸本屋をうるほしたりとぞ。この板《いた》も九寛政に削られしを、窃《ひそか》に再板せしものありと歟《か》聞たるが、初《はじめ》のたびには似ざるなるべし。

一〇 蓬莱山人帰橋《ほうらいさんじんききょう》

高崎侯《たかさきこう》一一〔松平右京兆《うけいちょう》〕の家臣也、姓名を知らず。安永より天

一 神田白壁町の医師鈴木位庵という。
二 正しくは『傾情買虎之巻』。安永七年刊。
三 正しくは安永四年（喜多村筠亭『過眼録』）。
四 盲人の高利貸。
五 名妓。五代目。
六 身請けした。
七 構成が伝奇小説風に整い、従前作のように穿ち、写実を旨としていなかった。
八 悪党軍次に殺された瀬川の霊が赤子を抱いて恋人五郷の前に現れ、事の次第を告げ、赤子を託す。
九 初板の覆刻板、更にその覆刻板、及び改刻本二種の再板本がある。
一〇 →八九頁。
一一 大河内松平家第五代輝《てる》和《やす》。右京大夫。
一二 安永八年刊『美地《みち》の蠣《かき》

明に至るまで、この作者の洒落本[一二]、春毎《ごと》に出《いで》て、小本《こほん》作者の巨擘《きょはく》と称《タヽヘ》らる。只吉原[一三]の事のみならず、品川・深川の洒落も有りと聞《きこ》えしかば、遊里に細《クハ》しき人なるべし。かくて天明に至《いたり》て、京伝の洒落本、世に出しより、帰橋が作は稍《やや》[一四]衰へたり。とかくする程に、寛政の初《はじめ》の比《ころ》、主君[一五]より禁止せられて、戯作の筆を絶《たち》たりと聞にき。当時帰橋の作の臭草紙《くさぞうし》[一六]も幾種か出たるが、洒落本のごとくには行《おこなわ》れず。その小冊子の板下《はんした》は、当時柳生侯《やぎゅうこう》[一七]の家臣也ける乾《いぬい》氏の筆工《ひっこう》[一八]したるが多かりき。

唐来三和《とうらいさんな》[一九]

天明年間、小刻《しょうこく》の洒落本[二〇]、二、三種出たり。そが中に『三《さん》[二一]教色《きょうしき》』といふ洒落本は、孔子[二二]・老子・釈迦の三聖《さんせい》、一坐にて、遊里に赴くよしを綴りて大《イタ》く世に行はれたり。その小冊の開《かい》手《しゅ》は、孔子の居宅《きょたく》の段にて、子路《しろ》[二三]は食客《しょっかく》にて銅壺《どうこ》[二四]を磨く事な

殻《がら》』など八点を刊行した。
一三　すべて深川に取材した、というのが正しい。
一四　天明三年刊『愚人《ぐにん》贅漢《おとこ》居続借金《いつづかりがね》』を洒落本の最後とする。
一五　寛政の改革による弾圧を顧慮したのであろう。
一六　黄表紙に『間似合嘘言《まにあいうそつき》曽我《そが》』(天明五年刊)、『壁与《かべと》見多細身之御太刀《みたほそみのおたち》』(同六年刊)がある。
一七　第八代藩主柳生俊則《としのり》。
一八　板下用の本文の浄書。
一九　→三七頁。
二〇　『和唐珍解《わとうちんかい》』(天明五年、蔦屋重三郎刊)等。
二一　角書きは「通神孔釈《つうしんこうしゃく》」。天明三年、蔦屋重三郎刊。
二二　高雅な者を卑俗な世界に落すパロディの手法。
二三　孔子の弟子。
二四　銅製の湯わかし器。

どあり。又［一］長崎寄合町《よりあいちょう》の段に、［二］小三板《カムロ》の愛する白鼠を、［三］崑崙《クロ》奴《ヌ》が呑《のみ》て、鼠につけたる小鈴《こすず》の咽喉《のど》につかえて苦しむをかしみなどありけり。三和が作も多かる中に、臭草紙《くさぞうし》にては［四］『天《てん》下一面鏡梅鉢《かいちめんかがみのうめばち》』と、小本《こほん》にては『三教色』と多く売れたりといふ。かばかりの才子も今は得がたし。只《ただ》その［五］時好《じこう》に従ふの甚《はなはだ》しかりしを遺憾とするのみ。

［六］志水燕十《しみずえんじゅう》

　燕十も才子にて、［七］洒落本《しゃれほん》の作幾種かあり。書名は今ひとつもおぼえず。三和《さんな》と［八］親友にて、合作《がっさく》の小本も出《いで》たり。只洒落本のみならず、［九］『画図勢勇談《がずせいゆうだん》』の小引《しょういん》も燕十が文なりき。大約《おおよそ》三和と燕十が作の冊子は、耕書堂蔦重《こうしょどうつたじゅう》が板ならぬはなし。しかるに、この燕十は、他事により罪を蒙《こうむ》りて、終《おわ》る処《ところ》をしらずなりぬ。

一　肥前長崎の丸山遊廓。以下の趣向は『和唐珍解』に見える。
二　禿。遊女見習いの少女。
三　黒人の下僕。
四　↓三七頁注一七。
五　漢詩文や唐話を多用する衒学臭をいう。
六　幕府御家人鈴木庄之助。根津清水町住（『判取帳』）。
七　『山下珍作《やましたちんさく》』（天明二年刊）、『滸都洒美撰《ことしゃみせん》』（同三年刊）等。
八　『三教色』序に「相談相手の志水《しずい》ゑん十」とある。
九　『西遊記』の翻訳。志水燕十著。鳥山石燕画。天明四年、蔦屋重三郎刊。叙は華川山人識（天明四年春）。
一〇　森羅万象。↓三八頁。
一一　↓一〇八頁。
一二　洒落本に『真女意題《しんめいだい》』（天明元年刊）、『二日酔

[一〇]万象亭《まんぞうてい》

万象亭森島氏は、蘭学・戯作ともに[一一]風来山人《ふうらいさんじん》〔平賀源内〕弟子也。天明年間、戯作の小冊二、[一二]三種出たり。そが中に[一三]『田舎芝居《いなかしばい》』といふ洒落本〔小本一巻〕尤《もっとも》行《おこなわ》れたり。その自序に[一四]「今の洒落は睾丸《キンタマ》を顕《アラハ》して笑《わらわ》するが如し」とありしを、京伝閲《えっ》して歓《よろこ》ばず、「こは吾《わ》が事をいへる也」と思ひしかば、是《これ》よりの後《のち》、万象亭と交《まじわ》らずなりぬ〔この一条は京伝みづからいへるなり〕。文に臨みておもはずも、[一五]かゝる事、誰《たれ》がうへにもあらん。慎《つつし》むべき事歟《か》。

[一六]山東京伝

[一七]天明中より洒落本の新作、春毎《ごと》に出て評判よからぬはなく、[一八]小本・[一九]臭草紙共に、滑稽洒落第一[二〇]の作者と称せられたり。そが中に、[二一]『ゆふべの茶殻《ちゃがら》』[二二]『京伝予誌《よし》』[二三]『ムスコビヤ』[二四]『傾城買《けいせいかい》

巵觶《おおさかずき》』(天明四年刊)等。
一三 天明七年、鶴屋喜右衛門刊。
一四 原文は「道外褌《ふんどし》をはづして睾丸を振り廻さば、目を驚かし片腹を拘《かか》ゆべけれど」。実に傾きすぎる瑣末な描写を批判したもの。
一五 言い方がきつすぎて、人の誤解を得ること。
一六 ↓三九頁。
一七 天明五年、蔦屋重三郎刊『令子洞房《むすこべや》』を洒落本の初作とする。
一八 洒落本。
一九 黄表紙。
二〇 遊里の粋。
二一 寛政十二年刊。艶四郎主人作。とよ丸画。
二二 寛政二年、伏見屋善六刊。
二三 『令子洞房』。自序に「ムスコビヤ」とある。

四十八手《しじゅうはって》』などいふ洒落本あり。『四十八手』尤《もっとも》行《おこな》われたりといふ。

かくて寛政二年[一]官命《かんめい》ありて洒落本を禁ぜられしに、蔦屋重[二]三郎〔書林并《ならび》に地[三]本問屋《じほんどんや》〕、その利を思ふの故《ゆえ》に、京伝をそゝのかして又洒落本二種を綴らして、その表袋《ウハ》[四]に教訓読本かくのごとくしるして、三年春正月、印行したり。そは『錦《にしき》の裏《うら》』といひ[五]〔よし原のしやれ本〕、『仕《し》掛文庫《かけぶんこ》[六]』〔深川の洒落本〕といふ二種[七]の中本《ちゅうほん》〔大半紙《おおはんし》二ツ裁《だち》〕也。この洒落本は、京伝が特によくその赴《おもむ》きを尽したりければ、甚《はなは》しく行れて、板元《はんもと》の贏余《えいよ》[八]多かり。

この事官府《かんぷ》に聞えにけん、この年の夏五、六月の比《ころ》、町奉行初鹿野《はじかの》[九]河内守殿の御番所へ、彼《かの》洒落本にかゝづらひて出板を許したる地本問屋行事二人[一〇]〔いせ屋某、相行事《あいぎょうじ》近江屋《おうみや》某両

一四 寛政二年、蔦屋重三郎刊。

一 この年(一七九〇)五月、十月に、風俗の為に宜しからざる出版物取締令が発せられた。

二 →三二頁注四。

三 →二八頁注一〇。

四 本を包む上袋。

五 摂州神崎の廓を舞台とするが、吉原を描いたのは明らか。

六 正しくは『仕懸文庫』。大磯に仮託して、深川風俗を描く。

七 他に『娼妓絹籭《しょうぎきぬぶるい》』(蔦屋重三郎刊)が含まれる。

八 利潤。

九 諱は信興。北町奉行。天明八年から寛政三年(一七八八―九一)まで在任。

一〇 問屋仲間を代表して事

人也」、并に『錦の裏』『仕掛文庫』の板元蔦屋重三郎、作者京伝事、京橋銀座町一町目家主《いえぬし》[一一]伝左衛門悴伝蔵《せがれでんぞう》を召出《めしいだ》され、去年制止ありける趣《おもむき》に従ひ奉らず、遊里の事を綴り、剰《あまつさえ》「教訓読本」と録して印行せし事不埒《ふらち》なりとて、しば〳〵吟[一二]味を遂《とげ》られしに、板元并に作者等《ら》、「全く売徳《うりどく》[一三]に迷ひ、御制禁を忘却仕《つかまつり》候段《そうろうだん》、不調法《ぶちょうほう》[一四]至極《ごく》、今さら後悔恐れ入候《いりそうろう》」よしをひとしく陳謝に及びしかば、その罪を定められ、行事二人は軽追放《けいついほう》[一五]、板元重三郎は身上《しんしょう》[一六]半減の闕処《けっしょ》、作者伝蔵は手《て》[一七]鎖《ぐさり》五十日にして免《ゆる》されけり〔行事二人には蔦重より手当として金如干《そこばく》[一八]を遣《つかわ》して立退《たちしりぞか》せたり。素《もと》より地本問屋の夥計《ナカマ》なれども、二人ながら裏屋住《ずま》ひにて、冊子《そうし》の仕立《したて》[一九]といふ事を生活にせしものなれば、はじめ蔦重が件《くだん》の二部の小本《こほん》を印行せし

務を執行する者。
一一 →町屋敷の管理人。
一二 取り調べを行われた。
一三 儲け。
一四 この上なく不行き届きで。
一五 江戸の十里四方以内に居ることを禁ずる刑。
一六 財産の半分を官に没収すること。闕処は、家屋敷・家財等を官に没収すること。
一七 五十日間、手錠される刑。
一八 若干に同じ。
一九 製本。比較的零細な業者である。

折、禁《トヾム》ることあたはず。よりて不慮の罪を得たり。数年を歴《へ》て赦免《しやめん》せられしかば、旧町《きゆうちよう》に立《たち》かへりて渡世したるなり〕。

これよりして京伝はいたくおそれて、五、六年の間は[一]臭草紙《くさぞうし》の趣向も勧懲《かんちよう》を旨として、いと[二]浅はかなる事を綴りしかば、世の看官《ミルモノ》はその所以《ユヱ》を得知《えし》らず、

「京伝は冊子《そうし》の趣向竭《つき》たりけん、近ごろの新作はおかしからず」

といふもの多かり〔馬琴が京伝を資《たす》けて臭草紙の[三]代作せしは、かの時の事也〕。文化に至りて臭草紙の趣向[四]一変せしにより、又京伝の新作行《おこなわ》るゝことはじめの如く、売れずといふものなかりしとぞ。

[五]**振鷺亭**《しんろてい》

[六]浜町《はまちょう》のほとり、[七]久松町《ひさまつちょう》なる[八]大間《おおま》の家主某甲《いえぬしなにがし》が子也〔実名を

一　黄表紙。
二　滑稽性が失われ、心学教化の意図を露骨に現し、理屈に堕した作風をいう。
三　『竜宮《たつのみや》羶《なまぐさ》鉢木《はちのき》』『実語《じつご》教幼稚講釈《きょうおさなこうしゃく》』の二部。↓四三頁一一行。
四　敵討物を主材とし、長編化して合巻という形態に移行する。『於六櫛木曽仇討《おろくぐしきそのあだうち》』（文化四年刊）、『松梅竹取談《まつとうめたけとりものがたり》』（同六年刊）等。
五　↓九五頁。
六　現、中央区日本橋浜町。
七　現、中央区日本橋久松町。一説に本船町という（『戯作者小伝』）。
八　大きな家。
九　漢学の教養。
一〇　↓一一六頁注一。
一一　検閲。政道批判や風俗紊乱等を刊行前に調べる。
一二　『自惚鏡《うぬぼれかがみ》』（寛政元年刊）、

忘れたり」。頗《すこぶる》才子にて、些《チト》は[九]文字もありければ、性として戯作を好みたり。寛政のはじめ洒落本《しゃれほん》を[一〇]禁ぜられたる後《のち》も、なほその利を思ふ書賈《しょこ》等《ら》、行事の[一一]検定《アラタメ》を受《うけ》ずして、私《ひそか》にかの小冊を印行せしもの尠《すくな》からず。この時に当りて振鷺亭が[一二]新作の洒落本は、[一三]日本橋四日市《よっかいち》なる書賈[一四]上総屋利兵衛《かずさやりへえ》、上総屋忠助《ちゅうすけ》「利兵衛に仕へて分家せしもの也」等、多く印行したり。そが中に[一五]『深川神酒口《ふかがわみきノくち》』といふ小冊は、深川の洒落也と聞《きき》にき。この余も[一六]宣淫《せんいん》の作あり、そは書名を忘れたり。寛政三、四年の比《ころ》より、[一七]浅草寺[一八]随身門《ずいじんもんがい》外なる[一九]水茶屋《みずぢゃや》の茶汲《ちゃく》みむすめ[二〇]難波屋《なにわや》の喜多《きた》、両国薬《や》研堀《げんぼり》なる高島屋のひさを初《はじめ》として、処々《しょしょ》の煎茶店《せんちゃてん》に美女を置く事流行せしかば、振鷺はこの茶店《ちゃみせ》のおもむけを小冊に綴らんとて、日毎《ひごと》に処々の茶店に憩《いこ》ひて、多く銭《ぜに》を費《ついや》す程に、その書いまだ成らず、官禁ふたゝび厳重

『格子戯語《こうしけご》』（寛政二年刊）、『客人女郎取組手鑑《きゃくじんじょろうとりくみてかがみ》』（寛政五年刊）等。

一三　現、中央区日本橋一丁目。

一四　明和五年頃から文化十年頃まで、洒落本や奇談物読本等を多数刊行する。

一五　正しくは『東山《ふかがは》見番《けんばん》意《い》妓《き》の口《くち》』（寛政十一年）か。

一六　洒落本をいう。『翁曽我』（寛政七、八年頃、上総屋利兵衛刊）、『客《きゃく》衆《しゅ》一《いちの》華表《とりい》』（寛政十一、十二年頃刊）等。

一七　現、台東区浅草二丁目。

一八　現在の二天門。

一九　社寺の境内等で湯茶を供した茶屋。

二〇　安永七年（一七七八）生まれ。次の「ひさ」と共に喜多川歌麿「高名美人六家撰」（蔦屋重三郎板）に描かれる。

にて、振鷺が用意いたづらになりしとぞ。

梅暮里谷峨《うめぼりこくが》

久留利侯《くるりこう》[一]〔黒田豊州《ほうしゅう》〕の家臣也。姓名を知らず[二]。寛政中の事也けり、この作者『二筋道《ふたすじみち》』[三]といふ洒落本を綴りたるが、そのおもむけ、『傾城買虎《けいせいかいとら》の巻《まき》』[四]に伯仲《はくちゅう》すとて、愛玩するもの多かりければ、その名既《すで》に世に聞《きこ》えて、相続《あいつづき》[五]二、三編に及びたり。此《この》余の小冊よみ本にも[六]、この作者の編述多かれども、『二筋道』の外《ほか》にはあたり作ありとしも聞えず。戯作の才はありながら、文字は素《もと》よりなき人なるべし。

三馬・一九

この両[七]作者の洒落本も、当時幾種《いくしゅ》か出《いで》たれども、書名はひとつも記憶せず。そは尤《けや》けきあたり作なく、久しからずして絶板せられたれば也。只馬琴のみ、始《はじめ》より洒落本を作らず、

一 上総久留利藩第六代藩主黒田直侯《なおよし》。
二 反町三郎助。後、与左衛門。
三 『傾城買《けいせいかい》二筋道』（寛政十年刊。板元未詳）。
四 →一一二頁注二。谷峨は金魚の、遊里の穿ちを事とするよりも、男女の人情を伝奇的構成をもって描く筆法に影響を受けた。
五 構想を重んじる谷峨の作風は長編化をもたらし、第二編『廓《さと》の癖』（寛政十一年刊）、第三編『宵の程』（同十二年刊。共に板元未詳）が出された。以下、洒落本は板元未詳のものが多い。
六 その他の洒落本。『青楼《せいろう》五ツ《いつ》雁金《かりがね》』（天明八年刊）、『文選臥坐《もんぜんござ》』（寛政二年刊）等。
七 三馬には『辰巳婦言《たつみふげん》』（寛

当時利《り》をもて薦《すす》めて稿本《こうほん》を乞ふもの多かれども、馬琴肯《がえん》ぜずしていへらく、

「戯作は好む所なれども、利に誘引《さそわ》れて洒落本を作らば、後《のち》に子をもたらん時、何をもて[八]子に教《おしえ》んや。ふたゝび乞ふことなかれ」

とて、つれなくいなみてかへせしとぞ。

抑《そもそも》件《くだん》の洒落本は、半紙を二つ裁《だち》にして、一巻の張数《ちょうすう》[九]三十頁許《けつばかり》、多きも四十頁に過ぎず。筆工《ひっこう》は[一〇]仮名のみなれば、[一一]傍訓《ツケガナ》の煩《わずらわ》しき事もなく、画《え》は略画《りゃくが》にて[一二]簡端《かんたん》に一頁あるもあり、なきもあり。その板[一三]一枚の刊刻《かんこく》、銀弐《に》、三匁《さんもんめ》にて成就しぬるを、[一四]唐本標紙《とうほんびょうし》といふ土器色《かわらけいろ》なるを[一五]切《きり》つけにしたれば、製本も極めて易《やす》かり。されば本銭《モトデ》を多くせずして、全本一冊の価《あたい》銀壱《いち》匁五分《もんめごぶ》也。そが中に[一六]大半紙《おおはんし》二つ裁《だち》にせし中本形《ちゅうほんがた》なるは、弐匁《にもんめ》、

政十年刊)、一九には『恵《え》比良濃梅《びらのうめ》』(享和元年刊)等。

八 洒落本を「宣淫の作」(一一九頁注一六)とする馬琴は、子に教えられる著ではないとする。

九 三十丁。

一〇 本文は仮名を使用することが多いので。

一一 振り仮名。

一二 巻頭。

一三 見開き一丁分の彫り代。京伝が寛政三年(一七九一)、初鹿野河内守から吟味を受けた際の始末書には「作料、筆工共、紙一枚に付、代金一匁づつ」とあり、馬琴の記述はやや高めである。

一四 漢籍の表紙。普通には薄茶色無地。

一五 綴じ代《しろ》の反対側を折って残りの三方を裁った表紙。

一六 美濃判紙。

或《あるい》は弐匁五分に鬻《ひさ》ぎしかば、その板元《はんもと》に利の多かる事いへばさら也、貸本屋《かしほんや》等《ら》も、その新板《しんぱん》なるは、一巻の見料《けんりょう》弐拾四文、[一]古板《こはん》なるを拾六文にて貸すに、借覧《しゃくらん》せるもの他本より多かりければ、利を射ん為に禁を忘れて、印行やうやく多かるまゝに、[二]寛政八、九年の比《ころ》、当年洒落本の新板四十二種出《いで》たり。この故《ゆえ》にその板元を穿鑿《せんさく》せられしに、多くは[三]貸本屋にて、書《しょ》物問屋《もつどんや》は二人あるのみ。みな町奉行所へ召《めさ》れて吟味ありしに、その洒落本の作者は武家の臣なるもあり、[四]御家人《ごけにん》さへありければ、[五]まうし立《たつ》るに及ばず、皆板元の本屋が[六]自作にて、地本《じほん》問屋《どんや》の行事《ぎょうじ》に改正を受けず、私《わたくし》に印行したる不調法《ぶちょうほう》のよしをひとしく陳《ちん》じまうしゝかば、[七]件《くだん》の新板の小本《こほん》四十二種はさら也、古板も洒落本と唱《となう》る小冊は、この時みな町奉行所へ[八]召拿《めしと》られて、遺《のこり》なく絶板せられ、そが板元の貸本屋等は、各《おのおの》[九]過

一　既刊本。
二　享和元・二年が一番多く、元年に二十三点、二年に二十八点刊行されている(「洒落本刊本写本年表」『洒落本大成』補巻)。
三　以下の穿鑿は、享和二年(一八〇二)二月、南町奉行所で「小冊物四十五通」が絶板され、上総屋利兵衛が追放されたことをいう(『類集撰要』四十六。今田洋三『江戸の本屋さん』)。
四　幕臣で御目見以下の者。
五　奉行が厳しく訊問するまでもなく。
六　勝手に製作し。
七　たとえば『南門鼠《みなとねずみ》』(塩屋艶二作。寛政十二年刊)は、絶板処分を受けたという(宮武外骨『筆禍史』)。
八　板木が没収されて。
九　過失罪科に科する金。

料《りょう》[一〇]三貫文《さんかんもん》にて免《ゆる》されけり。

そが中に、馬喰町《ばくろちょう》なる書物問屋[一一]若林清兵衛《せいべえ》は、貸本屋等とおなじかるべくもあらず、[一二]享保以来の御定法《ごじょうほう》を弁《わきま》へ在りながら、制禁《せいきん》の小本を私に印行せし事、尤《もっとも》不埒《ふらち》也とて、身上《しんしょう》半減の闕処《けっしょ》にて、その罪を[一三]宥《なだ》められ、又日本橋四日市《よっかいち》なる書物問屋[一四]上総屋利兵衛《かずさやりへえ》は、先年もかゝる事あり、今度は再犯《さいはん》たるにより、軽追放《けいついほう》せられけり〔是《これ》より[一五]石渡《いしわたり》利助と変名したるが、数年を歴《へ》て赦《しゃ》にあひければ、元のかづさや利兵衛になりかへりて、旧町《きゅうちょう》に在り〕。こは[一六]根岸肥州《ひしゅう》の裁許にてありける。

是よりして臭草紙《くさぞうし》はさら也、都《すべ》て作り物語は、その稿本を[一七]両御番所《りょうごばんしょ》へ差出《さしいだ》し伺ひの上、行事等その板元に売買を許すべしと命ぜられしかば、像《カタ》のごとくとり行ひしに、いまだいくばくもあらず、御用多《ごようた》なればとて、[一八]町年寄《まちどしより》三人にその義を

一〇　一貫は九百六十文。
一一　『南総里見八犬伝』肇《ちょう》輯《しゅう》から第六輯までを刊行した書肆。
一二　享保七年(一七二二)十一月、好色本禁止令が発布された。
一三　罪を寛大に処する。
一四　『類集撰要』に「仲間内の者壱人、内々ニて板行仕り候者有レ之」とある者であろう。
一五　『式亭雑記』にも「四日市書林上総や利兵衛、後改石渡利助」とある。
一六　根岸肥前守鎮衛《やすもり》。寛政十年(一七九八)、江戸南町奉行に任じられた。
一七　南北の両町奉行所。
一八　町奉行の下、町名主の上にあり、江戸の町政を司る役。奈良屋・樽屋・喜多村の三家が世襲で勤めた。

掌《つかさど》らせ給ひしに、町年寄も亦《また》、御用多にて事不便《ふべん》也とまうすにより、文[一]化の年に至りて、肝煎名主《きもいりなぬし》[二]四人〔岩代町《いわしろちょう》[三]名主山口庄左衛門《しょうざえもん》、常盤町《ときわちょう》[四]名主和田源七《げんしち》、上野町《うえのちょう》[五]名主佐久間源八《げんぱち》、雉子町《きじちょう》[六]名主斎藤市左衛門《いちざえもん》[七]等是なり〕に、草紙類の改正[八]を命ぜられしなり〔この改正名主、没したるもあり、今は七人[九]になりたり〕。又錦絵《にしきえ》[一〇]も明和年間、彩色摺《さいしきず》りはじまりしより、地《じ》本行事《ほんぎょうじ》の検正を受《うけ》て印行したれども、文化に至りて画工《がこう》[一一]歌麿が『画本太閤記《えほんたいこうき》』[一二]の人物を多く錦絵に画《えが》きて罪を蒙《こうむ》しより、錦絵・道中双陸《どうちゅうすごろく》の類《たぐい》はさら也、狂歌師[一三]の摺り物、或《あるい》は書画会[一四]の摺り物に至るまで、件《くだん》の名主等に呈閲《ていえつ》して免許を乞ふにあらざれば、印行することを得ずとなむ。

記者の云《いう》、寛政[一五]の初《はじめ》の比《ころ》、秋七月十四日の下晡《ナヽツサガリ》[一六]に、予通油町《とおりあぶらちょう》にてわかき法師の耕書堂《こうしょどう》に立よりて、洒落本幾種か

一　文化四年(一八〇七)九月十八日、上野町肝煎名主源八、村松町同見羽源六、鈴木町同断源七、雉子町同断市左衛門に絵入読本改掛が仰せ付けられた(『類集撰要』)。
二　町名主のこと。
三　現、日本橋堀留町一丁目。
四　現、中央区日本橋本石町。
五　現、台東区上野。
六　現、千代田区一ツ橋一丁目の辺り。
七　幸雄《ゆきお》。その子・孫の幸孝・幸成(月岑《げっしん》)と共に『江戸名所図会』を完成させた。
八　検閲。
九　文化四年九月から月番行事(和田)の外に書物問屋行事西村源六等、六人が連印する(『画入読本外題作者画工書肆名目集』)。
一〇　明和二年(一七六五)、浮世絵師鈴木春信たちが始める。

買とるを見たりしにその法師は諸檀越《しょだんおつ》へ[一七]棚経《たなぎょう》にうち廻りたるかへさ也とおぼしくて、件の小本《こほん》の価《あたい》にとて懐《ふところ》よりとう出《で》ぬる物は、みな棚経の布施に得たる五十[一八]・三十の裏銭《ツヽミ》にぞありける。よりておもふに、一時漫戯《まんげ》の小冊といへども、[一九]誨淫導《かいいんどう》慾《よく》の、世の後生《こうせい》に害あること、法師といへども、かくの如し。幸ひにして官禁《かんきん》ありて、[二〇]作者の面目《めんもく》を改めしは、人の親たるもの丶仰ぐべき所にして、いともかしこき御善政《ごぜんせい》とまうさまし。さるを今亦、書《ふみ》に筆《ふで》して、そのことをしも録するは、要なきわざに似たれども、[二一]鄭声淫娃《ていせいいんあ》のからうたも、聖人削り残されしは、警誡《イマシメ》を後《のち》に垂る丶也。彼《かれ》をもて是《これ》を観るに、後の戯作を好むもの、もて[二二]前轍《ぜんてつ》の警《いましめ》となすときは、小補《しょうほ》なくはあるべからず。且《かつ》当年洒落本を作りしものも、多くは年わかき折の愆《あやまち》にて、後に悔しく思ひしもあらん。只彼《かの》一小冊をもて、

一一　喜多川歌麿。
一二　文化元年、「太閤五妻洛東遊観之図」により、手鎖五十日の処分を受けた。豊臣秀吉が正室や側室等に囲まれている図柄が徳川家斉の当て込みとされた。
一三　狂歌の師と一門の名簿の一枚摺り。
一四　書画会開催の日時・場所・人員等を告げる報条。
一五　馬琴が蔦屋重三郎店で働いていた頃。
一六　午後五時頃。
一七　盂蘭盆会《うらぼんえ》に僧が精霊棚《しょうりょうだな》の前で読経すること。
一八　五十文。
一九　女郎買いの教え。
二〇　作者の姿勢を正させた。
二一　『詩経』国風の鄭の国の歌謡。男女の情を詠うが、孔子が戒淫のために残した。
二二　前人の失敗の警め。

その作者を論ずるも、[一]胸広からぬ所為《ワザ》に似たり。只《ただ》その昨《キノフ》の非を知るを、好《ヨキ》戯作者といはまくのみ。余《よ》人《じん》はしらず、一人あり。[二]山東京伝これなるべし。

◯洒落本既に一変して、亦[三]浮世《うきよ》物真似《ものまね》めきたるゐせ物語流行す。その冊子《そうし》、糊入《のりいり》のみ[四]よし紙《がみ》を二ツ裁《だち》にしたれば、中本物《ちゅうほんもの》と呼做《よびな》したり。又その作者に匱《とぼ》しからず、各《おのおの》才に儘《まか》するといへども、一九が『膝栗毛《ひざくりげ》』にますものなし。こゝには世に聞《きこ》えたる作者をのみ録して、その余はこれを省くといふ。

[五]**重田《しげた》一九《いっく》**

文化五、六年の比《ころ》より、『[六]膝栗毛』といふ中本を綴りて、太《イタ》く時好に称《かな》ひしかば、年々に編を続《つぎ》て、本集九編、続集九編、共に十八編に至れり。この冊子は弥次郎兵衛《やじろべえ》、北八《きたはち》といふ[七]浮《ふ》薄人《はくにん》、同行《どうぎょう》二名、諸州を遊歴しぬる旅宿の光景を、いとをか

一　狭量な。
二　筆禍後は教訓的な読本や考証的な随筆の製作に向かった。
三　↓一〇六頁注一二。ここでは写実的な滑稽本をいう。
四　三次紙。備後国三次(現、広島県三次市)を中心にして作られた半切紙《はんぎりがみ》。
五　十返舎一九。↓四九頁。
六　『東海道中膝栗毛』。発端は文化十一年刊。初編(享和二年刊)から八編(文化六年刊)まで十八冊。『続膝栗毛』は、初編(文化七年刊)から十二編(文政五年刊)まで二十五冊。
七　軽佻で小心な道化者。
八　第三編下、日坂の辺りで、喜多八が盲人の酒を掠め取る話は、狂言『どぶかつちり』のはめ込み。

しく綴りたり。はじめ一、二編は新案《しんあん》を旨《むね》とせしが、編の累《かさな》るまゝに、ふるき[八]落語《オトシバナシ》などをもまじえ、[九]且相似《かつあいに》たる事多かれ共、看官《ミルモノ》はそこらに意をとゞめず、只笑ひを催《もよお》すを愛《めで》たしとして飽《あ》くことなかりしかば、板元《はんもと》はさら也、貸本屋等《ら》も、利あるもの、是《これ》にまされるはなしといひにき。初《はじめ》は通油町《とおりあぶらちょう》なる[一〇]村田屋次郎兵衛が印行したり。その後《のち》村次は衰へて、その[一一]板家株《はんかぶ》を売与《ばいよ》しぬる事、二、三伝《でん》に及びしかども、『膝栗毛』の評判はなほ衰へず。こゝをもて一九は編毎《へんごと》に潤筆[一二]十余金を得て、且趣向の為に折々遊歴すとて、板元より路費《ろひ》を出《いだ》させしも尠《すくな》からずと聞えたり。

扨《さて》これに接《つ》ぎて、『[一三]六阿弥陀詣《ろくあみだもうで》』〔五巻〕、『[一四]江の島みやげ』〔五巻〕、『[一五]二日酔《ふつかよい》』〔二巻〕、『[一六]貧福論《ひんぷくろん》』〔三巻〕、『[一七]堀《ほり》の内詣《うちもうで》』〔二巻〕、『[一八]きうくわん帖《ちょう》』〔鬼武《おにたけ》と合作《がっさく》、二巻〕、『[一九]一九が紀行』〔二

九　第三編下、浜松で干し物に脅えた喜多八が、第五編下、松坂で煙に脅える。
一〇　第四編までの板元というが、初編の初板初刷本は未発見である。
一一　板株。板権。
一二　十両余り。
一三　文化元年、釜屋又兵衛刊。
一四　文化六年、双鶴堂刊。
一五　『串戯《じょうだん》二日酔』。文化八年、西村与八刊。
一六　『世の中貧福論』。文化九年刊。
一七　文化十三年、角丸屋甚助等刊。
一八　『旧観帖』。文化二年刊。感和亭鬼竹作。二編下が一九作。
一九　『秋葉山鳳来寺一九之紀《がみち》行《ゆき》』。文化十二年、鶴屋金助等刊。

巻〕、『[一]廿四拝詣《にじゅうよはいもうで》』〔若干巻〕、『[二]金《こがね》の草鞋《わらじ》』〔全本廿編〕、この余猶《なお》あるべし。みな『膝栗毛』の[三]糟粕《そうはく》なれども、編毎《へんごと》に行《おこな》れて、一九が半生はこれらの中本《ちゅうほん》の潤筆にてすぐしたりといふ。只《ただ》[四]村農野嬢《そんのうやじょう》の解《げ》し易《やす》くて、笑ひを催すを歓ぶのみならず、大人《たいじん》君子も、『膝栗毛』のごときは看者《ミルもの》に害なしとて賞美し給ひしもありとぞ。げに[五]二十余年、相似《あいに》たる趣向の冊子《そうし》のかくまでに流行せしは、前代未聞の事也。只是《これ》一奇といはまくのみ〔一九が[六]行状《ぎょうじょう》、弥次郎兵衛・北八等《ら》に似たることあり。[七]戯謔《ぎぎゃく》も思ひより出《いづ》るもの歟《か》。只一事可《か》なるよしあり。[八]曩歳《のうさい》、[九]其侯、一九が[一〇]女児よく雑劇の舞踏《ぶとう》をなすと聞《きき》て、妾《めかけ》にせまくほりし給ひしを、一九いなみて、「[一一]かれあらでは、吾《わ》が旦暮《たんぼ》をいかゞはせん。縦後《たといのち》にさいはひあるとも、さる事はねがはしからず」とて、竟《つい》にまゐらせざりしとぞ。この一条は[一二]京山にま

一　次の『金草鞋』第十六編（六冊、文政六年、森屋治兵衛刊）の別名が「二十四輩旧跡巡礼」。
二　全二十五編。文化十一—天保五年刊。
三　道中記物の意。
四　地方の庶民的読者が、理解しやすくて滑稽な作風を喜ぶ。
五　『膝栗毛』初編の享和二年から『続膝栗毛』第十二編の文政五年まで。
六　小心・見栄坊・酒好き・女好き等。
七　弥次・喜多の戯れは、一九本人の性行から発しているのか。
八　先年。
九　「某侯」の誤り。
一〇　妻お民との間の子で、マイといい、藤間姓を名乗る。

されりとある[一三]人いひけり」。

振鷺亭《しんろてい》

　洒落本を禁ぜられし後、この作者の綴りたる中本多かり。そが中に『[一四]いろは酔語伝《すいごでん》』〔全本一巻〕は、当時相撲《すもう》とり[一五]九紋竜《くもんりゅう》が、日本橋のほとりにて、巾着剪《きんちゃくき》りとかいふ小賊を捉拉《とりひし》ぎたりといふ風聞あるによりて作れり。[一六]部《ぶ》したる物にあらねども、『水滸伝《すいこでん》』に本《もと》づくこと、京伝が『[一七]忠臣《ちゅうしん》水滸伝』より前に在《あ》り。又『[一八]閄雅話《モヽンがわ》』〔一巻〕、『[一九]うしの日待《ひまち》』〔一巻〕あり。閄《モヽン》は作者の自製なるべし、傍訓《ぼうくん》なければよみ得《え》がたく、その義も亦詳《またつまびらか》ならず。この余、『[二〇]成田道中金駒《こがねノこま》』〔二巻〕、『[二一]今西《いまさい》行東《ぎょうあずま》くだり』〔二巻〕、『[二二]千社詣《せんじゃもうで》』〔二巻〕、この三種は一九が『膝栗毛』を剽窃模擬《ひょうせつもぎ》したり。しかれども尤《けや》けきあたり作はなかりき。

一一　娘が踊の師匠として、一九の生計を助けていた。↓五一頁四行。
一二　山東京山の第二女は萩侯の妾であったという。↓六四頁一三行。
一三　馬琴自身をいう。
一四　『いろは酔故伝』。寛政六年、南総館刊。
一五　『水滸伝』の豪傑九紋竜史進に基づく四股名。
一六　大部な作ではないが。
一七　前編は寛政十一年、鶴屋喜右衛門刊。
一八　『会談《かいだん》興晤《おとしばなし》閄雅話』。寛政年間刊。
一九　『寒紅《かんのべに》丑の日待』。寛政十三年刊。
二〇　文化九年刊。
二一　『今西行吾妻旅路』。文化十年、西村与八等刊。
二二　『現金御利生千社参』。文化十二年刊。

本町庵《ほんちょうあん》三馬

一九が『膝栗毛』行《おこなわ》れてより、三馬も亦赤幟《またせきし》をその間に建《たて》んとて、作りたる中本多かり。そは[一]『戯場酔言幕の外《けじょうすいげんまくのそと》』〔二巻〕、[二]『小野𥶡譃字尽《ヲノガバカムラウソじづくし》』〔一巻〕、[三]『生酔気質《なまえいかたぎ》』〔二巻〕、[四]『浮世風炉《うきよぶろ》』〔四編 共《ともに》八巻〕、[五]『浮世床《うきよどこ》』〔二編共五巻〕、[六]『四十八癖《くせ》』〔三編共三巻〕、[七]『客者《きゃくしゃ》評判記』〔三巻〕、[八]『田舎芝居忠臣蔵』〔一巻〕、[九]『人間万事譃計《ウソバカリ》』〔一巻〕、[一〇]『古《こ》今百馬鹿《こんひゃくばか》』〔二巻〕、[一一]『一盃奇言《いっぱいきげん》』〔一巻〕、[一二]『素人《しろうと》狂言』〔三巻〕、[一三]『人心覗機関《ひとのこころのぞきからくり》』〔二巻〕、[一四]『田舎《いなか》操《あやつり》』〔二巻〕、[一五]『忠臣蔵偏痴気論《へんちきろん》』〔一巻〕、この余なほあるべし。

右の『小野𥶡譃字尽』は寛政中、馬琴が著したる臭草紙《くさぞうし》[一六]『無《む》筆節用似字尽《ひっせつようニタじづくし》』及《マタ》その後編[一七]『麁《そ》想案文当字揃《そうあんもんあてじぞろえ》』を剽窃模擬《ひょうせつもぎ》したる也。𥶡譃《ばかむらうそ》の二字も、振鷺が叺《ももん》の如し。作者の自製なれば、傍訓《ぼうくん》なくては読《よむ》べからず。又『人心覗機関』は、芝全交《しばぜんこう》

一 文化三年刊。
二 文化三年、英文蔵刊。正しくは「小野《おのの》」と読む。
三 『酩酊気質《なまえいかたぎ》』。文化三年、上総屋佐助刊。
四 『浮世風呂』。文化六―十年、西村源六等刊。
五 初編三冊は文化十年、二編二冊は同十一年。鶴屋金助等刊。三編は滝亭鯉丈作。
六 四編四冊。文化九―文政元年、鶴屋金助刊。
七 正しくは桃栗山人柿発斎(烏亭《うてい》焉馬)作。安永九年刊。
八 正しくは二編二冊。文化十、十一年、鶴屋金助刊。
九 文化十年、伊賀屋勘右衛門等刊。
一〇 文化十一年、山崎平八等刊。
一一 文化十年、石渡利助等刊。
一二 『素人狂言紋切形《もんきりがた》』。二

が『[一八]十二傾城《けいせい》腹之《はらの》内《うち》』を模擬せしにて、『田舎芝居忠臣蔵』は、万象亭《まんぞうてい》の『田舎芝居』といふ小本《こほん》より出《いで》たり。又『忠臣蔵偏痴気論』は、曲亭が『[一九]胡蝶物語《こちょうものがたり》』に『[二〇]忠臣蔵』なるおかる・小浪《こなみ》を論ぜしを見て、稿を創《はじ》めしならん。且《かつ》[二一]鷺坂伴内《さぎさかばんない》を忠臣也といふがごときは、古人唐来三和《とうらいさんな》が経《つね》に論ぜし事なれども、物にしるしつけざれば、取《とり》て自説《じせつ》にしたる也。そはともあれかくもあれ、伴内を忠臣といふも公論にあらず。

只《ただ》『浮世風炉』のみ、当年評判第一なりき。さればにや、四編まで相続《そうぞく》せしを、看官《かんがん》なほ飽《あか》ずとて、又『浮世床』前後二編を出したり。さはれ皆『膝栗毛』の[二二]二《に》の町《まち》にて、等類《とうるい》を脱《のが》れがたかり。畢竟《ひっきょう》、浅草寺《せんそうじ》の奥山にて、[二三]留蔵が落語に聞惚《ききほ》れて、長き春の日の暮《く》るゝを知らぬ看官を、第一の得意にすなる冊子《そうし》にあなれば、好悪褒貶《こうおほうへん》なきことを得ず。譬《たとえ》ば振鷺亭

巻二冊、文化十一年、山崎平八等刊。

一三　前編二冊（文化十一年刊）、後編は梅亭金鵞作。

一四　『狂言田舎操』。文化八年、鶴屋金助等刊。

一五　文化九年、鶴屋金助刊。

一六　寛政九年、鶴屋喜右衛門刊。

一七　角書は「似字尽後編」。寛政十年、鶴屋喜右衛門刊。

一八　『十四傾城腹之内』。寛政五年、鶴屋喜右衛門刊。

一九　読本。『夢《む》想兵衛《そうびょうえ》胡蝶物語』。文化七年、平林庄五郎刊。

二〇　前編巻三「色慾国」に『仮名手本忠臣蔵』の人物論がある。

二一　高師直の家来で、お軽に横恋慕する者。

二二　観音堂の裏手の地域。

二三　未詳。

の文を愛《メヅ》るものは、振鷺が中本を妙《みょう》とす。三馬をひく[一]ものも亦《また》これにおなじ。しかれども走る者[二]は必《かならず》疾《と》く、勝者《しょうしゃ》はおのづから強し。只一部たりとも多く売るゝを板元《はんもと》の忠臣とすべければ、『膝栗毛』[三]の久しうして[四]、貸本屋等《ら》をさへ肥《こや》せしに及ぶべくもあらずかし。

曼亭鬼武《まんていおにたけ》〔又号感和亭《またかんわていとごうす》〕

上《かみ》に録せし『きうくわん帖《ちょう》』[五]といふ中本は、この作者、一《いっ》九《く》と合作也といふ。この余も中本[六]の作ありけんを、今はひとつも記臆《きおく》せず。そは聞《きこ》えたるものなければ也。

[七]**東里山人《とうりさんじん》**

[八]中本の作あり、書名はおぼえず。何にかありけん、一、二巻取《とり》て見たることありき、そも忘れたれば、いふかひなし。

[九]**為永春水《ためながしゅんすい》**

一 贔屓《ひいき》する。
二 走っている者の方が歩く者よりも早い。下の句を引き出すための表現。
三 三馬よりも一九に好意を抱く発言。
四 持続的に売れて。
五 →一二七頁注一八。
六 他に『白痴聞集《はくちぶんしゅう》』(文化二年、中村屋善蔵刊)、『痴漢《ばか》三人伝《さんじんでん》』(文化三、四年、相模屋仁右衛門刊)等がある。
七 →七二頁。
八 『阿臍《おへそ》茶番口切のせりふ』(文化八年刊)等がある。
九 →七三頁。
一〇 『明烏後正夢《あけがらすのちのまさゆめ》』。五編十四冊。滝亭鯉丈・二世南仙笑楚満人(春水)合作。四・五編は駅亭駒人(浜村輔)との合作と推定される。文政二―七年刊。ただし人情本の初作である。

近属《ちかごろ》この作者の中本多く出《いで》たりといふ。そが中に『明烏《あけがらす》』[一〇]といふ中本は、新内《しんない》[一一]ぶしなる「あけがらす」[一二]といふ艶曲《えんきょく》を取れるものにて、聊《いささか》評判よかりしかば、後編を続《つ》ぎ出《いだ》したりと聞《きき》にき。この余は耳に入《い》るものなし。

滝亭鯉丈《りゅうていりじょう》

この作者は何がし町《ちょう》の縫箔屋《ぬいはくや》[一三]也とぞ。実名[一四]いまだ詳《つまびらか》ならず。近ごろ多く中本を作るに、評判、春水にまされりといへば、七、八年前なりけん、全本二巻（書名を忘れたり）（後補『八笑人』[一五]）を借覧《しゃくらん》せしに、亦《また》例の茶番《ちゃばん》[一六]狂言に似たるものにて、新奇の趣向はなかりき。そが中に浮薄人《ふはくにん》[一七]二名、飛鳥山《あすかやま》にてかたき討《うち》のまねをして、人を驚かさんと示し合してゆきたる折、お国侍《くにざむらい》、そを実事《じつじ》と思ひて、助太刀《すけだち》せんといふに困《こう》じたるチヤリ《打諢》場ありしをのみおぼえたり。かばかりの才子にだも匱《とぼ》

一一　浄瑠璃の一流派。二世鶴賀新内（文化七年（一八一〇）没）が美声で評判を高めて以来、「新内節」の呼称が定着する。心中道行物を主とし、男女の機微を語る。
一二　「明烏《あけがらす》夢泡雪《ゆめのあわゆき》」（鶴賀若狭掾作曲。安永初年開曲か）の後日譚として執筆された。
一三　縫は刺繡、箔は摺箔で、衣服の模様を縫と箔とで表す職。下谷広徳寺門前稲荷町で櫛屋を業としたともいう（『戯作者小伝』）。
一四　本名は池田八右衛門。
一五　五編だが、鯉丈作は四編追加まで。文政三—嘉永二年、大島屋伝右衛門等刊。
一六　大道などで芝居をもじった所作をする芸。
一七　初編巻二の趣向。

しきは、戯作者は今船間《ふなま》[一]にやあらんずらむ。

記者の云《いう》、これらの中本は、本銭《モトデ》多からぬ貸本屋にも刊行しやすきをもて、近来そのともがらの春毎《ごと》に開板発兌《はつだ》しぬるがいと多かりと聞《きこ》えしかば、吾《わが》聞知らぬ中本[二]の作者も、必《かならず》多く出《いで》たるならん。そは異日よく知れるものに問《とい》考へて、後集に録すべし。今はこれらの中本に新奇のものゝあることなければ、板する貸本屋等《ら》が口癖に、売れず〳〵と呟《つぶや》けども、彫《ほ》[三]らでやまんはさすがにて、猶《なお》こりずまに新板の、としぐ〳〵に出《いづ》るといふ也。世に冗籍《じょうせき》の多かるは、是等《これら》の故《ゆえ》にもあらんかし。

附《つけ》ていふ、吉原細見[四]は享保中より印行したり〔この比《ころ》は小冊の横本《よこほん》多かり〕。さるを天明[五]のはじめ、書賈《しょこ》耕書堂蔦重《こうしょどうつたじゅう》〔狂名《きょうめい》を蔦唐丸《つたノからまる》[六]といひけり。しかれどもみづからは得よまず、

一　舟の入港がとだえた間。転じて、払底の意。
二　立川焉馬の『滑稽甲子《きのえね》待《まち》』(文政十二年、西村屋与八等刊)、笠亭仙果の『蝙《かわ》蝠考《ほりこう》』(天保二年刊)等。
三　彫板しないで済ますのも、さすがにできなくて。
四　吉原遊廓の案内書。廓内の略地図、妓楼及び遊女の名寄《なよせ》、揚げ代金、年中紋日等を掲載する。古くは貞享年間からあり、享保十三年の『新吉原細見之図』(相模屋与兵衛刊)から小本横綴の形が盛んになった。
五　安永二年、蔦屋重三郎は吉原五十間道で遊女名寄『一目千本』を刊行する。
六　→九七頁。
七　天明三年(一七八三)九月、丸屋の跡を購入して、本店をここに移し、細見株を独占

代歌《だいか》にて間を合《あわ》したり」が、吉原なる五十間道《ごじっけんみち》に在《あ》りし時〔天七明中、通油町《とおりあぶらちょう》なる丸屋といふ地本問屋《じほんどんや》の店庫奥庫《みせぐらおくぐら》を購得《あがないえ》て開店せしより、その身一期《いちご》繁昌したり〕、その板株《はんかぶ》を購求めて板元《はんもと》になりしより、序文は必《かならず》八四方山人《よもさんじん》に乞ふて印行しけり。又九朱良菅江《あけらかんこう》の序一〇したる年もありき〔菅江が序文の編末《へんまつ》に、

一一五葉《ごよう》ならいつでもおめしなさいけん
　　かはらぬいろの松の板元

といふ狂歌ありしをおぼえたり。細見の書名を『五葉松《ごようのまつ》』といへば、かくよみし也〕。

天明の季《すえ》より、四方山人は一二青雲《せいうん》の志《こころざし》を宗《むね》とせし故に、狂歌をすらやめたりければ、細見に序を作らずなりぬ。是よりして蔦重はその序を一三京伝に乞ふて、年毎《としごと》に刊行したるに、京伝も亦『錦《にしき》の裏《うら》』『仕掛文庫《しかけぶんこ》』二小冊の故に事ありしに懲り

した。

八 →三五頁。南畝の蔦重板吉原細見序跋は、『滸都《こと》洒《しゃ》美選《みせん》』(天明三年一月)、『五葉松』(同。跋)、『新吉原細見』(天明四年春。天明三年のものと同文)、『吉原細見』(天明七年初春)がある。

九 山崎景貫。字は道甫、通称は郷助。狂歌作者。幕臣で、江戸市谷二十騎町住。寛政十年(一七九八)没、六十一歳。

一〇 『五葉松』末尾に「細見祝言」として見える。

一一 原文は「いろの」を「ちよの」に作る。御用があれば、いつでもお呼び寄せ下さい、永遠に変らぬ五葉松を紋とする板元の細見を、の意。

一二 幕吏として出世する事を考える。→三六頁注一二。

て、寛政四、五年の比《ころ》より細見の序をかゝずなりけり。是よりして浮薄《ふはく》[一]の狂歌よみ、名聞《みょうもん》を貪《むさぼ》るもの、或《あるい》は金壱分《いちぶ》、或は南鐐三片《なんりょうさんぺん》[二]を板元におくり彫刻料として、その序を印行せらるゝを面目《めんもく》にしたりき。はじめ諸才子《しょさいし》[三]の序したる天明・寛政の間は、彼《かの》細見の売れたることいと多かりしと聞《きこ》えたり。顧《オモ》ふに、件《くだん》の蔦重は風流[四]もなく文字もなけれど、世才《せさい》人に捷《すぐ》れたりければ、当時の諸才子に愛顧せられ、その資《たすけ》によりて刊行の冊子《そうし》みな時好《じこう》に称《かな》ひしかば、十余年の間に発跡《はっせき》[五]して、一、二を争ふ地本問屋《じほんどんや》になりぬ。

「世に吉原に遊びて産を破るものは多けれど、吉原より出《いで》て大賈《たいこ》[六]になりたるはいと得がたし」

と、人みないひけり。当時の狂歌集に代歌《だいか》[七]をせられて、唐丸《からまる》の歌の入《い》らざるもなかりしかば、その名田舎までも聞えて、

三　寛政二年春から六年春まで京伝序が続く。

一　一例として、文政三年初春、蔦屋重三郎刊の『吉原細見』には、橘樹園早苗が序を書いている。
二　良質の銀貨で、二朱判銀のこと。
三　四方山人や京伝等をいう。
四　文雅を愛する心。
五　立身して。中国俗語。
六　大商人。
七　代作を入れられて。
八　五月六日。
九　現、台東区浅草一―一―一五。
一〇　「蔦屋重三郎母津与墓碑銘」(『大田南畝全集』第十八巻)を重三郎の碑と認識

いよ〳〵生活の便宜を得たりしに、惜《おし》むべし、寛政九年の夏[八]五月、脚気《かっけ》を患《わずら》ひて身まかりぬ。享年四十八歳なり。墓は三[九]《さん》谷《や》正法寺《しょうほうじ》〔日蓮宗〕に在り。南畝《なんぽ》翁《おう》[一〇]墓碑を撰述《せんじゅつ》して石に勒《ろく》[一一]したり。こも亦一畸人《いちきじん》なれば、因《ちな》みにこゝに略記《りゃっき》すといふ。

(頭注「洒落本補遺　　黙老[一二]

明和・安永年間の吉原細見の序は、千秋観文祇《せんしゅうかんぶんぎ》[一三]、又の号は峨眉庵《がびあん》といふ者の書きたる多し。其比《そのころ》の本は横綴本《よことじほん》にて、浮世絵の口絵一頁《いっけつ》づゝ出《いだ》せり。此画者は、すいう[一四]といふ者の筆なり)

[一五]**岳亭丘山《がくていきゅうざん》**

原是小禄《もとこれしょうろく》の御家人《ごけにん》也といふ。退糧《たいりょう》[一六]したるなるべけれども、なほ帯刀《たいとう》す。画工《がこう》にて戯作をかねたり。この作者の中本《ちゅうほん》、幾種か印行のものありといへども、一箇も記臆《きおく》せず、世に聞え

している。重三郎についての記述があるので。

一一 きざみ込む。

一二 木村黙老。名は亘《わたる》。高松藩家老で、馬琴と書簡等を応酬し、本書にも情報を提供した。『国字小説通』『京摂戯作者考』等がある。

一三 『這婥観玉盤《このふみづき》』(安永二年、鱗形屋刊)等の序に「金花県遊民 千秋観文祇識」と署名する。

一四 『登《と》まり婦寐《ふね》』(明和六年刊)に「すいう戯画」とある。

一五 本姓は菅原。通称、丸屋斧吉。画号は定岡。洒落本に『通客一盃記言《つうきゃくいっぱいきげん》』(文化四年刊)がある。

一六 退職。

たるものなければ也。文政の初《はじめ》の比《ころ》より、人形町《にんぎょうちょう》の表店《おもてだな》に借宅《しゃくたく》し、門に標札《ひょうさつ》を掲《かか》げてありしが、京[一]浪華《なにわ》のかたに遊歴すとて、両三年、他郷《たきょう》にあり。近ごろ江戸へかへりしといふ。そが中本の書名は、知れるものに問ふて追録《ついろく》すべし。

[二]**後《のち》焉馬《ノえんば》**

『俳優畸人伝《ヤクシヤきじんでん》』[三]〔二巻〕、『活金剛伝《かっこんごうでん》』[四]『四十八手関取鏡《しじゅうはってせきとりかがみ》』[五]〔中本各一巻〕など、この人の作なほあるべし。これらは彼《かの》[六]浮世物《もの》まねめきたるものにはあらねど、共に中本なれば、こゝに録す。

[七]**五柳亭徳升《ごりゅうていとくしょう》**

『声色早合点《こわいろはやがてん》』[八]初篇より二・三篇に至るといふ。この外《ほか》にもなほある歟《か》、たづぬべし。

[九]**後《のち》三馬《ノさんば》**

一 文政十年(一八二七)三月上坂した、という(日記)。
二 →七九頁。江戸南町奉行与力。文久二年(一八六二)七月没、七十一歳。猿猴坊月成と号して、春本を多作した。
三 二編四冊、天保四年、森屋治兵衛刊。
四 角書きは「角抵詳説」。三編二冊、文政五・十一年、西村屋与八刊。
五 正しくは『四十八手最手《せきとり》鏡』。蓬莱山人(二世焉馬)作。文政十一年、大黒屋平吉刊。
六 滑稽本をいう。
七 →七六頁。
八 三編三冊。香蝶楼国貞画。天保二—四年、鶴屋喜右衛門等刊。
九 →五六頁注八、八五頁。
一〇 初編一冊、文政四年、

[一〇]『茶番早合点《ちゃばんはやがてん》』初編・二編、既に刊行せらる。三編・四編続出《つぎいだ》すといふ。

記者の云《いう》、上にもいへるごとく、近来あらたに出《いづ》る中本の作者には、遺漏多かるべし。よく考索して、異日この書の後集に収むべし。

岡山鳥《おかさんちょう》

[一一]近藤淡州《たんしゅう》の家臣、[一二]島岡権六《しまおかごんろく》の戯号《ぎごう》也。文化年間、読本《よみほん》の筆《ひっ》工《こう》を旨《むね》として、五六六《ゴムロク》と称し、又節亭琴驢《せっていきんろ》と号せしを、文化の季《すえ》の比《ころ》より岡山鳥と改めたり。琴驢と称せし比、[一三]『鈴菜《すずな》物語』といふ中本二巻を綴り、曲亭に筆削《ひっさく》を請《こ》ひ、且《かつ》曲亭の[一四]汲《きゅう》引《いん》によりて[一五]柏屋半蔵《かしわやはんぞう》が刊行したり。その後《のち》、今の名に改めても、一、二種、[一六]中本の作ありと聞《きき》にき。文政中、退糧《たいりょう》して、浜町《はまちょう》なる官医〔石坂氏〕の[一七]耳房《ナガヤ》を借りてありしが、旧主《きゅうしゅ》に帰参《きさん》

二編二冊、同七年、西宮新六刊。

一一　幕臣近藤金之丞。

一二　後に芳右衛門と改む。号は丹前舎・竹廼門《たけのと》(『戯作者小伝』)。文政十一年没(『増補続青本年表』)。

一三　読本。『駅路春鈴菜物語』(文化五年刊)。

一四　手引き。紹介。

一五　栢栄堂。神田通鍋町。

一六　滑稽本に『春廿三夜待《はるのにじゅうさんやまち》』三巻三冊(文化十一年、柏屋半蔵等刊)、『丘釣話《おかづりばなし》』一冊(文政二年、堺屋国蔵等刊)、『ぬしにひかれて善光寺参詣《まいり》』二巻二冊(文政四年、堺屋国蔵等刊)、『楊弓一面大当利《ようきゅういちめんおおあたり》』三巻(文政七年、伊勢屋忠右衛門等刊)等。

一七　長屋。中国俗語。

して、又佐柄木町《さえきちょう》[一]の屋敷に在《あ》り。戯作は素《もと》より多からず。筆工も今は内職にせざるなるべし。

[二]記者の云、中本の作者はなほ遺漏多からん歟《か》。予は只ふるきに熟して新しきに疎《うと》かり。上にもいへることながら、近ごろ行はるゝ中本作者の漏れたるは今より後に出《いづ》るものと合して、又後集にしるすべし。

追加一名

円屋賀久子《まるやかくし》

近ごろ、この婦人の作れる中本多く出るといふ。女筆にてかゝる戯作は珍らし。なほよく知れる人にたづね問《とひ》て、追《おっ》[三]て具《つぶさ》にすべし。

近世物之本江戸作者部類　巻之一　終

一　現、神田淡路町。

二　著者、馬琴をいう。

三　後に馬琴は殿村篠斎に追記を寄せて、「後に、このかく子が作の中本『赤縄《エンノイト》結紙古満《ムスブカミコマ》』（前後二編、共ニ九巻。伊勢屋忠右衛門板）を見しに疑ひあり。こは婦人の筆ずさみにあらず、必是為永春水が作なるを、故意《ワザト》婦人の作也といつはりたるものなるべし。当時、春水が作の中本は世評宜しからずとて、貸本屋等が厭《いと》ふとかいへば、婦人の作にせば、看官の珍しく思はんとてのわざなるべし。こは己が推量なれども、大かたはたがふべからず」（天保六年正月十二日付篠斎宛別啓再翰）と、春水の仮名とする。

近世物之本江戸作者部類　巻之二上目録

○読本《よみほん》作者部　第一

吸露庵綾足《きゅうろあんあやたり》

風来山人《ふうらいさんじん》

平沢月成《ひらさわげっせい》〔戯号喜三二《きさんじ》　重出〕

蜉蝣子《ふゆうし》

芝全交《しばぜんこう》〔再出〕

山東庵京伝《さんとうあんきょうでん》〔三出〕

桑楊庵光《そうようあんひかる》〔狂歌師《ニシテ》而偶《たまたま》有《ル》二読本之作一者、如《キ》二狂歌堂《きょうかどう》・六樹園《ろくじゅえんノ》一皆倣《これニならへ》レ之〕

雲府館天府《うんぷかんてんぷ》

曲亭主人

一　赤本《あかほん》[一]・洒落本《しゃれほん》・中本《ちゅうほん》[二]・読本《よみほん》[三]の如き、各《おのおの》その差《シナ》[四]ありといへども、戯墨《ぎぼく》[五]は則是《すなわちこれ》一なり。但《ただし》その文に雅俗[六]あり、作者の用意[七]も亦同じからず。この故《ゆえ》にその部[八]を分《わか》ちて詳《つまびらか》にせざることを得ず。是この集に収《おさむ》る所の作者の名号《みょうごう》、重復《ちょうふく》を厭《いとわ》ざるゆえんなり。

一　作者の略伝、上に詳なるものは下[九]にこれを略し、前に略せるものは後《のち》にこれを詳にす。そが中に現在[一〇]の作者といへども、いまだ己《おのれ》が知らざるあり。今これをあなぐり[一一]糺《ただ》さんと欲《ほり》すれば、いたづらに日を費《ついや》して、この書速《すみやか》に成りがたし。こゝをもていまだ実名・居宅《きょたく》・活業《なりわい》の詳ならざるものは、異日《いじつ》[一二]その書を刊行したる坊賈《ぼうこ》[一三]に問《とい》て、追《おっ》て録すべし。又姓名・居宅の知れたるも、憚《はばか》る[一四]よしあるは、こゝに具《つぶさ》に

一　主に黄表紙をいう。
二　主に滑稽本をいう。
三　文章の比重が大きく、筋を読む本。
四　性質の相違。
五　戯作であること。
六　読本の文体が漢語の多い、硬質なものであることを暗示する。
七　読本創作には学識を必要とすることを暗示する。
八　読本の部を独立させて。
九　後の方では。
一〇　当代に生存している。
一一　穿鑿追求しよう。
一二　後日。
一三　書肆。
一四　憚らねばならない事情のある者は。

せず。作者に種彦《たねひこ》[一五]、画工《がこう》に栄之《えいし》[一六]の如き是なり。

一　本集四巻を全部とす。一、二の両巻《りょうかん》、稿本方《まさ》に成れり。余巻《よかん》はいまだ稿せず。異日又暇《いとま》あらん折、稿を続《つぎ》て録すべし。

一五　以下の両人ともに旗本の出身であるからであろう。
一六　細田栄之。

近世物の本江戸作者部類　巻之二上

○読本作者部第一

今より百年あまり已前《いぜん》、世俗なべて[一]冊子《そうし》物語を物の本といひけり。こは物語の本といふべきを、[二]語路《ごろ》の簡便に儘《まか》して中略したる也。そを又近来は読本《よみほん》といふ。書として読《よま》ざることはなかるべきを、[三]称呼《しょうこ》理《ことわ》りなきに似たれども、こも亦《また》故《ゆえ》なきにあらず。[四]寛文より以降、[五]享保の比《ころ》までは、童《わらべ》の翫《もてあそ》びにすなる物、多くは絵本なりし事、今の錦絵《にしきえ》の如し〔[六]菱川師宣《もろのぶ》・[七]奥村政信等《まさのぶら》が画《えがけ》る[八]折本《おりほん》・[九]とぢ本、今も罕《まれ》にあり〕。さらでも赤《あか》本《ほん》と唱《とな》へたるは、画を宗《むね》として、只《ただ》その[一〇]訳《ワケ》を略記したるのみ。又そのたぐひながら、文を旨《むね》として、一巻にさし画《え》一、二張

一　筋を中心とした物語。
二　語路が良いのに従って。
三　どの本でも読むものであるから、筋中心の物語のみを読本と称するのは、理屈が立たないようだが。
四　一六六一―七三。
五　一七一六―三六。
六　寛文十一年（一六七一）の『私可多咄《しかたばなし》』等が早期の作品といわれている。
七　元禄十四年（一七〇一）、栗原長右衛門刊の吉原遊女絵本が早い作品。
八　巻子本を端から一定の幅で折り畳んでゆき、前後に表紙を付けたもの。
九　糸を用いて表紙から裏表紙にかけて綴じた本。
一〇　絵の内容。

ある冊子は必《かならず》読むべき物なれば、画本《えほん》に対《ムカ》[一]へてよみ本といひならはしたり。且《かつ》作者の稿本《こうほん》をたね本といふも、百年前よりの事なるべし。昔は作者の稿本麁鹵《そろ》[二]にて、みづから画稿《がこう》[三]をなすこともなく、恣《ほしいまま》に創稿《そうこう》せしを、画工《がこう》[四]・筆工《ひっこう》の手に任して、初《はじめ》て書となるものなれば、譬《たとえ》ば作者の稿本は物の種《たね》の如し。画工・筆工はそを培養《ばいよう》して、秋斂《しゅうれん》[五]の功を奏する老圃《ろうほ》[六]に似たれば、印行《いんこう》の種なる物といふこゝろもて、しか唱《とな》へたり。

しかるに三、四十年こなたは、作者の稿本いと精細になる随《マヽ》に、巻毎《まきごと》の楮数《カミカズ》[七]、文字の大小・傍訓《ぼうくん》[八]・真名《まな》[九]・仮名《かな》の差別[一〇]はさら也、出像《サシヱ》[一一]も作者これを創して、像《カタ》[一二]の如く画工に誂《あつら》へ、嚢《ワク》[一三]の模様、表袋《ウハぶくろ》[一四]・外題《げだい》[一五]・標紙《ひょうし》[一六]の模様まで悉《ことごとく》皆作者の稿本によらずといふものなければ、是《これ》を種本《たねほん》といふべからず。さはれ書賈《しょこ》は昔より呼熟《ヨビナレ》たれば改めず、今も作者の稿本を種本との

一　対して。
二　粗雑。
三　下絵を描く。京伝や馬琴は、みずから挿絵の下絵を描いた。
四　画家と浄書家。
五　収斂。穀物の収穫。
六　老練な農夫。
七　丁付け。丁数の数字。
八　振り仮名。
九　漢字。
一〇　区別。
一一　→注三。
一二　下絵の図柄のように描くことを。
一三　特に口絵における人物像を囲む枠。
一四　本を包む袋。
一五　表紙の題簽の題。
一六　表紙。
一七　区別。
一八　霍乱《かくらん》の誂。日射病。自明な事のたとえ。同じ事を

み唱《となう》るは、思《おも》はざるの甚《はなはだ》しきもの也。この[一七]分別《ワイダメ》を知れる作者は、種本といはるゝを羞《はじ》て、稿本といふめれど、これらの事を得《え》しらぬ作者は、みづからその稿本をたね本といふもありけり。[一八]はくらん病の薬をばはくらんやみが買ふといふ鄙語《コトワザ》に似て、いとをかし。

近世物の本のめでたきは、[一九]後恩成寺殿《ごおんじょうじどの》の『[二〇]鴉鷺《あろ》合戦物語』〔写本〕、无名《むめい》氏の『[二一]三人法師物語』〔印本、作者未詳〕あり。天正年間、中村某《なにがし》〔近江六角家麾下《おうみろっかくけきか》の士の息也と云《いう》〕が『[二二]奇《き》異雑談集《いぞうたんしゅう》』〔印本〕あり、又『[二三]常盤姥《ときわのうば》物語』『[二四]精進魚鳥《しょうじんぎょちょう》物語』などの作者はなほふりたるべし。寛永より下《しも》、元禄・享保に至りては、京浪速《なにわ》に物の本の作者多く出たり。そが中に[二五]箕山《きざん》〔『色道大鑑《しきどうおおかがみ》』の作者也。京の人歟《か》、なほ具《つぶさ》には下に弁ずべし〕、[二六]仙皓西鶴《せんこうさいかく》〔浪速の俳諧師也。元禄六年八月十日没す、五

言い変えているだけ、の意。

一九 正しくは御成恩寺。一条兼良《かねら》。

二〇 御伽草子。異類軍記物。和漢の教養に基づく作。

二一 高野山に隠栖した三人の法師が遁世の由来を懺悔する話。寛永頃覆古活字板、寛永頃整板丹緑本など多種の異板あり。

二二 貞享四年、茨木屋多左衛門刊。序に、江州佐々木氏幕下の中村豊前守の子孫の編という。『剪灯新話』の早い翻案作。

二三 御伽草子。室町期成立。老女の発心往生譚。

二四 『精進魚類物語』。一条兼良作とも二条良基作ともいう。慶安年間板あり。

二五 藤本箕山。

二六 井原西鶴の墓に彫られた文字(『羇旅漫録』下)。

十二才〕、[一]北条団水《ほうじょうだんすい》〔京の人。俳諧師也〕、[二]錦文流《にしきぶんりゅう》〔浪速《なにわ》〕、[三]西沢一鳳《いっぽう》〔同上〕（頭注「一鳳は大阪の書賈正本屋利《しょうほんやり》兵衛《へえ》が先祖也と云」）、[四]八文字《はちもんじ》屋《や》自笑《じしょう》〔京師《けいし》。享保〕、[五]江島屋《えじまや》其磧《きせき》〔同上〕、[六]八文字屋瑞笑《ずいしょう》〔自笑が子也。是《これ》より世々《よよ》自笑と称す〕等《ら》あり。なほあるべけれども、当時世に知られたるはこの数人のみ。

明和・安永に至りて、京なる剪枝畸人《せんしきじん》〔上田秋成《うえだあきなり》の戯号《ぎごう》也とぞ〕が[七]『雨月《うげつ》物語』あり〔秋成は浪速の人也。後に京師に住す〕、[八]椿園《ちんえん》主人が[九]『坂東忠義伝《ばんどうちゅうぎでん》』『両剣奇偶《りょうけんきぐう》』『女水滸伝《おんなすいこでん》』あり。[一〇]浪華人都《なにわびとと》庭鐘《ていしょう》〔近路行者《きんろぎょうじゃ》と仮称《かしょう》す〕が[一一]『英双紙《はなぶさぞうし》』『繁夜話《しげしげやわ》』あり。大約《おおよそ》この二、三の才子は、窃《ひそか》に唐山《とうざん》の[一二]俗語小説を我大皇国《わがオオミクニ》の故事に撮合《さつごう》して綴りたる、その着筆、[一三]浅井了意《あさいりょうい》が[一四]『剪灯新話《せんとうしんわ》』を翻案《ほんあん》して、[一五]『御伽母子《おとぎぼうこ》』の一書となしたるにおなじ。しかれども件《くだん》の作者等は江戸人《びと》にあらざれば、敢《あえて》この

一 宝永八年（一七一一）没、四十九歳。『昼夜用心記』（宝永四年刊）等。
二 山村氏。『棠大門屋敷《からなしだいもんやしき》』（宝永二年刊）等。
三 正しくは西沢一風。享保十六年（一七三一）没、六十七歳。『新色《しんしき》五巻書』（元禄十一年刊）等。一鳳は幕末の歌舞伎作者。
四 安藤氏。延享二年（一七四五）没、八十余歳。書肆。
五 村瀬権之丞。享保二十年没、七十歳。
六 自笑の孫。『世間長者容気《かたぎ》』（宝暦四年刊）等。
七 安永五年刊。
八 伊丹椿園。
九 これのみ作者は三木成久。
一〇 都賀《つが》庭鐘の中国風名称。
一一 『英草紙』。寛延二年刊。
一二 中国白話小説。
一三 京都の本性寺住職。元

部類に収めず。さはれ此彼比校《これかれひこう》の為に、只崖略《ただがいりゃく》を録するのみ。

この大江戸にも、二百年来、戯作者《げさくしゃ》に匱《とぼ》しからず。今その什《じゅう》が二、三をいはゞ、『そゞろ物語』[一六]の作者ぼくさん入道〔寛永十六年の印本〕は尤《もっとも》ふりたり。是に加《くわう》るに、松井正三《まついしょうさん》[一七]が『二人比丘尼《ににんびくに》』、帮間《ほうかん》直之が『吉原の草紙』〔天和三年の印本〕、地黄坊樽次《じおうぼうたるつぐ》[一八]が『水鳥記《すいちょうき》』[一九]〔慶安中の印本〕、『竹斎《ちくさい》物語』[二〇]〔天和の印本〕、釣酔子《ちょうすいし》[二一]が『紫文蜑《しぶんあま》の囀《さえずり》』〔『源氏物語』を俗文に綴りし也〕、鹿野武左衛門《しかのぶざえもん》[二二]が『しかた咄《ばなし》』[二三]、是等《これら》は今も好事者流《こうずしゃりゅう》に十《じっ》襲《しゅう》愛玩せらるゝもの也。此余《このよ》、松井嘉久[二四]が『虚実雑談集《きょじつぞうたんしゅう》』[二五]〔以下皆《みな》享保の印本〕、何がしが『四人比丘尼《よにんびくに》』[二六]〔作者の名を忘る。一名『花の情《なさけ》』〕、紀《き》の常因《じょういん》が『怪談実録』[二七]、無名氏《むめいし》の『辻談義《つじだんぎ》』[二八]、増穂大和《ますほやまと》[二九]が、残口《ざんこう》八部の書〔共に二十四巻、『艶道《えんどう》通鑑《つがん》』もこの八部の内也〕〔頭注「増穂残口は江戸作者にあら

禄四年没、八十歳前後。

一四 明の瞿祐《くゆう》の小説集。

一五 『伽婢子《おとぎぼうこ》』。寛文六年刊。

一六 三浦浄心(三五庵木算入道)著。寛永十八年刊。

一七 鈴木正三。明暦元年没。

一八 茨木春朔の戯名。

一九 寛文七年刊。

二〇 富山道治作。元和板あり。

二一 多賀半七。享保八年刊。

二二 江戸落語の祖。

二三 『鹿《しか》の巻筆《まきふで》』(貞享三年刊)の誤りか。

二四 瑞竜軒滋野《しげの》茂雅の誤り。

二五 寛延二年刊。

二六 『小倉物語』(寛文元年刊)の改題本。

二七 明和三年刊。

二八 嫌阿の『当風《いまよう》辻談義』(宝暦三年刊)であろう。

二九 号は残口。寛保二年没、八十八歳。神道講釈家。

ず。是も詳《つまびらか》に下に弁ずべし。この余、住所の詳ならざるもまじれり。そはよく考索して追《おつ》て訂すべし」〕の如きに至りては、枚挙《カゾヘアゲ》るに遑《いとま》あらず。しかれども[一]首尾具足《ぐそく》して、唐山《とうざん》の稗史《はいし》小説に拮抗《きっこう》すべきものにあらず。多くは果敢《ハカ》なき[二]浮世雑談《ぞうだん》、或《あるい》は[三]柳巷梨園《りゅうこうりえん》の褻語《せつご》、或は輪廻応報《りんねおうほう》の物語のみなりしに、宝暦・明和の年間《コロ》に至りて、ひとり[四]建部綾足《たけべあやたり》が[五]『本朝水滸伝』〔一名『吉野物語』〕あり。『水滸伝』を剽窃模擬《ひょうせつもぎ》して、[六]天朝《てんちょう》の古言《こげん》をもて綴りたり。これらをこそ国字の[七]稗説《はいせつ》といふべけれ。よりてこの部類には、綾足より後々《のちのち》までの作者を収めて、是より上《かみ》のものをとらず。そが中に、昨今《キノフケフ》のものといへども、泛々《カイナデ》の作者をば数へ漏《もら》せるもあらんかし〔元禄・宝永の間、[八]物の本の作者に東国《とうごく》太郎といふものあり、こは俳諧師[九]其角《きかく》が戯号《ぎごう》也。又享保中、俳諧師[一〇]不角《ふかく》が作の仮名冊子《かなぞうし》あり、

一　構成がよく整っていて。
二　世間の噂話。
三　遊里や劇界の情話。
四　喜多村久域《ひさむら》。享保四―安永三年（一七一九―七四）。弘前藩家老喜多村長命の次男。
五　↓一五三頁一〇行。
六　日本古典の『古事記』『日本書紀』『万葉集』の語。
七　稗史小説。
八　吉原評判記『吉原源氏五十四君』（四国太郎跋。貞享四年、榎本其角著）をいう。
九　宝井其角とも。芭蕉の高弟。
一〇　立羽氏。山崎氏とも。通称、定之助。寛文二―宝暦三年（一六六二―一七五三）。『怪談録前集』（寛文頃刊）がある。
一一　馬琴の『高尾船字文《たかおせんじもん》』（寛政八年刊）、『曲亭伝奇花釵児《はなかんざし》』（享和四年刊）等。
一二　洒落本の中で人情描写

そが書名を記《き》臆《おく》せず。見るに足らぬものなれば也〕。

附《つけ》ていふ、よみ本にも[一一]中本《ちゅうほん》あり。近ごろの中本は、[一二]洒落本《しゃれほん》がよみ本より前に出《いで》たり。又[一三]『膝栗毛』のごときは、読本《よみほん》の中本より後《あと》也。[一四]もしよみ本に中本なるあれば、その下に云云《しかじか》とことわる。[一五]大本《おおほん》なるもこれにおなじ。その余はなべて[一六]半紙《はんし》本《ぼん》なれば、注するにおよばず。[一七]文化年間、細本銭《ホソモトデ》なる書賈《しょこ》の作者に乞ふて、よみ本を中本にしたるもあれど、そは[一八]小霎時《シバシ》の程にして、皆半紙本になりたる也。

吸露庵綾足《きゅうろあんあやたり》

綾足〔又作阿也太理《あやたりにつくる》〕は建部《たけべ》氏、字《あざな》は孟喬《もうきょう》。奥《おく》の南部の人也。[一九]壮年に及びて江戸に[二〇]僑居《きょうきょ》す。又京浪華《なにわ》にも遊びたり。嘗《かつて》画《え》をよくして寒葉斎《かんようさい》と号す〔[二一]『寒葉斎画譜《がふ》』世に行《おこな》はる〕。はじめ俳諧の連歌を[二二]希因《きいん》に学びて、凌岱《りょうたい》と称す〔又凌岱にあらたむ〕。

を主とする作品。『傾城買二筋道』(寛政十年刊)など。→一二〇頁注三。

一三　享和二年から刊行。→一二六頁注六。

一四　以下、記述法の凡例となる。

一五　美濃紙二つ折りの大きさのもの。およそ縦二六センチ、横一八センチ。

一六　半紙二つ折りの大きさの本。

一七　十返舎一九と感和亭鬼武に中本型読本が多い。

一八　暫し。中国俗語。

一九　延享四年(二十九歳)、江戸金竜山下に新庵を結ぶ。

二〇　仮ずまい。

二一　宝暦十二年、須原屋市兵衛刊。

二二　綿屋彦右衛門。加賀金沢の酒造業者。寛延三年没、五十一歳。

後に[一]俳諧を排斥《はいせき》して『万葉集』の古風を倡《とな》ふ。しかれども独学孤陋《ころう》ならんことを恥て、その妻[二]を加茂真淵《かものまぶち》の弟子にして、窃《ひそか》に縣居《あがたい》〔真淵〕の説を聴《きき》て益《えき》を得たり。遂《つい》に万葉片歌《かたうた》[三]をはじめて、一派の祖師《そし》たらまくほりせしかども行はれず。いまだ俳諧を排斥せざりける寛延[四]辛未《かのとひつじ》の秋〔この年、宝暦と改元〕、『蕉門頭陀袋《しょうもんずだぶくろ》』一巻を著《あらわ》す〔写本〕。こは芭蕉が門人の事迹、異聞《いぶん》三十三条をかきつめたり。その事の虚実いまだ詳《つまびらか》ならねども、作り物語[五]にあらず。享和中、[六]蓑《さ》笠漁隠《りつぎょいん》、これに傍注《ぼうちゅう》して架蔵《かぞう》すといへり。綾足既《すで》に片歌を倡へしより、国史・『万葉集』等《とう》の国学[七]を講ずるに及びて、その才名《さいめい》を売《うら》まくほりして、明和五年の春、[八]『西山《にしやま》物語』三巻を綴りぬ。是《これ》物の本を綴る初筆《しょひつ》也。その文、[九]古《こ》言《げん》をもてせしを、みづから分注《ぶんちゅう》して出処《しゅっしょ》を詳にしたり。且《かつ》その冊子《そうし》に作り設《もうけ》たる大森七郎と

一 宝暦十年(一七六〇、四十二歳)頃より自編の俳書出板が見られなくなり、宝暦十三年、『片歌道のはじめ』を刊行する。
二 宝暦十三年九月、綾足自身が入門(『県居門人名簿』)。
三 五・七・七の三句で一首をなす歌。
四 四年(一七五一)。京、井筒屋庄兵衛刊。
五 小説というものではない。
六 馬琴の号。虚実定かならざる書の注釈を恥じて韜晦したか。
七 明和五年(一七六八)、京都で国学を講ずる。
八 京、文台屋太兵衛等刊。
九 『万葉集』『伊勢物語』『源氏物語』等の古語を多用する。
一〇 明和四年十二月、京都愛宕郡一乗寺村の名主渡辺

いふ武士、その族八郎と中わろくなりしより、義の為に謬《あやまり》てその妹を殺せる事は、当時京師《けいし》に相似《あいに》たる実事《じつじ》[一〇]あり、綾足その巷談衢説《こうだんくせつ》を取《とり》て、件《くだん》の冊子物語を作りしとぞ。

(頭注「桂窓云《けいそういう》[一一]、『西山物語』に作り設たる件の実事は、当時西八条《にしはちじょう》村にありし事と聞《きき》にき。その比《ころ》の新狂言《しんきょうげん》に『傾《けい》[一二]城大和草紙《せいやまとぞうし》』といふ歌舞伎の正本《しょうほん》あり、こも西八条村なる奇話《きわ》を作り設たるよしにて、わかき[一三]男女の横死《おうし》する事などあれども、拙作《せっさく》にて見るに足らず。当時人口に膾炙《かいしゃ》せし事、これらによりて想像すべし。」)

この後《のち》、[一四]明和十年の春正月(この年、安永と改元)、『本朝《ほんちょう》水滸伝』(一名、吉野物語)初編十巻(合本《がっぽん》五冊)を綴りしかば、[一五]京師の書賈《しょこ》等、[一六]桜木《さくらぎ》に登《のぼ》して、安永二年の春発行しけり。後編十五巻(第廿一条より第五十条に至る)も稿本ありといへど

団治邸で、同族渡辺源太が妹やえを斬殺した事件。
一一　馬琴の友人小津桂窓。伊勢松坂の豪商。
一二　「けいせい倭荘子」。並木五兵衛(初世並木五瓶)作。天明四年閏正月十五日より大坂で初演。四つ目に、源太騒動を身替りの趣向に取り入れる。
一三　越野勘左衛門の妹小槙が勘左衛門に斬首され、その恋人佐国も父近藤軍次兵衛に斬首される。
一四　原文ママ。明和は九年まで。同年正月、藤原加禰《かね》与《よ》の序がある。
一五　京都の井上忠兵衛ら三都の九書肆刊。
一六　板刻すること。桜木を板木として用いることが多かったからいう。

も、当時の好みに称《カナハ》ざりけん、刊行は初編のみにて、続出《つぎいだ》さで止《やみ》にき。その後編の[一]稿本は、好事《こうず》の者、伝写して今稀《まれ》に在り。編末に[二]第三編の総目録を附出《つけいだ》したり。そはいまだ稿を成さずして身まかりしかば、世に伝《つたわ》らざるよし、後編の[三]奥書《おくがき》に見ゆ。凡百箇条《およそひゃっかじょう》にて局《きょく》を結ぶべかりしを、得果《えはた》さゞりけるは惜《おし》むべし。唐山の名だゝる[四]稗史《はいし》を換骨奪胎して、一百《いっぴゃく》条の冊《そう》子《し》になさまくほりしたる、その全豹《ぜんぴょう》を見ることを得ざれども、後《のち》の才子、これを見て国字《こくじ》の稗史を作るもの尠《すくな》からずなりぬれば、今の戯作者の[五]陳勝《ちんしょう》と称するとも過《すぎ》たりとすべからず。

さはれ『本朝水滸伝』も古言をもて綴るものから、動《やや》もすれば今の[六]俚語《りご》をまじえし処《ところ》も多ければ、すべて体裁不調《ていさいふちょう》の書也。且道鏡《かつどうきょう》をもて宋の[七]高俅《こうきゅう》に擬《ぎ》し、藤原恵美押勝《ふじわらのえみのおしかつ》を梁山泊《りょうざんぱく》の義士《ぎし》[八]宋江《そうこう》に擬しながら、いと浅はかなる筋多くて、巧也《たくみなり》と思

一　静嘉堂文庫に馬琴旧蔵本があり、小津桂窓蔵本の転写本である。

二　第五十一条より七十条までの目録。

三　静嘉堂本の後編識語には奥野たねよしにより、「此水滸伝てふもの、百条に分ちて書終らむとおもへらくも、命のかぎりいかにせん。事は半ばにして失給ひぬ」とある。

四　『水滸伝』をいう。

五　秦滅亡のきっかけを作った反乱の指導者。読本作者の鼻祖の意。

六　馬琴の「本朝水滸伝を読む并批評」に、後編第四十六条の「かいつくばひて」を「今の俗語」と批判する。

七　『水滸伝』の、朝廷側の巨悪の人物。

八　梁山泊の百八人の豪傑の

ふはすけなし。[九]只《ただ》そのおもむけ、[一〇]『水滸伝』を模擬《もぎ》したれども、『水滸』の[一一]古轍《こてつ》を踏《ふま》ずして、別に一趣向《いちしゅこう》を建《たて》たるは、当時の作者の及《およば》ざる所也。実に今のよみ本の嚆矢《こうし》也、と曲亭の評に見えたり〔[一二]『本朝水滸伝』の評一巻あり、著作堂《ちょさくどう》の戯墨《ぎぼく》也。後編に至《いたり》ては、[一三]黙老人《もくろうじん》の評書《ひょうしょ》あり。この二書はなほその評者の秘篋《ひきょう》にあらん。知音《ちいん》の友にあらざれば、看《み》ることを許さずとぞ〕。

又この作者の著述三、四種あり。そは[一四]『をり〳〵草』〔写本六巻〕、[一五]『とはじ草』〔印本二巻〕、[一六]『すゞみ草』〔印本一巻〕、[一七]歌集〔写本一巻〕、こは国字稗史の類《たぐい》にあらざれども、こゝに附録す。多く得がたき才子なれども、心術《しんじゅつ》正しからざりければや、後人《こうじん》その非《ひ》をいふものあり〔[一八]『畸人伝《きじんでん》』にも見ゆ〕。没せし歳月詳《つまびらか》ならず。安永中と聞《きき》たるのみ。

頭領。
九 少なし。
一〇 柘《つげ》の枝より生まれた豪傑が吉野に集合して道鏡の専制に対抗する、という構想が『水滸伝』の翻案。
一一 全面的にはその筋などを踏襲しないで。
一二 →注六。
一三 木村黙老（高松藩家老）。その『後編批評』は静嘉堂本に付せられる。
一四 紀行文。明和八年七・八月頃の成立。
一五 明和七年刊。片歌の論書。
一六 寛政六年刊。紀行集。
一七 『綾足家集』。片歌と和歌の集。
一八 三熊花顚の『続近世畸人伝』（寛政十年刊）五「建凌岱」に「人の恩義に背く」癖をいう。

記者の云《いう》、綾足が『西山物語』は、当時京師《けいし》の街談《がいだん》を取《とり》て作りたりといへば〔友人[一]桂窓子《けいそうし》の話なり〕、件《くだん》の物の本は[二]京師に客遊《きゃくゆう》の折綴りたるにやあらんずらん。又『本朝水滸伝』を刊行しぬるも、皆[三]京師の書賈《しょこ》等《ら》なれば、こも[四]西遊の日に作りたらんとおもほゆ。そを江戸作者の部類に収めて巻頭に出《いだ》せしを、[五]いかにぞやといふものもあるべし。己《おのれ》がおもふは、しからず。『西山物語』はとまれかくまれ、『本朝水滸伝』の初編を印行《いんこう》せしは京の書賈なればとて、[六]必《かならず》しも綾足が京に在《あ》りし日に作りたるとは定めがたかり。よしや江戸に僑居《きょうきょ》の折也とも、当時[七]浮《うき》たる冊子《そうし》物語を印行しぬるは、江戸より京の書賈に多かり。そは[八]八文字《はちもんじ》屋《や》本《ぼん》の、この比《ころ》までも多かるをもて知るべし。もし又京師に在りし折、件の冊子を綴るとも、綾足は京の人にあらず、故郷は[九]奥の南部にて、江戸に流寓《りゅうぐう》しぬ

一 →一五三頁注一一。
二 →一五二頁注七。
三 →一五三頁注一五。
四 明和五年から安永二年(一七六八―七三)まで京都を本拠地とした。
五 事が齟齬しているのではないか。
六 京都を本拠地とする期間にも各地を経歴することが多かった。
七 小説。
八 八文字屋八左衛門を中心とする京都書肆刊行の浮世草紙は、安永頃まで創作刊行されていた。
九 →一五〇頁注四。

る日も[一〇]一朝の事ならねば、こを江戸作者部類に収めて巻頭に録するとも、愆《あやまち》とすべからず。譬《たとえ》ば[一一]風来山人《ふうらいさんじん》は、原是《もとこれ》[一二]讃州志渡《さんしゅうしど》の人也。[一三]壮年より江戸に僑居し、[一四]又長崎にも遊学したり。この義をもつて江戸作者にあらずといはゞ、[一五]可ならん歟《か》。綾足の事、[一六]なぞらへて知るべし。

ある人、[一七]記者に問《とい》て云、

「綾足と[一八]鳩渓《きゅうけい》(風来山人)は[一九]同時の人にて、倶《とも》に奇才と称せらる。但《ただし》鳩渓は[二〇]蘭学物産の義を発明して、[二一]雅俗に裨益《ひえき》多かり。綾足は万葉の古学を唱へて、片歌《かたうた》をはじめたれども行《おこなわ》れず。か丶ればそのなす所、雅俗に裨益あることを聞かず。そを鳩渓の上に録して[二二]弁論なきはいかにぞや」

と詰《なじ》られしに、答《こたえ》て云、

「否《いな》、予がこの部類に収《おさめ》たる作者は、その才の長短と、[二三]本《ほん》

一〇 短期間のことではないから。
一一 平賀源内。→一五八頁。
一二 現、香川県さぬき市志度。
一三 宝暦六年(一七五六)、二十九歳で江戸に出る。
一四 宝暦二年と明和六年、二度にわたって長崎遊学を行った。
一五 そういうことができようか、できない。
一六 これに準じて、江戸作者ということができる。
一七 筆者。馬琴。
一八 源内の号。
一九 源内は綾足より九歳下。
二〇 →一六〇頁六行。
二一 武家階級(知識階層)と農・工・商の町人階級。
二二 説明の言葉。
二三 中心的な事業。

事《じ》の用と無用によりて、敢《あえて》甲乙を定《さだむ》るにあらず。風来山人の奇才たる、綾足が兄《あに》一たらんこと、足下《そっか》の弁を俟《また》ずして人の知れる所也。しかれども、その戯作は唐山《とうざん》二の稗史《はいし》を模擬《もぎ》せし数三十回の編述あることとなし。この故に読本《よみほん》作者の部には宜《よろし》く一四級を譲るべし。鳩渓をしてなほ世にあらしめて、この稿本を示すとも、必《かならず》吾《わが》言にしたがはん。好憎《こうぞう》五なきを知れば也」。

風来山人《ふうらいさんじん》

風来山人平賀《ひらが》源内《げんない》〔一名、元内《げんない》〕は、名は国倫《くにとも》、字《あざな》は子彝《しい》、鳩渓《きゅうけい》と号す。讃州志渡《さんしゅうしど》の人也。性聡敏《そうびん》にして、本草赭鞭《ほんぞうしゃべん》六の学に精《クハ》し。其祖《そのそ》は信州《しんしゅう》の豪族平賀入道七源心《げんしん》の後《のち》也といふ。源心、八武田晴信《はるのぶ》に討滅《とうめつ》せられてより、その裔孫《えいそん》讃州に移り住むこと数世《すうせい》、高松侯《たかまつこう》九の小吏《しょうり》になりぬ。源内髫歳《ちょうさい》一〇より大志あり、才智衆《しゅう》に超《こ》へ、且《かつ》博識也。成長に及《および》て穆公《ぼくこう》一一に仕《つか》へて、薬用方《やくようかた》を勤

一　一等上であることは。
二　『水滸伝』のような中国の長編白話小説。
三　『本朝水滸伝』をいう。
四　一等下に置かれるべきである。
五　依怙贔屓。
六　動植鉱物の効能や毒性等を調べる学問。太古、神農氏が赤い鞭で草を打ち、毒や味を調べたという。
七　名は玄信。天文五年（一五三六）没。信濃国佐久郡平賀城主。
八　武田信玄。『甲陽軍鑑』では、晴信の奇策により討死したという。
九　家は志渡浦蔵の蔵番であったという。
一〇　幼年。髫は垂れ髪。
一一　高松藩主松平頼恭《よりたか》の謚号。

めたり〔月俸《げっぽう》四口、銀拾枚を給す〕。この時に当りて、侯《こう》[一二]広く和漢の鳥獣草木魚虫介貝金石《そうもくぎょちゅうかいばいきんせき》の類《たぐい》を集め、且その形像《けいしょう》を真《しん》[一三]写《しゃ》して、和名《わめい》・漢名《かんめい》・蘭名《らんめい》を注《ちゅう》し給ふ。源内 即《すなわち》 君命により、都《すべ》てこれに預りて、その事を資助《しじょ》す。後に職[一四]を辞《じ》し、東都《とうと》に浪居《ろうきょ》して、大《おおい》に高名を発しぬ。

〔鳩渓が職を辞して讃藩《さんぱん》を去りたる事情を原《たず》ぬるに、その身[一五]は小吏の子なるをもて、既に登用せらるといへども、同僚の為に慢侮《まんぶ》せらるゝこと多かるのみならず、その君寵《くんちょう》に遇《あ》へるを媚《ねた》むものもありしかば、久後《ユクスヘ》心もとなしと思ふをもて、遂に侯に乞《こい》まつるに、「再び師家《しけ》[一六]に随従して、医学を研究せまくほりす。身の暇《いとま》を給はるべし」とまうせしかば、君侯惜《くんこうおし》み給へども、まうすことの理《ことわ》りなれば、所望に儘《まか》し給はんとて、云云《しかじか》と命ぜらる。時に宝暦十一年辛巳《かのとみ》秋九月二十一日也。そ

一二 頼恭は本草好きで、物産開発も企てた。
一三 写実的に写生して。頼恭は三木文柳に『衆鱗図』『衆禽画帖』『衆芳画譜』(香川県立ミュージアム蔵)を描かせた。
一四 宝暦十一年(一七六一)、三十四歳のことである。↓注一六。
一五 以下の文は、木村黙老著『聞くままの記』丑集「平賀源内小伝補遺」の上欄書入れにほぼ同じ。
一六 本草家田村元雄、号藍水。宝暦六年に入門。

の折渡されし書の末段《まつだん》に、「[一]其方願之趣《そのほうねがいのおもむき》、御内々達二御聆一《おききにたっし》、格別之思召《かくべつのおぼしめし》を以《もって》、[二]御扶持《ごふち》切米被召上《きりまいめしあげられ》、永御暇被下置候《ながのおいとまくだしおかれそうろう》。尤《もっとも》御屋舗へ立入候義《たちいりそうろうぎ》は、只今迄之通《ただいままでのとおり》可レ被二相心得一候《あいこころえらるべくそうろう》。但他《ただしほか》え仕官之《の》儀《ぎ》は、[三]御構被レ遊候《おかまいあそばされそうろう》」とあり。[四]是非召返《めしかえ》し給はんと思召《おぼしめ》す御ふくみありての事とぞ。」

　鳩渓既に江戸に浪居して後、[五]エレキテル・[六]寒熱昇降水等《かんねつしょうこうすいとう》の蘭製《らんせい》の珍器《ちんき》を模作《もさく》し、初《はじめ》て[七]金唐革《きんからかわ》をも製造し、[八]且人参《かつにんじん》を培養し砂糖を製す。その国益をなす事尠《すくな》からず。[九]蝦夷産《えぞさん》のイケマ、蛮産《ばんさん》の[一〇]ゴスの類《たぐい》、日本にもある事を初て見出《みいだ》し、昔よりなきためしにしたる[一一]火浣布《かかんぷ》を製造したる事、都《すべ》て人の意表《いひょう》に出《い》づ。[一二]『火浣布略説』『物類品隲《ひんしつ》』といふ二書の著述あり。又、伝奇院本《いんぽん》を作るに名高《なだか》く、この余雑著《ざっちょ》の戯作多く、浄瑠璃本を作るときは福内鬼外《ふくうちきがい》と称し、戯作の小冊子《しょうさっし》には風来山人と号す。

一　以下の文は『聞くままの記』所引の藩命の前半を要約し、「御内々」以下はそのまま引用したもの。
二　知行地を持たない小禄の家臣に春・夏・冬に支給された扶持米。
三　他家仕官は許可しない。
四　源内の高松藩復帰を希望していた、の意。
五　摩擦起電機。安永五年(一七七六)十一月に修理、復原に成功した(『源内訴状控』)。
六　タルモメイトル(寒暖計)。明和五年正月模造(源内『日本創製寒熱昇降記』)。
七　なめし革に金漆などで種々の模様を置いた物。安永五年頃に作ったという。
八　源内著『物類品隲《ひんしつ》』(宝暦十三年、須原屋市兵衛刊)六には、「人参培養法」「甘蔗培養并製造法」がある。

実に近世の奇才也。その行状は任侠《にんきょう》[一三]に近し。常に食客《しょっかく》[一四]の多きを厭《いと》はず。その末年《まつねん》に至《いたり》て、神田辺（当作馬喰町《まさにばくろちょうにつくるべし》、是《これ》伝聞の失《しつ》也）に売居《うりすえ》の巨宅《きょたく》[一五]あり。この家の前主《ぜんしゅ》は某《なにがし》といふ盲人也。高利の金を貸すをもて、暴富《ぼうふ》になりたる者なれば、非理《ひり》の事露顕《ろけん》して、終りをよくせざりしとぞ。しかるに此《この》盲人、死後にその霊魂、毎夜《まいよ》宅内にあらはれて、「こゝにありしが見えず〳〵」といふて尋《たずぬ》るといふ風聞ありしかば、その家久しく売れざりければ、価賤《やす》くなりたるよしを、鳩渓聞《きき》て幸《さいわ》ひとして、件《くだん》の凶宅《きょうたく》を購求《あがないもと》め[一六]、人の諫《いさむ》るを聴《きか》ずして、やがて移り住《すみ》たるに、聊《いささか》も怪異の事なし。是より半年あまりを経て、鳩渓狂疾《きょうしつ》[一七]にをかされ、愆《あやまっ》て人を害せしかば、その身は獄中[一八]に没しぬ。こは黙老翁の『聞《きく》まゝの記』に載《のせ》たるを略抄《りゃくしょう》す。鳩渓が人を害したる顚末《てんまつ》は、伝聞の愆《あやま》りあらんことを思ふの故

九 草の名。ヤマカゴメ。金瘡・打撲に用いる（『物類品騭』三）。

一〇 画焼青。染料にする石（『物類品騭』二）。

一一 火で浣《あら》える布。石綿。アスベスト。明和元年創出。

一二 明和二年、須原屋市兵衛刊。

一三 「士彝の人となりは、才気豪邁、行い頗る俠に類す」（『物類品騭』久保泰亨跋）。

一四 「君恒に客を好む。客至れば則ち必ず之を留む」（杉田玄白「処士鳩渓墓碑銘」）。

一五 「神田久右《きゅうえ》衛門《もん》町一丁目代地宇兵衛店神山検校」の跡地という。

一六 安永八年のこと。

一七 「狂病もて人を殺し獄に下る」（「墓碑銘」）。

一八 没年五十二歳。

に、本書に省きて下に細書《さいしょ》抄録す。亦《また》是異聞なれば也。

〔『聞まゝの記』に黙老翁云《いう》、「鳩渓が愆《あやまち》て人[一]を害したるその故は、一諸侯《いちしょこう》、当時別荘を修理し給ふ事あり。出入《でいり》の町人に課《おお》せて、土木工匠《どぼくこうしょう》の費用まで計らせしに、思ふにまして多かりければ、かねて親しくまゐりぬる鳩渓に、その承課書《ウケオヒがき》[二]を示してその意見を問《とわ》れしに、鳩渓答て、「この義某《それがし》に命じ給はゞ、この積《つも》り[三]多寡《だか》の三《みつ》が一《いち》にて成就すべし」とまうすにより、さらばとて件《くだん》の作事《さくじ》を鳩渓に課せんとありしに、始《はじめ》よりその事を承りたる町人、鳩渓をうらみ、意趣[四]を述て頗《すこぶる》争論に及びしかば、その家の役人[五]等《ら》扱ひて和睦《わぼく》をとゝのへ、鳩渓とその町人と相倶《あいとも》に件の修造をなすべしと命ぜられたり。これによりて、鳩渓が宅へその事を掌《つかさど》る役人と、かの町人をも招きて、終日酒をすゝめけり。その折、件の町人、鳩渓にそ

一 水谷不倒や三田村鳶魚は「神田久右衛門町代地録」(『鳩渓遺事』)に拠り、被害者を「富松町孫右衛門店秋田屋久左衛門倅久五郎、佐久間町松本十郎兵衛家中丈右衛門」とする(水谷不倒『平賀源内』「風来山人の凶宅」、三田村鳶魚「風来山人の凶宅」『足の向く儘』)。斎藤月岑の『平賀鳩渓実記』「平右衛門町村田氏書留」もほぼ同文。
二 請負書。見積書。
三 見積り金の三分の一。
四 遺恨。
五 大名家の担当役が仲裁して。

の[六]算勘《さんかん》の己《おのれ》といたく異なる所以《ゆえん》を問ひしに、鳩渓答て、「それは吾秘事《わがひじ》なれども、かく和睦したれば隠すべくもあらず」とて、書冊《しょさつ》をとり出《いだ》して見せけるに、こたびの[七]修法《しゅほう》を詳《つまびらか》にしるしたるにて、譬《たとえ》ばこの木石《ぼくせき》は何方《いずかた》より[八]云云《しかじか》の便りに云云してとりよすれば、費《ついえ》を省くこと云云。工匠も亦[九]云云すれば、日数幾日《いくにち》を減じて云云の利分《りぶん》あり。[一〇]君にも亦かばかりの費《ついえ》を省く故に、上下の利也といふよしを具《つぶさ》にしるしてありければ、件の町人駭歎《がいたん》して、[一一]言下《げんか》に感服したりける。かくて日は暮れ更闌《こうた》けしかば、役人等は辞して屋舗へまかりぬ。その折、件の町人は酩酊《めいてい》して立《たち》も得ざれば、そがまゝ臥して[一二]これをしらず。鳩渓も痛く酔しかば、席をも去らで酔眠《すいみん》しつゝ、暁がたに及び、睡《ねむ》り覚《さめ》てあたりを見るに、嚮《さき》に件の町人に見せたる書冊なし。訝《いぶか》りながらあちこちと隈《くま》もなくたづねしに、竟《つい》に

六　見積りの勘定。
七　工事過程と見積りの立て方。
八　他の物件の運送に添えて、という程の意。
九　数を減ずる工夫をすれば。
一〇　大名側も。
一一　鳩渓の説明が終るや否や。
一二　前後不覚に寝入った。

たづね得ざりしかば、さてはこの町人がぬすみたらんと疑ひて、熟睡したるを呼覚《よびさま》して云云と詰《なじ》り問へども、素《もと》より知るべき事ならねば、かにかくと陳ずる一を、鳩渓は聴ずして、二詞《ことば》た丶かひつのるま丶に、町人を斫《き》りにけり。斫られて一声「阿《あ》」と叫びつ丶、外面《トノカタ》へ逃去りしを、追かくれども及《およば》ざりしが、三生《い》くべからずと思ひしかば覚期《かくご》を究《きわ》め、家にかへりて四調度なんどをとりかたづくるに、ぬすまれたりと思ひし書冊は手箱の内より出《いで》にけり。こ丶にいよ〱五短慮の失《しつ》を悔《くゆ》れども、甲斐あることなければ、自殺せんとしたる程に、門人并《ならび》に隣人等《ら》よしを聞《きき》、つどひ来てとりとゞめ、遂《つい》に六公訴に及びしかば、軈《やが》て獄に繫《つなが》れしに、自殺せんとしたる折、いさ丶か傷《キツ》けし処より七破傷風《はしょうふう》といふ病《やまい》になりて身まかりぬ。安永中の事なりき」〔已上本文〕。今、その文を易《かえ》、要を摘《つみ》てこ丶に

一 言い訳する。
二 言い争い。
三 もう自分は生きていられない。
四 道具。
五 短気ゆえの過失。
六 訴状を作り、町名主・五人組などの連判を押して町奉行所に訴え出る。
七 破傷風菌のため中枢神経がおかされる感染症。

録す。しかれども本文と意のたがふことなし。
○記者の云《いう》、平賀鳩渓が人を害して獄に繋《つなが》れたりといふ風聞噪《さわが》しかりし折は、己《おの》れ[八]十三歳の冬なりき。当時の[九]街談巷説《がいだんこうせつ》に、平賀源内は親しき友といへども、著述の稿本を見ることを許さず。しかるにいぬる日、常に源内許《がり》したしく交加《ユキカヒ》ぬる米あき人の子某《なにがし》、源内が他へ出たる折に来て、そのかへるを待つ程に、机上に置《おき》たる稿本を心ともなくうち開きつゝ、時移るまで閲《えつ》せし折、源内家にかへり来て、その稿本を恣《ほしいまま》に閲せしを怒り咎《とが》めて、[一〇]うちわぶれども、敢《あえて》聞かず、矢庭《やにわ》に刀を抜閃《ぬきひら》めかして、したゝかに斫《き》りしかば、[一一]手を負《おい》ながら逃れたれども、療治《りょうじ》届かずして死にければ、源内は獄に繋れたりといへり。鳩渓が常に稿本を秘蔵して人に見せずといふ噂は、この外《ほか》にも聞たることあれば、さもありけんと思ひしに、近

八　馬琴は明和四年（一七六七）生まれ。安永八年（一七七九）には十三歳。
九　以下の話は、鈴木白藤の『鳩渓遺事』のそれとほぼ同内容。
一〇　某が詫びるのだが。
一一　負傷しつつも。

ごろ『聞《きく》まゝの記』を看るに及びて、その説に異同あるを知れり。孰《いずれ》か是《ぜ》なるや、今さら考《かんがう》る所なし。

○記者又云、文化年間、元飯田町《もといいだちょう》[一]なる家主《いえぬし》に、渾名《アダナ》[二]をチヨチヨラ伝兵衛といふものありけり。これがわかかりし時、馬喰《ばくろ》町《ちょう》にをり、平賀源内と同店《どうだな》[三]也ければ、かれが人を斫りつゝ追《おっ》て路次口《ろじぐち》まで出《いで》たるを目撃したりとて、当時の光景を話したれども、その故は詳《つまびらか》ならず。乱心の所為なればといへり。おもふに鳩渓が馬喰町[四]の居宅は表店《おもてだな》[五]ならば、裏口より追て路次にいたりしなるべし。」

又南畝《なんぽ》翁《おう》の『一話一言』[六]に云、平賀源内、名は云々《しかじか》。狂名《きょうめい》は風来山人、又の号は天竺浪人《てんじくろうにん》。讃州志渡《さんしゅうしど》の浦の人也。宝暦[七]のすゑにはじめて江戸に来たりて、聖堂[八]に寓居《ぐうきょ》す。官医《かんい》田村[九]元雄《もとお》と、もに物産の学を勤む。火《か》浣布《かんぷ》をかんがへ出《いだ》して、御《お》

一 現、千代田区飯田町。馬琴は文化年間、飯田町中坂下に家主として住んでいた。
二 「ちょちょら」は口先でうまいことを言うこと。
三 同じ辺りに借家すること。
四 久右衛門町の南に接する。
五 表通りに面した借家。
六 随筆。巻五「平賀源内」に以下の記述がある。
七 宝暦七年(一七五七)六月二日、林家の家塾に入門している(『升堂記』三)。
八 湯島の昌平坂学問所(幕府直轄の学問所)。
九 ↓一五九頁注一六。その日記『万年帳』明和元年六月に「私門人平賀源内と申者、(火浣布)織方相考、布ニ仕、香敷《こうしき》ニ相拵《こしらえ》」と。
一〇 「右火浣布香敷并生石書付共、一色安芸守殿え指出候処、御城之御同人より指

勘定《かんじょう》奉行[一〇]一色安《いっしきあ》芸守殿《きのかみどの》につきて公《おおやけ》に献《たてまつ》り、上覧《じょうらん》に入《いれ》らる。後《のち》に神田[一一]白壁町《しらかべちょう》の裏に住居す。又藤十郎新道《とうじゅうろうしんみち》に移り、又[一二]柳《やなぎ》原《はら》細川玄蕃頭殿《げんばのかみどの》の前の町家《ちょうか》に移る〔此比《このころ》門に柳を一もと植たり〕。終《つい》に馬喰町にうつる〔検校《けんぎょう》の住みし凶宅《きょうたく》なり〕。明和七年庚寅《かのえとら》の比、長崎に赴く。[一三]大通詞《だいつうじ》吉雄《よしお》幸左衛門《こうざえもん》が家をあるじとす。阿蘭陀《おらんだ》本草を学び、エレキテル・セイテイといふ奇器《きき》を〔人の身の火を取りて病《やまい》をいやすうつわ也〕作ることを学び帰りて、専ら[一四]蛮学《ばんがく》をなす。或《あるい》は[一五]伽羅《きゃら》の櫛〔銀むね象牙《ぞうげ》の歯、月に杜鵑《ほととぎす》などの細工也〕を作り、あるひは金から草をつくりて常の産とす。安永八年十一月廿日の夜、狂病亡心《きょうびょうぼうしん》して人を殺し〔米屋の子なりといふ〕、獄に下る。十二月十八日、病《やみ》て獄中に死す。屍《しかばね》を[一六]従弟某《じゅうていなにがし》に賜《たま》ふ。[一七]橋場《はしば》総泉寺《そうせんじ》に葬る。其友《そのとも》杉田玄伯《げんぱく》〔酒井修理大夫《しゅりだゆう》医師〕、私財を以《もって》墓碑〔墓表に✿智見《ちけん》

上られ候処」(『万年帳』同右)。

一一 現、千代田区神田鍛冶町一・二丁目。

一二 現、中央区日本橋馬喰町二丁目。

一三 源内は「明和二乙酉のとしきさらぎの末、阿蘭陀人東都に来る。大通詞吉雄幸左衛門、兼てより交深ければ、日ごとに訪ひ侍りぬ」(『日本創製寒熱昇降記』)と、明和二年には親交があった。

一四 蘭学。

一五 明和元年菅原櫛を作る。

一六 平賀権太夫。妹婿でもあった。「其の諸姪相謀り、君の衣服履を斂《おさ》めて、以て浅草の郷の総泉寺に葬る」(「処士鳩渓墓碑銘」)。

一七 現、台東区橋場二―二二―二。

霊雄《れいゆう》居士」を立《たて》て表《ひょう》とす〔黙老《もくろう》云、当時讃州志渡の郷士《ごうし》[一]平賀某《それ》大《だ》夫《ゆう》といふ者は、鳩渓の従弟也。鳩渓の遺物、多くこの家に在り〕。著《あらわ》す所の書、印行して海内《かいだい》に布くもの夥《おびただ》し。或《あるい》はその名をかりて偽《ぎ》作《さく》するものも亦少《すくな》からず。今一、二記《き》臆《おく》のま丶をしるす。『物類品隲《ひんしつ》』[二]『万国図』『火《か》浣布《かんぷ》略説』[三]『根なし草』〔以下[四]洒落本《しゃれほん》作者の部に録したれば略之《これをりゃくす》。併見すべし〕。浄瑠璃本云云《しかじか》〔[五]浄瑠璃作者部に録す〕。

鳩渓嘗《かつて》いはく、幼少の時、夢中《むちゅう》に発句《ほっく》をなせり、

　[六]霞にやこして落すや峰の滝

狂詠も亦多し。

　[七]鍾子期《しょうしき》死《しし》て伯牙《はくが》琴《きん》を破りしは、世に耳の穴の明《あき》たる人なければ也。

[八]此調子聞てくれねば三味線の

一 平賀権太夫(『源内全集』上巻、六二七頁)。
二 万国図皿のことであろう。皿に世界図を焼付けたもの(『源内全集』上巻、口絵)。
三 宝暦十三年・明和六年、岡本理兵衛等刊。
四 →一〇八頁。
五 未執筆。南畝『一話一言』に『神霊矢口渡』『霊験宮戸川』等七点を挙げる。
六 一本に「霞にてこして落すや峰の滝」。霞で水流を濾過して落すのだろうか、峰の滝は。
七 知己が亡くなったのを嘆ずる故事。「伯牙断絃」(『蒙求』上)。
八 この名調子を聞いて理解できる人がいないから、三味線をちりてつとんと弾くのを退《ひ》いてしまうぞ。
九 動植鉱物の漢名・蘭名を

ちりてつとんとひいて仕舞ふぞ

又、

九 翻訳は不朽の業。旧師の高恩、須弥山《しゅみせん》よりも高きに、
ほこりたることをしらずして、いろ〳〵の物ごのみは、
栄曜《えよう》のいたりなりと、みづからわが身をかへりみて、
一〇 むき過《すぎ》てあんに相違の餅の皮
名は千歳《せんざい》のかちん《勝》なる身を
一一 かゝる時何と千里《せんり》のこま物や
いかなる時にか、
伯楽《はくらく》もなし小づかひもなし
一二 心地たがへるまへにかきて人にしめせし発句、
一三 乾坤の手をちゞめたる氷《こおり》哉
われ嘗《かつて》其狂文の落《おち》ちりたるをあつめつゝ小冊とし、『一四 飛花《ひか》

和名に移すことは、不朽の事業だと教えてくれた旧師(田村藍水)の高恩は須弥山よりも高いのに、いい気になっていることに気づかないで様々に心移りしたのは、贅沢の至りだと反省して。

一〇 餅の皮を剝き過ぎて(色々な物に手を出し過ぎて)、案(餡)に相違したことだ、我が名は永遠に勝ち(餅)残るはずであったのに。

一一 このような時には千里を行く駒(小間物屋)たる自分は何としたものか、名馬を見出す伯楽も居ないし小遣いもない。

一二 辞世の句。

一三 天地は冬のさなかで冷たい氷に手を縮める寒さであり、またその厳しさ狭さに身を縮めた一生であった。

一四 天明三年刊。

落葉《らくよう》』といふ、世に行《おこな》はる。[一]下谷《したや》池之《いけの》端《はた》[二]伏見屋善右衛門《ぜんえもん》板なり。[三]火にやけてなし〔已上全文〕。

南畝子《なんぽし》は[四]壮年の時、鳩渓《きゅうけい》と友とし善《よ》し。明和・安永の間、[五]投扇興《とうせんきょう》流行の折などには、わきてしば〳〵面会せしよし、[六]西原梭江《さこう》に与《あたう》る手簡《しゅかん》に見えたり。又黙老子《もくろうし》は[七]牟礼《むれ》喬松《たかまつ》の[八]冢宰《ちょうさい》也。かゝればこの両老翁《りょうろうおう》のしるす所、前後倶《とも》に多くあやまりなかるべし。

記者の云《いう》、風来山人の戯作は[九]小冊《しょうさつ》に多し。半紙《はんし》形《がた》のよみ本は、[一〇]『風流志道軒伝《ふうりゅうしどうけんでん》』五巻、[一一]『根なし草』〔前編五巻、後編五巻〕あり。『根なし草』は[一二]明和年間、[一三]荻野八重桐《おぎのやえぎり》といふ歌舞妓役者〔女形也〕、[一四]中洲河《なかすがわ》に漁猟《ぎょりょう》せし折、謬《あやまり》て水に落て身まかりたる評判、当時噪《さわが》しかりしかば、そを物語のたねにして作り設《もうけ》たりける也。その書甚《はなはだ》しく時好に称《かな》ひて、三千部売れた

一　現、台東区池之端。
二　→一〇九頁注一五。
三　板木が火災で焼失した。
四　明和四年(一七六七)、南畝(十九歳)は、神田白壁町の源内(四十歳)の家で初めて会った(『平賀実記』五、南畝頭書)。
五　花台に立てた花に扇を投げ、花台・花・扇によって作られる形を採点する遊戯。安永二年(一七七三)頃流行。
六　松蘿館と号す。柳川藩留守居役。馬琴とともに耽奇会・兎園会のメンバー。
七　高松の東方の地名。
八　家老の意。
九　→一〇八頁六行。
一〇　宝暦十三年、岡本理兵衛等刊。浅草の舌耕家深井志道軒に因む遍歴小説。
一一　→一六八頁注三。
一二　正しくは宝暦十三年六

りとて、後編[一五]に自負せられたり。よしや三千部は弐価[一六]《カケネ》也とも、[一七]よみ本の盛りに行《おこなわ》れたる、文化中にもさる部数の売れたる物は有《あり》がたし。当時は国字[一八]《こくじ》稗説《はいせつ》のいまだ流行せざりしかば、この作者、又浄瑠璃[一九]の新作をもて一時《いちじ》に都下《とか》を噪したり。倘《もし》文化まで死なずもあらば、必《かならず》よみ本にも新奇を出《いだ》して、楮《カミ》の価《あたい》を貴《たか》くすべし。誠に戯作の巨擘《きょはく》なれども、勧懲《かんちょう》を旨として窃《ひそか》に蒙昧《もうまい》を醒《さま》すに足る親切の作編《さくへん》あるを見ず。只《ただ》その奇才は称すべし、その徳は聞事《きくこと》なし。

平沢月成《げっせい》

月成は喜三二[二〇]《きさんじ》の俳名《はいめい》なるよし、既《すで》に上巻赤本《じょうかんあかほん》作者の部にいへるが如し。名は常富《つねとみ》、俗字《ぞくじ》は平角《へいかく》、虎耳崛《こじくつ》と号す。みづから云、享保二十年乙卯《きのとう》春閏《うるう》三月二十一日に生れたり(『後[二一]《のち》は昔《むかし》物語』のはし書《がき》に見ゆ)。天明中、『古朽木[二二]《フルくちぎ》』といふ冊子

月十五日(『歌舞伎年表』)。

一三　二世八重桐。没年三十八歳。

一四　隅田川の中洲の瀬(『百戯述略』四)。

一五　「予嘗て根無草を著す。…これを鬻《ひさ》ぐこと三千部に余れり」(後編、自序)。

一六　誇大な言。

一七　『志道軒伝』『根無草』は滑稽本に分類される。

一八　現在、読本に分類される小説。

一九　『神霊矢口渡《しんれいやぐちのわたし》』(明和七年正月、江戸外記座初演)は、「近頃の大でき」(『儀《ぎ》多《た》百贔《ももひ》負《き》』安永六年)とされた。

二〇　→三二頁。

二一　自伝的随筆。享和三年成立。馬琴手写本(文化八年三月尽)あり。

二二　安永九年、西村伝兵衛刊。

〔半紙本〕五巻を著《あらわ》す。この書も例の作り物語なり。印行の折、記者も見たれど、四、五十年[一]の昔にあなれば、いふかひもなく忘れしを、伊勢松坂なる篠斎《じょうさい》[二]老人、そを記憶《きおく》したりとて、予が為にいへらく、

「喜三二《きさんじ》が『古朽木』の世界は、俗《ヨ》にいふ世話狂言に似たれど、何事を父母にして作りたる歟《か》知らず、いと俗々《サトビ》[三]たる趣向にて、富家《ふか》[四]の子が吉原へ桜を栽《うえ》んとして損をせし事などもあり〔記者云[五]、こは大申《たいしん》が吉原へさくらをうゑし事に擬して作りたるなるべし〕。そが結髪《ユヒナヅケ》の妻に、お犬といふ娘あり、又猿蔵[六]とかいへる悪棍《ワルモノ》[七]もありて、彼《かの》富家の宝とせる隠簑《かくれみの》を盗む事などもあり。結局に地蔵菩薩が願人《がんにん》[八]坊主に変じ来て、因果の理《コトワ》りを解き示す事ありしやうにおぼえたるのみ。この余《よ》の事は忘れたり」

一 安永九—天保四年(一七八〇—一八三三)まで五十三年。
二 殿村篠斎。以下の記述は、天保五年六月十七日付馬琴宛篠斎書簡に同封された「作者部類校閲抄」のものと推定されている(同年六月二十六日日記、神田正行『馬琴と書物』「『作者部類』の改稿過程」)。
三 俗っぽい。
四 『古朽木』巻三「八十八近在へ旅立之事」にある話。
五 三十間堀の材木問屋太申(和泉屋甚介)が大金を費やして売名しようとした話を、馬琴は『後は昔物語』に頭書し、太申桜についても記している。
六 「黍《きみ》蔵」の誤り。巻三「山川桃右衛門由緒之事」にある話。
七 中国俗語。

といへり。記者云、右の冊子《そうし》は当時[九]通油町《とおりあぶらちょう》なる書肆《しょし》蔦屋重三郎が印行しけり。時好に称《かな》ふべきものならねば、纔《わずか》に二三、四十部売《うり》たるのみ、製本いたづらに板元《はんもと》の庫中《こちゅう》に年を累《かさ》ねて、蟫《シミ》のすみかになりしとぞ。

又『[一〇]おらく物語』といふ戯墨《ぎぼく》一巻〔写本〕あり。又享和年間、[一一]西原梭江子《さこうし》〔名は好和、柳河《やながわ》家臣〕の需《もとめ》に応じて、『後は昔物語』一巻〔写本〕を綴る。こは享保以来吉原の事并《ならび》に歌舞伎役者の事を旨《むね》[一二]とかきつめたる随筆也。唯《ただ》よみ本と称すべきものは右の二部に過ぎず。そが中に『おらく物語』は、部《ぶ》[一三]したる物にあらず、且《かつ》刊行せざる冊子なれば、世に知らざる人多かるべし。抑《そもそも》この作者は、滑稽本《こっけいぼん》の嚆矢《こうし》なれども、その才と学術は読本《よみほん》[一四]に足らざるに似たり。惜しいかな〔[一五]没年は上巻に見えたり〕。

八　人に代わって願かけの修行などする乞食僧。巻五「地蔵菩薩因縁を示し給ふ事」にある話。
九　正しくは、湯島切通の西村伝兵衛。
一〇　馬琴手写本『後は昔物語』に収録されている。吉原の芸者おらくが二人いることから生ずる滑稽譚。
一一　『後は昔物語』の末尾に「梭江雅君」に宛てて、「又何ぞをかしき事思ひ出し候はば、跡より可レ入二御覧一候也。月成」という。
一二　もっぱら。
一三　まとまった量のある。
一四　読本を執筆するには不足している。
一五　→三二一頁一一行。

蜉蝣子《ふゆうし》

著《あらわ》す所『奇伝新話《きでんしんわ》』六巻〔[一]江戸《えど》橋四日市《ばしよっかいち》上総屋《かずさや》利兵衛《りへえ》板〕あり。吾友篠斎子《わがともじょうさいし》、この冊子《そうし》を閲《えっ》せし折、予が為にいへらく、「『奇伝新話』は巻尾《かんび》にも序にも年号なければ、印行の歳月詳《つまびらか》ならざれども、序中に「去春《きょしゅん》辛丑《かのとうし》の云云《しかじか》」といふ事あり。辛丑は天明元年也。これにより天明二年に上木《じょうぼく》せし歟《か》と猜《スイ》するのみ。右の序は、「江左《こうさ》の釣翁愛筌軒《ちょうおうあいせんけん》にしるす」とあり。作者の姓名詳ならず。但件《ただしくだん》の序中に、「駿台《すんだい》に隠士《いんし》あり、蜉蝣子と号す。此翁《このおきな》『奇伝新語』[二]五巻を撰《せん》し、巻毎《まきごと》に三章、通計《つうけい》十五章なりしに、辛丑[三]の火に焼失《やけう》せぬ。翁も其後《そののち》物故せり。其友木俊亭《そのともぼくしゅんてい》、[四]一巻三章を写し伝へ、又一老士[五]、五回をつたへたり。よりてその八回を六巻にして世に伝ふ」」といへり。この冊子の趣向は、唐山[六]の稗史《はいし》より出《いで》たるもあり、

一　初印は、天明七年、江戸本石町十軒店山崎金兵衛刊（『初期江戸読本怪談集』）。上総屋板は寛政四年の後印。

二　正しくは、「奇伝新話といへる書を撰んで五巻となし」。

三　安永十年（一七八一）正月九日、新材木町和国《おくに》餅の店より出火、両芝居を類焼し、霊岸島に至る（『武江年表』）。原文に「去春辛丑の一夕、祝融氏の為に書筒《しょげ》を焼亡して、新話の清録草稿を併て烏有となんぬ」。

四　原文に「新話の内、勇士節婦類一巻を書写し」。

五　原文に「今夏（天明二年）適《たまたま》釣竿場に於て一老士に逢ひ」。

六　巻六「離魂形を為して中臣兵司伉儷を全ふす」は、唐代小説『離魂記』の翻案。

[七]又当時の街談《がいだん》をとり直して綴りたりと見ゆるもありて、一回づゝの連続せざる話説《わせつ》也。すべて勧懲《かんちょう》の意ありて浮《うき》たる物にあらず。和文は拙《つたな》けれども、漢字[八]は多少ありし人なるべし。

[九]芝全交《しばぜんこう》

全交は在世《ざいせ》の日に、[一〇]よみ本の作、印行のものなし。嘗云《かつていう》、「吾《われ》、臭草紙《くさぞうし》[一一]を作ること、既に久しくなりたれども、いまだよみ本の作を乞ふものなし。臭草紙はその年のみにて復古《マタ》[一二]板を摺《す》り出《いだ》すことなし。いかで部[一三]したるよみ本を刊行せられて、後《のち》に貽《のこ》さば、文墨《ぶんぼく》に遊ぶ甲斐あるべし」とて、宿望《しゅくもう》胸にありながら、当時の流行其処《ソコ》にあらねば、黙止《モダシ》て、としごろを歴《へ》たりとぞ。かくて寛政中に至《いたり》て、全交が世を去りし比《ころ》、遺稿のよみ本五巻あり、題して『全交禅学[一四]《ぜんこうぜんがく》噺《ばなし》』(一名『全交通鑑《ぜんこうつがん》』)といふ。こは手島《てしま》[一五]やうのものにして、

七 巻三「遊女確言秋山八郎忠孝を立つ」の女主人公玉扇のモデルは、吉原扇屋の花扇(大高洋司「初期江戸読本と寛政の改革」)。
八 漢学の意。
九 ↓三四頁。
一〇 滑稽本の意。
一一 黄表紙。
一二 初板の後印本。
一三 まとまった量のある。
一四 寛政年間刊という。存否未詳。
一五 手島堵庵。享保三―天明六年(一七一八―八六)。心学者。石田梅岩に師事して、京都で石門心学の普及に尽力した。

教訓の中に滑稽をまじえたり。全交の妻子[一]、その遺稿の事を書賈《しょこ》[二]仙鶴堂（鶴屋喜右衛門）に告《つげ》て、亡父《ぼうふ》の宿望を果さんと欲《ほり》するに、仙鶴堂も亦《また》、年来全交が作の臭草紙を印行して贏余《えいよ》[三]すくなからざれば、報恩《ほうおん》の為にとて、即《すなわ》ちその書を刊布《かんぷ》しけるに、道学《どうがく》[四]の冊子《そうし》なども既に衰《おとろえ》たる比なれば、『禅学噺』も行《おこな》はれず、発販《はっぱん》の折、入銀《にゅうぎん》[五]とかいふ義を以《もって》（書林の板元《はんもと》、その書を発行已前《いぜん》に、その書を一部夥計《ナカマ》の書賈に見せて、おの[六]がじゝ買取らんと思ふ部高《ぶだか》を帳面にしるさせて、さて売出《うりいだ》す前日、その数のごとく夥計へ配るを入銀といふ。素人《しろうと》作者の板元へ金をおくりて、彫刻料を資《たすく》る[七]を入銀といふと同じからず、混《こん》ずべからず）売らまくせしに、思ふにも似ず買ふもの稀《まれ》にて、纔《わずか》に五拾部許《ばかり》売ることを得たりとぞ。この故に、当時といへども彼《かの》書の事をいふもの稀也。まいて[八]後《のち》に至りて

一　子に善次郎（寛政八年（一七九六）没）がいる。
二　→三四頁注八、九九頁。
三　利潤。
四　京伝の『心学早染草《はやぞめぐさ》』（寛政二年刊）、一九の『心学時計草《とけいぐさ》』（寛政七年刊）等が刊行され、心学の流行に乗じた黄表紙はまだ行われていた。
五　書肆の予約買取り制。
六　各自。
七　著者自身の買取り。
八　まして。
九　不利益。
一〇　寛政二年序。
一一　麴町早坂角、三崎屋清吉（文栄堂）刊。善国寺谷は、現、千代田区麴町三丁目。

は、知るものもあらずなりにけり。只板元の不利[九]のみならず、実に作者の不幸也。

山東庵京伝《さんとうあんきょうでん》

[一〇]天明の季《すえ》の比《ころ》、[一一]麴町善国寺谷《こうじまちぜんこくじだに》なる書賈の需《もとめ》に応じて、『孔子一代記』[一二]（半紙本也。巻数を忘れたり。二、三冊の物なり）を著《あらわ》す。弟京山[一三]が相四郎《そうしろう》と呼《よば》れし比、手伝《てつだい》して、『孔子家語《こうしけご》』[一四]及《マタ》『礼記《らいき》』などより孔子の事実を抄録し、やがて和文もて綴りたるに、さし画《え》（[一五]北尾重政《きたおしげまさ》に画《えがか》したり）を加えたるもの也。当時、洒落本《しゃれほん》を綴りて名だゝる戯作者に、孔子の一代記を誂《あつら》へしは、ふさはしからぬに、[一六]時好にかなふべきものならねば、いかばかりも売れざりけり。是《これ》京伝が半紙形《はんしがた》なるよみ本を綴りし初筆《しょひつ》也。

爾後《そののち》、寛政の初《はじめ》の比、『[一七]四季交加《ノユキカヒ》』といふ画本《えほん》を著す（半紙

一二　初印本外題は『通俗大聖伝』（内題は「孔子一世大聖画伝」）。五巻五冊。天保九年に改題して『孔子一代記』（五巻四冊、小林新兵衛刊）となる。

一三　『通俗大聖伝』跋には「従弟　岩瀬四郎恵謹挍」とあるが、京山のことである。

一四　おおむね『史記評林』四十七「孔子世家」に基づき、部分に『孔子家語』『春秋左氏伝』『孔叢子』等の記述を利用する（拙稿『山東京伝全集』第十五巻解題、『馬琴京伝中編読本解題』）。

一五　名は恭雅、号は紅翠斎。

一六　狙いは、寛政の改革に応じて著したものであった。

一七　寛政十年、鶴屋喜右衛門刊。

本二冊のもの也」。画《え》は北尾重政也〔作者の画稿[一]に従ふ〕。この書[二]は江戸の名所、男女の風俗を旨《むね》として、これを賛するに仮名がきの文《ぶん》を以《もっ》てす。通油町《とおりあぶらちょう》の書賈《しょこ》蔦屋重三郎が刊行しけるに、これも時好《じこう》に称《カナ》はざりけるにや、纔《わずか》に四、五十部売れたるのみにて、製本いたづらになりけり。

かくて文化の初《はじめ》の比《ころ》、『忠臣水滸伝』[三]の作あり〔前後十巻、画は北尾重政也〕。この冊子《そうし》は、『仮《か》名《な》手《で》本《ほん》忠臣蔵』[四]の世界[五]に『水滸伝』[六]を撮合《さつごう》[七]して、おかしう作り設けたり。是《これ》京伝が国字の稗史《はいし》を綴る初筆也。且《かつ》『水滸伝』を剽窃模擬《ひょうせつもぎ》せしもの、是より先に曲亭が『高尾船字文《たかおせんじもん》』[八]ありといへども、そは中本《ちゅうほん》也。又振鷺亭《しんろてい》が『伊呂波《いろは》水滸伝』[九]のごときは、「酔語《すいこ》」[一〇]と題して、相似《あひに》ざるもの也。かゝれば綾足《あやたり》が『本朝《ほんちょう》水滸伝』有りてより以来、かゝる新奇の物を見ずといふ世評特に高かり

一　下絵。
二　京伝自序に「夫《か》の貴賤士女老少等ノ大路ニ交加スル所ヲ漫画シ、以テ四時月日ヲ別チ、之に尚《くは》フルニ讃詞ヲ以テシ」と。
三　前編、寛政十一年、蔦屋重三郎・鶴屋喜右衛門刊。後編、享和元年、同上二書肆刊。
四　寛延元年（一七四八）八月、大坂竹本座初演。二代目竹田出雲・三好松洛・並木千柳合作。
五　その作品内で定められている構想・設定と登場人物。
六　『通俗忠義水滸伝』（宝暦七―寛政二年刊）や和刻本『忠義水滸伝』（第十回まで。享保十三年刊）の趣向。
七　取り合わせる。融合する。
八　寛政八年、蔦屋重三郎刊。『伽羅先代萩《めいぼくせんだいはぎ》』と『水滸伝』

しかば多く売れたり。この比よりして、よみ本漸々《ぜんぜん》流行して、遂《つい》に甚《はなはだ》しくなる随《まゝ》に、京伝が稿本を乞《こい》て板せんと欲《ほり》する書賈尠《すくな》からず。これにより又『安積沼《あさかのぬま》』[一一]五巻を綴る〔画は重政也〕。こは俳優小幡《こはだ》[一二]小平治《こへいじ》が冤鬼《えんき》の怪談を旨として作れり。いよ〳〵時好にかなひしかば、売ること数百部に及びしといふ。皆鶴屋喜右衛門《きえもん》板也。

又『優曇華《うどんげ》物語』[一三]七巻を綴る〔印行の書賈、右におなじ〕。唐画師《からえし》喜多武清《きたぶせい》[一四]〔文晁《ぶんちょう》門人〕と親しかりければ、こたびは武清に誂《あつら》へて、作者の画稿によりて画《えが》かしけり。この冊紙の開《かい》手《しゅ》は、金鈴道人《きんれいどうじん》といふもの、子平《しへい》[一五]の術に妙ありて、未然に吉凶を卜《ぼく》せしより、洪水に人を救《すくひ》て禍《わざわい》に遇《あ》ひし人の子、後《のち》に父の仇を討つ物語也。趣向の拙《つたな》きにあらねども、さし画《え》の唐様《からよう》[一六]なるをもて、俗客婦幼《ぞっかくふよう》を楽《たのし》ますするに足らず。この故に、当時

の撮合。
九 →一二九頁注一四。
一〇 「酔故」を誤ったもの。滑稽を意図したもので、稗史小説とはいえない、の意。
一一 角書「復讐奇談」。享和三年十一月、鶴屋喜右衛門刊。
一二 自殺したとも、下総国印旛沼にて殺されたともいい、死後、屋根の上で語る等の怪異が現れたという（『海録』三・四九）。
一三 文化元年十二月刊。
一四 字は子慎、号は可庵・五清堂・一柳斎等。安政三年（一八五六）十二月二十日没、八十一歳。
一五 予言術。宋の徐子平の星命の学をいった。
一六 中国風。というよりも、残虐な図柄が多いので忌まれたのであろう。

の評判不《ふ》[一]の字なりき。京伝竊《ひそか》にこれを悔《く》ひて、又『[二]桜姫全《さくらひめぜん》伝《でん》』（五巻）を綴るに及びて、出像《しゅつぞう》を歌川豊国[三]に画《えが》かしむ。この書大《イタ》く時好に称《かな》ひて、雅俗倶《とも》に佳妙《かみょう》とせり。

その明年《みょうねん》、又『[四]うとふ安方《やすかた》忠義伝』（六巻、画は豊国也）を綴りて印行せらる。いよ〳〵その新奇にめでゝ、これを看《み》るもの只《ただ》[五]三都会のみならず。田舎翁《いなかおう》も亦《また》この佳作あることを知れり。京伝が作のよみ本多かる中に、この二種尤《もっとも》さかん也とす。

爾後《そののち》又『[六]不破名護屋稲妻表紙《ふわなごやいなずまびょうし》』（五巻、画は是《これ》も豊国也）をあらはす。茅場町《かやばちょう》の書賈《しょこ》伊賀屋勘《かん》右衛《え》門板《もんはん》也。この冊子《そうし》佳ならず、板元《はんもと》伊賀屋勘右衛門は、前の勘右衛門の養嗣《ようし》也。当年父子不熟《ふじゅく》の[七]口舌《くぜつ》あり。とかくする程に、後《のち》の勘右衛門が妻身故《ミマカ》りぬ。京伝竊《ひそか》におもへらく、

一 不評であった。
二 「桜姫全伝」は角書。『曙草紙《あけぼのそうし》』。文化二年十二月、鶴屋喜右衛門刊。
三 俗称熊吉、一陽斎と号す。文政八年（一八二五）正月七日没、五十七歳。役者似顔の上手。
四 『善知安方忠義伝』。文化三年十二月、鶴屋喜右衛門刊。
五 京都・江戸・大坂。
六 正しくは、『昔話《むかしがたり》稲妻表紙』。文化三年十二月、西村宗七（本石町十軒店）・伊賀屋勘右衛門（高砂町）刊。
七 言い争い。
八 初代市川団十郎の俳名。万治三―元禄十七年（一六六〇―一七〇四）。延宝八年（一六八〇）三月、市村座の「遊女論」で不破伴左衛門役を初めて演じた（『歌舞伎年表』）。
九 扮装。

「『稲妻表紙』の書名は、[八]昔歳《せきさい》市川才牛《さいぎゅう》が初《はじめ》て不破伴左衛門《ふわばんざえもん》に[九]打扮《だふん》せし折、[一〇]雲に稲妻の縫箔《ぬいはく》したる[一一]外套《ハフリ》を披《キ》たりければ、今に至《いたり》て伴左衛門に扮する俳優人《わざおぎびと》は、必《かならず》さる外套を披ぬること、世の人の知る所なるに、百年ばかり已前《いぜん》の物の本に、稲妻の形ある[一二]標紙《ひょうし》多かれば、これ彼をとりいでて云云《しかじか》と命ぜしが、今さら思へば不祥《ふしょう》に似たり。そをいかにぞとならば、「不破名護屋」は「不和な子や」に[一三]かよひ、「稲妻表紙」は「否《イナ》妻病死」にかよへり。物の不都合にて思ひがけぬ事を、世俗、[一四]いな事といへば、「否妻病死」に至るまで、皆悉《ことごとく》板元のうへに当れり。[一五]心づきなき悔《くや》しさよ」と、この[一六]比所親《ころしょしん》にさゝやきけり。

又[一七]『本朝酔菩提《ほんちょうすいぼだい》』六巻、後編四巻、共に十巻も、亦《また》是伊賀屋の板《はん》にて、出像は豊国画きたり。当時この画工《がこう》、例として

一〇「延宝八年、不破伴左衛門の役を始てつとむ。時に年三十歳。衣裳の模様、雲に稲妻のものずきは、稲妻のはしまで見たり不破の関といふ句にもとづきたるよし」(山東京伝『近世奇跡考』「元祖団十郎伝」)、『本朝酔菩提全伝』一「不破名古屋伝奇考」にもいう。
一一 羽織。
一二 行成《こうぜい》表紙の紗綾形《さやがた》の模様をいおう。→二五頁注二二。
一三 音が通じ。
一四 異な事。
一五 音通に気づかなかった。
一六 親しい人。馬琴自身を指すか。
一七 前帙、文化六年九月、西村宗七・伊賀屋勘右衛門刊。後帙、同年十二月、同書肆刊。

いまだ画《えがか》ざる已前に、その濡筆[一]を受ながら、技《わざ》に誇りて画《えが》くに遅かり。『酔菩提』を板する[二]に及《およ》て、伊賀勘《いがかん》しば〳〵乞へども、豊国事《こと》に托《たく》して敢《あえ》て画かず。まづ板元に説薦《ときすす》めて、羽二重《はぶたえ》[三]の袷半折二領《あわせはおりにりょう》[四]を製《ツク》らしめ、これを作者と画工に贈らしむ〔その半折に京伝と豊国の花号《モン》をつけたり〕。か丶る事は、歌舞伎の当場作者《タテツクリ》[五]にこの例あればといへり。只《ただ》この事のみならず、或《あるい》は酒肉珍果《しゅにくちんか》を贈り、或は京伝と豊国を伴ひて雑劇《ざつげき》を観せ、或は酒楼に登ることもしば〳〵なりき。かくても豊国はなほ多く画かず、催促頻《しき》りなるに及《およ》て、又板元にいふやう、

「己《おのれ》、かう[六]家に在《あ》りては雑客《ざっきゃく》もたえず、且錦絵《かつにしきえ》[七]の板元に責《せめ》られて、よみ本のさし画《え》は筆を把《と》る暇《いとま》あらず。吾《わが》為に権且《シバラク》隠宅《カクレガ》を作りて給はれ」

といふに、伊賀勘その意を得て、近辺なる裏屋二斬[八]を借りて、

一 潤筆の誤りであろう。潤筆料。
二 板刻する。
三 経糸《たて》に生糸、緯糸《よこ》に濡らした生糸を織り込んだ、肌触りの良い上質な白生地。紋付の礼装に用いる。
四 袷羽織。裏地をつけた羽織。
五 最も主要な作者。
六 こんなに毎日。
七 多色摺りの浮世絵板画。
八 二軒の誤り。

其処《そこ》に豊国を請待《しょうたい》[九]し、日毎《ひごと》に酒飯《しゅはん》を餽《おく》りて画《えが》せけるに、折から三月の比《ころ》なりければ、豊国が又いふやう、

「時は今、咲にほふ花の三月なるに、かう垂籠《たれこめ》[一〇]てのみ在りては、気鬱《きうつ》して病ひを生ぜんとす。いかで墨田川辺《へん》に徜徉《しょうよう》[一一]して、保養せまくほし」

といひしを、伊賀勘聞《きき》て思ふやう、

「もし一日外《と》に出《いだ》さば、ふたゝびこゝに帰るべからず。要《よう》[一二]こそあれ」

と思案して、さりげもなく答ていふやう、

「花を見まくほりし給はゞ[一三]、遠く墨田河に赴くに及ばず、吾《われ》とりよせてまゐらせん[一四]」

とて、大きなる枝に咲満《みち》たる桜を許多《あまた》買とりて、そを花瓶にも樽《たる》などへも活《いけ》て、豊国の机《き》辺《へん》に置ならべ、その活花《いけばな》衰《おとろう》れ

九　招待。
一〇　閉じ込もって。
一一　歩きまわって。
一二　良い方法がある。
一三　見たいとお望みなされるならば。
一四　差し上げましょう。

ば、とり替《かえ》〳〵見せしかば、豊国竟《つい》に[一]せんかたなくて、日毎に件《くだん》の出像《しゅつぞう》を画くほどに、伊賀屋は[二]さら也、京伝も折々この仮宅に来訪して、うちかたらひつゝ慰めけり。

是等《これら》の事は京伝の本意にあらねど、曩《さき》に『優曇華《うどんげ》物語』の出像を[三]唐画師《からえし》に誂《あつら》へて後悔せしに、『桜姫全伝』の作よりして豊国に画《えが》して、特に[四]時好にかなひしかば、是より豊国と親しく交りて、功を譲ること大かたならず。[五]その言《こと》に、

「今浄瑠璃をもて譬《たと》うるに、画工《がこう》は大夫《たゆう》のごとく、作者は三《さん》絃《げん》ひきに似たり。合巻《ごうかん》の臭草紙《くさぞうし》はさら也、よみ本といへども、画工の筆精妙ならざれば売れがたし」

といふにより、豊国も亦《また》みづから許して、その功吾《こうわれ》にありと思ひしかば、是より合巻の[六]奥半張《おくはんちょう》に画工の名を上にして、[七]「豊国画、京伝作」と署《しる》したり。既《すで》にかくの如く画工に権を

一　為す術もなくて。
二　勿論のこと。
三　喜多武清。→一七九頁注一四。
四　→一八〇頁三行。
五　「此草紙を婿をたづぬる嫁《よめ》にたとへて見るに、絵は則《すなわち》顔姿《かたち》なり。作は則意気《こころばせ》なり…顔容にたとふる絵は歌川豊国の筆なればまうしぶんなし」(『双蝶記』自序)を言い換えたもの。
六　本文末尾の半丁。
七　『志道軒往古《むかし》講釈』(文化六年、鶴屋喜右衛門刊)等がこの形式を採る。

つけしかば、豊国の恣《ほしいまま》なるを、にく〳〵しくは思ひながら、竟《つい》に諫《いさむ》ることあたはで、倶《とも》にその好みに従ひつゝ、二《ふた》八とせばかりにして稍《やや》印行することを得たれども、思ふにも似ず、冊《そう》子《し》の世評妙ならず。損する程にあらねども、初《はじめ》に画工・作者をもてなしたる、諸雑費《しょざっぴ》のいと多かりければ、竟に板元《はんもと》の算《さん》九帳《ちょう》合はず。加旃《しかのみならず》、この板元に不如意《ふにょい》さへうち続きしかば、活業《なりわい》既に衰へて、他町《たちょう》一〇へ転居したりけり。

是より先《さき》文化三年の比《ころ》、四谷塩町《しおちょう》一一なる貸本屋、住吉屋《すみよしや》政五郎《まさごろう》といふ者、曲亭に乞《こい》てその稿本を得て『盆石皿山《ぼんせきさらやま》の記《き》』〔中本《ちゅうほん》也。前後二編共に四巻〕を刊行し、その明年《みょうねん》『括頭巾《くくりずきん》縮緬紙衣《ちりめんかみこ》』〔半紙本、三巻〕を印行せしに、倶に時好に称《かな》ひて、二書倶に九百部売ることを得たり。その折、政五郎思ふやう、「曲亭ぬしの作を印行してすら、利あることかくの如し。今

八『本朝酔菩提』の成稿は文化五年(一八〇八)六月(例引)で、前編の刊行は同六年九月、後編のそれは同六年十二月である。
九 勘定の意。
一〇 文化七年秋刊『腹筋逢《おう》夢石《むせき》』第三編では、伊賀屋勘右衛門は「小舟町二丁目仲之橋通」になっているが、文化八年三月十二日の時点では「堀江町」になっている(『式亭雑記』)。
一一『浮牡丹全伝』刊記には「四谷伝馬町二丁目　住吉屋政五郎」と。天保十二年(一八四一)三月朔日付殿村篠斎宛書簡には、「旧板『括頭巾縮緬紙衣』ハ、文化四年、四ッ谷伝馬町住吉屋政五郎といふ貸本書買の為に綴遣し候」とある。

亦《また》山東ぬしに乞ふて、かの人のよみ本を印行することを得ば、利市《りし》[一]三倍疑ひなし」とて、一日《いちじつ》山東許《がり》赴きて、来意を告《つげ》て云云《しかじか》と乞《こひ》しかば、京伝異議なくこれを諾《ウケ》ひて、必《かならず》[二]稿を起さんといひけり。是《これ》よりの後《のち》、政五郎は、折々京伝がり赴きて、その稿本を催促し、物を餽《おく》ることもしば〱也。とかくする程にこのとしは暮れて、次の年に至りても稿本はいまだ成らず。京伝は素《もと》より遅《ち》[三]吟遅筆《ぎんちひつ》なるに、当時は吉原なる弥《や》[四]八玉屋《はちたまや》の熟妓白玉《じゅくぎしらたま》がり、ひたとかよふ毎《ごと》に逗留せし折なれば、次の年に至りても、政五郎の責《せめ》を塞《ふさ》ぐによしなければ、さすがに胸苦しくやありけん、趣向はいまだ首尾[五]せざれども、先《ま》づ出像《しゅつぞう》より稿本を創《はじ》めて、一、二張《ちょう》づゝ、政五郎にわたし、「出像は豊広[六]に画《えが》かせ給へ。この板下[七]の写本を画き終る比《ころ》

一 利益。
二 原稿を執筆する。
三 あれこれ思案して、筆が遅い。
四 遊女屋の名。この名は白玉とともに、酒井抱一が遊びに行く店と遊女として、『閑談数刻』丙に「粧ひの後、遊びにゆかれしは、よび出し、白玉　江戸町弥八玉屋」と出てくる。「よび出し」は呼び出し女郎のことで、位の高い遊女をいう。張見世をせず、仲の町で客に会った。→一九一頁注一〇。
五 構想がまとまらない。
六 歌川豊広。号は一柳斎。文政十一年(一八二八)没、五十六歳。『盆石皿山の記』の画家。
七 板下用の浄書。

には、稿本をわたすべし」

といふに、政五郎歓びて、かたのごとくにしたり。かくて豊広の画写本《えしゃほん》はいで来ても、作者の稿本いまだ成らず。

「先づこれを剞劂《きけつ》八にわたして鏤《えら》せ給へ」

とて、次の画稿を政五郎に取らせて、豊広に画かせなどしつゝ、纔《わずか》に板元を慰めけり。

既にして政五郎は、只《ただ》この事のみにかゝづらひて、貸本九も手につかねば、所蔵の貸本はみな沽却《こきゃく》して活業《なりわい》を務めず、月には幾回か京伝許赴きて、稿本の成るをうかゞふの外《ほか》他事もなく、思はずも三《み》とせを歴《へ》て、四年一〇といふ春の比、稍《やや》発行することを得たる、その書は『浮牡丹《うきぼたん》』一一〔四巻〕是也。本の形なども作者の好みに任して、半紙本《はんしぼん》ながら唐本《とうほん》一二のごとく横幅を陝《せま》くしたれば、紙に裁落《たちおと》一三しの費《ついえ》多かり。表《ウハ》袋も唐本の帙《ちつ》一四のご

八　彫り師をいう。板木に字や絵を彫り付ける者。
九　貸本の営業。
一〇　正しくは文化六年(一八〇九)。
一一　正しくは、『浮牡丹全伝』。
一二　半紙本は横一六センチ程だが、唐本は横一五センチ程の物が多い。
一三　横幅を一センチ程狭く切り落すこと。
一四　和本の普通の上袋は、薄い和紙の袋であるが、帙は厚紙に布を貼って作り、觿《くじり》(帙の結び紐を解くのに使う角)には象牙を用いる物がある。

とくしたり、出像《しゆつぞう》[一]も細密なりければ、彫刻にも本銭《もとで》を容《イレ》たること尠《すくな》からず。なれどもこの書を印行せば、三とせの費用をとり復《かえ》さんこと、易かるべしと思ひしかば、先《まず》九百部製本して発兌《はつだ》せしに、板元《はんもと》の命禄《めいろく》[二]、頽廃《たいはい》[三]すべき折にやありけん、価《あたい》例より貴《たか》しとて、貸本屋等《ら》敢《あえて》買はず、纔《わずか》に五十部ばかりを売りて、その余八百五十部は、一部もいでずなりしかば、政五郎驚き憂《うれ》ひて、後悔の外《ほか》なかりけり。折から妻は病着《いたつき》にうち臥したるが、又この事に憂苦《ゆうく》を増して、幾程もなくむなしくなりぬ。跡には今茲《ことし》十四才なるむすめあるのみ。政五郎せんかたなさに、家を売て裏屋に移り、この夏は団扇《うちわ》を売あるきなどして、細き煙をたてけり。素《もと》より心ざますなほにて、人に憎《にくま》るゝこともなかりしかば、年ごろ疎《うと》[四]からぬ書賈《しよこ》等、政五郎が為に財布無尽《さいふむじん》[五]とかいふことをして、些《いささか》の本銭をとらせ、

一　図柄も凝ったものだが、更に薄墨によるボカシや艶墨の使用も少なくない。
二　運命。
三　衰える。
四　親しい。
五　講の仲間が財布の金を出しあい、それをある者に融通すること。

六地《じ》本問屋《ほんどんや》鶴屋七なども、錦絵《にしきえ》・臭草紙《くさぞうし》の類《たぐい》を貸て売せにければ、秋の比《ころ》よりさゝやかなる、八秪店《ホシモノダナ》をしつらひて、絵草紙《えぞうし》を売て生活《ナリハヒ》にしつゝ、両三年を歴《へ》る程に、隣町に家主《いえぬし》の九家扶《かぶ》を売るものあり。政五郎、そを購《あがな》ひ求めて家主になりしかば、世渡りやすくなりぬとぞ。

当時識者一〇評していはく、

「政五郎が大利《たいり》をほりして活業《ナリハヒ》の貸本を廃し、所蔵の書籍をさへ沽却《こきゃく》して、一一印行の冊子行《おこなわ》れず、産を破るに至りしは、只是《ただこれ》自業自得にて、いふにしも足らぬ事ながら、畢竟《ひっきょう》は山東子《し》が約束をしば〱たがへて、一二三とせあまり政五郎に歩《あゆみ》を運《はこば》せたりければ、わづか四巻《よまき》の『浮牡丹』に、諸雑費もいと多かり。さるをその書は売れずして、破産の人となりしかば、一三その義を言《こと》に出《いだ》さずとも、心に作者を恨めしくおもはざらん

六　戯作小説や草双紙などを製作し販売した本屋。
七　鶴屋喜右衛門。
八　露店。
九　株。
一〇　暗に馬琴自身をいう。
一一　『浮牡丹全伝』。現存点数も少ない。
一二　文化三年(一八〇六)頃から同六年頃まで。
一三　破産したこと。

や。そも板元の不幸にして、時運によるとはいふものから、その本《もと》を推《お》すときは、[一]作者も徳をそこなふこと、是《これ》なからずや」

と呟《つぶや》きけり。

この後《のち》又、仙鶴堂《せんかくどう》の[二]枝店《えだだな》[三]鶴屋金助《きんすけ》の需《もとめ》に応じて、[四]『梅花氷裂《ばいかひょうれつ》』三巻を編演《へんえん》す。刊行に及《および》て、この書も亦《また》評判妙《みょう》ならず。おもふに冊子《そうし》に載する所の[五]小廝《こもの》長吉は孝子也。さるにより、井を汲《くみ》て七十金《きん》を獲《え》たりしは天感《てんかん》の致す所なるべし。しかるに長吉は、[六]その金《かね》ゆゑに由兵衛《よしべえ》の害にあふて、命を殞《おと》すに至るがごときは、[七]勧懲《かんちょう》正しからずといふべし。

かくて文化十年ばかりの比《ころ》、亦[八]『双蝶記《そうちょうき》』〔六巻〕を編述す。腹稿大抵《ふくこうたいてい》成るに及びて、馬喰町《ばくろちょう》なる書賈《しょこ》西村屋与八《よはち》に報《ツグ》るに、その腹稿を話すること、首尾極めて精細也。京伝は性として

一　山東京伝。読本における勝利者馬琴の敗者京伝に対する皮肉。

二　支店。

三　双鶴堂。住所は日本橋田所町（現、中央区日本橋堀留町）（『式亭雑記』）。

四　文化四年二月、鶴屋喜右衛門・鶴屋金助刊。内題に「梅之《うめの》与四兵衛《よしべえ》物語」を冠す。

五　小者。中国俗語。この話は、中冊第一齣《せき》「孝児天幸を得る」にある。井戸から出た金魚を売って七十両を得た。

六　下冊第十齣「片枝枯れて香を留む」にある話。

七　孝子が悪人に殺される筋立ては、勧善懲悪に背く。

八　文化十年九月、大坂心斎橋通唐物町、河内屋太助、江戸馬喰町二丁目西村屋与

能弁にはあらねども、その腹稿を人にとき示すに、よくその趣を尽せしかば、俗子《ぞくし》[九]は其《その》稿本を読《よま》して聞《きく》より、すぢよくわかるとて、感賞《かんしょう》せざるはなし〔京伝嘗《かつて》いふやう、「吾《わが》よみ本の腹稿成るときは、先《ま》づ妻[一〇]にとき示す也。しかせざれは[一一]、吾わすれたる折これを求《もとむ》る処なし。近ごろは記臆《きおく》うすくなりて、折々忘るゝこと多かり。その折、妻に問へば、預け置たる物を出《いだ》さするが如く、労せずして便りいとよし」といへり。されば腹稿成るごとに、そを印行せんといふ書賈に、その趣向は云云《しかじか》と、精細にとき示せしかば、板元はやく歓びうけて、たのもしく思はざるはなかりき〕。

その折京伝又いふやう、「近比《ちかごろ》曲亭などのよみ本を見るに婦女子の耳に入りがたきこと多かり。畢竟その文和漢と雅俗[一二]を混雑しぬるをもて、体

八刊。

九　一般読者。

一〇　後妻百合。前身は新吉原江戸町一丁目弥八玉屋の部屋持女郎玉の井であった。

一一　そうしないと。

一二　たとえば、『三七全伝南柯夢』（文化五年、榎本平吉等刊）で、中国故事を翻案し、町人階級の三勝・半七の心中を、武家階級の話に作り換えるような作法をいおう。

裁をなさゞるもの也。己《おの》れこたびの『双蝶記』は、吾妻与五《あずまよご》[一]郎《ろう》の事を旨《むね》としたる世界にて、世話《せわ》[二]狂言といふものに似たれば、をさ〳〵雑劇の趣《おもむき》に倣《なろ》ふて、詞《ことば》は今の俚語《りご》[三]をもてすべし。しか綴るときは婦女俗客の耳に入《い》らざることなし、そのたのしみ八《や》[四]しほに倍《ま》すべし。この書一たび世に行《おこな》われなば、必後《かならずのち》のよみ本の面目《めんもく》を改むべけれ」

と、さゝやき示したりければ、西村与八感佩《かんぱい》して、いよ〳〵たのもしく思ひしかば、『双蝶記』を彫刻しぬる比《ころ》に、小店《こだな》[五]のあるじ・販子《ウリコ》[六]等《ら》が仕入れの為に来て、

「山東翁《おう》のよみ本は、いつ比《ごろ》よりうり出《いだ》し給ふ」

と問ふことのあれば、云云《しかじか》と答《こたう》る語次《コトノツイデ》に、

「こたびのよみ本は山東子《し》が、世界[七]の作者の面目を新《あらた》にせんとて綴られたれば、行はれんこと疑ひなし。見給へ是《これ》より

一 与五郎と京都五条坂の遊君吾妻の因縁を中心的な話題とする。

二 当代の世態・風情・人情を描く歌舞伎や浄瑠璃。

三 京伝自ら『双蝶記』序、付言に「無下にいやしき言をもてしるしつ」と断る。巻一・三、塵兵衛《じんべえ》と幣又《ぬさまた》の会話には、「いつも〳〵よく精が出るよ」とか、「いや、さしやれ」等という俗語が用いられる。↓一九三頁七行。

四 八層倍に。

五 小さな貸本屋。

六 売り子。路上で本を売り歩く者。

七 世の中の作者の視点。

して諸作者の、よみ本の風《ふう》かはるべし」とて、[八]誇兒《ほこりが》にとき示せしとぞ。

されば作者の[九]腹稿《ふくこう》成りしより、凡二《およそふた》とせばかりにして、発《はっ》販《ばん》することを得たりしに、世の看官《かんがん》の評宜《よろ》しからず。「この『双蝶記』は趣向の建《たて》ざま、[一〇]歌舞妓狂言めきたるすら、いかにぞやと思ふに、出像《サシヱ》〔豊国画〕も都《すべ》て歌舞伎役者の肖面《ニツラ》にて、[一一]読本《よみほん》にふさはしからず。且《かつ》物語の中なる詞《ことば》に、「さやうでござります」などいふこと多くあれば、あまりに今めかしくそらぐ〜しくて、おかしからず」といふのみ也ければ、思ふにたがひて、その本多く売れず、板元の胸算用《むなざんよう》、そらだのめになりしとぞ。

〔筆のついでにいふ。この西村屋与八は、初代の与八の養《よう》嗣《し》にして、[一二]上巻にもいへるごとく、天明年間、店廃絶したる

八 ほこりか。自信満々に。
九 『双蝶記』の原題は『霧《きりの》籬《まがき》物語』（一名『本朝売油郎』）といい、早く「当未年秋より相違無く売出シ申候…一名本朝売油郎」（文化九年刊『梅川忠兵衛二人虚無僧』巻末の「壬申（文化九年）春新絵草紙」）と、八年秋に出板することが予告されていたが、文化十年八月九日に浄書本が書物問屋行事に提出された（『画入読本外題作者画工書肆名目集』）から、約二年ほど要したことが分る。
一〇 場面場面の趣向には面白い見せ場が多いが、全編を貫く主筋が統一されていない傾向をいう。
一一 人物画像を役者に似せるのは合巻の方法である。
一二 →二八頁注六。

地《じ》本問屋《ほんどんや》鱗形屋孫兵衛《うろこがたやまごべえ》の二男也。その心ざまおろかならず、売買《ばいばい》にさかしきものなるが、常にいふやう、「板元《はんもと》は作者・画《が》工《こう》の得意也。いかにとなれば濡筆[一]をおくりて、その画その作の冊子を刊行して、画工・作者の名を世に高くすなれば、そが為に引札《ひきふだ》[二]をするに似たり。かゝれば作者[三]まれ画工まれ、印行を乞ふべきもの也。吾は決して求めず」といへり。こゝをもて、文化の比《ころ》まで、西村屋のみ刊行の臭草紙《くさぞうし》に京伝・馬琴の作はなかりしに、京伝件《くだん》のよしを伝聞《つたえきき》て、画工豊国を紹介にして、「自今《じこん》以後拙作《せっさく》をまゐらすべし。印行して給はれ」といはせしかば、与八異儀なくうけ引《ひき》て、[四]この年より京伝の作の臭草紙を印行せしに、あたり作なきにあらねば、親しくまじはりて、文化丙寅《ひのえとら》[五]の類焼の折などにも、おくり物少からず。冬と春との夷講《えびすこう》[六]には、必《かならず》京伝と豊国を招待せざる

一 潤筆料。
二 商品の広告などを書いて配るふだ。宣伝の意。
三 作者にもせよ、画家にもせよ、そちらから。
四 文化四年刊『於《お》六櫛《ろくぐし》木曽仇討』が西村屋与八からの最初の合巻刊行。従って、その交際は同三年から始まろう(『山東京伝年譜稿』)。
五 文化三年(一八〇六)。三月四日の大火に京伝は罹災し、わずかに土蔵のみ免れた(『伊波伝毛乃記』)。↓三一五頁五行。
六 商家で商売繁昌を祈って恵比須を祭る。旧暦十一月二十日に行う地方が多いが、一月十日・二十日にも行う所がある。

ことなかりき。

さればそのゝち、種彦も亦《また》、ある人の紹介を求めて、西村与八に対面し、自作の臭草紙を印行せられんことを請《こい》しかば、西与《にしよ》、又種彦[七]の作を印行するに及びて、種彦連《シキリ》に来訪しつゝ、いと親しくなるまゝに、互にその妻子も往来するやうになりたり。

是《これ》より先にある人[八]、西村屋が云云《しかじか》[九]のよしを馬琴に告《つげ》て、「西村屋は特に繁昌の書肆《しよし》也。われら媒介《なかだち》してまゐらせん、印行をたのみ給へ」とて勧めしを、馬琴はつや〳〵[一〇]肯《がえん》ぜず。「己《おの》れは年二十四[一一]ばかりの時、初《はじめ》て臭草紙を綴りしより今に至るまで、板元にたのみて刊行せられしことなし。寛政二年の秋、戯《たわむ》れに壬生狂言《みぶきようげん》[一二]の臭草紙二巻を綴りて京伝に見せしに、「吾にたまへ、吾序をものして泉市《せんいち》[一三]へつかはして、吾怠《おこた》[一四]りの

七 種彦の最初の西村屋与八刊行の合巻は、文化八年刊『鱸庖丁青砥切味《すずきぼうちょうあおとのきれあじ》』(大沢まこと『合巻本板元年表』)。
八 山東京伝か。
九 商売が上手なこと。
一〇 一向に。
一一 寛政二年(一七九〇)、二十四歳で黄表紙『尽用而二分《つかいはたしてにぶ》狂言《きょうげん》』を著したことをいう。
一二 →四三頁注一六。
一三 和泉屋市兵衛。
一四 寛政二年、京伝は元年刊の『黒百水鏡《こくびゃくみずかがみ》』に政演の名で絵を描いていたことが当局の忌諱に触れ、過料に処せられたために、一時戯作執筆を止めようと考えた(『山東京伝年譜稿』)。

責《せめ》を塞ぐべし」とて、かたの如くに計《はか》らはれたり。その後《のち》、泉市の需《もとめ》に応じて、[一]『鼠婚礼塵劫記《ねずみこんれいじんこうき》』といふ三冊物を綴りしを、板元の好みにて、京伝が序を書たり。この年、予が作の臭草紙《くさぞうし》[二]四種を綴りたれども、大和田《おおわだ》・伊勢治等《いせじとう》、よしを聞《きき》伝《つたえ》ぬとて、吾に求めて印行したり。初心の折すら右のごとし、今さら西与《にしよ》にたのまんや」とて、竟《つい》にその義をうけ引《ひか》ず。かくてこの西村屋与八は世を去りて、三代目の与八も婿養嗣《むこようし》也。文政の初《はじめ》の比《ころ》、いづみ屋市兵衛、鶴屋喜右衛門を紹介として、曲亭がり初て来訪して、馬琴に新作の合巻冊子《ごうかんそうし》を刊行せまくほしとて乞ひしかば、馬琴やうやく[三]うけ引けり。是《これ》よりして西村屋も馬琴[四]が作を刊行して今に至れりとぞ。」

　是より両三年を経て、文化十三年九月七日の夜、京伝は[五]暴《ぼう》疾《しつ》にてたちまち[六]簀《さく》を易《かえ》しかば、よみ本は『双蝶記』が絶筆に

一 寛政五年刊。歌川豊国画。

二 他に『花団子食家物語《はなよりだんごくいけものがたり》』(大和田安兵衛刊)、『荒山《あらやま》水天狗鼻祖《みずてんぐのはじまり》』(同刊)、『御茶《おちゃ》漬十二因縁《づけじゅうにいんねん》』(伊勢屋治介刊)がある。

三 馬琴の最初の第三代西村屋与八からの刊行本は、文政六年刊『女夫織玉川《めおとおりたまがわ》晒布《さらし》』。

四 文政十二年からの『漢楚賽擬選《まがいみたて》軍談』、天保三年からの『千代褚良《ちよちょら》著聞集』等がある。

五 脚気衝心。この間の消息は、『伊波伝毛乃記』「京伝の死」に詳しい。→三三〇頁。

六 学徳ある人の死をいう。曽子が死に臨んで、季孫より賜った大夫用の簀《すのこ》を分不相応だとして易《か》えた故事(『礼記』檀弓上)に基づく。

なりにけり。物の本を好むもの丶、か丶る作者は亦《また》得がたしとて、知るも知らぬも是を惜みき。

文化年間、唐来三和《とうらいさんな》[七]、その友の為に京伝・馬琴の戯作を批《ひ》して云《いう》、

「京伝は冊子の画組《えぐみ》[八]とよく機《き》[九]を取ることに妙を得たり。されば臭草紙[一〇]はさら也、よみ本といへども先《ま》づさし画《え》より腹稿《ふくこう》[一一]して後《のち》に文を綴るといへり。こ丶をもて、うち見は殊《こと》におもしろからんと思はざるものなけれども、よくよみ見れば見おとりのせらる丶多かり。なれども臭草紙[一二]は、をさ〳〵婦幼の玩物《がんぶつ》なれば、さまで趣向の巧拙を択《えら》まず、只《ただ》その画組の今様《いまよう》[一三]にて、新奇を歓《よろこ》ぶものなれば、臭草紙は第一の作者と称せらる丶こと論なし。三馬《さんば》は窃《ひそか》に京伝の作を模擬するもの也。京伝は北尾《きたお》[一四]に学びたれば、画稿に自由を得たり。然るをいはん

七　→三七頁。蔦屋重三郎の弟分になって妓院に入婿したといわれる(『戯作者小伝』)から、蔦屋などに話したものか。
八　絵の構図や図案。
九　思いつきが浮かぶ。着想を得る。
一〇　黄表紙と合巻。
一一　構想する。
一二　ここでは主に合巻についていう。
一三　当世風。
一四　北尾重政。→三九頁注一九。

やその才は三馬が企《くわだて》及《およ》ぶべくもあらず。又馬琴は臭草紙・よみ本共に、趣向[一]と文を旨《むね》として、画組と思ひつきに骨を折らず。こゝをもて稿本[二]成らざれば画稿に及ばずといへり。この故に、うち見はさまでおもしろからじと思ふもの多かれども、よくよみ見れば感賞《かんしょう》[三]せざることなし。よりて思ふに、臭草紙は、馬琴、京伝に及ばず。読本《よみほん》は、京伝、馬琴に及ばず。そをかにかくといふ[四]ものは、好憎親疎《こうぞうしんそ》によりて私論[五]をなすのみ。しかれども京伝は、さまでもなき趣向[六]にても、見てくれを旨として、よくかき活《いけ》る[七]をもて、人その拙《せつ》に心つかず。馬琴は臭草紙といへども、よく根組《ねぐみ》[八]を堅固にして勧懲《かんちょう》[九]を正《ただし》くす。なれども京伝は戯作の行はるゝこと、馬琴より五、六年先《さき》だ[一〇]ちたるに、且《かつ》その年歳《ねんさい》も兄[一一]なれば、世の人并《ならびに》書賈《しょこ》等《ら》まで、これをもて甲乙《こうおつ》を定むれども、吾《われ》おそらくは、後世に至りて

一　筋や場面における、変化や趣きを出すための工夫。
二　全体の筋を書いた草稿。
三　感動賞讃する。
四　あれこれと異論を唱える。
五　依怙贔屓の論。
六　大して目新しくもない趣向。
七　丁寧に生き生きと描く。
八　構成や前後の照応。
九　善人には善果を、悪人には悪果を緻密に与える。
一〇　京伝の黄表紙の初作は、安永九年(一七八〇、二十歳)刊『娘敵討古郷錦《むすめかたきうちこきょうのにしき》』で、天明二年(一七八二)刊『御存商《ごぞんじのしょう》売物《ばいもの》』で認められた(大田南畝『岡目八目』)。馬琴の処女作『尽用而二分狂言』は寛政三年(一七九一、二十五歳)刊で、寛政八年に読本の処女作『高尾船字《せんじ》文《もん》』が江戸で三百部売れた(二一〇

論定《さだま》らば、必《かならず》団扇《うちわ》を馬琴の方《かた》に揚《あげ》られん」といひしとぞ。

記者の云《いう》、京伝が[一二]『奇跡考《きせきこう》』[一三]『骨董集《こっとうしゅう》』の二書は、作り物語にあらず。なれども風来山人《ふうらいさんじん》の[一四]著述目《ちょじゅつもく》のごとく、よみ本ならねども又こゝに録す。享和年間、『近世奇跡考』(五巻)印行の比《ころ》、[一五]雅俗倶《とも》に賞鑑《しょうかん》して、多く売るべき勢ひなりしに、[一六]英《はなぶさ》一蝶《いっちょう》が作の「[一七]土手《どて》ぶし」などいふ小歌《こうた》の事を載《のせ》たるを、[一八]英一蜂《いっぽう》、怒咎《いかりとが》めて、むつかしくいひしかば、京伝驚きて異議もなく、よしを板元大和《はんもとおおわ》田《だ》安兵衛《やすべえ》に告知《つげし》らして、その[一九]板《いた》を摧《くだか》せけり。京伝は寛政のはじめに洒落本《しゃれほん》の咎《とがめ》ありしより、をさ〳〵謹慎を旨としたれば也。当時は冊子《そうし》の稿本を[二〇]町年寄《まちどしより》へ呈閲《ていえつ》して、免許を乞ひし折なれば、故《ゆえ》ありて『奇跡考』を板元みづから絶板すといふよしを、大和田安兵衛、[二一]書林行事《しょりんぎょうじ》と倶に、

九頁)。
一一　京伝が六歳上。
一二　『近世奇跡考』。文化元年十二月刊。随筆。
一三　文化十一・十二年刊。
一四　→一六八頁五行。
一五　知識人の読者も、そうでない読者も。
一六　巻五「英一蝶の伝」「朝妻船の讃の考」に、伝記と「小唄」の「朝妻舟」の歌詞とが記されている。
一七　吉原の遊里へ通う客が日本堤(吉原土手)を通る際に歌った唄。
一八　三世英一蜂。一蝶の門流。
一九　「一蝶伝」の数行と「朝妻船」の歌詞の一部を削除した覆刻板が、文化二年三月、前川六左衛門等から刊行されている(『山東京伝年譜考』)。

樽[一]の役所へ訴へたりといふ。惜むべし。

かくて文化の年に至りて、又『骨董集』の著述あり。嘗云《かつていう》、「吾は素《もと》より経書史《けいしょし》伝《でん》を読ざりければ、儒《じゅ》に成《なる》べくもあらず。又国学《こくがく》をもて更《さら》に名を成さんと思へども、国学にも名哲《めいてつ》[二]前輩多かれば、企《くわだて》[三]及《およ》ぶべからず。只《ただ》[四]二百年前後、民間の風俗・古書画《こしょが》の事などをよく考索[五]して、さる書を後世に貽《のこ》さば、戯作の足を洗ふに足らん」

とて、その考索に苦心する事、一朝《いっちょう》の技ならざりき。書は多く看《み》ざりけれども、才子なれば何を綴りても和漢の故事に拙《つたな》[六]からず。なれども『骨董集』の一著述は、戯作と[七]同じからねばとて、是《これ》よりして何くれとなく、看書《かんしょ》も懋《つとめ》たりければ、おもはず学問も進みけり。さはれ貨殖《かしょく》[八]に疎《うと》からねば、書を購《あがない》求《もとむ》るは稀にて、大かたは交遊蔵書家に借覧鈔録《しゃくらんしょうろく》したるもの、

二〇 ↓一二三頁注一八。
二一 本屋仲間の世話役。出板の許可、重板・類板の処理等を扱う。

一 町年寄樽与左衛門の役所。
二 優れた学者。
三 努力して成就する。
四 江戸時代の初頭をいう。「頃《このご》ロ二百年来ノ観ルベク聴クベキ者ヲ採リテ、名ケテ近世奇跡考ト曰フ」（『近世奇跡考』聴雨楼主人序）。
五 考証捜索。
六 上手に援引する。
七 正確を旨とする考証であるとして。
八 営利は上手なので。

一葛籠《ひとつづら》[九]に余れりとぞ。

『奇跡考』は、その抄録中の俗[一〇]に近きを抜出《ぬきいだし》て五巻《いつまき》に綴りし也。その質虚弱[一一]なりければ、好む事とはいひながら、思はずして、寿《じゅ》[一二]を損ひたる事なからずや、と知れる人は言ひけり。只この著述に労したるのみならず、三十余年、著述は必《かならず》夜を旨《むね》として、昼は日の傾く[一三]まで起出《おきいで》ざりけり。されば京伝がり来訪するもの、先《ま》づうち仰ぎて二階の窓を瞻《ミ》るに、時は八《や》[一四]つまれ七《なな》つまれ、なほ二階の窓をひらかざれば、京伝はいまだ睡《ねむ》り覚《さめ》ずと知らざるものなし。二階を臥房《ふしど》[一五]にすれば也。人或《あるい》はこれを諌《いさ》めて、

「朝に陽気[一六]を受ずして夜を深くするは、養生《ようじょう》の為に宜しかるべからず」

といふもありしが、常に病むこともなかりしかば、久しきに

九　アオツヅラの蔓で編んだ籠。後には竹などでも作った。京伝自身、「事を珍書に探り…ふかく思を致して、其実を得ることあれば、やがてかきつけたる反故、古革籠《かわご》にみちぬ」(『近世奇跡考』凡例)という。
一〇　広く世人の嗜好にかなう題材のもの。
一一　体質。
一二　寿命を縮めた。
一三　夕刻近くまで。
一四　午後二時頃ないしは四時頃にも。
一五　寝間。
一六　日光。

熟《な》れて[一]掛念《けねん》せず。簀《さく》を易《かゆ》る[二]前年より歩行の折に、息ぎれして堪《たえ》がたきことあり。且《かつ》[三]脚気《かっけ》もあればとて、稀に[四]三里《さんり》へ灸《やいと》したるが、果《はた》して脚気衝心《しょうしん》して黄泉《よみ》の客となりぬ。[五]思慮《しりょ》の命を破ること、酒色より甚《はなはだ》しと、[六]謝肇淛《しゃちょうせい》が警《いまし》めたるを、知るも知らぬも推《おし》なべて、京伝は『骨董集』と討死《うちじに》をしたりといふもありしを、こも[七]天授《てんじゅ》の数《すう》ならば、悔《くい》てかひなき事ながら、[八]みづから破るにあらずとはいひがたかり。惜むべし。

『骨董集』は[九]全本六巻と定めたるを、[一〇]初編二巻、中編二巻刊行したるに、好事者流《こうずしゃりゅう》に賞鑑《しょうかん》せられて、多く売れたりといふ〔鶴屋喜右衛門板也〕。下編《げへん》二巻は、いまだその稿成らざりき。これも亦をしむべし〔『骨董集』は印行してより六、七年は、年毎《としごと》に五、六十部摺出《すりいだ》せしに、[一一]それより後《のち》は一部も売れずなりぬと、板元鶴喜《つるき》いへり〕。

一　懸念。
二　文化十二年（一八一五、五十五歳）。
三　ビタミンB_1の欠乏症。心不全により死亡するに至る。
四　灸穴の一つ。膝頭の下で外側の少し窪んだ所にあり、ここに灸すると万病に効くという。
五　「思慮之害レ人、甚二於酒色一」（『五雑組』五・人部一）。
六　明の人。字は在杭。その随筆『五雑組』十六巻は、江戸時代に盛行し、馬琴もよく利用した。
七　天が与えた命数。
八　自身、寿命を損ねたといえなくもない。
九　『骨董集』天保七年、丁子屋平兵衛刊本巻末には「三編上帙二冊、下帙二冊」の刊行が予告されていた。
一〇　文化十一年十二月、前

京伝は世に名を知られてより、印行の冊子《そうし》、その作として
よく行《おこな》われざるものなかりき。そが中に『孔子一代記《こうしいちだいき》』『四季交加《しきのゆきかい》』『浮牡丹《うきぼたん》』『双蝶記《そうちょうき》』、この四種のみ売ざるの書也。これらは俗《よ》にいふ、上手の手より水の漏《も》りたるものなるべし。

桑楊庵光《そうようあんひかる》

光は[一二]亀井町《かめいちょう》の[一三]町代《まちだい》[一四]岸卯《きしう》右衛《え》門《もん》なり。天明の季《すえ》の比《ころ》、[一五]四方山人《よもさんじん》、狂歌を[一六]擯斥《ひんせき》してより、[一七]狂歌堂真顔《まがお》と倶《とも》に狂歌を倡へて、随一の判者と称せらる。性《せい》酒を嗜《たしな》むの故に、壮年より月額《さかやき》の跡みな兀《はげ》て、赭《あこ》うして且《かつ》光れり。よりてつぶりの光《ひかる》と称す。当時[一八]浅草市人《あさくさのいちひと》・[一九]三陀羅《さんだら》法師、[二〇]浅草干則《ほしのり》等《ら》、皆その社中也。戯作はせざりけれども、寛政三、四年の比、貸本屋の需《もとめ》に応じて、[二一]『兎道《ウヂノ》園』五巻を綴りて印行せらる。こは『宇治拾遺』に倣《なら》ひて、一段限りの物語をかきつめたり。板下の浄書《じょうしょ》も光

帙上・中巻(二冊)、同十二年十二月、後帙下巻(二冊)を刊行した。

一一　天保七年三月に丁子屋平兵衛から再板本が刊行されたが、馬琴が本書を執筆した後のことであった。

一二　現、日本橋小伝馬町。

一三　「ちょうだい」とも。町役人。家主の代弁者。

一四　宇右衛門とも。

一五　大田南畝の狂名。

一六　寛政の改革の機運を察して、狂歌を止めた。

一七　恋川好町→二八頁。

一八　伊勢屋久右衛門。浅草田原町の質商。

一九　姓は赤松、のち清野。名は正恒。

二〇　三河屋友八。桑楊庵の号を光より譲られた。

二一　角書「圃老巷説」。寛政四年、上総屋忠助刊。

が自筆也。当時はかゝる物の本、いまだ流行せざれば、巧拙の世評を聞くこともなかりき。寛政八年丙辰《ひのえたつ》夏四月十二日に没[一]しぬ。駒込[二]瑞泰寺《ずいたいじ》に葬る。或《あるい》はいふ、名は識之〔識、一作誠《いつにせいにつくる》〕。

雲府《うんぷ》館《かん》天府《てんぷ》

この作者何人《なんぴと》なるや、姓名いまだ詳《つまびらか》ならず。俚語《りご》に事の天運に憑《ヨ》るを運風《ウンプ》天賦《テンプ》とかいへば、かゝる戯号《ぎごう》を告《ノ》れるなるべし。この人、寛政中、『邂逅《ワクラバ》[三]物語』五巻〔寛政九年丁巳《ひのとみ》の春自序あり〕を綴りしを、当時貸本屋等《ら》三、四名合刻《がっこく》にて発販《はっぱん》しけり。こも五冊全部の続き物にて、趣向は唐山《とうざん》の稗説《はいせつ》『今古《きんこ》[四]奇観《きかん》』などの中なる一回を翻案したりとおぼしく、妬婦《とふ》と賢《けん》妾《しょう》ありて、これにより種々の物がたりあり。妾《めかけ》のうめる子は賢にして、名を成したる結局に、妬妻《とさい》本然《ほんねん》[五]の善に帰《き》して、遂《つい》

一 一七九六。四十三歳。

二 現、文京区向丘二―三六―一。浄土宗。

三 寛政九年、上総屋利兵衛等刊。『聊斎志異』「大男」の翻案（向井信夫『江戸文芸叢話』）。

四 明の白話小説集。抱甕老人撰。四十編。我が国で盛行した。

五 人間が本来備えている善性。

に席を譲り、妻妾位《さいしょうくらい》を易《カフ》るが団円《だんえん》也。その文の巧拙はとまれかくまれ、趣向はさばかり拙《つたな》きにあらねども、当時は滑稽物の赤本《あかほん》[六]なほ流行したれば、時好に称《かなわ》ずやありけん、させる世評を聞くこともなかりき。又同人《どうにん》の作に『桟道《カケハシ》物語』[七]五巻あり〔寛政十年戊午《つちのえうま》の春自序あり〕。当時のよみ本は、一巻《ひとまき》の楮数《ちょすう》[八]十五、六頁《けつ》[九]、或《あるい》は二十頁にとゞまる。その筆耕《ひっこう》[一〇]九行か十行にて細密ならず。さし画《え》も略画にて巻毎《まきごと》に二頁に過ぎず。全本五巻の価《あたい》銀五匁《もんめ》ばかりなりき。文化[一一]の年より、読本《よみほん》流行に至《いたり》て、書画剞劂《しょがきけつ》[一二]の精密なる、和漢往昔無比《おうせきむひ》といはまし。

〔記者云《いう》、上《かみ》に録せし京・江戸・浪花《なにわ》なる作者の略名伝《りゃくめいでん》の中に、思ひあやまれる事もあり、足らざることもありけるを、始《はじめ》よりかき改めんはわづらはしさに、かさねてこゝに細書《さいしょ》すなり。こを見ん友達、前後を照して見つべし。上に録せし

六　黄表紙。
七　寛政十年、遠州屋佐七ら刊。明の白話小説「張淑児巧智脱楊生」(『醒世恒言』二十三、『小説精言』三)の翻案。
八　紙数。
九　丁の意。『邂逅物語』の一巻の丁数は十四、五丁である。
一〇　浄書ぶり。『邂逅物語』の半丁の行数は十行。
一一　読本の刊行点数は文化二年頃より多くなり、最盛期の同五年には七十点ほど刊行された。
一二　→一八八頁注一。

『色道大鏡《しきどうおおかがみ》』[一]の作者箕山《きざん》[二]は何人なるや、いまだ詳ならねども、後《のち》に古筆《こひつ》の鑑定家になれるよしにて、『顕伝明名抄《けんでんめいめいしょう》』[三]、一名『類聚名伝抄《るいじゅうめいでんしょう》』十五巻を著したり。その書に寛文甲辰《きのえたつ》[四]の年号あり、又貞享五年[五]の春増補の序もあり。こは写本にて行《おこな》はる。作り物語にあらず。彼《かの》『色道大鏡』は、いまだ見ることを得ざりき、と桂窓子いへり。

記者云、件《くだん》[六]の『大鏡』は、おのれ浪華《なにわ》に遊びし折、作者の原本を閲《えっ》したり。おもふに箕山は、はじめ妓院《ぎいん》の事にをさ〳〵筆を費《ついや》せしに、後に[七]志《こころざし》を改めて、真《しん》の著述をなせしなるべし(『両巴巵言《りょうはしげん》』[八]も同時世のものにて、篇末《へんまつ》に「身毒牢人《てんぢくろうにん》[九]金天魔《こんてるま》」云云《しかじか》とあり、そは作者のつくり名号《みょうごう》也)。

又おなじ条《クダ》りに録したる上田秋成[一〇]が戯墨《ぎぼく》のよみ本は、『雨《う》月《げつ》物語』のみにあらず、『春雨物語《はるさめ》』[一一]てふもの十巻あり。こ

一　十八巻十四冊。元禄初年成立。遊廓の百科全書。
二　→一四七頁注二五。寛永三―宝永元年(一六二六―一七〇四)。京都の紅染屋小堀屋に生まれ、平沢了佐に古筆鑑定法を学び、遊廓・遊女の研究に打ち込んだ。
三　古今の人々の実名を諸書から拾い、姓氏・官号・俗称・時代等を記載したもの。
四　四年(一六六四)。
五　一六八八。
六　馬琴は享和二年(一八〇二)大坂に遊んだ際、「箕山が色道大鏡に、よし野が伝あるよし、大坂盧橘かたれり。予、大坂逗留の日数纔《わずか》なるをもて、寛文弐二巻を閲したるのみ」(『羇旅漫録』四十六)と、「寛文弐」(巻三・四)のみを見ていた。
七　『色道大鏡』を編む傍ら、

も続き物がたりにあらず、一回毎《ごと》に世界は異《こと》にして、十回あり。この書は印行せられず、伝写《でんしゃ》の本も世に稀《まれ》なれば、おのれはその書ありとも知らざりしに、桂窓子はいぬる年、作者自筆の巻物十巻を見たり、その後類本を見ず。当年傭書《ようしょ》に写[一二]さして蔵弆《ぞうきょ》すと、予が為にいへり。こも亦《また》得がたき珍書なれば、いかで借謄《しゃくとう》せまくほりす。よりて録して、同好に示すのみ。

又その次の条りなる、江戸作者の名録《めいろく》中に収めたる増穂残[一三]《ますほざん》口《こう》は江戸人《えどびと》にあらず。名は最中[一四]、姓は源氏、増穂大和《やまと》と称す。[一五]豊後《ぶんご》の人なるが、京に到《いたり》て某王[一六]《ぼうおう》の府につかへまつれり。享保[一七]二年秋九月没す、年六十三と『続諸家人物志[一八]《ぞくしょかじんぶつし》』に見えたり。こを江戸作者の条下《じょうか》に紛れ入《いれ》たりしは故あり。当時此人《このひと》の戯作は、江戸日本橋南一町目の書賈《しょこ》須原屋茂兵衛[一九]《すはらやもへえ》が多く印行し

『顕伝明名抄』を成稿した。
八 馬琴が本書を『羇旅漫録』で箕山の著とするのは誤り。↓一〇六頁注一。
九 「鑿鉦《とらうつ》」ともいう。
一〇 ↓一四八頁六行。
一一 文化五年成立。
一二 いわゆる西荘文庫本。
一三 ↓一四九頁注二九。
一四 六十三歳以後の名。
一五 明暦元年(一六五五)、豊後臼杵の松岡に生まれる。
一六 享保四年(一七一九)、京都五条の朝日神明社の神主となる。
一七 寛保二年(一七四二)九月二十六日没、八十八歳。
一八 青柳東里著。天保三年、須原屋茂兵衛刊。
一九 残口八部書としては、享保四年、山本九右衛門が一括して刊行した。須原屋本は後年の求板本である。

たれば也。さて上《かみ》に録せし残口八部の冊子《そうし》は、『艶道通鑑《えんどうつがん》』〔六巻〕、『徒然東雲《つれづれしののめ》』〔二巻〕、『神国加魔秡《しんこくかまばらい》』〔三巻〕、『異理和理合鏡《いりわりあわせかがみ》』〔三巻〕、『小社捜《ほこらさがし》』〔二巻〕、『神路手引草《かみじのてびきぐさ》』〔三巻〕、『直路常世草《すぐじのとこよぐさ》』〔三巻〕、『田分言《たわごと》』〔二巻〕、是《これ》也。この余『七福神伝記《しちふくじんでんき》』[一]『神道本津草《しんとうもとつぐさ》』[二]『増穂草《ますほぐさ》』[三]などあり。そのことはかなき浮世雑談《うきよぞうだん》、或《あるい》は今昔《こんじゃく》男女の得失を論ずるに、をさ〳〵勧懲《かんちょう》を旨と綴りたり。素《もと》より滑稽の上手にて、妙文《みょうぶん》、人意《じんい》の表《ひょう》に出《いづ》ること多かり〔又松井嘉文[四]・紀常因《きのじょういん》[五]なども、その住所いまだ詳《つまびらか》ならず。なほよく考へ訂すべし〕。

又上に録せし椿園主人《ちんえんしゅじん》[六]の著編《ちょへん》に、なほ漏《もら》せしものあり。そは『今古小説唐錦《きんこからにしき》』[七]〔四巻、安永八年七月作者の自序あり〕、『今古奇談翁草《おきなぐさ》』[八]〔五巻、安永六年秋九月自序あり〕。当時「翁草」といふ冊子二部あり、その一は蜞蜩庵《きちょうあん》[九]が『翁草』[一〇]〔五巻〕、

一　元文三年、大坂、瀬戸物屋伝兵衛刊。残口が序を寄せるが、実は渡辺弥太郎の著（中野三敏『江戸狂者伝』）。

二　『和朝本津草』。享保十三年、京、岡本半七等刊。人見英積著。

三　『神国増穂草』。宝暦六年刊。

四　→一四九頁注二四。『東海道千里《ちさと》の友』（享保十七年刊）の作者。

五　→一四九頁注二七。大坂の人。浪華亭と号す。

六　伊丹椿園。→一四八頁注八。銘酒剣菱の醸造元。

七　安永十年、京、菊屋安兵衛刊。

八　安永七年、菊屋安兵衛等刊。

九　神沢《かんざわ》杜口《とこう》。京都町奉行所与力。

こは随筆ものにて作り物語にあらず。又椿園が『翁草』は、をさ〳〵[一一]多田《ただ》兵部《ひょうぶ》を誚《そし》らんとて綴れり。こは椿園が作中の屑《くず》也。これ彼《かれ》共に、安永中に書賈《しょこ》が印行したれば、混《こん》じて思ひあやまるものあらんかとていふのみ〕。

曲亭主人

寛政七年乙卯《きのとう》の夏、書賈耕書堂《こうしょどう》〔蔦重〕の需《もとめ》に応じて『高尾《たかお》船字文《せんじもん》』五巻を綴る〔大半紙《おおはんし》半枚の中本《ちゅうほん》にて、さし画《え》は[一二]長喜《ちょうき》画《えが》けり〕。是よみ本の初筆《しょひつ》也〔明年丙辰《みょうねんひのえたつ》の春発行〕。当時未熟の疎文《そぶん》なれども、この冊子の[一三]開手《かいしゅ》絹川谷蔵《きぬがわたにぞう》が、霹靂鶴之助《いかずちつるのすけ》を師として相撲をまなぶ段は、[一四]『水滸伝』なる王進《おうしん》・史進《ししん》師徒《しと》のおもむけを模擬したり。この余《よ》の段も[一五]『焚椒録《ふんしょうろく》』[一六]『今古奇《きんこき》観《かん》』などより翻案したるすぢ多かり。なれども当時は滑稽物の[一七]旨《むね》と行《おこな》はれたれば、させる評判なし。江戸にては三百部ば

一〇 寛政三年成立。二百巻。
一一 多田南嶺。後の姓は桂。神道家・故実家。浮世草子作者。元禄十一―寛延三年（一六九八―一七五〇）。巻四「逢レ怪為二狂人一」は南嶺をモデルとする。
一二 栄松斎長喜。鳥山石燕の門人。
一三 巻一「宮戸川に雷《いかずち》きぬ川にあふ」の話。
一四 『忠義水滸伝』第二回、『通俗忠義水滸伝』一「王教頭私走二延安府一」の話。
一五 遼の王鼎著。道宗の后懿徳《いとく》の冤を解いた雑史。萩の方が白練で縊れ死ぬ趣向は懿徳のそれを翻案した。
一六 巻三十六「滕大尹鬼断家私」の、画中から遺言状を発見する趣向を用いた。
一七 もっぱら。

かり売ることを得たれども、大坂の書賈《しょこ》へ遣《つかわ》したる百五十部は、過半《かはん》返されたりといふ。そは、かゝる中本物《ちゅうほんもの》は彼地《かのち》の時《じ》一好《こう》に称《かな》はず、且価《かつあたい》も貴《たか》ければなどいひおこしたりとぞ。

十年戊午《つちのえうま》の春、仙鶴堂《せんかくどう》（鶴喜）が誂《あつら》る為に『二絵本大江《おおえ》山《やま》物語』三巻を綴る（画《え》は北尾重政也。かゝる三絵本株《かぶ》、素《もと》より鶴屋にあり。よりて折々新板《しんぱん》を出《いだ》せり。この冊子《そうし》の形は半紙と中本の間《あいだ》なる物なれば、中形本《ちゅうがたぼん》と唱《とな》ふ。以下倣之《これにならう》。この書、明年《みょうねん》四己未《つちのとひつじ》の正月発行したり）。この年又蔦屋の五主管《しゅかん》忠兵衛《ちゅうべえ》が乞ふによりて、小冊『六塩梅余史《あんばいよし》』一巻を綴る。新作の落《おとし》語《ばなし》也（曲亭作の七小冊は只是《ただこれ》のみ。当時洒落本《しゃれほん》禁止せられて、浮世物まねめきたる八中本いまだ流行せず。よりて併《あわ》してこゝに録す）。

十一年己未の夏、九京伝が勧《すす》めによりて『戯子名所図会《ヤクシャめいしょずえ》』（半

一　大坂では『川《かわ》童《たろう》一《いち》代《だい》噺《はなし》』（寛政六年刊）の如き奇行滑稽本が流行していた。
二　酒呑童子物。
三　絵本出板の権利。
四　寛政十一年（一七九九）。
五　番頭の意の中国俗語。
六　笑話集。五話の内「鮫人」は清の沈起鳳作『諧鐸』七「鮫奴」の、「両婦《にょうぼう》換魂《かえだま》」は同七「鬼婦持家」の翻案（拙著『近世近代小説と中国白話文学』）。
七　小本型、総丁数は二十四丁。
八　滑稽本をいう。
九　巻一巻頭の「曲亭馬琴翁讃」と巻二跋は京山によるものであるから、京伝の関係はあり得る。
一〇　馬琴自叙に「近ごろ世に行るる都名所図会三本を作て、戯子名所図会

紙本）三巻を綴る〔鶴屋喜右衛門板。画は歌川豊国也〕。させる物にあらねども、当時諸国の[一〇]名所図会流行の折なれば、此《この》冊子時好に称ひて頗《すこぶ》る売れたり。この年の冬、[一一]叶雛助《かのうひなすけ》〔二代目〕大坂より到れり。板元《はんもと》鶴屋、又雛助を[一二]増補し、且画に色《いろ》板《いた》を加え、彩色摺《さいしきずり》にして[一三]再刷発兌《さいずりはつだ》す。既《すで》に古板《こはん》になりたるに、価初度《しょど》より[一四]貴かりければ、再刷は多く売れずといふ。

十二年庚申《かのえさる》の秋、[一五]『絵本武王軍談《ぶおうぐんだん》』五巻を綴る〔[一六]間形本《あいがたぼん》、画は北尾也〕。享和元年、又[一七]『絵本漢楚《かんそ》軍談』〔前編五巻、後編五巻〕共に十巻を綴りて印行せらる。同年又[一八]『絵本天神記《てんじんき》』五巻を綴る。これらの絵本は作者の得意にあらず、板元鶴屋が誂《あつら》へによれり。并《ならび》に画は北尾重政也。しかるに、『天神記』は久しうなるまでその画成らず、とかくする程に[一九]国字《こくじ》稗《はい》史《し》流行して、年々《としどし》に多く出《いで》しかば、かゝる絵本は時好に称は

る」と。

一一　歌舞伎役者五代嵐雛助。後、叶雛助と改名。号は眠獅堂。

一二　増補之巻に「眠獅堂風景之図」がある。

一三　寛政十二年正月、大坂心斎橋の八文字屋八左衛門との相板。

一四　彩色摺りは重ね摺りするので費用もかかる。

一五　『通俗列国志』（清地以立撰、元禄十六年刊）を絵本化したもの。

一六　中本。

一七　『通俗漢楚軍談』（夢梅軒章峰ら訳。元禄八年刊）の絵本化。

一八　天保九年十一月二十六日、板下五冊を丁子屋平兵衛に譲った（丁子屋宛馬琴書翰）が、未刊に終った。

一九　読本をいう。

ず。板元仙鶴堂没して後《のち》、その画《え》やうやく成就しぬれど、既に流行に後《おく》れたれば、後の仙鶴堂これを桜木に[一]登《のぼ》せて程なく、画工《がこう》重政も身まかりければ、この絵写本絶筆になりぬ。

　享和三年、『[二]小説比翼文《ひよくもん》』二巻〔中本《ちゅうほん》なり。鶴屋喜右衛門板〕、又『[三]曲亭伝奇花釵児《はなかんざし》』二巻〔同上。浜松屋幸助《こうすけ》板也〕を作る。この年又大坂の書賈《しょこ》[四]河内屋《かわちや》太助《たすけ》に前約あれば、『月氷《げっぴょう》奇縁《きえん》』五巻を作る。是《これ》曲亭が半紙《はんし》形《がた》のよみ本を綴る初筆也〔出像《しゅつぞう》[五]浪華《なにわ》の画工に画《えが》かしむ。画工の名を知らず〕。この書大《イタ》く時好に称《かな》ひて、印行の年〔文化元年〕大坂并《ならび》に江戸にて千百部売れたりといふ。是より読本《よみほん》漸々《ぜんぜん》に流行して、竟《つい》に甚《はなはだ》しきまでに至れり。

〔頭注「[六]篠斎《じょうさい》云《いう》、『月氷奇縁』の画工は、浪華の人流光斎《りゅうこうさい》、名は如圭《じょけい》とかいひし浮世画工にて、当時俳優の肖像を画く

一　板刻しかけて、の意。
二　葛飾北斎画。
三　画家は不明。李漁『玉掻頭伝奇』の翻案（新日本古典文学大系『繁野話　花釵児』解説）。
四　享和二年（一八〇二）七・八月の交、馬琴は大坂に滞在していたから（『羇旅漫録』）、その折に河太と約束したか。
五　近時、如圭の外に松好斎半兵衛が助力しているという説が提示されている（北川博子「月氷奇縁の画工」『近世文芸』九十六号）。
六　殿村篠斎。
七　『絵本拾遺信長記』。秋里籬島文。多賀如圭画。文化

に名ありしもの也。[七]『絵本信長記《しんちょうき》』の拾遺の後編のさし画も此人《このひと》の筆なりし歟《か》とおぼゆ。その画名、江戸まで聞えたるほどのものならねば、わざとほのめかして知らずといはれしにや。浪華にては当時有名の[八]浮世画師《うきよえし》なりき。この人の彩色画《さいしきが》をも見しに、元は[九]月岡などを学びしにやとおもほゆる也。

[一〇]記者云《いう》、実は件《くだん》の画工を知らざるにあらねど、流光斎はわづかに一、二の巻《まき》を画きしのみにて、病着《いたつき》ありとて得果《えはた》さゞりしかば、板元河太《かわた》巳《やむ》ことを得ずとり戻して[一一]別人に画かしたり。こゝをもて、その書に画工の名をあらはさゞりき。見るべし、三の巻《まき》より末《すえ》は、その画いたくおとれり。」

[一二]文化紀元甲子《きのえね》の年、[一三]『稚枝鳩《わかえのはと》』五巻〔豊国画、鶴喜板〕、[一四]『石《せき》言遺響《げんいきょう》』五巻〔[一五]北馬《ほくば》画、中川新七《しんしち》・平林庄五郎合刻《ひらばやししょうごろうがっこく》〕二種のよ

元年、大坂、和泉屋源七等刊。

八 如圭は文化七年（一八一〇）没。蔀《しとみ》関月の門人。『劇場画史』（享和三年、大坂、盈香舎刊）の絵を描く。

九 月岡雪鼎。享保十一―天明六年（一七二六―八六）。

一〇 馬琴自身をいう。

一一 松好斎半兵衛。如圭の門人。『劇場楽屋《しばいがくや》図会』（寛政十二年刊）等がある。

一二 文化元年。

一三 角書「復讐奇譚」。『石点頭』十一「江都市孝婦屠身」、十二「侯官県烈女殲仇」の翻案。

一四 角書「繍像復讐」。勧化《かんげ》本『小夜中山霊鐘記』（欣誉作。寛延元年刊）を利用した作。

一五 蹄斎北馬。有坂五郎八。北斎の門人。

み本を作る。明年《みょうねん》の春発行に及《およ》びて、并《ならび》に大《おおい》に行《おこな》はる。こゝに於《おい》て、曲亭のよみ本を刊行せんと乞ふもの年々《としどし》に多かり。この年の冬、又一『四天王剿盗異録《してんのうしょうとういろく》』前後拾巻《じっかん》を創す（豊国画、鶴喜《つるき》板）。みな行はる。就中《なかんずく》『稚枝鳩』二世評尤《もっとも》高かり。

二年乙丑《きのとうし》、三『勧善常世《かんぜんつねよ》物語』五巻（北馬画、柏屋平蔵板）、四『三国一夜《さんごくいちや》物語』（豊国画、上総屋忠助《かずさやちゅうすけ》板）、五『水滸画伝《すいこがでん》』（第十回まで二帙十一巻。北斎画、角丸屋《かどまるや》甚助《じんすけ》・前川弥兵衛《やへえ》合刻）、六『椿説弓張月《ちんせつゆみはりづき》』前編六巻（北斎画、平林庄五郎板）等のよみ本を作る。又七『盆石皿山《ぼんせきさらやまノ》記』前編二巻（中本《ちゅうほん》なり。豊広画、住吉屋政五郎板）、八『敵討誰也行灯《かたきうちたそやあんどん》』二巻（中本。豊国画、鶴屋金助《きんすけ》板）二種の作あり。この年又大坂の書賈《しょこ》大野木市兵衛《おおのきいちべえ》が需《もとめ》に応じて『劇場画史《げきじょうがし》』（九盧橘撰《ろきつせん》）の像賛狂詩《ぞうさんきょうし》三十六首を題《だい》す。こは京浪華《なにわ》の歌舞伎役者の肖像也。そが中に江戸役者、一〇市川

一　文化二年九月刊。角書「源家勲績」。源頼光の四家臣の活躍を描き、『杜騙新書』の騙術譚を利用した。
二　文化二年（一八〇五）十月、大坂の人形座で新浄瑠璃に作って上演された。→二一六頁一三行。
三　三月成立（刊記）。謡曲「鉢木」で有名な佐野源左衛門常世を題材とする。正しくは柏屋半蔵板。
四　五月成立（刊記）。角書「富士浅間」。楽人富士と浅間の葛藤に取材。
五　九月序。主に金聖歎の七十回本に拠る翻訳。
六　十一月序。源為朝伝の小説化。
七　文化二年五月稿。
八　文化二年六月稿。
九　田宮仲宣。文化十二年没、六十三歳か。随筆家。享和

白猿《はくえん》〔五代目団十郎〕只《ただ》一人あるのみ。

『弓張月』世評[一一]尤高かり。『常世《つねよ》物語』も明年発販《はっぱん》の折、一千部売れたり。『三国一夜物語』は発兌《はつだ》して後《のち》、大坂にて歌[一二]舞伎狂言に取組《とりくみ》て興行しけるに、片岡仁左衛門《にざえもん》が浅間左衛門《あさまさえもん》、生涯第一の大出来《おおでき》にて、看官群聚《かんがんぐんしゅう》、三、四十日衰へざりきといふ。江戸の読本《よみほん》を浪花《なにわ》にて歌舞伎狂言にせし事、是《これ》をはじめとす。

大約《おおよそ》文化年中馬琴の戯墨《ぎぼく》[一三]、毎歳《まいさい》臭草紙《くさぞうし》[一四]・読本共に、十余種《よしゅ》出板《しゅっぱん》せざることなし。そのすけなき[一五]年といへども、必《かならず》八、九種発行しけり。戯作者ありてより以来、一人《ひとり》[一六]一筆《いっぴつ》にして、かくの如く著編《ちょへん》の年々に多かるは前未聞《ぜんみもん》也。遠方の看官[一七]はこれを疑ひて、馬琴といふもの二人も三人もある歟《か》といへり。『弓張月』は、このゝち編を続《つ》ぐこと都《すべ》て五次[一八]、その度毎《たびごと》に

二年七月晦日、馬琴と大坂誓願寺の西鶴墓に同行(『羇旅漫録』)。

一〇　文化三年没、六十六歳。

一一　↓一三行。

一二　文化五年八月十日より、大坂藤川座にて「復讐高音鼓」が上演される(『歌舞伎年表』)。

一三　戯作。

一四　合巻。

一五　少なき。

一六　合作や代作によらないで。

一七　読者をいう中国俗語。

一八　前編のほかに後編六巻、文化五年正月刊。続編六巻、同年十二月刊。拾遺五巻、七年八月刊。残編五巻、八年三月刊。

板元《はんもと》の利市《りし》三倍也といふ。全本廿九巻[一]、文化七年に至りて結局団円《だんえん》す。八年の春、板元平林庄五郎、作者に報《むく》ふに、潤筆の外《ほか》に金拾両を以《もって》す。且《かつ》[二]北斎に為朝《ためとも》の像を画《えが》かせ、曲亭に賛《さん》を乞ふて、これを懸幅《かけふく》にして祭れり。その[三]贏余《えいよ》多きをもて徳とする所也。

文化五年戊辰《つちのえたつ》の冬十月、浪華《なにわ》の浄瑠璃作者佐藤太《さとうた》[四]、『弓張月』を新浄瑠璃に作りて繁昌《はんじょう》せり。題して『[五]鎮西八郎《ちんぜいはちろう》誉《ほまれノ》弓《ゆん》勢《ぜい》』といふ。この冬、大坂の[六]歌舞伎座にても、又これを興行《こうぎょう》して大入《おおいり》也と聞《きこ》ゆ。この狂言番付今なほあり〔[七]天保四年の秋九月、大坂中《なか》の芝居嵐三津橘《あらしみつきち》座にて、この狂言を興行して繁昌したり、是則《これすなわち》文化中の狂言名題《なだい》『島巡《しまめぐ》り月弓張《つきノゆみはり》』是也。浄瑠璃とは趣向大同小異也〕。是より先に、文化二年乙丑《きのとうし》の冬十月、[八]大坂の人形座《にんぎょうざ》にて『稚枝鳩《わかえのはと》』を新浄瑠璃に作りて興

一 前編は六巻で、全部で二十八巻二十九冊。
二 現在この絵画は大英博物館所蔵。写真は『図説日本の古典』(集英社)第十九巻『曲亭馬琴』二二・二三頁に掲げられ、三代目平林庄五郎が添え書を記した箱も存する。その馬琴賛の年時は、文化八年(一八一一)十二月除夜。
三 利潤。
四 佐川藤太《さがわとうた》。別に蝙蝠軒魚《こうもりけんうお》丸《まる》とも。
五 角書「築紫の白縫・吾妻の彫江《ささらえ》」。終丁日付は、文化五年十月十五日。
六 十一月十三日、大坂嵐座にて「島巡月弓張」上演。この時も馬琴・北斎の摺物が平林庄五郎から出た(『歌舞伎年表』)。
七 一八三三。九月二十五日上演。

行したるに大《イタ》く繁昌したりとぞ。これも作者は佐藤太にて、浄瑠璃の名題『[九]会稽宮城《かいけいみやぎ》野《の》錦繡《ニシキ》』といふ是也。曲亭のよみ本を新浄瑠璃にせしは、是そのはじめ也。当時の流行想像すべし。文化三年よりして、読本の作ます〳〵多かり。よりて編述の歳月と板元を具《つぶさ》にせず。是煩雑《はんざつ》なるを厭《いと》へば也。

[一〇]明年《みょうねん》（文化丙寅《ひのえとら》）、『[一一]敵討裏見葛葉《かたきうちうらみくずのは》』五巻を綴る。こは平林庄五郎が好みに任せしのみ、作者の本意にあらず。又『[一二]墨田川梅柳新書《すみだがわばいりゅうしんしょ》』六巻（鶴喜板）、『[一三]園《その》の雪《ゆき》』五巻（角丸屋甚助板）の作あり。又『[一四]盆石皿山《ぼんせきさらやま》の記《き》』後編二巻（住吉屋板）、『[一五]枕石《しんせき》夜話《やわ》』（大島屋《おおしまや》政五《まさご》郎《ろう》・上総屋忠助合刻《がっこく》）二巻、『[一六]巷談《こうだん》隄坡《ツ、ミの》庵《いお》』三巻（上総屋忠助板）、『[一七]刈萱後伝玉櫛笥《かるかやごでんたまくしげ》』三巻（榎本平吉板《えのもとへいきち》）を綴る。『皿山の記』以下この四種は中本《ちゅうほん》なり（この後《のち》中形のよみ本を作らず）。

八　北之新地芝居。番付に「稚枝鳩と曰小説《いふよみほん》に鷹を取得て」（『義太夫年表』）。
九　角書は「姉は全盛、妹は新造」。終丁に「文化弐乙丑年十月三日」と。
一〇　文化三年。
一一　文化二年夏脱稿（巻一付言）。四年正月刊。北斎画。
一二　文化三年正月下旬脱稿（巻末付録）。四年正月刊。北斎画。
一三　角書「標注」。文化三年四月序。四年正月刊。北斎画。
一四　文化四年正月刊。豊広画。
一五　角書「敵討」。文化五年正月刊。豊広画。
一六　正しくは『巷談坡堤庵』。文化五年正月刊。豊広画。
一七　文化三年七月序。四年

この年の秋、麹町《こうじまち》なる書賈《しょこ》角丸屋甚助、[一]劂人《けつじん》米助《よねすけ》に[二]彫刻金前借礙滞《ぜんしゃくがいたい》の出入《でいり》あり、遂《つい》に[三]町奉行《まちぶぎょう》小田切《おだぎり》土佐守《とさのかみ》殿に訴ふ。且《かつ》「この義に[四]拒障《こしょう》をなすものは、作者馬琴也」とまうすにより、米助并《ならび》に曲亭を召よして、その事を問《とわ》れ、遂に吟味に及ばる〔この一件《くだり》の[五]吟味与力《よりき》は三村《みむら》氏也。当時小田切殿の[六]御役屋舗《おやくやしき》は御普請《ごふしん》あり。この故に麹町なる本屋舗《ほんやしき》にて公事訴訟《くじそしょう》を聴《きか》れしなり〕。事の情《こころ》を原《たず》ぬるに、米助は〔当時[七]牛《うし》込御《ごめお》納戸町《なんどちょう》の借家に住居す〕剞劂《きけつ》の良工《りょうこう》也〔[八]かしらぼりといふものにて、よみ本の繍像《しゅうぞう》に初《はじめ》て微妙の刀を尽せしは[九]『水滸画《すいこが》伝《でん》』より也。その人物のかしらは、みな米助が細工なり〕。『水滸画伝』以来、『園の雪』など多く角丸屋の板本《はんぽん》を刊刻しぬるにより、彫刻料漸々《ぜんぜん》に前借《まえがり》して、[一〇]金《きん》六両あまりに及べり。この年の夏、米助、一日《いちじつ》曲亭許《がり》来て、

正月刊。北斎画。

一 彫師。姓は酒井(『水滸画伝』刊記)。
二 彫り代を前借したが、その仕事をしない、という事故。
三 江戸北町奉行。諱は直年《なおとし》。
四 故障。不祥事に加担した。
五 お白洲で取調べを行う役人。
六 町奉行用の公邸。呉服橋門内にあった。
七 現、新宿区納戸町。
八 人物の頭部や顔の部分を彫る者。
九 →二一四頁注五。
一〇 現在の約四、五十万円。

「在下《ヤツガレ》[一一]当夏は生活《ナリハイ》不如意也。いかで然《しか》[一二]るべき書物問屋《しょもつどんや》へ汲引《ヒキツケ》[一三]て給ひね」

といふ。曲亭は他《カレ》が角丸屋に前借あるを知らず、よしを鶴屋喜右衛門《きえもん》に告《つげ》しかば、鶴喜《つるき》則《すなわち》曲亭の新編なる『梅柳新書《ばいりゅうしんしょ》』の写本[一四]を米助に皆彫らせけり。その彫刻料は角丸屋より貴《たか》かりければ、米助、遂《つい》に『園の雪』[一五]の彫刻を怠《おこた》るとにはあらねども、しば〳〵約束にたがひしを、甚助怒りて緊《きび》しく米助を責にければ、今さら包む[一六]によしもなく、

「曲亭ぬしの汲引《テビキ》にて、鶴屋の『梅柳新書』を彫るにより、いはるゝ如くには果しがたかり。彫刻料を増し給はらば速《すみやか》にせん」

といひけり。甚助これに弥《いよいよ》怒《いか》りて、儀《カタ》[一七]のごとくに訴けり。扨《さて》吟味に及《およば》れしに、米助は職人[一八]の事なれば、果敢々々《ハカ〳〵》しく

一一 私。中国俗語。
一二 まっとうな板元。
一三 紹介して。
一四 板下用の浄書。
一五 角丸屋の仕事が二の次になる傾向をいう。
一六 包み隠す。
一七 正式な訴状を作って。町名主や五人組の連判を必要とする。
一八 弁が立たないことをいう。

まうすこともなし。曲亭は亦《また》米助が甚助に前借あることを知らず、米助が云云《しかじか》[一]といひしたのみに儘《まか》し、鶴屋喜右衛門へ引[二]つけて遣《つかわ》し候のみ。甚助に宿恨《しゅくこん》ありて、しかはからひたる[三]には候はず。

「甚助が米助にゑらせ[四]候よみ本[五]も、某《それがし》が編述したる冊子《そうし》に候へば、遅滞[六]せんことを歓び候はんや。然《しか》るを甚助が理不尽に、某《それがし》さへに相手どりて、云云[七]と申立《もうしたて》候事、迷惑限りなく候」

と陳じまうしけり。そのとき甚助、懐中より手簡《しゅかん》[八]をとり出《だし》て、

「こは馬琴が腰[九]を推し候証据《しょうこ》にて候」

とてまゐらせけり。その書は甚助が米助の件《くだん》の怠《おこた》りを咎《とが》めて[一〇]むつかしくいひける折、米助が云々と馬琴に告《つげ》て、かゝれば[一一]鶴屋の『梅柳新書』も、約束のごとくには[一二]果しがたかるべしといひおこせし回報《かいほう》に、

一 →二一九頁一行。
二 紹介してやった。
三 陥れようとしてやったことではない。
四 彫らせ。
五 『園の雪』。
六 刊行が遅れることを。
七 馬琴が米助を使嗾《しそう》していると。
八 馬琴の甚助宛て書簡。
九 米助を使嗾している。
一〇 やかましく文句をいう。
一一 角丸屋の『園の雪』の仕事もせねばならないから。
一二 約束した期日通りには。

「角甚《かどじん》の板本《はんぽん》は、吾《われ》[一三]かゝづらひたる事ならねば、いかにともいひがたし。鶴喜《つるき》は和郎《わろ》[一四]のたのみによりて、吾紹介したるに、彫刻約束にたがひては、吾その折鶴喜に面《おもて》[一五]ぶせ也。天下の職人和郎一人なるべからず。下細工《したざいく》人《にん》[一六]を多くせば、さる事[一七]はあるべからず。この義を以《もって》[一八]すべよくせられよ」

といひ遣しけり。三村《みむら》氏これを見て、

「天下[一九]とまうすは憚《はばか》るべき事也。天下一[二〇]などいふ売薬《ばいやく》も、近ごろ御沙汰《ごさた》[二一]ありて、その看板を改めさせられたるぞかし。こは甚《はなはだ》しき過言《かごん》也」

とて咎められしかども、

「さりとて腰推《こしお》しの証拠になるべき手簡ならねば、いふか[二二]ひもあらず。畢竟《ひっきょう》米助が不始末[二三]より事起れり。はやく甚助に前借金《ぜんしゃくきん》を返すべし」

一三　関わったことではないから。言い付けたことではないから。
一四　あなた。
一五　面目ない。
一六　下請けの彫り師。
一七　破約。
一八　上手くしなさい。
一九　全国を統治する将軍が用いるべき言葉である、という考え方による。
二〇　この語を薬名とした。
二一　お咎め。
二二　問題とするに足りない。
二三　やり方が良くないこと。

と命ぜらる。これにより米助が店受人《タナうけにん》[一]など扱ひて和談[二]に及び、「当金《とうきん》[三]三両を甚助へ返し、その余は当十二月晦日《みそか》限りに返済すべし」といふに、甚助も今さら計較《けいかく》たがひて、せんかたなければ、その議をうけ引《ひき》熟談して、内済《ないさい》[四]を願ひまうせしかば、免許[五]あり。やがて[六]遺恨なきよしの証文[七]を奉《たてまつ》らせ、只一吟味《ただひとぎんみ》[八]に事たひらぎけり。この折曲亭の所親《しょしん》[九]京伝・鶴喜なんど、多く奉行所の腰掛《こしかけ》[一〇]に来会《らいかい》し、件《くだん》のよしを聞て、心地よしとて祝さぬものはなかりけり。

抑《そもそも》角丸屋甚助は、旧名を甚兵衛《じんべえ》と呼《よば》れて、天明の比《ころ》まで元飯田町中坂《もといいだちょうなかさか》の裏屋にをり、日毎《ひごと》に下駄を売りあるきしかば、地方《トコロ》の人下駄甚《げたじん》と呼做《よびな》れたり。素《もと》より争訟[一一]を好みしかば、故《モト》の白川侯[一二]へ駕訴《かごそ》[一三]せしことあり。爾後《じご》本銭《モトデ》を得て、麹町平川《こうじまちひらかわ》

一　借家の連帯保証人などが間に入って示談して。
二　和解の話し合い。
三　当座の一部返済金。
四　公式の訴訟に持ち込まずに談合和解すること。
五　町奉行所の許可。
六　すぐに。
七　証拠文書。
八　一回の取り調べで。
九　親しい知人。
一〇　訴訟の関係者が控えている所。
一一　天明七年(一七八七)六月十七日に関東郡代伊奈忠尊《ただたか》に、田沼意次《おきつぐ》の貨幣政策などを批判した政治意見書(「下駄屋甚兵衛書上」)を上書した。
一二　松平定信。天明八年三月将軍輔佐となり、寛政の改革を行う。
一三　幕府の大官や大名などの駕籠を待ち受けて直訴す

町《ちょう》に書籍の開店して、書林《しょりん》の夥《ナカマ》に入《い》りぬ。[一四]文化のはじめの比、麴町一丁目なる内藤殿《ないとうどの》[一五]の家臣二人合刻《がっこく》[一六]にて、『懐中《かいちゅう》道しるべ』といふ武鑑《ぶかん》[一七]めきたる折本《おりほん》[一八]〔二巻〕を印行の折、甚助そを製本して売弘《うりひろ》めたり。[一九]この罪により、刊行の二人は追放せられ、甚助は重き過料《かりょう》にて、件の『道しるべ』は絶板せられたり〔『懐中道しるべ』を印行して罪を蒙りし二人は、随沢堂《ずいたくどう》・青《せい》陽堂《ようどう》と号して、一人は塩沢《しおざわ》[二〇]氏にて、倶《とも》に内藤家[二一]の臣《しん》なりとぞ。文化元年甲子《きのえね》の秋九月初編を出《いだ》し、二年乙丑《きのとうし》の春三月、後編を出して程なく絶板せられたり〕。これらの事を曲亭は知らずして、こたび連累《れんるい》せられしを、且《かつ》悔ひ且怕《おそ》れけり。

この年の冬十月、角丸屋甚助、一日《いちじつ》[二二]榎本平吉〔本所森下町《ほんじょもりしたちょう》の書賈《しょこ》也〕を介《なかだち》として、曲亭に謝して云《いう》、

「嚮《さき》には米助が事により、謬《あやま》りて先生を連訴したる後悔、

ること。

一四　文化元年（一八〇四）。

一五　高遠藩主内藤頼以《よりもち》。

一六　共同出資して板を彫らせること。

一七　大名・旗本の氏名・系譜・居城・官位・知行高・邸宅・家紋・旗指物《はたさしもの》等を記した書。該書二冊は、五百石以上、一万石未満の下級武士の屋敷地を纏めた書。

一八　巻子本《かんす》の用紙を、巻かずに一定の幅で折り畳んだ本。

一九　武鑑の出板には本屋仲間の許可が必要だったが、それを取らなかった。

二〇　諱は忠敬、随沢堂。青陽堂は石徳要という。

二一　一説に、三宅備後守家臣、塩沢文右衛門という（宮武外骨『筆禍史』）。

二二　木蘭堂。『苅萱後伝玉櫛

今さら臍《ほぞ》を噬《か》めども甲斐なし。願ふは先非《せんぴ》を許されて、『水《すい》[一]滸《こ》画伝《がでん》』『園《その》[二]の雪《ゆき》』の次編を稿し給へ。先当今《まずとうこん》の緊要《きんよう》は『園の雪』の彫刻[三]既に竣《おわら》んとす。校訂[四]をなし給はらば、幸ひ甚《はなはだ》しからん」

といへり。曲亭聞て怒《いかり》に堪《たえ》ず、則《すなわち》平吉に答へていふやう、

「吾《われ》は素《もと》より人の借財の保人《ウケニン》[五]になりたることなし。まいて人に金銭を借りて、返さざる事なければ後安《うしろやす》[六]しと思ひたるに、甚助理不尽に連訴したる恨み、生涯忘るべからず。千万言《せんまんげん》を尽さるゝ共《とも》[七]、その義決して無益也」

といふ気色《きしょく》すさまじかりければ、平吉殆《ほとほと》困《こう》じ果て、

「宣《のたま》ふ趣理《ことわ》り也。さりながら、『園の雪』の校合《きょうごう》をなし給はらずは、甚助必《かならず》[八]そがまゝにて、製本発兌《はつだ》[九]致すべし。しからんには、板木師《はんぎし》の鏤謬《エリあやま》[一〇]てるを正すによしなく、是も亦先生の

箚』(→二二七頁注一七)の板元。

一　→二一四頁注五。
二　後編を執筆刊行する予定で、その刊記には「後篇五冊来春(文化五年正月)発行」と予告されていた。
三　前編の板刻。
四　校正。
五　請人。保証者。
六　安心していられる。
七　謝っても無駄である。
八　校正をしないままに。
九　発売。
一〇　誤刻。

面目《めんもく》を損《ソコナ》ふに似たり。よりて件《くだん》の校合は甚助[一一]にとり扱《あつかわ》せず、小人《ヤツガレ》[一二]これを持参して、おんなほしを受奉《うけたてまつ》らん。この義[一三]ばかりは許させ給へ」

と、只管《ヒタスラ》にわびしかば、曲亭やうやく点頭《うなずき》[一四]て、

「げにいはるゝごとく『そのゝ雪』には吾名号《わがみょうごう》[一五]あるを、一字も校訂に及ばずは、後々《のちのち》までも遺憾なるべし。和殿《わどの》みづから往来して校訂を受んとならば、その義は所望《しょもう》によるべき也」、

と、既に約束したりしかば、その後、件の校合は、平吉が日々に携来《たずさえき》てなほしを受て、校訂三《み》[一六]たびにおよび、摺刷《しゅうさつ》[一七]を許すを待て、製本発兌したりけり。しかるに、標紙《ひょうし》[一八]へつくる外《げ》[一九]題《だい》は板下《はんした》[二〇]を作者に見せず、筆工《ひっこう》が書たるまゝに彫刻したれば、標注《ひょうちゅう》[二一]の標の字を漂に誤《あやまち》て、「漂注そのゝ雪」としるせしを、曲亭後《のち》に見出して、うち呟《つぶや》けども、かひなかりき[二二]。

一一　甚助にはさせず。
一二　試し摺りを馬琴のもとに。
一三　この件。
一四　中国俗語。
一五　作者として曲亭馬琴と明記されているのに。
一六　三回、校正を行った、の意。
一七　紙に印刷すること。
一八　表紙へ貼る。
一九　題簽の書名。
二〇　板に彫るための下書。
二一　本文の上欄に掲げた語注。
二二　現在見られる初印本の題簽では「標」に作られているから、馬琴は早期に改めさせたのであろう。

この明《あけ》[一]の春、角丸屋甚助、又榎本平吉《えのもとへいきち》、前川弥兵衛《まえかわやへえ》等《ら》を介《なかだち》として、曲亭に罪を請《こ》ふこと初《はじめ》のごとし。且《かつ》前川弥兵衛がいふ、

「『水滸画伝』は知らるゝごとく、小人《やつがれ》[二]・甚助合刻《がっこく》也。もし甚助と和睦《わぼく》を許し給はずは、『画伝』の次編は稿本を小人に賜《たま》ひね。又『園の雪』の後編は、甚助が孩児《セガレ》[三]に賜へ。しかせば御意《ぎょい》に悖《もと》ることなくて、二書の嗣刻《しこく》[四]を成すことを得《う》べし」

といひしを、曲亭つや〳〵[五]肯《がえん》ぜず、答ていふやう、

「『画伝』は和殿《わどの》合刻《がっこく》といへども、その書に甚助が名を除かざれば、他《カレ》が為にも綴る也。且《かつ》その親と絶交して、その子と交《まじわ》る方《ミチ》あらんや。二《に》[六]箇条《かじょう》共にうけ引がたし」

と、いとも緊《きび》しく窘《たしな》めて、ながく杜《と》[七]絶《ぜつ》に及びけり。この故《ゆえ》に『水滸画伝』と『園の雪』は、首尾[八]整《ととのわ》ざる書となりて、数年

一 文化四年正月。
二 私。前川弥兵衛。
三 中国俗語。
四 続刻。続刊。
五 全く。
六 二箇条は、角丸屋甚助が両作ともに続刊するための策謀とも考えられるが、馬琴はこれを峻拒した。
七 絶交。
八 『水滸画伝』は第二編以下が、『園の雪』は後編が執筆されなくなった。
九 号は、翰山房。
一〇 「壬午十二月七日、初テ来訪／一 京都三条通柳馬場西江入 書肆 近江屋治助」(『滝沢家訪問往来人名簿』)。
一一 『南総里見八犬伝』肇輯(文化十一年十一月刊)から第五輯(文政六年正月刊)までの板元。

の後《のち》、角丸屋甚助、『その丶雪』の板《いた》を京の書賈《しょこ》近江屋《おうみや》[九]治助《じすけ》に売りけり。

文政五年壬午《みずのえうま》の冬[一〇]、治助、江戸に到りて、山崎平八《へいはち》[一一]と相《あい》謀《はか》りて曲亭許《ガリ》来訪し、『園の雪』の後編を綴り給へとて乞ひしかども、前編の出《いで》しより既に多年《たねん》[一二]に及びしかば、流行に後《おく》れたりとて、速《すみやか》にうけ引《ひか》ざりしに、治助は帰京の後《のち》身まかりて、その弟が兄の家を続《つ》ぎたり。かゝる事にて『園の雪』は、後編出ずなりにけり。

又『水滸伝』の板は、角丸屋甚助没して後、文政丁亥《ひのとい》[一三]の秋、甚助が子某《なにがし》これを英平吉《はなぶさへいきち》[一四]に売りけり。その折、英平吉、よしを曲亭に告《つげ》て、嗣刻《しこく》の為に編を続《つが》れん事を、再《ふたたび》三たび乞ひければ、曲亭思ふ[一五]よしやありけん、固く辞《イロ》ひて需《もとめ》に応ぜず。平吉なほ已《やむ》ことを得ず、弐編以下の訳文《やくもん》を、高井蘭山《らんざん》[一六]に

一二　前編刊行の文化四年(一八〇七)より文政五年(一八二二)まで十五年ほど経過している。

一三　十年。

一四　以下の記述は『水滸画伝』第二編の高井蘭山の緒言「書肆万极《ばんきゅう》堂…一日茅舎に訊来《といきたり》て曰、頃日《このごろ》水滸画伝の刻版を購《あがない》得たり。曲亭翁の著す所、本文十回まで新訳して初編十巻とす。乞ふ我為に嗣編せよ」と一致する。

一五　「水滸伝ハ勧懲之為、愚意ニ応じ不レ申もの故、堅くことわり」(文政十一年正月十七日付篠斎宛馬琴書翰)。

一六　名は伴寛、字は思明、通称は文左衛門。江戸芝伊皿子御組屋敷の与力。天保九年没、七十七歳。『絵本三国妖婦伝』等がある。

乞ひ綴らして、[一]第弐編五巻を刊行しけるに、当時は曲亭が[二]『傾城水滸伝《けいせいすいこでん》』時好に称《かな》ひて、年々《としどし》に大《イタ》く行《おこなわ》れたる折なるに、『画伝』の訳文曲亭にあらざるを、看官《かんがん》飽《あか》ぬ心地すとて多く売れざりけり。とかくする程に、英平吉は[三]暴疾《ぼうしつ》にて世を去りければ、その子大助《だいすけ》、『水滸画伝』の板と、蘭山が三編以下の稿本と、[四]前《さき》の北斎が三十六回までのさし画《え》の写本と相共《あいとも》に、これを大坂の[五]書賈《しょこ》河内屋茂兵衛《かわちやもへえ》に売りけり。河茂《かわも》則《すなわち》刻を続《つぎ》て、[六]全本になすと也。しかれども、時好、曲亭が訳せし初編・二編とおなじからねばや、又この書の事をいふものなし。

初米助《はじめよねすけ》は、角甚《かどじん》の訴《うったえ》和睦に及びし年の[七]冬、彼《かの》『梅柳新書』の刊刻《かんこく》大抵成就《じょうじゅ》しぬれども、そは下細工人《したざいくにん》に課《おお》せしのみにて、米助が刀もてすべき[八]人物のかしらいまだ鏤《ヱ》らず。この米助はなほ壮年なるに、酒を嗜《たしな》みて懈《おこた》ること多かり。曲亭こ

一　文政十一年刊。
二　初編、文政八年、鶴屋喜右衛門刊。十一年には第四編が刊行されていた。
三　急病。
四　二世葛飾戴斗に対して、葛飾北斎(初世戴斗)をいう。
五　天保三年(一八三二)六月頃の事であったことは、同年六月二十一日付殿村篠斎宛書翰に、「先年、英平吉ほりかけ候『水滸画伝』の板株ハ、大坂河内や茂兵衛買取候よし、此度初て聞知り申候。右蘭山作ハ、百回迄稿本出来、北斎画も三十五冊め迄出来居候」とあるによって分る。
六　『水滸画伝』第九編として、刊行は天保九年。
七　文化三年(一八〇六)冬。
八　→二一八頁注八。

のよしを聞て、『梅柳新書』の刊行遅滞《ちたい》して、年内発販《はっぱん》しがたくは、吾《われ》鶴屋に対して面伏《オモブセ》なるのみならず、必《かならず》甚助に笑《わらわ》れんとて、『梅柳新書』の九板元《はんもと》に代《かわ》りて、しば〳〵米助に催促しぬれども、米助は応《イラヘ》のみして事一〇果《は》つべうもあらざりければ、この冬十一月朔《ついたち》より、曲亭みづから米助許《ガリ》日々に赴くに、一一朝とく出《いで》て日暮《くれ》ざれば還《かえ》らず。昼飯《ひるめし》は一二宿所《しゅくしょ》より、一三割籠《わりご》をとりよする日もあり。さらぬ折は、一四牛込《うしごめ》お納戸町《なんどちょう》なる飯店《はんてん》にて腹を繕《つくろ》ひ、米助が『梅柳新書』の出像《しゅつぞう》の一五頭顱《とうろ》を鏤《え》るをうちまもりてをり。かくのごとくすること、一日も間断あることなければ、米助細工に怠《おこた》ること得《え》ならず、且《かつ》他の細工をなすことも得ならねば、困《コウ》じて曲亭がいまだ来《きたら》ざる已前《いぜん》、朝とく二階にうち登り、一六垂籠《たれこめ》て他の板をゑらまくす。その折、曲亭が来て米助の妻に問へば、妻答て、

九 鶴屋喜右衛門。
一〇 仕事が終りそうもないので。
一一 早朝から晩まで米助の仕事場に詰めていた。
一二 自分の家。元飯田町中坂下(現、千代田区九段一—五—七)にあった。
一三 ヒノキの薄い白木で作った弁当箱。
一四 →二一八頁注七。
一五 あたま。頭部。
一六 閉じこもって。

「良人《おっと》はのがれがたき事ありて、しか〴〵の処《ところ》へゆき侍りき」などいふを、曲亭は必《かならず》そら言《ごと》ならんと猜《さい》[一]して、やがて[二]二階に登りて見れば、米助は果《はた》して他の板を鏤《え》りてをり。曲亭に見出されてせんすべなければ、又『梅柳新書』のさし画《え》を刊刻す。既にして一巻刻し終れば、曲亭傍《かたわら》より彫工《ちょうこう》の謬《あやま》れるを[三]校訂して、これを米助に補《おぎなわ》[四]せ、既に補ひ果《はて》たる一巻の板は、人を傭《やと》ふて駄《だ》[五]して板元鶴屋へ遣《つかわ》しけり。こゝをもて、十月の季《すえ》に至りて鏤《え》り果《はつ》る程に、校訂も板元を労することなく、はやく摺刷《しゅうさつ》することを得たりしかば、鶴屋喜右衛門歓《よろこ》びて、米助には別に折乾《サカナシロに》[六][七]二方金《ほうきん》を取らして是《これ》を賞し、次の日みづから曲亭許詣来《ガリもうでき》て件《くだん》の歓びを述《のべ》、「御肴代《おさかなだい》」と録《しる》して金五百[八]疋《ぴき》を贈りしを、曲亭受《うけ》ずしていふやう、

「吾儕《ワナミ》、米助に刊刻を懈《おこた》らせじとて、[九]三十許日暇《きょじついとま》を費《ついや》せし

一　疑って。
二　すぐに。
三　校正。
四　誤刻を訂正させ。
五　馬に乗せて。
六　謝金。中国俗語。「折乾タルダイ(樽代)。〔類書纂要〕折乾ハ銀ヲ以テ礼物ニ準折ス」(『名物六帖』人事箋四・交際問遺)。
七　南鐐二朱銀。金一両の八分の一に当る。
八　一匹(疋)は二十五文。
九　三十日ばかり。

は、かゝる報ひを受《うけ》ん為にあらず。吾《われ》謬《あやまり》て米助を其許《そこもと》へ紹介せしより、角丸屋甚助に連訴せられて、不測《ふしき》[一〇]の咎《とが》めを得んとせしに、幸ひにして無異《ぶい》[一一]に理《おさま》るものから、米助生活《ナリワヒ》[一二]に怠《おこた》りて、『梅柳新書』の発販遅滞《はっぱんちたい》せば、和主《わぬし》に利なきのみならず、必《かならず》甚助に笑《わらわ》れん。吾この義をおもふをもて、みづから労して本意《ほんい》を果《はた》せり。吾もし浮薄《ふはく》なるものならば、人もたのまぬ[一三]骨を折らんや。米助許《ガリ》かよひたる日数《ひかず》をもて、読本《よみほん》を綴ること三十日夜《にちや》に及びなば、その潤筆五、六円金《えんきん》[一四]は得易《えやす》し。そを義の為に見かへらで[一五]、事のこゝに及べるにて[一六]、意衷《いちゅう》を査《さっ》せら[一七]るべき也」

と、理《ことわ》りを述《のべ》て受ざりけり。

曲亭は弱壮《じゃくそう》[一八]より、行状義俠《ぎきょう》[一九]に近かりければ、かゝる事多かりしを、稍老煉《ややろうれん》[二〇]に及び昨非《さくひ》[二一]を知りて、求めて労する事を要せ

一〇 意想外の。「ふしき」は当時の読み方。「しき」は「測」の呉音。「ソク」は慣用音。
一一 無事に収まったものの。
一二 生業をなまけて。
一三 人も頼まないのに。
一四 五、六両。円金は小判。
一五 顧慮しないで。
一六 『梅柳新書』が期日通りに発行できたことによって。
一七 察せられるはずです。
一八 若壮。青年・壮年期。
一九 義を重んじる余りに利を顧みない態度。
二〇 老年期に近づくと。
二一 過去の非。

ず、万事を自然に儘《まか》せしとぞ〔角丸屋甚助は、曲亭に杜絶《とぜつ》せられしより、京伝がりしばく〵赴きつゝ、そのよみ本を印行せんと請ひし折、嚮《さき》に曲亭を連訴せし事をいひ出《いで》て、「件《くだん》の公事《くじ》一は吾勝《わがかつ》べきこと勿論《もちろん》也。しかるに憖《なまじい》に曲亭を連訴せし故に、技《わざ》もちからも勝《まさ》りながら、立合負《たちあいまけ》二をしたる也」といひしとぞ。この後《のち》久しくなるまでに、京伝がその乞《こわ》るゝ稿本をわたさずとて、甚助甚《はなはだ》しく催促せしかば、京伝怒《いか》りて、

「著編《ちょへん》三は問屋《とんや》四より買出《かいいだ》す物とおなじからねば、遅速《ちそく》はかねて料《はか》りがたかり。且吾身《かつわがみ》は大江戸の通り町《ちょう》五なる表店《おもてだな》六にて、奴婢《ぬひ》三、四名を使ひて活業《なりわい》をすなるに、其許《そこもと》より受《うく》る潤筆七にては、一ヶ月も支へがたかり。かゝれば活業の暇《いとま》ある折ならでは筆を把《と》りがたし。そを遅しと思ひ給はゞ、別人にたのみ給

一　訴訟。
二　相撲にたとえて敗訴をいう。
三　著作。
四　すぐには入手できないたとえ。
五　江戸の日本橋を中心にして南北に通じる大通り。北は神田須田町より南は芝金杉橋に至る。京伝の家は京橋銀座一丁目。
六　表通りに面して建っている家屋。紙製煙草入店を営んでいた。
七　約五、六両。→二三一頁注一四。

へ。吾は得《え》綴らじ」

といひしかば、甚助も亦うち腹だちて、このゝち[八]は来ずなりぬとぞ。此《この》一条は京伝の話なり」。

扠《さて》米助は、『梅柳新書《ばいりゅうしんしょ》』を鏤果《えりはて》たる年[九]の暮に、[一〇]塩引《しおひき》の鮏一《さけいち》尾《び》引提《ひっさげ》来て、これを曲亭に贈り謝していふやう、「嚮《さき》には先生日毎《ひごと》にみづから[一一]賁臨《ひりん》し給ひて、[一二]居催促《いざいそく》せられし折は、いと恨めしく思ひ候ひしが、この故に思はずも、[一三]生活に精を入れたりければ、[一四]常にはあらぬこの歳暮《さいぼ》には、[一五]春の営みをしても猶《なお》、[一六]三、四金《きん》余りたり。是《これ》全く三十許日《きょじつ》、著編の筆を止《とど》めて催促し給ひたる、先生の御庇《ミカゲ》で候へば、この歓びをまうさんとて、[一七]めづらしげなき物をまゐらするにこそ。願ふは叱らで留《とめ》おかれよ」

といひけり。この米助は職人の沿習《ナラヒ》にて、[一八]技に懶《おこた》る事はあれ

八　文化三年(一八〇六)以前も以後も、京伝は角丸屋甚助から出板したことはない(『山東京伝年譜稿』)。
九　文化三年。
一〇　塩漬けにすること。
一一　御来臨。賁は、敬意を表す。
一二　その場に座り込んで執拗に催促すること。
一三　生業。
一四　滅多にないことには。
一五　正月を迎える仕度。
一六　三、四両。
一七　珍しくもない物。謙遜の辞。
一八　仕事をなまける。

ども、さりとて悪意あるものにあらず。性《せい》、酒を嗜《たしな》む故にや、折々血を吐くことありしが、竟《つい》に内損《ないそん》[一]の症にて、年《とし》四十に至らずして身まかりけり。

又、鶴屋喜右衛門は丙寅《ひのえとら》[二]の十二月下旬に『梅柳新書』を発《はっ》兌《だ》せしに、当時曲亭が新編として売れざるものはなかりしに、且《かつ》その発兌の時節[三]も宜《よろ》しかりければ、板元《はんもと》は思ひのまゝに、十二分の利を得たるなるべし。

この明年《みょうねん》丁卯《ひのとう》[四]、曲亭、又『新累解脱《しんかさねげだつ》物語』五巻〔大坂河内屋太助板。この一書は丙寅《ひのえとら》[五]の年よりの著編《ちょへん》なり〕、『雲妙間雨夜月《くものたえまあまよのつき》[六]』五巻、『弓張月《ゆみはりづき》[七]』後編六巻、『頼豪阿闍梨怪鼠伝《らいごうあじゃりかいそでん》[八]』〔前後二編〕九巻、『松浦佐用媛石魂録《まつらさよひめせきこんろく》[九]』〔前編〕三巻、『括頭巾縮緬紙衣《くくりずきんちりめんかみこ》[一〇]』三巻、『三七全伝南柯夢《さんしちぜんでんなんかのゆめ》[一一]』六巻を綴る。みな行《おこな》れざるものなし。そが中に『南柯夢』は榎本平吉板《えのもとへいきちばん》也。明年〔戊辰《つちのえたつ》〕

一 飲酒で胃腸を悪くする病。
二 文化三年(一八〇六)。
三 正月を目前にし、年玉などを当てにして借りたり購入したりする読者が多い。
四 文化四年。
五 巻頭の『新累解脱物語開語』の年月日は、文化丙寅(三年)仲秋(八月)であり、友石主人の序は、同年嘉平月(十二月)朔(一日)である。
六 和泉屋平吉等刊。「崖略」は文化四年二月、「再識」が同年三月。
七 文化四年三月序、九月跋。
八 鶴屋喜右衛門刊。前編序は文化四年五月二十三日、後編序は同年十二月上旬。
九 鶴屋喜右衛門刊。序は文化四年五月下旬、再識は同年五月晦日。
一〇 住吉屋政五郎等刊。序は文化四年四月。

の春[一二]三月下旬に至《いたり》て製本発販《はっぱん》せしに、時に後《おく》れたればや、発販の日僅《わずか》に二百部売れたり。板元榎本平吉、色を失《うしない》て駭嘆《がいたん》せしに、この書の世評漸々《ぜんぜん》に聞えて、看官《かんがん》請求《こいもと》めざるものなかりしかば、貸本屋等《ら》これなくてはあるべからずとて、皆《みな》買とりて貸す程に、[一三]初秋に至る比及《ころおい》に、売出すこと一千二百部也といふ。板元の歓び知るべし。その行はるゝこと只《ただ》江戸のみならず、京浪花《なにわ》もこれに同じ。

この年の秋九月[一四]、大坂道頓堀中《どうとんぼりなか》の芝居にて、この読本の趣《おもむき》を狂言にとり組て、名題《なだい》を『舞扇南柯話《まいおうぎなんかバナシ》』といふ。九月十七日より開場せしに、看官日々に群聚《ぐんじゅ》せざることなく、[一五]稠《ちゅう》乎《こ》として錐《きり》を立《たつ》る地もなかりしとぞ。市川団蔵《だんぞう》、[一六]笠松平三《かさまつへいぞう》に扮せしが、この狂言中に[一七]没せしかば、そが代りを[一八]大谷友《とも》右衛《え》門《もん》になさしめたり〔この折、友右衛門が本役《ほんやく》は[一九]赤根半六《あかねはんろく》なり

一一　文化四年四月序、同年十月跋。
一二　前半三冊は、文化五年三月二十日、売り出された（『画入読本外題作者画工書肆名目集』）。
一三　七月。
一四　九月十七日より十月二十二日まで小川座で上演（『歌舞伎年表』。以下、歌舞伎に関する注記はこれに拠る）。
一五　びっしりつまっている様。
一六　『歌舞伎年表』に拠れば、平三役は来介が勤めている。
一七　十月九日没。
一八　友右衛門も赤根半六・今市・金八役で出ているが、団蔵の代りは市蔵とある。
一九　主人公赤根半七の父。

き。又[一]赤根半七《はんしち》は嵐吉三郎《あらしきちさぶろう》、三勝《さんかつ》は叶珉子《かのうみんし》なりと聞えたり」。この比《ころ》大坂の細工人、[二]三勝櫛《さんかつぐし》といふものを作り出せしを、彼《かの》地《ち》の婦女子愛玩しけり。そは[三]高峯《たかね》の木櫛《きぐし》に、[四]大柏《おおがしわ》の紋などを[五]蒔絵《まきえ》にしたる也。[六]明年己巳《つちのとみ》の早春、京の書賈《しょこ》大菱屋《おおびしや》宗三《そうさぶ》郎《ろう》・山科屋次七《やましなやじしち》合刻《がっこく》にて、「南柯話飛廻り双陸《なんかばなしとびまわりすごろく》」といふものを印行して、一時大《イタ》く行はれたりといふ。又、大坂の書賈河内屋太助《たすけ》、『南柯話』の歌舞伎狂言の[七]正本《しょうほん》〈画入《えいり》彩色摺《さいしきずり》、前後二篇八冊〉を印行したり。江戸人《えどびと》は見しらぬ俳優の肖像なれば、さまで行はれざりけれども、京浪華《なにわ》より西は是亦《これまた》大《イタ》く行はれたりといふ。

上《かみ》にしるせし[八]『三国一夜《さんごくいちや》物語』を、大阪にて[九]歌舞伎狂言にせしは、文化五年秋八月の事にて、角《かど》の芝居にて興行、八月十日より開場しけり。又[一〇]『島巡《しまめぐ》り月弓張《つきノゆみはり》』の歌舞伎狂言は、

一 以下、『歌舞伎年表』の記述に一致する。
二 三勝は女主人公の名。
三 半円形をいうか。
四 半七の家の紋。これを三勝は舞の衣裳に縫わせた（巻二「大柏の権輿《はじまり》」）。
五 漆で描いた上に金銀粉や色粉等を蒔きつけて絵模様を表したもの。
六 文化六年一月。
七 脚本。近松徳三（叟）・市岡和七（一世）の『赤根半七笠屋三勝舞扇南柯話』をいうか。
八 →二一四頁注四。
九 藤川座にて「復讐高音鼓」と題して上演。
一〇 →二一六頁注六。
一一 文化六年（一八〇九）九月二十九日より嵐座にて上演の「軍法ふじ見西行」をいうか。

同年の冬十一月、道頓堀中の芝居の顔見せ狂言にて、十三日より開場と聞えけり。又、同年の冬十一[一一]月、大阪大西《おおにし》の芝居にて、『[一二]頼豪阿闍梨怪鼠伝《らいごうあじゃりかいそでん》』を狂言にとり組たる、名題《なだい》は『軍法富士見西行《ぐんぽうふじみさいぎょう》』、左右の割《わり》[一三]名題は「頼豪《らいごう》法師《ノ》怪鼠呪《ノじゅ》」云云《しかじか》、「[一四]西行法師《ノ》閑談《かんだんノ》猫」云云と録したり。この年秋より冬に至《いたり》て、曲亭のよみ本を浪速《なにわ》にて歌舞伎狂言にせしもの、四座《よざ》五《いつ》たびに及べり。当時の流行想像すべし。

江戸にても文化年間、中村座の秋狂言に、曲亭のよみ本『稚枝鳩《わかえのはと》』の復讐[一五]の所を狂言にして、瀬川仙女《せがわせんじょ》が烈女の五人殺《ごろし》をせし事あり。この後《のち》又顔見せ狂言に、『剿盗異録《しょうとういろく》』の木[一六]曽の桟道《カケハシ》の段を狂言にせし事あり。

〈頭注「篠斎云《じょうさいいう》、文化三年丙寅《ひのえとら》の春[一七]、大坂角の芝居にて『以呂波歌誉桜花《いろはうたほまれのめいぼく》』てふ狂言に、『四天王剿盗異録』の

一二　→二三四頁注八。
一三　劇場表に掲げる名題看板や番付などに記す、二行割りの副題。
一四　『怪鼠伝』巻五第十套に、源頼朝と会談した西行が頼朝から金猫をもらう話があることに拠る。
一五　第四第八編に、息津《おきつ》が亡夫の仇弾八と、その若党如平・軍三、さらに木工七・長《おさ》に復讐する話がある。瀬川仙女の秋狂言とは、文化四年十一月、中村座の「会稽雪木下」をいうのかもしれないが、『歌舞伎年表』では五人殺しのことは見えない。
一六　巻一から巻二にかけ、人肉嗜食癖のある老婆が木曽の寝覚の里におり、木曽の桟《かけはし》の西岸で節折《よおり》を襲う話がある。

桟道《かけはし》の段を取組たる幕一段あり。この後《のち》江戸にても、右の狂言をせしなるべし」）

この後又中村座[一]にて春狂言の二番目に、『京伝子の滑稽曲亭子の筆意　八百屋お七物語』といふ名題の狂言を興行したり〔この狂言作者は二代目瀬川如皐《じょこう》也〕。

この後又曲亭の『姥桜女清玄《うばざくらおんなせいげん》』[二]といふ合巻冊子《ごうかんそうし》の趣を歌舞伎狂言に翻案したるに、岩井半四郎《はんしろう》[三]が女清玄、時好に称《かな》ひて看官群衆《かんがんぐんしゅう》三十日に及べり〔この狂言作者は鶴屋南北[四]なり〕。こは葺屋町《ふきやちょう》[五]市村座の春狂言なりき。その後文政中[六]、木挽町《こびきちょう》なる河原崎座《かわらさきざ》にても、又天保の初《はじめ》[七]の比《ころ》市村座にても、半四郎が女清玄にておなじ狂言をしたり。又中村歌右衛門《うたえもん》[八]が江戸に来て、中村座に久しくありし比〔文化年間〕、『南柯夢《なんかのゆめ》』[九]を翻案したる狂言繁昌《はんじょう》したり〔この狂言は大坂より来たる作者奈川《ながわ》

一七　正月二十一日より晦日まで、中村歌六座にて上演。江戸での上演は未詳。

一　文化六年（一八〇九）三月二十四日より上演。「此節上方にて江戸戯作の読本を狂言にいたし、殊の外当りし由。それより思付し狂言の趣向なれど、読本にて見ると狂言とは、おもひ違ふゆゑ見物受よろしからず」（『歌舞伎年表』）。

二　文化七年、鶴屋喜右衛門刊。

三　文化十一年三月三日より「女清玄」を上演、「大当」であった。

四　四世鶴屋南北。他にも『お染久松色読販《うきなのよみうり》』（文化十年三月）など、半四郎を主役とした当り狂言を書く。

五　現、中央区日本橋堀留一

某《ぼう》也」。しかれども江戸の歌舞伎作者は、当時流行の読本《よみほん》の趣を、その儘《まま》狂言に作ることを恥《はじ》て、或《あるい》は人物の姓名をおなじくせず、或は別の世界にとり易《かえ》などすなるに、江戸の俗客婦女子は、読本を見ぬも多かれば、その狂言の憑《ヨ》る所を知らずして、新奇也と思ふなるべし。

大阪にては俳優[一〇]嵐吉三郎《あらしきちさぶろう》、特《こと》に曲亭の読本を唱歎《しょうたん》すと聞えしが、文化十三年丙子《ひのえね》の春狂言、道頓堀中の芝居にて、『園の雪』の趣を狂言にとり組て、[一一]二月上旬より開場の聞えあり、その狂言の名題は『園《その》の雪恋《ゆきこい》の組題《くみだい》』是《これ》也。看官の評判も多からで、凡《およそ》十日ばかり興行せし程に、嵐吉三郎病着《いたつき》により、しばらく中絶したりとぞ。爾後《そののち》の事をしらず。又『[一二]青砥模稜《あおともりょう》案《あん》』をも、大阪にては歌舞伎狂言にしけり。これらの事は又下《しも》にいふべし。

丁目。
六 文政三年(一八二〇)三月、「隅田川花御所染」をいう。
七 天保三年(一八三二)三月十二日より上演。
八 三世中村歌右衛門。文化五年、大坂から江戸に出て、四月十三日より中村座で「お俊伝兵衛」が大当りした。
九 『旬殿実々記』(お俊・伝兵衛を主要人物とする)の誤りか。
一〇 二代嵐吉三郎。
一一 二月二十日より沢村座にて上演。
一二 →二四一頁注一九。

文化五年、曲亭又『弓張月』[一]続編六巻、『俊寛僧都島物語《しゅんかんそうずしまものがたり》』[二]〔前後二編〕八巻、『旬殿実々記《しゅんでんじつじつき》』[三]〔前後二編〕十巻、『松染情史《しょうせんじょうし》[四]秋七草《あきのななくさ》』六巻を綴る。『実々記』『弓張月』と共に、亦抜萃《またばっすい》と称せらる。この明年《みょうねん》、『弓張月』[五]拾遺編五巻、『夢想兵衛胡蝶《むそうびょうえこちょう》[六]物語《ものがたり》』前編五巻を綴る。『蝴蝶物語』も亦大《イタ》く行《おこな》はる。今に至るまで年々その古板を摺出《すりいだ》すこと、他本に勝《まさ》れりといふ〔初《はじめ》は大黒屋《だいこくや》[七]惣兵衛《そうべえ》板也。惣兵衛没して後、平林庄五郎《ひらばやししょうごろう》その板を購得《あがないえ》て、今平林の養嗣《ようし》文次郎《ぶんじろう》の蔵板《ぞうはん》になれり〕。明年〔庚午《かのえうま》〕又『胡蝶物語』[八]後編四巻、『昔語質屋庫《むかしがたりしちやのくら》』[九]五巻、『常《とこ》[一〇]夏草紙《なつぞうし》』五巻、『武者合竹馬靮《むしゃあわせちくばノタヅナ》』二巻〔絵本也。北馬《ほくば》[一一]画〕、『弓[一二]張月』余《よ》編《へん》六巻を綴る〔本編にて団円《だんえん》なり〕。はじめこれを残《ざん》編《べん》といふ。残字《ざんじ》[一三]穏当《おんとう》ならざるをもて、余編と改《あらため》んと欲《ほり》せしに、既に印行の後《のち》なりければ、板元《はんもと》平林竟《つい》に果さず。曲亭これを

一　六月序。十二月、平林庄五郎等刊。
二　八月成稿。十月、柏屋半蔵等刊。
三　五月序。十一月、榎本平吉等刊。
四　八月序。文化六年正月、西村源六等刊。
五　文化七年八月、平林庄五郎刊。
六　文化七年正月、西宮弥兵衛・三河屋惣兵衛等刊。
七　三河屋の誤り。
八　十二月、三河屋惣兵衛等刊。
九　十一月、河内屋太助等刊。
一〇　七年九月末脱稿（奥付）。十二月、榎本平吉等刊。
一一　→二一三頁注一五。
一二　文化七年十二月序。残編として、八年三月、平林庄五郎刊。
一三　残には、そこなう、む

遺憾《いかん》とす。これらの書、皆行はる。『質屋庫』は大阪の書賈《しょこ》河内《かわち》屋《や》太助《たすけ》が板也。今に至て衰へず、[一四]年々摺出《ねんねんすりいだ》すといふ。

又[一五]明年〔辛未《かのとひつじ》〕、『[一六]占夢南柯《ゆめあわせなんか》後記《こうき》』〔前後二編〕八巻、『[一七]青砥《あおと》藤綱模稜案《ふじつなもりょうあん》』前編五巻を綴る。『南柯後記』は『南柯夢《なんかのゆめ》』の板元榎本平吉《えのもとへいきち》が好みに儘《まか》してこの作編《さくへん》あり。作者の本意にあらずといへども、看官《かんがん》の喝采《かっさい》又前板《ぜんぱん》に劣らずといふ。明年〔[一八]壬申《みずのえさる》〕、又『[一九]模稜案』後編五巻、『[二〇]糸桜春蝶奇縁《いとざくらしゅんちょうきえん》』〔前後二編〕八巻を綴る。并《ならび》に行はる。[二一]明年〔癸酉《みずのととり》〕、『[二二]皿皿郷談《べいべいきょうだん》』六巻を綴る。

文化十一年〔甲戌《きのえいぬ》〕、『[二三]南総里見《なんそうさとみ》八犬伝《はっけんでん》』第一輯《しゅう》五巻、『[二四]朝夷巡島記《あさいなしまめぐりのき》』初編五巻を綴る。この二書、編を累《かさぬ》るに及《および》て大《イタ》く行はる。この年の秋、大阪道頓堀中の[二五]芝居にて、『青砥藤綱模稜案』を模擬したる歌舞伎狂言を興行《こうぎょう》す。狂言の名題、

ごい、等の意がある。

一四 後印本に、河内屋源七郎板等がある。

一五 文化八年(一八一一)。

一六 文化七年九月二十九日脱稿。九年正月刊。

一七 文化九年正月、平林庄五郎等刊。

一八 文化九年。

一九 十二月、平林庄五郎等刊。

二〇 前半文化九年十二月、後半十年正月、榎本平吉等刊。

二一 文化十年。

二二 文化十二年正月、榎本平吉等刊。

二三 文化十年九月十七日脱稿(巻五末尾)。十一年十一月、山崎平八刊。

二四 文化十二年正月、河内屋太助等刊。

二五 文化十一年八月一日より市川座にて上演。

『定結納爪櫛《カミカケテチカヒノツマグシ》』といふ。狂言作者は奈河晴助《ながわはるすけ》也〔この狂言、かひ屋《や》善吉《ぜんきち》に嵐吉三郎、孝女お六《ろく》に叶珉子《かのうみんし》也〕。その明年〔十二年乙亥《きのとい》〕春正月、大阪の書賈河内屋太助、この歌舞伎狂言の根本《ねほん》[一]〔江戸にて所云正本《いわゆるしょうほん》なり〕を絵入にして印行す〔前編四巻、後編三巻〕。京摂《けいせつ》の間にては『模稜案』と共に頗《すこぶる》行はれたりといふ。曲亭のよみ本、新奇彊《かぎ》りなしと称す。京摂の間にても流行毎《ツネ》にかくの如し。[二]丙子年《ひのえねのとし》、又『八犬伝』[三]第二輯、[四]『巡島記《しまめぐりのき》』第二編、各《おのおの》五巻を綴る。この二書の世評いよ〳〵高かり。

[五]文政元年〔戊寅《つちのえとら》〕、『巡島記』[六]第三編五巻、『八犬伝』[七]第三輯五巻を綴る。又知音《ちいん》[八]の評書『犬夷評判記《けんいひょうばんき》』〔横本〕二巻を校《こう》閲《えつ》して、共に刊行せらる。[九]庚辰年《かのえたつのとし》、又『巡島記』[一〇]第四編五巻、『八犬伝』[一一]第四輯五巻を綴る。辛巳年《かのとみのとし》、『巡島記』第五編五巻、

一　正本（脚本）を上方でいう語。狂画堂（浅山）蘆国画。
二　文化十三年（一八一六）、馬琴五十歳。
三　文化十三年閏八月序。同年十二月、山崎平八刊。
四　文化十三年十月序。十四年正月、河内屋太助等刊。
五　一八一八。馬琴五十二歳。
六　文政元年六月末序。二年正月二日、河内屋太助等刊。
七　文政元年九月末日序。二年正月、山崎平八等刊。
八　殿村篠斎が『八犬伝』初・二輯、及び『巡島記』初・二編に評を施し、馬琴がそれに答え、篠斎の弟櫟《れき》亭琴魚《ていきんぎょ》が書き留めたもの。文政元年四月序。同年六月、山崎平八等刊。
九　文政三年。
一〇　三年四月脱稿（奥付）。四年正月、河内屋太助等刊。

[一三]壬午《みずのえうま》の年、『八犬伝』第五輯六巻を綴る。この後《のち》三、四年、合巻冊子《ごうかんそうし》の諸板元《しょはんもと》、その需繁多《もとめはんた》なる故に、しばらく読本を作らず。[一四]丙戌年《ひのえいぬの》、『巡島記』第六編五巻、[一五]『八犬伝』第六輯六冊を綴る。

『朝夷巡島記』は、大阪の書賈河内屋太助板也。是《これ》より先、太助其子《そのこ》に本店《ほんだな》を譲り与へて、その身は[一六]二男と共に別宅して、太一郎《たいちろう》と改名しけり。後《のち》の太助が所為《しょい》、すべて曲亭の意に愜《かな》はず、この故に杜絶《とぜつ》して、七編以下はその需に応ぜず。数年を歴て、江戸京橋なる新書林《しんしょりん》[一七]中村屋幸蔵《こうぞう》といふもの、『巡島記』第七編以下を続刻《ぞっこく》せまく欲《ほ》りして、浪華《なにわ》に赴きて、この義を後の河内屋太助と謀るに、その利を多く分《わか》たんといふにより、河太《かわた》遂《つい》に許諾《きょだく》すといふ。幸蔵、江戸にかへり来て、よしを曲亭に告《つげ》て、第七編の稿本を乞ふ事頻《しき》り也〔こは天保二、

一一　文政三年十月四日叙。同年十一月、山崎平八等刊。
一二　文政四年。同年九月中旬叙。五年正月、河内屋太助等刊。
一三　文政五年。十月上旬序。六年正月、山崎平八等刊。
一四　文政九年。同年八月序。十一年正月、河内屋太助等刊。
一五　文政九年九月中旬序。十年正月、美濃屋甚三郎等刊。
一六　太次郎。「此太次郎ハ気象親ニおとり、彫刻物等、只売出しを急ギ候のみ」(文政十年三月二日付篠斎宛書翰)。
一七　以下の記述は、天保三年十月十四日日記の京橋書肆中村屋幸蔵来訪の記事や、同年十月十八日付殿村篠斎宛書翰のそれと一致する。

三年の事なり」。曲亭も亦《また》『巡島記』の全本とならざる事を思ふをもて、一旦その需《もとめ》に応ずるといへども、[一]幸蔵が心術《しんじゅつ》、又曲亭の意に称《かな》はず。幸蔵も亦《また》、曲亭の速《すみやか》に筆を把《と》らざるを恨みて、稍《やや》疎《そ》遠《えん》になりぬ。『巡島記』の[二]第七編、久しく続出《つぎいだ》さずなりぬるは、か丶るゆゑあれば也。

又『里見八犬伝』は[三]文化八、九年の比《ころ》、曲亭この新硯《しんけん》を発《ヒラ》くに及《およ》て、これを『弓張月』の板元平林庄五郎に取らして鏤《え》らせんと思ひしに、平林、[四]七旬《しちじゅん》に及ぶをもて、長編の読本結局まで刊行心もとなしとて、これを書賈《しょこ》山崎平八に譲りけり。既にして山崎平八は料《はか》らず『八犬伝』を[五]刊行してより、年々《としどし》に[六]贏余《えいよ》尠《すくな》からずといへども、猶飽《なおあ》く事を知らず、[七]漫《みだり》に他事に耽《ふけ》りて本銭《モトデ》を失ひ、遂に産を破るに及《およ》て、第一輯より五輯迄の刻板《こくはん》を、書賈美濃屋甚三郎《みのやじんざぶろう》に売りけり。美濃甚《みのじん》、既に『八

一 幸蔵は、馬琴が『巡島記』を天保三年中に綴らない事に立腹、四年正月には年礼にも来ず、書賈仲間へ大言を吐く（天保四年十一月六日付小津桂窓宛書翰）。

二 第七・八編は松亭金水が続作して、安政二・五年に河内屋太助から刊行した。

三 →二四一頁注二三。

四 七十歳。

五 文化十一年十一月初輯、十三年十二月二輯、文政二年正月三輯、同三年十一月四輯、六年正月五輯刊行。

六 利益。

七 「旧冬（文政七年冬）板元（山崎平八）、もと手専ら才覚の風聞有レ之候処、金主故障にて、及二破談一候よし」（文政八年正月二十六日付篠斎宛書翰）と、投資に失敗した。

犬伝』の株板《かぶいた》を購得《あがないえ》て、第六輯を刊刻せまくほりし、[八]山崎平八を介《なかだち》として、これを曲亭に乞ひぬ。曲亭やうやく諾《うべな》ひて、[九]本年『八犬伝』六輯を綴る。[一〇]明年《みょうねん》、美濃屋甚三郎印行して、その利少からずといふ。

[一一]十一年〔丁亥《ひのとい》〕、大阪屋《おおさかや》半蔵《はんぞう》の需に応じて、[一二]『松浦佐用姫石《まつらさよひめせき》魂録《こんろく》』の後編七巻を綴る。文政の初《はじめ》の比《ころ》、半蔵、『石魂録』前編の古板《こはん》を購得て、後編を刊行せまく欲《ほ》りし、[一三]文政五、六年の比より曲亭にこれを乞ふといへども、前編を綴りしより既に二十許年《きょねん》に及びて、いたく流行に後《おく》れしものなれば、作者のこゝろ、こゝにあらず。この故に久しく稿を創《はじ》めざりしに、半蔵なほこりずまに、乞ふこと年を累《かさ》ねて已《やま》ざりければ、曲亭竟《つい》に[一四]黙止《もだし》がたくて、編を続《つぎ》て全本となしたる也。[一五]刊行に及て、勢ひ『八犬伝』に及ぶべくもあらざれども、亦是《またこれ》随《したがっ》

八　文政九年五月二十日日記に、早朝山崎平八が来訪、美濃屋甚三郎が饗応する由を告げ、その後、美濃屋と築地へ漁に行くから、この頃のことであろう。

九　文政九年九月中、六輯巻五を綴っている(日記)。

一〇　文政十年四月二日売出し(日記)。

一一　十年の誤り。

一二　文政十年十一月二十二日脱稿(同年十一月二十三日付篠斎宛書翰)。

一三　文政十年三月二日付篠斎宛書翰には「石魂録後編ヲ、両三年已前より頼まれ」という。

一四　「潤筆(内金)もよほど受取置候へバ、もはや逃れがたく」(同右書翰)。

一五　文政十一年三月十六日、上帙四巻売出し(日記)。

て行《おこな》れたりといふ。

この年又『八犬伝』[一]第七輯を綴る。しかるに当時の板元美濃屋甚三郎は浮薄《ふはく》[二]の徒《と》にて、言行《げんこう》共に前約に違《たが》ふこと多かり。明年、『八犬伝』第七輯上帙《じょうちつ》四巻、劂人《けつじん》[三]成るを告《つぐ》るといへども、作者に校訂を乞はずして恣《ほしいまま》に発販《はっぱん》[四]しけり。曲亭このよしを伝聞《つたえきき》て、且怒《かついか》ること甚《はなはだ》し。美濃甚怕《おそ》れて、丁子屋《ちょうじや》平兵衛《へいべえ》をもて、罪を乞ふに怠状《たいじょう》[五]を以《もって》す。曲亭やうやく許容しけり。

初《はじめ》に美濃屋甚三郎が『八犬伝』第五輯までの刻板《こくはん》を購得《あがないえ》しは、その身の有財《ゆうざい》をもてせしにあらず、多く借財《しゃくざい》したるなれば、購得たる刻板は、その折、財主《ざいしゅ》に典物《しちもつ》[六]にしたりければ、古板を摺《す》り出《いだ》すことあたはず。是より先に山崎平八も、その板を財主に典《てん》したりけるをとり出して売り[七]しかば、大凡京《おおよそけい》摂《せっ》・江戸の貸本屋等《ら》、初輯《しょしゅう》より五輯までを買《かわ》まく欲《ほ》りするも

一 文政十年(一八二七)十月二十八日、第七輯六之下巻稿了。

二 第七輯が未刊の時点で、その巻一の趣向を尾上菊五郎に知らせ、上演させて、馬琴を立腹させている(文政十年十一月三日日記)。

三 巻三より巻七までは校正できなかった(文政十一年十月六日付篠斎宛書翰)。

四 文政十二年十月二十九日発売(同年十一月二日日記、八犬伝第九輯中帙付言)。

五 詫状。文政十二年十二月十三日、西村屋与八・丁子屋平兵衛が美濃屋甚三郎を同道して馬琴宅を訪れ、甚三郎は謝り証文を持参し、和談になった(日記)。

六 質物。天保二年六月十一日の時点で、初編より四編までが二箇所へ質入れされているという(篠斎宛書翰)。

の多かれども、これを得《う》るによしなかりしを、丁子屋平兵衛[八]、美濃甚《みのじん》に代《かわ》りて権且《しばらく》その板を購《あがな》ひ出《いだ》して、毎輯《まいしゅう》百五十部摺《しゅう》刷《さつ》製本して、欲りせしものに売与《ばいよ》しけり。しかのみならず、甚三郎が『八犬伝』[九]第七輯の上帙《じょうちつ》四巻を発販しぬる折、製本[一〇]の本銭《モトデ》に竭《つき》たりとて、下帙《げちつ》三巻の板をそが儘《まま》に財主に質とせしゆゑに、又下帙三巻を摺出すことあたはずと聞《きこ》えしかば、丁平《ちょうへい》又その板をうけ出して製本[一一]発兌《はつだ》し、第八輯[一二]より以下の板株《いたかぶ》を美濃甚がり買とりて、自分の家扶《かぶ》にしたりける。これにより、七輯は丁平《ちょうへい》の資《たすけ》を得《え》て発販することを得たるもの[一三]から、七輯まではなほ甚三郎が株板なれば、丁平そが利をわかち与へて、八輯以下はこの例ならずといふ証書を取りて治定《じじょう》しけり。

この比《ころ》又美濃甚は第六輯・第七輯の板をも典物《しちもつ》にしたりし

七 →二四四頁一三行。
八 丁子屋には五編より七編までの板があり、天保元年、初編より六編まで百五十部刷り増しした(天保二年六月十一日付篠斎宛書翰)。
九 →注四。
一〇 以下の事情は、文政十二年十二月十四日付篠斎宛書翰に述べられている。
一一 この際、丁字屋は馬琴に連絡なく売り出したので、馬琴が抗議し、美濃屋甚三郎・丁字屋・西村屋与八が連印の謝り証文を出し、馬琴が許すことがあった(文政十二年十二月十四日付篠斎宛書翰)。
一二 天保二年四月十四日付篠斎宛書翰に『八犬伝』八輯の板元が丁子屋に決定したことをいう。
一三 ものの。

を、丁平、得まくほりせしかども、その価《あたい》思ふに倍《ま》していと貴《たか》かりければ、ちから及ばで黙止《もだし》たり。爾後《そののち》[一]天保二年に至りて、大阪の書賈《しょこ》河内屋長兵衛《かわちやちょうべえ》が、『八犬伝』第七輯までの刻《こく》板《はん》を皆買取《かいとら》んとて、媒介《なかだち》をもて美濃甚と商量《しょうりょう》既に整ひて、一百六十金をもてこれを購得《あがないえ》たり。そを船積《ふなづみ》にして大阪へとりよせなば、風波《ふうは》の禍《わざわい》料《はか》りがたしとて、飛脚問屋《ひきゃくどんや》[二]へこれを委《ゆだ》ねて、陸荷《おかに》にして取りよせければ、脚賃《きゃくちん》[三]も又弐拾余金《よきん》[四]を費せしといふ。かゝれば七輯までの古板《こはん》の価金弐百両に近かり。かゝる事は前未聞《ぜんみもん》也とて、書賈等は駭嘆《がいたん》したりけり。しかれども、その板は年来甚三郎が典物《しちもつ》にせしを、こたびうけ出して売りけるに、古借《こしゃく》も亦《また》多かりければ、売主《うりぬし》[五]の手に入《いり》たるは[六]五、六金《きん》に過ぎずとぞいふなる。この書の印行、いまだ大団《だいだん》円《えん》に至らずして、板元《はんもと》の書賈を易《かう》るもの都《すべ》て[七]四人、その株板《かぶいた》、

一　以下の第七輯までの買取りの件は天保三年(一八三二)三月二十九日日記に「八犬伝板初輯より七輯迄、みのや甚三郎久しく質入いたし置候処、今度大坂書林河内屋長兵衛方之代金百五十両に売渡し候」とある。
二　信書・金銀・貨物などの送達を業とした者。
三　運送費。
四　二十両余り。
五　美濃屋甚三郎。
六　五、六両。
七　山青堂山崎平八、湧泉堂美濃屋甚三郎、文溪堂丁子屋平兵衛、石倉堂河内屋長兵衛をいう。
八　天保三年四月二十六日付桂窓宛書翰に「誠によき直段也とて、皆胆をつぶし候。乍レ去江戸の花ヲ失ひ候とて、惜むものも多く候」。

竟《つい》に大坂の書賈の手に落《おち》しより、[八]江戸の花を失ひぬとて、嘆息せしものもありけり。現《げに》この『八犬伝』は流行未曽有《みぞう》なりければ、三、四輯まで刊行の比《ころ》よりして、[九]狂歌師の摺物《すりもの》にも多くこれを模擬し、[一〇]錦絵にも八犬士の綉像《しゅうぞう》[一一]と模刻《もこく》して、四方に鬻《ひさ》ぐまでに至れり。これらも前未聞といふべし。されば前《さき》の板元山崎平八が、[一二]他事《たじ》に耽《ふけ》りて本銭《もとで》を失ひ、続刻《ぞっこく》遅滞《ちたい》しぬる折々、看官《かんがん》これを待わびて、[一三]発販を書賈等に問へども、なほ詳《つまびらか》ならずとて、作者の宿所《しゅくしょ》にたづね来て、そを問ふもの、折々ありけり。

『巡島記』も、「[一四]第七編の出《いづ》るや否《いなや》」と問ひ来《きたり》しもの、文政中までは折々ありしが、問ふ毎《ごと》に不出《いでず》と聞て、近ごろは思ひ絶《たえ》けん、やうやく問ふもの稀になりぬ。文化の季《すゑ》の比より、江戸[一五]四日市町《よっかいちちょう》なる[一六]常床《つねどこ》の[一七]軍書よみ、『朝夷巡島記《あさいなしまめぐりのき》』を講じけ

九 播州姫路の狂歌連中が八犬伝人物題にて狂歌集興行につき、馬琴の序文を乞うたのはその一例(天保四年四月六日日記)。
一〇 「八犬伝のにしき絵此節三枚出来いたし候。信乃・見八くみ打の二枚つゞきと、毛乃仇討の処也。画は国よしに御座候。八人追々に揃ひ候よし」(天保二年四月十四日付篠斎宛書翰)というのは一例。
一一 「を」の誤りか。
一二 →二四四頁注七。
一三 発売日。
一四 第六編で中絶されたことは、二四三頁八行参照。
一五 現、中央区日本橋通一丁目。
一六 常に開いている講談の寄席。
一七 講談師。軍談師。

るに、聴くもの日毎《ひごと》に多かりけり。よりて思ふに、『巡島記』は世評『八犬伝』にくらぶれば、[一]二の町に似たれども、[二]当時の流行想像すべし。

又文化十年癸酉《みずのととり》の秋、大阪にて『糸桜春蝶奇縁《いとざくらしゅんちょうきえん》』の趣を[三]浄瑠璃に作りて、人形座にて興行しけり。その浄瑠璃の名《な》題《だい》を『〔姉若草妹初音《あねはわかくさいもとははつね》〕本町糸屋娘《ほんちょういとやのむすめ》』といふ。「佐川藤太《さがわとうた》・[四]佐川荻丸《おぎまる》・吉田新吾《しんご》合作《がっさく》」と印行の正本《しょうほん》に見えたり。この浄瑠理は、九月八日を開場の初日にしたり。初段より[五]大切《おおぎり》まで、大抵『春蝶奇縁』の趣をかえずして作れり。但《ただし》小石川の段のみ[六]螟蛉《ハメモノ》曲にて、[七]『本町育《ほんちょうそだち》』の小石川の段をそが儘《まま》に用ひたり。これらは当場の[八]浄瑠理《じょうるり》大夫《たゆう》の好みに従ひたるもの歟《か》。この事は[九]癸酉《みずのととり》の年の条下《じょうか》に収むべかりしを、忘れたればこゝに録す。

文化年間、浪花《なにわ》にて曲亭の読本を浄瑠理に作りしもの三種、

一 第二の位置。
二 天保四年正月十三日、関忠蔵(濆南)の孫娘が初編・二編を馬琴に借りる(日記)。
三 豊竹喜代太夫の正本がある(『義太夫年表』)。
四 『義太夫年表』は「萩丸」に作る。
五 最後の段。
六 古い作品を新作の中に嵌め入れて作るもの。螟蛉《めいれい》は、くわむし。蜾蠃《らら》(土蜂)が螟蛉の子を養って己れの子とすることから養子の意。
七 人形浄瑠璃『糸桜本町育』。紀上太郎作。安永六年初演。
八 興行に参加した浄瑠璃の語り手。
九 文化十年(一八一三)。→二四一頁注二〇。
一〇 →二一六頁注八。
一一 →二一六頁注五。

そは『稚枝鳩《わかえのはと》』[一〇]『弓張月』[一一]『春蝶奇縁』是《これ》也。他の作者には、京伝[一二]といへどもあることとなし。こも亦後《のち》の話《わ》柄《へい》とすべし。

文政中は合巻冊子《ごうかんそうし》『傾城水滸伝《けいせいすいこでん》』[一三]大《イタ》く行《おこな》はるゝに随《したがい》て、合巻の作編を求《もとむ》る書賈《しょこ》等《ら》、年々に多かりければ、よみ本を綴るに遑《いとま》なかりしならん。十一年（戊子《つちのえね》）、『近世説美少年録《きんせせつびしょうねんろく》』[一四]第一集五巻を綴る。明年《みょうねん》（己丑《つちのとうし》）、又『近世説美少年録』[一五]第二集五巻を綴る。并《ならび》に大阪屋半蔵《はんぞう》板也。その書いまだ発兌《はつだ》に及ばず、庚寅《かのえとら》[一六]の春正月、半蔵身故《しんこ》す。半蔵の弟丁子屋《ちょうじや》平兵衛《へいべえ》代《かわ》りてこれを発販《はっぱん》せり。是より丁平《ちょうへい》の蔵板《ぞうはん》になりぬ。十三年（庚寅）、『美少年録』第三集、『開巻驚奇俠客伝《かいかんきょうききょうかくでん》』[一七]第一集、各《おのおの》五巻を綴る。明年の春[一八]、刊行に及《およ》て并《ならび》に行はる。『俠客伝』尤《もっとも》佳妙《かみょう》と称せらる（『美少年録』第三集は、庚寅の年より稿を創《はじ》めて、辛卯《かのとう》[一九]の年に至て稿を脱《だっし》ぬ。この故に発販はこ

一二　京伝読本の演劇化には、『昔話稲妻表紙』を歌舞伎にした「けいせい輝艸紙《いなずまそうし》」「けいせい品評林《しなさだめ》」（文化五年正月、大坂）がある。

一三　→二二八頁注二。

一四　文政十一年（一八二八）十一月十二日序（日記）。

一五　文政十二年四月二十日、第二輯序（日記）。

一六　文政十三年正月二十三日没、享年四十歳（文政十三年正月二十八日付篠斎宛書翰）。

一七　巻二までを天保元年十二月二十六日までに綴る（天保二年正月十一日付篠斎宛別翰）。

一八　天保三年正月。『俠客伝』は二月十五日売出し（二月十四日日記）。

一九　天保二年（一八三一）三月十六日巻五稿了（日記）。

の年の冬[一]になりぬ。因《より》て壬辰《みずのえたつ》の新板と称《しょう》す」。天保二年〔辛《かのと》卯《う》〕、[二]『八犬伝』第八輯上套《じょうとう》五冊を綴る。三年〔壬辰〕、[三]『八犬伝』第八輯下套《げとう》五冊、[四]『俠客伝』第二集五巻を作る。明年の春発販《はっぱん》に及て、并に大《イタ》く行はる。

（頭注「記者云《いう》、天保五年秋九月下旬より、大坂道頓堀若《どうとんぼりわか》大夫《だゆう》芝居にて、『八犬伝』を翻案したる[五]歌舞伎狂言を興行《こうぎょう》す。名題は『金花山雪曙《きんかざんゆきのあけぼの》』是也。坂東彦三郎《ばんどうひこさぶろう》、嵐三津五《あらしみつご》郎《ろう》、片岡松江《かたおかまつえ》など[六]云不レ巧不レ拙《いうたくみナラずせつナラざる》妙年等《ら》、この座にをり。世評宜《よろし》く繁昌したりといふ、伝聞のよしを略記す。『八犬伝』を歌舞伎にてすなるは、是はじめなるべし。」）

曲亭の読本数十[七]種、新奇尠《すくな》からずといへども、就中《なかんずく》『弓張月』『南柯夢《なんかのゆめ》』『八犬伝』を三大奇書《さんだいきしょ》と称せらる。『俠客伝』又これに亜《つい》で、続《つ》ぎ出《いだ》すを待《ま》つもの、[八]一日三秋《さんしゅう》の如しといふ

一　十月二十五日売出し（天保二年十月二十四日日記）。
二　十一月十四日起稿（日記）。
三　五月二十四日本文稿了（日記）。
四　八月二十日起稿（日記）。
五　「大坂中の芝居ニて、坂東彦三郎坐頭にて、八犬伝の狂言いたし候」（天保五年十月七日日記）。
六　演技が上手ではないが下手でもない壮年。
七　合計四十一点。
八　切に待望するたとえ。
九　馬琴作を除くと、天保二・三年は一点のみ刊行。
一〇　四月八日稿了（日記）。
一一　「国貞方、（俠客伝）三集の絵とかく出来かね候間」（天保四年七月二十四日日記）。
一二　天保五年（一八三四）。
一三　天保五年正月四日日記。

めり。文政以来、読本の流行[九]既に衰へしより、他作《たさく》は出《いづ》るも稀なるに、曲亭の一作のみ今に至《いたり》て盛りにして、年に月に看《かん》官《がん》に待るゝこと右の如し。

　四年〔癸巳《みずのとみ》〕、[一〇]『俠客伝』第三集五巻を綴る。この稿本三、四月の比《ころ》成就したるに、[一一]画工国貞《がこうくにさだ》が出像遅滞《しゅつぞうちたい》の故に、[一二]甲午《きのえうま》の[一三]春正月五日発兌《はつだ》す。又[一四]『俠客伝』第四集五巻を綴る。こは[一五]癸巳の冬十月下旬、全本書画の板下《はんした》は、工を竣《おわら》ずといへども、板元《はんもと》〔大阪河茂《かわも》〕の好みに儘《まか》して、甲午の冬発販すべしといふ。五年〔甲午〕[一六]『八犬伝』第九輯を綴る。この余、[一七]『水滸後画伝《すいこごがでん》』第一輯、[一八]『水滸略伝《りゃくでん》』第一集、[一九]『美少年録』第四輯、[二〇]『俠客伝』第五集、漸次《ぜんじ》に稿成るに及《および》て刊行の聞えあり。又[二一]『判官太郎《はんがんたろう》白狐伝《びゃっこでん》』といふよみ本腹稿《ふくこう》あり。又四谷《よつや》の書賈《しょこ》中村屋勝五郎《かつごろう》が需《もとめ》に応じて、武者絵本初集《しょしゅう》二巻〔[二二]北渓《ほっけい》画。書名未詳〕を綴

一四　天保四年十月二十九日、四集巻五稿了(日記)。
一五　「俠客伝四集、年内彫刻皆出来かね候」(天保四年十月二十九日日記)。
一六　六月四日、九輯巻六起稿(日記)。
一七　「水滸後伝を通俗(翻訳)いたし、後伝のわろき処ハ書直し、画伝のごとく画入ニいたし」(天保三年六月二十一日付篠斎宛書翰)という構想であったが未執筆。
一八　『水滸伝』百八豪傑の画に略伝を付ける構想(同右書翰)であったが未執筆。
一九　天保十三年二月起稿(同年四月朔日付篠斎宛書翰)。
二〇　未執筆。嘉永二年、萩原広道続作の五輯を刊行。
二一　以下二点も未執筆。
二二　魚屋《ととや》北渓。安永九―嘉永三年(一七八〇―一八五〇)。

るといふ。是《これ》よりの後《のち》、又年々《としどし》の新作多からん。そはこの書の後集《こうしゅう》に録すべし。

曲亭の著述、国字稗史《こくじはいし》にあらざるもの亦《また》多かり。そは必《かならず》[一]姓名を署《しる》す。しからざるも別号を以《もって》す。宜《うべ》なり、曲亭の戯墨《ぎぼく》を愛玩して曲亭を知らざるものは、称するに曲亭を以す。甚《はなはだ》しきに至りては、[二]馬琴先生と称するもあり、笑ふべし。又曲亭の戯墨を看《み》て曲亭の外に曲亭あることを知るものは、必称するに馬琴と曲亭をもてせずして、[三]必別号をもてす。いかにとなれば、その馬琴と曲亭は、[四]戯墨のうへの称号也。譬《たとえ》ば[五]平賀鳩渓《きゅうけい》の風来山人《ふうらいさんじん》と号し、福内鬼外《ふくうちきがい》と称し、[六]大田南畝《おおたなんぽ》の四方山人《よもさんじん》、又寝惚先生《ねぼけせんせい》と号せしが如し。これらは一時の戯号《ぎごう》なれば、鳩渓・南畝を知るものは、その戯号をもて相称《あいしょう》せず。か丶れば曲亭の[七]著述も、戯墨と倶《とも》にこ丶に収めん事は、作者

一 随筆『燕石雑志』には、「滝沢解　瑣吉述」と署名する。→二五六頁注二。
二 馬琴は、戯作の際の戯号であるから、それに先生を付けるのは的はずれである、という考え方。
三 自分を戯作の号以外の著述の号で称してくれ、という意識。
四 戯作を執筆する際の。
五 →一〇八頁。
六 →一一〇頁。
七 啓蒙書や考証随筆などをいう。

の本意にあらずといへども、こも亦記者の鶏肋《けいろく》[八]なれば、併《あわ》して録するもの左の如し。

寛政十一年〔己未《つちのとひつじ》〕、書賈《しょこ》鶴屋喜右衛門の需《もとめ》に応じて、『国尽女文章《くにづくしおんなぶんしょう》』一巻〔中間形本《なかあいがたぼん》[九]也。本文は作者の自筆を刻す。頭書并《ならび》に鼇頭《ごうとう》[一〇]の画《え》は北尾重政《しげまさ》の筆なり〕を綴る。童蒙《どうもう》の読誦《どくしょう》に便りすべき俗書なり。作者の本意にあらずといへども、已《やむ》ことを得ずこの撰《せん》あり〔下《しも》に録する『花鳥文素《かちょうぶんそ》』も亦このたぐひ也〕。十二年〔庚申《かのえさる》〕、『俳諧歳時記《はいかいさいじき》』[一一]〔横本《よこほん》〕二巻を編輯《へんしゅう》す。尾州名護屋《びしゅうなごや》の書賈永楽屋東四郎《えいらくやとうしろう》、大坂の書賈河内屋太助《かわちやたすけ》と合《がっ》刻《こく》也〔後《のち》に河太《かわた》一箇の板となれり〕。この書、俳諧者流《はいかいしゃりゅう》歓《よろこび》て懐宝《かいほう》[一二]とすといふ。今に至て衰へず、江戸の書賈にも多くあり。享和二年の冬、『羇旅漫録《きりょまんろく》』[一三]三巻〔写本〕を綴る。戯墨の記行也。明年《みょうねん》〔癸亥《みずのとい》〕、『蓑笠雨談《さりつうだん》』〔三巻〕を編述す。去年遊歴中

八　鶏のあばら骨のように、大して役に立たないが捨てるには惜しいもの。

九　中本。寛政十二年刊。往来物。

一〇　大亀の頭の意から、本文の上欄をいう。

一一　享和三年三月刊。季語を四季に分けて解説したもの。嘉永四年、藍亭青藍の増補『増補改正俳諧歳時記栞草《しおりぐさ》』が刊行された。

一二　懐中して珍重する書物。

一三　享和二年（一八〇二）五月から八月までの京坂旅行記。『蓑笠雨談』はその抜萃で、享和四年刊。弘化五年に『著作堂一夕話』と改題刊行される。

の随筆也〔蔦屋重三郎《つたやじゅうざぶろう》板也。後《のち》に大阪河内屋太助の蔵板《ぞうはん》となれり〕。

文化二年〔乙丑《きのとうし》〕、書賈《しょこ》中川新七《しんしち》の需《もとめ》に応じて、[一]『女筆花鳥《にょひつかちょう》文素《ぶんそ》』を綴る〔中川新七と近江屋《おうみや》新八《しんぱち》合刻。新七、その稿本を携《たずさえ》て京都へ還る。その後《のち》の事を知らず〕。六年〔己巳《つちのとみ》〕、[二]『燕石雑志《えんせきざっし》』〔六巻〕を編述す、随筆也〔大坂河内屋太助板也〕。当時合巻冊子《ごうかんそうし》・読本《よみほん》流行して、曲亭に新編を乞ふ書賈、年に月に多し。この冗紛中、『雑志』の撰《せん》あり。こゝをもて[三]思ひ謬《あやま》てること尠《すくな》からずといふ。しかれどもこの書久しく行《おこな》われて、[四]今なほ年毎《としごと》に摺刷《しゅうさつ》して、江戸の書賈へもおこすことたえずといふ。八年辛未《かのとひつじ》の秋、[五]『金毘羅利生記《こんぴらりしょうき》』一冊を綴る、英平《はなぶさへい》吉《きち》の需に応ずるなり。この年又、[六]『烹雑《にまぜ》の記』〔二巻〕を編撰《へんせん》す。書賈柏屋半蔵の需に応ずる也〔半蔵没後、この板《いた》、下谷《したや》池《いけ》の

一　角書「民間当用」。
二　文化六年三月序。滝沢琴嶺(長男)画。七年正月刊。↓二五四頁注一。
三　後、『烹雑の記』八「先板の訛舛《かせん》」で、『雑志』中の誤りを訂正しているが、「杜騙」という語を「ごまのはい」とするの誤解もその一例である。正しくは、騙りをとざす意。
四　後刷本に大坂、河内屋源七郎板・大坂、河内屋喜兵衛板などがある。
五　文化十年刊。別名「金比羅大権現利生略記」。金比羅の縁起(由緒)の記。
六　随筆。文化八年十二月刊。
七　和泉屋金右衛門の求板本や、江戸、釜屋又兵衛板がある。

端《はた》なる貸本屋[七]が購得《あがないえ》たりと聞にき。しかれども、再刷《さいずり》したるや否《いなや》を知らず。この書と『燕石雑志』は大本《おおほん》也〕。十二年〔乙亥《きのとい》〕、『豊後国国崎郡両子寺大縁起《ぶんごのくにくにさきのこおりふたごでらだいえんぎ》』[八]〔一巻〕を編述す。本《ほん》寺《じ》の住持《じゅうじ》の需に応じてこの撰あり。写本也。十四年〔丁丑《ひのとうし》〕、『玄同放言《げんどうほうげん》』[九]〔三冊、大本也。鶴屋《つるや》喜《き》右衛《え》門《もん》板〕を編述す。著《あらわ》す所、皆行はれざるものなし。

文政二年〔己卯《つちのとう》〕、『玄同放言』[一〇]〔人部《じんぶ》〕三冊を続《つ》ぎ出《いだ》しぬ。明年《みょうねん》発行に及《およ》びて、板元《はんもと》鶴屋喜右衛門歓《よろこ》ばずして云《いう》、「こたびの『放言』の続編、評判佳《か》ならず」と。竟《つい》にこれを作者[一一]に告《つ》ぐ。作者笑《わらい》て云、「憂《うれう》ることなかれ。吾著《わがちょ》実に妙ならず、古人[一二]の得失を論ずるがごときは、吾《われ》も亦《また》後悔する事多かり。しかれども一両人の褒貶《ほうへん》はたのむに足らず。吾書《しょ》売れずば已《やみ》[一三]ぬべし、幸ひにして売ること多からば、譏《そし》るもの亦何とかいは

八　文化十二年五月十三日、両子寺の豪円上人が来訪、縁起著述を乞うたのに応じ、十二年八月に執筆した(『両子寺大縁起』『曲亭遺稿』)。
九　随筆。翌、文化十五年二月下旬、巻一稿了(同年二月三十日付鈴木牧之宛書翰)、同年十二月刊。丁子屋平兵衛板もある。
一〇　文政二年五・六月稿(巻三末)。同三年十二月刊。丁子屋平兵衛板もある。三集三冊は四年十二月嗣出と予告するが、未刊に終った。
一一　馬琴。
一二　古人の評判をすると後味が悪い。第四十一「金聖歎を詰《なじ》る」では、金聖歎が『水滸伝』を七十回で結局とする、としたことを批判している。
一三　それまでだ。

ん。しばらく待ね」と慰《なぐさ》めしに、この書、発行の年、五百部売れたり。是《これ》よりして前後二編共に、年毎《としごと》に或《あるい》は百部或は五十部、摺出《すりいだ》さずといふことなし。こゝに於《おい》て、板元鶴喜歓《よろこび》て、且《かつ》作者に謝して云、「近ごろ一『骨董集《こっとうしゅう》』は衰へて、一部も得意の注文なし。『放言』は今に至て年々《としどし》に摺出《すりいだ》す。先生の前言《ぜんげん》、果して違《たが》わざりき」といへり。しかるにこの板《いた》、二己《つちのと》丑《うし》の春三月江戸大火の折、物に紛《まぎ》れて過半亡失《かはんぼうしつ》したりといふ。後《のち》に索出《たずねいだ》せし歟《か》、その後の事を知らず。

この年の冬、仙台の才女工藤三真葛《まくず》の媼《おうな》の需《もとめ》に応じて、四『独考論』〔二巻〕を選述《せんじゅつ》す。写本也。秘して今に五売弄《ばいろう》せずといふ。十一年〔戊子《つちのえね》〕、書賈《しょこ》西村屋与八《よはち》に乞《こわ》れて、六『雅俗要文《がぞくようぶん》』〔中間《なかあい》形本《がたぼん》、七楮数《ちょすう》一百十余頁《よけつ》〕を綴る。この書、大抵刊刻《かんこく》すといへども、浪速《なにわ》の書賈に類板《るいはん》の障《さわ》りありとて、いまだ八発販《はっぱん》に及ば

一　山東京伝の随筆。↓一九九頁注一三。
二　文政十二年(一八二九)三月二十一日。鶴屋・西村屋与八・大坂屋半蔵ら懇意の板元が類焼した(日記)。↓二六一頁三行。
三　宝暦十三―文政八年(一七六三―一八二五)。仙台藩儒医工藤球卿の長女。江戸に育ったが、寛政九年、只野行義の後妻となり、仙台に移住。『独考《ひとりかんがえ》』は経世論で、ロシア国王への言及もある。
四　文政二年十一月下旬成立。真葛の政治経済思想や女性論を批判している。
五　ひけらかさない。中国俗語。
六　文政十一年春成稿(天保十二年三月三日付桂窓宛書翰)。往来物。類書多し。
七　実際の紙数は百九丁。

ず。

天保二年〔辛卯《かのとう》〕、同好[九]の友の借書《しゃくしょ》に報《むく》いんとて、『[一〇]水滸後伝《すいここうでん》国字評《こくじひょう》』〔一巻〕を編述す。写本也。三年〔壬辰《みずのえたつ》〕、又『[一一]本朝《ほんちょう》水滸伝《すいこでん》』前編の総評《そうひょう》〔一巻〕を綴る。四年〔癸巳《みずのとみ》〕、[一二]羅貫中《らかんちゅう》が『[一三]三遂平妖伝国字評《さんすいへいようでんこくじひょう》』〔一巻〕、『[一四]続西遊記《ぞくさいゆうき》国字評』一巻を綴る。これらは一時の戯墨《ぎぼく》にて、皆《みな》同好の友の為になすといへども、[一五]読本《よみほん》の類《たぐい》にあらず、且《かつ》[一六]写本にて、これを看《み》るもの稀なれば、併《あわ》してこゝに記載す。

是《これ》より先《さき》、文政十二年〔戊子[一七]〕、[一八]屋代輪池《やしろりんち》翁《おう》の需に応じて、『[一九]近世江戸流行商人尽狂歌合絵詞《しょうにんづくしきょうかあわせえことば》』〔一巻〕を綴る。写本也。この余《よ》、[二〇]秘筐《ひきょう》に籠《こ》めて、人の看ることを許さゞる稿本なほありといふ、たづぬべし。今よりして後、これらの著述あらば、そは又後集《こうしゅう》に録すべし。

八　天保十二年(一八四一)二月、英文蔵が馬琴に無断で刊行した(注六書翰)。
九　殿村篠斎。
一〇　四月十九日稿了(日記)。
一一　正しくは天保四年正月十二日稿了(日記)。
一二　元末明初の小説作者。
一三　四月十八日稿了(日記)。小津桂窓依頼。
一四　五月十一日脱稿。殿村篠斎宛(日記)。
一五　中国小説批評である。
一六　稿本であって。
一七　己丑の誤り。
一八　屋代弘賢《ひろかた》。通称太郎。天保十二年没、八十四歳。国学者。実は松平定信が弘賢を介して画稿を寄せ、絵詞を求めた。
一九　六月晦日稿了(日記)。
二〇　『論蜀解錮』『駢鞭《ていべん》』『吾仏《あがほとけ》の記』等がある。

曲亭作のよみ本、その板、燬《き》[一]に係りて烏有《うゆう》となりしは、『勧善常世物語《かんぜんつねよものがたり》』五巻の内二巻、此板《このいた》、文化丙寅《ひのえとら》[二]の春三月の火に焼亡《しょうぼう》す。[三]文政に至りて、越前屋長二郎《えちぜんやちょうじろう》（為永春水《ためながしゅんすい》也）、恣《ほしいまま》にその闕《けつ》を補刻《ほこく》して再刷《さいずり》す。その板、二、三人に伝々《てんてん》して、今は丁子屋平兵衛《ちょうじやへいべえ》蔵弃《ぞうきょ》すといふ。『三国一夜物語《さんごくいちや》』五巻、こも亦、その板、文化丙寅の火に焼《やけ》て烏有となりぬ。[四]文政中、越前屋長二郎、又恣《ほしいまま》にその出像《しゅつぞう》を新《あらた》にし文を増減して、再刻を[五]大阪屋茂吉《もきち》に委《ゆだ》ねたり。茂吉、そを刊刻《かんこく》するに及《およ》て、曲亭これを聞て、その作者に告ずして再刻を恣にしぬるを咎《とが》めしかば、鶴屋喜右衛門《つるやきえもん》・西村屋与八《よはち》等、茂吉・長二郎が為に曲亭に陪話《ワビ》て、刊刻成《な》るの後《のち》、校訂を乞ふて免許を受んといふ。いまだいくばくならず、大阪屋茂吉（京橋の頭《ホトリ》なる書賈《しょこ》也）、[六]身まかりければ、その再刻、今に成就せず、こは曲亭

一 火事。
二 文化三年（一八〇六）三月四日（『武江年表』）。
三 文政六年（一八二三）正月。
四 文政九年頃、文永堂大島屋伝右衛門刊。
五 大島屋伝右衛門の誤りか。大阪屋茂吉は文政中、馬琴に無断で『括頭巾縮緬紙衣』を『椀久松山話』と改題し再板した者（天保十二年三月朔日付篠斎宛書翰）。
六 「大坂や茂吉頓死。昨日葬送のよし、風聞」（文政十年六月十七日日記）。
七 →二四〇頁注三。
八 →二四一頁注二二。
九 →二四一頁注二〇。
一〇 →二四〇頁注一〇。
一一 →二五八頁注一一。
一二 序文・目録。最初の部分。
一三 『朝夷巡島記』第七・八

の幸ひなるべし。『[七]旬殿実々記《しゅんでんじつじつき》』〔前後二編〕十巻、『[八]皿皿郷談《べいべいきょうだん》』六巻、『[九]糸桜春蝶奇縁《いとざくらしゅんちょうきえん》』〔前後〕八巻、『[一〇]常夏草紙《とこなつぞうし》』五巻、これらの板、[一一]文政己丑《つちのとうし》春三月の火に焼けて烏有となりぬ。この内中、『実々記』は[一二]序目《じょもく》の板三、四枚残りしを、京橋の書賈[一三]中村屋幸蔵《こうぞう》購得《あがないえ》て、そが板株《いたかぶ》にしたり。しかれども再刻せざれば、旧本、今は稀也といふ。

又[一四]よみ本ならぬ物にも、『傾城水滸《けいせいすいこ》伝《でん》』初編・二編の板は、[一五]摺刷《しゅうさつ》久しくして磨滅《まめつ》の故に、初編は[一六]再板したれども、[一七]旧刻の初校摺本《すりほん》を以《もって》再刻せしかば、[一八]彫工の手に謬《あやま》るも多かり。さはれ臭草紙《くさぞうし》の磨滅、再板は前未聞《ぜんみもん》也。又、『[一九]化競丑三鐘《ばけくらべうしみつのかね》』は、その板焼けたるにあらねども、板元《はんもと》蔦屋重三郎が久しく摺出さゞる程に、過半亡失したるを、越前屋長二郎、又そのまゝに購求め、恣《ほしいまま》に補刻して販《ヒサ》ぎたれども、古板《こはん》なれば多く売

輯の板権も大坂の河内屋太助から買った者(天保三年十月十八日付篠斎宛書翰)。

一四 合巻についていう。

一五 好評で印刷部数が多くなると、板木が摩滅し、刷り上りが鮮明でなくなる。

一六 文政十二年に初・二編を再板する。

一七 初板の初校用刷本。「鶴屋注文けいせい水滸伝初編・二編再校の為に誂《あつらへ》候古すり本、持参」(文政十二年二月十日日記)というのは、初板の誤刻を直そうとしてである。

一八 彫師が初板の誤りを直しきれなかった、の意。

一九 浄瑠璃。寛政十二年刊。文政十一年以前に、画を新たにし、馬琴に無断で再板(『八犬伝』第七輯巻四末。文政十一年三月刊)。

ざりしならん。この余《よ》『[一]南柯夢《なんかのゆめ》』の如き、板元零落《はんもとれいらく》して、古板を[二]浪花《なにわ》の書賈《しょこ》に売りたるも幾種《いくくさ》かあらん。その板、江戸になしといへども、幸ひに俗悪の補刻に遇《あ》はず、摺りて折々江戸へもおこせば、なか〳〵に長久《ちょうきゅう》なるべし。

曲亭は弱壮《じゃくそう》の時より、読書と文墨《ぶんぼく》の外《ほか》に他の楽《たのし》みなし。年[三]半白《はんぱく》に至らば、必《かならず》戯作を[四]擯斥《ひんせき》せんと思ひて、その比《ころ》、諸板元に辞しけれども、[五]かにかくとうち歎《なげ》きて、乞《こわ》るゝことの[六]黙止《もだし》がたければ、今に至れるなるべし。[七]文化年間、よみ本の盛りに行《おこなわ》れし比は、日毎《ひごと》に朝とく起《おき》て机に向《むか》ひ、三たびの餐《めし》も机辺《きへん》を去らずして[八]たうべ、夜は[九]譙楼《しょうろう》の[一〇]九鼓《きゅうこ》を聞て[一一]筆硯《ひっけん》を収め、家内のものを睡《ねむ》らして、その身はいまだ枕に就かず、是《これ》より又読書して、暁《あかつき》に達すること多かり。知らざるものは、[一二]名利《めいり》に殉《じゅん》ずるならんと[一三]思ふめれど、曲亭の意はしからず。

一 『三七全伝南柯夢』→二三四頁注一二。
二 群玉堂河内屋茂兵衛。
三 白髪まじりの老人。
四 執筆を止めよう。
五 板元があれこれと。
六 黙殺できなかったので。
七 文化五年(一八〇八)頃が読本の全盛期。
八 食べ。
九 鐘楼。かねつき堂。元来は城門のやぐらの意。
一〇 九つ(午前零時)を知らせる太鼓、また鐘。
一一 著述を止め。
一二 名誉や利益を求めて一身を犠牲にする。
一三 思うようだが。
一四 著述。
一五 板行。出板。
一六 稿了していないと。
一七 発売。

「一旦編述[一四]をたのまれて、その刊刻[一五]に及ぶ折、約束を違《たが》へて稿[一六]し果《はて》ざれば、発兌《はつだ》[一七]のいたく後《おく》るゝことあり、その板元の不便利《ふべんり》[一八]いふべうもあらず。この故に産《さん》を破るに至るものあり。彼山東《かのさんとう》[一九]をそらだのめして、後悔そこに達《た》[二〇]つよしなかりし、住《すみ》吉屋政五郎《よしやまさごろう》のごとき是也。吾《われ》はこの義を思ふをもて、既に潤筆を受《うく》るときは、約束を違《たごう》ることなし。又乞ふ[二一]もの多くして、速《すみやか》にその需《もとめ》に応じがたき板元には、強《しい》らるゝといへども、已前《いぜん》[二二]に潤筆を受ず。その潤筆を受ざれば、催促幾年《いくとせ》を経《ふ》るとも、その書賈に毫《ごう》も損なし。用心かくのごとくなれども、なほ生憎《あいにく》に乞強《こいしい》られて、年毎《トシゴト》に脱《ノガ》れがたきもの、合巻《ごうかん》のくさぞうし・よみ本と共に、編述《へんじゅつ》[二三]十余種に及ぶをもて、夜《よ》を日《ひ》に継ぎて勉《つとめ》ざれば、明春《みょうしゅん》[二四]の発販《はっぱん》に後れんことを怕《おそ》るゝのみ。是義《このぎ》[二五]を宗《むね》となす故に、利も亦《また》おのづからその中に在り。豈啻《あにただ》名利

一八　不都合は言いようもない。
一九　以下の事例は、一八五頁八行以下に記されていた。
二〇　立つ。
二一　幾つかの板元から注文を受けていて。
二二　馬琴の場合は、板元が決定すると潤筆料の内金を貰うことが多く、後年の例だが、『南総里見八犬伝』第八編の板元が丁子屋平兵衛に決まると、丁子屋から十両の内金を貰っている(天保二年四月八日日記)。
二三　文化五年に刊行された馬琴の合巻・読本は十六点であった。
二四　当時の板行は正月に行うのが通例である。
二五　締切を守ることを専一とするので、利益もそれに付いて生じる。

の為のみならんや」

といへり。

こゝをもて文化の間は、板元の書賈、幾人《いくたり》歟《か》入《い》り替《かわ》り立替《たちかわ》り来《こ》ざる日はなし。そが為に綴る冊子《そうし》多かれば、潤筆も随《したがい》て年毎に得《う》ること[一]一百金に及びしかども、[二]貨《か》悖《もとり》て入《い》るときは、又悖て出《いづ》る勢ひにて、諸板元の[三]居《い》催促《ざいそく》とかいふことをすなるものは、[四]稿本を乞ふものも、[五]刊本の校訂を乞ふものも、朝《あした》に来て夕《ゆうべ》にならざれば、かへり去らず。これらには酒飯《しゅはん》を費すこと、日として[六]間断《かんだん》なかりき。されば朝に稿するもの[七]三頁《けつ》まれ五頁まれ、巻《まき》を終るを待ずして、板元[八]豪奪《ごうだつ》し去て、夕にははや[九]筆工《ひっこう》の手を経て、[一〇]剞劂人《けつじん》の桜木に登《のぼ》すること常にあり。この故に、誤脱《ごだつ》を補ひ正すに[一一]遑《いとま》あらず。刻本《こくほん》の校訂なども亦《また》しかなり。経《つね》に[一二]火速《かそく》の間《あいだ》にすなれば、[一三]訛謬《かびゅう》ありといへども、鑑《ミ》

一 百両。
二 「貨悖而入者、亦悖而出」(『大学』)。ここでは、不本意な形で得た収入は不本意な形で支出される、の意。
三 家に座り込んで執拗に催促すること。
四 原稿。
五 校正。
六 絶えること。
七 三丁であろうと。
八 強奪。
九 板下原稿を浄書する者。
一〇 彫師が板木に彫ること。
一一 余裕がない。
一二 至急。中国俗語。
一三 誤刻やあやまり。

遺《ノコ》すこと多かり。板元の書賈は只《ただ》利の為に、一日もはやく発《はっ》販《ぱん》せまく欲《ほ》りして、校訂の精細なるを歓《よろこ》ぶものは絶《たえ》一四てなきものから、校訂一五三《み》たびに及《およ》ばざれば、必《かならず》製本することを許さず。彫刻の疎悪《そあく》なるは、校訂四《よ》一六たびに及ぶもあり。作者の苦心おもふべし。曲亭常にいふ、

「世に校合《きょうごう》一七ばかり苦しきものはなし。己《おのれ》が綴りしものを幾遍もよみかへし、彫工の謬《あやま》りを正せども、劂人は十の内にて一八三、四の外《ほか》はなほさず。そを又なほさせんとて、おなじ事をするも五、六十日に及びて、一九やうやくに手をはなてども、なほ校訂の漏れたるを後《のち》に見出すこと多かり。されぱとて、校訂は俗《よ》にいふ余計の仕事にて、二〇潤筆を受るものならねども、こは文墨《ぶんぼく》をもて世を渡る冥利《みょうり》二一なれば、看官《かんがん》の為にする也。自《じ》二二余《よ》の作者は校訂をしば〳〵せざれども、その書に仮名の多く

一四　全くいないのではあるが。
一五　三回まで校正しないと。
一六　「八犬伝八輯八ノ下、四番直し出来、持参。引合せ改候処、大てい直り候。但、句とうの。カケ、其外直し度処、二三ヶ処有之候へども」(天保三年十月十九日日記)というのは、四校まで行ってもなお誤りがある例である。
一七　校正。
一八　三、四割しか直さない。
一九　やっと直って手が放れるけれども。
二〇　校正を多く行ったからといって潤筆料が増えるものではないが。
二一　文筆で世渡りできる有難さへの報恩として。
二二　自分以外の。

て真名《まな》[一]の寡《すくな》ければにや、させる[二]訛舛《かせん》ありとしもいふを聞かず。吾《われ》は他の作者のせぬ事までに骨を折るもの也[三]」

といへり。

当時か丶る勢ひ也ければ[四]、知るも知らぬも駭嘆《がいたん》して、

「江戸に戯《げ》作者《さくしゃ》多かれども、曲亭のごとく潤筆を多く得《う》るものはあらじ。今は幾百金の財主《ざいしゅ》[五]になりたらん」

などいひしを、曲亭聞てうち笑《わらい》て、

「他人は只《ただ》その入《い》るを計《はか》りて、出《いづ》ることを思はぬもの也[六]。蕞爾《さいじ》[七]たる彫虫《ちょうちゅう》、蠅頭《じょうとう》の微利《びり》、焉《いずくん》ぞ銅臭《どうしゅう》[八]の隊《ムレ》に入ることを得んや。昔より今に至る迄《まで》、文人墨客《ぼっかく》はさら也[九]、その細工[一〇]をもて名人と称せられたるも、一人として富《とみ》をなしたるを聞かず。貨殖《かしょく》は商人の上にこそあれ。『顔氏家訓《がんしかくん》』[一一]にいはずや、『子に[一二]遺《のこ》すこと万金《ばんきん》、一芸《いちげい》にしかず』[一三]児孫《じそん》は児孫の福あり。只教《おしえ》を

一　漢字の使用比率が少ないからであろうか。
二　大した誤りがあるとも。
三　他の作者がやらない所までやって。
四　尋常ならぬ生産量をいう。
五　何百両の金持。
六　金が入る所ばかりを見て出る所を考えない。「入るを量りて出ずるを為す」(『礼記』王制)。
七　ちっぽけな文筆の業と、微細な利益。
八　財貨を貪る者。富商。
九　言うまでもなく。
一〇　職人の技術。
一一　中国の南北朝時代、北斉の顔之推《がんしすい》が子孫への訓戒を記した書。寛文二年刊などの和刻本がある。
一二　「子に黄金満籯《まんえい》を遺すは、一経《いっけい》に如かず」(『漢書』韋賢伝)を誤ったものか。『顔

厳《げん》にして、家より罪人の出ることなくば幸ひなるべし」といへり。こゝをもて、余りあれば親戚旧識のまどしき[一四]を賑《にぎわ》し、或《ある》ときは祖先[一五]の墳墓《ふんぼ》を再立《さいりつ》し、常にその身の衣服を薄くして書籍を購《あがな》ふのみ。文政より今に至りては、年毎《としごと》に得《う》る処《ところ》の潤筆、文化中の半《なかば》に過ざれども、さればとて凍《こごえ》も飢《うえ》もせず、なほ六[一六]、七口《こう》の家眷《かけん》を養ふに足れりとす。素《もと》より節倹を旨として、驕奢《きょうしゃ》を好まざればなるべし。

文化年間、曲亭、日夜編述の筆を住《とど》めず、夜半より又読書して、暁《あかつき》に至らざれば枕に就《つか》ざりしこと、年を累《かさ》ねし故にや、仰臥《ぎょうが》せまく欲《ほ》りすれば、家の内、走馬《そうま》灯《とう》の如くうち遶《めぐ》り、或《あるい》は反覆[一七]《はんぷく》する如くに覚《おぼえ》しかば、必《かならず》横に臥《ふ》さざれば睡《ねむ》ることを得ざりき。一日《いちじつ》、多[一八]《た》紀劉《きりゅう》先生〔前安長法眼《さきのあんちょうほうげん》〕、このよしを聞て諫《いさ》めて云《いう》、

氏家訓』には見えない。漫籯は、籠に満ちる。一経は、一編の経書。

一三 「児孫には自《おのず》から児孫の福有り、児孫の与《ため》に馬牛と作《な》る莫かれ」(『警世通言』二)。白話小説に頻用される句。親が児孫の為に金を貯える必要はない。

一四 貧しい者。文化七年八月、叔父兼子清兵衛定興の借金のために三両を調達している(『吾仏の記』十二)。

一五 文政六年(一八二三)二月六日、六世の祖滝沢覚伝の墓表を茗荷谷深光寺に建てている(『吾仏の記』五十六)。

一六 六、七人の家族。

一七 くつがえる。

一八 多紀元簡《もとやす》。文化七年(一八一〇)没、五十六歳。安長は通称。号、櫟窓。『八犬伝』回外剰筆に「名医」という。

「『肝《かん》[一]は将軍の官《かん》、謀慮《ぼうりよ》出づ』と『素問《そもん》[二]』に見えたり。足下《そっか》、茲《ここ》[三]に稟《ウケ》たること人に勝《すぐ》れしかば、勉《つとめ》[四]てさる技《わざ》に年をかさねても、疲労を覚《おぼえ》ざるならん。しかれども、みづから愛してすこしく弛《ゆる》めよ。九石《きゅうせき》[五]の弓も彎《ひ》くこと久しくして、弛《ゆるむ》るときなくば必《かならず》折れん。足下は九石のちからを負《たの》むもの也。吾《われ》、足下の為におそらく[六]、竟《つい》に折るゝことあらば、其《そ》[七]れ誰《たれ》が咎めぞや」といはれしを、曲亭ふかく感佩《かんぱい》[八]して、将息《しょうそく》[九]せまく欲りせし程に、[一〇]文化の季《すえ》の比《ころ》より、読本の新編漸々《ぜんぜん》に衰へて、そを板せんと乞ふ書賈《しょこ》も過半《かはん》減じたり。なれども曲亭の編述を乞ふものはなほ絶《たえ》ざりしを、曲亭固《かた》く辞《いろ》ひて、已前《いぜん》[一一]より潤筆を受ず。合巻《ごうかん》の冊子《そうし》は、旧識《きゅうしき》の板元、「[一二]一人に一種の外《ほか》は作るべからず。新《あらた》に乞ふ書賈ありとも、その需《もとめ》に応ずることなかるべし。又よみ本は年毎《としごと》に、二種十巻の外作るべからず」と定めけり。

一　外からの病邪に抵抗し、深く物事を考え、対策を講ずる臓器。
二　医書。古く漢代にあったが、七六年に王冰により改編された。その巻三「霊蘭秘典論」の句。
三　肝臓の機能が良い意。
四　超人的な文筆の業。
五　九人で引くほどに強い弓。
六　恐れるのは。
七　誰の責任であろうか。あなた自身の責任だ。
八　心にかたじけなく感じて。
九　養生する。中国俗語。
一〇　文政二年の読本の刊行は五部(『小説年表』)。
一一　執筆をする以前には。
一二　一年中には一板元に一作。大体、文化十年から、合巻は一板元に一作、同十一年から、読本は二種十巻となる。

是《これ》よりの後《のち》、いかばかり火速《かそく》の編述、刻本の校合、脱《ノガ》れがたきものありても、夜は必《かならずに》[一三]二更《こう》を限りとして、枕に就《つか》ざることなし。みづから[一四]張弛補《ちょうしほ》益《えき》して、養生《ようじょう》を旨とせしことも亦《また》年を累《かさ》ねたれば、仰臥《ぎょうが》しても瞑眩《めいげん》せずなりぬ。

さはれ[一五]屏居《へいきょ》四十年に及ぶをもて、近ごろは腰痛の患《わずら》ひありて、運歩不便なるに、勉《つと》めて歩行せんは[一六]要なしとて、杖を門外に曳《ひ》くこと、いよ〳〵稀になりたり。只《ただ》机に倚《よ》り筆を把《と》る技《わざ》のみ、少壮《しょうそう》の折に異ならず。物を視ること、眼鏡《めがね》の資《たす》けにあらざれば不便なれども、眼鏡を用《もちう》れば極密《ごくみつ》の細書《さいしょ》といへども、思ひのまゝにせざることなし。眼疾《がんしつ》は少壮の折より今に至るまで、一たびも[一七]患《ヤミ》たることなしといへり。

曲亭、少壮より口痛《こうつう》の患《うれ》ひあり。文化年間、日夜著編にいとまなかりし比は、月毎《つきごと》に齲《ムシバ》の為に苦しめられざることなし。

一三　午後十時頃。
一四　緊張(仕事)と弛緩(休息)を交互に行い、バランスを取ること。
一五　閉居。処女作発表の寛政三年(一七九一)から天保四年(一八三三、六十七歳)まで四十二年。
一六　必要がない。
一七　白内障のために右目が突如見えなくなったのが天保五年(六十八歳)一月十七日のことであるから、この部分はそれ以前の執筆である。

しかれども、なほ勉《つとめ》て頭に箍《タガ》[一]して、机上を離るゝことなかりき。その折には頤《おとがい》[二]に塊《かたまり》いで来て、食餌《しょくじ》[三]不便の折は粥《かゆ》を啜《すす》るのみなりき。年三十二、三の比《ころ》より、歯牙《しが》脱落すること、年に或《あるい》は一枚或は二枚、失はざることなし。かくて五十七、八歳の比及《コロオヒ》に、上下の歯一《ひと》ひらもなくなりたり。声の洩《も》るゝと物をたうべるに不便なれば、総義歯《イレバ》といふ物を用ひしより、ものいふに声もれず、堅き物を食ふに、少壮の時に異なることなし。歯のひとつもあらずなりしより、又口痛の患ひなし。頤に塊のいで来ることもあらずなりぬ。曲亭これを歓《よろこ》びて、

「吾《われ》歯の都《すべ》てなくなりしより、身後《しんご》[四]の苦楽を悟りたり。この身も竟《つい》にあらずならば、今口痛を忘れたるごとくにこそあらめ」

といひけり。

一　竹を割ってたがねた輪。血流を抑えることで痛みを柔らげる。
二　下あご。
三　食事しにくい。
四　死後には却って身体の苦痛がなくなる、という秘訣。
五　一彦は通称。宝暦二―文化七年(一七五二―一八一〇)。播州佐用郡新宿の人。大坂で儒・医を教授した。
六　大坂、加賀屋弥助刊。平出鏗二郎「五嶋恵迪及び其

近ごろ浪華《なにわ》の市《いち》に五島一彦《ごとうかずひこ》[五]〔名は恵迪《けいてき》〕といふ儒医《じゅい》あり。播磨《はりま》の人氏《じんし》、赤水子《せきすいし》と号すといふ。文化七年、その漢文集《カラフミ》一巻を印行して『赤水余稿《よこう》』[六]といふ。そが中に「馬琴論」一編あり。曲亭を誹謗《ひぼう》せしこと尤甚《もっともはなはだ》し。初《はじめ》曲亭は、この書あることを知らず。文政二年の秋、京の人角鹿比豆流《つのがひずる》[七]、これを曲亭に告《つげ》て、

「為に解嘲篇《かいとうへん》[八]を作らん」

といへり。曲亭則《すなわち》その書を坊賈《ぼうこ》[九]に渉猟《アサ》るに、あることなし。辛《から》くして両国橋《りょうごくばし》西の書賈《しょこ》[一〇]山田佐助《さすけ》の店に一本あるを購得《あがないえ》て披閲《ひえつ》せしに、角鹿のいふ処《ところ》の如し。曲亭笑《わらい》て云《いう》、

「是腐儒《これふじゅ》[一一]の偏見、何ぞいふにしも足らんや。吾素《もと》より他《カレ》と恨みなし。しかるに、その嘲噱《ちょうきゃく》[一二]、忌憚《いみはばか》らざること、かくの如し。もし争ひを好むものにあらずば、吾名号《わがみょうごう》[一三]の噪《かまびす》しきを媢《ねた》

馬琴論」(日本文学研究資料叢書『馬琴』)に「馬琴論」の全文が紹介される。馬琴を、姦計淫行を天下国家に教える者、と非難する。

七 通称清蔵。青季庵・桃窠《とうか》と号す。医者、書家。持明院流を学ぶ。住所は京都一条通千本東へ入(『兎園小説』第五集「著作堂客篇」、『滝沢家訪問往来人名簿』等)。

八 「解嘲」は、漢の揚雄の文章の名。人のあざけりに対して弁解する文章。

九 市街の本屋。

一〇 文会堂。両国吉川町(『江戸買物独案内』書物問屋)。

一一 屁っぴり儒者。

一二 あざけり笑うこと。

一三 馬琴という筆名が喧伝されていること。

むなるべし。この『赤水余稿』の如きは、只《ただ》その徒弟の、謄写《とうしゃ》[一]にかえんとて刊行せしものか、広く世に行《おこな》はるべうもあらず。そを今さらに文をもて嘲《あざけ》りを解くときは、売れざるの書を広《ひろむ》るに似たり。縦《たとい》その書に吾を誚《そし》りて、[二]「謂ン三業非ズト二両三世之弊ニ一也。[三]辠莫シ二斯ヨリ為コトレ鉅也ト焉。[四]顧フニ安ゾ所アランレ託スル二遁辞ヲ一乎。[五]今亦老テ而不レナ死。[六]聖人復起ラバ、必与二夫原壌一為サン二賊ト一矣」〈業《ぎょう》　両三世の弊《へい》に非《あら》ずと謂《い》わん。辠《つみこ》斯れより鉅《きょ》なりと為《す》ること莫《な》し焉。顧《おも》うに安《いずく》んぞ遁辞《とんじ》を託する所あらんや。今亦《ま》た老いて死なず。聖人復《ま》た起こらば、必ず夫《か》の原壌《げんじょう》と二賊《にぞく》と為《な》さん矣〉といふとも、吾《わが》編述の諸冊子《しょそうし》は、皆[七]官許《かんきょ》を乞《こい》て刊行せらるゝもの也。その書に罪[八]するよしあらば、いかでか免許せられんや。私論《しろん》人を譏《そし》るが為に、みづから[九]法度《はっと》を蔑如《べつじょ》するの罪を醸《かも》すること を知らざるもの也。しかりとて、吾も素《もと》より戯墨《ぎぼく》をもて旦暮《たんぼ》[一〇]

一　写本の手間を省くために。
二　馬琴の戯作は二、三世だけの弊害ではない、といいたい。
三　その罪は、これより巨大なものはない。
四　さて、どんな所に弁明を振り向けるのだろうか。
五　馬琴は今でも年取ってはいるが、死んでいない。
「老いて死せず。是れを賊と為す」(『論語』憲問)。
六　孔子が生き返ったならば、きっとあの原壌とともに賊とみなすであろう。原壌は、『論語』憲問で孔子から賊と見なされた者。
七　書物問屋行事の許可。
八　板行を禁じる原因。
九　官許されている馬琴の作品を批判するのは、官に対する反抗ということになる。
一〇　朝夕の生活のようすがと

に給《きゅう》するを、好技也《ヨキワザ》と思ふにあらねど、性僻《へき》[一一]にして斗米《とべい》[一二]に腰を折《かが》めんことを願はず。又往《ゆ》くを送り来ぬるを迎ふる商賈《しょうこ》の所為《ワザ》を要せず。かゝれば意[一三]に織り筆に耕す毎《ごと》に、只勧懲《かんちょう》[一四]を旨《むね》として、蒙昧《もうまい》[一五]を醒《さま》さんと欲《ほり》す。さるにより、世の愚夫愚婦《ぐふぐふ》の、吾編述の稗史《はいし》によりて、仁義忠信孝悌廉恥《こうていれんち》[一六]の八行《はっこう》を会得したりとて、そを徳として歓《よろこ》びを告《つ》ぐるものはあれども、吾《わが》稗史を見て賊[一七]となり、或《あるい》は奸淫《かんいん》の資《たす》けにせしといふものあることを聞かず。かゝれば名教《めいきょう》[一八]に裨益《ひえき》なしといへども、小補《しょうほ》なくはあるべからず。憶《オモフ》に今江戸に戯作者多かるに、只吾をのみ咎《とが》めしは文学[一九]あるをもてならん。しからばなほ弁ずべき事、かにかくと多かれども、その書[二〇]を印行せしを知らずして既に十年[二一]の久しきを歴《へ》たり。そを今さらに弁ぜんや。已《やみ》ね、やみね」と推禁《おしとど》めて、解嘲《かいとう》の文を綴ることを許さゞりき。当時、

する。
一一　かたくなな性格。
一二　俸禄を得るために上役におもねる。晋の陶潜の五斗米の故事(『晋書』隠逸伝・陶潜)を踏まえる。
一三　頭で考えて筆で表す。
一四　勧善懲悪。小説に思想を導入する意義がある。
一五　事理に暗い輩。「蒙昧の耳目を醒ます」(李漁「玉搔頭伝奇」序)。
一六　『南総里見八犬伝』「仁義礼智忠信孝悌」に近い。
一七　「馬琴論」での非難を踏まえていう。
一八　道徳節義。「将に以て世教に裨益し、綱常を維持せんとす」(『大日本史』序)。
一九　学問の意。
二〇　『赤水余稿』。
二一　文化七年(一八一〇)から文政二年(一八一九)まで十年。

「報二角鹿生一書《つのがせいにほうずるふみ》」の略《りゃく》に云《いう》、

「足下看三『赤水余稿』有二馬琴論一請三為レ余為二解嘲篇一。交遊之情義、寔可レ喜也。然如レ彼腐儒偏見、安足レ掛レ歯哉。意者彼罵二無レ怨人一、欲レ売二己之文一者也。亦悪知二余之志一。文化七年、印二発彼書一時、余方四十四歳矣、論曰、今亦老而不レ死、其推量不レ当有二若レ此者一、殆絶倒。又哀二其次子必賀一文曰、娼婦取二汝貌一以惜レ之。彼以三其子愛二惜於娼婦一為レ栄。其学術之陋可レ知也。非如雖レ云二誅レ我以一レ賊、吾豈以二隋玉一弾レ雀之為哉。措二之于度外一耳。亦勿レ費二筆墨一焉」〈足下《そっか》『赤水余稿』に馬琴論有るを看《み》て、余が為に解《かい》嘲篇《とうへん》を為《つく》らんと請《こ》ふ。交遊の情義、寔《まこと》に喜ぶべし。然れども彼が如きは腐儒《ふじゅ》の偏見、安《いずく》んぞ歯に掛くるに足らんや。意《おも》ふに彼は怨《うらみ》無き人を罵《ののし》りて、己れが文を売らんと欲する者なり。

一　どうして問題とするに足りようか。
二　『赤水余稿』が刊行された時。
三　赤水の論。
四　馬琴が老いていると推量したのが当らないこと。
五　笑いくずれる。恵迪を侮蔑したもの。
六　字は子祥。文化四年(一八〇七)以前に没。
七　必賀は美男で、女郎から愛されたという。
八　宝玉で雀を撃つ。費え多くして得る所の少ないたとえ(『荘子』雑篇「譲王」)。
九　度外視するだけだ。問題としないこと。
一〇　反論しなさるな。

亦《ま》た悪《いずく》んぞ余が志を知らん。文化七年、彼《か》の書を印発《いんぱつ》せし時、余は方《まさ》に四十四歳なり矣。論に曰《いわ》く、今亦た老いて死なずと。其《そ》の推量の当らざること此《か》くの若《ごと》き者有り。殆《ほとん》ど絶倒す。又《ま》た其の次子《じし》必賀《ひつが》を哀しむ文に曰く、娼婦は汝《なんじ》が貌《かたち》を取りて以《もっ》て之《これ》を惜しむと。彼　其の子の娼婦に愛惜《あいせき》せらるるを以て栄《えい》と為す。其の学術の陋《いや》しきこと知るべし。非如《たとい》我を誅《せ》むるに賊《ぞく》を以てすと云ふと雖《いえど》も、吾豈隋玉《われあにずいぎょく》を以て雀を弾《はじ》くことを之れ為《な》さんや。之を度外に措《お》かんのみ。亦た筆墨《ひつぼく》を費やすこと勿《なか》れ〉。

これにより角鹿生《つのがせい》、解嘲の篇を作らず。果して曲亭の料《はか》れる如く、彼《かの》『赤水余稿』の印本あるを知るもの稀也。曲亭の識見卓《しきけんたか》しとせん歟《か》、[二一]抑怯《そもそもおく》したりといはん歟。[二二]夜行《やこう》の狗吠《くはい》は怒《いか》るも要なし、[二三]身を傷《やぶ》られずは亦可《また》なり。

二一　反論しないのは臆病だ。
二二　夜犬が無闇に吠える。相手とするに足りないたとえ。
二三　被害に遭わなければ。

文化年間、儒者蒲生秀実《がもうひでざね》[一]、曲亭のする所を見て賛《さん》して云《いう》、「戯《ぎ》墨《ぼく》を売て旦暮《たんぼ》に給《きゅう》すれども、その権[二]、己《おの》れに在《あ》り。財[三]を受て敢《あえ》て謝せず。亦《また》手実[四]を出《いだ》すことなし。世に遊ぶもの[五]、かくのごときは幾《ほと》んど稀なり」。

凡《およそ》三、四十年来、遠近《おちこち》となく生風流《なまふうりゅう》[六]の者、曲亭の名号《みょうごう》を聞《きき》知《し》りて面謁《めんえつ》を請ふこと多かれども、その紹介なきものは、いくたび来訪せしも、辞して敢面《あえて》せず。常にいふ、「いにしへのよく隠れたる者は、[七]人に名を聞くことを許して、人に面《おもて》を見ることを許さず。我を見まく欲《ほ》りするものは、両国橋頭《りょうごくきょうとう》なる観《み》せ物とかいふものを見て、家にかへりて話《わ》[八]柄《へい》にせんとおもふに異《こと》ならざるべし。村学者流《そんがくしゃりゅう》[九]はさら也、俗客も亦、高名家《こうめいか》に対面せしとて、郷党《きょうとう》[一〇]に誇るものあり。吾《われ》[一一]その場に登らずとても、観せ物にひとしくせられんや」

一　字は君平《くんぺい》。号は修静庵。儒者。文化十年(一八一三)没、四十六歳。海防論を唱えて、寛政三奇人の一人といわれる。
二　生計を得る権力。
三　正当に貰う権利のある金銭は辞退しない。
四　ここは、借用証書の意。
五　世を渡る。
六　中途半端に文芸を愛好する者。
七　名が知られているだけで、人には会わない。
八　話題。興味本位の面会を嫌う意をいう。
九　地方の、なまじっか学問に関心のある者。
一〇　郷里の人々。
一一　対面しなかったとしても、見せ者同様に非難されたくはない。
一二　文芸に関係する者であ

と呟《ツブヤ》きけり。か丶れどもその紹介あるものは、[一二]雅俗を択《えら》ばず対面す。まいて同好の友の為には労を厭《いと》ふことなし。とにもかくにも[一三]ひがものなるべし。

曲亭に数号あり。[一四]彫窩《ちょうか》といひ、[一五]玄同《げんどう》といひ、[一六]鸗斎《らいさい》といひ、蓑笠《さりつ》といひ、著作堂《ちょさくどう》といひ、愚山人《ぐさんじん》といひ、[一七]信天翁《しんてんおう》といひ、狂斎《きょうさい》といひ、半閑《はんかん》といひ、雷水《らいすい》といふ。そが中に玄同《げんどう》は[一八]古人に同号《どうごう》あり。[一九]愚山《ぐざん》は今人《こんじん》にあれども、なほ[二〇]東厓《とうがい》・[二一]徂徠《そらい》の[二二]唐山《とうざん》人《びと》にあるを嫌《きらわ》ざるがごとくなるべし。又蓑笠翁《さりつおう》と称するをもて、[二三]李《り》笠翁《りつおう》の[二四]風流文采《ふうりゅうぶんさい》を仰慕《ぎょうぼ》するならんと思ふものあれども、さにあらず。こは『[二五]夫木集《ふぼくしゅう》』なる「[二六]かくれ蓑笠《みのかさ》」の歌によりて、蓑笠隠居と称するとぞ。曲亭の云、

「吾《われ》に数号あるは、後世吾虚名《わがきょめい》を奪ひ冒《おか》すものありとも、[二七]一《いち》を取《とり》て足らず、二、三を取て余りあらん為也」

ろうとなかろうと。

一三　変人。自分なりの論理・信念に基づいて、世俗の価値観に妥協しない者。

一四　彫虫の小技を行う所。

一五　差別観を立てず、万物を同一視すること。自己の才知を包み隠して他人と交わること（『老子』五十六）。

一六　鸗は、鳥の名。注一七の信天翁と同意で用いたか。

一七　あほうどり。

一八　宋の邵桂子の号。

一九　松本愚山。天保五年（一八三四）十一月九日没。

二〇　伊藤東厓。

二一　荻生徂徠。

二二　唐土の人。東涯は明の陳言の号。徂徠は宋の石介の号。

二三　李漁。清の戯曲・小説作者。

二四　文芸・文章の意。

とて自笑《じしょう》したりき。交遊の間《かん》には、著作堂をもて称す。知音《ちいん》ならぬは、[一]曲亭を称呼《しょうこ》とし、その余《よ》はなべて馬琴と呼ぶのみ。その称呼にだも[二]雅俗あるを知るもの稀也。彼一彦《かのかずひこ》[三]がごときものすらあり。誰か曲亭を知れりといふや、嗚乎《ああ》。

近世物之本江戸作者部類　巻之二　終

三五『夫木和歌抄』。鎌倉後期の私撰和歌集。藤原長清撰。

三六 巻三十二に「着まほしき世の憂き時の隠れ蓑何かは山の奥もゆかしき　信実朝臣」「隠れ蓑うき名を隠すかたもなし心に鬼を作る身なれば　衣笠内大臣」の二首がある。

三七 一つだけは取ることができても、二つも三つも取ることはできないためだ。

一 曲亭馬琴は戯作の上の筆名で、これを雅号として称されることを馬琴は嫌った。↓二五四頁四行。

二 曲亭馬琴は俗な筆名で、著作堂などが雅号である、の意。

三 五島恵迪のように無理解な者。

伊波伝毛乃記

（付）『著作堂雑記』京伝関連記事

伊《い》波《わ》伝《で》毛《も》乃《の》記《き》

吾《わが》友京師《けいし》の[一]某生《ぼうせい》、又《また》京伝と交《まじわ》り篤《あつ》かりき。其物故《そのぶっこ》を聞《きき》て、哀悼浅からず、[二]鴻翼是《こうよくこれ》より絶《たえ》て、竟《つい》に其面《おもて》を見ざりしを遺憾《いかん》とす。因《より》て余《よ》に就《つき》て、其人となりを詳《つまびらか》に知らむと欲《ほり》す。余、其交遊の情義を感じて、固辞する事能《あた》はず、年来《トシゴロ》見聞する所を書《かき》つめて遣《オク》れり。然《しか》れども、[三]其家に於《おい》て[四]秘する事あり、[五]歓《よろこば》ざる事あらむ。一覧の後《のち》、速《すみやか》に[六]秦火《しんか》に附けよ、叨《みだ》りに[七]売《ばい》弄《ろう》せば、余が辜《つみ》をまさむ。[八]あなかしこ

[九]なき人のむかし思へば[一〇]かぎろひの
いはでものこといふぞわびしき

[一一]文政二年己卯《つちのとう》十二月十二日

一 東美《とみ》左近将監《さこんしょうげん》であろう。富数吉とも表記。土卯と号し、京都東山双林寺門前下河原の隠居。俳人。中村芝翫贔屓の頭取。京伝が挑灯《ちょうちん》について調査している時、彼もまたその調査をしていた(文化十年五月十五日付富数吉宛馬琴書簡、『滝沢家訪問往来人名簿』)。
二 手腕の大きなたとえ。巨匠。
三 京伝の家や親族。
四 京伝の妻百合の死の事情。
五 京伝の弟京山が。
六 秦の始皇帝が書を焼いた火。書を焼く意。
七 ひけらかす。中国俗語。
八 ああ、恐れ多い。書翰の文末に用いる挨拶。
九 亡き京伝の生前の事蹟を思うと限りないが、言わなくても良いことを言うのが

[一]江戸無名氏稿

辛いことだ。
一〇「春」「燃ゆ」に掛かる枕詞だが、ここでは「言ふ」に掛かるように用いた。
一一 一八二九。馬琴五十三歳。本書起草の日。

一 公表を憚る故に匿名にした。

京伝の戯号

京伝、名[一]は醒《サムル》〔初《はじめ》の名は田臧《ノブヨシ》〕、字《あざな》は酉星《ゆうせい》[二]〔初の字は伯慶《はくけい》、[三]西庁《せいちょう》の御名《おんな》を避奉《さけたてまつ》りて、名字《みょうじ》共に改めたり〕、本姓は[四]灰田《はいだ》氏、又《また》岩瀬氏とす。其故《そのゆえ》を知らず。江戸の人、俗称は伝蔵、嘗《かつて》京橋銀座第二丁目[五]に処《お》れり。因《より》て[六]京伝と称す〔後《のち》に其店を京屋とす〕。一号は[七]山東、後に庵の字を加へて山東庵とす。蓋《けだし》山東と号するは[八]僭上《せんしょう》に近ければ也。一号は甘谷《かんこく》、一号は菊亭〔京師《けいし》[九]縉紳家《しんしんけ》にこの家号《やごう》ありと聞《きき》て、遂《つい》に菊軒と改《あらた》む。寛政中、伊豆の三島駅の人[一〇]寺尾源蔵、狂名為成《ためなり》が懇望によりて、菊軒の号を譲与《ゆずり》へたり〕、最《もっと》も後に醒斎《せいさい》と号し、又醒々《またせいせい》老人と自称せり。其意、清《しん》の[一一]覚世道人《かくせいどうじん》の人となりを景慕《けいぼ》すればなるべし。

一 →三九頁一一行。
二 「醒」字の篇と旁《つくり》を分解して字《あざな》とした。
三 江戸城西の丸に居住する徳川家慶。その「慶」字を避けた。
四 読本『安積沼《あさかのぬま》』(享和三年刊)巻末の仙鶴堂(鶴屋喜右衛門)の京伝紹介等に、「本姓拝田」という。→三九頁九行、三五〇頁一三行。
五 三九頁九行では「壱町目」とし、それが正しい。
六 「京橋の伝蔵」の略。
七 江戸城内にある紅葉山の東の意。天明七年刊の洒落本『初衣抄《はついしょう》』に「楓葉山東」と。
八 江戸城に抵触するから。
九 公家の今出川家を菊亭家という。
一〇 飛脚屋。菊軒為成(『人名簿』三島宿)。

京伝家系

父の諱《いみな》は信明、俗称は伝左衛門《でんざえもん》、老後に剃髪《ていはつ》して椿寿斎《ちんじゅさい》と号す（[一]寛政十一年に没す、年七十八）。[二]伊勢の一志《いちし》の人也。[三]年甫《はじめ》て九歳、所親《しょしん》に携《たずさえ》られて江戸に来《きた》り、深川木場《きば》なる[四]典物舗《シチダナ》（伊勢屋）に年季奉公せり。従事数年の後《のち》、主家の養子となりぬ。稟性《ひんせい》老実にして、且《か》つ[五]口才《こうさい》あればなり。因《より》て[六]大森氏を娶《めとり》て、京伝及び数子を生《うめ》り（[七]或《あるい》は云《いう》、京伝は椿寿斎の実子にあらず、其女弟《そのいもうと》以下京山は、京伝と異父兄弟なりといへり。然《しか》らば其母《はは》大森氏に前夫ありけるにや。彼《かの》大森氏は、幼弱より尾州《びしゅう》の[八]御《ご》守殿《しゅでん》に給仕《ミヤヅカヘ》し奉り、数年の後、椿寿斎に嫁《か》したりとは聞《きき》たれども、前夫ありしよしは、[九]余が知らざる事なれば、虚実は定《さだ》かにいひがたし。もし或説《ある》の如くならば、其事は秘するよしあるなるべし。[一〇]儒生蘭洲《じゅせいらんしゅう》といふ者、享和中彼家《かのいえ》に食《しょっ》

二　李漁の号。世を覚ますの意が「醒ます」に通じる。

一　一七九九。十月のことである（寛政十二年十二月朔日付鈴木牧之宛京伝書簡。高橋実『北越雪譜の思想』）。

二　祖先が「勢州一志に隠れ」たという（山東京山「京伝碑陰記」）。現、三重県伊勢市一志町。

三　没年から計算して享保十五年（一七三〇）。

四　質屋。

五　弁舌が巧みである。

六　「大森氏を娶りて、二男二女を生む。亡兄（京伝）は其の長たり」（「碑陰記」）。

七　儒生蘭洲の説。→注一〇。

八　→六七頁注二〇。

九　馬琴。

一〇　姓は伊藤（東とも）。『安積沼』に「蘭洲東秋颿」の

客《かく》たりしとき、何人《なんびと》にか聞たりけん、云云《シカじか》のよしをいへるなり」。

[11]安永二年、是《こ》の年京伝十三歳、其父伝左衛門、故有《ゆえあり》て養家を離別し、所親の家に寓居《ぐうきょ》す。其妻大森氏及び京伝等《など》数子、これに従へり。未《いま》だ幾《イクバク》もあらずして、京橋銀座二丁目の町役人になりぬ〔両国橋[12]北に[13]稀薟丸《きれんがん》を鬻《ひさ》ぐ虎屋の[14]家主《いえぬし》に隷《ツケ》られし也。彼《かの》町屋敷は銀座二丁目東側の中程にあり、間口《まぐち》[15]十間許《けんばかり》なるべし。伝左衛門この家主になりて、其地《ち》の裏に家作《かさく》して住居せり」。是《これ》より後、多く[16]妻党《さいとう》の扶助《タスケ》によると云ふ〔[17]明年の春、伝左衛門、初《はじめ》て年首慶賀《けいが》の為《ため》、町内を巡礼せしとき、従者なかりしかば、京伝・京山、父の従者となれり。「幼弱のとき、[18]一旦の窮《きゅう》によりて、吾《われ》は[19]挟箱《はさみばこ》をかつぎ、弟は年玉配りをせしことありし」と京伝みづからこれをいへり」。且つ[20]世才あれ

題詩があり、『優曇華物語』に「関東　蘭洲東颿撰」として漢文跋を寄せ、金太楼主人とも名乗る（拙稿「金太楼主人伊東蘭洲と『鳳凰池』」『日本近世小説と中国小説』）。

一一　一七七三。

一二　吉川町。→三五〇頁五行。現、中央区日本橋両国。

一三　中風の薬（『江戸買物独案内』二）。

一四　家主役になった。

一五　約一八メートル。

一六　妻方の親族。

一七　安永三年。京伝、十四歳。

一八　急に間に合わない意。

一九　衣裳や身の廻り品を納めて、肩に担ぐ箱。

二〇　世渡りが上手いこと。

ばにや、させる[一]商売はせざれども、能《よ》く数子に諸芸[二]を習《ならわ》せ、後《のち》には老僕一人を使ひぬ。其家富《そのいえとめ》るにあらねども、而《シカ》も貧しからずぞ見えし。是《これ》よりして岩瀬伝左衛門と名のれり〔木場《きば》にありしときの名氏未《いまだつまびらかならず》レ詳。或《あるい》は云《いう》、岩瀬は其妻の本姓にして、其実は灰田なり。寛政中まで、京伝・京山等は、尚《なお》灰田と名のりしが、近ごろは岩瀬と名のれり。本姓の灰田を捨《すて》て、岩瀬氏を冒《おか》すこと故《ゆえ》あるべし。但所以《ただしゆえん》[三]を知らざるのみ〕。

京伝の兄弟

長子伝蔵《でんぞう》〔京伝。再考。京伝幼名を甚太郎と云《いう》。父が京橋銀座町へ移住してより伝蔵と改名す〕。其次《そのつ》ぎは女子[四]なり。小伝馬町《こでんまちょう》なる高麗物《コマもの》[五]商人〔尾州《びしゅう》家へ高麗物を納め奉る商人なり〕伊勢屋忠助に遣嫁《とつが》せり〔この女子も粗《ほぼ》世才あり。今現在

一　大した商いをしているのではないが。
二　京伝自身、長唄・三味線を習った。→二八七頁六行。
三　灰田という字面が火災を連想させるので、これを忌んだか。
四　名は、きぬ。
五　日用雑貨・化粧品等の細々とした物。
六　名は、よね。明和八年(一七七一)生まれとされる(『山東京伝年譜稿』)。
七　普通には黒鳶式部と書す。
八　寛政初年没、十八歳ともいう。→三五二頁三行。
九　→六二頁注三。

す〕。其次《つぎ》も[六]女子なり〔狂歌を咏《えい》じて狂名を[七]紫鳶式部《くろとびしきぶ》といへり。[八]天明の季《すえ》、早逝《そうせい》せり。没する年十六、七歳なりき〕。其次、[九]相《サウ》四郎《しろう》〔京山〕。以上、二男二女にぞありける。

若き日の京伝

[一〇]独《ひとり》京伝、狂才あり、然《しか》れども書を読むことを嗜《たしな》まず。[一一]弱冠の時、日々[一二]堺町に趣《おもむき》て、長唄三絃《しゃみせん》を松永某に習ひしが、其声音《コハザマ》清妙ならざるをもて、羞《はじ》て遊芸を棄《すて》たりき。其ころより、[一三]北尾重政《きたおしげまさ》を師として浮世絵を学びしが、画《え》も亦《また》[一四]得意ならず、終《つい》に行《おこなわ》るべからずと知《しり》て、中途にして廃《ステ》にき〔京伝、画名を[一五]北尾政演《まさのぶ》といへり。[一六]天明の末に画《えが》きたる[一七]紅絵《ベニヱ》に「政演画」としるせしもの、今も稀《まれ》にあり〕。頻《しき》りに[一八]売色を好《このみ》て、[一九]吉原町にかよひつゝ、家に在ること一ヶ月に五、六日に過《すぎ》ざりき。然《しか》れども父母これを許して制《せい》せず、人以《もって》一奇事《きじ》とせり。

一〇 四人兄弟の内で京伝が最も。
一一 十四、五歳の頃。
一二 現、中央区日本橋芳町二丁目・人形町三丁目。芝居小屋が多かった。
一三 →三九頁注一九。
一四 この評価については、現在、不当とされている。
一五 詳しくは北尾蕣斎《りっさい》政演と。
一六 安永七年(一七七八)刊の黄表紙『お花半七開帳利益《りやくの》札遊合《めくりあい》』に「画工北尾政演」として描いたのが最初の例。
一七 墨摺り板画に紅の絵の具を手彩色で施したもの。
一八 女郎買い。
一九 遊女町。現、台東区千束四丁目。

一日《あるひ》、其《その》母、物を捜り索《モト》むるとて、京伝の[一]皮籠《かわご》を開《ひら》くことありしに、其中に吉原[二]中《なか》の町《ちょう》なる[三]茶屋より送りし[四]揚代《あげだい》の書出《かきだ》しといふもの数十通あり。驚《おどろき》ておもへらく、

「吾児《わがこ》遊興に費《ついや》すもの若《かくノごとク》レ此なれども、其身の衣裳調度は[五]さらなり、親の物とては紙一枚私《わたくし》に遣《つか》ひ失《うしな》ひしことなし。渠《か》れが[六]才覚量《はか》るべからず」

と歎賞して、いよ〳〵遊里に趣くことを禁《トヾメ》ざりき。

于《と》レ時《きに》天明年間、世上[七]花奢《きゃしゃ》遊興を事として、能《よく》其事に通達せし[八]嫖客《ひょうかく》を大通《だいつう》といへり。当時、[九]有福《ゆうふく》にして放蕩《ほうとう》なるもの十八人ありけり、これを[一〇]十八大通とぞ唱へたる。[一一]浅草御蔵前《おくらまえ》なる[一二]札差《ふださし》、[一三]表徳《ひょうとく》を文魚《ぶんぎょ》といひしものは、彼《かの》十八大通の一人なりき。京伝この文魚と友とし善《ヨシ》。よりて其徒《ともが》らの資《タスケ》を得て、凡《およそ》遊興に費すところの銭財《ゼニカネ》は、父母を煩《わずらわ》さずして自己の働きに

一　竹や籐などで編んだ上に革を張った、ふたつきのかご。
二　吉原の目抜き通り。大門口より水道尻まで縦断する。
三　引き手茶屋。そこで芸者・幇間たちと酒食を取って遊び、遊女が迎えに来るのを待つ。
四　遊女や芸者を揚屋に呼んで遊ぶときの代金。
五　言うまでもなく。
六　後述の、文魚らから遊興費を得ていたような腕をいう。
七　豪華で派手な遊び。
八　遊里で遊ぶ者。中国俗語。
九　裕福。
一〇　大口屋治兵衛(暁翁)・大和屋太郎次(文魚)・下野屋十右衛門(祇蘭)・大黒屋文蝶・近江屋佐兵次(景舎)などで、その行状は、『十

成せり。自分の財を費さずして数年遊里に楽《たのしみ》を極めたる、亦《また》一奇と謂《い》ふべし。

草双紙

此《この》ころ、毎春新板《しんぱん》の臭草紙《クサぞうし》[一四]に(昔は丹色《にいろ》[一五]の表紙をかけしかば赤本《あかほん》といひしが、後《のち》には黄表紙《きびょうし》[一六]にかえたり。浅草紙の漉返《すきがえ》[一七]しの白く薄きを二つ切《ぎり》にしてこれに摺《す》りしかば、紙に臭気あり、墨にも臭気あり、因《より》て臭草紙といへり。爾後《ソノのち》臭草紙いた[一八]く行《おこなわ》るゝまに〳〵、書肆《しょし》等臭の字を忌《いみ》て草冊子《くさぞうし》[一九]とし、私《わたくし》には蒼《アヲ》と唱へたり。こは草色、蒼然[二〇]の意なるべし。皆小児輩《はい》の翫《もてあそ》び物なり。今は佳紙《よきかみ》に摺りて、表紙は人物を画《えが》き、彩色[二一]数遍すりつけて、恰《あたか》も錦絵《にしきえ》の如し。五張を一巻として、全六[二二]巻を合して二巻にしたれば、これを合巻《ごうかん》[二三]といふなり)作者いで来て、始《はじめ》て滑稽を尽せしかば、雅俗[二四]共に珍重して、大《イタ》く

八大通』(三升屋二三治著)に詳しい。

一一　浅草御蔵付近の奥州街道の里俗名。蔵宿(札差の商舗)が多かった。

一二　幕府から旗本に支給される禄米を取り扱う商人。

一三　雅号。俳号。

一四　→二六頁四行。

一五　→二五頁注二八。

一六　→二五頁一〇行。

一七　→二六頁注二。浅草で作られた。

一八　甚だしく。

一九　→二六頁注一一。

二〇　→二七頁注一二。

二一　→二七頁注一六。

二二　三十丁をいう。

二三　→二九頁注一二。

二四　知識人読者も大衆読者も。

行《おこな》われたり〔草冊子に滑稽を尽くせしは、明和中[一]喜三二《きさんじ》・[二]春町《はるまち》が、[三]『金金先生栄花《きんきんせんせいえいが》の夢《ゆめ》』及《および》『高慢斎行脚日記《こうまんさいあんぎゃにっき》』、これ其嚆矢《そのこうし》なる者也。喜三二は俗称平沢平角《へいかく》、狂名を手柄《てがら》の岡持《おかもち》といへり。[四]佐竹侯の留守居《るすい》なりき。喜三二に亜《ツギ》ては、恋川《こいかわ》春町、[五]俗名を忘れたり、こは小石川なる[六]松平丹後侯の[七]留守居なりき。[八]芝全交《しばぜんこう》、俗名未詳《いまだつまびらかならず》。こは御能《おのう》役者なりき。皆[九]上手の名あり。明和の末より安永・天明に至《いたり》て、これらの作者、尤《もっとも》[一〇]行れたり。又[一一]通笑といふ者あり、岡附塩町《おかつきしおちょう》なる表具師なりき。是も[一二]粗《ほぼ》名は聞えたれども、滑稽の才はいたく劣りしものなり〕。

[一三]**洒落本**

又嫖客《ひょうかく》の[一四]よしなしごと、遊女の[一五]痴情を写して、[一六]洞房の趣に滑稽を尽せし小冊《しょうさつ》流行せり、これを洒落《シャレ》本とぞ唱へたる〔洒

一 朋誠堂。→三一頁。
二 恋川春町。→三二頁。
三 以下、二作は春町の作品。
四 →三三頁注一一・一二。
五 倉橋春平。
六 →三二頁注九。昌信《しげのぶ》の後が丹波守信義《のぶよし》。丹後は誤り。
七 留守居役。藩の外交官。江戸城の蘇鉄の間に詰め、留守居組合で他藩の留守居と情報交換などを行う。
八 →三四頁。
九 滑稽の上手。
一〇 作品が売れた。→三二—三四頁。
一一 →三四頁。
一二 まずまず。
一三 →一〇六頁。
一四 たわいない事。女郎買いの様。
一五 客に接する姿態・感

落本は、明和中に開板《かいはん》せし『遊子方言《ゆうしほうげん》』[一七]、これ其嚆矢なるものの也。この後蓬萊山人帰橋《のちほうらいさんじんききょう》[一八]といふ作者出《いで》たり。こは高崎侯の家臣なりき、俗称未レ詳。又唐来三和《とうらいさんな》[一九]は、書肆蔦屋重三郎《つたやじゅうざぶろう》[二〇]が弟ぶんになりて、本所松井町なる妓院[二一]へ入婿《いりむこ》せし和泉屋源蔵が事也。又志水燕十《しみずえんじゅう》[二二]といふ作者も有りけり。燕十と三和はもと武士なりき。三和は篤実なりしが、惜いかな洒落本を著《あらわ》し、且《か》つ妓院の主人になりたり。この人は草冊子[二三]をも作れり。燕十は終り[二四]をよくせざりしとぞ。こは皆洒落本の作者にして上手と称せられしものどもなり」。

戯作者京伝

于《とき》レ時《に》京伝、当時の戯作者《げさくしゃ》の虚名を羨《うらや》み、天明[二五]の季《すえ》に至て始《はじめ》て草冊子を著せしに、頗《すこぶる》行れたり。然《しか》れども、尚喜三二・春町・全交等が上に立《たつ》ことを得ざりき。依《これ》レ之《ニよつテ》又洒落本[二六]

情・会話など。
一六 遊里や、遊女の部屋。
一七 →一〇七頁注二〇。
一八 →一一二頁。
一九 →三七頁。
二〇 →三二頁注四。
二一 遊女茶屋。→三七頁七行。
二二 →一一四頁。
二三 合巻に『仇討報蛇柳《かたきうちむくいのじゃやなぎ》』(文化五年刊)、『敵討裏見滝』(文化六年刊)がある。
二四 →一一四頁一一行。
二五 安永の誤り。同九年刊の『娘敵討古郷錦《むすめかたきうちこきょうのにしき》』『米饅頭始《よねまんじゅうのはじまり》』が最初の自作黄表紙。
二六 →一一五頁注一七。

を著《あらわ》し、又処々の神社仏閣へ、山東京伝と染出《そめいだ》せし手拭《てぬぐい》を奉納してけり。蓋《けだし》名を求《もとむ》るの謀《はかりごと》なるべし。其間《そのかん》、狂歌師四方《よも》[一]の赤良《あから》、元《もと》[二]の木阿弥《もくあみ》等、并《ならび》に其社中《しゃちゅう》[三]、及書画の諸名家と交《まじわ》らざることなし。

黄表紙・洒落本の作者

天明の末、喜三二が『文武《ぶんぶ》[四]二道万石篩《にどうまんごくドホシ》』、春町が『鸚鵡返《おうむがえし》[五]文武二道《ぶんぶのふたみち》』（こは『万石篩』の後編なり。其明年出《いで》たり）、三和が『天下一面鏡梅鉢《てんかいちめんかがみのうめばち》』[六]等の草冊子、大《イタ》く行《おこな》われたれども、頗《すこぶる》[七]禁忌に触る丶をもて、命有《めいあり》て絶板《ぜっぱん》せらる（草冊子のいたく行れしは、これらに過ぎざるべし。後《のち》には大半紙《おおはんし》[八]二つ切《ぎり》に摺《す》りて袋[九]をかけ、合巻一冊にして価《あたい》七十二文に売渡《うりわた》したり。処々の小売店より板元蔦屋へつめかけて、朝より夕まで恰《あたかも》市の如し。製本に暇《いとま》なければ、摺本《すりほん》の濡[一〇]れたるまゝ、表紙と

一　→三五頁注一九。
二　金子喜三郎。武蔵国（現、埼玉県）比企郡杉山から江戸に出、湯屋大野屋、渡辺氏を継ぐ。文化八年（一八一一）没。八十八歳。門人が多い。
三　門人。
四　→三二頁注五。
五　→三三頁注一三。
六　→三七頁注一七。
七　松平定信の寛政の改革を茶化した、という疑いをいう。
八　→二七頁注一七。
九　袋入りにして。→三二頁七行。
一〇　まだ墨が乾かないまま。

[一一]糸を添《そえ》て売《うり》わたしたり。只《ただ》小売店のみにあらず、其《その》春[一二]三月の末まで、町々を喚《よばわ》りて売《うり》あるきしなり。是《これ》よりの後、喜三二は[一三]草冊子の作をせずなりぬ〔喜三二の名をば[一四]本阿弥に譲り与へたり。然れども、[一五]後の喜三二は行れず。よりて狂歌師になりて[一六]浅黄《あさぎ》の裏成《うらなり》といへり。この狂名も、前の喜三二が初名なりしを受《うけ》つぎしなり。今の芍薬亭《しゃくやくてい》これなり〕。春町は其明[一七]年みまかれり。[一八]帰橋も[一九]主君より禁《とど》められて、洒落本を作らずなりぬ〔このころ[二〇]田螺《たにし》の金魚《きんぎょ》といふ作者あり。神田なる町医の子なり。[二一]『傾城買虎之巻《けいせいかいとらのまき》』といふ小冊、いたくおこなはれたり〕。

こゝに於《おい》て、独《ひと》京伝の作なる[二二]草冊子及び洒落本大《いたく》行れて、其名一時に噪《サワガ》しくなりつ。当時草冊子には四方赤良《よものあから》、[二三]烏亭焉馬《うていえんば》〔焉馬は大工なり。[二四]本所相生《あいおい》町に店を開《ひらき》て足袋屋になれり〕、

一一　本を綴じる糸。
一二　→三三頁一一行。
一三　忌諱に触れたためという。→三二一頁注七。
一四　→三二一頁注八。
一五　→九〇頁一行。
一六　→八九頁注一五。
一七　寛政元年(一七八九)。→三三頁一三行。
一八　蓬萊山人。
一九　→一一三頁注一五。
二〇　→一一二頁。
二一　→一一二頁注二一。
二二　黄表紙。
二三　本名、中村英祝。戯号に立川談洲楼など。洒落本に『客者評判記』(安永九年刊)、『通人の寐言』(天明二年刊)がある。
二四　現、墨田区両国三丁目辺り。

唐来三和《とうらいさんな》、芝全交《しばぜんこう》[一]等あり〔天明後、赤良[二]・焉馬[三]は作なし〕。又[四]森羅万象《しんらまんぞう》[五]〔桂川甫周《ほしゅう》法眼の舎弟、森島中良《ちゅうりょう》是《これ》なり。この人は風来山人《ふうらいさんじん》[六]平賀源内の門人なりき〕、恋川好《スキ》町[七]〔恋川春町門人、今の狂歌堂真顔《まがお》是なり。俗称北川加兵衛、数寄屋河岸《すきやがし》[八]に居《お》れり〕及通笑《つうしょう》[九]、唐来三和、七珍万宝《しっちんまんぼう》[一〇]〔芝増上寺門前なる餅菓子屋翁屋なり。この人は万象亭の門人にて、後に森羅万象の名号《みょうごう》を受《うけ》つぎしが、行れざりしかば、狂歌師になりて真顔の弟子になれり。万象は後に月池《ツキヂ》[一一]の善好《ぜんこう》と改《あらため》たり〕、桜川慈悲成《じひなり》[一二]〔芝なる鞘師《さやし》なりしが、後に落語《ヲトシバナシ》をして世わたりとせり〕等の作年々出《いづ》。

又南仙笑杣人《なんせんしょうそまひと》[一三]は芝にをれり。其《その》俗称を忘れたり、狂才なし。天明中より草冊子に敵討《かたきうち》をのみ作りしが、享和[一四]の末より敵討の草冊子行るゝに及《および》て時を得て、をりふし当り作ありけり。

一 →三四頁。
二 →三六頁注一二。
三 寛政からは歌舞伎界に密着し、『花江都《はなのえど》歌舞伎年代記』(文化八—十二年刊)等を著した。
四 →三八頁。
五 →三八頁注一〇。
六 →一〇八・一五八頁。
七 鹿都部真顔。→三八頁。
八 →三八頁注四。
九 →三四頁。
一〇 →四二頁。
一一 →三九頁二行。
一二 →四二頁。
一三 →三五頁。
一四 →三五頁注一五。

[一五]文化二、三年のころみまかれり。老《おい》て妻なく子なし、遺財五金をとゞめて葬《ほうむり》に充《あて》しと云ふ。

又樹下石上《じゅげせきじょう》[一六]と云《いう》作者ありき、其俗称を知らず。其作風は杣人に似たり、狂才はなきもの也。

又洒落本には寛政の初《はじめ》、振鷺亭《しんろてい》[一七]（俗称を忘れたり。初《はじめ》は浜町《ちょう》に居れり、家主の子なり。後に流浪して川崎駅に僑居《きょうきょ》[一八]し、酔《よい》て入水してみまかれり）其他の作者数輩ありといへども、京伝の作抜萃《ばっすい》[一九]して、賞翫大《おお》かたならざりけり。只《ただ》全交のみをり〳〵[二〇]当り作ありて並び行はれたれども、その余の作者は有れども無きが如し。

流行作家京伝

斯《かく》て毎春京伝が草冊子多かる中に、[二一]『江《え》戸育《どそだち》浮《ウハ》気《きの》椛焼《カバヤキ》』[二二]『山杜鵑《ヤマホト、ギス》士妓《ケコロの》破瓜《ミツアゲ》』なんどいへる草冊子、尤《もっとも》行れたり（この

一五 →三五頁注一八。
一六 →四八頁。
一七 →一一九頁注一二、九五頁。
一八 仮住まい。
一九 抜きんでていて。
二〇 →三四頁一一行。
二一 黄表紙『江戸生艶気樺焼《えどうまれうわきのかばやき》』（天明五年、蔦屋重三郎刊）のこと。
二二 黄表紙『山鶗鴂蹴転破瓜《やまほととぎすけころのみずあげ》』（寛政二年刊）のこと。

頃は、一冊を紙五枚づゝと定めて、二冊物・三冊物のみなりき〕。寛政二年のころ、[一]『心学早染草《しんがくはやぞめぐさ》』といふ草冊子〔三冊物〕を著《あらわ》して甚しく行《おこなわ》れたり〔世俗これを「[二]善魂悪魂《ぜんだまあくだま》の草紙」といへり。この事人口に膾炙《かいしゃ》して、人の[三]非義を行ふことあれば、これを悪玉といへり。この諺《ことわざ》五、七年流行せり〕。又洒落本には、[四]『ムスコベヤ』[五]『夕べノ茶殻《ちゃがら》』[六]『傾城買四十八手《けいせいかいしじゅうはって》』[七]『京伝余史《きょうでんよし》』其他《そのた》数種あり。皆雅俗となく賞翫《しょうがん》せざるはなかりき。これらの洒落本にて、其名《その》ます〳〵高し。当時年々草冊子・洒落本多しといへども、世人、京伝が作ならざれば[八]すさめざりけり。

最初の結婚

寛政二年の春二月、吉原江戸町《えどちょう》扇屋[九]花扇《はなおうぎ》が[一〇]番頭新造菊園《しんぞうきくその》、京伝に[一一]走れり〔菊園は京伝が熟妓《ナジミ》なり。去年の冬、主家の[一二]年

一　→四〇頁注二。
二　→四〇頁注四。
三　悪事。
四　→一一五頁注一三。
五　→一一五頁注一一。
六　→一一五頁注一四。
七　→一一五頁注一二。
八　愛好しなかった。
九　扇屋の抱え大夫〔最高位の遊女〕。寛政頃の美人として喜多川歌麿の「高名美人六家撰」にも描かれる。
一〇　大夫に付き添って身の廻りの世話や外部との交渉をした新造。
一一　出奔した。正式に身請けしたのではない、という言い方。
一二　奉公する約束の年限。
一三　姓は鈴木。寛政十三年〔一八〇一〕没、五十八歳。棟上《むねあげ》の

季満《みち》て尚《なお》扇屋に在り。其主人扇屋宇右衛門《おうぎやうえもん》[一三]、俳名墨河《ぼくが》は京伝の友たり。よりて窃《ひそか》に菊園にす、めて、推《おし》[一四]て其家へ遣《つか》はせしとぞ」。京伝彼《かれ》と約束せしにあらねども、情の切《せち》なるを以《もっ》て拒むことを得ず、父母も亦《また》これを咎《とが》めずして、遂《つい》に京伝に妻《めあわ》せけり。是婦《コノヨメ》[一五]させる顔色《がんしょく》はなけれども、其気質順[一六]にして直なり。是《ここ》を以て能《よ》く薪水《しんすい》[一七]を掌《ツカサド》り、且《か》つ舅姑《しゅうとしゅうとめ》に事《つか》へて、身[一八]を装ひ、骨を借まず。其進止《フルマヒ》[一九]、遊女なりしには似ざるものなり〔この婦《おんな》の姉は、歌舞妓狂言作者玉巻恵助《たままきけいすけ》[二〇]が妻なり。其妹は天明中、扇屋の名妓滝川[二一]なりき〕」。

馬琴の見参

是《こ》[二二]の年の秋、馬琴初《はじめ》て京伝に見《まみ》ゆ。一見して旧識の如し、其好《その》[二三]む所同じければ也。京伝は宝暦十一年[二四]辛巳《かのとみ》秋八月十五日、深川木場なる典物舗《しちだな》に生れたり〔是年《このとし》三十歳なり〕。馬琴は明[二五]

一三　高見《たかみ》と号して狂歌をも作る。
一四　強いて。
一五　それほど美人ではないが。
一六　素直で正直。
一七　炊事などの家事に努め。
一八　舅姑の身なりを整え。
一九　挙措動作。
二〇　初名は薗英助、前名は薗恵助。安永八年(一七七九)、江戸中村座で作者見習いから狂言方になり、天明六年(一七八六)、森田座で二枚目作者に昇進したが、立作者にはならなかった。
二一　喜多川歌麿の「扇屋滝川」、鳥高斎栄昌の「郭中美人競」に描かれている。
二二　寛政二年。
二三　戯作文芸の愛好。
二四　一七六一。
二五　一七六七。

和四年丁亥《かのとい》夏六月九日、深川浄心寺[一]近辺なる武家[二]に生れたり〔是年《このとし》二十四歳なり〕。其《その》幼少の日、各《おのおの》居る処《ところ》遠からず、僅《わずか》に相去《あいさ》ること数町に過《すぎ》ざれども、其蒙師《テラコヤ》[三]同じからず〔京伝は手迹《しゅせき》[四]を深川伊勢崎町辺なる御家人行方《ナメカタ》角太夫に学びたり。この人は御家流《おいえりゅう》[五]にて、私に手迹の指南をしたり。馬琴は深川八幡[六]一の鳥居辺なる蒙師小柴長雄《ながお》[七]に学びたり。この人は三井親《しん》和《な》[八]が高弟なりき〕、且《か》つ武家[九]と町家《まちや》の差別あるを以て、相識《あいし》らざること二十余年、この日 各《おのおの》旧里を告《つぐ》るに及《および》て、互《たがい》に拍《はく》[一〇]掌《しょう》してもて奇耦《きぐう》[一一]とせり。是《ここ》を以て、其交り疎《うと》からず。

洒落本官禁

于レ時《ときに》[一二]官禁ありて、洒落本を禁ぜらる。且つ草冊子[一三]といふとも、博奕《ばくち》及び遊里嫖客《ひょうかく》の趣を書《かき》あらはすことを免《ゆる》されず。然《しか》るに書肆耕書堂《こうしょどう》[一四]〔蔦屋重三郎〕、頻りに利欲に惑《まど》ふて禁を犯

一 現、江東区平野二—四—二五。
二 旗本松平鍋五郎の屋敷内。
三 寺子屋の師匠。
四 現、江東区清澄二—三丁目。入門は明和六年（一七六九）二月、京伝九歳の時（京伝「書案之紀」）。
五 和様書道の流派。青蓮院《しょうれんいん》流が江戸時代に大衆化したもの。
六 富岡八幡宮。現、江東区富岡一—二〇—三。
七 『父子問答』（天明二年、中沢道二序。天明六年刊）の著者。馬琴の兄羅文・鶏忠に宛てた書簡がある（『馬琴書翰集成』第六巻）。
八 書家。一七〇〇—八二。字は孺卿。書を細井広沢に学び、深川に住んだ。
九 武家屋敷と町人の家は、それぞれ別の区画にある。

し、京伝に勧めて二種の洒落本を作らしめ、[一五]明春開版するに及て、表嚢《ウハブクロ》に「教訓読本《きょうくんよみほん》」と小書《こがき》して発兌《はつだ》せり。其書は『錦の裏《ウラ》』〔吉原の洒落本なり〕、『仕懸《しかけ》文庫』〔深川の洒落本なり〕等是なり。其書中の人物の姓名は、[一六]鎌倉将軍時代に取りなほしたれども、其趣は専ら今の遊里のうへを尽したり。この二書又大《イタ》く行れて、板元の[一七]利を射ること多かりけり。

于レ時寛政三年夏のころ、彼書《かのしょ》の事に依《より》て、銀座一丁目京伝事《こと》、家主伝左衛門悴《せがれ》伝蔵、通油《とおりあぶら》町善右衛門店《たな》重三郎、並《ならび》に[一八]地本問屋《じほんどんや》行司《ぎょうじ》両人を、町御奉行所へ召させられ〔[一九]初鹿《はじか》野《の》河内守殿御掛《かか》りなりき〕、御制禁を犯して洒落本を開板し、且つこれを「教訓読本」と唱へ、[二〇]昔の人名を借りて、当今の風俗を書著《かきあらわ》せしこと不埒《ふらち》なりとて、数日[二一]御吟味ありけり。一同、[二二]売徳《うりどく》に拘《こだわ》り御下知《ごげじ》を忘却せし[二三]不調法の罪に伏し奉りしかば、

一〇 驚きの余り、手を打って。
一一 奇遇に同じ。
一二 →一一六頁注一。
一三 黄表紙。
一四 以下の事情は一一六頁三行以下を参照。
一五 寛政三年正月。
一六 『仕懸文庫』には、御所五郎丸・曽我十郎・朝比奈など鎌倉時代の人物を登場させる。
一七 利益を得る。
一八 →一一六頁注一〇。
一九 →一一六頁注九。
二〇 →注一六。
二一 →一一七頁注一二。
二二 →一一七頁注一三。
二三 →一一七頁注一四。

程ありて各《おのおの》御咎《おとがめ》被㆓仰付㆒《おおせつけられ》、作者京伝は[一]手鎖《てぐさり》〔五十日にして御《ご》免《めん》ありけり〕、板元《はんもと》重三郎は[二]身上《しんしょう》半減の闕処《けっしょ》被㆓仰付㆒、行司両人は商売[三]御かまひのうへ、[四]所《ところ》追放被㆓仰付㆒、『錦の裏』『仕懸文庫』及び[五]古板の洒落本も、皆絶板被㆓仰付㆒けり〔行事両人には、蔦屋より窃《ひそか》に合力金を贈れり〕。板元は元来[六]大腹中の男なりければ、さのみ[七]畏《かしこま》りたる気色《けしき》なかりしが、京伝は深く恐れて、是《これ》より[八]謹慎第一の人となりぬ。且《か》つ[九]口斎《モノイマヒ》することも、この比《ころ》より始《はじま》れり。この事、世上一同に風聞せし程に、京伝の名はいよ〳〵高くなりて、[一〇]牛打つ童、蜑《アマ》が子どもまで知らざるはなし。

馬琴の代作

[一一]初冬の比《ころ》、手鎖御免の後、例の板元蔦屋・鶴屋等、明春開版の草冊子の稿本《タネホン》を求めて已《ヤマ》ざるに、年来の義もあれば推辞《イナム》

一 一一七頁注一七。
二 →一一七頁注一六。
三 禁止する。
四 →一一七頁注一五。
五 以前に刊行された。
六 胆が大きい。豪胆である。
七 恐れ入った。
八 →一一八頁三行。
九 縁起をかついで、不吉な言葉などを忌んで、別な語に言い換えること。
一〇 牛飼いの少年や、漁師の子。

一一 寛政三年(一七九一)十月頃。

ことを得ず。然《しか》れども時節は後《おく》れ、且つ[一二]畏《かしこま》りの余気《よき》あるをもて筆硯《ひっけん》に親しまず。依《これニよりテ》レ之馬琴窃《ひそか》に代りて作り、或《あるい》は京伝の趣向によりて専ら著述を資《たす》けしかば、[一三]数種の冊子、一ヶ月余りにして稿し了《ヲハ》り、[一四]明春開板することを得たり〔板元はこの事を知らざりき。馬琴はこの前年寛政二年の冬より[一五]草冊子を著《あらわ》せしが、両三年にして並び行《おこなわ》れたり〕。其冬、京伝著述の草冊子は、『実語教《じつごきょう》稚《ヲサナ》講釈《こうしゃく》』『竜宮《たつのみや》羶《ナマグサ》鉢木《はちのき》』なんど、或は[一六]教訓物、或は昔ばなしを取直《とりなお》せしものにぞありける。是よりして三、四年、草冊子の趣向多く[一七]教訓を旨とせしかば、世人は[一八]其意を得ずして、「京伝は趣向の尽たるにや、近日出《いづ》る草冊子はをかしからず」といひけり。依レ之馬琴が作や〻行れたり〔この比より、[一九]万宝・[二〇]慈悲成等が作はます〱行れず。[二一]一九・[二二]三馬の両作者出《いで》たれども、なほさせる評判なかりき。

一二 謹慎の名残があるので。この辺の事情は、四三頁八行参照。
一三 四種の作品の内、後述の二種が馬琴作という。↓四三頁一一行。
一四 寛政四年正月。
一五 『尽用而弐分狂言』をいう。↓四三頁四行。
一六 前者は庶民教育の教科書『実語教』を講釈するという形を取り、後者は謡曲「鉢の木」を浦島太郎の世界に移している。
一七 『堪忍袋緒〆善玉《かんにんぶくろおじめのぜんだま》』（寛政五年刊）など心学物の系譜の作品は、教訓臭がある。
一八 期待が満たされず。
一九 七珍万宝。↓四二頁。
二〇 桜川慈悲成。↓四二頁。
二一 十返舎一九。↓四九頁。
二二 式亭三馬。↓五三頁。

一九は[一]寛政五年の冬より名を出《いだ》し、三馬が作は又一[二]、両年後《おく》れて出たり」。

京伝店《だな》

是《これ》より先、京伝、新吉原[三]に於《おい》て「素顔《スガホ》」といふ小唄（世俗[四]めりやすと云ふもの也」を述作し、荻江某[五]《おぎえ》に三絃《しやみせん》[六]の手をつけさせて、中《なか》[七]の町《ちょう》にて件《くだん》のめりやすを弘めたり（この「素顔」は、今もをり〳〵うたふものあり」。但、其《その》[八]産業なきをもて、遂に生涯の謀《はかりごと》をなさむと欲《ほり》して、寛政四年夏五月のころ、両国柳橋万八楼《まんぱちろう》[九]に於て書画会を興行《こうぎょう》せしに、来会するもの百七、八十人に及び、当日の収納三十金に近し（是日《このひ》書肆《しょし》鶴屋・蔦屋、酒食の東道《アルジ》[一〇]したりき」。是に借財を加へて、寛政五年の春、京橋銀座一丁目なる橋の木戸際《ぎわ》に借家して（間口僅《わずか》[一一]に九尺なりき」、紙烟草入《たばこいれ》、煙管店《キセルだな》を開きしに、大《イタ》く繁昌

一　黄表紙『初役鳥帽子魚《はつやくえぼしうお》』（山東京伝作。寛政六年刊）に初めて「一九画」と名を出した。

二　↓五三頁注二二。

三　明暦三年（一六五七）一月の江戸大火で日本橋の吉原遊廓が焼失したことから、浅草田圃に移転を命じられ、これを新吉原という。

四　歌舞伎の下座音楽。長唄の一種。しんみりとした調子で、台詞なしで仕草を長く続ける時などに奏する。
「すがほ」の文句は、「水無月も流れはたへぬ浮世の岸に、夜舟こぐてふ降り袖の、顔にまがきのあとつくほどに、派手な浮名の手ならひも、くさめ〳〵のやるせなく」（『通言総籬』二）というもの。

五　名は泰琳。初代荻江露友。

して、毎月に八、九十金の商ひをしたり。然《しか》れども京伝は店[一二]上の事をかへりみず、只烟管《ただキセル》・烟包《タバコイレ》の形などを工夫して売らするのみ。日々に遊里に趣き、又家に在る日は矮楼《ニカイ》に閉籠《とじこも》りて著述を事とするのみ、商売のうへは父伝左衛門支配して、其侄《そのおい》、下谷《したや》なる重蔵といふ者を雇《やとい》て、主管《バントウ》[一三]代とせしに、重蔵、後《のち》に私慾の事顕《あらわ》れて追退《おいしりぞ》けられたり。是より小廝《コモノ》両三人を相手として、伝左衛門ひとり店を支配したりき。

菊の死

是年《このとし》[一四]、京伝の妻、血塊《けっかい》[一五]を患《わずら》ひて、其病危《そのやまいあやう》くなりつ。京伝其苦痛の声を聞くに忍びずとて、日夜吉原なる妓院に在《あり》て還らず。此《この》ころより、江戸町《ちょう》[一六]玉屋弥《や》八《はち》が家の雛妓《シンザウ》玉の井に深く契りそめしとぞ。斯《かく》て其妻死去せしかば、京伝この日家に還りて、葬式形《かた》の如く執《と》り行ひけり。この後両[一七]、三年を経て、

荻江節の祖。
六 楽曲。
七 天明六年(一七八六)六月一日、茶屋長崎屋で、笹葉鈴成《ささのはすずなり》(松前志摩守次男文喬)が、その主催をした(『山東京伝年譜稿』)。
八 定業。
九 万屋八郎兵衛の料理茶屋。
一〇 主人となって来客の世話する者。
一一 約二・七メートル。奥行二間という(「売与煙包説帖」『山東京伝一代記』)。
一二 店先で売ること。
一三 番頭の代役。主管は、中国俗語。
一四 寛政五年(一七九三)。京伝三十三歳。
一五 体内に血液の塊りができる病気。
一六 →一八六頁注四。
一七 寛政七年(一七九五)か(『山

父伝左衛門が[一]支配の地中なる医師某甲《ナニガシ》が家庫《いえくら》を購《あがな》ひ得て移り住《すみ》けり。こゝは初《はじめ》の店より一倍広くて、蔵もあり家もよかりき。其後《そののち》又読書丸といふ丸薬《がんやく》を売出《うりいだ》せしが、これも日々に多く売れて遠近《おちこち》に広まりつゝ、利を得ること大かたならず〔そのころ一日に読書丸十包出《いづ》れば、蕎麦を買《かい》て家内《かない》のものに食はせたり〕。

金銭感覚

京伝は文墨にさかしく、[二]狂才あるのみならず、[三]世俗の気を取ることも亦勝《またすぐ》れたるに、天稟《てんぴん》の愛敬《あいきょう》あればにや、其運も微《び》ならず、すること毎《ごと》に人気に称《カナ》へり。されば、算術にはいと疎《うと》くて、[四]よせ算をだに得《え》せず、商人なるべき人がらにはあらざりしかど、[五]商売煆煉《たんれん》なる者にはまして、利を射ることの上手なるに、[六]弱年より倹約を旨として、衣裳なんどは[七]縉紳家《しんしんけ》よ

東京伝年譜稿』）。

一　町役人として管理する。
二　滑稽の才。
三　世人の人気を得る。
四　足し算さえできず。
五　商売に慣れて上手な者。
六　若年。
七　大名の子息や高級旗本。

り賜《たまわ》りしもの、或《あるい》は有福なる町人より恵《めぐま》れしもの丶外に、自己の銭を費して買求《かいもとむ》ること稀《まれ》なりき。まして下襲《したがさね》[八]なんどは、吉原なる大店の仕着《シキセ》[九]の旧衣《フルギ》を得て縫直《ぬいなお》させ、一つ衣を十年余も着用したりき。書籍も人に借《かり》て見るのみ、蔵書は多からず。文房[一〇]の具を好まず、古画をば愛せり。たま〳〵馬琴等と遊山《ゆさん》し、神社仏閣に詣《もうず》る日も、茶代・食料は多少となく割《わり》[一一]あはして、我に損なく、彼れに損なきやうにしたり〔この比《ころ》同行の者、各《おのおの》茶代を置くには、八文[一二]づ丶出《いだ》し合《あわ》するを京伝流といへり〕。貸さず借りず、其性施《ほどこ》しを好まざれども、又貪《むさぼ》ることもなし。朋友の窮を救ふことなどは絶《たえ》てなかりき。鄙吝《ひりん》[一三]かと見れば鄙吝にもあらず、其俗情、貨殖《かしょく》[一四]の人に似たること多かり。

八　上着と肌着との間に着る衣装。
九　主人から奉公人に与えた着物。
一〇　筆・硯などには凝らない。
一一　割り勘にして。
一二　一文は、現在の二十円ほど。
一三　吝嗇。けち。
一四　商売人。金の使い方が合理的であることをいう。

二度の旅行

其《その》父伝左衛門、嘗《かつて》京伝に旅行を勧めて云《いう》、「壮年の時旅行せざれば、老て悔《くゆ》ることあり。吾《われ》存命の間《あいだ》京摂《けいせつ》に遊ぶべし」といふこと屢《しばしば》なりき、然《しか》れども果《はた》さず。[一]寛政中、[二]相州浦賀・[三]三島、及[四]駿河の沼津に遊歴すること百余日、其[五]自《じ》画《が》賛《さん》多く土俗の為に賞せられて、二十余金を得たり。帰府の後、未幾《いまだいくばく》もあらず、旅行に倶せし僕某乙《ナニガシ》、十余金を盗《ぬすみ》て走れり（鍵は平日、父伝左衛門が腰に着け、[六]小出しの金銀を懐《ふところ》にせしとぞ。然るに、ある日、父伝左衛門、[七]朝とく起《おき》て、例のごとく[八]庫中なる持仏《じぶつ》に対《むか》ひて[九]看経《かんきん》してありしが、金財布を蒲《ふ》団《とん》の下へ入れ置きたるを忘れたり。彼《かの》僕これを知《しり》て、窃《ぬす》み取《とり》て走れる也）。京伝みづから是《これ》を追《おい》て[一〇]品川駅に趣き、一夕駅門に[一一]張《ツケ》た

一　寛政七、八年（一七九五、九六）頃のことという。→三〇七頁九行。
二　相模。現、神奈川県浦賀市。
三　現、静岡県三島市。
四　現、静岡県沼津市。
五　自分の描いた画に自分で讃をしたもの。
六　小額の物に使う金。
七　早く。
八　持仏を納める厨子《ずし》。
九　読経する。
一〇　東海道の第一宿。
一一　見はる。中国俗語。

れども、竟《つい》に遭《あわ》ずして還れり（賊僕は其日より芝[一二]三田なる[一三]三《さん》角《かく》といふ妓院に止宿し、両三日を歴《へ》るほどに、身分不相応に金銭を遣ふをもて疑はれ、窃《ひそか》に訴《うったえ》られて[一四]町御奉行所へ召捕《めしとら》れたり）。賊僕既に召捕られ、白状に依《より》て主人伝蔵を召させられ、御尋《おたずね》の時、凡《およ》そ物を賊せしもの、[一五]拾金以上は死罪に行《おこなわ》る、と聞《きき》て父子[一六]商量《ダンカウ》し、盗れたる金は九両三分なるよしを言上しけり。賊僕が申す所と金高合《あわ》ざれども、主人伝蔵相違なきよしを申すにより、[一七]云云《しかじか》の員数に定められ、程ありて賊僕は入れ墨・重敲《オモタヽキ》の御仕《し》置仰付《おきおおせつけ》られて一件落着しけり（こは寛政七、八年のころの事なり。是《この》時、伝左衛門は既に[一八]剃髪《ていはつ》したれども、京伝日々に在宿稀《まれ》なるを以て、店の[一九]支配をせしなり）。京伝父子の慈善によりて、彼《かの》賊僕は首を[二〇]続《つ》ぐことを得たるなるべし。

一二　現、港区三田。
一三　芝三田の内の地名。水野越前守の下屋敷付近に岡場所（私娼地）があり、石塚豊芥子の『岡場所考』下には、九軒ほどの見世が記されている。
一四　江戸町奉行所。南町と北町と二つあり、隔月に訴訟を担当した。
一五　「手元にこれ有る品、ふと盗み取り候類。金子は拾両より以上、雑物は代金に積み、拾両位より以上は死罪。金子は拾両より以下、雑物は代金に積み拾両位より以下は入墨・敲《たたき》」（『御定書百箇条』第五十六）。
一六　談合。相談。中国俗語。
一七　九両三分の金額。
一八　↓二八四頁二行。
一九　管理。
二〇　斬首されないこと。

是《これ》より先[一]天明の末に、書肆蔦屋重三郎・鶴屋喜右衛門等と共に、[二]日光御宮并《ならび》に[三]中禅寺に参詣せしことあり。旅行は生涯にこの両年のみなりき。

玉の井との仲

凡《およそ》この数年、京伝、新吉原[四]玉屋〔これを弥八《やはち》玉屋と云ふ〕なる玉の井許《ガリ》止宿して、家に在ること一ヶ月の中に四、五日には過《すぎ》ざりき。是《ここ》を以《もって》所親朋友、屢《しばしば》これを訪ふもの、其面《そのおもて》を見ざりき。この比《ころ》の諺《ことわざ》に、「京伝に逢《あわ》んとならば、玉屋へゆくべし」と云へり。かくの如く妓院を宿としたれども、倹約を旨として、一日に金[五]一方の外《ほか》を費さず。又彼《かの》玉の井も、妓中にて才あるものなるに、生涯をこの人に頼《たのま》んと思ひしかば、費《ついえ》を省き[六]衣裳を厭《いと》ひ、手づから[七]上草履の[八]端緒《ハナヲ》まで[九]たてゝ穿《ハキ》しとぞ〔然《しか》るに数年玉の井が為に費すもの、[一〇]五、六百金に及びし

一 天明八年（一七八八、二十八歳）頃か。
二 日光東照宮。東照大権現徳川家康を祀る神社。
三 中禅寺湖畔・歌ヶ浜（現、栃木県日光市）にある天台宗の寺。
四 →一八六頁注四。
五 方形の金貨。一分金。一両の四分の一。現在の一、二万円ほど。
六 贅沢な衣装。
七 屋内で用いる草履。
八 鼻緒。
九 切れた緒を修理する。
一〇 五、六百両。

かど、多く潤筆、或《あるい》は不時《ふじ》[一一]の入財《にゅうざい》をもてこれに充《あ》て、商売の本銭《モトデ》[一二]を減らすことなし」。

京伝の磊惰

京伝は弱壮の時、名だゝる嫖客《ひょうかく》なりしには似げなく、性磊《ライ》惰《ダ》[一三]にして美衣を好まず、且《か》つ髪を結ひ髯《ひげ》を剃《そ》るに懶《モノグサ》かりき。浴《ゆあみ》することは、夏秋の間は一ヶ月に両三度、冬春に及《およぴ》ては両月の中《うち》一度も稀《まれ》なり。然るにある年、玉屋に居続けして十四、五日に及びしかば、既に乱髪長髯《ちょうぜん》[一四]なれども、日夜屏風を建籠《たてこめ》[一五]てありしかば物とも[一六]せざりしに、玉の井これを見かねて、月額《さかやき》[一七]を勧むるものから、

「[一八]かゝるざまなるに、廓[一九]の髪結《かみゆい》には剃《そ》らせがたし。いで[二〇]吾儕《ワナミ》が剃《そり》て進《まい》らせん」

といふに、尚《なお》ねむたしとて起《おき》ざりければ、玉の井手づから鬢《びん》

一一　臨時。
一二　資本金。
一三　面倒くさがりで。
一四　髪も髯も伸び放題であること。
一五　屏風を立て廻らして、その内に閉じ籠っていた。
一六　気にも留めない。
一七　月額(月代。額から頭頂部にかけて半月形に剃った部分)の伸びた毛を剃ることを勧めようとして。
一八　こんな有り様であるのに。
一九　廓が抱えている髪結い。
二〇　さあ、私が剃ってあげましょう。

盥《だらい》に湯を汲《くみ》もて来て、臥したる郎《ヲトコ》の髯《ひげ》を剃《そ》り月額《さかやき》を剃るに、総《スベ》て小児を取り扱ふ如くして、[一]や丶剃果《そりはて》しかば、京伝已《ヤム》ことを得ず起《おこ》レ身《みヲ》して髪を結《ゆわ》せしとぞ。其事《そのこと》の趣、この一事をもて察すべし。懶惰《らんだ》かくの如くなれども、[二]私情には急なり、只《ただ》他事に緩《ユルヤカ》なるのみ。其平生、毎日朝寐《あさね》して、[三]未《ひつじ》より上《カミ》に起《おき》たることなし。著述は夜を旨として、必《かならず》深更に及べり。

家長となる

[四]寛政十一年、其父《ちち》伝左衛門入道椿寿斎《ちんじゅさい》死去せしかば、京伝始《はじめ》て[五]家事を執《と》れり〔是年《このとし》京伝三十九歳也。この時まで米穀の相場を知らざりしとぞ。〇伝左衛門[六]剃髪せし時、家主をば、その女婿《ムコ》忠助が家の小廝《コモノ》某《ナニガシ》丙を[七]子ぶんにして伝左衛門と改名させ、則《すなわち》これに譲りしなり。京伝は[八]町役人たらん事を楽《ネガ》はざればなり〕。是《これ》より先、親戚屢《しばしば》媒妁して後妻を勧むれども

一 ようやく。
二 自分に関係したことには行動が早い。
三 午後二時頃より前。↓二〇一頁注一四。
四 一七九九。↓二八四頁注一。
五 家業を執り行う。
六 寛政七年頃のことという。
七 養子扱い。
八 町名主。町内の住人への御触れの伝達や紛争の仲介等を扱う。
九 抱え主に遊女の身代金を償って、店から退かせる。
一〇 寛政十二年。『山東京伝年譜稿』では、翌十三年春の『吉原細見』にも、なお玉の井の名が出ているので、十二年の暮れに近い頃のこと、とする。
一一 娼妓を雇う約束の年限。
一二 京伝をいう。
一三 『山東京伝年譜稿』では、

聴かず。因《より》て老母と謀《はか》り、玉の井を[九]請《う》け出《いだ》して後妻にさせんとて、其[一〇]明年終《つい》に玉の井を喚《よ》びむかへたり〔この時、玉の井が[一一]年季、尚ほ一年余ありけれども、渠《かれ》は[一二]高名の人の熟妓《ナジミ》なるをもて、他の客は一人もなし。依《これによつテ》レ之、主人弥八も其求《もとめ》に任せ、身価《ミノシロ》二十余金にて京伝に与へしとぞ〕。于時《ときに》玉の井廿余歳〔この時[一三]二十四歳なるべし。年齢[一四]京伝には十四、五歳おとれり〕。[一五]其叔母なるもの、[一六]弁慶橋辺なる居酒屋某《ナニガシ》丁が妻なりき。父母所[一七]親粗《ほぼ》死亡して、只《ただ》弟一人・妹一人ありけり。弟はある商家に年季奉公し、妹は幼稚《ようち》の日いと貧しきものに養《やしなわ》れて某町にをれり。即　彼《すなわちかの》居酒屋を里とし、浅[一八]草田町なる[一九]酸漿《カタバミ》屋久兵衛〔俳名白林〕と云ふ者は京伝が旧識たるにより、彼をこしらへて媒人《なこうど》とし、婚礼の義を執り行ひて、玉の井を更《あらた》めて、其名を百合《ユリ》とぞ呼びける〔[二〇]玉蘭が母なりしといふ祇園の百合

回向院過去帳の「京誉弁応智伝信女(百合)、(文化十五年)二月二十六日、京屋伝蔵本妻、四十一歳」の記載に基づき、二十三歳とする。

一四　寛政十二年、京伝四十歳。

一五　玉の井の叔母。

一六　日本橋の北、和泉橋の東南方、松江町と横山町三丁目代地との間にある橋。現、岩本町二丁目九番地付近。

一七　諸親類。

一八　日本堤の南側にある田町一・二丁目。現、台東区浅草五・六丁目。

一九　縫箔商。『通言総籬』二に「田丁《まち》のかたばみや久兵へがぬった、からいとの惣ぬひ」とある。

二〇　画家の池大雅の妻の名。

[一]を思ひよせしならむ」。年来の[二]想思溺愛の夫妻なりければ、其昵《そのむつ》ましさ想像《オモヒヤル》べし。この婦人は前妻[三]菊園に立《たち》まさりし顔《がん》色《しょく》なるに、世才も大かたならざれば、能《よ》く姑《しゅうとめ》[四]の気を取れり。

廓通いを断つ

是《これ》よりの後《のち》、京伝は又遊里に親《したし》まず、嘗《かつて》所親に告《つげ》て云《いう》、

「[五]吾れ年来夥《トシゴロアマタ》の財を費して百合を娶《めと》りたるに、[六]尚止《なおとどま》る所を知らずは、是《これ》真の放蕩人《ほうとうにん》なるべし。さらずとも吾が齢《よわい》はや[七]四十に及びたれば、宜《よろしく》老後の謀《はかりごと》をなすべし」

とて、是より思ひを[八]貨殖《かしょく》の一事にぞ潜《ひそ》めける。されば妻百合が[九]云云《シカジカ》の帯ほしといへば、則《すなわち》金[一〇]三分を与へて云、

「御身《おんみ》の帯はこの金あれば何日《イツ》にても調《ととの》ふべし。然《しか》れども帯は他所《よそ》ゆき・[一一]不断締《ふだんジメ》共にあり。其余《よ》を望むは奢《おご》りの沙汰なり。然れども吾其価《そのあたい》を惜むにあらず、因《より》て価金を取らせおく

一　玉蘭と百合のことは、『近世畸人伝』(伴蒿蹊著。寛政二年刊)四「池大雅」に見える。
二　相思。
三　→二九六頁注一〇。
四　気に入られた。
五　→三〇八頁注一〇。「夥」の訓は「ヲビタダシ」(『書言字考』八)。
六　遊蕩を止めるのを。
七　→三一一頁注一四。
八　金を貯蓄すること。
九　このような。
一〇　一分は、一両の四分の一。三分は、ほぼ七万円ほど。
一一　日常普段に締める帯。

也。帯の断《キレ》たらん時買給へ」と説喩《ときさと》して金を与へつ。又程《ほど》ありて玳瑁《たいまい》[一二]の櫛笄《こうがい》[一三]を欲《ほし》といへば、又其価を取らせて、説《とき》さとすこと初《はじめ》の如し。百合も其理に服し、且《かつ》其価金を得るに望《のぞみ》足りて、竟《つい》に有余[一四]の物を蔵《おさ》めざりけり。

商売の失敗

享和三年[一五]の夏[一六]、信濃なる善光寺の阿弥陀如来《あみだにょらい》、浅草寺《せんそうじ》の地中にて開帳[一七]の時、京伝 則《すなわち》並木町[一八]なる商人の小店を開帳八十日の間借りて、別に糕《ヲコシ》[一九]果子店を開き、自作の引札《ひきふだ》[二〇]なんど、すべて新製を尽し、みづから其店《そのみせ》に止宿して、小廝《コモノ》両人づゝ、十日代りに、京橋と浅草の両店にをらせしが、其開帳思ふ如く盛《さか》[二一]らざりける故にや、糕は雑費[二二]に引あふほど売れず。其間《そのあいだ》京橋に留守せし小廝等、私慾《しよく》を恣《ほしいまま》にせしかば、彼此《かれこれ》に損あ

一二 ウミガメ科タイマイ属に分類される亀の背甲。
一三 女の髷《まげ》に挿して飾りとする具。
一四 余計な物。
一五 一八〇三。京伝四十三歳。
一六 六月一日より開帳。不当りであった(『武江年表』)。
一七 厨子のとばりを開いて、その中の秘仏を人々に拝ませること。
一八 浅草並木町(現、台東区雷門一丁目)。
一九 もち米を蒸した後、乾かして炒ったものを水飴と砂糖とで固めた菓子。
二〇 賞品の広告などを書いて配る札。
二一 →注一六。
二二 製作・販売のための必要経費。

りて、余程の本銭《モトデ》を折《クジキ》[一]たり。京伝が工夫徒《いたず》[二]らごと〻なりて損せしは、只《ただ》この一事歟《か》。

養女鶴

又其《その》子なきにより、妻百合が弟を養《やしなわ》[三]ばやと思ふ程に、渠《かれ》は年二十ばかりにて早逝《そうせい》せしかば、其妹の八、九歳なるが最《いと》貧しき家に養はれたるを索《タヅネ》て、人をもて取りもどさんと謀らせしに、其養家は貧窮至極して、一女を養ふに便りなき折なれば、喜びて承引し、即ち養育金[四]を乞ふて女児を返せしかば、京伝これを養《やしなひ》て鶴[五]と名づけ、書画[六]・三絃《しゃみせん》・活花《いけばな》などを学ばせて鍾愛《しょうあい》しけり。

斯《かく》て文化のはじめ、京伝の母大森氏没《ミマカ》りければ、百合内外の事を掌《つかさど》り、所レ鬻《ひさグところ》の読書丸・奇応丸・小児無病丸等の製薬は、独《ひとり》みづからこれを為《ナ》せり。凡《およそ》売買の事、金銭の出納、一

一　損失した。
二　失敗に終って。
三　養子にしたい。
四　これまで養育したことへの謝金。
五　それ以前の名は滝といい、享和三年(一八〇三)、六歳で養女となった(文化十年三月六日付角鹿清蔵宛京伝書翰、『山東京伝年譜稿』)。
六　画名は、水仙花といった(同前書翰)。
七　三階以上の高い建物に対していう。「矮屋　ヒクイイエ」(『名物六帖』宮室箋下・宮室汎称)。
八　遊女であったには似ず。
九　貞節で。
一〇　一八〇六、三月四日正午頃、芝車町より出火、京橋から日本橋と広がり、浅草御門

切これを識《しる》して懈《おこた》らず。京伝は日夜矮楼《ニカイ》[一七]に在《あり》て著作するのみ。百合が売色[八]なりしには似ず、其行ひ正[九]うして世事にさかしげなるを、誉《ほ》むるもの多かりき。

居宅を飾らず

文化三年丙寅《ひのえとら》[一〇]三月、江戸大火によりて其家も燬《キ》[一一]を得《え》脱《のが》れず。然《しか》れども蔵は恙《つつが》なかりき。この後《のち》仮造作《かりぞうさ》[一二]の儘《まま》にして、門は板塀を以てし、屋上《ヤネ》には牡蠣殻《カキガラ》を敷けり。因《より》て所親に語《かたり》て云《いう》、

「吾《われ》に子なく且《か》つ妻は尚《なお》わか〻り[一三]。加《これニくわうルニ》レ之近日商買如意《にょい》ならず。然れども読本《よみほん》[一四]〔国字出像《しゅつぞう》の小説を読本と云ふ。文を旨《むね》とするものなればなり〕流行[一五]するをもて、潤筆[一六]は初めに倍《マシ》たり。[一七]こは家の美悪によるにあらず、家を造り更《カユ》れば、財を失ふに急にして利を得《う》るに緩《ユル》し。[一八]かくて在《あら》んのみ」

外まで焼亡。焼死者千二百余人（『武江年表』）。
一一　焼けること。
一二　間にあわせの建築。
一三　文化三年には二十九歳。
一四　読む本文が多く、巻頭に人物画像を設けている小説。
一五　文化三年の読本の刊行点数は三十二点。内、京伝は、前年からこの年にかけて四点の読本を刊行している。
一六　文政末年の馬琴の『近世説美少年録』初輯の潤筆料が十五両であるから、この頃の京伝などのそれは十両（約五十万円）くらいであろう。
一七　潤筆料の増加は、家の美悪が原因ではない。
一八　仮建築のままにしておけば良い。

といへり。其《その》意、財[一]を遺《ノコ》さんと思ふにあり。其自画賛の扇及び短冊《たんざく》、皆価《あたい》を定めてこれを売るに、遠近買求《おちこちかいもとむ》[二]るもの多し。読書丸も亦《また》日々に出づ。但《ただし》其煙管《キセル》[三]・煙包《タバコイレ》は、初《はじめ》の如く売れざるのみ。

考証随筆

其性《そのせい》古書画・古器物を愛するをもて、二百年来[四]の風俗書画、古器等のうへを考究《かんがえキハメ》んと欲《ほ》りし、勉《つと》めて和書雑籍[五]を読《よみ》て、抄録[六]年《とし》を累《かさね》しかば、其学問頗《すこぶる》進めり。よりて古書画・古器の鑑定を請ふものもありけり。

文化元年の冬、『近世奇跡考《きんせいきせきこう》』[七]五巻を著《あらわ》せしに、英一蝶《はなぶさいっちょう》[八]が伝のことによりて、英一蜂《いっぽう》[九]といふ者障《さわ》[一〇]りければ、板元大和田安兵衛に告《つげ》て、其板《いた》を毀《コボ》[一一]ちぬ。此《こ》れ争ひを好まざる謹慎[一二]の所《ユ》以《ヱ》なるべし。

一 現金。
二 遠近から。
三 ↓三〇三頁二行。
四 江戸幕府が開けて以来。
五 雑書。随筆類。
六 抜き書き。
七 十二月、大和田安兵衛刊。
八 ↓一九九頁注一六。
九 ↓一九九頁注一八。
一〇 故障を談じ込んだので。
一一 板木の一部を削除させた。↓一九九頁注一九。
一二 寛政三年(一七九一)に洒落本執筆で処罰されて以来、筆禍を用心していた。

これより又『骨董集《こっとうしゅう》』[一三]を著さんと欲して、苦心十余年に及べり。其間蔵書家に因《ちな》みて奇書を借抄《しゃくしょう》[一四]し、或《ある》ひは博識に問ひ、或《あるい》は故老に訊《と》ひ、聞けば必《かならず》識《しる》し、見れば必録《ろく》す。更《さ》らに親[一五]疎を択《えら》ばず、云云《しかじか》[一六]の書は云云の家に蔵《おさ》めたりと聞くことあれば、これを訪ふて其書を閲《けみ》し、云云の事は云云の人よく知れりと告《つぐ》る者あれば、これを訪《とい》て其説を聞《きけ》り。凡《およそ》他の蔵書を借《かり》るに、只《ただ》[一七]有用の処のみ一、二巻に過ぎず、抄録すれば速《すみやか》に返せり。依レ之《これニよりテ》、[一八]全書を見るに非《あらざ》れども、所レ引《ひくところ》の書多かり。其用心奔走[一九]、一朝一夕の事にあらず。曽《かつ》ておもへらく、「[二〇]漢学は吾企《わがくわだて》[二一]及ぶ所にあらず、国学も亦、近来名家多ければ及ぶべからず。只[二二]二百年来の風俗を考究《かんがえきわ》めたるものなし。吾《われ》この好事《こうず》[二三]をもてするときは、儒者も得難《えなん》[二四]ぜず、国学者も感服すべし」

一三　文化十一・二年、鶴屋喜右衛門刊。以下、該書執筆の事情は、二〇〇頁をも参照。
一四　借りて、抜き書きする。
一五　親しい者と疎遠な者との区別なく。
一六　これこれの。
一七　必要な部分のみ。
一八　二〇〇頁八行「書は多く看ざりけれども」に通じる。
一九　思慮を働かせ、書を借抄すること。
二〇　以下の言葉と同内容のものは、二〇〇頁三行にもある。
二一　努力して成就するもの。
二二　→二〇〇頁注四。
二三　好題材をもって著述するならば。
二四　批判することはできず。

とて、専ら其考《そのかんがえ》に苦心せり。

身内の不幸

此《この》あひだ、京伝の養女鶴[一]没す、年十六なりき〔十三、四歳のころより、尾州の御守殿《ごしゅでん》[二]へ部屋子《へやこ》[三]に遣《つかわ》せしが、労症[四]によりて里に下り、竟《つい》に早逝《そうせい》せり〕。養母は実は姉なり、二親[五]の哀悼大かたならず〔この後、京山[六]の長女を呼《よび》むかへて養ひにき〕。百合の叔母[七]も亦みまかりぬ。又百合に外叔母《そとおば》[八]一人あり、明《めい》[九]を失ひて剃髪[一〇]したり。且其子《かつそのこ》無頼にして住処不定也。京伝其瞽《こ》[一一]尼《に》を呼《よび》とりて扶持《ふち》[一二]したり。

死後の配慮

この頃の事なるべし、京伝百五十金[一三]を以て、篦頭《カミユヒ》[一四]の家扶《カブ》[一五]を購《あがな》ひ得たり、毎レ月《つきごと》に利を得ること三方金《ほうきん》[一六]なりと云ふ。此《こ》れ其妻に遺《ノコ》さんが為なり。一日《あるひ》、馬琴に謂《いい》て云《いう》、

一 文化九年(一八一二、京伝五十二歳)七月下旬。十五歳(文化十年三月六日付角鹿清蔵宛書翰、『山東京伝年譜稿』)。六七頁九行では十五歳とする。
二 将軍家の息女の嫁ぎ先。↓六七頁注二〇、二八四頁九行。
三 奥女中に召し使われる小間使い。
四 肺結核。労咳《ろうがい》とも。
五 養父母。京伝と百合。
六 ↓六七頁一〇行。
七 ↓三一一頁注一五。
八 母方の叔母。
九 失明。視力を失うこと。
一〇 尼の姿になる。
一一 外叔母。
一二 養う。
一三 百五十両。
一四 髪結い。「篦頭鋪　カミ

「吾《われ》に子なけれども、弟京山に数子[一七]あれば、父祖の血脈絶ゆるにあらず。かゝれば後《うし》ろやすきに似たり。然《しか》れども、百合が為に後の謀《はかりごと》をなさずばあるべからず。因《より》て云云《しかじか》[一八]の家扶《カブ》を購得《あがないえ》たり。よに財あれば生涯安かるべし。吾が身後《しんご》、渠《かれ》もし零落し困窮せば、世人必《かならず》いはん、渠は京伝が妻なりしものなりと。是《これ》吾が身後の恥のみに非《あら》ず、渠家事[一九]に功あり、其生涯の為に謨《ハカ》らずは、渠亦孰《いずれ》にか憑《ヨ》らん。君其れ[二〇]如何《いかん》とかする」。

馬琴応《コタ》へず。後《のち》又この事を云ふこと再三なり。馬琴これに対《こたえ》て云、

「吾が思ふ所は異《こと》なり。『顔氏家訓《がんしかくん》』[二一]に不ㇾ云乎《いわずや》、遺ㇾ子万《こにのこすことばん》[二二]金《きん》、不ㇾ如二薄芸従一ㇾ身《はくげいのみにしたがうにしかずと》。君子は其子《そのこ》にすら財を遺《ノコ》さんと欲《ほり》せず、況《いわんや》其妻に於《おい》てをや。君苦心して千金を遺すとも、恐ら

ユイトコ。『水滸伝』(『名物六帖』宮室箋下「市肆店舗」)。→六五頁二行。
一五 株。
一六 金三分。一両の四分の三。→三一二頁注一〇。
一七 「子ども五、六人」という。→六五頁一三行。
一八 →注一四。
一九 家を治め、義父母の面倒を見ること。
二〇 一体どう思うか。
二一 →二六六頁注一一。
二二 子に沢山お金を遺すよりは、芸を身に付けさせる方が良い。→二六六頁注一二。

く[一]身後の勢ひ、今の謀る所と[二]同じかるべからざらん歟《か》、[三]是《これ》も亦《また》知るべからず。孔子曰《ノいわく》、[四]其人存《スル時ハ》則《チ》其政存《シ》、其人《ノ》亡《ほろぶル時ハ》則《チ》其政《ノ》亡《ほろぶ》。財有《あり》て身後に家督[五]定《さだま》らざる時は、所親其《その》財に依《より》て[六]較計《こうけい》し、相《あい》争ふて竟《つい》に其家を覆《くつがえ》す者、今古《きんこ》に少《すくな》からず。君もし賢妻の為に其老後を憐《あわれ》まば、君よく[七]保養して長寿ならむのみ。君[八]衰邁《スイマイ》の齢《よわい》に至らば、賢妻も亦《また》老婆たるべし。其間、親族の中より篤実の子を養《やしな》はゞ、後《のち》の患《うれ》ひなからん歟《か》。且《かつ》[九]死生命《めい》あり、[一〇]老弱不定《ふじょう》なり。賢妻もし君に先だちて下世《かせい》[一一]せば、遺《のこ》す所の財、抑《そもそも》誰が有《もの》ぞや。愚以謂《おもえらく》、財を遺すは後の患《うれ》[一二]ひを遺すに庶《チカ》し。吾《われ》は男女の子あれども、財を遺すの余力なし。まして妻の為に後を思ふに暇《いとま》あらんや」。

京伝黙然《もくぜん》たり。

後に或《あるヒト》に語《かたり》て云、

一　死後の情勢。
二　同じではなくなるであろうか。
三　どうなるかは分らない。
四　「其の人存すれば、則ち其の政挙がる。其の人亡すれば、則ち其の政息《や》む」（『中庸章句』二〇）。その人が生きておれば、その人のやり方が行われるが、その人が死ねば、その人のやり方は失われる。
五　その家の継承者。京伝の家に跡継ぎの子がいないことを暗示していう。
六　中国俗語「計較」（言い争う）の誤用。
七　摂生して。
八　衰頽。頽齢。
九　人の生死は天命で決まっている（『論語』顔淵）。
一〇　人の死期は定まりなく、老少とは無関係である。

「余《われ》、馬琴と交《まじわ》ること二十余年[一三]、近来渠《かれ》が気韻《きいん》[一四]ます〳〵卓《タカ》し。渠もし返る[一五]ことを忘れなば、必《かならず》世人に捨《すて》られむ。夫《そ》れ高山《こうざん》に登りて其の山麓《フモト》を観れば、杳渺《ようびょう》[一六]として能《よ》く視《み》がたし。山麓に在《あり》て其巓《イタヾキ》を瞻《ミ》れば、瞭然《りょうぜん》[一七]として視えざることなし。渠[一八]其巓に在りといふとも、何ぞをり〳〵下《くだ》りて山麓[一九]に遊ばざる」。

或《あるヒト》これを馬琴に告ぐ、馬琴笑《わらい》て応《こた》へず。或《あるヒト》強《しい》て説を問ふ。対《こたえ》て曰《いわく》、

「人各《おのおの》志《こころざし》あり、彼《かれ》[二〇]が是《ぜ》も未《いま》だ是とすべからず、我《わ》が非《ひ》も未《いま》だ非とすべからず。匹夫《ひっぷ》[二一]も奪ふべからざる者は其志のみ。是足下《これそっか》の知る所にあらず」。

或《あるヒト》喜ばずして退《マカ》りぬ。

晩年の謹慎

後《のち》又京伝、馬琴に謂《いい》て曰、

一一 死ぬならば。
一二 死後の遺産争い。
一三 寛政二年、京伝三十歳の時に馬琴が弟子入りを乞う。→二九七頁注二二。
一四 気位。
一五 初心に帰る。弟子入り当時のうぶさに戻る。
一六 遥かに隔てられている様。
一七 明らかに見える様。
一八 読本作者として高い境地にあるたとえ。
一九 童蒙婦女などの大衆読者の水準のたとえ。
二〇 人が良しとすることだからといって、自分が良しとするとは限らない。良否の価値は相対的であること。
二一 人の志は動かすことができない意。「匹夫も志を奪うべからず」(『論語』子罕)。

「曩《さき》に吾《わ》れ[一]有レ事《ことありて》より謹慎を宗《むね》とす。是《ここ》を以《もって》、[二]微胆小量の譏《そし》りあるべし。然《しか》れども[三]於レ吾甚《われにおいてはなはだ》安し。[四]前車《ぜんしゃ》の戒《いましめ》を忘れたるもの、作者・画工皆其咎《そのとが》に遇《あわ》ざるはなし。〔寛政十年十二月下旬、式亭三馬、[五]『侠太平記向鉢巻《キャンたいへいきむこうはちまき》』といふ全三巻の[六]草冊子を著《あらわ》したり。こは其ころ一番組・二番組の火消人足《ひけしにんそく》等、[七]於二場所一闘諍《ばしょにおいてとうじょう》の事あり、三馬即《すなわ》ちこのことを作れる也。十一年正月五日、[八]よ組の鳶《とび》人足等この事を怒《いかり》て、板元《はんもと》材木町西《にしの》宮《みや》新六が店、及《およ》び三馬が宅を打毀《うちこわ》したること甚し。因《より》て[九]御検《ごけん》使《し》を奉レ願《ねがひたてまつり》、[一〇]公訴《こうそ》に及びしかば、双方[一一]御吟味中、[一二]鳶人足の頭《かしら》だちたるもの共《ども》は入牢仰付《おおせつけ》られ、程ありて板元新六は[一三]過料《かりょう》、作者三馬事太助《ことたすけ》は、[一四]手鎖《てぐさり》五十日にして御免あり。入牢人等も赦《しゃ》を蒙《こうむ》り奉《たてまつり》ぬ。三馬は[一五]板木師《はんぎし》菊池茂兵衛が子なり。幼稚《ようち》の時より書林西宮弥兵衛が家に年季奉公し、寛政中、山下町な

一 寛政三年(一七九一)の筆禍。→一一六頁六行。
二 度胸がない。
三 自分としては安心していられる。
四 諺「前車の覆《くつが》えるは後車の戒め」の略。前人の失敗は後人の戒めになる意。
五 この書の筆禍については、五四頁注一〇以下参照。
六 黄表紙。
七 火消し現場において。
八 →五四頁注一一。
九 町奉行配下の与力の検視を。
一〇 公事訴訟《くじ》の略。
一一 お取り調べして。
一二 →五四頁一一行。
一三 罰金。→五四頁注一三。
一四 →五四頁一三行。
一五 →五三頁注一三。
一六 →五三頁六行。
一七 該書の筆禍については、

る書林万屋太次右衛門《よろずやたじえもん》が婿《むこ》養子となりしが、其妻はみまかり、且故有《かつゆえあり》て養家を離別し、更に或《ある》[一六]ひとの資《たす》けによりて、本町《ほんちょう》一丁目に売薬店を開きしが、今は二丁目へ移りぬ。○文化二年乙丑《きのえうし》の春より、[一七]『絵本太閤記』の[一八]人物を錦絵にあらはして、是《これ》に雑《まじう》るに遊女を以《もって》し、或《あるい》は[一九]草冊子に作り設けしかば、画師《えし》喜多川歌麿は御吟味中入牢、其他《そのほか》の画工、[二〇]歌川豊国《とよくに》事熊《くま》右衛《え》門《もん》、[二一]勝川春英《しゅんえい》、喜多川月麿《つきまろ》、勝川春亭《しゅんてい》、草冊子作者一九事等《ことら》数輩は、手鎖五十日にして御免あり、歌麿も出牢《しゅつろう》せしが、こは其明年没したり。至レ秋《あきにいたりて》一件落着の後《のち》、大坂なる[二二]『絵本太閤記』も絶板仰付《おおせつけ》られたり。○[二三]十返舎《じっぺんしゃ》一九は重田《しげた》氏、駿河の人なり。自《みずから》云ふ、「明和二乙酉《きのえとり》の年に生れたり。弱年大坂に趣き、四、五年を歴《へ》て、江戸蔦屋重三郎が食客たり。後に長谷川町《はせがわちょう》なる某《なにがし》生が後家に入夫《にゅうふ》したりしが、離別して再び妻

宮武外骨『筆禍史』「絵本太閤記及絵草紙」が詳しい。

一八　喜多川歌麿画「太閤五妻洛東遊戯之図」には、豊臣秀吉が五人の妻妾と花見する様が描かれる。

一九　十返舎一九作『化物太平記』(一冊。享和四年刊。黄表紙)。『絵本太閤記』を戯画化し、秀吉を蛇に見立てたりした。

二〇　「豊国大錦絵」に、明智光秀が本能寺を囲むところ等が描かれていたという(『武江年表』文化元年五月十六日)。

二一　以下三人の筆禍は、『浮世画人伝』(関根黙庵著。明治三十二年刊)にも見える。

二二　武内確斎作。岡田玉山画。寛政九—享和二年刊。全七編。

二三　→四九頁。

を娶《めと》り、今は通《とおり》油町《あぶらちょう》なる地本問屋《じほんどんや》の参会所《さんかいじょ》を守《モリ》てをれり」。」独足下《ひとりそっか》[一]のみ無事なり。こは年来謹慎の故《ゆえ》なるべけれど、幸《さいわい》甚《はなはだ》しと謂《い》ふべし。吾《われ》もし著述によりて御咎《おとがめ》を蒙《こうむ》り奉ることあらば、再犯の罪重かるべし。是《ここ》を以《もって》、夜《ヨハ》に思ひ晨《ツト》に省《かえり》み、著述のうへに禁忌を犯すことなし。然《しか》れども、或《あるい》は人に讒訴《ざんそ》せられ、或は連累《れんるい》[二]せられ、さらでも不慮の殃厄《ワザハヒ》にあふことなしとすべからず。吾是等《これら》の禍《わざわい》を脱《のが》れん為に、近きころより湯島なる菅廟《かんびょう》[三]を信じ奉り、月の二十五日毎《ごと》に必《かならず》参詣す。是《これ》一つには無事を禱《いの》り、一つには歩行逍遥《しょうよう》[四]し、一つには下谷・浅草なる友人を訪《と》ふて、以悶《もってもん》[五]を遣《ヤラ》むと欲《ほり》す。廼《すなわ》ち一事を以《もって》三用を兼《かね》たり」

と云ふ。馬琴聞《きき》て、

「善《ヨシ》[六]」

一　あなた。同等の相手を敬っていう。
二　巻き添えをこうむる。
三　湯島天神。学問の神様菅原道真を祀る。文京区湯島三―三〇―一。
四　散歩する。
五　憂さを晴らす。
六　結構でしょう。

と称せり。

馬琴への信頼

其《その》[七]明年に至《いたり》て、馬琴一日《あるひ》京伝を訪ふに、其妻《つま》の云《いう》、

「良人《おっと》は湯島なる天満宮に詣《もうず》るとて、出《いで》て未レ還《いまだかえラず》」

といふ。馬琴聞《きき》て頷《ウナヅキ》て云、

「[八]現《ゲニ》今日は二十五日なれば其事《こと》あらむ。[九]聖廟月参《せいびょうげっさん》のことは予《カネ》て聞たるが、吾《われ》これを忘れたり」。

因《より》て[一〇]少選《シバラク》雑談す。百合の云、

「良人嘗《かつて》妾《わらわ》に謂《いい》て云、「吾が旧友の中《うち》、馬琴子《し》は文墨に才あるのみならず、[一一]世事時務のうへに知慮あり。吾もし[一二]万一の事ありて、汝《なんじ》決断しがたくは彼人《かのひと》に問へ」といひき」

といふ。馬琴[一三]応《こた》へず、他事に紛《まぎ》らして竟《ツイ》に退《マカ》りぬ。

七　文化六年（一八〇九）頃。
八　まことに。
九　湯島天神。
一〇　「少選　シバラク」（『書言字考節用集』一二）。
一一　世故にたけている。
一二　不慮の死を暗示する。
一三　不吉なことゆえ、返答するのを憚ったものであろう。

馬琴を詰る

文化六年己巳《つちのとみ》の十二月、馬琴『[一]夢想兵衛蝴蝶物語《むそうびょうえこちょうものがたり》』といふ冊子を著《あらわ》したり。[二]其編中《そのへんちゅう》に、『[三]忠臣蔵』てふ浄瑠璃本なる、[四]早野勘平《かんぺい》が妻軽《かる》[五]が事に托《たく》して、[六]遊女と妻を等《ひと》しく思ふ者を譏《そし》れり。京伝見て、これを怒《いか》る。七年の春正月、京山と共に馬琴を訪《と》ふて年始の慶賀を告げ、語次《ごじ》此事《このこと》に及ぶ。京伝云《いう》、「遊女にも賢あり才あり。且《かつ》人の妻となりて貞実なるもの多し。大凡《おおよそ》身を花街《クルワ》に售《ウ》るものは、或《あるい》は親の為にし、或は兄弟の為にせざるは稀《まれ》也。是《こ》れ孝是悌《これてい》[七]にして、身を万客《ばんかく》[八]に任《まか》するもの、豈憐《あにあわれ》まざらんや。吾《わ》れ経学《けいがく》[九]に暗し、足下《そっか》屢《しばしば》[一〇]聖人の言《げん》を称述《しょうじゅつ》す。もし聖人をして今こゝに在らしめて、此等《これら》の是非を問《とわ》ば、聖人其《そ》れ何とかいはん。足下聖人に代りて、吾が為にこれを云へ」。

一 →二四〇頁注六。夢想兵衛が少年国・色慾国・強飲国・貪婪国を遍歴して、色々の人物と議論を交わす小説。
二 巻三「色慾国」。
三 『仮名手本忠臣蔵』。二世竹田出雲等作。寛延元年初演。
四 塩谷《えんや》判官の家臣役。
五 勘平の恋人役。祇園の遊廓に売られて遊女となる。
六 「夫の為なりとも、既に夥《あまた》の客に身を汚して、年季が明いたらば、又旧の夫とひとつにならふと思ひしは、色慾から出た了簡ちがひにて」という文が、京伝の妻の百合の境遇を連想させる。
七 年長者に対して従順な徳。
八 大勢の遊客。遊女の境遇を「半点の朱唇万客嘗《な》む」（「妓女を笑う」『漢国狂詩

馬琴対《こたえ》て云、

「足下の言《げん》、究《きわ》めて是《ぜ》なり。吾れ疎忽《そこつ》にして言を慎《つつし》まず、不レ覚《おぼえず》して大方《おおかた》の怒《いか》りに遇《あ》へり。駟《し》[一一]も亦《また》何ぞ及《およば》ん。然《しか》れども、世間に遊女を妻とするもの千万人、いまだ吾が書をもて恨《うら》み憤《いきどお》るもののあることを聞かず。且《かつ》聖賢の教《おしえ》[一二]は大事に在りて小事に及ぼし、男子に在りて女子にあらず。故《ゆえ》に孔子の曰《いわく》、[一三]女子《ト》小人《ハ》為レ難レ養《やしないがたしとなす》也。遊女、賢才なりとも貞実なりとも、聖人豈其《あにその》是非を論ぜんや。[一四]漢水の遊女は今の売色にあらねども、猶且《なおかつ》詩に禁《これヲトヾメ》レ之たり。足下吾書《わがしょ》を見ること再三せば、其怒《いかり》おのづから解けん」。

京伝ますく〜怒て、猶争《なおあらそわ》んとす。京山傍《かたわ》らより禁《これヲトヾメ》レ之て、談《だん》、他事に及べり。

選』)という。

九　四書五経などの経書を学ぶこと。

一〇　儒家で理想とする人物。孔子など。

一一　「駟も舌に及ばず」(『論語』顔淵)。一度口外した言葉は、四頭だての馬車で追っても取り返しがつかない。

一二　大事を優先する意。

一三　『論語』微子篇の言葉。扱いにくい意。

一四　「漢に游女有り、思うべからず」(『詩経』周南「漢広」)に基づいていう。漢水で遊ぶ女性は賢なる故、礼を犯して求める者はいない。京伝の不得手な漢籍の知識を振り回して糊塗する態度。

馬琴の後悔

彼《か》の兄弟去《さり》て後《のち》、馬琴後悔して以謂《オモヘラク》、「昔俳諧師芭蕉[一]は、其《その》門人杜国[二]が瞽者《こしゃ》[三]なるを以《もって》、生涯盲目《メシイ》の句を作らず、杉風が聾者《ろうしゃ》なるを以、生涯耳聾《みみしい》の句を作らずとこそ云ふなるに、吾慮《わがおもんばかり》の足らざる、彼《かの》俳諧師にだも及《およば》ざること遠し。人の嫌忌《けんき》[四]測《はか》りがたし、慎《つつしま》ずはあるべからず」と云《いい》て、其子《そのこ》に告《つげ》て以《もって》自《みずから》警《いまし》む。然《しか》れども、京伝再びこの事をいはず、馬琴も亦介意《またかいい》[五]せずして交《まじわ》り初《はじめ》の如し。只其志《ただそのこころざし》す所、各《おのおの》同じからざるを似《もっ》て、来会《らいかい》[六]、年中に両三度に過《すぎ》ざるのみ。『骨董集《こっとうしゅう》』[七]に引用の為、馬琴が蔵書を借ること屢《しばしば》なるも、迭《かたみ》[八]に書状の往来のみにぞありける。

『骨董集』刊行

文化十一年[九]、京伝其著《そのあらわ》す所の『骨董集』上編〔上中〕二冊、

一 大島蓼太の俳論『雪おろし』に「昔、芭蕉の翁は門人杉風が耳うときをなげき、一生聾といふ句をしたまはずとぞ」とあるが、杜国についての記載はない。
二 坪井氏。元禄三年(一六九〇)没。『冬の日』の連衆。芭蕉に愛された。
三 杜国が盲目という事実はない。
四 忌み嫌うこと。この場合は、嫌疑の意。
五 気にかけない。
六 訪問して会うこと。
七 該書の著述に関しては二〇〇・二〇二頁参照。
八 『骨董集』著述のためかは未詳であるが、『日本風土記』(七月十七日付)や『江戸名所記』(十一月十一日付)を馬琴に借りている京伝書簡はある(『馬琴書翰

[一〇]書肆発行し、十二年乙亥《きのとい》十二月、上編（下之前後）[一一]嗣梓《しし》刊布《かんぷ》せり。享和中より是《こ》の著に苦心すること十余年、こゝに至《いたり》て先《ま》づ其上編あらはれたり。都下の紙[一二]未貴《いまだたか》きに至らねども、世の好事《こうず》の者、これを珍愛すること少《すく》なからず。又其中編を著さんと欲《ほり》して、諸書を借抄《しゃくしょう》して已《や》まず。然るに此《この》ころ、歩行すれば胸痛《きょうつう》すと云て閑居するのみ、明年の夏に至て少しく愈《いえ》たり。是《これ》よりをり〳〵[一三]逍遥《しょうよう》せん為に友人を訪《と》へり。

京伝の死

[一四]十三年丙子《ひのえね》の秋[一五]、京山、其母屋《オモヤ》の向《むか》ひに別に書斎を造れり。此新書斎を開くとて、七日の夕、舎兄京伝を請待《しょうたい》し、[一六]真顔《まがお》・[一七]静廬《せいろ》を相客《あいきゃく》とす。この日京伝は、明春出板の草冊子《くさぞうし》を創して[一八]初更に及べり。京山が使《つかい》しば〳〵来《きた》るを以、遂《つい》に筆を投《ステ》て其家《いえ》に趣きつ。間僅《わずか》に[一九]二町許《ばかり》なるべし。真顔・静廬等と清談[二〇]し、

集成』第六巻）。

九　一八一四。→二〇二頁注一〇。

一〇　鶴屋喜右衛門。

一一　続刊。

一二　紙価が昂騰する。本がよく売れる意。

一三　→三二四頁注四。

一四　一八一六。京伝五十六歳。京山四十八歳。

一五　旧暦の九月。

一六　鹿都部真顔。→三八頁注三。

一七　北氏。名は慎言《ちかのぶ》。嘉永元年（一八四八）没、八十四歳。有名な博識で、随筆に『梅園日記』（弘化二年刊。五巻五冊）がある。

一八　午後八時頃。

一九　一町は約一〇九メートル。

二〇　風雅な話。

且《かつ》旧時を語《かたり》て、酒食常の如く快く喫《きっ》し、三更[一]に及《および》て、辞《じ》して家に帰らんとす。真顔は脚痛あるをもて先だちて帰去《かえりさ》りぬ。因《より》て京伝は、静廬と共に京山が書斎を去《さり》て、一町ばかりにして俄頃《にわか》に、

「胸痛す」

と云《いい》て進まず。静廬驚《おどろき》て其木履《そのぼくり》[二]を脱《ヌガ》しめ、扶掖《タスケヒキ》て其家に送り、深更なるをもて辞して去りぬ（静廬が家は芝新橋[三]の西の中通りにあり。俗称は屋根屋三左衛門。真顔が家は上《カミ》[四]にいへり）。百合驚憂《おどろきうれ》ひて介抱し、急に小廝《こもの》[五]を走らせて京山に告ぐ。京山走り来て、百合と共に薬を勧め、自《みずか》ら隣町なる医を迎へて診《み》せしむ。医の云《いう》、

「是乾脚気《これかんかっけ》[六]なり、救ふべからず」。

強《しい》て療治を乞ふに及て二帖[七]を調剤し、灸治《きゅうじ》[八]をすゝめて去り

一　午前零時頃。
二　下駄。
三　静廬は、新橋の料理屋鈴木氏（金春屋《こんぱるや》）の子に生まれ、のち新橋金春屋敷（現、中央区銀座八丁目）の屋根葺棟梁北氏を継いだ。
四　→二九四頁四行、三八頁注四。
五　小者をいう中国俗語。
六　浮腫のない脚気。ビタミンB_1の欠乏により、心不全を来たす。
七　膏薬二枚をいおう。
八　もぐさを肌の局部に載せて、これに火を点じて焼き、その熱気によって病を治療すること。
九　午前二時頃。
一〇　排便により心拍数が上がり、血圧も上がるからか。
一一　体内から気が抜けること。

つ。鍼灸《しんきゅう》の効あるに似《に》て、厠《かわや》に登《ユカ》んと云ふ。即《すなわ》ち扶《たす》けて趣《おもむか》しめ、

「便快く通じたり」

と聞《きき》て、又扶けて臥房《フシド》に入れて臥《フサ》しめしに、呼吸急にして言ふことを得ず、[九]四更の比及《コロホヒ》、竟《つい》に没しぬ。時に年五十六（これらの症は[一〇]便の通ずるを忌む。[一一]是脱気によりて[一二]頓滅せしならん）。[一三]明日未《ひつじ》の時、両国橋辺[一四]回向院《えこういん》無縁寺に送葬す。法名智《ち》誉《よ》（法名弁誉知海《べんよちかい》）京伝信士。この日柩《ひつぎ》を送るもの、[一五]蜀山人、狂歌堂真顔、[一六]静廬針金《はりがね》、[一七]烏亭焉馬《うていえんば》、[一八]曲亭馬琴、及び[一九]北尾紅翠斎《きたおこうすいさい》、[二〇]歌川豊国、[二一]勝川春亭《かつかわしゅんてい》、[二二]歌川豊清、[二三]歌川国貞等、凡吊《およそちょう》する者百余人也。

巴山人の印

記者の云《いう》、京伝天稟《てんぴん》の狂才あり、初《はじめ》は草冊子・洒落本を以《もって》

一二 頓死。急死。
一三 九月八日午後二時頃。
一四 →四〇頁注七。
一五 大田南畝。→三七六頁八行。
一六 北静廬の別号。網破損針金。
一七 初世焉馬。落語家。→八〇頁注四。
一八 馬琴本人ではなく、名代として息子の宗伯を寄こしたという。→三六六頁一〇行。
一九 北尾重政。→三九頁注一九。
二〇 『善知安方忠義伝』等の画家。→一八〇頁注四。
二一 京伝合巻『風流伽三味線』等の画家。
二二 歌川豊広の子。
二三 京伝合巻『鏡山誉仇《かがみやまほまれのあだ》討《うち》』等の画家。

名を知られたり。毎編用《もちう》る所の一「巴山人《はさんじん》」の印章は、其《その》父母と共に深川木場なる二曲物舗《しちだな》に在りしとき、質物《しちもつ》の中より出《いで》たり。其質流る三ゝに及《および》て、父これを京伝に与ふ。于レ時《ときに》年八、九歳、これを愛玩すること四天毬撫玉《てんきゅうぶぎょく》の如し。或るときはこれに緒《ひも》を附けて五紙鳶《イカノボリ》を取るの具とし、或《ある》ときは是《これ》を腰に佩《おび》て、能《よ》く失ふことなし。天明の末に、始《はじめ》て六草冊子を著《あらわ》すに及て、多く他印を用ひず〔世俗これを京伝が牡丹餅《ぼたもち》の印といふ。其形の相似《あいに》たればなり。其店の暖簾《のれん》にも此《この》印を染《そめ》たり〕。これ銅印にして七世俗の目識《めじるし》となるによりて、印は八唐物《からもの》に似たり。其生涯、巴山人の号を用ひずといへども、印はこの人に依《より》て見《アラ》九はれ、この人は其印をもて名をなせり。是《これ》其後身一〇歟《か》、奇と謂《いい》つべし。

京伝の人柄

一　天明七年刊の洒落本『通言総籬』『古契三娼』『初衣抄』等の序の署名印に用いるのが最初の使用。黄表紙には寛政二年以後のものに用いる（『山東京伝年譜稿』）。
二　父伝左衛門が勤めていた。↓二八四頁注四。
三　質入れして借りた金を返済できないため、質草が質屋の所有になる意。
四　天から与えられた毬《まり》と、愛撫する玉。
五　凧に投げ絡めて落とす。
六　この場合は、洒落本。↓注一。
七　世俗が京伝愛用の印であることを知り、京伝と認識する目印とする。
八　中国その他の外国から渡来した品物。トウブツ。
九　世に知られ。
一〇　巴山人が京伝に生まれ

初《はじめ》は書を読むこと博《ひろか》らざりしかど、文を綴るに必《かならず》和漢の故事を引用せざることなし。是《ここ》を以《もって》、世俗、博学ならむとおもへり。亦是《またこれ》[一一]才子の所為《ワザ》と謂ふべし。齢《よわい》四十に及て頻《しきり》に好事《こうず》[一二]に走り、其考究の為《ため》に和書雑籍《ざっせき》を読むまに〱[一三]、学問やうやく進《すすみ》て才余りあり。只経学《ただけいがく》[一四]には甚《はなはだ》疎し。この故に四書[一五]の語句の類は、半句も記誦《きしょう》することなし。識者以遺憾《もっていかん》とす。稟《ひん》性《せい》質弱にして一臂《いっぴ》[一六]の重きに堪へず。然《しか》れども多病にあらず、五十歳に及ぶまで、多く二毛《じもう》[一七]を不《み》レ見《ず》。眼明《あき》らかにして歯牙《しが》一枚だも脱《ぬけ》ざりき。性、酒を嗜《たしなま》ざれども美酒を貯《たくわえ》て、毎夕一盞《まいせきいっさん》[一八]を傾けたり。此《こ》れ其気血《きけつ》[一九]を巡らさん為也。然れども灸治《きゅうち》を嫌ひて、且《か》つ餌薬《じやく》を服せず、只食と淫とを過度せざるのみ。雷を懼《おそ》る丶の故に夏日《かじつ》は遠く出《いで》ず、又舟を懼れて水行せず、皆虚症[二〇]の為也。齢半百《よわいはんぴゃく》[二一]にして其耳些《すこ》し聾《ろう》[二二]なり。是《これ》[二三]虚弱にして、

変わったもの。
一一　自分を高く見せるための才覚があることをいう。
一二　江戸初期の風俗考証に打ち込み。→三二六頁六行。
一三　読むにつれ。
一四　四書五経の学問。→三一七頁一〇行。
一五　黄表紙『孔子縞于時藍染』や『通俗大聖伝』には漢籍の句を多く用いている。
一六　腕力がない。
一七　白髪の意。
一八　浅酌した。
一九　血液の循環を良くする。
二〇　神経質で臆病なこと。
二一　五十歳頃。
二二　耳が遠いこと。
二三　→二〇一頁注一一。

多年思慮を費《ついや》せし蔽《つか》れならむ。著述は毎編[一]稿を易《かえ》て、軽々しく書肆《しょし》に授《さず》けず、且《かつ》遅筆なるをもて、[二]稿を脱《ヌク》こと速《すみやか》ならず。是故《このゆえ》に[三]草冊子《くさぞうし》の外、必《かならず》年を累《かさね》ざれば成らず。
　其《その》[四]孝友に於《おい》て聞《きこゆ》ること無しといへども、二親を[五]安《やすか》らしむるもの丶如し。二親も亦《また》其意に任せて制することなかりしかば、一家和順して兄弟所親[六]口舌《くぜつ》あることなし。其謹慎の人に過ぎたる、[七]百事千慮、只《ただ》[八]官吏を懼《おそ》る丶こと虎の如し。其友と交《まじわ》るに、争気《そうき》なしといへども、聊《いささか》[九]嫌忌あり。初め[一〇]万象亭と交り浅からざりしに、寛政のはじめ、彼人《かのひと》[一一]『田舎芝居』といふ一小冊を著《あらわ》して、其自序に「今の洒落《しゃれ》は睾丸《キンタマ》を出《いだ》して笑《わらわ》するが如し」[一二]といへり。京伝見て、己れを譏《そし》れりとして恨憤《うらみいきどお》り、竟《つい》に其事を言はずして又万象亭と交らず。一旦[一三]馬琴を恨たりしも亦これに似たり。

一 原稿を書き直して。
二 原稿を完成させる。
三 黄表紙・洒落本以外のもの。読本をいう。遅筆の様は、一八六―一八七頁参照。
四 孝悌友誼において、特に篤いとは聞かないが。
五 両親に心配をかけない。その様は二八八頁に詳しい。
六 喧嘩口論。
七 万事につけあれこれ考えて。
八 町奉行所の役人の取り締まり。→一一八頁三行。
九 うたぐり深い所。
一〇 森島中良。→三八頁一一行、一一五頁。
一一 →一一五頁注一三。以下の事情は、右頁に述べていた。
一二 万象亭にはっきりとは言わなかったが。
一三 馬琴が京伝の遊女上が

一切の著編は、[一四]秘して、戯作をする者に語らず、此《こ》れ其趣向を奪《うば》れん歟《か》と思へばならむ。其の才、滑稽と[一五]絵組《えぐみ》に妙にして、[一六]趣向の筋にたくみならず。是故《このゆえ》に[一七]唐山《とうざん》の小説、[一八]及説経《およびせっきょう》の[一九]趣向を撮合《さつごう》して作りなすこと多し。然《しか》れども能《よ》く綴りなすをもて、其[二〇]出《いづ》る所を顕《あらわ》さず。こゝを以看官《もってミルモノ》これを知ること稀《まれ》なり。能弁にはあらざれども、其趣向の大略を先《ま》づ其[二一]板元の書肆に語るに、能其趣《よくそのおもむき》を尽すこと、上手の落語《ヲトシバナシ》をするが如し。書肆ほと〳〵感心して[二二]呫《アヤブ》まず、其書を刻するに及《および》て、作者の[二三]意に任せざることなし。是《これ》一術なるべし。其性《せい》浮薄ならざれども、老後も興に乗ずれば、[二四]茶番狂言などして人を笑することとありけり。

潤筆料のはじまり

戯作者は[二五]風来山人、及び喜三二、春町等より世に行《おこなわ》れたれ

りの妻を譏ったと恨んだこと。→三二六頁。
一四 妻や板元西村屋与八には腹稿を語った。→一九〇—一九一頁。
一五 挿絵の構図を考えること。嘗て絵を学んだ。→三九頁一二行。
一六 筋を作ること。
一七 原作ではなく、『通俗忠義水滸伝』等の翻訳書。
一八 『勧善桜姫伝』の如き勧《かん》化《げ》本《ほん》のこと。
一九 複数の作品の話を取り合わせること。
二〇 典拠。
二一 →注一四。
二二 売れ行きを心配しない。
二三 注文。→一八六—一八七頁。
二四 芝居をもじった所作をする演芸。
二五 →一〇八・一五八頁。

ども、書肆より著述の潤筆を得ることはなかりき。早春、其《その》一作者へは板元の書肆より錦絵・草冊子《くさぞうし》なんど多く贈り、又当り作ありて夥《アマタ》売れたるときは、其板元、一夕《いっせき》、作者を遊里などへ請待《しょうたい》して、多少の饗応するのみなりき。寛政中、京伝・馬琴が両作の草冊子大《イタク》行《おこなわ》るゝに及《およ》びて、書肆耕書堂《こうしょどう》二・仙鶴堂《せんかくどう》三相謀《あいはか》り、始《はじめ》て両作の潤筆を定め、件《くだん》の両書肆の外《ほか》、他の板元の為に作する事なからしむ。京伝・馬琴これを許すこと六、七年、爾後《ソノのち》ますく〳〵行れて四、他の書肆等、障《さわ》り五をいふもの多かりしかば、耕書・仙鶴の二書肆もこれを拒《コバ》むことを得ず、六広く著編を与へ刻《こく》さすることになりたり。又其潤筆も漸々《ぜんぜん》に登りにき。皆是書肆等が定《さだむ》る所に従ふのみ。後《のち》にいで来つる戯作は、例七を推して潤筆を得るもあれど、よく京伝・馬琴が潤筆に及ぶものあることとなし。是《ここ》を以《もって》、世の文場《ぶんじょう》八に遊ぶものの、

一　正月。
二　蔦屋重三郎。→三二一頁注四。以下の潤筆料の事情については四〇―四一頁にも述べられる。
三　鶴屋喜右衛門。→三四頁注八。
四　両人の作品が売れて。
五　文句をいう。
六　他の書肆にも両人の作品の板行を許可して。
七　両人の潤筆料の例に準じて。
八　戯作執筆を試みる者。

或《あるい》は猜《そね》み或は羨《うらや》み、彼《かの》[九]両作者を嘲《あざけ》るもの多かり。凡《およそ》[一〇]戯墨を以名を知らるゝもの少《すくな》からず、然《しか》れども戯作によりて学の進みしものはあらず。只《ただ》[一一]京伝のみ。凡《およそ》唱妓に惑溺《わくでき》して産を破る者多し、然れども唱妓に惑溺して貨《タカラ》[一二]を殖《フヤ》すものはなし、只京伝のみ。今この両事を以其人となりを思へば、亦是《またこれ》一個の畸人《きじん》也。伝《つたえ》て以話柄《わへい》とすべき歟《か》。

京伝の著作

京伝の著書尤《もっとも》多し。草冊子及び洒落本のごときは今録するに勝《たえ》ず、其他《そのた》[一三]左の如し。

『孔子一代記』[一四]（寛政改元のころ、麴町《こうじまち》なる書肆江崎屋[一五]が需《もとめ》によりてこれを著《あらわ》す。この書行[一六]れず、今知るもの稀《まれ》なり）

『忠臣水滸伝』[一七]十巻　『安積沼《あさかのぬま》』[一八]五巻

九　京伝と馬琴。
一〇　戯作や狂歌・狂詩など。
一一　戯作・随筆の執筆につれ京伝の学問が進んだことは、二〇〇頁一二行や三三三頁参照。
一二　この間の事情は、二八八―二八九頁に参考になる記事がある。
一三　以下の書目は、読本と随筆のみを掲げる。
一四　→一七七頁注一二。
一五　三崎屋の誤り。→一七七頁注一一。
一六　→一七七頁注一六。
一七　→一七八頁注三。
一八　→一七九頁注一一。

[一]『近世奇跡考』五巻　[二]『優曇花《うどんげ》物語』七巻
[三]『桜姫曙草紙《あけぼのそうし》』五巻　[四]『うとふ安方《やすかた》忠義伝』六巻
[五]『不破名古屋稲妻標紙《いなずまびょうし》』五巻　[六]『本朝酔菩提《すいぼだい》』十巻
[七]『浮牡丹《うきぼたん》全伝』四巻　[八]『梅花氷裂《ばいかひょうれつ》』三巻
[九]『双蝶記《そうちょうき》』六巻　[一〇]『骨董集』四巻

（頭書「[一一]『四季交加《ノユキカヒ》』三巻、時世粧《じせいしょう》の絵入本也。画は北尾重政也。寛政中、書肆仙鶴堂梓行《しこう》す。この書いたく行《おこなわ》れず、纔《わずか》に五十部売れたりとぞ。よりて今甚稀《はなはだまれ》也。[一二]右京伝著述遺漏《いろう》也、下へ書加《かきくわう》べし」）

遺稿と遺財

『骨董集』[一三]中編遺稿一両巻、及び[一四]抄録数十冊あり。友人・書肆等、京山に就《つき》て其《その》遺稿を刻せんと請《こ》ふ。然《しか》れども筆録錯乱して未《いま》だ編をなさず、且《かつ》其[一五]考索の全《まった》からざるを以《もって》果《はた》さず。

一 随筆。→一九九頁注一二。
二 →一七九頁注一三。
三 →一八〇頁注二。
四 →一八〇頁注四。
五 →一八〇頁注六。
六 →一八一頁注一七。
七 →一八七頁注一一。
八 →一九〇頁注四。
九 →一九〇頁注八。
一〇 随筆。→一九九頁注一三。
一一 風俗絵本。→一七七頁注一七。
一二 『四季交加』を指す。
一三 『骨董集』は、既に前帙上・中巻、後帙下巻が刊行されていたので、その続編に当る。→二〇二頁一〇行。
一四 抜き書き。
一五 考証と探索。
一六 『無垢衣考』と題し、私家版として文化十三年冬刊。

唯《ただ》「[一六]むく〳〵の小袖の考《かんがえ》」其他《そのた》一両条全きものあり、京山これを家に刻して、遺墨《いぼく》に代《かえ》て、もて諸友人に遣《ヲク》れり。

京伝、[一七]遺財多く有りと云《いう》（其外《そのがい》[一八]従弟《じゅうてい》長崎屋某曰《いう》、遺財云云《しかじか》金《きん》あり）。

百合の不幸

京山、其嫂《そのあによめ》百合と不レ協《かなわず》、即《すなわ》ち遺財を封[一九]じて、これを親戚中に預《あずか》らしむ。[二〇]寡嫂《かそう》百合、[二一]空店《あきだな》を戍《マモリ》て商売故《モト》の如し。一日《あるひ》、書肆[二二]甘泉堂《かんせんどう》、百合を訪ふ。百合泣《なき》て云、

「亡夫の在りし日は、[二三]傍《かたわ》ら潤筆[二四]を以風流及び臨時の雑費を補ひしに、妾《わらわ》が女流なる、加《これにくわうるに》レ之親族の資《タスケ》少なし。何以《なにを》か久《ひさし》くこの店を戍《まも》らむ。亡夫の在りし日、妾、舅姑《きゅうこ》の[二五]称月毎《しょうげつごと》に、[二六]名字飯《みょうじめし》を作りてこれを祭り、且《かつ》近隣及来訪の諸賢を饗《きょう》しき。然《しか》るに去年、亡夫、妾に謂《いい》て云、「[二七]吾考妣《わがこうひ》の称月[二八]逮夜《たいや》毎《ごと》に、

その成立は、文化十三年八月という（『山東京伝年譜稿』）。
一七　京伝が遺財に配慮していたことは、三一八―三一九頁に詳しい。
一八　母方のいとこ。
一九　封鎖して。使えないようにして。
二〇　寡婦の兄嫁。
二一　主人が居なくなった店。
二二　和泉屋市兵衛。京伝の合巻『伉俠双蛺蝶《おとこだてふたつちょうちょう》』（文化五年刊）等を刊行した。
二三　店の営業の他に。
二四　文筆に関すること。
二五　祥月。死者の一周忌以後の命日の月。
二六　菜飯・茶飯などと特に名のついた飯。命日に供える。
二七　死んだ父母。
二八　忌日の前夜。

汝《なんじ》が[一]料供《りょうぐ》を以《もって》これを祭ること究《きわ》めて善《ヨ》し。然《しか》れども其費《そのついえ》なきにあらず。今よりこれを省《ハブカ》ずは、吾が[二]身後も祭ること亦復《またまた》かくの如くなるべし。然《さる》ときは年中[三]三度の称月あり、一称月の雑費、凡《およそ》銭[四]一貫文ばかりなるときは、年中三貫文の費あり。汝が舅姑は我《わが》二親なり。[五]吾今これを制《トヾム》るときは、汝が供養に怠《おこた》れるに非《あら》ず。宜《よろし》く吾が言に従ふべし」と云《いわ》れき。因《より》て去年より称月の供養を廃したり。今に至《いたり》てこれを思へば、亡夫の先見、[六]掌《たなそこ》を指すが如し。妾《わらわ》、今余財なし、且《かつ》[七]売買のうへ損多くして利少《すくな》し。縦《たと》ひ三称月の供養せんと欲《ほり》するとも、何を以《もって》能《よく》せんや」。

言未《いま》だ訖《おわ》らず、[八]潸然《さんぜん》として哭泣す。甘泉堂、聞《きき》て[九]理《ことわり》ありと称し、涙を[一〇]横たへて去りぬ。

是《これ》より先、馬琴、百合を訪ふ。百合、唯《ただ》旧時を語《かたり》て[一一]家事に

一　お供え物。
二　死後。
三　京伝の父・母および京伝自身の三度をいう。
四　現在のおよそ六万円ほど。
五　私が止めさせたのだから、あなたが供養を怠ったことにはならない。
六　極めて明らかなたとえ。
七　煙草入れ・煙管の商売。
八　涙をさめざめと流す様。
九　もっともです。
一〇　浮かべて。涙ぐむ様。
一一　商売や供養に関する事。
一二　茫茫。とりとめのない様。意識が明瞭でない様。
一三　うわ言を言う様。
一四　気がおかしくなっている状態。
一五　一八一七。
一六　二月。→三四三頁一一行。
一七　人丸堂の前の榎のもと。

及ばず。其明春、又これを訪ふに、百合[一二]忙々《ぼうぼう》として出迎《いでむか》へ、言語[一三]譫々乎《せんせんこ》として狂女の如し。馬琴、[一四]其気を察して速《すみやか》に去りぬ。是よりの後《のち》、復訪《またとわ》ざりき。

京伝机塚

[一五]文化十四年丁丑《かのとうし》の春、[一六]京山、[一七]浅草寺の地中に京伝の机塚《つくえづか》を立《たて》たり。落成の日、旧友を塚辺《ちょうへん》の茶店《さてん》に会して勧盃《かんぱい》の儀あり。皆亡兄の遺財を以《もって》すと云ふ。其《その》記に曰《いわく》、

[一八]明和六年といふとしの二月ばかり、齢《よわい》九歳といふに[一九]師のかどにいりたちて、いろはもじ習ひそめし時、親のたまはりし[二〇]ふづくゑになむ、此《この》つくゑは有《あり》ける。さればつくりざまもおろそかにて、[二一]みやびたるかたは露《つゆ》なけれども[二二]はふらし捨《すて》ず。とし頃[二三]たのもし人《びと》にて、[二四]かたはらをさらずひとり愛《めで》つ、[二五]ありへしとしは五十にちかく、何くれとつくれる冊子

この記事は、大田南畝の『一話一言』自筆本五十一「京伝机塚」、高田与清の『擁書漫筆』三、一四にも載る。真顔の「机塚に詣てよめる長歌」も『一話一言』に載る。

一八　『一話一言』所収の本文と少しく異同があり、『一話一言』の方が京伝の原文、本書のものは、京山が刻碑に際して改めたもの、といわれる(『山東京伝年譜稿』)。

一九　行方角太夫。→二九八頁四行。

二〇　文机。

二一　風雅な趣きは少しもないが。

二二　放ち棄てなかった。

二三　頼りになる存在で。

二四　身辺から離さず。

二五　『一話一言』は、「つもれる歳は」に作る。

は百部をこえたり。今はおのがこゝろ[一]たましひもほれ〴〵しう、まなこ[二]もかすみゆくに、いつしか足[三]もたぢろぎがちにうちゆがみなどして、[四]もろおいに老《おい》しらへるさまなるは、あはれ、いかゞはせん。

山東庵京伝

[五]耳もそこねあしもくじけてもろともに
世にふる[六]つくゐなれ[七]も老《おい》たり

[八]翁諱《イミナハ》醒《サムル》、字《ハ》酉星、号《シ》二醒斎《ト》一、又号《シ》二山東庵《ト》一、称《ス》二伝蔵《ト》一。以《テ》三其《ノ》所レ居《ル》近《キヲ》二京橋《ニ》一、一字《ハ》京伝、故《ニ》其《ノ》為《ルコト》二京伝一最《モ》著《ル》。[九]磐瀬氏、其《ノ》先出《タリ》レ自《リ》二磐瀬《ノ》朝臣人上一、近世資詮《スケナリト云》者、仕《ヘテ》二太田道灌《ニ》一為《リ》二謀臣一。道灌亡《テ》、世《々》隠《レタリ》二於勢州一志《ニ》一。祖信篤《ノブアツ》、考信明、仕《テ》二某侯《ニ》一、多病《也》。辞《シテ》レ仕《ヲ》隠《レ》二於東都《ノ》市《ニ》一、娶《リテ》二大森氏《ヲ》一、生《メリ》二翁及《ビ》百樹《ヲ》一。翁少《クシテ》好《メリ》二稗史小説《ヲ》一。数百《ノ》著作日《ニ》富《ミ》、戯文幻説、謬

一 精神・意識も惚けてきて。
二 視力も弱くなり。
三 自分の足と机の脚とを掛けていう。衰えて、曲がってきて。
四 共に老いて、老いぼれる様子であるのは。
五 自分の耳と机の角とを掛ける。
六 「経る」と「古」を掛ける。
七 汝。机をいう。一首は、私は、耳も遠くなり脚も曲がってきて、古机のお前と一緒に世を経てき、お互いに老いたものだ、の意。
八 この碑は、浅草寺に現存する。
九 磐瀬氏の先祖については、「京伝机塚碑文相願候に付口上之覚」(『一話一言』)に「磐瀬朝臣人上(陸奥国磐瀬郡人外正六位上児部人上、

悠無根、能クメ二人ヲシテ悲シマ一、能クム二人ヲシテ喜バ一。坊間ノ書賈、進ムル二於剞劂ニ一者利市三倍。於テレ是ニ児童走卒、莫シ下不ルレ知ラ二京伝ヲ一者上。晩ニ悔ヒ乙少作無キヲ甲レ益二於世ニ一、改励刻苦、捜二索シテ奇秘ヲ一、著ス二『近世奇跡考』及『骨董集』ヲ一。二百年来ノ奇談逸事、考拠精確、可シ三以テ補フ二小史ヲ一矣。文化十三年丙子九月七日没ス、歳五十六。葬ル二国豊山回向院ニ一。一〇弟百樹埋テ二翁ノ幼時ノ写字案ヲ於浅草寺中柿本ノ祠側ニ一、以テ二遺財ヲ一建テレ碑ヲ、一一刻シ二翁ノ国字記ヲ一、使ム三予ヲシテ記セ二碑陰ニ一。予識ルコトレ翁ヲ三十余年、名ハ似テ二放浪ニ一而実ハ謹慎、孝友天至、過タリ二於所ニレ聞ク。因テ題シテ二斯言ヲ一、以テ告グル乙後之読ミテ二其書ヲ一、而不ルレ知ラ二其人ヲ一者ニ甲爾ノミ。

文化十四年丁丑春二月

江戸南畝覃撰　京山磐瀬百樹再書

〈翁諱《いみな》は醒《さむる》、字は酉星《ゆうせい》、醒斎と号し、又た山東庵と号し、

神護景雲三年三月辛巳、姓を磐瀬と賜)の遠裔にて御座候。近古、磐瀬資詮と申候もの、太田道灌に仕へ候て謀慮の臣たりしに、道灌亡後、去て勢州に住し、世々郷士にて、数代仕候。京伝父は信明と申、勢州一志郡の郷士信篤の二男にて、江戸え来り、某侯に仕候得ども、多病にて仕絆を脱し、市に隠申候。京伝は信明の長子に御座候」とある。

一〇「京伝生前之遺財にて、家弟百樹、碑を建候事、御認め奉願上候」(同前)。

一一「京伝、若年の頃、花柳に遊びて其光景を著作いたし、または野史の戯編を著し候得共、性来篤実にて親に仕えて孝行仕候て、筆と心とは甚相違仕候事」(同前)。

伝蔵と称す。其《そ》の居《お》る所　京橋に近きを以て、一の字は京伝、故に其の京伝たること最も著《あら》はる。磐瀬《いわせ》氏、其の先は[一]磐瀬の朝臣人上《ひとかみ》より出《い》でたり。近世　資詮《すけなり》といふ者、[二]太田道灌《どうかん》に仕へて[三]謀臣たり。道灌亡《ほろ》びて、世よ[四]勢州一志に隠れたり。祖は信篤《のぶあつ》、考は信明、某侯に仕えて多病なり。仕《つかえ》を辞して[五]東都の市に隠れ、[六]大森氏を娶りて、翁及び百樹を生めり。翁少《わか》くして稗史《はいし》小説を好めり。数百の著作日《ひび》に富み、[七]戯文幻説、[八]謬悠無根《びゅうゆうむこん》、能《よ》く人をして悲しましめ、能く人をして喜ばしむ。坊間《ぼうかん》の書賈《しょこ》、[九]剞劂《きけつ》に進むる者、[一〇]利市《りし》三倍なり。是《ここ》に於《お》いて児童走卒《そうそつ》も、京伝を知らざる者莫《な》し。[一一]晩に[一二]少作　世に益無きを悔ひ、[一三]改励《かいれい》刻苦、[一四]奇秘を捜索して、『近世奇跡考』及び『骨董集』を著す。二百年来の奇談逸事、考拠精確、以て[一五]小史を補ふべし矣。文化十三年丙子九

一『続日本紀』二十九、神護景雲三年三月辛巳に、陸奥国磐瀬郡の人、外正六位上吉弥侯部《きみこべ》の人上《ひとかみ》に磐瀬氏を与えることが見える。

二 江戸城を築城した武将。文明十八年(一四八六)没、五十五歳。

三 謀略に与かる臣。この説の真偽は不明である。

四 伊勢。→二八四頁注二。

五 江戸。

六 →二八四頁注六。

七 戯作や虚構をいう。

八 根拠のない作り事。「謬悠之説」(『荘子』天下)。

九 板刻に行う。

一〇 利益が多いこと。「利市三倍」(『易経』説卦)。

一一 晩年に。

一二 戯作小説をいう。儒教的価値観では軽微のもの。

一三 心を改めて努力し。

月七日、没す。歳五十六。国豊山《こくほうざん》回向院《えこういん》に葬る。弟百樹翁の幼時の[16]写字案《しゃじあん》を浅草寺中の[17]柿本の祠の側らに埋めて、遺財を以て碑を建て、翁の国字記を刻し、予をして[18]碑陰に記せしむ。予　翁を識《し》ること[19]三十余年、名は放浪に似て、実は謹慎、孝友天至、聞く所に過ぎたり。因《よ》りて斯《こ》の言を題して、以て後の[20]其の書を読みて其の人を知らざる者に告ぐるのみ。

文化十四年丁丑春二月

江戸南畝《なんぽ》[21]覃《たんせん》撰す　京山磐瀬百樹再び書す〉

[22]或《あるひと》の云《いう》、京伝の著述大小百十数部のみ、又其《その》[23]父の某侯に仕へしと云ふことは吾所レ不レ知《わがしらざるところ》也。一世の名家、縦《たと》ひ其祖は詳《つまびらか》ならずと云ふとも、誰かこれを侮《あなど》らんや〔回向院なる京伝の墓碑は、京山の作文なり。其文、粗《ほぼ》これと相似《あいに》たり〕。

一四　珍奇な風俗逸事。
一五　風俗史の意。
一六　机のこと。
一七　「浅草観音地中人丸堂の前、榎大樹のもとへ建申候」(『一話一言』)→三四一頁注一七。
一八　碑裏。
一九　京伝は天明二年(一七八二)十二月十七日、南畝たちと蔦屋重三郎に招かれ、後、吉原大文字屋に遊んでいる(南畝『遊戯三昧』「としの市の記」、『山東京伝年譜稿』)。
二〇　京伝の人物や人柄を実際には知らない読者。
二一　大田南畝の諱。
二二　馬琴自身であろう。
二三　京山が家系を無理に武家に結び付けたことを匂わす言。

百合の病死

是年《このとし》夏四月[一]、京山起レ行《こうヲおこ》して伊勢及京摂に遊歴せり。秋九月、其寡嫂《かそう》百合、画工豊国に亡夫京伝の肖像を画《えがか》しめて則《すなわち》表装[二]す。是月《このつき》[三]七日、一周忌に当るをもて、画像を掲《かかげ》てこれを祭り、且《かつ》亡夫の旧友数人を招《まねき》て饗膳す。百合、言語譫々《せんせん》、応答錯《さくご》[四]悞せり。来客、皆嗟《さ》嘆《たん》す。至レ冬《ふゆニいたりテ》〔十一月[五]〕、京山、伊勢より到れり。即《すなわち》親戚旧友に告《つげ》て云《いう》、

「吾嫂《わがそう》、病に因《より》て言語不平[六]、心神狂乱の如し。且去年来、売買に損あり、嚢《のう》[七]を折《くじ》くこと八十金に及べり。吾《われ》、今、嫡家を続《つが》ずんば、亡兄の苦心、画餅《がべい》とならむ」。

十二月に至《いたり》て、京山、其妻と数子[八]を携《たずさえ》て京伝の家に移る。因《より》て物置きの別室を掃除して、百合をこゝに安置せり。こゝに於《おい》て、百合病《やま》ひ、漸々《ぜんぜん》に危し。日夜怨言し、且泣《かつなき》且罵《ののしり》て

一　京伝作、京山補綴『家《いえ》桜継穂鉢植《さくらつぎほのはちうえ》』（文政五年刊）に「丁丑の歳は高野に詣で、山水に耽て、羇窓にあること二百余日」とあり、京伝作『令子洞房《むすこべや》』の京山注記に「おのれ京山、文化十四年丁丑の夏、発足して、俗にいふ大和めぐりしたる時」とある。

二　布や紙を貼って掛物などに作り上げること。表具。

三　高田与清の『擁書楼日記』文化十四年九月四日に「山東京伝が後家使をおこせて、京伝が追福の事をつぐ」、五日に「山東京伝が後家の許へ、精進物をおくりつ。七日は京伝が一周忌にあたれば也」とある。

四　とんちんかんである。

五　四月から二百日余りとい

已《ヤ》まず。文化十五年戊寅《つちのえとら》[九]正月廿二日〔二月二十八日〕、没しぬ。年四十許歳《きょさい》、両国回向院《えこういん》なる京伝の墓に合葬す。[一〇]識者云、彼孀婦《かのそうふ》の憂苦に依《より》て狂死せしは、先妻の祟《たたり》ならむ歟《か》といへり。是年《このとし》の春、京山、亡兄の遺財を以《もって》其家を造り更《アラタ》め、[一一]初秋に至て落成す。因《より》て其児《そのこ》筆吉《ふできち》を改《あらため》て二世伝蔵とし、京山これが後見たり。売薬の数を増して七月廿六日、開店せり。

[一二]京山、初《はじめ》の名は相四郎《そうしろう》、外叔母鵜飼《うかい》氏の養子たりし時、鵜飼助之進《すけのしん》と改《あらた》む。離縁の後、書家東洲《とうしゅう》佐野文助の婿《むこ》養子たりし時、覧山《らんざん》佐野栄助《えいすけ》と改む。又離縁の後、大吉屋利市《りいち》と改たむ。竟《つい》に亡兄の遺跡を相続して岩瀬百樹《ももき》と称す。京山は其の号なり。

[一三]文政改元の冬、書肆甘泉堂[一四]、仙鶴堂と相謀《あいはか》りて、百合女追《つい》薦《せん》の為、於《テ》二回向院《ニ》一大施餓鬼《だいせがき》[一五]を修行せり。其法会《そのほうえ》、敢《あえ》て人に

うと、十一月になる。
六 平常でなく。
七 財布。赤字になる。
八 二男三女がいた。→六三頁注一七。
九 回向院過去帳に「京誉弁応智伝信女、二月二十六日、京屋伝蔵本妻、四十一歳」（『山東京伝の研究』）と。
一〇 馬琴自身をいおう。京伝は前妻菊を余り看病しなかったから、それ故の祟りという。→三〇三頁一〇行。
一一 七月二十六日、店開きをした（文政元年七月二十九日付牧之宛馬琴書翰）。
一二 →六二・三五一頁。
一三 一八一八年四月二十二日改元。
一四 →三三九頁注二一。
一五 無縁の亡者の霊に飲食を施す法会。

知らせず。是《この》二書賈《しょこ》、年来京伝の著編を刊行して頗《すこぶ》る贏余《えいよ》あり、今其《その》徳義を思《お》もへばなり。

北山の先見

文化の間、京山、一日《あるひ》、山本北山を訪《と》へり。北山の云《いう》、「子《し》は京伝の弟にして、京山と号すること然《しか》るべからず。京京は憂《うれ》ふる貌《かたち》なり。宜《よろし》く其号を改たむべし」。然《しか》れども、京山たること既に世に知られたるを以不果《もってはたさず》。数年の後《のち》、舎兄の憂《うれ》ひにかゝれり。豈《あに》偶然ならむ乎《や》。

是編己卯冬十二月十二日起草、至十五日〈今夜三更〉卒業。倉卒之際、聊亦加校正焉。此其稿本已。唯以挙事実、故不得曲筆飾文也。自非趙氏之賢、董狐之筆不能免矣。宜秘蔵者。

〈是《こ》の編、己卯《つちのとう》冬、十二月十二日、起草し、十五日に至り

一　贏は、余る意。利益。
二　恩恵。
三　宝暦二―文化九年（一七五二―一八一二）。当時著名な儒学者。性霊派の詩風を鼓吹した。
四　君は。
五　「愁心京京たり」（『詩経』小雅、正月）。京伝・京山と京字が重なることを不祥とした。
六　京伝の死に遭う。
七　文政二年（一八一九）、馬琴五十三歳。
八　午前零時頃。
九　早急の間に。
一〇　事実を記すばかりであるから、筆を曲げて文を飾ることはできない。
一一　趙盾《とん》。春秋時代の晋の賢大夫であったが、その君の霊公が弑《あや》められるのを防がなかった廉で、史官の董

て卒業す。倉卒の際、聊《いささ》か亦《ま》た校正を加ふ。此れ其の稿本のみ。唯だ事実を挙ぐるを以て、故に曲筆して文を飾るを得ず。趙氏の賢に非ざるよりは、董狐《とうこ》の筆、免るること能はず矣。宜しく秘蔵すべき者なり。〉

伊波伝毛乃記　完

狐から「其の君を弑《しい》す」と書された(『左伝』宣公二年)。趙氏の賢なるも、董狐の指弾の筆を避けることができない、という意であるから、この漢文の「自非」(…でないからには、の意)は除くべきである。

三 忌み隠すべきこともありのままに記したものだから、秘蔵すべきものである。京伝の家の秘密を書いたことをいう。

(付)『著作堂雑記』[一]京伝関連記事(机塚の記)

[二]京伝の父伝左衛門《でんざえもん》は、年甫《はじめて》九歳の時、伊勢より江戸に来《きたり》て、深川木場《きば》に年季奉公し、其後《そののち》主家の養子になりて妻を娶《めと》り、京伝並《ならび》に女子を生《うみ》し。京伝十三歳の時、父伝左衛門、故《ゆえ》ありて養家を離別し、所縁に就《つき》て両国吉川町稀薟丸《きれんがん》売店の町[三]屋扱《あつかい》なる京橋銀座一丁目の家主《いえぬし》をして、寛政の末[四]に七十余《よ》歳《さい》にて没したり。家主をば、京伝の妹聟《むこ》[五]忠助(小伝馬町《こでんまちょう》に住す)と云《い》ふ者の方に仕へし小厮《こもの》[六]を養子にして、伝左衛門と改名し、今に家主たり。

「京伝[七]の父初《はじめ》に某侯《ぼうこう》に仕へし」と書けること心得がたし。[八]其祖《そのそ》の事は弥々《いよいよ》知らず。京伝の父伝左衛門は灰田《はいだ》[九]氏也。岩瀬

一 文政元年(一八一八)六月起筆の箇所にある記載。該書は『曲亭遺稿』(明治四十四年、国書刊行会)に収録されるが、原本は存在していない。
二 以下の記述は、二八四頁のものと重なる。
三 その町が管理している家屋。
四 ↓二八四頁注一。
五 伊勢屋忠助。↓二八六頁一三行。
六 ↓三一〇頁一一行。
七 大田南畝の「山東京伝墓碑」の記述(三四二頁一二行)を踏まえていう。↓三四五頁注二三。
八 同じく「墓碑」の記述(三四二頁一〇行)を踏まえていう。↓三四四頁注一。
九 ↓二八三頁注四。

は[一〇]其妻の本《もと》の姓とも、或《あるい》は外戚の姓とも聞けり。京伝父伝左衛門は、幼年に伊勢を去りて後《のち》、彼国《かのくに》に親類も絶《たえ》たるなるべし。伊勢に父方の族あることを聞かざりし也。母は江戸の人也。父は多く[一一]妻党《さいとう》の費《ついえ》によりしことありしと見えたり。

京伝、母の姉妹四人ありき。一人は[一二]常盤橋《ときわばし》御門外[一三]薬種屋《やくしゅや》長崎屋平左衛門の母なりき。妹は[一四]堀江町《ほりえちょう》なる扇子屋《せんすや》に嫁《か》したり。又一人の妹は、[一五]青山下野守殿《しもつけのかみどの》の医師鵜飼《うかい》氏の養女になれり。此女《このむすめ》若年のとき其奥方に仕へ、遂《つい》に前の下野守殿の妾《めかけ》になされしかば、[一六]当主侍従《とうしゅじじゅう》下野守殿を生みまゐらせたり。老後長《なが》屋《や》に隠居して在《あり》しところ、京伝の弟相四郎《そうしろう》〔京山なり〕を養子にしたり。依レ之《これにより》[一七]鵜飼助之丞《すけのじょう》と改名し〔寛政年中、十三人扶持《ぶち》を賜《たまわ》り、[一八]隠居附《いんきょづき》の近習《きんじゅう》を勤《つとめ》たりしに、[一九]養母の旨《むね》に叶はざるに依《より》て、文化の初《はじめ》離別して、もとの[二〇]市人になりぬ〔このころ[二一]大吉

一〇 →二八六頁四行。
一一 妻方の経済的援助を受けた。→二八五頁注一六。
一二 江戸城の御門の一。現、千代田区大手町二丁目。
一三 薬を調合・販売する家。
一四 現、中央区日本橋小舟町。団扇問屋が多くあった。
一五 丹波篠山藩主。→六二頁注八。
一六 青山忠裕《ただひろ》。→六二頁注九。
一七 六三頁一行では助進《すけのしん》という。
一八 青山忠高。
一九 →六二頁一一行。
二〇 町人。
二一 →六三頁三行。

屋利市《りいち》と改名す〕。

　京伝、[一]兄第四人あり。長子は京伝、次は女子〔小伝馬町忠助の妻〕、次は京山、次は女子[二]〔寛政の初《はじめ》没す、十八歳[三]〕。京伝前妻・後妻共《とも》に子なし、後妻の妹[四]を養《やしない》て子にせしが、十四[五]歳にて早世せり。其後《そののち》[六]京山の長女を子にせんとて、養ふ事一両年にして果《はた》さず、京伝は没したり。京伝後妻〔名は百合〕も、其翌[七]年〔正月下旬〕、乱心の様《さま》にて身まかりぬ。京山己《おの》が子を[八]京伝の名跡と称し、本家を相続し店を造りかへ、煙草入《たばこいれ》・煙管《きせる》及び種々の売薬を渡世とす。文化十五年の夏、普請《ふしん》落成し、同年六月[九]、見世開《みせびらき》をせしと云《いう》。其日京山が自画賛《じがさん》の団扇《うちわ》を出《いだ》したり。其狂歌、

　御贔負《ごひいき》[一〇]をあふぐうちはのさゝ[一一]げもの
　　あつ[一二]きめぐみを猶いのる也

一　以下の記述は、二八六頁九行からのものと重なる。
二　黒鳶式部。→二八七頁注六。
三　→二八七頁注八。
四　名は鶴。→三一四頁五行。
五　十六歳ともいう。→三一八頁三行。
六　→六七頁一〇行。
七　文化十五年（一八一八）正月二十二日。→三四七頁一行。
八　名は筆吉。→三四七頁五行。
九　七月二十六日が正しい。→三四七頁六行。
一〇　「仰ぐ」と「扇ぐ」を掛ける。
一一　献げ物。団扇を来客に献上したのである。
一二　「厚き」と「暑き」を掛ける。後述。一首の意は、この暑い日に御贔屓を仰いで扇ぐ団扇を捧げます、厚

此歌《このうた》[一三]落着せず。うちは、風を生ずるを用とす。あふぐうちは、、すゞしからんことをこそいふべきに、あつきめぐみ[一四]云々《しかじか》、厚《あつ》を暑《あつ》にかけたれば、この団扇にてあふがばいよ〳〵[一五]あつくなるといふことにや、こゝろ得がたし。

又京伝が古机《ふるづくえ》の記の[一六]狂歌、

[一七]耳はそこね足はくぢけてもろともに
世にふるづくゑなれも老たり

つくゑに[一八]耳のある事聞《きき》しらず。[一九]筆どめを耳といひしにや。耳は[二〇]うとくなるとか、俗につぶるゝとか、とほくなるとかいふめれど、そこねるといふ事、これ又聞きしらず。京伝が[二一]詠には、いろ〳〵よき歌のあるに、などて拙《つたな》き此歌《このうた》を石には[二二]ゑりけん。京山は、たえて歌をしらぬをのこにこそあんなれ。

或云《あるひといふ》、京伝は[二三]前妻の子也、女子以下京山とは異母兄弟な

いお恵みを更に祈ります、というもの。
一三 しっくりと来ない。
一四 恵みを祈るとは、の意。
一五 暑くなる。
一六 三四二頁六行のもの。
一七 三四二頁では、「も」に作る。
一八 机の角を耳とはいわないが、京伝はその意で用いた。それを承知で馬琴は難癖を付けている。→三四二頁注五。
一九 筆が転がり落ちないように、机の天板の両端に彫ってある溝。
二〇 よく聞こえなくなる。
二一 詠んだ狂歌。
二二 彫ったのだろうか。
二三 前夫の誤り。大森氏の前夫。→二八四頁九行。

りしかと云。この事古人蘭洲《こじんらんしゅう》[一]よくしりていひける。予いまだ其詳《そのつまびらか》なるをしらず。京伝は、[二]宝暦十一年辛巳《かのとみ》八月十五日に深川木場《きば》の商家に生《うま》れ、文化十三年丙子《ひのえね》九月七日夜〔丑時《うしのとき》[三]〕、京橋銀座一丁目に没せり。享年五十六歳なり。但《ただし》この事猶《なお》世に憚《はばかり》あり。人に見することを不レ許《ゆるさず》。不図《ふと》彼《かの》[四]碑陰《ひいん》を見て、窃《ひそか》に注しおくのみ。

京伝生涯の著述、大小二百部[五]に満たざりき、碑陰に数百部と誌《しる》せしは[六]飾文《しょくぶん》なり。

[七]うちかすむ門の柳のはぶりより
　　もゆるともなき庭の呉竹

一 伊藤蘭洲。→二八四頁注一〇。
二 回向院の京山撰「京伝碑陰記」に基づく。
三 午前二時頃。
四 →注二。
五 →三四五頁一〇行。
六 文飾のための誇大な記述。
七 文政五年(一八二二)四月二十八日、柳川重信の画に馬琴が賛して「こころは直《なお》かるべく、かたちは常盤なるべく、行ひは一ふしあるべし、上見ぬ為の笠、ころはぬ先の杖、唯この君をのみ友とすれば、清風耳にみちて、秀色目にあり」と述べた後に、この歌を記す(『著作堂雑記』)。門の霞んで見える柳の葉ぶりよりも、芽ぐむとも見えない庭の呉竹の方が好ましい。偽りの多い京山を評価しない意。

山東京山『蛙鳴秘鈔』

（付）『蜘蛛の糸巻』馬琴関連記事

蛙《あ》鳴《めい》秘《ひ》鈔《しょう》

○馬琴略伝

馬琴、父は滝沢某[一]とて、小川町[二]辺御医師の味噌《みそ》[三]用人《ようにん》にて、馬琴もこゝに丁稚《でっち》[四]奉公いたし、父没して[五]後《のち》、御医師[六]の家に仕へて剃髪《ていはつ》、医を学び、身持《みもち》[七]あしくていとまとなり、冷落して諸方[八]にありしが、文政[九]の頃、深川[一〇]櫓下《やぐらし》たと云《いう》所の裏に独居《どっきょ》の時、一日《いちじつ》、一樽《いっそん》の酒を携《たずさえ》て、京伝方へ訪《と》ひ、戯作《げさく》の入門を乞ひけるに、京伝曰《いわ》く、

「是迄《これまで》入門を乞ひ給ひたる人あまたあれども、師弟の約を結びたる事なし。いかんとなれば、従来の戯作といふものは、師となりて教《おしゆ》べきものなければ、弟子となりて学ぶべき道な

一 諱は興義《おきよし》、通称は運兵衛。
二 江戸深川海辺橋の東に住む幕臣松平鍋五郎信成の用人である(馬琴著『吾仏《あがほとけ》の記』)。従って、京山の記述は誤り。
三 「味噌」は、嘲りの意。
四 松平信成の嫡孫八十五郎の童小姓を勤めた。
五 安永四年(一七七五)、馬琴九歳の時、父没す。
六 天明元年(一七八一)、十五歳、官医山本宗洪の塾に入る。
七 天明四年、旗本戸田大学忠諏《ただとう》の仕を辞してより、放逸の生活を送ったことをいう。
八 天明五年から七年にかけて、旗本水谷信濃守・小笠原上総介・有馬備後守などを渡り奉公した。
九 正しくは寛政二年(一七九〇)秋。→二九七頁注二二。

し」

とて、馬琴が入門を固く辞しけるに、馬琴、

「しからば[一]弟子とはおもひ給ふべからず、此方《こなた》よりは師とぞんじて親しみ奉らん。[二]さるにても[三]雅名をつけて給はるべし」

と、しきりに乞ひけるに、京伝、

「深川に住み給ふとならば、深川富《とみ》ヶ岡《おか》八幡宮《はちまんぐう》[四]別当《べっとう》の山号《さんごう》を大栄《だいえい》といへば、[五]文字もめでたければ、大栄山人《だいえいさんじん》とも名のり給へ」

といふに、馬琴大いに喜び、馳走にいだしたる[六]食事などして〔[七]酒を不好《このまず》〕、[八]文場《ぶんじょう》のものがたりなど時をうつして、たそがれにわかれかへりぬ。

此時《このとき》、京伝、京山にむかひ〔京山、時に[九]十一歳か〕、

「今の男は少しく才気のあるもの也。重《かさね》て来《きた》らば、留主《るす》を

一〇 永代寺門前山本町（現、江東区深川門前仲町二丁目）にあった火の見櫓の下。

一 そちらは弟子と見なさなくて結構ですが、こちらは師として敬します。
二 それにしても。
三 戯作執筆の際の号。
四 神社の事務を執る寺院。
五 大いに栄える、という意で。
六 食事をとって。
七 馬琴の嗜好についていう。
八 戯作文壇に関する雑談。
九 二十二歳の誤り。「十一」は誤記であろう。

つかはず二階へ通すべし」

といふ〔此頃京伝の名を聞《きき》て、藩中《はんちゅう》[一〇]の人又は旅人其余《そのよ》、訪《と》ひ来る人多くして、机上採筆《きじょうさいひつ》[一一]の暇《いとま》を費すゆゑ、人により事によりては留主をつかひて、楼上《ろうじょう》[一二]の書室《しょしつ》へ通す人稀《まれ》なり。ゆゑに京伝、京山に対してしかいひし[一三]也〕。

馬琴、此日をはじめとして、三日四日を隔《へだて》て訪ひ来る事しば〳〵にて、二、三夜逗留《とうりゅう》せし事も月毎《つきごと》にありて、したしく交《まじわ》り、たそがれには書室の灯火《とうか》を点じ、夜中には机下《きか》[一四]に茶を烹《に》るなど、京伝に仕ふる事従者のごとくなり。さるゆゑに京伝も馬琴を愛して、物を教へ[一五]たる事もありけり。かくありし事、凡《およそ》一年あまりなり。

かくて次[一六]の年の春の頃、例のごとく四、五日逗留せし灯下《とうか》のものがたりに、馬琴にむかひ〔馬琴といふは自《みずか》ら[一七]つきし名

一〇　諸藩の藩士。
一一　執筆の時間。
一二　→三一五頁注七。
一三　そのように。
一四　机の近辺。
一五　黄表紙の作法などをいう。馬琴が代作したことをも含めていよう。→三〇一頁二行。
一六　寛政四年(一七九二)。
一七　最初の黄表紙『尽用而《つかいはたして》二分狂言《にぶきょうげん》』(寛政三年刊)で早くも「馬きん」という男を主人公とする。寛政五年刊の『花団子食家物語《はなよりだんごくいけものがたり》』巻末には「曲亭馬琴述」(京伝序)と明記するが、これは俗諺「くるわでまこと」(嘘を事とする廓で誠を尽くす野暮天の意)をもじったものといわれる。

也。此名をつく時も京伝に相談して[一]きはめたる名也〕、「足下《そっか》[二]独居《どっきょ》の身にて、[三]常の産業もなくてあらば、身のためあしかるべし。とても戯作者となりては、[四]歯の黒き女房は養ひがたし〔此頃《このころ》戯作者にて[五]作料《さくりょう》をとりしは京伝一人也。其余の人は[六]なぐさみにて料をとる事なし。京伝も始《はじめ》は無料なりしが、編作の書、世に行はれて、書肆《しょし》、大金を得るゆゑに、書肆より[七]作料を贈りたる也。○歯黒き女房とは、馬琴此時[八]深川に在りしゆゑ、[九]歯の白き女房は、芸者或《あるひ》は妓《ぎ》をつとめて、夫を養ふもあるゆゑ、かくはいひしなり〕。歳《とし》も若き事なれば、武家奉公か、又は町家《ちょうか》ならば、書をこのみ給ふゆゑ、[一〇]書林《しょりん》などへ奉公し給はゞ、身のすへにもよかるべし」

など教訓のやうにさとしけるに、馬琴曰《いわく》、

「今さら奉公といふ[一一]縄目《なわめ》にかゝらんもうるさし」

一　決めた。
二　独身の境遇。
三　定収入を得る仕事。定職。
四　御歯黒を施した妻。江戸時代には結婚した女性はすべて施す。ここは収入がない妻の意。
五　潤筆料。この間の事情は三三六頁一行参照。
六　道楽で執筆していて。
七　この間の事情は三三六頁五行参照。
八　木場があり、遊里が栄えて芸者が多かった。
九　客を引き付ける為に独身を装って、御歯黒をしない。
一〇　書肆。
一一　束縛の意。

「しからばなにをなして[一二]世をすぎんとおもひ給ふ」

「[一三]されば とよ、世わたらんとおもふ事二ツあり。一ツは[一四]たいこ持《もち》也、二ツは[一五]講釈師也。いづれかよからん」

といふに、京伝[一六]色《いろ》を正《ただ》し、

「たいこ持になりたきとは[一七]不覚千万《せんばん》也（此時京伝も中年にして、烟花《えんか》に交り、[一八]北里《ほくり》に遊ぶ最中にて、[一九]洒落本と唱《となう》る著述流行の頃也）。まだしも講釈師とならば、人の交りもなるべし。今の[二〇]馬谷《ばこく》が如き名人とならば富《とみ》をもなすべし。馬谷が門人に馬琴ありと、馬をならべて名を馳《は》せ給へ」

などたはむれながら、

「まづこころみに講釈の[二一]てなみをきかし給へ。少しは[二二]下地《したじ》もあるべし」

といふに、馬琴しからばとて、みづから[二三]机をとりいだし、[二四]扇

一二　世を過ごす。生活する。
一三　その事です。
一四　太鼓持ち。幇間。
一五　講談師。主として軍談を語る。
一六　馬琴をたしなめる感じを表す。
一七　甚だ思慮が足りない。
一八　吉原。江戸城の北にあった。→二八七頁注一九。
一九　→一一五頁一一行。
二〇　森川馬谷。正徳四―寛政三年（一七一四―九一）。「大岡政談」「伊達評定」等を得意とした。
二一　手並み。腕前。
二二　基礎。
二三　この辺は、馬琴を少しく戯画化する筆致がある。
二四　講釈師は扇子で台を打って調子をとる。

をとりて、無本《むほん》[一]にて『伊達記《だてき》』[二]の松前《まつまえ》[三]が、刺客《しかく》を生捕《いけど》るくだりを講じけるが、傍《かたわら》に在《あり》し京山が幼心《をさな》[四]にも、はなし[五]にする方がましなるやうに覚へたりとぞ。

其年《そのとし》[六]の秋にや、馬琴、京伝方へ逗留の留主《るす》、深川辺《へん》洪水にて、馬琴が裏借家《うらしゃくや》も水に浸《つか》りて、壁など落《おち》て住《すま》ひがたく、再び京伝方へ来《きた》りて、しか〲のよしをかたりければ、京伝をはじめ両親並《ならびに》妻もふびんにおもひ、

「しからば当分こゝに在りて心を安《やすん》じ給へ。その内に身のおち付《つき》をはかり給へ」

とて、是《これ》より馬琴は京伝の家の食客《しょっかく》[七]たり。

其歳も暮《くれ》て春[八]の頃〔馬琴が衣服の見ぐるしきは、京伝が母のはからひにて、清らかに補ひてあたへたり〕、地本問屋《じほんどんや》耕《こう》書堂《しょどう》の店に〔通油丁《とおりあぶらちょう》蔦屋重三郎〕、番頭[九]の手代《てだい》に暇《いとま》をやり

一　台本なしで。馬琴の講釈好きを窺わせるもの。

二　寛文十一年(一六七一)頃、仙台の伊達家の相続に関する実録体小説。

三　松前鉄之助。幼君亀千代(後の伊達綱村)を守る忠臣で、亀千代を狙う刺客を退ける。『伽羅先代萩』二つ目の松ヶ枝節之助に相当。

四　京山は時に二十二歳であったから、不適切な表現。

五　口演するよりは本に書いた方がましだ。

六　寛政三年(一七九一)九月三、四日、大嵐により高潮が深川洲崎へ漲り、町家などが流失する(『武江年表』)。

七　馬琴自身も、寛政三年頃「遂に去りて同好の友山東京伝(俗称岩瀬伝蔵)の家に寓居す」という(『吾仏の記』家譜改正編、五)。

て、[一〇]歳頃《としごろ》の手代をほしき折から、馬琴が食客たるを見て、

「もし奉公の望みもあらば抱《かかえ》たき」

といふに、京伝云《いう》、

「別に[一一]人置《おき》、[一二]請人《うけにん》をとりて、抱《かかえ》給ふ心ならば、[一三]口入《くちいれ》はいたし可レ申《もうすべし》」

といふに、耕書堂も[一四]一代にて土蔵《どぞう》作りの店にしたる男なれば、

「此方《こなた》も其心なり」

とて、其席へ馬琴を呼《よび》て、しか〳〵のよしものがたれば、[一五]林を撰《えらば》ずして宿するの羽《は》ぬけ鳥なれば大《おおい》に喜び、日を撰《えらみ》て引《ひき》移り、蔦屋重三郎の手代（此時《このとき》何助とかよびし、其名を忘れたり）とはなりけり。

是等《これら》のこと、すべて京伝が恩沢なり。蔦屋に奉公する事[一六]三《み》とせあまりのうち、馬琴作の絵双紙《えぞうし》、歳毎《としごと》に[一七]二部づゝも上梓《じょうし》

八　寛政四年三月。以下の経緯は、馬琴も「書肆耕書堂（蔦屋重三郎）、京伝に就きて、興邦を食客になさまく欲す。戯墨の才ある故也。興邦、其需に応じて、耕書堂に寓居す」という（同右）。
九　年配で上位の手代。
一〇　比較的若い手代。時に馬琴は二十六歳。
一一　雇い人の周旋をする者。
一二　保証人。
一三　奉公人を周旋すること。
一四　蔦重は、商才のみならず、度胸も備えていた。→三〇〇頁注六。
一五　住居を選ばないたとえ。「良禽は木を選んで住む」の反対。宿無しの意。
一六　寛政五年七月に蔦屋を辞去した（『吾仏の記』）。
一七　寛政三・四年には一部ずつで、不正確な数字。

せり。[一]始《はじめ》て上木《じょうぼく》の絵双紙には「[二]京伝門人馬琴作」とあり〔[三]三冊物の戯作也〕。

馬琴、[四]今参《いままい》りながら、[五]主人のあしらひもよく、頗《すこぶ》る学才もありて[六]著述などもすれば、朋輩《ほうばい》のねたみもあり、馬琴、生質《せいしつ》[七]高顔《こうがん》のものなれば、[八]店上熟《じゅく》せず、あるじもいかゞすべきとおもふ折から、[九]飯田町中坂《いいだちょうなかさか》の[一〇]家主《いえぬし》に後添《のちぞい》の口ありと[一一]いふものありて、馬琴是《これ》に心あるやうす也とて、主人蔦重、[一二]心中《しんちゅう》を京伝にかたりけるに〔心中とは、馬琴にいとまやるも不便《ふびん》なれば、少々の金子《きんす》はつかはして、終身のおさまりを見届けてやりたしとの心なり〕、京伝も悦《よろこ》び、馬琴に主人の慈恵《じけい》をかたりきかせ、かの家主の株にはありつきける也。是則《これすなわち》、耕書堂の恩恵なり。

家主となりて下駄屋の店のあるじ也〔此《この》家主下《げ》たや也〕。

一　『尽用而二分狂言』のこと。→四三頁四行。
二　正しくは「京伝門人大栄山人誌」と。→四三頁注一八。
三　正しくは二冊。
四　新参者。
五　重三郎の馬琴への待遇。
六　寛政五年春には蔦屋から噺本『笑府衿裂米《おとしばなしえりたちごめ》』を刊行。
七　尊大である。
八　店員同士が不仲で。
九　現、千代田区九段北一丁目。そこの会田氏お百(三十歳。海老屋市郎兵衛養女)の入り婿となる。
一〇　貸家の持ち主。後述の小林勘助の貸家。
一一　元飯田町の山田屋半右衛門夫婦が媒酌した(『吾仏の記』)。
一二　蔦屋の考え。

妻はすが目[一三]にて、文君《ぶんくん》[一四]のさまはなけれども貞婦なり。馬琴、此家《このいえ》に主《あるじ》たるのちは、此家の氏《うじ》を名乗るべきは天下の通法なるに、自家[一五]の滝沢を名乗るはいかなるゆゑにや。馬琴があづかる地面は、京橋鍛冶町《きょうばしかじちょう》[一六]小林勘平の地なり。依而《よって》、年礼には必ず来《きた》る。此次手《ついで》に京伝方[一七]へも年礼に来る。京伝、此返礼とて、正月[一八]の末、又は二月に至る時もあれども、返礼に到らざる事なし。京山、青山侯《あおやまこう》[一九]の仕《つかえ》を辞して後《のち》、京伝方《かた》へ同居の頃は、馬琴へ年賀の返礼には必ず同伴せり。

馬琴、下駄店をいぶせくおもひ、業《なりわい》を替《かえ》ん心にて、千蔭《ちかげ》[二〇]翁の門人となりて書を学び、下駄店のかたはら手習《てならい》の師をなし、後に商《あきな》ひをやめて、手習の師と戯作とを以《もっ》て口を糊《のり》す。戯作及び読本《よみほん》といふもの、馬琴の作、世に行はれて、手習ひの師をなさず。

一三　片目が悪いこと。
一四　卓文君。漢代の文人司《し》馬相如《ばしょうじょ》の妻となった才媛。
一五　武家の滝沢氏を再興したかった馬琴は、終身会田姓を名乗らなかった。
一六　『吾仏の記』では小林勘助とする。
一七　京橋銀座町の京伝宅は近くにある。
一八　文化七年(一八一〇)の正月にも馬琴宅に年礼に来ている。→三二六頁五行。
一九　寛政十一年(一七九九)四月、青山侯を致仕する(『山東京山年譜稿』)。→六二頁注一〇。
二〇　加藤(橘)千蔭。国学者。馬琴側にはこのことへの言及はない。

一《ひと》とせ馬琴上京[一]遊歴の時、京伝の書画幅[二]百枚余を乞ひ、京伝の書画を弘《ひろ》むといふ事を狂文[三]に記して上木《じょうぼく》して、遊歴の諸国へ売り、旅窓《りょそう》の費用にあてたる事あり。其時《そのとき》の狂文梓行《しこう》のもの、今京山蔵《ぞう》す。

京伝存在の時、交《まじわ》り厚くして朋友を以て唱《とな》ふ。梓行の書にも、[四]友人京伝など丶記したるもあり。[五]むかしの恩恵をば京伝にもいひいだしたる事なく、人に語らざるは勿論なり。

[六]文化十三年丙子《ひのえね》九月七日、京伝没し〔戒名、[七]弁誉智海《べんよちかい》京伝信士《しんじ》。本所回向院《えこういん》に葬す〕、八日葬礼の時、[八]馬琴病《やまい》ありとて、[九]倅《せがれ》宗伯《そうはく》、名代《みょうだい》とて寺に至る。初七日の日、招《まねき》しかども不レ来《きたらず》。宗伯、香奠《こうでん》を持来《もちきた》れり。墓参《はかまい》りにも来《きた》りたるや覚束《おぼつか》なし〔京伝の葬儀のとき馬琴来らざるを、[一〇]蜀山人《しょくさんじん》、狂歌堂《きょうかどう》、[一一]六樹園《ろくじゅえん》など打《うち》よりて説話ありしと、後《のち》にある人、京山に語りしとぞ〕。

一 享和二年（一八〇二）、京坂に旅行した。→二一二頁注四。
二 京伝が自画賛千幅に実印を添えて馬琴に与えたことを示す報条がある（『山東京伝年譜稿』）。
三 現在、この狂文は見つかっていない。
四 馬琴作『鼠婚礼塵劫記』（寛政五年刊）の京伝序に、「曲亭何某、前に予が隠里一ツ穴に寓居し、一ツ皿の油を嘗て友としよし」と馬琴を友人視する。→四四頁注七。
五 京伝を奥ゆかしく記す。
六 →三二九頁一〇行。
七 →三三一頁八行。
八 『伊波伝毛乃記』では馬琴が自身参列したように記す。→三三一頁注一八。
九 通称鎮《しず》五郎、諱は興継、宗伯は字。寛政九—天保六

後に此事《このこと》を、今の[一二]蔦屋重三郎に京山がものがたりけるに、蔦屋曰《いわく》、

「先《さき》の主人には恩恵を受《うけ》たると覚へて、少金《しょうきん》なれども借用の証文数通あり。かかる恵みもあるに、亡後《ぼうご》かの家に音信せず」〔今のつた重、此時番頭をつとめ、後室《こうしつ》を後見して家を治む。依而《よって》二代の家名を相続す〕といへり。

京伝亡後、今に於《おい》て馬琴、山東庵に来りたる事なし。故《ゆえ》に京山も[一三]著作堂へのぼらず、面《おもて》を合《あわ》せざる事十余年。[一四]一とせ[一五]芝明神前、[一六]和泉屋市兵衛《いちべえ》といへる地本問《じほんどん》や没したる時、寺にて〔増上寺[一七]塔中《たっちゅう》〕、京山、馬琴に逢《あい》たる事あり。舌頭の交りはむかしにかはる事なかりしとぞ。[一八]馬琴剃髪老衰を見て、京山おどろきたりといへり。

文化の頃、町奉行をつとめ給ひたる[一九]根岸肥前守《ひぜんのかみ》殿の著述に、

年(一七九七—一八三五)。松前藩の出入り医師を勤めた。

一〇 この二人の参列は馬琴も記す。→三三一頁八行。

一一 石川雅望《まさもち》。文政十三年没、七十八歳。読本に『飛騨匠《ひだのたくみ》物語』(文化五年刊)等。雅望が参列した証は未見。

一二 寛政九年五月の死以後は、番頭上がりの婿養子勇助が二代目を継いだ。

一三 馬琴の書斎の号。

一四 文政九年八月十二日没か。天保三年八月十一日記に「前の泉市七回忌逮夜」とある。

一五 現、港区芝大門一丁目。

一六 →三三九頁注二二。

一七 大寺に所属する脇寺。

一八 馬琴が剃髪したのは文政七年五月の事で、五十八歳。

一九 →一二三頁注一六。

『耳ぶくろ』[一]といふものあり〔写本にて世にあつかふ。全部十二巻なるもの世に稀《まれ》なり〕。此書《このしょ》[二]五巻を馬琴写しとりて、書《かき》[三]張《はり》の始《はじめ》に曲亭文庫といふ印を記したるを、人にも借しけるにや、根岸殿の耳に入《い》り、町方《まちかた》の同心[四]定廻《じょうまわ》りといふものに内々《ないない》命ぜられて、馬琴がかの蔵本を取上げ給ひし事あり。此時町奉行所の自在[五]に依《より》て身元をしらべ給ひしと覚《おぼえ》て、『耳嚢《みみぶくろ》』の[六]十巻に馬琴が伝を〔追々に書継《かきつぎ》給ひたる随筆也〕記しのせ給へり。此書の全部は或家《あるいえ》にあり。かの伝の中に、京伝[七]が家に食客たりし事もあり。其余《そのよ》京伝などもしらざりし事[八]どもあまたしるしあり。

[九]右馬琴略伝、或人《あるひと》[一〇]のものがたりにてうけ給はり候。めづら[一一]しき事御《お》すきゆゑ、筆のついでに記し、御らんに入申《いれもうし》候。当時高名《こうめい》[一二]の文客《ぶんかく》、多才の人のうへを、あらはにしるしたる

一　全十巻。随筆集。死没まで三十年間にわたって書き続けた。
二　不揃いの五巻本であろう。
三　写本の第一丁を表紙として、その表の右下部をいうか。
四　町奉行所の役職。市中を巡回し犯罪の捜査などを行う者。
五　自由に調査できる権能。
六　完本巻五「才能不埒を補ふ事」に馬琴伝が記される。
七　右伝に「京伝が許に寄宿して手伝いしが、京伝其才を憐みて世話なして」と。
八　右伝の「生得無頼の放蕩者にて楊梅瘡を愁ひ、去る医師の方へ寄宿して、薬を刻み製法など手伝ひながら、彼の毒瘡療治なしけるが…梅瘡も快く又々持病の放蕩起こり」をいおう。

ものに候へば、御一覧の後《のち》、袋戸[一三]の[一四]下《した》ばりにても被レ成《なされ》、
ふかく御かくし可レ被レ下《くださるべく》候。
　[一五]穢《けがれ》たる我が身の程もしらずして
　　人の[一六]垢《あか》をばかくもはづかし
馬琴が[一七]『玄同放言《げんどうほうげん》』など見候《みそうら》へば、自《みずか》ら君子の風《ふう》を学び候気味、筆頭に見へ申《もうし》候。されども言行の斉《ひと》しからざるは、古人にも有レ之候《これありそうろう》、事の世に伝へざるもあるべく候。馬琴と親類の縁を結び候にもあらざれば、君子たるの真偽は論ずべきにあらず。[一八]愛する所は編筆《へんぴつ》の才にて候。先生、馬琴・京山など[一九]書翰の御智機《ごちき》なれども、馬琴が学才には、京山などなか〳〵およひ不レ申《もうさざる》事と存《ぞん》候。[二〇]京山が略伝もうけ給《たまは》りおよび申候。御このみに候はゞ認《したた》め差上可レ申《さしあげもうすべく》候。是《これ》も筆にのせ候へば、よからぬさま〴〵[二一]あくたわるたにて候。

九　以下、後書となる。
一〇　京伝の生前に聞いたことを暗示する。
一一　京山が書信を交わしていた鈴木牧之に対していう。
一二　馬琴を指す。
一三　袋戸（床の間などの脇の上部に設けた戸棚）の襖戸。
一四　襖の上貼りの下地に貼る紙。
一五　自分自身が穢れている身であることも知らないで、他人の垢を掻いているのは恥ずかしいことだ。
一六　恥部を書く、の意を掛ける。
一七　随筆。その序に、新井白石や貝原益軒などの著述を意識することを仄めかす。
一八　評価するのは、馬琴の文才である。
一九　書翰の上での知己。
二〇　牧之は天保元年四月二

以上

鈴[二]木牧之老兄

蛙[一]鳴樵者

日付書翰で、京山に自伝執筆を乞うたらしい。

三　恥や悪行。

一　京山の号の一つ。

二　越後塩沢の縮《ちぢみ》仲買・質商。明和七―天保十三年（一七七〇―一八四二）。文雅に関心深く、北越の雪に関する書を著し、その刊行の斡旋を京伝・馬琴らに依頼したが実らず、京山の協力を得て、天保八年『北越雪譜』と題して刊行し、評判を呼んだ。

（付）『蜘蛛の糸巻』一 馬琴関連記事

（卅）天明中戯作者・馬琴略伝

天明中艸《くさ》ざうしの作者二有名の者

●通笑《つうしょう》三〔横山町道具屋〕 ●喜三二《きさんじ》四〔佐竹の留守居〕 ●春町《はるまち》五〔小石川官人〕 ●好町《スキマチ》六〔四ッ谷官人〕 ●全交《ぜんこう》七〔芝赤羽根観世《かんぜ》座《ざ》狂言師〕 ●京伝

曲亭馬琴は寛政の初《はじめ》八、家兄九のもとへ酒一樽《ひとたる》一〇もちてはじめて尋来《たずねきた》り、門人になりたきよしをいふ。所をきけば深川仲町《なかちょう》一一の裏家にひとり住《すむ》よしをいふ。家兄曰《いわく》、

「艸ざうしの作は世をわたる家業ありて、かたはらのなぐさみにすべき物なり。今、時鳴《じめい》一二ある作者皆然《しか》り。さてまた戯《げ》

一 京山の随筆。弘化三年（一八四六）自序。

二 以下の作者の内で、該書中に詳伝がある者は馬琴だけである。

三 市場通笑。→三四頁。

四 朋誠堂喜三二。→三一頁。

五 恋川春町。→三二頁。

六 恋川好町。数奇屋河岸の家主。→三八頁。

七 芝全交。→三四頁。

八 寛政二年（一七九〇）秋。→二九七頁一一行。

九 山東京伝。

一〇 →三五七頁七行。

一一 →三五七頁注一〇。

一二 時めいている。日本随筆大成本は、「時鳴なる」に作る。

作《さく》は弟子[一]としておしふべき事一つもなし。さればおのれをはじめ古今の戯作者、一人も師匠はなし。まづ弟子入りはおことわりなり。しかし心やすくはなしにき給へ。また書《かき》たる物あらば、みる事はみてやるべし」

と示されけるに、しば〳〵来《きた》りて物を問へり。

そのゝちすこしばかり卜筮《ぼくぜい》[二]をしりしゆゑ、うらなひにて銭をとらんと、しるべありとて、[三]かな川宿《じゅく》を心あてに、銭次第にて永くも足をとゞめんとて、いとま乞《ごい》に来りしが、其《その》のち六、七十日もおとづれをきかざりしゆゑ、

「馬琴は狼にや喰《くわ》れつらん」

など、家兄戯《たわむ》れいはれしが、ある日今かへりしとて来り、旅《たび》寐《ね》のはなしするうち、物など[四]調じてくはせ、さて立《たち》かへりしが、あくる日又きたりて云《いう》やう、

一　三五七頁一一行にも同様の記述がある。

二　『易経』に基づく占い。馬琴は寛政五年(一七九三、二十七歳)、解と改名するが、それは『易経』の解卦に基づくものである。

三　馬琴の旅行は、寛政十二年九月より十月、相模の浦賀・厚木、及び伊豆の下田に二十日余りのものと、享和二年(一八〇二)の京坂旅行との二度しかなく(『吾仏《あがほとけ》の記』)、ここは寛政十二年のそれをいうのであろうが、それでは三七三頁一行に寛政三年九月のことというのとは齟齬する。

四　用意して。

「旅のるすに出水《でみず》の〔[五]是寛政三年の洪水〕為、たゝみのこらずくさり、かべもおち、勝手の物ながれうせしも多し。旅のかせぎもはかぐ〱しからざりしゆゑ、我《われ》今[六]足なき蟹の如し。いかゞはせん」

といふ。家兄曰《いわく》、

「しからば当分、我所《わがところ》に食客《しょっかく》せられよ」

ときゝて馬琴大《おおい》によろこび、内弟子の心にてをりしゆゑ、衣服までも[七]心づけ給へり。

かくてありし事半年あまり、ある日地本[八]問屋蔦屋重三郎〔通油町《とおりあぶらちょう》、京伝戯作あまた上梓《じょうし》したる板元《はんもと》〕来り、家兄にいふやう、

「此節《このせつ》みせの番頭、[九]引負《ひきおい》にていとまをやり、[一〇]帳場《ちょうば》あきてみせ付《つき》あしし。見れば[一一]居候の男、[一二]歳頃《としごろ》もよし、帳だにつければ

五 →注三。
六 頼りがないことのたとえ。
七 京伝が配慮して。→三六二頁一一行。
八 底本の『燕石十種』本には「問」字無し。随筆大成本に依り補う。→三六二頁一二行。
九 負債を出す、または店の金を使い込むこと。→三六二頁注九。
一〇 帳場にいるべき者がいなくて、店の外見が良くない。
一一 馬琴をいう。
一二 →三六三頁注一〇。

よし、かゝへたき物なり。いかゞあらん」

といふ。家兄曰《いわく》、

「[一]酒はのまず、[二]手もかき、文字もよめ、[三]作気もあり。丁どよからん。しかし[四]実体《じってい》とたしかには請合申《うけあひ》されぬ。いづれ当人にはなしてみん」

と、つたや帰りて、此事《このこと》をはなしければ、戯作者になりたく家兄をうらやむ馬琴なれば、大《おおい》に悦《よろこ》び、家兄世話にて、別に[五]請人《うけにん》ありて[六]証文をなし、蔦《つた》やが家僕《かぼく》となりしは、おのれ目前したる事なり。


さて奉公中○[七]『花の春虱《シラミ》の道行《みちゆき》』全二冊〔但し一冊五枚づゝ〕、[八]春朗画にて〔今の北斎〕つたやより出板《しゅっぱん》、馬琴自序に「京伝門人」とあり〔此本我が家にありしが、類焼の時うしなひぬ〕、此さうし[九]大に行はれてより、年々作ありて高名にな

一　→三五八頁注七。
二　文章が書け。
三　戯作が作れそうだ。
四　それ以前、馬琴は遊蕩生活を送っていた。→三六八頁注八。
五　京伝が別に保証人を立てるよう要求したことは、三六三頁注一二・一三参照。
六　保証書を作り。
七　この書は現在存否不明。『尽用而二分狂言』の誤りであろう。
八　勝川春朗。葛飾北斎の初期の画名。勝川春章に入門した故にいう。
九　誇大な記述。
一〇　実際には約一年四ヶ月。
一一　→三六四頁注九。
一二　→三六五頁注二〇。
一三　筆法。
一四　長女幸。
一五　吉田新六。後に滝沢清

りぬ。

○つたやに三年[一〇]ばかり奉公して、よき入《いり》むこの口ありとて、家兄をたのみいとまをもらひ、飯田町中坂[一一]なる下駄屋にて家《いえ》主《ぬし》なる後家に入りむことなりしに、

「筆硯《ひっけん》を好む心には下駄屋はいやなり〳〵」

と常にいひしが、千蔭《ちかげ》[一二]翁門人となり出精して、少しく筆意[一三]を得てのち、下《げ》たやをやめ、其《その》うちにて手習《てならい》の指南をなし、かたはら戯作をなし、のちにはむすめ[一四]にむこ[一五]をとり家主をつがせ、悴《せがれ》清吉[一六]に或《ある》[一七]家の医師の名目を買ひ[一八]取り、宗伯《そうはく》[一九]と名のらせ、[二〇]下谷《したや》字《アザナ》を鼠《ねずみ》やよこ町といふ所の玄間付の家を買ひて同住せし事、多年の間《あいだ》、著述を以《もっ》て家内の口を粘《のり》せり。此間《このあいだ》に一子宗[二一]伯死す。

かくて天保十一年[二二]秋、書画会をなしたる時、蔵書[二三]のこらず

右衛門勝茂と改名。その縁組は文政七年三月である。

一六 鎮五郎を誤ったもの。↓三六六頁注九。

一七 文政三年九月、松前藩主松前志摩守の出入り医となったことをいう。

一八 馬琴は、老君松前美作守の御意による、という(『後の為の記』)。

一九 文化八年(一八一一)十一月、十五歳で医を学び出した時に称す(『吾仏の記』)。

二〇 文政七年四月、神田明神下の新宅に同居する。

二一 天保六年(一八三五)五月没、三十九歳。

二二 天保七年八月十四日、両国柳橋万八楼で開催した(日記)。

二三 七百部余で、全部ではない(十月二十六日付篠斎宛書簡)。

売り、書画会の金を合して、[一]かろき官士の名跡をゆづりうけて宗伯が一子[二]につがせ、今八十一[三]歳ばかりならん。四[四]、五年前より眼病つのりて盲人となり、宗伯〔此者は廿[五]年前死す〕が妻[六]に筆をとらせ、字までも口授[七]して、今[八]に著述の上梓《じょうし》あるは実に一奇人と云《いう》べし。

○家兄死去の時〔文化十二[九]年乙亥《きのとい》九月八日〕、馬琴へもしらせやりしに、寺へばかり〔本所回向院《えこういん》〕、悴[一〇]宗伯を名代《みょうだい》として自身不来《きたらず》。旧友は蜀山翁《しょくさんおう》までも来《きた》られしが、馬琴がきたらざるゆゑ、人々宗伯に尋ねしに、病気にはあらざるよし。七日仏[一一]事の時も、馬琴をも書中にてまねきしかど、仏前へすこし[一二]の物のつかひのみにて、其後《そののち》、亡兄のいたみをいひにも来らず、書中にも尋《たずね》ず、音信不通なり。しかるに馬琴、書画会をなす時、

一 永井信濃守鉄砲組の御持筒頭小堀織部の番代十俵二人扶持を購入した（天保八年正月六日付桂窓宛書簡）。
二 孫の太郎。時に八歳。
三 弘化四年（一八四七）に八十一歳。
四 天保四年（一八三三）、六十七歳の秋に右目の異変を感じ、やがて左目にも及んで、天保十年十月には眼気が急に衰えている（天保十一年正月八日付篠斎宛書簡）。
五 →三七五頁注二一。
六 宗伯の妻お路。
七 漢字が書けないお路に馬琴が指で字形を教えた苦労は、『南総里見八犬伝』末尾の「回外剰筆」に詳しい。
八 嘉永元年（一八四八）十一月六日に八十二歳で没するが、同年正月にも『新局玉石童子訓』六帙を刊行。

「京山・京水[一三]、越後のるすとはき、ながら、家兄亡後始《はじめ》て来[一四]り、自書の扇二本持参したるはいかなる心ぞや」と、旅よりかへりて妻いひけるゆゑ、旧友なればすてもおかれじと、会の、ちながら目録もちて、かの下谷を尋ねしに、[一五]うりするといふ札をみて、ゆきしさきまでたづぬべきにもあらねばかへりぬ。此事《このこと》は天満宮も照覧あらせ給へ、いつはりにあらず。

（朱筆頭注「馬琴は京伝翁の大恩うけし人也。もと武家浪人にて[一六]医者の内弟子となり、滝沢宗仙と改《あらため》しを、[一七]町医の方を追出《おいいだ》され、飯田町辺の家主となり、いせや清左衛門と変名し、終《つい》に作者となりしは、皆京伝の大恩也。序《ついで》に云、宿《やど》[一八]屋飯盛《やのめしもり》は[一九]蜀山人の高弟なるを、蜀山人死《しし》[二〇]て葬送にも出《いで》ず、七日の法会にも行《ゆか》ず。師恩を忘却したるは、馬琴と一対の

九 正しくは十三年九月七日。
一〇 →三六六頁一〇行。
一一 初七日。
一二 代役による僅かな香奠の持参。
一三 京山の次男。慶応三年（一八六七）没、五十二歳。『北越雪譜』の挿絵を描く。天保七年五月下旬から九月下旬にかけて京山とともに北越に旅行。
一四 馬琴の京山宅訪問は同年の八月頃であろう。
一五 売据え。建築物を造作付きで売ること。天保七年十月上旬、神田明神下の家を売却した。
一六 →三五七頁注六。
一七 →三五七頁注七。
一八 石川雅望の狂名。
一九 大田南畝の狂名。
二〇 文政六年（一八二三）四月六日没、七十五歳。

不義にて、人倫とはいひがたし」）

○右の次第なれど、京伝・馬琴と双璧によばるゝは出藍《しゅつらん》[一]の才子なり。ことさら『八犬伝』の末に、自称[二]もあれど、よみ本にて全部五十巻[三]にもおよび、人に推称せらるゝ物、『源氏物語』[四]『水滸伝』にも比すべし。よみ本といふ物、天和[五]の西鶴に起り、自笑[六]・其磧《きせき》[七]、宝永[八]・正徳[九]に鳴りしが、馬琴には三舎[一〇]すべし。惜哉《おしいかな》、此人にして此病《このやまい》[一一]あり。

一　弟子が師よりも優れるたとえ。馬琴が京伝をも凌駕する存在になったことを一応認める。
二　「回外剰筆」で、『南総里見八犬伝』完成の苦心談を述べていることをいう。
三　正しくは、全九十八巻百八冊。
四　和漢の長編小説の代表として挙げる。
五　一六八一―八四。井原西鶴は浮世草子の代表的な作家。
六　八文字屋自笑。→一四八頁注四。
七　江島其磧。→一四八頁注五。
八　一七〇四―一一。
九　一七一一―一六。
一〇　三舎を避ける。恐れ憚って避ける意。
一一　忘恩の行為をいう。

解　説

徳田　武

本書には、『近世物之《きんせいもののの》本江戸《ほんえど》作者部類《さくしゃぶるい》』（以下『作者部類』と略記）のほかに、曲亭馬琴の『伊波伝毛乃記《いわでものき》』、『著作堂雑記』京伝関連記事、および山東京山の『蛙鳴秘鈔《あめいひしょう》』、『蜘蛛《くも》の糸巻《いとまき》』馬琴関連記事を収めた。『伊波伝毛乃記』を収めたのは、『作者部類』に馬琴と山東京伝の記事が特別に多いことに見られるように、両人の関係には密接なものがあり、しかも両人の読本競作は江戸後期小説史の最高の山場でもあるので、そうした両人の在りようをなお知るためには馬琴が京伝の伝を詳述したこの書を参照することが有益である、と思うからである。また、『伊波伝毛乃記』は、馬琴側から見た京伝・京山兄弟の観察記であるから、これを京山の側から見た『蛙鳴秘鈔』と『蜘蛛の糸巻』の記事も必要であると考え、両書をも収録したのである。以下、『作者部類』に就いては比較的詳しく、他の三書に関しては簡単に解説する。

『作者部類』に就いては、東の早稲田大学図書館と並んで馬琴資料を豊富に蔵する天理大学図書館の司書研究員であった木村三四吾に、非常に詳細な調査がある（『近世物之本江戸作者部類』私家版、昭和四十六年十一月。後、修正を加えて八木書店から昭和六十三年五月刊行）。それはまた馬琴論の渾身の力作でもあった。この解説に基づき、私見をも加えて述べる。

底　本

『作者部類』の馬琴自筆稿本の所在は、現在では行方不明になっている。その写本としては大よそ次の五点が存在していた。

- 大橋右源二筆耕大字馬琴手許本　存否未詳

これは、馬琴が自筆細字稿本を木村默老《もくろう》（上冊筆写）や筆耕者大橋右源二（宇都宮藩主戸田忠温《ただはる》家臣。下冊筆写）に大字に写させたものを底本として、更に大橋に四組八冊謄写させた、という本である。

- 同木村默老本　散逸

同とは、右の大橋右源二謄写本を、馬琴が默老・殿村篠斎《じょうさい》・小津桂窓《けいそう》の三人に頒与した、という意である。

・同殿村篠斎本　半丁分の書影のみ『近世文藝名著標本集』第十三輯（昭和九年、米山堂刊）に登載

・同小津桂窓本　天理大学図書館蔵

・石川畳翠《じょうすい》筆写本（天保六年六月九日、馬琴手許の大字本を借写したもの。補訂記事あり）　静嘉堂文庫蔵

右の諸写本は、いずれも馬琴の原文がほぼ忠実に反映された良本といえるが、その内で現存しているものは、小津桂窓本と石川畳翠本の二本しか無く、木村三四吾はこの小津本を影印したのである。現在我々が最も目睹《もくと》しやすい良質の写本はこの小津本であるため、本書でも底本に用いた。

ほかに、水戸の桜山文庫本、日比谷図書館加賀文庫本等が存し、いずれも静嘉堂文庫本に同文の畳翠奥書をもつが、誤写脱文が多い、とのことである。

書　名

『近世物之本江戸作者部類』の「近世」とは、近来の同義語であって、著者曲亭馬琴の当世から近い時期、具体的には明和・安永（一七六四―八一）頃から馬琴生存時の天保四年（一八三三）頃までの間を主にいう。

「物之本」とは、馬琴自身の定義によれば、「近世、物の本というは、物がたり草紙の類にて、物がたりの本というべきを、中略せしなり」(『著作堂雑記』第三十二)ということで、物語本、即ち小説の類をいう。具体的には、黒本・青本・赤本・黄表紙・洒落本・滑稽本・合巻・人情本、そして読本のことをいう。ままそれらの前史として江戸前期の仮名草子・浮世草子に言及することがあるが、中心の話題は、右に挙げた中期から後期に至る時期の小説群に就いてである。

「江戸」とは、上方、即ち京阪地方に対して、江戸の地域をいう。

「作者部類」は、右の小説群の作者を、赤本作者部・洒落本作者部・中本作者部(以上は巻之一)、そして読本作者部(巻之二上)とジャンル別に分類して述べていることをいう。

つまり本書は、馬琴という当代一流作家が、江戸中期から後期にかけての作者評論・文壇史話・文芸時評を併せ述べた著述である。それも、感情を交えずに淡々と客観的に叙述したものというよりは、他の作者を褒貶《ほうへん》することによって我と我が価値を自ら確認し、自他をあわせての全般的な文学世界の上に己れの像を建立しようとする、なかなか主観性の濃いものであった。

成　立

馬琴はたいそう筆まめな人で、毎日日記を付け、友人に長い書簡を書いているから、それらを参照することによって、かなり克明に本書の成立過程を窺うことができる。結果をいえば、馬琴が本書の仕事に関心を示した時期は、天保四年初冬の頃から同六年の上半期に亘る約一ヶ年有余の間に限られていた。

まず本書執筆の動機に就いて。

天保四年十月十四日『馬琴日記』を見ると、馬琴は、その愛読者にして高松藩江戸詰家老である木村默老から「近来浮世画工の事」を尋ねられ、「浮世画師伝」の略文を長文で綴っている。

同じく十月十九日には、やはり默老から、「近来戯作者変態沿革の事認《したた》めくれ候よう」(『馬琴日記』。以下、一々断らない)と頼まれている。戯作者の移り変わりや戯作史を書いてくれるよう頼まれたのである。この依頼を受けて馬琴は、天保四年十二月二日、

予、先比より、木村默老頼み、赤本作者部、稿しかけ候……

と、赤本の部を書き始める。江戸戯作の沿革の源流として赤本を設定するのであり、この考え方は、今でこそ文学史上の常識になっているが、馬琴が初めて提示したものといってよい。

四日後の十二月六日には、

　予は、物の本作者部類三、四丁、稿之《これをこうす》。

と、赤本作者部類から物の本作者部類と、構想が江戸戯作小説全体に広がってゆくことを示す題に変じている。これが日記をはじめ、一切の馬琴資料での「物の本作者部類」という言葉の初見で、黙老が依頼した十月十九日から、起筆の十二月二日までの約五十日前後における思案が、「近来戯作者変態沿革」を、この言葉のようなものに変更させたのである。

つまり、江戸小説を赤本・洒落本・読本という具合に、その形態に即して部類し、次にそれぞれの分野ごとに作者をまとめ、更に全体として年次配列する、という構想上の意図がこの題に反映されているのである。

以後、馬琴は、十二月七日・九日・十日とおよそ二、三丁ずつ書き進めていくのであるが、十二月十二日に愛読者である伊勢の豪商殿村篠斎に宛てた書簡に、

　先月、黙老人に問《とわ》れ候事有之《これあり》。それより思ひおこし候て、此《こ》の節、近世物の本作者部類といふものをつづり候。早速稿しをはり候はんと存じ、四、五日前より取りかかり候処、中々手おもく成り、大晦日《おおみそか》前ならでは出来をはり申すまじく候。先《ま》づ秘書にいたし置き候半《わん》と存じ候へ共、黙老と御両君へはおめにかけ可申《もうすべく》候。後世に

至りては尤《もっと》も珍書たるべく候。これらはとしのくれの遊びにて、甚《はなは》だ不経済には候へ共、興なければ何事もかけぬもの故、思ひ起し候勢ひを以て、あたら日を費やし候事に御座候。

と、初めて「近世」という語を加えて、取り扱う時期を明確にしている。また、黙老の問い合わせがきっかけとなって、江戸戯作小説史・文壇史という構想が生まれたことを明らかにしている。そのように小説史・文壇史を目指すからには、簡単にできる仕事ではなく、当初は一ヶ月ほどもかける予定であった。そして、他の作者への毀誉《きよ》褒貶《ほうへん》が入ることが避けられぬ性質の著述であるから、公刊することは控えて、黙老・篠斎、もう一人、やはり伊勢の豪商である小津桂窓と三人だけに見せる秘書にしておく積りであった。今でいう文学史に当る書物であるから、稿料が得られるものではないが、戯作者の世界を長年生きてきた作者自身による最初の小説史であるから、後世にものこる珍書になろう、という自負もあった。

十三日に、

物の本作者部類四、五丁、稿之。赤本の部、大抵満尾。

と、赤本の部が稿了し、翌、十四日からは、

昼時より物の本作者部類、稿之。赤本の部畢《おわる》。夕方より小冊の部一丁、稿之。

と、洒落本の部の執筆が始まる。

十五・十六・十七日と書き続けて、十八日には、

作者部類上巻三十三丁稿畢《こうしおわる》。よみ返し、悞脱《ごだつ》補写す。

と、上巻(巻之二)の総《す》べてである赤本・洒落本・中本《ちゅうほん》(滑稽本・人情本・合巻)の部を書き終わる。読み返しするのは、念入りな性格の表われである。ついで、翌十九日からは、

作者部類下の巻、よみ本作者の部、今日創之《これをはじむ》。わづかに弐丁、稿之。

と、巻之二上、読本作者の稿が起される。目次に見られるように本書は、巻之一と巻之二上に分けられており、巻之一には多種類の小説群が収められるのだが、巻之二上は読本だけである。そのように読本の比重が大きいのは、江戸の小説を戯作小説と読本小説の二つと観て、馬琴にとっては本道とする小説が読本だからであった。

読本は建部綾足《たけべのあやたり》から始まり、次に風来山人(平賀源内)が来るのだが、二十一日に、

作者部類下之巻の内二丁、稿之。風来山人伝也。

と、とくに風来山人と記し、飛んで二十四日には、

作者部類中の巻の内四丁、稿之。よみ本京伝部終り迄也。

と、山東京伝の名を出しているのは、それだけ読本作者に対する評価が重く、自分と因縁が浅からぬ、価値ある作者を取り上げているからだった。これは赤本作者部を執筆し

ている時と明らかに異なる態度であった。

二十五日からは、いよいよ、

作者部類中の巻、予が分の内、わづかに二丁、稿之。

と、馬琴自身の分に入る。本書を一目見れば瞭然たるように、馬琴は自分に就いては圧倒的に大量の筆を費やす。黄表紙や草双紙合巻作者としての自身についての扱い方は、他の一般同類の連中に較べ、さして目だった軽重の差はないが、読本作者としては全く異なり、他に比して不自然なくらいに枚数を費やしている。これは、読本こそが近世江戸文学における小説の正統であり、自分はその第一人者と自認していたことを表わしている。その点で本書は、非常にあくの強い作家論でもあった。

以後、二十八・二十九・三十日と自分の部分の執筆が続き、年末・年始は休筆して、天保五年正月二日から再開される。そして五日には早くも、

作者部類、二の巻末迄、今夕大抵稿し畢。この巻本文、三十五、六丁有之。

と、巻末まで、即ち自分の部分の終りまで書き進めたのであった。

ところが、この後は七日に、

作者部類一・二のもくろく並に補遺分二、三丁、稿之。

と、目録と補遺に移り、八日には、

作者部類、残り二冊稿し候ては、八犬伝九輯成延引候間《えんいんとなりそうろうあいだ》、部類は先《ま》づ二冊にて
さし置き、追々《おいおい》手透《すき》の節、又稿し候つもり。

と、執筆をひとまず打ち切ることを宣言する。その理由としては、稿料が入る『南総里見八犬伝』第九輯の執筆に入らなければいけないことを挙げるが、ありていにいえば、自分の読本史を振り返って見て、質量ともに江戸文壇における最高の位置に在ることが確認できたからには、もう他の作者に配慮する必要と興味とを感じなくなったからであろう。

その後は、一月二十二・二十三日には補写、二月三日には補遺の分、四、五丁を稿し、同四日には巻一を七丁増補などしたりしているが、それらはひとまず終了した後の補完作業に過ぎなかった。

続編を書く計画については、天保五年一月十二日、篠斎宛て書簡に、

近世物の本江戸作者部類、十二月上旬よりとりかかり、両三日前まで、二巻稿し候。
第一巻　赤本作者部
　　洒落本作者部
第二巻　よみ本作者部上
までに御座候。第三巻よみ本作者部下・浄瑠璃作者部、第四巻画工部・筆工部・彫

工略説にて全部に候へども、あと二巻綴り終り候には、二月にも及び候。さいたし候ては、八犬伝いよ〳〵後れ候故、まづ二巻にて思ひ捨て、昨日製本いたさせ候。と、更に読本作者の下、浄瑠璃作者、画工・筆工・彫工の伝を予定していることを述べているが、前述したような事情で、それらは実現することなく終った。

この後『馬琴日記』には、木村黙老や大橋右源二に写本を作らせ、それらが殿村篠斎・小津桂窓たちに伝播される経緯が記されているのだが、煩雑になるので割愛する。

素　材

本書における大勢の作家の伝や作品に就いては、馬琴が記憶によって記していることも多いのだが、いくら博覧強記な彼でも些細な事実をことごとく正確に覚えている訳にはゆかない。彼は膨大な蔵書のほかに、零細な資料をも友人たちなどから入手保存し、それらを利用して伝を記している。

たとえば、巻二上の「風来山人」は、本書の内でも京伝と並んで最も詳しく精彩ある伝が述べられているのだが、とりわけ平賀源内が誤って殺人を犯した経緯を、馬琴は「黙老翁の『聞くまゝの記』に載《のせ》たるを略抄《りやくしょう》す」と断った上で、次のように書き出す。

鳩渓《きゅうけい》が愆《あやまち》て人を害したるその故は、一諸侯《いちしょこう》、当時別荘を修理し給ふ事あり。出入《でいり》の町人に課《おお》せて、土木工匠《どぼくこうしょう》の費用まで計らせしに、思ふにまして多かりければ、かねて親しくまゐりぬる鳩渓に、その承課書《ウケオヒがき》を示してその意見を問《とわ》れしに、鳩渓答て、「この義某《それがし》に命じ給はゞ、この積《つも》り多寡《だか》の三《みつ》が一《いち》にて成就すべし」とまうすにより、さらばとて件《くだん》の作事《さくじ》を鳩渓に課せんとありしに、始《はじめ》よりその事を承りたる町人、鳩渓をうらみ、意趣を述て頗《すこぶる》争論に及びしかば、その家の役人等《ら》扱ひて和睦《わぼく》をと、のへ、鳩渓とその町人と相倶《あいとも》に件の修造をなすべしと命ぜられたり。（一六二頁）

『聞くままの記』丑集「平賀源内小伝補遺」では、右に相当する部分は、次のように記されている。

此の頃、源内のわけて親しく参り候ずる或《あ》る諸侯の別荘の修理を営し、且《か》つ庭の泉石なんど能《よ》くととのへ給はんとて、其の家のかかる事つかさどる有司に命じて、出入りする町人の其の業にたけたる者に諸負といふ事して、早く出来る様に作事有りしに、君の好めるままになしなば、其の費《つい》え夥《おびただ》しき事の由《よし》答申せしかば、又君より源内を召して、斯《か》かる事をかくなん申す、汝は何と思ふと問を給ひしかば、源内、其の算計の帳絵図抔委《などくわ》しく見て、此の事己れをしてつかさどらせなば、此の積りの十が二三にて出来ぬべしと答へ申せしゆへ、君も既に源内に此の事命ぜられんと有りし故、始めより其の事承れる有司並びに出入りの町人も、源内が故をもて己れ

〳〵が職のさまたげと成りたりとて争論に及び、甚だ騒がしかりしに付き、其の家の重役いろいろ理を言い聞かせ、源内と件の町人両人にて相倶に其の事をしなすべき様に命ぜられて、先ず事は平らぎけり。（仮名遣いは適宜読み易く改めた）

両文を読み比べれば、馬琴が『聞くままの記』を取り入れ、その文章を分かり易く読み易いものに改変していることが容易に分かるであろう。『聞くままの記』は、黙老の随筆で未刊の書であり、当時に在っても容易に閲覧できるものではない。そのような書をどうして馬琴が目睹することができたかといえば、黙老が馬琴の愛読者であり、その事から両者の間に書翰の往復が生じ、お互いの蔵書や資料を貸し借りするようになったからで、問題の『聞くままの記』も『作者部類』執筆の直前の天保四年四月二十八日に黙老から貸与されている（『馬琴日記』）ほどである。

馬琴が様々の資料を利用して諸作者の伝や作品批評を記した例は、他にも多く挙げられるが、ここでは一例を挙げるのみに止めておく。

公平性と偏頗性

本書の性格を端的に表わすものとして、あえて右のような言葉を用いた。本書は、馬琴が編んだ、最初の江戸後期小説史ともいえる。史というものは、確実な事実を踏まえて、その流れを的確公正に叙述することが要求される。これを公平性といっておこう。本書は、この公平性において、なかなか優れている。

例を挙げてみると、一に、巻一赤本作者部では、享保頃の赤本・黒本から天明・寛政頃の黄表紙や文政頃の合巻に発展してゆく流れが述べられている。この指摘は、前述したように、現代の文学史での定説になっているが、馬琴によって初めて明言されたものといえる。

二に、馬琴は、洒落本の魁《さきがけ》を『遊子《ゆうし》放言《ほうげん》』(明和七(一七七〇)年頃刊)としている(一〇七頁)。その見方はある程度正しいといえる。現代では、おおむね享保十三年(一七二八)刊の漢文戯作『両巴《りょうは》巵言《しげん》』をその魁とし、そうした漢文物戯作が暫《しば》し上方で流行し、やがて気運が江戸へ戻って、『遊子方言』によって初めて、和文による遊里の遊びの叙述という洒落本の定型が創り出された、という観方が定説になっている。馬琴は漢文戯作物を取り上げることこそしていないが、『遊子放言』の和文による洒落本典型の創出という点に関してはすでに見通していたといえる。

三に、長編読本の源流として建部綾足の『本朝水滸伝』(明和九年刊)を挙げ、綾足を詳細に叙した態度は、現代の文学史にも依然として影響を与えている。馬琴は、近世の物の本(冊子物語。一四五頁参照)の流れを前期の仮名草子・浮世草子から略述して、前期短編物読本に至り、短編物読本では「唐山《とうざん》の俗語小説」を翻案する方法が生まれていることを指摘する(一四八頁)。けれども、それらはまだ「首尾具足《ぐそく》して、唐山《とうざん》の稗史《はいし》小説に拮抗《きっこう》すべきもの」ではない、という。彼は、『水滸伝』のような首尾一貫した長編小説を本格正統な小説と考えているので、その観方からすると、右に挙げた小説群は、まだその水準に達していないと観るのである。ところが、綾足の『本朝水滸伝』は、「『水滸伝』を剽窃模擬《ひょうせつもぎ》して、天朝《てんちょう》の古言《こげん》をもて綴」っているから、これをこそ「国字の稗説《はいせつ》」というべきだ、と高く評価する(一五〇頁)。それが馬琴の志向する長編小説の先駆的な試みだからである。馬琴は、綾足が志向した唐山の長編稗史小説に拮抗する我が国の長編小説の創出を目指して、終《つい》に『南総里見八犬伝』を完成させる。そうした馬琴からすると、『本朝水滸伝』は長編読本の魁と捉えることができるのだ。私見では、長編読本の萌芽は江戸前期の通俗軍談に在り、『水滸伝』に学んだ長編小説を志向したものは、綾足より早く聚水庵壺遊《じゅすいあんこゆう》(根本武夷《ねもとぶい》)の『湘中八雄伝《しょうちゅうはちゆうでん》』(明和五年刊)があって、馬琴の観方に一部修正すべき点があると提言しているのであるが、それはともかく、従来の文学史はいまだに馬琴のこの観方にかなり影響されているのである。

このような現代にまで及ぶ影響は、本書の公正性を表わすものだが、一方、馬琴がかなり自己の主観や好憎を露わにして述べている点も少なくない。

たとえば、為永春水や式亭三馬・山東京山に対する冷淡な書き方がそれである。春水に就いていえば、赤本作者部（七三頁）では、馬琴の旧作読本で板木が火災で焼けて全部は揃っていないものを無断で補綴し再板したのは、「この男の所為《ワザ》也」と指弾している。洒落本幷中本作者部（一三三頁）では、既に春水が代表作たる人情本の『春色梅児誉美《しゅんしょくうめごよみ》』（初・二編は天保三年刊。三・四編は同四年刊）を出して評判を呼んでいるのに、僅かに「近《ちか》属《ごろ》この作者の中本多く出《いで》たりといふ」と、書名をも出さずにあしらっている。彼を取り扱った項目の字数自体も少ない。

三馬に関しては、赤本作者部（五三頁）ではかなりの分量を割いて詳述はしているのだが、行文の合間には「只その文に憎みあり」とか、「馬琴を忌むこと讐敵《しゅうてき》のごとし……己《おのれ》に勝《まさ》れるを忌む胸陝《せま》ければならん」などと、辛辣な批判をさし挟む。また、中本作者部（一三〇頁）では、三馬の滑稽本『小野𥱋譃字尽《おののばかむらうそじづくし》』が馬琴の『無筆節用似字尽』などの剽窃だと明言し、嫌悪感をちらつかせる。それは、こうした馬琴の悪感情が伝わったので、三馬も馬琴を嫌っていたのだろう、と思わせるような書きぶりなのである。

京山への馬琴の悪感情は、併せ収めた『伊波伝毛乃記』を読めば容易に分かるであろうから、ここには多言しないが、そうした目で赤本作者部の京山伝（六二頁）を読むと、長文の扱いであり、抑制した筆致ではあるが、「心術すべて京伝に似ず」（六六頁）という一句には、馬琴の彼への万感の思いが込められていることが汲み取れるはずである。

かようにして、馬琴は、己れが嫌いな作家に対しては嫌悪感を表わすことを憚《はばか》らず、その評価が多少歪む場合がある。かくて、馬琴の筆には公正性と偏頗《へんぱ》性とが併せ含まれるのである。

文壇史

「近世」という言葉が冠せられる本書には、馬琴と時代が重なり合う作家が大勢取り上げられ、その人物像や交友関係などが活写されている。つまり本書は、同時代の文壇史という性格をも濃厚に備えている。馬琴が直接間接に情報や噂を知っていた故に、本書の作家情報は、生々しい具体性をもって後世の読者に逼《せま》るのである。


たとえば、馬琴と最も密接な関係を有する山東京伝に就いて見てみよう。京伝は、赤本作者部(三九頁)においては、馬琴と並んで初めて潤筆料を貰う作者になったことが主に述べられる。しかるに、洒落本作者部においては、寛政三年(一七九一)に江戸町奉行所からその洒落本二部によって手鎖五十日の刑に処せられたことが詳述される(一一六頁)。

さらに読本作者部(一七七頁)に至っては、彼の読本史がエピソードとともに記述されるほかに、人気画工歌川豊国の遅筆の逸話が小説のような筆致で生き生きと述べられる。

のみならず、京伝自身が吉原のお気に入りの遊女に入れ込んで遅筆なために板元に迷惑をかけた、という秘話までも暴露する。『双蝶記』の小説作法や板元との遣り取りも加えられているが、それは現代の出版事情とあまり変わらないものである。余勢を駆って、『骨董集』や『近世奇跡考』等の随筆著述の様相にまで言及し、京伝の作家としての生態に関する記述は盛り沢山である。

このように馬琴は、各々の部において、それぞれ異なる面から京伝の様々な情報を伝えてゆく。こうした手法は、十返舎一九や式亭三馬、風来山人などにも用いられて、全体を通して情報が殆《ほとん》ど重ならないようにできている。そしてこうした具体的な情報は、大部分が本書でしか知ることができないものである。筆まめな馬琴のお蔭で、後世の読者や研究者はたいそう貴重な知識や手掛かりを得ることができるのだ。

もう一つ有り難いことは、本書が、当局者の出版検閲と、それを掻《か》い潜《くぐ》って御政道向きの事や際どい事を表現しようとする作者や板元の姿勢、またその結果襲い来る処罰などに就いて、多くの筆を費やしていることである。赤本作者部では、喜三二や恋川春町・唐来三和《とうらいさんな》などの項で、老中松平定信の寛政の改革を茶化す黄表紙が盛行する様などが記される。三馬の『侠太平記向鉢巻《きゃんたいへいきむこうはちまき》』が火消し人足を怒らせて、家が破壊され、三馬は手鎖五十日の刑に処せられる（五四頁）という情報は、今のところ本書にしか見出されない貴重なものである。洒落本部では、それが遊里の遊びを記す小説である故に弾圧される事情が『類集撰要』を用いて詳述されている(一二二頁)。

読本作者部では、前述したように、著者馬琴自身の作品史と逸話などが詳細に繰り広げられ、それがこの部の主要な意図であった。それらの多くに言及する余裕はもはや無いのだが、二つだけ挙げておこう。一は、彫工米助《よねすけ》の違約事件に馬琴が巻き込まれて、町奉行小田切土佐守の配下の役人の取り調べに遭う経緯(二二〇頁)である。これも筆禍の一つといえるのであり、勿論事実を記したものだが、当時の取り調べの様子などが報じられていることもあって、興味津々たる読み物にもなっているのである。

その二は、右の一件の内で述べられていること(二三〇頁)だが、馬琴が自作の校正に非常に厳格であることである。彼は、いわゆる三校まで取っても——これは現代の良心的な出版社のそれと同一の回数である——まだ誤りが見つかることを歎息しているが、この辺りの消息は、現代の我々にも等しく感じられることである。

以上の記述から察せられるであろうが、原稿執筆、浄書、自己点検、写本の作製あるいは板木彫刻、挿絵の作製、印刷、校正、刊行、販売などという江戸後期の出版事情は、案外に現代のそれに近い。江戸時代には近代的な出版形態の原型が既にできていたのである。本書を読むことは、そうした江戸時代の出版事情を知ることでもあるのだ。

『伊波伝毛乃記』と『蛙鳴秘鈔』

文化十三(一八一六)年九月七日に、山東京伝は亡くなった。五十六歳であった。翌文化十四年の九月七日、京伝の後妻百合は、京伝の一周忌に馬琴ら亡夫の旧友を招いて饗応したが、その時にはもう言語不明で応答が錯誤し、客たちを歎息させた。この間、京伝の弟京山は、文化十四年の四月から十一月まで京摂や伊勢に旅行していて、百合の家業を助けなかったが、帰府するや否や百合の狂乱と商売の失敗を言いたてて、十二月には一家を挙げて京伝の家に移り、百合を物置の別室に住まわせた。百合の錯乱は更にひどくなり、日夜怨言し、泣いたり罵ったりしていたが、文化十五年正月二十二日に亡くなった。四十歳ばかりである。両国回向院の京伝の墓に合葬された。

その十五年の春、京山は亡兄の遺財でその家を改築し、初秋に至って完成、我が子筆吉を改めて二世伝蔵として自分が後見人となり、七月二十六日、売薬の数を増して開店した。いわば、百合の死から六ヶ月後には完全に京伝の家を我が物としたのである。

『伊波伝毛乃記』の前書に拠れば、京伝が亡くなった後、京都の某生(東美左近将監であろう。二八一頁注一参照)が親友京伝を哀悼する余り、その人となりを詳しく知りたがったので、馬琴は年来見聞した事を書いて送ったのだという。そういう事情もあったであろうが、それにしては馬琴の執筆は、後述するように京伝の死から三年余り経過した後のことであり、遅いような気もする。

文化十五年は四月二十二日に文政と改元されるが、馬琴自身の跋《ばつ》によれば、翌文政二年(一八一九。馬琴五十三歳)十二月十二日、本書を起草し、四日間かけて、十五日の三更(午前零時頃)に業を卒《お》えたという。京山の薬屋開店から一年余り後のことである。

そうだとすると、馬琴が『伊波伝毛乃記』の執筆を思い立った動機には、京伝の人となりを知らせるということもあるだろうが、むしろ百合の死や薬屋開店の方が強く関わっているのではなかろうか。

「いわでもの記」とは、序に「其家に於《おい》て秘する事あり、歓《よろこば》ざる事あらむ」と断っているように、言わなくてもよい岩瀬(京伝兄弟の姓)家の醜聞を書いたものである。つまり、京山が兄嫁百合を追い詰めて、体よく家を乗っ取ったことを書いたものであるから、執筆の動機は京山の薬屋開業の方に在ったのではないか、とも考えられるのだ。その証としては、『著作堂雑記抄』(文政元年六月頃の執筆)に『伊波伝毛乃記』の原型と見られる、京伝の伝記が載せられているのだが、そこにはただ京伝その人の伝記だけが記されていて、百合と京山の葛藤はほとんど触れられておらず、ただ「この事猶《なお》世に憚《はばかり》あり。人に見することを不レ許《ゆるさず》」と、何か秘密があることを仄《ほの》めかした付記が存するばかりであることが挙げられよう。この秘密は、『伊波伝毛乃記』に至って、初めて付加されたのである。つまり、馬琴がより顕著に伝えようとしていることは、京山のなつかしからぬ人柄であって、それには京山の薬屋乗っ取りが直接の動機になった、とも考えられるのである。

このように「記」は、人生の生臭い問題を扱った、優れて小説的な文章である。実際に、吉原の玉屋に入りびたっていた京伝が玉の井(後の百合)に無精髭《ぶしょうひげ》を剃らせる描写(三〇九頁)など、近代小説の一齣《ひとこま》を読むような描写力が感じられる。

井上ひさしの小説『戯作者銘々伝』のうち、「山東京伝」は、百合の独白というスタイルを用いて、京伝の死後、彼女が義弟の京山に狂人に仕立てられ、家と財産を奪われていく過程を描いた作品である。十二人の戯作者を扱った同書は、それぞれしかるべき資料に基づいて、そこから氏が感得した問題を小説化したものと思われるが、とりわけ「山東京伝」は資料に依拠することの大きかった作品なのであり、その資料こそ『伊波伝毛乃記』であったのである。

この「伊波伝毛乃記」に対して、京山の方が馬琴観を露わにしたものが『蛙鳴秘鈔』と『蜘蛛の糸巻』である。この二つの文章は、今は大家づらをしている馬琴を、昔はこのようであった、と引き下げようとする意図が露骨である。それは馬琴の彼への悪感情の裏返しである。だから、この二つの馬琴伝を読む時は、それを考慮しなければならない。

『蛙鳴秘鈔』は、有名な『北越雪譜《ほくえつせっぷ》』の著者鈴木牧之《ぼくし》に、天保元年（一八三〇。京山六十二歳、馬琴六十四歳）四月二十日、京山が宛てた書簡に付せられたものである。その書簡には、「馬琴が手を御借り被成候《なされそうろう》にもおよばず」だとか、「御自作ならば馬琴もいなみ申まじく、刻《ほ》り候板元も在るべく哉《や》と奉存候《ぞんじたてまつりそうろう》」とあるのは、牧之が『北越雪譜』の刊行について馬琴に相談したのに対し、馬琴が色よい返事をしていないことを踏まえたものである。『北越雪譜』の刊行は、結局、京山が引き受けて天保八年に実現されるのだが、この元年の時点では牧之は馬琴の人柄に疑念を抱いて、それを京山に尋ね、それに対して京山が答えたものがこの『蛙鳴秘鈔』であると考えられる。「蛙鳴」とは、京山の号の蛙鳴樵者をいうのであり、「秘鈔」とは、秘密にすべき抜き書き、という意で、若い頃の馬琴が太鼓持ちか講釈師かを目指していたなどと、その暗部を記したもの、という意味合いを含ませていよう。結局は、馬琴を兄京伝に対する忘恩の徒と言いたいのである。

『蜘蛛の糸巻』は、弘化三年（一八四六。京山七十八歳、馬琴八十歳）更衣《ころもがえ》（四月一日）の序

を備えた随筆であるから、その内の「馬琴略伝」も、それに近い頃に著わされたものと考えられる。即ち、『蛙鳴秘鈔』よりも十六年後の馬琴についての記載であり、若い貧窮時代の馬琴の面影を伝えようとしている点では『蛙鳴秘鈔』と同様であるが、馬琴が天保十一年秋の書画会で蔵書を売却したことなど、その後の情報が付加されている。ただし、馬琴が孫の太郎の御番入り(旗本株を購入して旗本となること)のために書画会を開いたのは天保七年八月十四日のことであり、蔵書の和漢書七百余部を日本橋の書肆市に売りに出したのは同年の九月七日のことであって、京山の記載には細かい事実の誤りも見られる。

脚注に挙げたもの以外の主な参考文献は以下の通りである。

柴田光彦編『曲亭馬琴日記』別巻(平成二十二年二月、中央公論新社)
大沢まこと『合巻本板元年表』(平成十二年九月、郁芸社)
高木元「『類聚撰要』巻之四十六——江戸出板資料の紹介」(『読本研究』第二号下、昭和六十三年六月)
木越俊介『江戸大坂の出版流通と読本・人情本』(平成二十五年十月、清文堂出版)

人 名 索 引

一，立項名は，『近世物之本作者部類』の項目名や本文の記述に基づくことを原則とし，異称については「大田南畝 →四方山人」のような参照項目を立てた．

一，（ ）内には，本名・別号等の情報を記した．「＊」以下は，参考事項である．

一，『作者部類』各巻の目録(17–23, 141, 142 頁)からは人名を採録しなかった．また，『伊波伝毛乃記』については「山東京伝」，『蛙鳴秘鈔』『蜘蛛の糸巻』については「曲亭馬琴」の採録を省略した．

一，標題のある頁は太字とし，他と区別した．

あ 行

青山侯（下野守・篠山侍従 ＊忠裕） 62, 64, 351, 365
青山忠高（前の下野守・某の老侯） 62, 351
赤根半七（＊『舞扇南柯話』） 236
赤根半六（＊『舞扇南柯話』） 235
朱良管江《あけらかんこう》 135
浅井了意 148
安積屋喜久二《あさかやきくじ》 58
浅黄裏成《あさぎのうらなり》 →喜三二《きさんじ》
浅草市人《いちひと》 203
浅草干則《ほしのり》 203
浅間左衛門 215
浅見生（＊魯一郎） 59
吾妻（＊吾妻与五郎） 192
嵐吉三郎（＊2 代目） 236, 239, 242
嵐三津五郎（＊初代カ） 252
霹靂《いかずち》鶴之助 209
伊賀屋勘右衛門 180–185
生島《いくしま》（＊新五郎） 71
石川雅望 50, 79, 366, 377
石坂氏（官医） 139
石渡利助 →上総屋利兵衛
和泉大夫 25
和泉屋市兵衛（泉市・甘泉堂） 35, 43, 44, 72, 90, 104, 195, 196, 339, 340, 347, 348, 367
和泉屋源蔵 →蔦唐丸
伊勢屋治介 44, 196
いせや清左衛門 →曲亭馬琴
伊勢屋忠助 66, 286, 310, 350, 352
伊勢屋某（行司） 116, 117, 299, 300
市川三升（白猿 ＊7 代目団十郎） **82**
市川団十郎（才牛 ＊初代） 181
市川団十郎（五代目・蝦蔵・白猿） 108, 214

市川団蔵（*4 代目）　235
市川八百蔵（*2 代目）　108
一色安芸守《いっしきあきのかみ》（勘定奉行 *政流）　167
逸竹斎達竹《いっちくさいたっちく》　→曲亭馬琴
一返舎白平《いっぺんしゃはくへい》　75
伊藤東厓　277
伊藤（東）蘭洲　284, 354
犬（*『古朽木』）　172
乾氏（柳生侯家臣 *筆耕）　113
岩井半四郎（*5 代目）　238
岩瀬資詮《すけなり》　342, 344
岩瀬伝左衛門（信明・椿寿斎 *京伝父）　39, 62, 67, 117, 284–286, 299, 303, 304, 306, 307, 310, 332, 339, 340, 342, 344, 350, 351, 362
岩瀬伝左衛門甥（重蔵）　303
岩瀬信篤（*京伝祖父）　342, 344
磐瀬人上《ひとかみ》　342, 344
上田秋成（剪枝畸人）　148, 206
鵜飼助之丞（助進）　→山東京山
歌川国貞　70, 83, 253, 331
歌川国直　95
歌川国丸　96
歌川国安　85, 92, 96
歌川豊清　331
歌川豊国（熊右衛門）　43, 44, 56, 90, 99–101, 180–185, 193, 194, 211, 213, 214, 323, 331, 346
歌川豊広　35, 69, 186, 187, 214
烏亭焉馬《うていえんば》　42, 54, 56, 80, 95, 293, 294, 331
姥尉輔《うばじょうすけ》（尉姥輔 *四世鶴屋南北）　78
梅暮里谷峨《うめぼりこくが》　120
烏有山人《うゆうさんじん》　104
鱗形屋《うろこがたや》孫兵衛　28, 32, 33, 36, 194
雲府館天府《うんぷかんてんぷ》　204
栄之《えいし》（*鳥文斎）　143
英得《えいとく》（*一陽軒）　98
永楽屋東四郎　255
益亭三友《えきていさんゆう》　56, 76
江崎屋　337
江島　71
江島其磧《きせき》（江島屋其碩）　148, 378
越前屋長二郎　→為永春水
榎本吉兵衛　69
榎本平吉　217, 223–226, 234, 235, 241
縁間山人　→緑間山人《りょくかんさんじん》
扇屋宇右衛門（墨河）　297
王進（*『水滸伝』）　209
近江屋《おうみや》新八　256
近江屋治助　227
近江屋某（行司）　116, 117, 299, 300
大阪屋半蔵　245, 251
大阪屋茂吉　260
大島屋政五郎　217
太田道灌《どうかん》　342, 344
大田南畝《なんぽ》（覃・直二郎・七左衛門）　→四方山人《よもさんじん》
大谷友右衛門（*2 代目）　235
大野木市兵衛　214
大菱屋宗三郎　236

大森七郎(*『西山物語』)　152
大和田安兵衛　40, 44, 196, 199, 316
岡山鳥《おかさんちょう》(島岡権六)　47, 139
小川美丸《よしまる》　91
荻江某(*露友)　302
荻野八重桐《やえぎり》(*2 代目)　170
荻生徂徠《おぎゅうそらい》　277
奥村政信　145
小津桂窓《おづけいそう》　59, 153, 156, 206, 207
小田切土佐守(町奉行 *直年)　49, 218
鬼武　→曼亭鬼武《まんていおにたけ》
鬼貫《おにつら》　60
尾上梅幸《おのえばいこう》(*3 代目)　82
小野頼風　110
女清玄《おんなせいげん》　238

か 行

蟹行散人《かいこうさんじん》(＝曲亭馬琴)　24
かい屋善吉(*『定結納爪櫛』)　242
傀儡子(魁蕾子)《かいらいし》　→曲亭馬琴
鶴成《かくせい》　69
覚世《かくせい》道人　→李笠翁《りりつおう》
岳亭丘山《がくていきゅうざん》　137
学亭三子《がくていさんし》　78
可候《かこう》　72
笠松平三(*『舞扇南柯話』)　235
柏屋半蔵　139, 214, 256
上総屋《かずさや》忠助　119, 214, 217
上総屋利兵衛(石渡利助・書物問屋)　119, 122, 123, 174
歌扇亭三津丸《かせんていみつまる》　104
片岡仁左衛門(*7 代目)　215
片岡松江　252
酸漿屋《かたばみや》久兵衛(白林)　311
勝川春英　44, 323
勝川春潮　36
勝川春亭　77, 96, 323, 331
葛飾北斎(春朗)　214, 216, 228, 374
桂川甫周《ほしゅう》　38, 294
加藤千蔭《ちかげ》　365, 375
角丸屋甚助《かどまるやじんすけ》(甚兵衛・下駄甚)　214, 217–229, 231–233
叶雛助《かのうひなすけ》(2 代目)　211
叶珉子《かのうみんし》(*3 代目)　236, 242
蒲生秀実《がもうひでざね》　276
賀茂真淵《かものまぶち》　152
可楽《からく》(*三笑亭)　42
お軽(*『仮名手本忠臣蔵』)　131, 326
河内屋《かわちや》太助　212, 234, 236, 241–243, 255, 256
河内屋太一郎(*太助後嗣)　243
河内屋長兵衛　248
河内屋茂兵衛　228, 253
甘谷《かんこく》　→山東京伝
甘泉堂《かんせんどう》　→和泉屋市兵衛
関亭伝笑《かんていでんしょう》　48, 49
寒葉斎《かんようさい》　→吸露庵綾足《きゅうろあんあやたり》
希因《きいん》　151
其角《きかく》(東国太郎)　150
帰橋《ききょう》　→蓬莱山人《ほうらいさんじん》帰橋
菊(菊園 *山東京伝前妻)　296, 297, 303, 312, 347, 352, 362

菊軒　→山東京伝
菊軒為成（寺尾源蔵）　283
菊池茂兵衛（*三馬父）　53, 56, 322
菊亭　→山東京伝
箕山《きざん》　147, 206
喜三二《きさんじ》（平沢平角・浅黄裏成・月成）　**31–33**, 36, 40, 86, 89, **171**, 172, 290–293, 335, 371
北尾重政（紅翠斎）　34, 39, 43, 177–179, 197, 210–212, 255, 287, 331, 338
北尾政演《まさのぶ》　→山東京伝
北尾政美《まさよし》（蕙斎）　33, 76
喜多川歌麿　32, 124, 323
喜多川月麿　323
北静廬《せいろ》　→静廬
北八（*『膝栗毛』）　126, 128
喜多武清《ぶせい》　179
蜞蜩庵《きちょうあん》（*神沢杜口）　208
絹川谷蔵　209
紀常因《きのじょういん》　149, 208
椒芽田楽《きのめのでんがく》（神谷剛甫）　**77**
木村黙老《もくろう》　137, 155, 161, 162, 168, 170
吸露庵綾足《きゅうろあんあやたり》（建部綾足）　150, **151**–153, 156–158, 178
杏花園《きょうかえん》　→四方山人《よもさんじん》
狂歌堂真顔　→恋川好町《すきまち》
狂斎　→曲亭馬琴
玉亭　→曲亭馬琴
曲亭馬琴　41, **43**, 44, **45**, 46–48, 55, 56, 58, 59, 61, 73, 76, 77, 87, 97, 99–101, **102**, 103, 118, 120, 121, 130, 131, 139, 152, 155, 178, 185, 191, 194–199, **209**–220, 222–234, 237–246, 250, 252–258, 260, 262, 265–271, 274–278, 297, 298, 301, 305, 318, 319, 321, 324–328, 331, 334, 336, 340, 341
曲亭馬琴父（*滝沢興義《おきよし》）　357
曲亭馬琴男児　→滝沢宗伯《そうはく》
曲亭馬琴妻（*百）　365, 375
玉蘭《ぎょくらん》（*池大雅妻）　311
鬼卵《きらん》　48
琴雅《きんが》（小泉熊蔵 *嶺松亭）　47
琴魚《きんぎょ》（櫟亭・殿村精吉）　47
琴梧《きんご》（加藤恵蔵規矩 *柯亭）　47
欣堂閑人《きんどうかんじん》　**96**
琴鱗《きんりん》（柴田元亮）　47
金鈴道人《きんれいどうじん》（*『優曇華物語』）　179
琴驢《きんろ》　→岡山鳥
愚山人　→曲亭馬琴
工藤真葛《まくず》（*只野真葛）　258
九年坊《くねんぼう》（*壁前亭）　**68**
黒田豊州（久留利侯 *黒田直侯）　120
紫鳶式部《くろとびしきぶ》（黒鳶式部 *京伝妹）　67, 287, 352
京師の某生　281
玄同　→曲亭馬琴
恋川好町《こいかわすきまち》（北川加兵衛・狂歌堂真顔）　**38**, 42, 48, 57, 203, 294, 329–331, 366, 371
恋川春町（倉橋春平・寿亭）　**32**, 33, 36, 38, 40, 86, 290–294, 335, 371
豪円上人《ごうえんしょうにん》（両子寺住持）　257
高俅《こうきゅう》（*『水滸伝』）　154

江左《こうさ》の釣翁（*『奇伝新話』序者）　174
孔子　113, 177, 320, 327
公子（*毛利甚之丞. 夭折）　64
耕書堂《こうしょどう》　→蔦唐丸
江南亭唐立《こうなんてい》　84
後恩成寺殿《ごおんじょうじどの》（*後成恩寺殿. 一条兼良）　147
小金厚丸《こがねのあつまる》　78
小倉侯（*小笠原家）　47, 77
古今亭三鳥《ここんていさんちょう》　76
越谷吾山《こしがやござん》　78
小柴長雄　298
五島恵迪《ごとうけいてき》（一彦・赤水）　271, 278
小浪《こなみ》（*『仮名手本忠臣蔵』）　131
小幡《こはた》小平治　179
小林勘平（*地主）　365
五返舎半九《ごへんしゃはんく》　52, 75
吾蘭《ごらん》　79
五柳亭徳升《ごりゅうていとくしょう》　76, 138
五老　→石川雅望
近藤清春（助五郎）　31
近藤淡州（*旗本. 神田橋外）　47, 139
五六六《ごんろく》　→岡山鳥

さ 行

西鶴　71, 147, 378
柴舟庵一双《さいしゅうあんいっそう》　91
斎藤市左衛門（名主）　124
西来居未仏《さいらいきょみぶつ》　84
酒井修理大夫（*忠貫）　167
佐川荻丸　250
佐川藤太（佐藤太）　216, 217, 250
鷺坂伴内《さぎさかばんない》（*『仮名手本忠臣蔵』）　131
前の下野守　→青山忠高
佐久間源八（名主）　124
桜川慈悲成《さくらがわじひなり》（親慈悲成）　42, 43, 294, 301
笹山侍従　→青山侯
佐竹侯（久保田侯・右京兆 *佐竹義敦）　31, 290
佐藤太　→佐川藤太
佐野栄助（巒山）　→山東京山
佐野東洲（文助）　62, 66, 347
蓑笠漁隠《さりつぎょいん》（簑笠隠居）　→曲亭馬琴
猿蔵（*『古朽木』黍蔵）　172
沢村琴所《きんしょ》　47
沢村訥子《とっし》（源之助 *4 代目宗十郎）　82
三勝《さんかつ》（*『舞扇南柯話』）　236
三九《さんく》　→十字亭三九
山月古柳　79
三陀羅法師《さんだらほうし》　91, 203
山東庵　→山東京伝
山東京山（岩瀬百樹・相四郎）　56, 62–68, 69, 86, 128, 177, 284–287, 318, 319, 326–330, 338, 339, 341–348, 351–353, 358, 359, 362, 365–367, 369, 370, 377
山東京山次女（*京）　64, 65
山東京山長女　67, 318, 352
山東京山長男（筆吉・2 世伝蔵 *筆之助）　64, 65, 347, 352

山東京水（*京山次男）　377
山東京伝（岩瀬伝蔵・甚太郎）　38, 39–41, 43, 44, 49, 56, 58, 61–67, 86, 87, 113, 115–118, 126, 129, 135, 177–180, 182, 184–187, 189–192, 194–199, 201–203, 210, 222, 232, 233, 251, 263, 350–354, 357–368, 371–378
山東京伝妹　→紫鳶式部《くろとびしきぶ》
山東京伝叔母（鵜飼氏）　62, 63, 65, 66, 347, 351
山東京伝後妻　→百合
山東京伝前妻　→菊
山東京伝父　→岩瀬伝左衛門
山東京伝母（大森氏）　66, 284, 285, 287, 288, 297, 311, 314, 332, 339, 340, 342, 344, 350, 351, 362
山東京伝養女　→鶴
杉風《さんぷう》　328
地黄坊樽次《じおうぼうたるつぐ》　149
鹿野武左衛門　149
式亭三馬（西宮太助）　51, 53, 54, 56, 57, 76, 79, 85, 86, 96, 102, 120, 130, 132, 197, 198, 301, 302, 322
侍従下野守《じじゅうしもつけのかみ》　→青山侯
史進《ししん》（*『水滸伝』）　209
七珍万宝《しっちんまんぽう》（後万象亭・後森羅万象）　39, 42, 294, 301
十遍舎一九（重田貞一）　49–52, 75, 85, 100, 120, 126–130, 132, 301, 302, 323
十遍舎一九娘　128
篠田金治　78
忍岡常丸《しのぶがおかつねまる》　98
芝全交　→全交《ぜんこう》
慈悲成《じひなり》　→桜川慈悲成
志満山人《しまさんじん》　80
志水燕十《しみずえんじゅう》　114, 291
釈迦　113
芍薬亭《しゃくやくてい》　→後喜三二
謝肇淛《しゃちょうせい》　57, 202
十字亭三九　52, 85
一二三《しうぞう》（*高麗井氏）　78
樹下石上《じゅげせきじょう》（久信）　48, 95, 295
惇信《じゅんしん》（*平林惇信）　55
春亭三暁《しゅんていさんぎょう》　78
丈阿《じょうあ》　30
尉姥輔《じょううばすけ》　→姥尉輔
松好斎《しょうこうさい》半兵衛（別人）　213
鍾子期《しょうしき》　168
匠亭三七《しょうていさんしち》　79
松甫斎眉山《しょうほさいびざん》　96
正本屋利兵衛　148
蜀山人《しょくさんじん》　→四方山人《よもさんじん》
白川侯（*松平定信）　33, 222
白玉　→百合
子路《しろ》　113
信天翁《しんてんおう》　→曲亭馬琴
森羅万象《しんらまんぞう》（森島中良）　38, 39, 42, 76, 102, 103, 115, 131, 294, 334
振鷺亭《しんろてい》　95, 118–120, 129–132, 178, 295
すいう　137
随沢堂《ずいたくどう》（塩沢氏 *塩沢忠敬）　223
杉田玄伯　167

鈴木儀兵衛（鈴木生）　58
鈴木牧之《ぼくし》　369, 370
須原屋茂兵衛　207
住吉屋政五郎　185–189, 214, 217, 263
摺見《すりみ》（*摺見《しじみ》の誤カ）　**68**, **69**
醒斎《せいさい》　→山東京伝
醒々老人《せいせいろうじん》　→山東京伝
西庁《せいちょう》（*徳川家慶）　283
青陽堂（石徳要）　223
静廬《せいろ》（屋根屋三左衛門・針金）　329–331
瀬川（新吉原松葉屋）　112
瀬川菊之丞（*5 代目）　→瀬川路考
瀬川如皐《じょこう》（2 代目）　238
瀬川仙女《せんじょ》（*3 代目菊之丞）　237
瀬川路考《ろこう》（*5 代目菊之丞）　81, **82**
瀬川路考（*代数不明）　111
節亭琴驢《せっていきんろ》　→岡山鳥《おかさんちょう》
雪亭三冬《せっていさんとう》　**78**
仙客亭柏琳《せんかくていはくりん》　**104**
仙鶴堂《せんかくどう》（鶴屋喜右衛門・小林近房 *文化 14 年没）　34, 39, 41, 46, 51, 68, 78, 87, 95, 99, 176, 179, 189, 190, 202, 210–214, 217, 219–222, 229, 230, 234, 255, 300, 302, 308, 336, 338
仙鶴堂（鶴屋喜右衛門 *文政以降の当主. 天保 4 年没）　70, 85, 92, 96, **99**–101, 196, 202, 257, 258, 260, 347, 348
仙鶴堂（*天保 5 年以降の鶴屋）　105
川関楼琴川《せんかんろうきんせん》（川関庄助）　47, **76**
全交《ぜんこう》　**34**, 39, 40, 54, 72, 87, 130, **175**, 176, 290, 291, 294, 295, 371
千秋観文祇《せんしゅうかんぶんぎ》（峨眉庵）　137
宋江《そうこう》（*『水滸伝』）　154
桑楊庵光《そうようあんひかる》（識之・誠之・岸卯右衛門）　**203**, **204**
素速斎《そそくさい》　**94**
楚満人《そまひと》（杣人・南仙笑）　35, 48, 69, 73, 294, 295

た 行

大栄山人《だいえいさんじん》　→曲亭馬琴
大吉屋《だいきちや》利市　→山東京山
大黒屋惣兵衛　240
大申《たいしん》（*太申）　172
高井蘭山　227, 228
高崎侯（松平右京兆 *輝和）　112, 291
高島屋ひさ（茶汲娘）　119
高田侯（*榊原家）　74
高松侯（穆公 *松平頼恭）　158, 159
宝田千町　**104**
宝屋（*宝屋大吉）　69
滝川（*京伝前妻菊の妹）　297
滝沢宗仙　→曲亭馬琴
滝沢宗伯（清吉 *馬琴男児）　366, 375, 376
滝沢宗伯妻（*路）　376
滝沢宗伯男児（*太郎）　376
多紀劉《たきりゅう》（前安長法眼）　267

卓文君　365
武田晴信（*信玄）　158
竹杖為軽《たけつえのすがる》　→森羅万象
竹塚東子《たけのつかのとうし》　78
建部綾足《たけべのあやたり》（阿也太理・孟喬）　→吸露庵《きゅうろあん》綾足
多田兵部（*南嶺）　209
田螺金魚《たにしのきんぎょ》　112, 293
谷文晁《たにぶんちょう》　179
種麿《たねまろ》（八木弥吉）　98, 99, 104, 105
玉の井　→百合
多満人《たまひと》　98
玉巻恵助　297
田宮仲宣（盧橘）　214
田村元雄（官医 *藍水）　159, 166, 169
為永春水《ためながしゅんすい》（正介・眼長）　73, 98, 132, 133, 260, 261
樽屋与左衛門（*町年寄）　200
忠兵衛（蔦屋番頭）　210
彫窩《ちょうか》　→曲亭馬琴
長喜《ちょうき》（*栄松斎）　209
長吉（*『梅花氷裂』）　190
趙氏（*趙盾）　348, 349
丁子屋平兵衛《ちょうじやへいべえ》（丁平）　246–248, 251, 260
釣酔子《ちょうすいし》　149
著作堂　→曲亭馬琴
チヨチヨラ伝兵衛　166
椿園《ちんえん》（*伊丹椿園）　148, 208, 209
椿寿斎《ちんじゅさい》　→岩瀬伝左衛門
陳勝　154
通笑《つうしょう》　34, 49, 290, 294, 371
都賀庭鐘《つがていしょう》（都庭鐘・近路行者）　148
月岡雪鼎　213
築地（月池）善好　→森羅万象
蔦唐丸《つたのからまる》（蔦屋重三郎 *寛政 9 年没）　32, 33, 36, 40, 41, 43, 44, 46, 49, 50, 87, 97, 101, 102, 114, 116, 117, 124, 134–136, 173, 209, 291, 292, 298–300, 302, 308, 323, 336, 362–364, 367, 373–375
蔦屋重三郎　→蔦唐丸
蔦屋重三郎後嗣（今のつた重 *勇助）　178, 256, 261, 367
角鹿比豆流《つのがひずる》　271, 274, 275
鶴（水仙女 *京伝後妻百合の妹）　67, 314, 318, 352
鶴屋喜右衛門（小林氏）　→仙鶴堂
鶴屋金助　98, 190, 214
鶴屋南北（2 代目・勝俵蔵 *4 世南北）　80, 238
鶴屋南北（3 代目・坂東鶴十郎）　80, 81
蹄斎北馬《ていさいほくば》　213, 214, 240
手柄岡持《てがらのおかもち》　→喜三二
天竺浪人　→風来山人
身毒牢人金天魔《てんじくろうにんこんてるま》　206
田良庵《でんりょうあん》　63
道鏡　154
董狐《とうこ》　348, 349
東西庵南北　57, 58, 72
東西庵南北（落語家）　58
当主　→青山侯
東条琴台　47
東邑閣《とうゆうかく》（*貸本屋藤六カ）　75

唐来三和《とうらいさんな》（和泉屋源蔵）　37, 54, 72, 113, 114, 131, 197, 291, 292, 294
東里山人《とうりさんじん》　72, 132
時太郎　79
徳亭三孝　76
杜国　328
殿村篠斎（同好の友）　172, 174, 212, 237, 259
杜甫　46
富川吟雪　31
留蔵《とめぞう》　131
鳥山検校　112

な　行

内新好《ないしんこう》（魚堂）　90
内藤殿（*内藤頼以）　223
直之（幇間）　149
中川新七　213, 256
長崎屋平左衛門（*京伝従兄弟）　339, 351
永田備州（*備後守正道）　88
中村芝翫《しかん》（*3 代目歌右衛門）　84, 238
中村某（*『奇異雑談集』 作者）　147
中村屋勝五郎　253
中村屋幸蔵　243, 244, 261
奈河晴助　242
奈川某（*奈河篤助カ）　238
某の老侯　→青山忠高
難波屋喜多（茶汲娘）　119
行方《なめかた》角太夫　298, 341
南仙笑杣人《なんせんしょうそまひと》　→楚満人《そまひと》
西川光信　96
錦文流《にしきぶんりゅう》　148
西沢一鳳《いっぽう》　148
西宮新六　53, 54, 322
西宮太助　→式亭三馬
西宮弥兵衛　322
西原梭江《さこう》（好和）　170, 173
西村源六　82
西村屋与八　28, 70, 98, 190, 192–196, 258, 260
西村屋与八（3 代目）　196
二世――　→後《のちの》――
根岸肥前守（*鎮衛）　123, 367, 368
寝惚先生《ねぼけせんせい》　→四方山人《よもさんじん》
後浅黄裏成《のちのあさぎのうらなり》　→後喜三二《のちのきさんじ》
後烏亭焉馬《のちのうてえんば》（松寿堂永年・蓬莱山人）　79, 80, 138
後喜三二《のちのきさんじ》（本阿弥三郎兵衛・芍薬亭長根）　32, 89, 90, 293
後恋川春町（*恋川ゆき町）　81, 82
後式亭三馬（虎之助）　85, 86, 138
後森羅万象　→七珍万宝《しっちんまんぽう》
後十遍舎一九　→十字亭三九
後蜀山人　→文宝亭
後唐来三和《のちのとうらいさんな》　81
後南杣笑楚満人《のちのなんせんしょうそまひと》　→為永春水《ためながしゅんすい》
後福内鬼外　→森羅万象
後万象亭《のちのまんぞうてい》　→七珍万宝
田臧《のぶよし》　→山東京伝
糊人《のりひと》　69

は 行

梅笑《ばいしょう》　78
萩の殿（*毛利斉元）　64
馬琴（海魚 *宝井馬琴）　47
伯牙《はくが》　168
伯慶　→山東京伝
馬谷《ばこく》（*講釈師森川馬谷）　361
橋本徳瓶《とくへい》（徳兵衛）　75
芭蕉　152, 328
馬笑《ばしょう》　78
八文字屋自笑《はちもんじやじしょう》　101, 148, 378
八文字屋自笑（後代）　101
八文字屋瑞笑《ずいしょう》　101, 148
初鹿野河内守《はじかのかわちのかみ》（*信興）　116, 299
英一蝶《はなぶさいっちょう》　199, 316
英一蜂《いっぽう》　199, 316
英大助（英平吉子息）　228
英平吉　227, 228, 256
花屋久二郎　111
羽川珍重《はねかわちんちょう》　31
浜松屋幸助　212
林屋正蔵　81
早野勘平（*『仮名手本忠臣蔵』）　326
半閑　→曲亭馬琴
半九　→五返舎半九
坂東秀佳《しゅうか》（*3代目三津五郎）　81, 82
坂東彦三郎（*4代目）　252
坂東三津五郎《みつごろう》（*3代目）　→坂東秀佳
坂東簑助（*2代目）　84
久信《ひさのぶ》　→樹下石上《じゅげせきじょう》
眉山《びざん》　→松甫斎《しょうほさい》眉山
菱川師宣《もろのぶ》　145
姫路侯　47
平賀源心（信州豪族）　158
平賀源内（元内）　→風来山人
平賀権太夫《ごんだゆう》（源内従弟）　167, 168
平沢月成《げっせい》　→喜三二
平林庄五郎　213, 214, 216, 217, 240, 244
平林庄五郎（養嗣文次郎）　240
風亭馬流　104
風来山人（鳩渓・国倫・子彝）　39, 108, 109, 115, 157, 158–166, 168, 170, 199, 254, 294, 335
不角　150
福内鬼外　→風来山人
福亭三笑　96
伏見屋善右衛門　170
藤原恵美押勝《えみのおしかつ》（*仲麻呂）　154
船主《ふなぬし》　81
蜉蝣子《ふゆうし》　174
不破伴左衛門《ふわばんざえもん》　181
文魚《ぶんぎょ》（大和屋太郎次 *十八大通）　288
文宝亭（亀屋久右衛門・久助）　92–94
北条団水　148
宝馬《ほうば》（烏亭焉馬門人）　80, 95
蓬莱山人帰橋《ほうらいさんじんききょう》　79, 89, 112, 113, 291, 293
木算入道《ぼくさんにゅうどう》　→三浦浄心
木俊亭《ぼくしゅんてい》　174

墨春亭《ぼくしゅんてい》梅麿　104
墨川亭《ぼくせんてい》雪麿（田中源治）　74, 104
細川玄蕃頭《げんばのかみ》　167
北渓《ほっけい》（*岩窪氏. 魚屋・葵岡）　253
堀侯（信濃飯田 *堀親審）　58
本田霜台（泉侯 *本多忠籌）　48
本町庵《ほんちょうあん》　→式亭三馬
本の桑人（*本の素人カ）　79

ま 行

前川弥兵衛　214, 226
真顔《まがお》　→恋川好町
増穂残口《ますほざんこう》（最中・大和）　149, 207
待名斎今也《まちなさいいまなり》　90
松井嘉文（*嘉久の誤カ）　208
松井正三（*鈴木正三の誤）　149
松井嘉久（*滋野瑞竜軒の誤）　149
松平丹後（*丹波の誤, 駿河小島藩主. 次項と同家）　290
松平房州（小島侯）　32
松永某（*京伝の音曲の師）　287
松前（*『伊達記』 松前鉄之助）　362
松前侯（*章広）　47
松本愚山（今人）　277
丸屋（*小兵衛）　135
円屋賀久子《まるやかくし》　140
万象亭《まんぞうてい》　→森羅万象《しんらまんぞう》
曼亭鬼武《まんていおにたけ》（倉橋羅一郎・感和亭）　60, 61, 127, 132
万宝　→七珍万宝《しっちんまんぽう》
三浦浄心（ぼくさん入道）　149
三河屋（初牛込揚場の豪家）　91
三井親和《しんな》　298
源為朝　216
美濃屋甚三郎（美濃甚）　244-248
三村某（町奉行所与力）　218, 221
無名氏（＝馬琴）　282
夢羅久《むらく》　42
村田屋次郎兵衛　127
面徳斎夫成《めんとくさいそれなり》　69
持丸　84
元の木阿弥《もとのもくあみ》　292
森屋治兵衛　96

や 行

柳生侯（*俊則）　113
屋代輪池《やしろりんち》　259
弥次郎兵衛《やじろべえ》（*『膝栗毛』）　126, 128
宿屋飯盛《やどやのめしもり》　→石川雅望
柳屋菊彦（種政）　105
弥八（*妓楼玉屋主人）　64, 186, 303, 308, 311
山口庄左衛門（名主）　124
山口屋忠介　46
山口屋藤兵衛　92
山崎平八　227, 244-246, 249
山科屋《やましなや》次七　236
山城屋左兵衛　95
山城屋藤右衛門　61, 77
山田佐助　271
山手馬鹿人《やまてのばかひと》　111
山本宗洪《そうこう》（医者・御医師）　357,

377
山本平吉　96
山本北山　348
遊子《ゆうし》（＊仮称）　107
酉星《ゆうせい》　→山東京伝
百合（白玉・玉の井 ＊京伝後妻）　64, 67, 186, 191, 303, 308, 309, 311–315, 318–320, 325, 330, 339–341, 346, 347, 352
百合（＊祇園の遊女）　311
与五郎（＊吾妻与五郎）　192
吉雄《よしお》幸左衛門（大通詞）　167
吉田新吾　250
由兵衛《よしべえ》（＊『梅花氷裂』）　190
吉町《よしまち》　69
吉見種繁　97, 98
米助《よねすけ》（彫師）　218–223, 228–231, 233
四方山人《よもさんじん》（蜀山人・大田南畝・四方赤良）　35–37, 91–94, 97, 110, 111, 135, 137, 166, 170, 203, 254, 292–294, 331, 343, 345, 366, 376, 377
万屋太次右衛門《よろずやたじえもん》　53, 323

ら 行

鸓斎《らいさい》　→曲亭馬琴
雷水　→曲亭馬琴
羅貫中《らかんちゅう》　259
楽々庵（＊桃英）　78
覧山　→山東京山
蘭奢亭薫《らんじゃていかおる》（三河屋弥平治）　91
嵐雪　36
律秋堂《りっしゅうどう》　81
流光斎如圭《りゅうこうさいじょけい》　212, 213
笠亭仙果《りゅうていせんか》（厚田仙果）　80
柳亭種彦《りゅうていたねひこ》（高屋氏）　59, 60, 66, 70, 71, 80, 98, 99, 105, 143, 195
柳亭種彦（偽者）　59, 60
滝亭鯉丈《りゅうていりじょう》　133
凌岱《りょうたい》（凌岱）　→吸露庵綾足《きゅうろあんあやたり》
緑間山人《りょくかんさんじん》（緑間山人）　81, 82
緑亭可山《りょくていかざん》　91
李笠翁《りりゅうおう》（覚世道人 ＊李漁）　109, 277, 283
麟馬《りんば》（烏亭焉馬弟子）　80, 95
麟馬亭三千歳《りんばていみちとせ》　94, 95
老子　113
六（＊『定結納爪櫛』）　242
六樹園《ろくじゅえん》　→石川雅望

わ 行

若林清兵衛（書物問屋）　122, 123
和田源七（名主）　124

書 名 索 引

一, 立項名は, 『近世物之本江戸作者部類』の項目名や本文中の記述に基づくことを原則とし, 異称・略称については「八犬伝 →南総里見八犬伝」のような参照項目を立てた.

一, ( )内には, 別称等の情報を記した. 「*」以下は, 参考事項である.

あ 行

青砥藤綱模稜案《あおとふじつなもりょうあん》 239, 241, 242

明烏後正夢《あけがらすのちのまさゆめ》 133

朝夷巡島記《あさいなしまめぐりのき》 241–244, 249, 250

朝皃物語《あさがおものがたり》 25

安積沼《あさかのぬま》 179, 337

仇文字かしくの留筆《あだなもじかしくのとめふで》 96

荒山水天狗鼻祖《あらやまみずてんぐのはじまり》 44

鴉鷺合戦物語《あろかっせんものがたり》 147

塩梅余史《あんばいよし》 210

一話一言《いちわいちげん》 166

一九が紀行《いっくがきこう》 127

一盃奇言《いっぱいきげん》 130

糸桜春蝶奇縁《いとざくらしゅんちょうきえん》 241, 250, 251, 261

田舎操《いなかあやつり》 130

田舎源氏 →偐紫田舎源氏《にせむらさきいなかげんじ》

田舎芝居《いなかしばい》 115, 131, 334

田舎芝居忠臣蔵《いなかしばいちゅうしんぐら》 130, 131

稲妻表紙 →昔話稲妻表紙《むかしがたりいなづまびょうし》

今西行東くだり《いまさいぎょうあずまくだり》 129

異理和理合鏡《いりわりあわせかがみ》 208

改色団七島《いろあげだんしちじま》 98

以呂波歌誉桜花《いろはうたほまれのめいぼく》 237

いろは酔語伝(伊呂波水滸伝)《いろはすいこでん》 129, 178

浮牡丹全伝《うきぼたんぜんでん》 187, 189, 203, 338

浮世床《うきよどこ》 130, 131

浮世風炉《うきよぶろ》 130, 131

雨月物語《うげつものがたり》 148, 206

牛子魔陀六物語《うしこまだろくものがたり》 55

宇治拾遺物語《うじしゅういものがたり》 203

兎道園《うじのその》 203

うしの日待《うしのひまち》 129

四月八日譚《うづきようかものがたり》 95

うとふ安方忠義伝《うとうやすかたちゅうぎでん》 180, 338

優曇華物語《うどんげものがたり》 179, 184, 338

姥桜女清玄《うばざくらおんなせいげん》 238

江戸生艶気樺焼(江戸育浮気椛焼)《えどうまれうわきのかばやき》 295

江の島みやげ《えのしまみやげ》 127

絵本大江山物語《えほんおおえやまものがたり》 210

画本復讐録《えほんかたきうち》 46

絵本漢楚軍談《えほんかんそぐんだん》　211
絵本信長記《えほんしんちょうき》　213
絵本太閤記《えほんたいこうき》　52, 124, 323
絵本天神記《えほんてんじんき》　211
絵本武王軍談《えほんぶおうぐんだん》　211
燕石雑志《えんせきざっし》　256, 257
艶道通鑑《えんどうつがん》　149, 208
鸚鵡返文武二道《おうむがえしぶんぶのふたみち》　33, 37, 292
翁草《おきなぐさ》（*随筆）　208
翁草《おきなぐさ》（*読本）　208, 209
小田原相談《おだわらそうだん》　39
御伽母子《おとぎぼうこ》（*伽婢子）　148
小野篤謔字尽《おのがばかむらうそじづくし》　130
おらく物語《おらくものがたり》　173
をりをり草《おりおりぐさ》　155
御茶漬十二因縁《おんちゃづけじゅうにいんねん》　44
女五経あかし物語《おんなごきょうあかしものがたり》　71
女水滸伝《おんなすいこでん》　148

か　行

開巻驚奇俠客伝《かいかんきょうききょうかくでん》　251–253
会稽宮城野錦繡《かいけいみやぎのにしき》　217
怪談実録《かいだんじつろく》　149
懐中道しるべ《かいちゅうみちしるべ》　223
火浣布略説《かかんぷりゃくせつ》　160, 168
桟道物語《かけはしものがたり》　205
歌集（*建部綾足）　155
画図勢勇談《がずせいゆうだん》　114
雅俗要文《がぞくようぶん》　258
敵討裏見葛葉《かたきうちうらみくずのは》　217
敵討思乱菊《かたきうちおもいのらんぎく》　69
敵討甚三之紅絹《かたきうちじんざがもみ》　77
敵討誰也行灯《かたきうちたそやあんどん》　214
敵討ちの草双紙（*娘敵討古郷錦カ）　40
敵討春手枕《かたきうちはるのたまくら》　90
敵討三組盃《かたきうちみつぐみさかずき》　35
敵討女夫柳《かたきうちみょうとやなぎ》　77
花鳥文素　→女筆花鳥文素《にょひつかちょうぶんそ》
活金剛伝《かつこんごうでん》　138
画伝　→新編水滸画伝《しんぺんすいこがでん》
仮名手本忠臣蔵《かなでほんちゅうしんぐら》　178
定結納爪櫛《かみかけてちかいのつまぐし》　242
神路手引草《かみじのてびきぐさ》　208
通神百夜車《かようかみももよぐるま》　96
唐錦《からにしき》　208
唐錦並関取《からにしきならぶせきとり》　36
刈萱後伝玉櫛笥《かるかやごでんたまくしげ》　217
看々踊〻唐金《かんかんおどりきんらのからかね》　92
顔氏家訓《がんしかくん》　266, 319
勧善常世物語《かんぜんつねよものがたり》　74, 214, 215, 260
寒葉斎画譜《かんようさいがふ》　151
奇異雑談集《きいぞうたんしゅう》　147
着替浴衣団七島《きがえゆかただんしちじま》　96
聞まゝの記《きくまゝのき》　161, 162, 166
畸人伝《きじんでん》（*続近世畸人伝）　155
奇跡考　→近世奇跡考《きんせいきせきこう》
奇伝新話《きでんしんわ》　174
客者評判記《きゃくしゃひょうばんき》　130
俠太平記向鉢巻《きゃんたいへいきむこうはちまき》　54, 322
きうくわん帖《きゅうかんちょう》　127, 132
俠客伝　→開巻驚奇俠客伝《かいかんきょうききょうかくでん》
京鹿子娘道成寺《きょうがのこむすめどうじょうじ》　36

京伝予誌(余史)《きょうでんよし》　115, 296
曲亭伝奇花釵児《きょくていでんきはなかんざし》　212
虚実雑談集《きょじつぞうたんしゅう》　149
羇旅漫録《きりょまんろく》　255
金花山雪曙《きんかざんゆきのあけぼの》　252
金々先生栄花夢《きんきんせんせいえいがのゆめ》　33, 290
今古奇観《きんこきかん》　204, 209
近世江戸流行商人尽狂歌合絵詞《きんせいえどりゅうこうしょうにんづくしきょうかあわせえことば》　259
近世奇跡考《きんせいきせきこう》　199, 201, 316, 338, 343, 344
近世説美少年録《きんせせつびしょうねんろく》　251, 253
括頭巾縮緬紙衣《くくりずきんちりめんかみこ》　185, 234
草双紙《くさぞうし》(*黒鳶式部他不知思染井)　67
国尽女文章《くにづくしおんなぶんしょう》　255
雲妙間雨夜月《くものたえまあまよのつき》　234
軍法富士見西行《ぐんぽうふじみさいぎょう》　237
芸者集　→壇那山人芸者集《だんなさんじんげいしゃしゅう》
傾城買四十八手《けいせいかいしじゅうはって》　115, 116, 296
傾城買虎之巻《けいせいかいとらのまき》　112, 120, 293
傾城買二筋道《けいせいかいふたすじみち》　120
傾城水滸伝《けいせいすいこでん》　30, 45, 228, 251, 261
傾城大和草紙《けいせいやまとぞうし》　153
劇場画史《げきじょうがし》　214
戯作者浮世画相撲東西番附《げさくしゃうきよえすもうとうざいばんづけ》　75
戯作者画番附《げさくしゃえばんづけ》　75
戯場酔言幕の外《けじょうすいげんまくのそと》　130
月氷奇縁《げっぴょうきえん》　212
犬夷評判記《けんいひょうばんき》　242
源氏物語《げんじものがたり》　71, 149, 378
顕伝明名抄《けんでんめいめいしょう》(類聚名伝抄)　206
玄同放言《げんどうほうげん》　257, 258, 369
孔子一代記《こうしいちだいき》　177, 203, 337
孔子家語《こうしけご》　177
巷談隄坡庵《こうだんつつみのいお》　217
孝貞六助誓力働《こうていろくすけちかいのりきどう》　96
高慢斎行脚日記《こうまんさいあんぎゃにっき》　33, 290
金草鞋《こがねのわらじ》　128
古今百馬鹿《ここんひゃくばか》　130
胡蝶物語　→夢想兵衛胡蝶物語《むそうびょうえこちょうものがたり》
骨董集《こっとうしゅう》　199, 200, 202, 258, 317, 328, 338, 343, 344
五葉松《ごようのまつ》　135
声色早合点《こわいろはやがてん》　138
金毘羅船利生纜《こんぴらぶねりしょうのともづな》　30
金毘羅利生記《こんぴらりしょうき》　256

さ　行

桜姫全伝曙草紙《さくらひめぜんでんあけぼのぞうし》　180, 184, 338
雑志　→燕石雑志《えんせきざっし》
里のをだまき《さとのおだまき》　108
里見八犬伝　→南総里見八犬伝《なんそうさとみはっけんでん》
蓑笠雨談《さりつうだん》　255
猿蟹合戦《さるかにかっせん》　26
猿源氏《さるげんじ》　71
三教色《さんきょうしき》　113, 114
残口八部の書《ざんこうはちぶのしょ》(八部の冊子)　149, 208

三国一夜物語《さんごくいちやものがたり》　74, 214, 215, 236, 260
三国妖狐殺生石《さんごくようこせっしょうせき》　85
三七全伝南柯夢《さんしちぜんでんなんかのゆめ》　234, 238, 241, 252, 262
三遂平妖伝国字評《さんすいへいようでんこくじひょう》　259
三人法師物語《さんにんほうしものがたり》　147
仕掛文庫《しかけぶんこ》　116, 117, 135, 299, 300
しかた咄《しかたばなし》　149
色道大鏡《しきどうおおかがみ》　147, 206
四季交加《しきのゆきかい》（*四時交加）　177, 203, 338
繁夜話《しげしげやわ》　148
地獄一面鏡浄玻璨《じごくいちめんかがみのじょうはり》　38
四十八癖《しじゅうはちくせ》　130
四十八手　→傾城買四十八手《けいせいかいしじゅうはって》
四十八手関取鏡《しじゅうはってせきとりかがみ》　138
四書《ししょ》　333
舌切雀《したきりすずめ》　26
七福神伝記《しちふくじんでんき》　208
質屋庫　→昔語質屋庫《むかしがたりしちやのくら》
躾方浮世諺《しつけかたうきよのことわざ》　92
実語教幼稚講釈《じつごきょうおさなこうしゃく》　43, 301
実々記　→旬殿実々記《しゅんでんじつじつき》
四天王剿盗異録《してんのうしょうとういろく》　214, 237
紫文蜑の囀《しぶんあまのさえずり》　149
四遍摺心学草紙《しへんずりしんがくぞうし》　44
島巡月弓張《しまめぐりつきのゆみはり》　216, 236
巡島記　→朝夷巡島記《あさいなしまめぐりのき》
十二（四）傾城腹之内《じゅうにけいせいはらのうち》　34, 131
酒顚童子物語《しゅてんどうじものがたり》　25
俊寛僧都島物語《しゅんかんそうずしまものがたり》　240
春蝶奇縁　→糸桜春蝶奇縁《いとざくらしゅんちょうきえん》
旬殿実々記《しゅんでんじつじつき》　240, 261
精進魚鳥物語《しょうじんぎょちょうものがたり》　147
小説比翼文《しょうせつひよくもん》　212
松染情史秋七草《しょうせんじょうしあきのななくさ》　240
剿盗異録　→四天王剿盗異録《してんのうしょうとういろく》
正本製《しょうほんじたて》　70
蕉門頭陀袋《しょうもんずだぶくろ》（*蕉門頭陀物語）　152
自来也物語《じらいやものがたり》　62
白鬚明神御渡申《しらひげみょうじんおわたしもうす》　34
素人狂言《しろうときょうげん》　130
心学時計草《しんがくとけいぐさ》　50
心学早染草（善玉悪玉/善魂悪魂の草紙）《しんがくはやぞめぐさ》　40, 44, 55, 296
新累解脱物語《しんかさねげだつものがたり》　234
神国加魔秡《しんこくかまばらい》　208
枕石夜話《しんせきやわ》（*敵討枕石夜話）　217
神道本津草《しんとうもとつぐさ》　208
新編水滸画伝《しんぺんすいこがでん》　214, 218, 224, 226–228
水滸画伝　→新編水滸画伝《しんぺんすいこがでん》
水滸後伝国字評《すいここうでんこくじひょう》　259
水滸後画伝《すいここがでん》（*未刊）　253
水滸伝《すいこでん》　45, 129, 150, 155, 178, 209, 378
水滸略伝《すいこりゃくでん》（*未刊）　253
水鳥記《すいちょうき》　149
酔菩提　→本朝酔菩提《ほんちょうすいぼだい》
直路常世草《すぐじのとこよぐさ》　208
鈴菜物語《すずなものがたり》（*駅路春鈴菜物語）

139
すゞみ草《すずみぐさ》　155
隅田春芸者気質《すだのはるげいしゃかたぎ》　65
墨田川梅柳新書《すみだがわばいりゅうしんしょ》　217, 219, 220, 228–231, 233, 234
石言遺響《せきげんいきょう》　213
石魂録　→松浦佐用媛石魂録《まつらさよひめせきこんろく》
赤水余稿《せきすいよこう》　271, 272, 274, 275
禅学嘶　→全交禅学嘶《ぜんこうぜんがくばなし》
全交禅学嘶《ぜんこうぜんがくばなし》　175, 176
全交通鑑《ぜんこうつがん》　175
千社詣《せんじゃもうで》　129
善魂悪魂の草紙　→心学早染草《しんがくはやぞめぐさ》
剪灯新話《せんとうしんわ》　148
千疋鼻闕猿《せんびきはなかけざる》　91
千本桜　→義経千本桜《よしつねせんぼんざくら》
双蝶記《そうちょうき》　190, 192, 193, 196, 203, 338
象の来つる折の赤本《ぞうのきつるおりのあかほん》（*象のはなしカ）　31
増補伊賀越物語《ぞうほいがごえものがたり》　46
増補猿蟹合戦《ぞうほさるかにかっせん》　97
続西遊記国字評《ぞくさいゆうきこくじひょう》　259
続諸家人物志《ぞくしょかじんぶつし》　207
即席御療治《そくせきおんりょうじ》　68
麁想案文当字揃《そそうあんもんあてじぞろえ》　55, 130
そゞろ物語《そぞろものがたり》　149
園の雪《そののゆき》　217–220, 224–227, 239
園の雪恋の組題《そののゆきこいのくみだい》　239
素問《そもん》　268

た 行

太平記《たいへいき》　26
高尾船字文《たかおせんじもん》　178, 209
竜宮羶鉢木《たつのみやなまぐさはちのき》　43, 301
伊達記《だてき》　362
田分言《たわごと》　208
壇那山人芸者集《だんなさんじんげいしゃしゅう》　111
竹斎物語《ちくさいものがたり》　149
茶番早合点《ちゃばんはやがてん》　139
忠臣蔵《ちゅうしんぐら》　131, 326
忠臣蔵偏痴気論《ちゅうしんぐらへんちきろん》　130, 131
忠臣水滸伝《ちゅうしんすいこでん》　129, 178, 337
挑灯庫闇七扮《ちょうちんぐらやみのななやく》　77
著作堂雑記《ちょさくどうざっき》　350
鎮西八郎誉弓勢《ちんぜいはちろうほまれのゆんぜい》　216
椿説弓張月《ちんせつゆみはりづき》　214–216, 234, 240, 244, 251, 252
通詩選承知《つうしせんしょうち》　110, 111
通俗水滸伝《つうぞくすいこでん》　45
用尽（尽用而）弐分狂言《つかいはたしてにぶきょうげん》　43
辻談義《つじだんぎ》（*当風辻談義カ）　149
常世物語　→勧善常世物語《かんぜんつねよものがたり》
報角鹿生書《つのがせいにほうずるふみ》　274
徒然東雲《つれづれしののめ》　208
天下一面鏡梅鉢《てんかいちめんかがみのうめばち》　37, 114, 292
天狗髑髏弁《てんぐどくろべん》　109
天道大福帳《てんどうだいふくちょう》　32
天明水滸伝《てんめいすいこでん》　55
唐詩選《とうしせん》　110
常盤姥物語《ときわのうばものがたり》　147
時計草　→心学時計草《しんがくとけいぐさ》

常夏草紙《とこなつぞうし》　240, 261
独考論《どっこうろん》　258
とはじ草《とわじぐさ》　155
とんだ噂の評《とんだうわさのひょう》　108

な 行

痿陰隠逸伝《なえまらいんいつでん》　108
長枕褥合戦《ながまくらしとねがっせん》　109
長物語　→鼻下長物語《はなのしたながものがたり》
生酔気質《なまえいかたぎ》　130
成田道中金駒《なりたどうちゅうこがねのこま》　129
南柯後記　→占夢南柯後記《ゆめあわせなんかこうき》
南柯夢　→三七全伝南柯夢《さんしちぜんでんなんかのゆめ》
男色細見菊の園《なんしょくさいけんきくのその》　108
南総里見八犬伝《なんそうさとみはっけんでん》　241–250, 252, 253, 378
肉蒲団《にくぶとん》　109
錦の裏《にしきのうら》　116, 117, 135, 299, 300
西山物語《にしやまものがたり》　152, 153, 156
廿四拝諳《にじゅうよはいもうで》　128
偐紫田舎源氏《にせむらさきいなかげんじ》　70, 71
賽山伏狐修怨《にたやまぶしきつねのしかえし》　46
二人比丘尼《ににんびくに》　149
烹雑の記《にまぜのき》　256
女筆花鳥文素《にょひつかちょうぶんそ》　255, 256
人間一生胸算用《にんげんいっしょうむねざんよう》　40
人間万事謔計《にんげんばんじうそばかり》　130
鼠婚礼塵劫記《ねずみこんれいじんこうき》　44, 196
根なし草《ねなしぐさ》　168, 170
年代記《ねんだいき》（*本朝歴史要略カ）　77
後は昔物語《のちはむかしものがたり》　171, 173

は 行

俳諧歳時記《はいかいさいじき》　255
売花新駅《ばいかしんえき》　111
梅花氷裂《ばいかひょうれつ》　190, 338
梅柳新書　→墨田川梅柳新書《すみだがわばいりゅうしんしょ》
化競丑三鐘《ばけくらべうしみつのかね》　74, 261
化物太閤記《ばけものたいこうき》　52
八犬伝　→南総里見八犬伝《なんそうさとみはっけんでん》
八笑人《はっしょうじん》　133
鼻下長物語《はなのしたながものがたり》　34, 39
花の情《はなのなさけ》　149
花の春虱の道行《はなのはるしらみのみちゆき》　374
英双紙《はなぶさぞうし》　148
花紅葉二人鮟鱇《はなもみじふたりあんこう》　90
自花団子食気話《はなよりだんごくいけものがたり》　44
春雨物語《はるさめものがたり》　206
春月薄雪桜《はるのつきうすゆきざくら》　95
判官太郎白狐伝《はんがんたろうびゃっこでん》（*未刊）　253
万国図《ばんこくず》　168
坂東忠義伝《ばんどうちゅうぎでん》　148
飛花落葉《ひからくよう》　169
彦山権現誓助剣《ひこさんごんげんちかいのすけだち》　46
膝栗毛《ひざくりげ》　51, 126–132, 151
美少年録　→近世説美少年録《きんせせつびしょうねんろく》
人心覗機関《ひとのこころのぞきからくり》　130
雛鶴源氏《ひなづるげんじ》　71
貧福論《ひんぷくろん》（*世の中貧福論）　127
風流源氏《ふうりゅうげんじ》　71
風流志道軒伝《ふうりゅうしどうけんでん》　170
深川神酒口《ふかがわみきのくち》　119

福来笑門松《ふくきたるわろうかどまつ》　95
二筋道　→傾城買二筋道《けいせいかいふたすじみち》
二日酔《ふつかよい》（*串戯二日酔）　127
物類品隲《ぶつるいひんしつ》　160, 168
夫木集《ふぼくしゅう》（*夫木和歌抄）　277
古朽木《ふるくちぎ》　171, 172
不破名古屋稲妻表紙　→昔話稲妻表紙《むかしがたりいなずまびょうし》
豊後国国崎郡両子寺大縁起《ぶんごのくにくにさきのこおりふたごでらだいえんぎ》　257
焚椒録《ふんしょうろく》　209
文武二道万石通（篩）《ぶんぶにどうまんごくどおし》　32, 33, 292
皿皿郷談《べいべいきょうだん》　241, 261
放言　→玄同放言《げんどうほうげん》
放屁論《ほうひろん》　109
小社捜《ほこらさがし》　208
墓所一覧《ぼしょいちらん》　72
堀の内詣《ほりのうちもうで》　127
盆石皿山記《ぼんせきさらやまのき》　185, 214, 217
本町糸屋娘《ほんちょういとやのむすめ》　250
本朝水滸伝《ほんちょうすいこでん》　150, 153–156, 178, 259
本朝酔菩提《ほんちょうすいぼだい》　181, 182, 338
本町育《ほんちょうそだち》（*糸桜本町育）　250

ま　行

舞扇南柯話《まいおうぎなんかばなし》　235, 236
増穂草《ますほぐさ》　208
松浦佐用媛石魂録《まつらさよひめせきこんろく》　234, 245
万石通（篩）　→文武二道万石通《ぶんぶにどうまんごくどおし》
万八伝《まんぱちでん》　32
万葉集《まんようしゅう》　152
耳嚢《みみぶくろ》　368
妙薬妙術宝因蒔《みょうやくみょうじゅつたからのたねまき》　98
泰平乃錦絵《みよのにしきえ》　98
昔話稲妻表紙《むかしがたりいなずまびょうし》　180, 181, 338
昔語質屋庫《むかしがたりしちやのくら》　240, 241
昔々鳥羽乃恋塚《むかしむかしとばのこいづか》　96
むくむくの小袖の考《むくむくのこそでのかんがえ》（*無垢衣考）　339
武者合竹馬靮《むしゃあわせちくばのたづな》　240
武者絵本《むしゃえほん》（*未刊）　253
ムスコビヤ（*令子洞房）　115, 296
夢想兵衛胡蝶物語《むそうびょうえこちょうものがたり》　131, 240, 326
無筆節用似字尽《むひつせつようにたじづくし》　45, 55, 130
㕵雅話《ももんがわ》　129
模稜案　→青砥藤綱模稜案《あおとふじつなもりょうあん》

や　行

八百屋お七物語《やおやおしちものがたり》　238
俳優畸人伝《やくしゃきじんでん》　138
戯子名所図会《やくしゃめいしょずえ》　210
山杜鵑土妓破瓜《やまほととぎすけころのみずあげ》　295
遊子方言《ゆうしほうげん》　107, 108, 291
ゆふべの茶殻《ゆうべのちゃがら》　115, 296
弓張月　→椿説弓張月《ちんせつゆみはりづき》
占夢南柯後記《ゆめあわせなんかこうき》　241
浴爵一口浄瑠理《ゆやすずめひとくちじょうるり》　68
百合若弓術誉《ゆりわかゆみやのほまれ》　91
楊子方言《ようしほうげん》　107

義経千本桜《よしつねせんほんざくら》 99, 100
吉野物語 →本朝水滸伝《ほんちょうすいこでん》
吉原細見《よしわらさいけん》 37, 134, 137
吉原十二時《よしわらじゅうにとき》 50
吉原の草紙《よしわらのそうし》 149
吉原饅頭《よしわらまんじゅう》 32
四人比丘尼《よにんびくに》 149

ら 行

礼記《らいき》 177
頼豪阿闍梨怪鼠伝《らいごうあじゃりかいそでん》 234, 237
両剣奇偶《りょうけんきぐう》 148
両巴巵言《りょうはしげん》 206
類聚名伝抄 →顕伝明名抄《けんでんめいめいしょう》
六阿弥陀詣《ろくあみだもうで》 127

わ 行

稚枝鳩《わかえのはと》 213, 214, 216, 237, 251
若草源氏《わかくさげんじ》 71
邂逅物語《わくらばものがたり》 204

和暦・西暦対照表

慶長	1596	15	1638	8	1680	7	1722	明和	1764	3	1806
2	1597	16	1639	天和	1681	8	1723	2	1765	4	1807
3	1598	17	1640	2	1682	9	1724	3	1766	5	1808
4	1599	18	1641	3	1683	10	1725	4	1767	6	1809
5	1600	19	1642	貞享	1684	11	1726	5	1768	7	1810
6	1601	20	1643	2	1685	12	1727	6	1769	8	1811
7	1602	正保	1644	3	1686	13	1728	7	1770	9	1812
8	1603	2	1645	4	1687	14	1729	8	1771	10	1813
9	1604	3	1646	元禄	1688	15	1730	安永	1772	11	1814
10	1605	4	1647	2	1689	16	1731	2	1773	12	1815
11	1606	慶安	1648	3	1690	17	1732	3	1774	13	1816
12	1607	2	1649	4	1691	18	1733	4	1775	14	1817
13	1608	3	1650	5	1692	19	1734	5	1776	文政	1818
14	1609	4	1651	6	1693	20	1735	6	1777	2	1819
15	1610	承応	1652	7	1694	元文	1736	7	1778	3	1820
16	1611	2	1653	8	1695	2	1737	8	1779	4	1821
17	1612	3	1654	9	1696	3	1738	9	1780	5	1822
18	1613	明暦	1655	10	1697	4	1739	天明	1781	6	1823
19	1614	2	1656	11	1698	5	1740	2	1782	7	1824
元和	1615	3	1657	12	1699	寛保	1741	3	1783	8	1825
2	1616	万治	1658	13	1700	2	1742	4	1784	9	1826
3	1617	2	1659	14	1701	3	1743	5	1785	10	1827
4	1618	3	1660	15	1702	延享	1744	6	1786	11	1828
5	1619	寛文	1661	16	1703	2	1745	7	1787	12	1829
6	1620	2	1662	宝永	1704	3	1746	8	1788	天保	1830
7	1621	3	1663	2	1705	4	1747	寛政	1789	2	1831
8	1622	4	1664	3	1706	寛延	1748	2	1790	3	1832
9	1623	5	1665	4	1707	2	1749	3	1791	4	1833
寛永	1624	6	1666	5	1708	3	1750	4	1792	5	1834
2	1625	7	1667	6	1709	宝暦	1751	5	1793	6	1835
3	1626	8	1668	7	1710	2	1752	6	1794	7	1836
4	1627	9	1669	正徳	1711	3	1753	7	1795	8	1837
5	1628	10	1670	2	1712	4	1754	8	1796	9	1838
6	1629	11	1671	3	1713	5	1755	9	1797	10	1839
7	1630	12	1672	4	1714	6	1756	10	1798	11	1840
8	1631	延宝	1673	5	1715	7	1757	11	1799	12	1841
9	1632	2	1674	享保	1716	8	1758	12	1800	13	1842
10	1633	3	1675	2	1717	9	1759	享和	1801	14	1843
11	1634	4	1676	3	1718	10	1760	2	1802		
12	1635	5	1677	4	1719	11	1761	3	1803		
13	1636	6	1678	5	1720	12	1762	文化	1804		
14	1637	7	1679	6	1721	13	1763	2	1805		

近《きん》世《せい》物《もの》之《の》本《ほん》江《え》戸《ど》作《さく》者《しゃ》部《ぶ》類《るい》

2014年6月17日　第1刷発行
2025年4月15日　第2刷発行

著　者　曲亭《きょくてい》馬琴《ばきん》

校注者　徳《とく》田《だ》　武《たけし》

発行者　坂本政謙

発行所　株式会社 岩波書店
〒101-8002 東京都千代田区一ツ橋 2-5-5

案内 03-5210-4000　営業部 03-5210-4111
文庫編集部 03-5210-4051
https://www.iwanami.co.jp/

印刷・三秀舎　カバー・精興社　製本・中永製本

ISBN 978-4-00-302257-3　　Printed in Japan

読書子に寄す

——岩波文庫発刊に際して——

岩波茂雄

真理は万人によって求められることを自ら欲し、芸術は万人によって愛されることを自ら望む。かつては民を愚昧ならしめるために学芸が最も狭き堂宇に閉鎖されたことがあった。今や知識と美とを特権階級の独占より奪い返すことはつねに進取的なる民衆の切実なる要求である。岩波文庫はこの要求に応じそれに励まされて生まれた。それは生命ある不朽の書を少数者の書斎と研究室とより解放して街頭にくまなく立たしめ民衆に伍せしめるであろう。近時大量生産予約出版の流行を見る。その広告宣伝の狂態はしばらくおくも、後代にのこすと誇称する全集がその編集に万全の用意をなしたるか。千古の典籍の翻訳企図に敬虔の態度を欠かざりしか。さらに分売を許さず読者を繫縛して数十冊を強うるがごとき、はたしてその揚言する学芸解放のゆえんなりや。吾人は天下の名士の声に和してこれを推挙するに躊躇するものである。このときにあたって、岩波書店は自己の責務のいよいよ重大なるを思い、従来の方針の徹底を期するため、すでに十数年以前より志して来た計画を慎重審議この際断然実行することにした。吾人は範をかのレクラム文庫にとり、古今東西にわたって文芸・哲学・社会科学・自然科学等種類のいかんを問わず、いやしくも万人の必読すべき真に古典的価値ある書をきわめて簡易なる形式において逐次刊行し、あらゆる人間に須要なる生活向上の資料、生活批判の原理を提供せんと欲する。この文庫は予約出版の方法を排したるがゆえに、読者は自己の欲する時に自己の欲する書物を各個に自由に選択することができる。携帯に便にして価格の低きを最主とするがゆえに、外観を顧みざるも内容に至っては厳選最も力を尽くし、従来の岩波出版物の特色をますます発揮せしめようとする。この計画たるや世間の一時の投機的なるものと異なり、永遠の事業として吾人は微力を傾倒し、あらゆる犠牲を忍んで今後永久に継続発展せしめ、もって文庫の使命を遺憾なく果たさしめることを期する。芸術を愛し知識を求むる士の自ら進んでこの挙に参加し、希望と忠言とを寄せられることは吾人の熱望するところである。その性質上経済的には最も困難多きこの事業にあえて当たらんとする吾人の志を諒として、その達成のため世の読書子とのうるわしき共同を期待する。

昭和二年七月

《日本文学(古典)》〔黄〕

古事記　倉野憲司校注
日本書紀　全五冊　坂本太郎・家永三郎・井上光貞・大野晋校注
万葉集　全五冊　佐竹昭広・山田英雄・工藤力男・大谷雅夫・山崎福之校注
竹取物語　阪倉篤義校訂
伊勢物語　大津有一校注
玉造小町子壮衰書 ―小野小町物語　杤尾武校注
古今和歌集　佐伯梅友校注
土左日記　紀貫之 鈴木知太郎校注
蜻蛉日記　今西祐一郎校注
紫式部日記　池田亀鑑・秋山虔校注
紫式部集 付 大弐三位集・藤原惟規集　紫式部 南波浩校注
源氏物語　全九冊　柳井滋・室伏信助・大朝雄二・鈴木日出男・藤井貞和・今西祐一郎校注
源氏物語補作 山路の露・雲隠六帖 他二篇　今西祐一郎編注
枕草子　池田亀鑑校訂
和泉式部日記　清水文雄校注
更級日記　西下経一校注

今昔物語集　全四冊　池上洵一編
堤中納言物語　大槻修校注
西行全歌集　久保田淳・吉野朋美校注
建礼門院右京大夫集 付 平家公達草紙　久松潜一・久保田淳校注
拾遺和歌集　小町谷照彦・倉田実校注
後拾遺和歌集　久保田淳・平田喜信校注
金葉和歌集　川村晃生・柏木由夫・伊倉史人校注
詞花和歌集　工藤重矩校注
古語拾遺　斎部広成撰 西宮一民校注
王朝漢詩選　小島憲之編
新訂 方丈記　市古貞次校注
新訂 新古今和歌集　佐佐木信綱校訂
新訂 徒然草　西尾実・安良岡康作校注
平家物語　全四冊　梶原正昭・山下宏明校注
神皇正統記　北畠親房 岩佐正校注
御伽草子　全二冊　市古貞次校注
王朝秀歌選　樋口芳麻呂校注

定家八代抄 ―続王朝秀歌選　全二冊　樋口芳麻呂・後藤重郎校注
閑吟集　真鍋昌弘校注
中世なぞなぞ集　鈴木棠三編
千載和歌集　久保田淳校注
謡曲選集 読む能の本　野上豊一郎編
おもろさうし　外間守善校注
太平記　全六冊　兵藤裕己校注
好色一代男　井原西鶴 横山重校訂
好色五人女　井原西鶴 東明雅校註
武道伝来記　井原西鶴 横山重・前田金五郎校注
西鶴文反古　井原西鶴 片岡良一校訂
芭蕉紀行文集 付 嵯峨日記　中村俊定校注
芭蕉 おくのほそ道 付 曾良旅日記・奥細道菅菰抄　萩原恭男校注
芭蕉俳句集　中村俊定校注
芭蕉連句集　中村俊定・萩原恭男校注
芭蕉書簡集　萩原恭男校注
芭蕉文集　潁原退蔵編註

芭蕉俳文集 全二冊　堀切実編注

芭蕉自筆 奥の細道　上野洋三・櫻井武次郎校注

蕪村俳句集 付 春風馬堤曲 他二篇　尾形仂校注

蕪村七部集　伊藤松宇校訂

近世畸人伝　伴蒿蹊 森銑三校註

雨月物語　上田秋成 長島弘明校注

宇下人言 修行録　松平定信 松平定光校訂

新訂 一茶俳句集　丸山一彦校注

一茶 父の終焉日記・おらが春 他一篇　矢羽勝幸校注

増補 俳諧歳時記栞草 全二冊　曲亭馬琴編 藍亭青藍補 堀切実校注

北越雪譜　鈴木牧之編撰 京山人百樹刪定 岡田武松校訂

東海道中膝栗毛 全二冊　十返舎一九 麻生磯次校注

浮世床　式亭三馬 和田万吉校訂

梅暦 全二冊　為永春水 古川久校訂

百人一首一夕話 全二冊　尾崎雅嘉 古川久校訂

こぶとり爺さん・かちかち山 —日本の昔ばなしI　関敬吾編

桃太郎・舌きり雀・花さか爺 —日本の昔ばなしII　関敬吾編

一寸法師・さるかに合戦・浦島太郎 —日本の昔ばなしIII　関敬吾編

芭蕉臨終記 花屋日記 付 芭蕉翁終焉記・前後日記・行状記　小宮豊隆校訂

醒睡笑 全二冊　安楽庵策伝 鈴木棠三校注

歌舞伎十八番の内 勧進帳　郡司正勝校注

江戸怪談集 全三冊　高田衛編・校注

柳多留名句選　山澤英雄選 粕谷宏紀校注

松蔭日記　上野洋三校注

鬼貫句選・独ごと　復本一郎校注

井月句集　復本一郎編

花見車・元禄百人一句　雲英末雄 佐藤勝明校注

江戸漢詩選 全二冊　揖斐高編訳

説経節 俊徳丸・小栗判官 他三篇　兵藤裕己編注

《日本思想》〔青〕

風姿花伝（花伝書）　世阿弥／野上豊一郎・西尾実 校訂
五輪書　宮本武蔵／渡辺一郎 校注
葉隠 全三冊　山本常朝／和辻哲郎・古川哲史 校訂
養生訓・和俗童子訓　貝原益軒／石川謙 校訂
貝原益軒 大和俗訓　石川謙 校訂
蘭学事始　杉田玄白／緒方富雄 校註
島津斉彬言行録　牧野伸顕 序
塵劫記　吉田光由／大矢真一 校注
兵法家伝書 付 新陰流兵法目録事　柳生宗矩／渡辺一郎 校注
農業全書　宮崎安貞 編録／貝原楽軒 刪補／土屋喬雄 校訂
上宮聖徳法王帝説　東野治之 校注
霊の真柱　平田篤胤／子安宣邦 校注
仙境異聞・勝五郎再生記聞　平田篤胤／子安宣邦 校注
茶湯一会集・閑夜茶話　井伊直弼／戸田勝久 校注
西郷南洲遺訓 附 手抄言志録及遺文　山田済斎 編
文明論之概略　福沢諭吉／松沢弘陽 校注

新訂 福翁自伝　富田正文 校訂
学問のすゝめ　福沢諭吉
福沢諭吉教育論集　山住正己 編
福沢諭吉家族論集　中村敏子 編
福沢諭吉の手紙　慶應義塾 編
新島襄の手紙　同志社 編
新島襄 教育宗教論集　同志社 編
新島襄自伝 —手記・紀行文・日記　同志社 編
植木枝盛選集　家永三郎 編
日本の下層社会　横山源之助
中江兆民 三酔人経綸問答　桑原武夫・島田虔次 訳・校注
中江兆民評論集　松永昌三 編
一年有半・続一年有半　中江兆民／井田進也 校注
憲法義解　伊藤博文／宮沢俊義 校註
日本風景論　志賀重昂／近藤信行 校訂
日本開化小史　田口卯吉／嘉治隆一 校訂
新訂 蹇蹇録 —日清戦争外交秘録　陸奥宗光／中塚明 校注

茶の本　岡倉覚三／村岡博 訳
武士道　新渡戸稲造／矢内原忠雄 訳
新渡戸稲造論集　鈴木範久 編
キリスト信徒のなぐさめ　内村鑑三
余はいかにしてキリスト信徒となりしか　内村鑑三／鈴木範久 訳
代表的日本人　内村鑑三／鈴木範久 訳
後世への最大遺物・デンマルク国の話　内村鑑三
宗教座談　内村鑑三
ヨブ記講演　内村鑑三
足利尊氏　山路愛山
徳川家康 全二冊　山路愛山
妾の半生涯　福田英子
三十三年の夢　宮崎滔天／島田虔次・近藤秀樹 校注
善の研究　西田幾多郎
西田幾多郎哲学論集 II —論理と生命 他四篇　上田閑照 編
西田幾多郎哲学論集 III —自覚について 他四篇　上田閑照 編
西田幾多郎歌集　上田薫 編

西田幾多郎講演集	田中裕編
西田幾多郎書簡集	藤田正勝編
帝国主義	幸徳秋水 山泉進校注
兆民先生 他八篇	幸徳秋水 梅森直之校注
基督抹殺論	幸徳秋水
貧乏物語	河上肇 大内兵衛解題
河上肇評論集	杉原四郎編
西欧紀行 祖国を顧みて	河上肇
中国文明論集	宮崎市定 礪波護編
史記を語る	宮崎市定
中国史 全二冊	宮崎市定
大杉栄評論集	飛鳥井雅道編
女工哀史	細井和喜蔵
奴隷 ―小説・女工哀史1	細井和喜蔵
工場 ―小説・女工哀史2	細井和喜蔵
初版 日本資本主義発達史 全二冊	野呂栄太郎
谷中村滅亡史	荒畑寒村
遠野物語・山の人生	柳田国男
海上の道	柳田国男
野草雑記・野鳥雑記	柳田国男
孤猿随筆	柳田国男
婚姻の話	柳田国男
都市と農村	柳田国男
十二支考 全二冊	南方熊楠
津田左右吉歴史論集	今井修編
特命全権大使 米欧回覧実記 全五冊	久米邦武編 田中彰校注
日本イデオロギー論	戸坂潤
古寺巡礼	和辻哲郎
風土 ―人間学的考察	和辻哲郎
イタリア古寺巡礼	和辻哲郎
倫理学 全四冊	和辻哲郎
人間の学としての倫理学	和辻哲郎
日本倫理思想史 全四冊	和辻哲郎
「いき」の構造 他二篇	九鬼周造
九鬼周造随筆集	菅野昭正編
偶然性の問題	九鬼周造
時間論 他二篇	九鬼周造 小浜善信編
田沼時代	辻善之助
パスカルにおける人間の研究	三木清
構想力の論理 全二冊	三木清
漱石詩注	吉川幸次郎
新版 きけわだつみのこえ ―日本戦没学生の手記	日本戦没学生記念会編
新版 第二集 きけわだつみのこえ ―日本戦没学生の手記	日本戦没学生記念会編
君たちはどう生きるか	吉野源三郎
地震・憲兵・火事・巡査	山崎今朝弥 森長英三郎編
懐旧九十年	石黒忠悳
武家の女性	山川菊栄
覚書 幕末の水戸藩	山川菊栄
忘れられた日本人	宮本常一
家郷の訓	宮本常一
大阪と堺	三浦周行 朝尾直弘編

岩波文庫の最新刊

形而上学叙説 他五篇
ライプニッツ著／佐々木能章訳

中期の代表作『形而上学叙説』をはじめ、アルノー宛書簡などを収録。後年の「モナド」や「予定調和」の萌芽をここに見る。七五年ぶりの新訳。
〔青六一六-三〕 定価一二七六円

気体論講義(下)
ルートヴィヒ・ボルツマン著／稲葉肇訳

気体は熱力学に支配され、分子は力学に支配される。下巻においてボルツマンは、二つの力学を関係づけ、統計力学の理論的な基礎づけも試みる。（全二冊）
〔青九五九-二〕 定価一四三〇円

八木重吉詩集
若松英輔編

近代詩の彗星、八木重吉(一八九八―一九二七)。生への愛しみとかなしみに満ちた詩篇を、『秋の瞳』『貧しき信徒』、残された「詩稿」「訳詩」から精選。
〔緑二三六-一〕 定価一一五五円

過去と思索(六)
ゲルツェン著／金子幸彦・長縄光男訳

亡命先のロンドンから自身の雑誌《北極星》や新聞《コロコル》を通じて、「自由な言葉」をロシアに届けるゲルツェン。人生の絶頂期を迎える。（全七冊）
〔青N六一〇-七〕 定価一五〇七円

今月の重版再開

死せる魂(上)(中)(下)
ゴーゴリ作／平井肇・横田瑞穂訳

〔赤六〇五-四～六〕 定価(上)八五八、(中)七九二、(下)八五八円

定価は消費税10％込です　2025.2